Das Buch
James Lassiter hatte fast sein ganzes Leben damit verbracht, nach Schätzen zu tauchen, die das Meer in seinen unergründlichen Tiefen versteckt hielt. Seine Leidenschaft hatte ihm zwar seine Frau genommen, ihm aber auch seinen Sohn Matthew geschenkt. Am Ende bezahlte er sie mit seinem Leben. Bei einem Tauchgang zu einem Wrack vor der Küste Australiens ermordete ihn sein gieriger Begleiter, Silas VanDyke, da dieser befürchtete, Lassiter würde ihm bei der Bergung eines geheimnisumwitterten Amuletts zuvorkommen.
Acht Jahre später setzen Matthew und sein Onkel Buck noch immer alles daran, das Schmuckstück zu finden, und sich an VanDyke zu rächen. Gemeinsam mit Ray Beaumont und dessen hübscher Tochter Tate machen sie sich auf die Suche nach dem Amulett. Während sich Matthew und Tate unter den sanften Wogen des Ozeans immer näher kommen, entdecken sie auf einem spanischen Wrack reiche Schätze.
Doch dann geschieht ein schrecklicher Unfall, und mit einem Schlag ist alles verloren, die Liebe zwischen Matthew und Tate scheint zerbrochen. Ein neuer Sieg für Silas VanDyke?
Jahre später wagen Matthew, Buck und die Beaumonts einen letzten Versuch ...

Die Autorin
Nora Roberts zählt zu den erfolgreichsten Autorinnen Amerikas. Seit 1981 hat sie über 100 Romane veröffentlicht, die in knapp 30 Sprachen übersetzt wurden. Für ihre internationalen Bestseller erhielt sie nicht nur zahlreiche Auszeichnungen, sondern auch die Ehre, als erste Frau in die Ruhmeshalle der Romance Writers of America aufgenommen zu werden. Nora Roberts lebt in Maryland.
Im Wilhelm Heyne Verlag liegen unter anderem vor: *Der weite Himmel* (01/10533), *Die Tochter des Magiers* (01/10677), *Insel der Sehnsucht* (01/13019), *Das Haus der Donna* (01/13122), *Träume wie Gold* (01/13220), *Die Unendlichkeit der Liebe* (01/13265), *Verlorene Seelen* (01/13363). Die Roman-Trilogie: *Tief im Herzen* (01/10968), *Gezeiten der Liebe* (01/13062), *Hafen der Träume* (01/13148).

NORA ROBERTS

DER RUF DER WELLEN

Aus dem Amerikanischen
von Angela Nescerry

WILHELM HEYNE VERLAG
MÜNCHEN

HEYNE ALLGEMEINE REIHE
Band-Nr. 01/12478

Die Originalausgabe
THE REEF
erschien bei G. P. Putnam's Sons, New York

Umwelthinweis:
Dieses Buch wurde auf
chlor- und säurefreiem Papier gedruckt.

Taschenbuchausgabe 04/2003
Copyright © 1998 by Nora Roberts
Published by Arrangement with Eleanor Wilder
Copyright © dieser Ausgabe 2003
by Ullstein Heyne List GmbH & Co. KG, München
Copyright © der deutschsprachigen Ausgabe 2001
by Wilhelm Heyne Verlag GmbH & Co. KG, München
Der Wilhelm Heyne Verlag ist ein Verlag
der Ullstein Heyne List GmbH & Co. KG
Printed in Germany 2003
Umschlagillustration: Getty Images/Stephen Simpson
Umschlaggestaltung: Hauptmann und Kampa Werbeagentur,
München-Zürich
Satz: Leingärtner, Nabburg
Druck und Bindung: Elsnerdruck, Berlin

ISBN 3-453-86191-4

http://www.heyne.de

Ruth Langan und Marianne Willman gewidmet,
für die Vergangenheit, die Gegenwart und die Zukunft

ERSTER TEIL

Vergangenheit

Die Gegenwart birgt nicht mehr
als die Vergangenheit,
was sich in der Wirkung zeigt,
ist in der Ursache längst angelegt.

HENRI BERGSON

Prolog

James Lassiter war vierzig Jahre alt, athletisch gebaut, attraktiv, stand in der Blüte seiner Jahre und erfreute sich bester Gesundheit.

Eine Stunde später sollte er tot sein.

Vom Deck des Bootes aus sah er nichts als klare, blaue Wellen und die leuchtenden Grün- und tiefen Brauntöne des großen Riffs, das unter der Oberfläche des Korallenmeeres wie Inseln schimmerte. Weiter im Westen hoben und senkten sich perlende Schaumkronen in der Brandung und brachen sich an den vorgelagerten Korallenbänken.

Von seiner Position auf der Backbordseite aus beobachtete Lassiter die Formen und Schatten der Fische, die sich wie lebendige Pfeile durch jene Welt bewegten, für die er genauso geboren war wie sie. Die Küste Australiens konnte er in der Ferne nur ahnen, um ihn herum gab es nichts als die Weite des Ozeans.

Es war ein wunderschöner Tag, das glasklare Wasser schimmerte, hin und wieder durchbrochen von hellen, golden glänzenden Lichtstrahlen, der Wind wehte sanft, und am Himmel war nicht eine einzige dunkle Wolke zu sehen.

Unter Lassiters Füßen schwankte das Deck sanft auf der ruhigen See. Kleine Wellen schlugen rhythmisch gegen den Schiffskörper. Und unten, sehr tief unten, lag ein Schatz, der nur darauf wartete, entdeckt zu werden.

Zurzeit arbeiteten sie am Wrack der *Sea Star,* einem britischen Handelsschiff, das zwei Jahrhunderte zuvor am Great Barrier Reef gesunken war. Seit über einem Jahr schufteten sie nun, nicht selten bis zur Erschöpfung und nur von

Schlechtwetterpausen, Geräteausfall und ähnlichen Widrigkeiten unterbrochen, um die Schätze ans Tageslicht zu bringen, die ihnen die *Star* hinterlassen hatte.

Dabei war James durchaus klar, dass es noch andere Schätze gab. Seine Gedanken verließen die *Sea Star* und das atemberaubende und zugleich gefährliche Riff und schweiften weiter nach Norden zu den sanften Gewässern der Westindischen Inseln. Zu einem anderen Wrack, einem anderen Schatz.

Zum Fluch der Angelique.

James fragte sich, ob es tatsächlich das mit Juwelen besetzte Amulett war, auf dem der Fluch lag, oder nicht vielmehr die Frau, die Hexe Angelique, deren Macht – so hieß es – immer noch an den Rubinen, den Diamanten und dem Gold haftete. Die Legende besagte, dass sie dieses Geschenk ihres Ehemannes, den sie angeblich ermordet hatte, an dem Tag getragen hatte, als sie auf dem Scheiterhaufen verbrannt wurde.

Die geheimnisvolle Geschichte um die Frau und das Schmuckstück faszinierte ihn. Die Suche nach dem Amulett, die in Kürze beginnen sollte, hatte für ihn eine persönliche Bedeutung. Es ging ihm dabei nicht allein um Reichtum und Ruhm, sondern vielmehr um den Fluch der Angelique und die damit verbundene Legende.

James Lassiter war mit der Schatzsuche, den Geschichten über gesunkene Schiffe und der Beute, die das Meer versteckt hielt, groß geworden. Sein ganzes Leben lang war er getaucht, und schon immer hatten sich seine Träume um diese Themen gedreht. Sie hatten ihm seine Frau genommen und ihm einen Sohn geschenkt.

Er wandte sich von der Reling ab, um Matthew zu betrachten. Der Junge war inzwischen fast sechzehn und sehr groß, aber sein Körper würde sicher noch kräftiger werden. In der schmalen, sehnigen Gestalt erkannte James vielversprechende Anlagen. Matthew hatte das gleiche eigenwillige Haar wie sein Vater, allerdings weigerte sich der Junge standhaft, es kurz schneiden zu lassen, sodass einige Strähnen jetzt, während Matthew die Tauchausrüstung überprüfte, wie ein Vorhang vor sein Gesicht fielen.

Er hatte in den letzten ein oder zwei Jahren seine kindliche Rundlichkeit verloren und mehr Konturen bekommen. Ein Engelsgesicht, hatte eine Kellnerin früher einmal gesagt und den Jungen damit dermaßen in Verlegenheit gebracht, dass er rot anlief und eine Grimasse schnitt.

Inzwischen wirkte er recht verwegen, und die blauen Augen, die er von James geerbt hatte, blickten häufiger wütend als gelassen drein. Das Temperament der Lassiters und das fast schon sprichwörtliche Pech der Lassiters, dachte James mit einem Kopfschütteln. Kein leichtes Erbe für einen heranwachsenden Jungen.

Eines Tages, überlegte er, vielleicht schon sehr bald, würde er endlich dazu in der Lage sein, seinem Sohn all das zu geben, wovon sein eigener Vater geträumt hatte. Und der Schlüssel dazu wartete geduldig in den tropischen Meeren der Westindischen Inseln.

Eine unbezahlbare Halskette aus Rubinen und Diamanten, mit einer Geschichte behaftet, mit einer Legende belastet und mit Blut befleckt.

Den Fluch der Angelique.

James' Mund verzog sich zu einem dünnen Lächeln. Sobald er das Amulett in seinen Besitz gebracht hatte, würde das Pech, das die Lassiters so lange verfolgt hatte, enden. Er brauchte lediglich ein wenig Geduld.

»Beeil dich mit den Sauerstoffflaschen, Matthew. Es wird langsam spät.«

Matthew blickte auf und strich sich die Ponyfransen aus den Augen. Hinter dem Rücken seines Vaters stieg gerade die Sonne auf. Mit diesen Strahlen im Hintergrund sieht er aus wie ein König, der sich für die Schlacht bereitmacht, dachte Matthew. Wie immer überwältigten ihn Liebe und Bewunderung und erschreckten ihn in ihrer Intensität.

»Ich habe deinen Druckmesser ausgewechselt. Den alten will ich mir mal genauer ansehen.«

»Du passt wirklich gut auf deinen Alten Herrn auf.« James legte Matthew einen Arm um den Hals und deutete spielerisch einen Ringkampf an. »Heute hole ich dir ein Vermögen nach oben.«

»Lass mich mit dir tauchen! Ich möchte heute an VanDykes Stelle die Morgenschicht übernehmen.«

James unterdrückte einen Seufzer. Matthew war noch nicht imstande, seine Gefühle unter Kontrolle zu behalten. Ganz besonders nicht, wenn es sich um Aversionen handelte. »Du weißt doch, in welchen Teams wir zusammenarbeiten. Du und Buck, ihr taucht heute Nachmittag, VanDyke und ich machen die Morgenschicht.«

»Ich will nicht, dass du mit ihm runtergehst.« Matthew schüttelte den Arm seines Vaters ab. »Ich habe mitbekommen, wie ihr beide euch gestern Abend gestritten habt. Er hasst dich, das habe ich an seiner Stimme gehört.«

Dieses Gefühl beruht auf Gegenseitigkeit, dachte James, aber er zwinkerte seinem Sohn zu. »Missverständnisse kommen zwischen Partnern nun einmal vor. Das Entscheidende ist, dass VanDyke den Großteil des Geldes bereitstellt. Soll er doch seinen Spaß haben, Matthew. Für ihn ist diese Schatzsuche nicht mehr als der Zeitvertreib eines gelangweilten, reichen Geschäftsmannes.«

»Er kann ums Verrecken nicht tauchen.« In Matthews Augen war dies ein Kriterium, an dem die Qualitäten eines Mannes gemessen wurden.

»Er ist gut genug, nur mangelt es ihm in vierzig Fuß Tiefe ein wenig an Stil.« James hatte keine Lust, die Auseinandersetzung fortzusetzen, und zog seinen Neoprenanzug an. »Hat Buck sich den Kompressor angesehen?«

»Ja, er hat den Fehler repariert. Dad –«

»Lass gut sein, Matthew.«

»Nur dieses eine Mal.« Sein Sohn blieb hartnäckig. »Ich traue diesem verweichlichten Idioten nicht.«

»Deine Ausdrucksweise lässt immer mehr zu wünschen übrig.« Silas VanDyke, trotz der heißen Sonne gepflegt und blass wie stets, kam lächelnd hinter Matthews Rücken aus der Kabine. Es amüsierte und ärgerte ihn gleichzeitig, dass der Junge höhnisch zurückgrinste. »Dein Onkel braucht dich unter Deck, Kleiner.«

»Heute will *ich* mit meinem Vater tauchen.«

»Tut mir Leid, das passt mir gar nicht. Wie du siehst, habe ich meinen Taucheranzug bereits an.«

»Matthew!« In James' Stimme schwang ein ungeduldiger Befehlston mit. »Sieh nach, was Buck von dir will.«

»Jawohl, Sir.« Mit trotzigem Blick verschwand Matthew unter Deck.

»Der Junge hat die falsche Einstellung und unmögliche Manieren, Lassiter.«

»Der Junge kann Sie auf den Tod nicht ausstehen«, erwiderte James belustigt. »Ich würde sagen, damit beweist er einen gesunden Instinkt.«

»Diese Expedition neigt sich ihrem Ende zu«, konterte VanDyke, »genau wie meine Geduld und meine Großzügigkeit. Ohne mich wären Sie innerhalb einer Woche pleite.«

»Vielleicht.« James zog den Reißverschluss seines Anzugs hoch. »Vielleicht aber auch nicht.«

»Ich will das Amulett, Lassiter. Sie wissen, dass es da unten liegt, und ich bin davon überzeugt, Sie wissen genau, wo. Ich will es! Ich habe dafür bezahlt, und ich habe für *Sie* bezahlt.«

»Sie haben für meine Zeit und für mein Können bezahlt, nicht für mich. Die Regeln bei einer Bergung sind eindeutig, VanDyke. Wer den Fluch der Angelique findet, ist sein rechtmäßiger Besitzer.« Und ganz bestimmt würde er nicht auf der *Sea Star* gefunden werden, so viel stand fest. Er stieß

VanDyke leicht mit der Hand vor die Brust. »Und jetzt gehen Sie mir aus dem Weg.«

Jene Beherrschung, die er auch in Vorstandssitzungen an den Tag legte, hielt VanDyke davon ab zuzuschlagen. Er gewann seine Machtkämpfe grundsätzlich mit Geduld, Geld und Überlegenheit. Geschäftlicher Erfolg, das wusste er, war ganz einfach eine Frage der Beherrschung.

»Wenn Sie mich zu hintergehen versuchen, werden Sie es bereuen.« Sein Tonfall klang jetzt sanft, und der schwache Hauch eines Lächelns umspielte seine Lippen. »Das verspreche ich Ihnen.«

»Zur Hölle, Silas, wie ich diese Situation genieße!« Leise lachend, betrat James die Kabine. »Lest ihr Jungs dort unten Schundhefte, oder was? Lasst uns loslegen.«

Mit ein paar schnellen Bewegungen prüfte VanDyke oben die Sauerstoffflaschen. Das Ganze war schließlich nur ein Geschäft. Als die Lassiters an Deck kamen, legte er gerade seine eigene Ausrüstung an.

Die drei waren ihm abgrundtief unterlegen, dachte VanDyke bei sich. Offensichtlich hatten sie vergessen, wer und was er war. Er war ein VanDyke, und er hatte immer bekommen, verdient oder sich genommen, wonach ihm gerade der Sinn stand. Und er hatte vor, so lange auf diese Art zu verfahren, wie er davon profitierte. Glaubten die drei allen Ernstes, dass es ihm etwas ausmachte, wenn sie sich gegen ihn zusammentaten und ihn ausgrenzten? Es war wirklich höchste Zeit, sie loszuwerden und sich ein neues Team zu kaufen.

Buck, sinnierte er, dieser rundliche Kerl, dessen Haar sich bereits lichtete, wirkte wie ein schwacher Abklatsch seines attraktiven Bruders. Treu wie ein Welpe – und genauso intelligent.

Matthew war noch ein Junge, eifrig, dreist und trotzig. Ein verhasster kleiner Wurm, den VanDyke mit Vergnügen zertreten würde.

Und dann war da natürlich James, hart und wesentlich gerissener, als VanDyke es ihm zugetraut hätte. Nicht nur jemand, den er ausnutzen konnte. Der Mann bildete sich offenbar allen Ernstes ein, er könnte Silas VanDyke überlisten.

James Lassiter glaubte doch tatsächlich, er könnte den Fluch der Angelique finden und behalten, jenes legendäre Amulett, dem so viel Macht nachgesagt wurde. Von einer Hexe getragen und von vielen heiß begehrt. Und dieser Wunsch hatte ihn leichtsinnig gemacht. Doch VanDyke hatte Zeit, Geld und Mühe investiert, und er pflegte keine unprofitablen Investitionen zu tätigen.

»Heute lohnt sich die Jagd.« James schnallte seine Sauerstoffflaschen fest. »Ich rieche es förmlich. Silas?«

»Ich bin bereit.«

James sicherte seinen Bleigürtel, setzte die Tauchermaske auf und rollte sich ins Wasser ab.

»Dad, warte –«

Aber James hob nur zum Abschied den Arm und verschwand unter der Wasseroberfläche. Die Welt unter ihm war still und großartig. Das Blau des Meeres wurde von Sonnenstrahlen durchbrochen, die klar und weiß schimmernd durch die Oberfläche drangen. Höhlen und Festungen aus Korallen wurden sichtbar, die eigene geheime Welten bildeten.

Ein Riffhai mit gelangweilt dreinschauenden, schwarzen Augen bog ab und glitt durch das Wasser davon.

Hier fühlte sich James weit mehr zu Hause als an der Luft, und er tauchte, gefolgt von VanDyke, immer tiefer. Das Wrack war bereits weitgehend freigelegt, von Gräben umgeben und seiner Schätze beraubt. Korallen überzogen den zerborstenen Bug und verwandelten das Holz in ein Phantasiegebilde aus Farben und Formen, die mit Amethysten, Smaragden und Rubinen besetzt schienen.

Vor ihm lag ein lebendiger Schatz, ein Kunstwerk, entstanden aus Meerwasser und Sonne.

Es war immer wieder ein Vergnügen, es zu betrachten.

Als sie mit der Arbeit begannen, fühlte sich James immer wohler. Das Schicksal der Lassiters hatte sich gewendet, dachte er verträumt. Schon bald würde er reich und berühmt sein. Er lächelte in sich hinein. Nach langen Bemühungen war er endlich über den entscheidenden Hinweis gestolpert, nachdem er Tage und Stunden damit zugebracht hatte, die Spur des Amuletts zu verfolgen und Stück für Stück aneinander zu fügen.

Dieses Arschloch VanDyke tat ihm fast ein wenig leid, denn am Ende würden die Lassiters das Amulett finden, in anderen Gewässern, auf ihrer eigenen Expedition.

James ertappte sich plötzlich dabei, wie er nach einer Koralle griff, um sie wie eine Katze zu streicheln. Er schüttelte ein paarmal den Kopf hin und her, wurde aber das benommene Gefühl nicht los. Eine Alarmglocke schrillte in einem Teil seines Gehirns, weit entfernt und sehr schwach. Als erfahrener Taucher kannte er die Anzeichen. Ein- oder zweimal hatte er bereits die ersten Symptome eines Stickstoffkollapses erlebt, allerdings noch nie in einer derart geringen Tiefe. Sie hatten noch keine dreißig Meter erreicht.

Dennoch klopfte er an seine Sauerstoffflaschen. VanDyke beobachtete ihn, er wirkte hinter seiner Maske kühl und abschätzend. James gab das Zeichen zum Auftauchen. Als VanDyke ihn wieder nach unten zog und auf das Wrack zeigte, war er nur leicht irritiert. Nach oben, signalisierte er noch einmal, aber wieder hielt VanDyke ihn zurück.

James geriet nicht in Panik. Er war kein Mann, der schnell panisch wurde. Er wusste allerdings, dass etwas nicht mit rechten Dingen zuging, obwohl er keine klaren Gedanken fassen konnte. In dieser Welt war VanDyke ein Amateur, machte er sich bewusst, er kannte das Ausmaß der Gefahr nicht, also würde er, James, wohl deutlicher werden müssen.

Er kniff die Augen zusammen, holte aus, verfehlte jedoch mit seiner Hand VanDykes Luftschlauch.

Der Überlebenskampf unter Wasser spielte sich langsam ab, verbissen und unheimlich ruhig. Fische stoben wie Bahnen bunter Seidenstoffe auseinander, dann versammelten sie sich wieder, um das dramatische Schauspiel zwischen Jäger und Gejagtem zu verfolgen. James spürte, wie sein Bewusstsein schwand, ihm wurde übel, und er verlor zunehmend die Orientierung, während immer mehr Stickstoff in seinen Körper hineingepumpt wurde. Er kämpfte dagegen an, und es gelang ihm, sich ein Stück in Richtung Wasseroberfläche zu bewegen.

Dann aber vergaß er, warum er überhaupt fortwollte. Er begann zu lachen. Luftblasen drangen aus seinem Mund, als ihn der Tiefenrausch überwältigte. Er umarmte VanDyke in einem langsam kreisenden Tanz, wollte ihn an seiner Begeisterung teilhaben lassen. Es war so schön hier, umgeben von goldenem und blauem Licht, Edelsteinen und Juwelen in tausend unbeschreiblichen Farben, die nur darauf warteten, geerntet zu werden.

Er war dazu geboren, in diesen Tiefen zu tauchen.

Schon bald sollte James' Begeisterung der Bewusstlosigkeit weichen. Und dann einem ruhigen, erlösenden Tod.

Als James' Körper zu zucken begann, streckte VanDyke die Hand nach ihm aus. Der Mangel an Koordination war ein weiteres Symptom. Eins der letzten. Mit einer ausholenden Bewegung löste VanDyke den Luftschlauch. James blinzelte noch einmal verwundert und erstickte.

Erstes Kapitel

Schätze. Golddublonen, Pesostücke. Mit ein wenig Glück konnte man sie einfach vom Meeresgrund ernten wie Pfirsiche von einem Baum. Zumindest, dachte Tate beim Tauchen, behauptete das ihr Vater.

Doch ihr war klar, dass man dazu eine Menge mehr benötigte als Glück, so viel hatte sie in ihrer bereits zehn Jahre währenden Tauchkarriere längst gelernt. Man brauchte außerdem noch Geld, Zeit und viel Geduld, ganz zu schweigen von der notwendigen Erfahrung, monatelanger Recherche und natürlich der richtigen Ausrüstung.

Doch während sie durch das kristallklare Wasser der Karibik auf ihren Vater zuschwamm, war sie durchaus bereit, sich auf das Spiel einzulassen.

Schließlich fand sie es keineswegs unangenehm, den Sommer ihres zwanzigsten Lebensjahres an der Küste von Saint Kitts zu verbringen und in dem wunderbar warmen Wasser mit seinen bunt schillernden Fischen und Korallenskulpturen in sämtlichen Farben des Regenbogens zu tauchen. Jedem Tauchgang ging eine ganz besondere Vorfreude voraus. Was mochte sich unter dem weißen Sand verbergen, versteckt unter grünen Fächern und Seegras, vergraben unter fein gewundenen Korallenformationen?

Es ging ihr nicht um den Schatz, das hatte sie erkannt, es war die Jagd, die sie faszinierte.

Und hin und wieder hatten sie tatsächlich Glück. Tate erinnerte sich noch gut an das erste Mal, als sie im Sand einen Silberlöffel entdeckt hatte. An die Überraschung und die Begeisterung, mit der sie den schwarz angelaufenen Gegenstand in der Hand hielt und sich fragte, wer damit wohl seine Suppe gegessen hatte. Vielleicht der Kapitän einer reich beladenen Galeone? Oder die Dame des Kapitäns?

Sie dachte an den Tag, als ihre Mutter geduldig an einer Formation herumgehämmert hatte, die im Laufe der Jahrhunderte durch chemische Reaktionen unter Wasser entstanden war. Dachte an den Aufschrei und dann an das glückliche Lachen, als Marla Beaumont einen goldenen Ring freilegte.

Diese gelegentlichen Glückstreffer erlaubten es den Beaumonts, sich mehrere Monate im Jahr der Jagd nach mehr zu widmen, nach mehr Glück, nach weiteren Schätzen.

Während sie Seite an Seite nebeneinander herschwammen, berührte Raymond Beaumont seine Tochter am Arm und zeigte auf eine Schildkröte, die träge an ihnen vorbeipaddelte.

Das Lachen in den Augen ihres Vaters sagte alles. Sein Leben lang hatte er hart gearbeitet, jetzt genoss er die Früchte seiner Mühen. Tate bedeuteten Augenblicke wie dieser mehr als alles andere.

Gemeinsam schwammen sie weiter, verbunden durch ihre Liebe zum Meer, zu seiner Stille, seinen Farben. Ein Schwarm von Fischen mit glänzenden schwarzen und goldenen Streifen schwamm vorbei. Aus purem Übermut vollzog Tate eine langsame Rolle und sah direkt in das Sonnenlicht, das sich über ihr an der Wasseroberfläche brach. Aus ihrer Kehle drang ein Lachen, das sich in tausend Luftbläschen auflöste und einen vorwitzigen Zackenbarsch verschreckte.

Sie tauchte tiefer, folgte den zielstrebigen Bewegungen ihres Vaters. Unter dem Sand lagen unzählige Geheimnisse, unter jeder Erhebung konnte sich das Silber eines Piraten verbergen. Tate rief sich in Erinnerung, dass sie weniger nach den fächerförmigen Unterwasserpflanzen oder den Korallenkämmen Ausschau halten sollte als vielmehr nach möglichen Hinweisen auf versunkene Schätze.

Sie befanden sich in den sanften Gewässern der Westindischen See, auf der Suche nach dem Traum eines jeden Schatzsuchers. Ein unberührtes Wrack, auf dem der Legende nach der Schatz eines Königs verborgen lag. Bei diesem ersten Tauchgang wollten sie sich zunächst einmal mit jenem Gebiet vertraut machen, das sie bereits in Büchern, auf Seekarten und Skizzen eingehend studiert hatten. Sie würden die Strömungen erkunden, die Gezeiten kalkulieren. Und vielleicht – ganz vielleicht – würden sie Glück haben.

Tate wandte sich einem Sandhügel zu und begann, schnell mit der Hand zu fächern. Ihr Vater hatte ihr diese einfache Methode gezeigt, als sie noch ein kleines Mädchen war und ihn mit ihrer grenzenlosen Begeisterung für sein neues Hobby, das Tiefseetauchen, überraschte.

Im Laufe der Jahre hatte er ihr noch viel mehr beigebracht. Den Respekt vor dem Meer und allem, was darin lebte. Und vor dem, was dort versteckt lag. Tates größte Hoffnung bestand darin, eines Tages etwas für ihn zu finden.

Sie sah ihn an, beobachtete, wie er einen niedrigen Korallenkamm untersuchte. Sooft er auch von Schätzen, die von Menschenhand gemacht waren, träumte, so sehr liebte Raymond Beaumont doch die Kunstwerke, die das Meer schuf.

Da Tate nichts unter dem Hügel entdeckte, schwamm sie weiter auf der Suche nach einer besonders hübsch gestreiften Muschel. Aus dem Augenwinkel sah sie, wie ein dunkler Schatten schnell und geräuschlos auf sie zusteuerte. Tates erster, lähmender Gedanke galt einem Hai, und ihr Herz setzte einen Moment lang aus. Wie sie es gelernt hatte, griff sie mit einer Hand nach ihrem Tauchermesser und machte sich bereit, sich selbst und ihren Vater zu verteidigen.

Doch dann entpuppte sich der Schatten als Taucher. Er mochte geschmeidig und schnell wie ein Hai sein, aber es war eindeutig ein Mann. Erleichtert stieß Tate einen Strudel von Luftbläschen aus, bevor sie daran dachte, ihren Atem wieder zu regulieren. Der Taucher gab erst ihr und dann dem Mann, der hinter ihm schwamm, ein Handzeichen.

Kurz darauf befand sich Tate Taucherbrille an Taucherbrille mit einem grinsenden Gesicht. Die Augen des Mannes waren so blau wie die See, die sie umgab. Sein dunkles Haar bewegte sich in der Strömung. Tate erkannte, dass er über sie lachte – zweifellos hatte er ihre Reaktion auf den unerwarteten Besuch richtig gedeutet. In einer beschwichtigenden Geste hob er die Hände, bis sie ihr Messer wieder an der Wade befestigt hatte. Dann zwinkerte er und grüßte lässig zu Ray hinüber.

Während dieser stummen Begrüßung studierte Tate die Neuankömmlinge eingehend. Ihre Ausrüstung war solide und wies alles auf, was ein Wracktaucher brauchte – einen Beutel für eventuelle Funde, ein Messer, einen Kompass am Handgelenk und eine Taucheruhr. Der Mann in dem schwarzen Neoprenanzug war jung und schlank. Er gestikulierte mit breiten Händen. Seine schlanken Finger wiesen die Narben und Verletzungen eines erfahrenen Jägers auf.

Der zweite Mann hatte eine Glatze und war um die Taille ziemlich rundlich, unter Wasser bewegte er sich jedoch so wendig wie ein Fisch. Tate musste feststellen, dass er mit ihrem Vater zu einer stillschweigenden Übereinkunft gelangt war. Sie wollte protestieren. Immerhin war das hier ihr Gebiet, sie waren zuerst da gewesen.

Aber sie konnte nichts anderes tun, als die Stirn runzeln, während ihr Vater mit zwei Fingern das Okay-Zeichen machte. Dann verteilten sich alle vier, um die Gegend zu erkunden.

Tate arbeitete sich zu einem neuen Hügel vor, um dort weiterzusuchen. Den Recherchen ihres Vater zufolge waren im Hurrikan vom 11. Juli 1733 vier Schiffe der spanischen Flotte nördlich von Nevis und Saint Kitts gesunken. Zwei von ihnen, die *San Cristobal* und die *Vaca*, waren bereits ein paar Jahre zuvor in der Bucht von Dieppe gefunden und geborgen worden, doch die *Santa Marguerite* und die *Isabella* lagen weiterhin unentdeckt und unberührt auf dem Meeresgrund.

Den Schiffsdokumenten und Manifesten war zu entnehmen, dass diese Schiffe weit mehr als bloß eine Ladung Zucker von den Inseln transportiert hatten. Offenbar hatten sich Juwelen, Porzellan und über zehn Millionen Pesos in Gold und Silber an Bord befunden. Und erfahrungsgemäß hatten Passagiere und Seeleute damals obendrein ihre privaten Reichtümer auf dem Schiff versteckt.

Demnach mussten beide Wracks voller alter Kostbarkeiten sein, und ihre Entdeckung würde darüber hinaus zu den großen Funden dieses Jahrhunderts zählen.

Da Tate weiter nichts von Interesse fand, steuerte sie in Richtung Norden. Die Nähe der anderen Taucher schärfte ihren Blick und ihren Instinkt. Ein Schwarm hell leuchtender Fische schwamm wie ein perfekt geformtes V um sie herum, ein bunter Farbfleck inmitten der vielen Farben. Glücklich bewegte sie sich hindurch.

Trotz der Anwesenheit der anderen konnte Tate sich an kleinen Dingen erfreuen. Sie suchte unermüdlich weiter, fächerte Sand beiseite und studierte mit Begeisterung die Fische.

Auf den ersten Blick sah es aus wie ein Stück Felsen, aber ihre Erfahrung ließ sie direkt darauf zusteuern. Sie war nur noch einen Meter entfernt, als plötzlich eine Gestalt an ihr vorbeiglitt. Verärgert musste Tate zusehen, wie jemand mit einer vernarbten, langgliedrigen Hand nach dem vermeintlichen Felsstück griff.

Idiot, dachte sie und wollte gerade wenden, als sie erkannte, was der Taucher da in der Hand hielt. Es war kein einfaches Stück Fels, sondern der verkrustete Griff eines Schwerts, das er aus den Fängen der See befreit hatte. Er grinste unter seinem Mundstück und schwenkte triumphierend seine Beute.

Obendrein besaß er auch noch die Dreistigkeit, damit zu salutieren und ein Muster durch das Wasser zu schneiden. Als er sich in Richtung Oberfläche bewegte, folgte Tate ihm. Prustend tauchten sie auf.

Sie spuckte ihr Mundstück aus. »Ich habe es zuerst gesehen!«

»Das glaube ich kaum.« Immer noch grinsend, hob der Taucher seine Maske an. »Auf jeden Fall warst du zu langsam. Wer etwas findet, darf es behalten.«

»Die goldenen Regeln der Bergung«, sagte sie und bemühte sich, gelassen zu wirken. »Du hast in meinem Gebiet getaucht.«

»Meiner Ansicht nach befandest du dich in meinem. Vielleicht hast du ja beim nächsten Mal mehr Glück.«

»Tate, Liebling!« Vom Deck der *Adventure* winkte Marla Beaumont. »Das Essen ist fertig. Bring deinen Freund doch mit an Bord.«

»Wenn es Ihnen keine Umstände macht?« Mit ein paar kräftigen Bewegungen erreichte der Taucher das Heck der *Adventure*. Klappernd landete der Schwertgriff an Deck, gefolgt von seinen Flossen.

Tate verfluchte den Tag, der eigentlich der Beginn eines wunderbaren Sommers hätte werden sollen, und ging ebenfalls an Bord. Dabei ignorierte sie die ritterlich angebotene Hand und zog sich allein über die Reling. Kurz darauf kamen ihr Vater und der andere Taucher an die Oberfläche.

»Es freut mich, Ihre Bekanntschaft zu machen.« Tates Begleiter fuhr mit einer Hand durch sein nasses Haar und lächelte Marla charmant an. »Matthew Lassiter.«

»Marla Beaumont. Willkommen an Bord.« Tates Mutter strahlte Matthew unter dem breiten Rand ihres geblümten Sonnenhutes an. Sie war eine auffallend schöne Frau mit blasser Haut und einer schlanken Figur, die sie unter einem weiten, fließenden Hemd und großzügig geschnittenen Hosen verbarg. Zur Begrüßung zog sie ihre Sonnenbrille ab.

»Wie ich sehe, haben Sie meine Tochter Tate und meinen Mann Ray bereits kennen gelernt.«

»Sozusagen.« Matthew schnallte seinen Bleigürtel ab und legte ihn und die Maske beiseite. »Hübscher Kahn.«

»Oh ja, danke.« Marla sah sich stolz um. Obwohl sie sich für Hausarbeit sonst nicht begeistern konnte, tat sie doch nichts lieber, als die *Adventure* auf Hochglanz zu halten. »Und das dort drüben ist Ihr Boot?« Sie zeigte zum Bug. »Die *Sea Devil*.«

Bei dem Namen entfuhr Tate ein Schnauben. Das passt, dachte sie, sowohl zu dem Mann als auch zu seinem Boot. Anders als die *Adventure* erstrahlte die *Sea Devil* nicht etwa in ihrem Glanz. Das alte Fischerboot benötigte dringend einen neuen Anstrich und erinnerte aus der Entfernung an eine schwimmende Badewanne auf der strahlend blauen See.

»Nichts Besonderes«, bemerkte Matthew, »aber sie läuft.« Er ging zur Reling und hielt den anderen Tauchern seine Hand hin.

»Gutes Auge.« Buck Lassiter klopfte Matthew auf den Rücken. »Dieser Junge ist mit einer ganz besonderen Gabe gesegnet«, stellte er mit einer Stimme fest, die so rau wie zerbrochenes Glas klang. Dann streckte er etwas verspätet seine Hand aus. »Buck Lassiter, und das ist mein Neffe Matthew.«

Tate ignorierte die Vorstellungszeremonie, verstaute ihre Ausrüstung und stieg aus ihrem Anzug. Während die anderen den Schwertgriff bestaunten, verschwand sie im Deckshaus und ging in ihre Kabine.

An sich war es nicht ungewöhnlich, musste sie zugeben, während sie nach einem übergroßen T-Shirt kramte. Ihre Eltern freundeten sich ständig mit irgendwelchen Fremden an, luden sie an Bord ein, bewirteten sie. Ihr Vater hatte eben nie die vorsichtige, misstrauische Art eines erfahrenen Schatzjägers entwickelt. Stattdessen legten Marla und Ray immer wieder die für die amerikanischen Südstaaten so typische Gastfreundschaft an den Tag.

Normalerweise fand Tate diesen Wesenszug liebenswert, gelegentlich wünschte sie allerdings, sie würden dabei ein wenig wählerischer sein.

Sie hörte, wie ihr Vater Matthew zu seinem Fund gratulierte, und presste die Lippen zusammen.

Verdammt, dabei hatte sie das Schwert zuerst gesehen.

Sie ist beleidigt, dachte Matthew, während er Ray seine Beute zu einer eingehenden Begutachtung reichte. Eine typisch weibliche Angewohnheit. Und es bestand keinerlei Zweifel daran, dass der kleine Rotschopf weiblichen Geschlechts war. Ihr kupferfarbenes Haar mochte so kurz wie das eines Jungen geschnitten sein, ihren winzigen Bikini füllte sie jedoch perfekt aus.

Und obendrein war sie ziemlich hübsch, fand er. Ihr Gesicht wirkte zwar etwas kantig, und die Wangenknochen waren scharf genug, dass ein tastender männlicher Finger sich daran schneiden konnte, aber sie hatte große, wunderschön grüne Augen. Augen, so erinnerte er sich, die unter Wasser und dann an Bord spitze kleine Pfeile auf ihn abgefeuert hatten.

Was sie umso interessanter machte.

Und da sie offenbar eine Zeit lang im selben Teich tauchen würden, konnte es für ihn ganz vergnüglich werden.

Matthew saß mit gekreuzten Beinen auf dem vorderen Sonnendeck, als Tate wieder herauskam. Sie hatte sich mittlerweile fast wieder beruhigt und warf ihm einen schnellen Blick zu. Seine Haut war gebräunt, und um seinen Hals baumelte an einer Kette ein silberner Peso. Sie hätte ihn gern gefragt, wie und wo er ihn gefunden hatte.

Aber er grinste sie süffisant an. Manieren, Stolz und Neugier prallten an einer Mauer ab, hinter der sie sich in ungewohntes Schweigen hüllte, während die Unterhaltung um sie herum munter dahinplätscherte.

Matthew biss in eins von Marlas wunderbaren Sandwiches mit gekochtem Schinken.

»Toll, Mrs. Beaumont. Viel besser als der Fraß, den Buck und ich gewöhnt sind.«

»Nehmen Sie doch noch von dem Kartoffelsalat.« Geschmeichelt häufte Marla eine Portion auf seinen Pappteller. »Und nennen Sie mich ruhig Marla. Tate, komm doch her und nimm dir auch etwas zu essen.«

»Tate …« Matthew blinzelte in die Sonne, während er sie betrachtete. »Ein ungewöhnlicher Name.«

»Marlas Mädchenname.« Ray legte seiner Frau einen Arm um die Schultern. Er trug immer noch seine nasse Badehose und genoss die Wärme und die unverhoffte Gesellschaft. Sein silbernes Haar bewegte sich in der leichten Brise. »Tate taucht schon, seit sie ein kleines Mädchen war. Eine bessere Partnerin könnte ich mir gar nicht vorstellen. Marla liebt zwar auch die See und das Segeln, aber sie schwimmt so gut wie nie.«

Lachend füllte Marla sein Glas mit frischem Eistee auf. »Ich beobachte das Meer gern, aber sich darin aufzuhalten, ist eine ganz andere Sache.« Zufrieden lehnte sie sich mit ihrem Glas zurück. »Sobald es mir über die Knie steigt, gerate ich in Panik. Ich habe mich schon gefragt, ob ich vielleicht in einem früheren Leben ertrunken bin. In diesem gebe ich mich jedenfalls damit zufrieden, mich um das Boot zu kümmern.«

»Und was für ein Boot!« Buck hatte die *Adventure* bereits eingehend gemustert. Sie maß stattliche elf Meter. Das Deck war aus Teak und mit aufwendigen Holzarbeiten verziert. Er vermutete, dass es unter Deck zwei Kabinen und eine gut ausgestattete Kombüse gab. Ohne die in seiner Sehschärfe eingeschliffene Taucherbrille konnte er allerdings bestenfalls die riesigen Fenster des Steuerhauses ausmachen. Er hätte für sein Leben gern mal einen Erkundungsgang durch Motor- und Kontrollraum unternommen.

Nun, das konnte er später mit Brille noch nachholen. Aber auch ohne die Sehhilfe schätzte er, dass der Diamant an

Marlas Finger gut fünf Karat schwer sein musste, und der goldene Reif um ihr rechtes Handgelenk war eindeutig antik.

Er witterte Geld.

»Nun, Ray ...« Beiläufig leerte er sein Glas. »Matthew und ich tauchen schon seit ein paar Wochen in dieser Gegend. Euch haben wir bisher noch gar nicht bemerkt.«

»Das war auch unser erster Tauchgang. Wir sind aus North Carolina hergesegelt, gleich an dem Tag, als Tates Frühjahrssemester zu Ende war.«

Ein Collegemädchen. Matthew nahm einen großen Schluck Eistee. Das hatte ihm gerade noch gefehlt. Widerwillig wandte er seinen Blick von ihren Beinen ab und konzentrierte sich auf seinen Lunch. Damit hatte sich der Fall für ihn erledigt. Immerhin war er fast fünfundzwanzig und gab sich nicht mit hochnäsigen Collegegören ab.

»Wir werden den Sommer hier verbringen«, fuhr Ray fort. »Vielleicht bleiben wir sogar noch länger. Im letzten Winter sind wir ein paar Wochen lang vor der Küste von Mexiko getaucht. Dort gibt es mehrere interessante Wracks, aber die meisten sind schon geplündert. Trotzdem ist es uns gelungen, ein paar interessante Sachen hochzuholen. Nette Keramikgegenstände, ein paar Tonpfeifen.«

»Und diese wunderschönen Parfümfläschchen«, warf Marla ein.

»Dann sind Sie also schon eine Zeit lang dabei«, bohrte Buck weiter.

»Zehn Jahre.« Rays Augen leuchteten. »Fünfzehn sind es schon seit meinem ersten Tauchgang.« Er beugte sich vor, sprach jetzt von Jäger zu Jäger. »Ein Freund überredete mich damals zu einem Tauchkurs. Nachdem ich die Prüfung bestanden hatte, fuhr ich mit ihm nach Diamond Shoals. Schon nach dem ersten Versuch war ich süchtig.«

»Heute verbringt er jede freie Minute unter Wasser, plant seinen nächsten Tauchgang oder erzählt vom letzten.« Marla lachte. Ihre Augen leuchteten so grün wie die ihrer Tochter und schienen zu tanzen. »Und so habe ich eben gelernt, wie man mit einem Boot umgeht.«

»Ich jage schon seit über vierzig Jahren.« Buck schaufelte den Rest seines Kartoffelsalats in den Mund. Seit über einem Monat hatte er nicht mehr so gut gegessen. »Das liegt uns im Blut, wir haben es von unserem Vater geerbt. Bevor die Regierung auf stur schaltete, haben wir vor der Küste von Florida getaucht. Ich, mein Vater und mein Bruder. Die Lassiters.«

»Natürlich.« Ray schlug sich mit der Hand aufs Knie. »Von Ihnen habe ich gelesen. Ihr Vater war Big Matt Lassiter! Vierundsechzig fand er die *El Diablo* vor Conch Key.«

»Dreiundsechzig«, korrigierte ihn Buck grinsend. »Wir entdeckten nicht nur sie, sondern auch ihren Schatz. Genau die Sorte Gold, von der ein Mann träumt, Juwelen, Silberbarren. Ich hielt eine goldene Kette mit einem Drachen in der Hand. Ein verfluchter Golddrachen«, sagte er, hielt inne und lief rot an. »Tut mir leid, Madam.«

»Schon gut.« Fasziniert von seiner Geschichte, drängte Marla ihm noch ein Sandwich auf. »Was war das für ein Gefühl?«

»Kann man gar nicht beschreiben.« Buck biss herzhaft in den Schinken. »Seine Augen bestanden aus Rubinen, der Schwanz war mit Smaragden besetzt.« Er machte eine bittere Miene. »Der Drachen allein war ein Vermögen wert.«

Ray wendete den Blick nicht von ihm ab. »Stimmt. Ich habe die Bilder gesehen. Diablos Drachen. Und Sie haben ihn gefunden. Unglaublich.«

»Bis der Staat sich einschaltete«, fuhr Buck fort. »Jahrelang kämpften wir vor Gericht. Auf einmal hieß es, dass die Drei-Meilen-Zone an der äußeren Grenze des Riffs beginnt, nicht am Strand. Die Schweine hatten uns ausgeblutet, bevor es vorbei war. Am Ende bekamen sie alles, und wir gingen leer aus. Schlimmer als Piraten«, schloss er und trank sein Glas leer.

»Wie schrecklich für Sie«, murmelte Marla. »All das durchzumachen, um zu guter Letzt doch mit leeren Händen dazustehen.«

»Es brach dem alten Mann das Herz. Danach ist er nie wieder getaucht.« Buck lockerte seine Schultern. »Nun, es gibt andere Wracks, andere Schätze.« Er betrachtete sein Gegenüber abschätzend und wagte aufs Geratewohl einen Vorstoß. »Wie die *Santa Marguerite*, die *Isabella*.«

»Ja, irgendwo in dieser Gegend müssen sie liegen.« Ray erwiderte Bucks Blick gelassen. »Da bin ich mir ganz sicher.«

»Kann sein.« Matthew hob den Schwertgriff hoch, drehte ihn in seiner Hand. »Ebenso gut könnten beide Schiffe aber auch aufs Meer hinausgetrieben sein. In den Berichten werden keine Überlebenden erwähnt. Nur zwei Schiffe, die am Riff gesunken sind.«

Ray hob einen Finger. »Nun, aber es gab Augenzeugen, die gesehen haben wollen, wie die *Isabella* und die *Santa Marguerite* untergingen. Überlebende berichteten, dass die Wellen immer höher schlugen und die Schiffe unter sich begruben.«

Matthew sah Ray an und nickte. »Vielleicht.«

»Matthew ist ein Zyniker«, bemerkte Buck. »Er sorgt dafür, dass ich auf dem Boden der Tatsachen bleibe. Ich werde Ihnen etwas sagen, Ray.« Er beugte sich nach vorn. Seine blassblauen Augen wirkten lebhaft. »Ich habe in den letzten fünf Jahren meine eigenen Recherchen angestellt. Vor drei Jahren haben der Junge und ich diese Gewässer über sechs Monate lang durchkämmt – hauptsächlich die zwei Meilen zwischen Saint Kitts und Nevis und das Gebiet um die Halbinsel. Wir haben alles Mögliche gefunden, bis auf die beiden Schiffe. Aber ich weiß, dass sie hier liegen.«

»Nun ja ...« Als Ray an seiner Unterlippe zupfte, wusste Tate, dass er angestrengt überlegte. »Ich glaube, Sie haben an der falschen Stelle gesucht, Buck. Womit ich keineswegs sagen will, dass ich mehr darüber weiß. Die Schiffe legten in Nevis ab, aber nach allem, was ich in Erfahrung bringen konnte, steuerten die beiden verschwundenen Wracks weiter nördlich an der Spitze von Saint Kitts vorbei, bevor sie zerschellten.«

Bucks verzog die Lippen. »Das habe ich mir auch überlegt. Das Meer ist schließlich groß, Ray.« Er warf Matthew einen Blick zu und erntete ein lässiges Schulterzucken. »Ich habe vierzig Jahre Erfahrung, und der Junge taucht, seitdem er laufen kann. Was uns fehlt, ist finanzielle Unterstützung.«

Ray, der es vor seinem vorzeitigen Ruhestand zum Generaldirektor einer großen Brokerfirma gebracht hatte, erkannte ein Geschäft, wenn es ihm angeboten wurde. »Sie suchen einen Partner, Buck? Darüber müssen wir uns unterhalten. Bedingungen und Prozentsätze aushandeln.« Er stand auf und lächelte kurz. »Warum gehen wir nicht in mein Büro?«

Marla sah ihrem Mann und Buck schmunzelnd nach. »Dann werde ich mich im Schatten niederlassen und über meinem Roman vielleicht ein bisschen einnicken. Ihr jungen Leute könnt euch sicher selbst beschäftigen.« Mit ihrem Eistee und einem Taschenbuch ließ sie sich unter einem gestreiften Sonnensegel nieder.

»Ich denke, ich schwimme zur *Devil* und reinige meine Beute.« Matthew griff nach einer großen Plastiktüte. »Darf ich mir die ausleihen?« Ohne Tates Antwort abzuwarten, lud er seine Sachen hinein und ergriff seine Sauerstoffflaschen. »Willst du mir nicht helfen?«

»Nein.«

Er zog eine Augenbraue hoch. »Ich dachte, du möchtest vielleicht auch sehen, was sich unter der Kruste verbirgt.« Er gestikulierte mit dem Fundstück und wartete ab, ob ihre Neugier siegen würde oder ihre Wut. Er brauchte sich nicht lange zu gedulden.

Mit einer unwilligen Bemerkung griff Tate nach der Plastiktüte, schleppte sie die Leiter hinunter und sprang damit ins Wasser.

Aus der Nähe betrachtet, sah die *Sea Devil* noch mitgenommener aus. Tate schätzte die Strömung ab und schwang sich über die Reling. Ein leichter Fischgeruch stieg ihr in die Nase.

Die Ausrüstung war sorgfältig verpackt und gesichert, aber das Deck musste dringend geschrubbt und gestrichen werden. Die Fenster des winzigen Steuerhauses, in dem eine Hängematte schwang, waren mit Salz und Ruß verschmiert. Ein paar umgedrehte Eimer und eine zweite Hängematte dienten offenbar als Sitzgelegenheiten.

»Es ist wirklich nicht die *Queen Mary*.« Matthew verstaute seine Sauerstoffflaschen. »Aber es ist auch nicht die *Titanic*. Nicht schön, aber seetauglich.«

Er nahm Tate die Tasche ab und stopfte seinen Taucheranzug in einen großen Plastikbehälter. »Möchtest du etwas trinken?«

Tate sah sich demonstrativ langsam um. »Habt ihr etwas ohne Bakterien?«

Matt öffnete den Deckel einer Eisbox und fischte eine Pepsi heraus. Tate fing sie in der Luft auf und ließ sich auf einem Eimer nieder. »Ihr lebt offensichtlich an Bord.«

»Stimmt.« Er verschwand im Steuerhaus. Während sie ihn dort herumpoltern hörte, berührte sie das Schwert, das auf dem anderen Eimer lag.

Hatte es den Gürtel eines draufgängerischen spanischen Kapitäns mit spitzenbesetztem Hemd geziert? Hatte er damit Piraten getötet oder es nur aus Eitelkeit getragen? Vielleicht hielt er es mit seiner Hand umklammert, als Wind und Wellen sein Schiff hin und her warfen.

Und seither hatte niemand mehr sein Gewicht gespürt.

Sie blickte auf und stellte fest, dass Matthew sie vom Steuerhaus aus beobachtete. Verlegen zog Tate ihre Hand zurück und nahm betont lässig einen Schluck Pepsi.

»Wir haben auch ein Schwert zu Hause«, sagte sie ruhig. »Sechzehntes Jahrhundert.«

Dass sie ebenfalls nur den Griff gefunden hatten und dieser obendrein zerbrochen war, behielt sie für sich.

»Freut mich für euch.« Matthew nahm den Schwertgriff und ließ sich damit auf dem Deck nieder. Seine spontane Einladung bereute er bereits. Es half ihm wenig, sich klar zu machen, dass sie noch sehr jung war. Jedenfalls nicht angesichts des nassen T-Shirts, das jetzt an ihrem Körper klebte, und der glatten, sonnengebräunten Beine, die unglaublich lang wirkten. Und ihre Stimme – halb Whiskey, halb Limonade – passte nicht zu einem Kind, sondern zu einer erwachsenen Frau.

Tate zog die Stirn kraus und beobachtete, wie er geduldig den Rost entfernte. So viel Feingefühl hätte sie diesen vernarbten, rauen Händen gar nicht zugetraut.

»Warum sucht ihr Partner?«

Er blickte nicht auf. »Ich habe nie behauptet, dass ich einen Partner suche.«

»Aber dein Onkel –«

»So ist Buck nun mal.« Matthew zuckte mit den Schultern. »Er kümmert sich ums Geschäft.«

Tate stützte ihre Ellenbogen auf den Knien ab und legte ihr Kinn auf die Handballen. »Und worum kümmerst du dich?«

Er blickte hoch, und während seine Hände geduldig weiterarbeiteten, trafen sich ihre Blicke. »Um die Jagd.«

Das verstand sie nur zu gut. Sie lächelte ihm zu und hatte das Schwert zwischen ihnen offenbar vergessen. »Es ist toll, nicht wahr? Zu überlegen, was dort unten wohl liegt und dass man es entdecken könnte! Wo hast du die Münze gefunden?« Angesichts seines verwirrten Gesichtsausdrucks berührte sie die Silberscheibe an seiner Brust. »Den Peso.«

»Bei meinem ersten großen Fund«, erzählte er und wünschte, sie würde nicht so verdammt attraktiv und freundlich aussehen. »In Kalifornien. Dort haben wir eine

Weile gelebt. Und du? Warum tauchst du hier, anstatt den Collegejungs den Kopf zu verdrehen?«

Tate warf den Kopf zurück und gab sich ganz cool. »Jungs sind langweilig«, erklärte sie, glitt von dem Eimer und ließ sich ihm gegenüber auf dem Deck nieder. »Ich stehe auf Herausforderungen.«

Das Zucken in seinem Magen warnte ihn. »Vorsicht, kleines Mädchen«, murmelte er.

»Ich bin zwanzig«, verkündete sie mit kühlem Stolz. Zumindest würde sie das gegen Ende des Sommers sein. »Warum lebst du hier draußen und tauchst nach Schätzen, anstatt dir deinen Lebensunterhalt zu verdienen?«

Jetzt grinste er. »Weil ich gut bin. Wenn du besser wärst als ich, gehörte das Schwert jetzt dir und nicht mir.«

Anstatt seine Bemerkung einer Antwort zu würdigen, nahm sie noch einen Schluck Pepsi. »Warum ist dein Vater nicht hier? Taucht er nicht mehr?«

»Könnte man sagen. Er ist tot.«

»Oh, das tut mir leid.«

»Seit neun Jahren«, fuhr Matthew fort und säuberte dabei weiter das Schwert. »Wir tauchten gerade vor der australischen Küste.«

»Ein Unfall?«

»Nein. Er war zu gut, um zu verunglücken.« Er nahm die Dose, die sie abgestellt hatte, und trank ebenfalls einen Schluck. »Er wurde ermordet.«

Tate brauchte einen Augenblick, um zu reagieren. Matthew hatte so beiläufig gesprochen, dass sie die Bedeutung seiner Worte nicht gleich registrierte. »Mein Gott, wie –«

»Ich kann es nicht beweisen.« Er wusste nicht, warum er ihr überhaupt davon erzählte. »Er ging lebend runter, wir holten ihn tot herauf. Gib mir das Tuch dort.«

»Aber –«

»Das ist alles«, sagte er und griff selbst nach dem Stück Stoff. »Es bringt nichts, über die Vergangenheit zu grübeln.«

Tate spürte den Impuls, ihre Hand auf seine zu legen, fürchtete jedoch ernsthaft, dass er sie ihr am Gelenk abbeißen würde. »Aus dem Mund eines Wracktauchers klingt diese Bemerkung ziemlich seltsam.«

»Kleine, es geht darum, was man heute damit verdienen kann. Und das hier macht keinen üblen Eindruck.«

Verwirrt blickte Tate auf den Griff. Während Matthew weiter polierte, begann das Fundstück langsam zu glänzen. »Ich glaube, es ist aus dem achtzehnten Jahrhundert.«

Seine Augen lächelten. »Tatsächlich?«

»Ich studiere Meeresarchäologie.« Ungeduldig schob sie eine Haarsträhne beiseite. »Vielleicht hat es dem Kapitän gehört.«

»Oder irgendeinem anderen Offizier«, konterte Matthew trocken. »Jedenfalls brauche ich mir in der nächsten Zeit über Bier und Shrimps keine Gedanken zu machen.«

Erschrocken fuhr sie auf. »Du willst es verkaufen? Du willst es einfach verkaufen? Für Geld?«

»Bestimmt nicht für bunte Muscheln.«

»Interessiert dich denn gar nicht, woher es kommt oder wem es gehörte?«

»Nicht wirklich.« Matt drehte den sauberen Teil des Griffs der Sonne zu und beobachtete, wie er im Licht glänzte. »In Saint Bart's gibt es einen Antiquitätenhändler, der mir einen guten Preis macht.«

»Das ist schrecklich. Du bist ein …« Tate suchte nach der schlimmsten Beleidigung, die sie sich vorstellen konnte. »… Ignorant.« Blitzschnell sprang sie auf die Füße. »Es einfach so zu verkaufen! Schließlich könnte es dem Kapitän der *Isabella* oder der *Santa Marguerite* gehört haben. Vielleicht ist es ein historischer Fund und gehört in ein Museum!«

Amateure, dachte Matthew entnervt. »Es gehört dahin, wohin ich es bringe.« Er stand auf. »*Ich* habe es gefunden.«

Tates Herz setzte aus bei dem Gedanken, dass das Schwert in einem verstaubten Antiquitätenladen landen könnte oder – noch schlimmer – von einem unbedarften Touristen gekauft und womöglich an der Wand seines Hobbyraums aufgehängt werden würde.

»Ich gebe dir hundert Dollar.«

Er grinste. »Du Rotschopf, allein für den eingeschmolzenen Griff würde ich mehr bekommen.«

Die Vorstellung ließ sie erblassen. »Das würdest du nicht tun. Das könntest du garantiert nicht.«

Als er herausfordernd seinen Kopf auf die Seite legte, biss sie sich auf die Lippe. Dann würde die Stereoanlage für ihr Zimmer im Studentenwohnheim eben warten müssen. »Zweihundert. Mehr habe ich nicht gespart.«

»Da versuche ich es doch lieber in Saint Bart's.«

Tates Wangen bekamen wieder Farbe. »Du bist ein schrecklicher Opportunist.«

»Da hast du Recht. Und du bist eine Idealistin.« Als sie sich mit geballten Fäusten und funkelnden Augen vor ihm aufbaute, musste er lächeln. Über ihre Schulter hinweg konnte er auf dem Deck der *Adventure* eine Bewegung ausmachen. »Auf Gedeih und Verderb, Rotschopf. Sieht ganz danach aus, als ob wir fortan Partner wären.«

»Nur über meine Leiche.«

Matt packte sie an der Schulter. Einen Augenblick lang glaubte sie, er wolle sie über Bord werfen. Aber er drehte sie nur um, damit sie das Boot ihrer Eltern sehen konnte.

Schweren Herzens musste sie zur Kenntnis nehmen, wie ihr Vater und Buck Lassiter sich die Hände schüttelten.

Zweites Kapitel

Ein strahlender Sonnenuntergang zog in Gold- und Rosaschattierungen über den Himmel und verschmolz mit der See, gefolgt von einer für die Tropen typisch kurzen Dämmerung. Kurz darauf drangen von Bord der *Sea Devil* die kratzigen Klänge eines Transistorradios, das mit den harten Reggaerhythmen eindeutig überfordert war, über das stille Wasser herüber. Der Duft von gebratenem Fisch lag in der Luft, doch das vermochte Tates Stimmung kaum zu heben.

»Ich kapiere nicht, warum wir Partner brauchen.« Sie stützte ihre Ellenbogen auf dem schmalen Tisch in der Kombüse auf und runzelte hinter dem Rücken ihrer Mutter die Stirn.

»Dein Vater hat nun einmal einen Narren an Buck gefressen.« Marla streute gemahlenen Rosmarin in den Topf. »Es tut ihm gut, einen Kumpel in seinem Alter um sich zu haben.«

»Aber er hat doch uns«, murmelte Tate.

»Natürlich hat er das.« Marla lächelte ihr über die Schulter zu. »Aber Männer brauchen nun einmal Männer zur Gesellschaft, Schatz. Hin und wieder müssen sie einfach fluchen und laut rülpsen dürfen.«

Bei der Vorstellung, dass ihr Vater mit seinen perfekten Manieren so etwas tun könnte, entfuhr Tate ein Schnauben.

»Die Sache ist die: Wir wissen nichts über die beiden. Sie sind einfach in unserem Gebiet aufgekreuzt.« In Wahrheit hatte sie die Sache mit dem Schwert immer noch nicht verwunden. »Dad hat Monate damit zugebracht, die Geschichte der Wracks zu recherchieren. Warum sollten wir den Lassiters vertrauen?«

»Weil sie Lassiters sind«, verkündete Ray, der sich gerade in die Kombüse schwang. Er bückte sich und küsste Tate schmatzend auf den Kopf. »Unsere Tochter ist von Natur aus misstrauisch, Marla.« Er zwinkerte seiner Frau zu und machte sich daran, den Tisch zu decken. »Bis zu einem gewissen Punkt ist das sicher eine löbliche Eigenschaft. Es ist nicht klug, alles zu glauben, was man sieht oder hört. Aber manchmal muss man sich nun einmal auf sein Gefühl verlassen. Und meins sagt mir, dass die Lassiters genau das sind, was wir bei diesem kleinen Abenteuer gebrauchen können.«

»Wie kommst du nur darauf?« Tate legte das Kinn auf ihre Faust. »Matthew Lassiter ist arrogant, engstirnig und –«

»Jung«, schloss Ray mit einem Augenzwinkern. »Marla, das riecht wunderbar.« Er legte beide Arme um die Taille seiner Frau und bohrte seine Nase in ihren Nacken. Sie duftete nach Sonnenmilch und Chanel.

»Dann wollen wir uns hinsetzen und probieren, ob es auch so wunderbar schmeckt.«

Aber Tate war nicht bereit, die Angelegenheit auf sich beruhen zu lassen. »Dad, weißt du eigentlich, was er mit dem Schwert vorhat? Er will es einfach an irgendeinen Händler verscherbeln!«

Ray ließ sich nieder. »Die meisten Schatztaucher verkaufen nun einmal ihre Beute, Tate. So bestreiten sie ihren Lebensunterhalt.«

»Dagegen habe ich ja auch gar nichts einzuwenden.« Mechanisch griff sie nach dem Teller, den ihre Mutter ihr anbot, und nahm eine Portion Fisch. »Aber zunächst sollte der Fund untersucht und datiert werden. Matthew ist es doch völlig egal, was er da eigentlich gefunden hat oder wem es gehörte. Für ihn ist das Schwert nur etwas, das er gegen einen Kasten Bier eintauschen kann.«

»Das ist schade.« Marla seufzte, während Ray ihr Wein einschenkte. »Und ich verstehe dich, Liebling. Die Tates haben sich immer für die Vergangenheit interessiert.«

»Genau wie die Beaumonts«, warf ihr Mann ein. »Bei uns im Süden ist das so üblich. Selbstverständlich hast du Recht, Tate.« Ray gestikulierte mit seiner Gabel. »Und ich bin deiner Meinung. Aber ich verstehe auch Matthews Standpunkt. Schneller Umsatz, kurzfristiger Profit für seine Arbeit. Wenn sich sein Großvater damals für diesen Weg entschieden hätte, wäre er als reicher Mann gestorben. Stattdessen beschloss er, die Öffentlichkeit an seiner Entdeckung teilhaben zu lassen – und ging leer aus.«

»Es gibt einen Mittelweg«, beharrte Tate.

»Nicht für jeden. Aber ich glaube, Buck und ich haben ihn gefunden. Wenn wir die *Isabella* oder *Santa Marguerite* entdecken, werden wir uns um eine Genehmigung bemühen, es sei denn, wir befinden uns außerhalb der Hoheitsgewässer. Abgesehen davon teilen wir alles, was wir finden, mit der Regierung von Saint Kitts und Nevis – eine Bedingung, der Buck nur sehr ungern zustimmte.« Ray hob sein Glas und starrte in den Wein. »Schließlich hat er aber eingewilligt, weil wir etwas haben, das er dringend braucht.«

»Und das wäre?«, wollte Tate wissen.

»Wir verfügen über eine solide finanzielle Basis, die es uns ermöglicht, diese Operation für eine Weile durchzuziehen, ungeachtet der Resultate. Außerdem haben wir genug Zeit, weil du notfalls das nächste Herbstsemester verschieben kannst. Und wenn es so weit kommen sollte, können wir uns die Ausrüstung für eine umfangreiche Bergungsoperation leisten.«

»Sie benutzen uns also.« Empört schob Tate ihren Teller beiseite. »Genau das habe ich gemeint, Dad.«

»Es ist eine Partnerschaft, die eine Hälfte benutzt logischerweise die andere.«

Keineswegs überzeugt, stand Tate auf, um sich noch ein

Glas Limonade zu holen. Theoretisch hatte sie gegen eine Partnerschaft nichts einzuwenden, denn sie hatte schon früh die Vorteile von Teamarbeit schätzen gelernt. Es war nur dieses ganz spezielle Team, das ihr Sorgen bereitete. »Und was bringen sie in diese Partnerschaft ein?«

»Zunächst einmal sind sie Profis. Wir sind Amateure.« Ray winkte ab, als sie zum Protest ansetzte. »Sosehr ich es mir auch wünsche, ich habe nun einmal noch nie selbst ein Wrack entdeckt, sondern nur die Funde anderer untersucht. Natürlich haben wir hin und wieder Glück gehabt« – er hob Marlas Hand hoch und streifte mit dem Daumen über den goldenen Ring an ihrem Finger – »und sind über ein paar Schmuckstücke gestolpert, die andere übersehen hatten. Seit meinem ersten Tauchgang träume ich jedoch davon, ein unentdecktes Schiff zu finden.«

»Und das wird dir auch gelingen«, behauptete Marla mit unerschütterlichem Vertrauen. »Das hier könnte unsere Chance sein.«

Tate fuhr sich mit den Fingern durchs Haar. Sosehr sie ihre Eltern liebte, ihr Mangel an praktischem Denken verblüffte sie immer wieder. »Dad, deine Recherchen, die Archive, die Manifeste, die Briefe ... Wie du dich durch die Aufzeichnungen von dem Sturm gewühlt und die Gezeiten berechnet hast. Du hast so viel Arbeit in dieses Projekt investiert!«

»Das habe ich«, stimmte er ihr zu. »Und aus diesem Grund finde ich es umso interessanter, dass die Ergebnisse von Bucks Nachforschungen weitgehend mit meinen übereinstimmen. Von ihm kann ich eine Menge lernen. Ist dir klar, dass er drei Jahre lang im Nordatlantik gearbeitet hat, in Tiefen von einhundertfünfzig Metern und mehr? Eiskaltes, stockdunkles Wasser. Er hat in Schlamm, Korallenbänken und Gebieten mit Haien getaucht. Stellt euch das einmal vor!«

Tate sah an der Art, wie sein Blick ins Weite schweifte und seine Lippen sich verzogen, dass er es sich tatsächlich gerade ausmalte. Mit einem Seufzer legte sie eine Hand auf seine Schulter. »Dad, nur weil er mehr Erfahrung hat –«

»Die Erfahrung eines ganzen Lebens.« Ray tätschelte ihre Hand. »Genau das ist es, was er einbringt: Erfahrung, Ausdauer, den Verstand eines Jägers. Und immerhin etwas so Grundlegendes wie seine Arbeitskraft. Zwei Teams arbeiten effizienter als eins, Tate.« Er hielt inne. »Schatz, es ist mir sehr wichtig, dass du meine Entscheidung verstehst. Wenn du sie nicht akzeptieren kannst, sage ich Buck, dass unser Deal nicht zustande kommt.«

Und das würde ihn eine Menge kosten, dachte Tate traurig. Seinen Stolz, weil er bereits sein Wort gegeben hatte. Und Hoffnung, weil er auf den Erfolg seines neuen Teams vertraute.

»Ich verstehe dich«, sagte sie deshalb und schob ihre persönliche Abneigung beiseite. »Und ich akzeptiere deine Entscheidung. Nur noch eine Frage.«

»Schieß los«, forderte Ray sie auf.

»Wie können wir sicher sein, dass sie nicht behalten, was sie dort unten finden, wenn ihr Team runtergeht?«

»Weil wir die Teams aufteilen.« Er stand auf, um den Tisch abzuräumen. »Ich tauche mit Buck, du mit Matthew.«

»Ist das nicht eine tolle Idee?« Marla kicherte angesichts des entsetzten Gesichtsausdrucks ihrer Tochter. »Ein Stück Torte gefällig?«

Die Morgenröte breitete sich in bronze- und rosafarbenen Streifen über dem Wasser aus, auf dem sich die Farben des Himmels spiegelten. Die Luft war rein und angenehm warm. In der Ferne zeichneten sich im ersten Licht die hohen Klippen von Saint Kitts ab.

Weiter südlich lag der Vulkankegel, der über der kleinen Insel Nevis emporragte, in Wolken gehüllt. Die weißen Strände waren menschenleer.

Drei Pelikane flogen vorbei, tauchten dann schnell und

beinahe geräuschlos in einer Kaskade von Wassertropfen unter. Gleich darauf stiegen sie einträchtig wieder auf, flogen weiter, tauchten noch einmal. Wellen schlugen leise gegen den Schiffsrumpf.

Langsam wurde das Licht immer kräftiger, und das Wasser färbte sich saphirblau.

Der Anblick vermochte Tates Stimmung nicht zu heben. Sie stieg in ihren Neoprenanzug, checkte ihre Taucheruhr, den Kompass an ihrem Handgelenk und die Ventile der Sauerstoffflaschen. Während ihr Vater und Buck sich auf dem Vorderdeck bei einer Tasse Kaffee unterhielten, schnallte sie sich ihr Tauchermesser um die Wade.

Neben ihr führte Matthew die gleichen Routinehandgriffe aus.

»Die Sache passt mir genauso wenig wie dir«, murmelte er. Er hob ihre Flaschen an und half ihr dabei, sie festzuschnallen.

»Da fühle ich mich doch gleich besser.«

Sie befestigten ihre Bleigürtel und musterten einander mit gegenseitigem Misstrauen. »Versuch einfach, nicht zu weit zurückzubleiben, und komm mir aber auch nicht in die Quere. Dann dürfte es keine Probleme geben.«

»Ach ja.« Tate spuckte in ihre Maske, rieb sie aus und spülte mit Meerwasser nach. »Komm *du* mir lieber nicht in die Quere.« Sie zwang sich zu einem Lächeln, als Buck und ihr Vater herübergeschlendert kamen.

»Fertig?«, fragte Ray und überprüfte noch einmal ihre Sauerstoffflaschen. Er warf einen Blick auf den leuchtend orangefarbenen Plastikkanister, der als Markierung diente. Ruhig schwamm er auf der glatten See. »Vergesst nicht die Richtung.«

»Nordnordwest – wie bei Cary Grant.« Tate gab ihm einen Kuss auf die Wange und roch sein Aftershave. »Keine Sorge.«

Ich mache mir keine Sorgen, redete Ray sich ein. Natürlich nicht. Aber es kam nun einmal nicht allzu häufig vor, dass sein kleines Mädchen ohne ihn hinunterging. »Viel Spaß.«

Buck hakte seine Daumen in den Hosenbund seiner Shorts. Seine Beine mit den vorstehenden Knien wirkten wie knorrige Baumstämme. Seine Glatze hatte er unter einer ölverschmierten Dodgers-Kappe versteckt, die Augen verdeckte eine getönte Sonnenbrille.

Tate stellte fest, dass er wie ein übergewichtiger, schlecht gekleideter Gartenzwerg aussah, was sie aus einem unerfindlichen Grund sympathisch fand. »Ich passe auf Ihren Neffen auf, Buck.«

Er musste lachen. Es klang wie Schotter, der auf Stein aufschlägt. »Tu das, mein Mädchen. Und gute Jagd.«

Tate nickte, vollzog eine vorbildliche Rolle von der Reling und tauchte unter. Wie es sich für einen verantwortungsbewussten Partner gehört, wartete sie auf Matthew. Sobald sie ihn im Wasser sah, wendete sie und ging tiefer.

Fliederfarbene Fächer wehten in der Strömung. Durch die Eindringlinge aufgescheuchte Fische schwammen in einem bunten Schwarm voller Leben eilig weg. Wenn Tate mit ihrem Vater unterwegs gewesen wäre, hätte sie wahrscheinlich angehalten, um den Augenblick zu genießen, die immer wieder aufs Neue faszinierende Verwandlung von einem Lebewesen der Luft in ein Geschöpf des Meeres.

Vielleicht hätte sie sich die Zeit genommen, ein paar hübsche Muscheln für ihre Mutter zu sammeln oder sich so lange still zu verhalten, bis ein Fisch herbeiglitt, um die Ankömmlinge genauer zu inspizieren.

Da Matthew jedoch den Abstand zwischen ihnen verringerte, waren es weniger die Wunder der Unterwasserwelt, die sie vereinnahmten, als vielmehr ein heftiger Ehrgeiz. Mal sehen, ob er mithalten kann, dachte sie, bewegte sich schneller und schwamm in westlicher Richtung. Das Wasser wurde mit zunehmender Tiefe merklich kühler, blieb jedoch angenehm. Schade, bedauerte Tate, dass wir so weit von den interessanteren Riffs und Korallengärten entfernt sind. Aber selbst hier fand sich genug, was die Sinne erfreute. Das Wasser selbst, die schwingenden Fächer, ein leuchtender Fisch.

Tate achtete auf Unebenheiten oder Verfärbungen im Sand. Sie wollte verdammt sein, wenn sie etwas übersah oder er noch einmal als Sieger auftauchte.

Sie griff nach einem abgebrochenen Stück Koralle, untersuchte es und warf es wieder fort. Matthew schwamm an ihr vorbei und übernahm die Führung. Obwohl Tate wusste, dass es sich bei diesem Manöver um einen ganz normalen Vorgang beim Tauchen handelte, ärgerte sie sich so lange, bis sie wieder vorausschwimmen konnte.

Sie kommunizierten nur, wenn es sich nicht vermeiden ließ. Obwohl sie vereinbart hatten, sich zu verteilen, behielten sie einander im Auge. Sowohl aus Misstrauen als auch zur Sicherheit, vermutete Tate.

Eine Stunde lang durchkämmten sie das Gebiet, in dem sie das Schwert gefunden hatten. Tates ursprüngliche Vorfreude begann sich zu verflüchtigen, da sie nichts weiter entdeckten. Einmal fächerte sie Sand beiseite und bemerkte ein Glitzern, sodass ihr Herz bereits einen Hüpfer tat. Ihre Vision von einer alten Schuhschnalle oder einem Teller schwand jedoch schnell, als sie eine eindeutig aus dem zwanzigsten Jahrhundert stammende Coladose freilegte.

Enttäuscht schwamm Tate weiter nach Norden. Plötzlich lag ein riesiger Unterwassergarten mit bunt gemusterten Muscheln und Korallen vor ihnen, zwischen denen Kaiserfische flink hin und her schwammen. Kompliziert verästelte Korallen, zu zerbrechlich, um in dem Wellengang flacherer Gewässer zu überleben, wuchsen in die Höhe und breiteten sich rot, smaragdgrün und senfgelb aus. Sie boten Dutzenden von Lebewesen, die sich zwischen ihnen versteckt hielten, sich von ihnen ernährten oder sie mit Nahrung versorgten, ein Zuhause.

Wie ein Kind im Spielzeugladen, dachte Matthew, während er Tate beobachtete. Sie hielt ihre Position mit langsamen Bewegungen, und ihre Augen bewegten sich rasch hin und her, um alles auf einmal aufzunehmen.

Zu gern hätte er ihre Begeisterung als albern abgetan, aber er liebte dieses Unterwasserschauspiel selbst. Um sie herum spielten sich sowohl Dramen als auch Komödien ab – man musste nur die sonnengelben Lippfische ansehen, die den anspruchsvollen Drückerfisch eifrig und hingebungsvoll wie Zofen säuberten. Dann wieder schoss plötzlich schnell und tödlich eine Muräne aus ihrer Höhle hervor und schloss ihre Kiefer um einen ahnungslosen Zackenbarsch.

Tate schreckte jedoch vor dem plötzlichen Angriff nicht zurück, sondern sah interessiert zu. Außerdem musste Matthew zugeben, dass sie eine gute Taucherin war, ausdauernd, erfahren und vernünftig. Die Zusammenarbeit mit ihm mochte ihr nicht passen, aber mithalten konnte sie.

Er wusste, dass die meisten Amateure schnell aufgaben, wenn sie nicht innerhalb der ersten Stunde über eine verlorene Münze oder einen antiken Gebrauchsgegenstand stolperten. Tate jedoch ging systematisch und scheinbar unermüdlich vor – zwei weitere Charakterzüge, die er bei einem Tauchpartner schätzte.

Wenn sie sich schon in den nächsten Monaten miteinander arrangieren mussten, konnte er also genauso gut das Beste daraus machen.

Er schwamm zu ihr hinüber und tippte ihr mit einer versöhnlichen Geste auf die Schulter. Mit ausdruckslosen Augen sah sie ihn durch ihre Taucherbrille an. Matthew deutete hinter sie und beobachtete, wie ihre Augen vor Begeisterung aufleuchteten, als sie den Schwarm winziger silbriger Elritzen entdeckte. Wie eine glänzende Welle steuerten sie kaum fünfzehn Zentimeter an Tates ausgestreckter Hand vorbei und verschwanden.

Sie lächelte immer noch, als sie den Barrakuda entdeckte.

Er war vielleicht einen Meter entfernt und grinste sie bewegungslos und zähnebleckend an. Diesmal war sie es, die Matthews Aufmerksamkeit auf den großen Fisch lenkte. Als ihm klar wurde, dass sie mehr amüsiert als ängstlich wirkte, fuhr er mit seiner Suche fort.

Tate sah sich hin und wieder um, um ganz sicherzugehen, dass ihr Zuschauer sich nicht zu sehr für ihre Bewegungen interessierte, aber der Barrakuda verharrte ruhig in der Entfernung. Als sie sich nach einer Weile noch einmal umdrehte, war er verschwunden.

Sie entdeckte den Steinklumpen, als Matthew gerade seine Hand darum schloss. Verärgert und überzeugt, dass ihr Konzentrationsmangel sie davon abgehalten hatte, ihn zuerst zu finden, schwamm sie abermals ein paar Meter weiter in Richtung Norden.

Es ging ihr auf die Nerven, dass er ihr nie von der Pelle wich. Wenn sie nicht aufpasste, klebte er geradezu an ihrer Schulter. Scheinbar gelassen, schwamm sie weiter. Sie wollte verdammt sein, wenn sie den Eindruck erweckte, dass dieser unförmige Steinklumpen sie interessierte, so vielversprechend seine muschelbesetzte Oberfläche auch wirken mochte.

Und dann fand sie die Münze.

Der kleine, dunkle Fleck im Sand fiel ihr sofort auf. Mehr aus Gewohnheit denn aus Begeisterung fächerte sie und stellte sich auf zeitgenössisches Wechselgeld oder eine verrostete Blechdose ein. Aber die dunkle Scheibe lag knapp zwei Zentimeter unter dem Sand. Sobald sie das Metall berührte, war ihr klar, dass sie ein Stück Vergangenheit in der Hand hielt.

Pesos, dachte sie aufgeregt. Das Raubgut eines Piraten, die Beute eines Seeräubers.

Als sie bemerkte, dass sie die Luft anhielt – ein lebensgefährlicher Fehler beim Tauchen –, begann sie wieder langsam durchzuatmen, während sie mit dem Daumen an der Verfärbung rieb. Eine Ecke der unregelmäßig geformten Münze glänzte matt silbern.

Mit einem vorsichtigen Blick über die Schulter vergewisserte sie sich, dass Matthew beschäftigt war, und stopfte den Fund in den Ärmel ihres Anzugs. Zufrieden machte sie sich dann auf die Suche nach weiteren Hinweisen.

Als Tate bei der Überprüfung ihres Ventils und ihrer Uhr registrierte, dass die Zeit fast um war, merkte sie sich ihre Position und wandte sich an ihren Partner. Er nickte und hielt einen Daumen hoch. Langsam bewegten sie sich Richtung Osten und näherten sich dem Boot.

Matthews Beutel war voller Gesteinsformationen, die er ihr stolz zeigte, bevor er auf ihr leeres Netz wies. Sie deutete ein Schulterzucken an und kam kurz vor ihm an die Wasseroberfläche.

»Pech gehabt, Rotschopf.«

Tate ertrug sein überlegenes Grinsen mit Gleichmut. »Kann sein.« Sie griff nach der Leiter der *Adventure* und warf ihre Flossen in die Richtung, wo ihr Vater auf sie wartete. »Kann aber auch nicht sein.«

»Wie ist es gelaufen?« Sobald seine Tochter an Deck war, erlöste Ray sie von ihrem Bleigürtel und den Flaschen. Als er das leere Netz bemerkte, bemühte er sich, seine Enttäuschung zu verbergen. »Nichts, was die Mühe gelohnt hätte, wie?«

»Das würde ich nicht sagen«, erwiderte Matthew. Bevor er seinen Anzug auszog, reichte er Buck seinen Fund. Wasser tropfte aus seinem Haar und sammelte sich um seine Füße. »Vielleicht finden wir ja etwas Wertvolles, wenn wir ein wenig daran herumhacken.«

»In dieser Hinsicht hat der Junge wirklich den sechsten Sinn!« Buck legte das Netz auf einer Bank ab. Es juckte ihn sogleich in den Fingern, sich an den Klumpen zu schaffen zu machen.

»Das übernehme ich«, bot Marla an. Sie trug ihren

geblümten Sonnenhut und ein kanariengelbes Sommerkleid, das ihr flammend rotes Haar betonte. »Ich möchte euch nur erst ein bisschen filmen. Tate, nimm dir mit Matthew einen kalten Drink und etwas zu essen! Ich weiß, dass die Männer schon darauf brennen, da unten ihr Glück zu versuchen.«

»Klar.« Tate strich sich das nasse Haar aus dem Gesicht. »Oh, und wo wir gerade von Glück sprechen ...« Sie zerrte an den Ärmeln ihres Anzugs. Ein halbes Dutzend Münzen fiel klimpernd auf die Planken. »Das hatte ich auch.«

»Verflucht!« Matthew ging in die Hocke. An Form und Gewicht erkannte er, was sie da gefunden hatte. Während die anderen in Begeisterungsrufe ausbrachen, rieb er eins der Geldstücke zwischen den Fingern und betrachtete kühl Tates selbstzufriedenes Grinsen.

Er gönnte ihr den Fund, aber er hasste sie dafür, dass es ihr gelungen war, ihn lächerlich zu machen.

»Wo hast du sie gefunden?«

»Ein paar Meter nördlich von der Stelle, an der du deinen Stein geerntet hast.«

Sie fand, dass die Art, wie er verärgert die Augen zusammenkniff, das Schwert fast wieder wettmachte. »Du warst beschäftigt, da wollte ich dich nicht stören.«

»Klar. Kann ich mir denken.«

»Spanisch.« Ray starrte auf die Münze in seiner Hand. »Siebzehnhundertdreiunddreißig. Könnte hinkommen, das Datum stimmt.«

»Kann genauso gut von einem der anderen Schiffe stammen«, warf Matthew ein. »Zeit, Strömung, Stürme – da gerät alles in Bewegung.«

»Genauso gut können sie aber auch zur *Isabella* oder der *Santa Marguerite* gehören.« Bucks Augen glänzten fiebrig. »Ray und ich werden uns auf das Gebiet, in dem du die hier gefunden hast, konzentrieren.« Er stand aus der Hocke auf und hielt Tate eine Münze hin. »Die anderen kommen in den großen Topf, aber ich finde, eine solltest du behalten. Einverstanden, Matthew?«

»Sicher.« Er zuckte mit den Schultern, bevor er sich dem Kühlschrank zuwandte. »Keine große Sache.«

»Für mich schon«, murmelte Tate, als sie die Münze von Buck entgegennahm. »Es ist das erste Mal, dass ich Münzen gefunden habe. Alte Pesos.« Sie lachte, beugte sich zu Buck und gab ihm spontan einen Kuss. »Was für ein Gefühl!«

Bucks rote Wangen verdunkelten sich. Frauen waren ihm schon immer ein Rätsel gewesen, und zudem noch meistens aus der Ferne. »Daran solltest du festhalten – an diesem Gefühl. Manchmal kann es eine ganze Weile dauern, bis man es wieder spürt.« Er klopfte Ray auf die Schulter. »In die Anzüge, Partner.«

Kaum dreißig Minuten später war das zweite Team unter Wasser. Marla hatte ein Tuch ausgebreitet und hackte eifrig an der Steinformation herum. Tate verschob ihren Lunch fürs Erste und beschäftigte sich mit ihren Silbermünzen.

Matthew saß in ihrer Nähe auf dem Deck und verputzte gerade sein zweites Sandwich mit Speck, Salat und Tomate. »Ich muss sagen, Marla, ich sollte Sie entführen. Was Essen angeht, sind Sie wirklich einsame Spitze.«

»So ein Sandwich ist doch keine Kunst.« Das Geräusch des Hammers stand im Gegensatz zu ihrer angenehmen Stimme. »Sie beide müssen zum Essen bleiben, Matthew. Dann sehen Sie, was richtig gut kochen bedeutet.«

Er glaubte zu hören, wie Tate mit den Zähnen knirschte. »Mit Vergnügen. Ich kann für Sie nach Saint Kitts fahren, falls Sie Vorräte benötigen.«

»Das ist lieb von Ihnen.« Marla trug jetzt Arbeitsshorts und ein viel zu großes Hemd und schwitzte. Irgendwie gelang es ihr, trotzdem wie eine Südstaatenschönheit bei der Planung einer Teeparty auszusehen. »Ich könnte etwas frische Milch für die Kekse gebrauchen.«

»Kekse? Marla, für selbst gebackene Kekse würde ich mit einer ganzen Kuh von der Insel bis hierher schwimmen!«

Sie belohnte ihn mit ihrem ansteckenden Lachen. »Vier Liter dürften reichen. Oh, doch nicht sofort«, rief sie und hielt ihn zurück, als er aufstehen wollte. »Das hat Zeit. Genießen Sie erst mal Ihren Lunch und die Sonne.«

»Hör endlich auf, meine Mutter um den Finger zu wickeln«, zischte Tate leise.

Matthew rutschte näher an sie heran. »Ich mag deine Mutter. Du hast das gleiche Haar«, murmelte er. »Und ihre Augen.« Er hob die andere Sandwichhälfte hoch und biss genüsslich hinein. »Schade, dass du ansonsten so gar nicht nach ihr geraten bist.«

»Ich habe ihren zarten Knochenbau geerbt«, konterte Tate mit einem gemeinen Grinsen.

Matthew nahm sich Zeit, sie eingehend zu studieren. »Ja, sieht ganz danach aus.«

Plötzlich fühlte sie sich unwohl und verlagerte ihr Gewicht. »Ständig hängst du mir auf der Pelle«, beschwerte sie sich. »Genau wie beim Tauchen.«

»Hier, probier mal.« Er schob ihr das Sandwich fast in den Mund, sodass sie wohl oder übel zubeißen musste. »Ich habe beschlossen, dass du mein Glücksbringer bist.«

Um einen Hustenanfall zu vermeiden, schluckte sie den Bissen schnell hinunter. »Wie bitte?«

»Mein Glücksbringer«, wiederholte er. »Weil du dabei warst, als ich den Schwertgriff fand.«

»Du warst dabei, als *ich* ihn fand.«

»Wie auch immer. Gewissen Dingen sollte man eben nie den Rücken zukehren. Einem Mann mit gierigem Blick, einer Frau mit Feuer in den Augen.« Wieder bot er Tate von dem Sandwich an. »Und Glück. Oder Pech.«

»Ich würde sagen, es ist klüger, dem Pech aus dem Weg zu gehen.«

»Man sollte sich seinem Pech stellen. Meistens ist das der direktere Weg. Die Lassiters haben jede Menge Pech gehabt.« Mit einem Schulterzucken verschlang er den Rest des Sandwiches selbst. »Anscheinend hast du mir Glück gebracht.«

»Immerhin war ich es, die die Münzen gefunden hat.«

»Vielleicht bringe ich dir ja auch Glück.«

»Ich habe etwas!«, trällerte Marlas melodische Stimme. »Kommt her und seht euch das an.«

Matthew stand auf, und nach einem Augenblick des Zögerns streckte er eine Hand aus. Nicht minder zögernd, griff Tate danach und ließ sich von ihm auf die Füße ziehen.

»Nägel«, verkündete Marla, während sie ihr feuchtes Gesicht mit einem Taschentuch abtupfte. »Sehen alt aus. Und das ...«

Sie hob eine kleine Scheibe aus den Trümmern. »Sieht aus wie eine Art Knopf. Vielleicht Kupfer oder Bronze.«

Mit einem Grunzen ging Matthew in die Hocke. Vor ihm lagen zwei eiserne Nägel, diverse Tonscherben, ein zerbrochenes Stück Metall, das früher vielleicht einmal zu einer Schnalle oder einer Art Anstecknadel gehört hatte. Aber es waren die Nägel, die ihn am meisten interessierten.

Marla hatte Recht. Sie waren alt. Er nahm einen hoch, drehte ihn zwischen seinen Fingern, stellte sich vor, wie er einst in Planken gehämmert wurde, die Sturm und Meerwasser ausgesetzt waren.

»Messing«, erklärte Tate begeistert, während sie mit Lappen und Lösemittel den Rost beseitigte. »Es ist ein Knopf. Mit einer Gravur darauf, eine Blume ... Eine kleine Rose! Stammt vermutlich vom Kleid eines weiblichen Passagiers.«

Der Gedanke stimmte sie traurig. Die einstige Besitzerin des Knopfes hatte ihre Reise nicht überlebt ...

»Kann schon sein.« Matthew betrachtete den Knopf. »Sieht ganz danach aus, als ob wir die Aufprallstelle gefunden hätten.«

Tate griff nach ihrer Sonnenbrille. »Was ist eine Aufprallstelle?«

»Genau das, was der Begriff besagt. Wahrscheinlich haben wir die Stelle entdeckt, an der das Schiff aufprallte, als es von den Wellen nach unten gezogen wurde. Das Wrack liegt woanders.« Er hob seinen Blick und musterte die See bis zum Horizont. »Irgendwo anders«, wiederholte er.

Aber Tate schüttelte den Kopf. »Nach diesem Erfolg kannst du mich nicht entmutigen. Wir sind nicht mit leeren Händen aufgetaucht, Matthew. Ein einziger Tauchgang, und schon finden wir all das hier. Münzen und Nägel –«

»Zerbrochene Tonscherben und ein Messingknopf.« Matthew warf den Nagel wieder auf den Haufen. »Kleine Fische, selbst für einen Amateur.«

Tate griff nach der Münze, die an seinem Hals baumelte. »Wo das herkommt, gibt es noch mehr. Mein Vater ist davon überzeugt, dass wir die Chance haben, einen großen Fund zu machen. Und ich auch.«

Er stellte fest, dass sie vor Wut beinahe zitterte. Sie reckte ihr Kinn in die Höhe. Es war fast so spitz wie die Nägel zu ihren Füßen, und ihre Augen wirkten hart und fiebrig.

Himmel, warum nur musste sie so jung sein?

Er lockerte seine Schultern und tätschelte ihr absichtlich beiläufig und herablassend den Arm. »So kommt wenigstens keine Langeweile auf. Normalerweise trifft allerdings die Faustregel zu, dass ein kleiner Fund meistens auch schon der ganze Fund ist.« Matthew rieb seine Hände sauber und stand auf. »Lassen Sie mich weitermachen, Marla.«

»Du bist wirklich ein Optimist, Lassiter.« Tate zog ihr T-Shirt aus. Als er sie einen Augenblick lang ansah, wurde ihr aus irgendeinem Grund heiß. »Ich gehe jetzt schwimmen.« Sie schwang sich über die Reling und sprang ins Wasser.

»Sie ist die Tochter ihres Vaters«, erklärte Marla und lächelte sanft. »Fest davon überzeugt, dass sich harte Arbeit,

Ausdauer und ein Herz am rechten Fleck bezahlt machen. Für die beiden ist das Leben schwieriger als für Menschen, denen bewusst ist, dass das noch längst nicht ausreicht.« Sie tätschelte Matthews Arm. »Lassen Sie mich aufräumen, Matthew. Ich habe mein eigenes System. Warum machen Sie sich nicht auf den Weg und besorgen die Milch?«

Drittes Kapitel

Für Tate war Pessimismus nichts weiter als Feigheit – schlicht und einfach der Versuch, sich mit seinen Niederlagen nicht auseinander setzen zu müssen.

Umso schlimmer war es für sie, wenn eine pessimistische Ansicht sich bestätigte.

Nachdem sie zwei Wochen lang in zwei Teams von Sonnenaufgang bis Sonnenuntergang getaucht waren, hatten sie nichts weiter vorzuweisen als ein paar Stücke verrosteten Metalls. Natürlich redete sie sich trotzdem ein, dass sie keineswegs entmutigt war, und suchte während ihrer Schicht mit mehr Sorgfalt und Eifer als notwendig.

Nachts brütete sie immer wieder über den Seekarten ihres Vaters und den Kopien seiner Recherchen. Je unbekümmerter Matthew sich gab, desto entschlossener wurde Tate, ihm zu beweisen, dass sie Recht hatte. Es war ihr sehnlichster Wunsch, das Wrack zu finden, und zwar wenn möglich sofort. Und sei es nur, um einen Sieg über Matthew verbuchen zu können.

Abgesehen davon musste sie zugeben, dass die Wochen durchaus nicht vergeudet waren. Das schöne Wetter hielt sich, und die Landschaft, die sich ihnen unter Wasser bot, war unglaublich. Als ihre Mutter auf einer Erholungspause bestand, fuhren sie zur Insel, gingen einkaufen, suchten Souvenirs aus, unternahmen Entdeckungsausflüge und veranstalteten Picknicks am Strand. Tate durchforstete Friedhöfe und alte Kirchen, immer von der Hoffnung getrieben, neue Hinweise auf das Geheimnis der Wracks von 1733 zu finden.

Am meisten jedoch genoss sie es, ihren Vater und Buck zu beobachten. Ein eigentümliches Paar gaben die beiden ab – der eine kompakt und rundlich mit einem Schädel wie eine polierte Bowlingkugel, daneben der hoch gewachsene, schlanke Ray mit dem dichten, silbergesprenkelten Haar.

Ihr Vater sprach mit dem langsamen, angenehmen Akzent der Küstenregion Carolinas, während Bucks Konversation mit zahlreichen Flüchen gepfeffert war, die er in lockerer Yankee-Manier einstreute. Trotz dieser offenkundigen Gegensätze benahmen sie sich wie alte Freunde, die sich nach einer langen Trennung wiedergefunden hatten.

Wenn sie auftauchten, lachten sie oft wie kleine Jungs über einen gelungenen Streich, und ständig hatte der eine spannende Geschichten für den anderen auf Lager.

Tate beobachtete interessiert, wie schnell sich die Freundschaft der beiden Männer entwickelte. An Land waren die Bekannten ihres Vaters Geschäftsleute in Schlips und Kragen, durchweg ziemlich wohlhabend und aus ehrbaren Südstaatenfamilien stammend.

Hier dagegen aalte Ray sich neben Buck in der Sonne, teilte mit ihm sein Bier und seine Träume von einem versunkenen Schatz.

Marla machte Fotos von ihnen oder zückte ihre allgegenwärtige Videokamera und bezeichnete die Männer hinter ihrem Rücken als zwei verrückte alte Käuze.

Während Tate sich auf ihren morgendlichen Tauchgang vorbereitete, beobachtete sie, wie Ray und Buck ihre Croissants verzehrten und sich dabei über Baseball stritten.

»Was Buck über Baseball weiß, passt in eine Nussschale«, bemerkte Matthew. »Er hat richtiggehend gebüffelt, damit er mit Ray debattieren kann.«

Tate setzte sich hin und zog ihre Flossen an. »Das finde ich nett.«

»Etwas anderes habe ich auch nicht behauptet.«

»Von dir hört man doch nie etwas Nettes.«

Er setzte sich neben sie. »Na gut, es ist nett. Der Umgang mit deinem Vater tut Buck gut. Er hat es in den letzten Jahren nicht leicht gehabt. So viel hat er nicht mehr gelacht, seit ... seit einer ganzen Weile.«

Tate stieß einen lang gezogenen Seufzer aus. Angesichts von so viel Ehrlichkeit fiel es ihr schwer, wütend auf Matthew zu sein. »Ich weiß, dass du ihn magst.«

»Klar mag ich ihn. Er ist immer für mich da gewesen. Für Buck würde ich alles tun.«

Matthew hielt seine Maske mit einer Hand fest. »Verdammt, schließlich tauche ich ihm zuliebe sogar mit dir.« Sprach's und rollte sich ins Wasser ab.

Anstatt beleidigt zu sein, grinste Tate nur und folgte ihm.

Sie hielten sich an die Markierung. Ihre Suche hatte sie inzwischen langsam weiter nördlich geführt, und jedes Mal, wenn sie in ein neues Gebiet vorstießen, verspürte Tate ein Gefühl der Vorfreude. Immer wieder redete sie sich ein, dass nun endlich der große Tag gekommen war.

Das Wasser fühlte sich an Gesicht und Händen angenehm kühl an. Sie genoss es, wie es beim Abstieg durch ihr Haar strömte.

Inzwischen schienen sich sogar die Meeresbewohner an sie gewöhnt zu haben. Gelegentlich lugte ein neugieriger Barsch oder ein Engelhai in ihre Maske. Sie hatte sich angewöhnt, eine Plastiktüte mit Kräckern oder Brotkrümeln mitzubringen, fütterte vor Beginn der Arbeit ein paar Minuten lang die Fische und ließ sie um sich herumschwimmen.

Regelmäßig zeigte sich der Barrakuda, den sie inzwischen »Smiley« getauft hatten, hielt sich aber immer in sicherer Entfernung und beobachtete sie. Ein besonders lebhaftes Maskottchen war er beim besten Willen nicht, dafür aber treu.

Sie und Matthew hatten eine bestimmte Routine entwickelt. Stets arbeiteten sie in Sichtweite, überquerten jedoch selten die unsichtbare Grenze zwischen ihren Gebieten. Dennoch ließen sie einander ab und zu an ihren Erlebnissen teilhaben – ein Handsignal, ein Klopfen an die Sauerstoffflasche, um den anderen auf einen Schwarm Fische oder einen sich vergrabenden Rochen hinzuweisen.

Unter Wasser war Matthew eigentlich ausgesprochen erträglich, fand Tate. Hin und wieder wurde die Stille durch das gedämpfte Motorengeräusch eines Touristenbootes über ihnen gestört. Einmal hatte Tate sogar das unheimliche Echo eines Transistorradios gehört, aus dem Tina Turners raue Stimme zu ihr herunterdrang.

In Gedanken vor sich hin trällernd, näherte Tate sich einer ungewöhnlichen Korallenformation. Sie erschreckte einen Anemonenfisch, der sie wütend ansah, bevor er von dannen glitt. Amüsiert blickte sie über die Schulter zurück. Matthew bewegte sich in Richtung Westen, hielt sich aber immer in Sichtweite. Tate steuerte weiter nördlich auf die satten Rot- und Brauntöne der Formation zu.

Tate schwebte bereits direkt darüber, als sie erkannte, dass es sich nicht um Korallen, sondern um Steine handelte. Blasen sprudelten aus ihrem Mundstück. Wenn sie nicht unter Wasser gewesen wäre, hätte sie vermutlich vor Aufregung gestottert.

Ballaststeine. Ganz eindeutig lagen hier Ballaststeine. Aus ihrem Studium wusste sie, dass ihre Farbe auf eine Galeone hinwies. Für Schoner hatte man für gewöhnlich sprödere Steine verwendet. Der Ballast einer Galeone, dachte sie verträumt. Verloren und vergessen, und nun nach vielen Jahren endlich wiederentdeckt.

Also musste genau hier eins der verschwundenen Wracks aus dem Jahr 1733 liegen. Und sie hatte es gefunden.

Ihr Schrei formte unzählige Blasen, die ihr die Sicht nahmen. Als sie ihre Emotionen wieder einigermaßen unter Kontrolle hatte, zog sie ihr Messer aus der Scheide und schlug kräftig gegen eine ihrer Sauerstoffflaschen.

Sie drehte sich einmal im Kreis und erblickte ein paar Meter weiter den Schatten ihres Partners. Er schien ihr ebenfalls ein Zeichen zu geben, deshalb klopfte sie ungeduldig noch einmal.

Komm verdammt noch mal endlich her!

Schließlich musste sie ein drittes Mal klopfen und tat es so nachdrücklich wie möglich. Zufrieden und mit einem leisen Hauch von Selbstgefälligkeit beobachtete sie, wie Matthew sich durch das Wasser auf sie zubewegte.

Ärgere dich, so viel du willst, du Besserwisser, dachte sie, und mach dich auf eine Niederlage gefasst.

Sie beobachtete, wie er die Steine registrierte – ein leichtes Zögern in seinem Rhythmus, dann die Beschleunigung seines Tempos. Tate konnte es sich nicht verkneifen, ihn breit anzugrinsen und eine Unterwasserpirouette zu versuchen.

Hinter seiner Taucherbrille waren seine Augen so blau wie Kobalt und strahlten mit einer Intensität und einer Unbekümmertheit, die ihr Herz laut klopfen ließen. Er schwamm einmal um die Steine herum und war offenbar zufrieden. Als er ihre Hand nahm, drückte Tate seine Finger kurz und kameradschaftlich. Eigentlich war sie davon ausgegangen, dass sie nun auftauchen würden, aber er zog sie in die Richtung, aus der er gekommen war.

Sie sträubte sich und schüttelte den Kopf, deutete mit dem Daumen nach oben. Doch Matthew zeigte entschlossen nach Westen. Tate verdrehte die Augen, gestikulierte in Richtung der Ballaststeine und wollte an die Oberfläche.

Matthew erwischte ihr Fußgelenk. Verblüfft stellte sie fest, wie vertraulich er seine Hand an ihrem Bein hinaufschob und sie wieder nach unten zog. Sie erwog kurz, ihm einen Hieb zu verpassen, aber er hielt ihren Arm fest und zerrte sie weiter.

Ihr blieb gar keine andere Wahl, als ihm zu folgen und sich frustriert zu überlegen, was sie ihm bei der nächsten sich bietenden Gelegenheit alles an den Kopf werfen wollte.

Dann sah sie es – und ihre Kinnlade klappte herunter.

Sie griff nach ihrem Mundstück, brachte ihre Atmung mühsam unter Kontrolle und starrte auf die großen Kanonen.

Sie waren verrostet, mit Meerestieren bewachsen und halb mit Sand bedeckt, einstmals der Stolz der spanischen Flotte, die Schiffe gegen Piraten und andere Feinde des Königs verteidigt hatte. Vor Freude hätte Tate weinen mögen.

Stattdessen umarmte sie Matthew ungelenk und drehte sich mit ihm in einem Freudentanz. Das Wasser wirbelte um sie herum, und ein Schwarm silbriger Fische umzirkelte sie. Ihre Masken kollidierten, Tate stieß ein Kichern aus und hielt ihn weiterhin fest, während sie gemeinsam die vierzig Fuß nach oben stiegen.

Sobald sie aufgetaucht waren, schob sie sich ihre Maske auf den Kopf und ließ das Mundstück fallen. »Matthew, du hast sie gesehen! Sie sind wirklich da!«

»Sieht ganz danach aus.«

»Wir haben sie zuerst gefunden! Nach mehr als zweihundertfünfzig Jahren sind wir die Ersten!«

Sein Grinsen blitzte auf, und ihre Beine streiften einander unter Wasser. »Ein unberührtes Wrack. Und es gehört uns ganz allein, Rotschopf.«

»Ich kann es kaum fassen. Es ist so völlig anders als sonst. Bisher war immer schon jemand vor uns da gewesen, und wir mussten mit den traurigen Resten vorlieb nehmen. Aber das hier ...« Tate warf den Kopf zurück und lachte. »Oh Gott! Ein tolles Gefühl. Unglaublich.«

Immer noch lachend, warf sie die Arme um ihn, hätte sie dabei fast beide unter Wasser gezogen, und drückte ihm einen unschuldigen Kuss auf den Mund.

Ihre Lippen fühlten sich feucht, kühl und weich an, und das bewirkte, dass Matthews Gehirn drei Herzschläge lang aussetzte. Unbewusst schob er sie mit seinen Zähnen auseinander und ließ seine Zunge dazwischengleiten. Sein Kuss wurde immer hungriger.

Er spürte, wie Tates Atem stockte, wie ihre Lippen nachgaben. Dann hörte er ihren tiefen Seufzer.

Schlimmer Fehler. Die Worte blinkten in Neonschrift in seinem Hirn auf. Sie gab sich dem Kuss ganz hin, und ihre Hingabe war so unwiderstehlich wie unerwartet.

Tate schmeckte Salz, See und Matthews männliches Aroma und fragte sich, ob jemals irgendjemand vor ihr diese Eindrücke so intensiv empfunden hatte. Sonnig-goldenes Licht tanzte wie Diamanten auf der kühlen, sanften, verführerischen See. Tate glaubte, ihr Herz würde aussetzen, aber es war ihr gleichgültig. In dieser seltsamen und wunderbaren Welt war alles bedeutungslos, bis auf den Geschmack und den Druck seiner Lippen.

Dann wurde sie jedoch jäh aus ihrem Traum herausgerissen und taumelte. Die Tür zu dieser faszinierenden Welt schlug vor ihrer Nase zu. Instinktiv paddelte sie mit den Füßen, um ihren Kopf über Wasser zu halten, und sah Matthew mit riesigen, verträumten Augen an.

»Wir vergeuden unsere Zeit«, murmelte er und verwünschte sich dabei gleichzeitig. Als sie die Lippen aufeinander presste, um den Kuss noch einmal zu spüren, hielt er ein Stöhnen zurück und verwünschte diesmal sie.

»Was?«

»Reiß dich zusammen. In deinem Alter kann das doch nicht dein erster Kuss gewesen sein.«

Die Härte seiner Stimme und die beleidigende Bemerkung lichteten die Nebel. »Natürlich nicht. Ich wollte dir nur gratulieren.« Doch das erklärte wohl kaum diese plötzliche Leere in ihrem Magen.

»Das kann warten. Wir müssen den anderen Bescheid sagen und die Stelle markieren.«

»Alles klar.« Sie drehte sich um und kraulte schnell zum Boot. »Keine Ahnung, warum du dich so aufregst.«

»Das dachte ich mir«, murmelte Matthew und folgte ihr.

Wild entschlossen, sich von ihm nicht den aufregendsten Tag ihres Lebens verderben zu lassen, kletterte Tate an Bord.

Marla saß unter dem Sonnensegel und maniküre ihre Fingernägel. Die Nägel einer Hand glänzten bereits rosa. Sie blickte lächelnd auf. »Du bist früh dran, Liebes. Wir haben erst in einer Stunde mit euch gerechnet.«

»Wo sind Dad und Buck?«

»Im Steuerhaus, sie sehen sich noch einmal die alte Karte an.« Marlas Lächeln wurde unsicher. »Ist etwas schief gegangen? Matthew!« Sie sprang aus ihrem Stuhl auf, in ihren Augen spiegelte sich Panik. Ihre geheime, nie offen ausgesprochene Furcht vor Haien schnürte ihr unvermittelt die Kehle zu. »Ist er verletzt? Was ist passiert?«

»Es geht ihm gut.« Tate nahm ihren Gürtel ab. »Er kommt sofort.« Sie hörte seine Flossen auf das Deck platschen, drehte sich jedoch nicht um, um ihm beim Heraufklettern zu helfen. »Alles in Ordnung. Wir haben es gefunden.«

Marla lief zur Reling, um sich von Matthews Wohlbefinden zu überzeugen. Als sie ihn unversehrt vor sich sah, beruhigte sich ihr Herzschlag wieder. »Was habt ihr gefunden, Schatz?«

»Das Wrack.« Tate strich sich mit einer Hand über ihr Gesicht und bemerkte überrascht, dass ihre Finger zitterten. Ihre Ohren dröhnten, ihr Herz schlug unregelmäßig. »Eines der beiden Wracks. Wir haben es entdeckt!«

»Du lieber Himmel!« Buck erschien in der Tür zum Deckshaus. Sein normalerweise gerötetes Gesicht war blass geworden, die Augen hinter den dicken Brillengläsern wirkten verblüfft. »Welches von beiden?«, fragte er mit belegter Stimme. »Welches hast du gefunden, Junge?«

»Kann ich noch nicht sagen.« Matthew mühte sich mit seinen Sauerstoffflaschen ab. Sein Puls ging schnell, allerdings nicht nur wegen des Wracks, sondern auch deshalb, weil er sich beinahe über Tate hergemacht hätte. »Aber sie liegt bestimmt da unten, Buck. Wir haben Ballast, eindeutig

Galeonenballast, und Kanonen gesehen.« Er registrierte, dass Ray hinter Buck aufgetaucht war und große Augen machte. »An der anderen Stelle ist sie aufgeprallt, aber dieser Fleck ist vermutlich der Fundort.«

»Wo –« Ray musste sich räuspern. »Die genaue Position, Tate?«

Sie öffnete den Mund und klappte ihn wieder zu, als ihr auffiel, dass sie vor lauter Begeisterung vergessen hatte, die Fundstelle zu markieren. Sie lief rot an.

Matthew sah sie an, und sein leicht überlegenes Grinsen überzog sein Gesicht, bevor er Ray die Koordinaten nannte. »Wir werden Markierungsbojen setzen müssen. Zieht ihr eure Anzüge an, dann zeige ich euch, was wir gesehen haben.« Wieder lächelte er. »Ich würde sagen, dass Ihr neues Sauggerät bald zum Einsatz kommt, Ray.«

»Nun …« Ray sah Buck an. Langsam wich sein benommener Gesichtsausdruck. »Da könnten Sie Recht haben.« Er streckte die Arme nach Buck aus. Die beiden Männer fielen einander um den Hals und schwankten dabei wie Betrunkene hin und her.

Sie brauchten einen Plan. Es war Tate, die nach der lautstarken Feier am selben Abend die Stimme der Vernunft erklingen ließ. Sie brauchten ein System, mit dem das Wrack geborgen und erhalten werden konnte, und sie mussten ihren Anspruch hieb- und stichfest rechtlich geltend machen. Und die gefundenen Gegenstände mussten genau katalogisiert werden.

Außerdem benötigten sie eine gute Unterwasserkamera, um Fundstelle und Position festzuhalten, und ein paar solide Notizbücher für die Katalogisierung. Und natürlich Tafeln und Graphitschreiber, um unter Wasser Zeichnungen anfertigen zu können.

»Wenn ein Mann früher ein Wrack fand«, setzte Buck an und griff nach einem weiteren Bier, »durfte er alles behalten – immer vorausgesetzt natürlich, dass er sich Piraten und andere Schmarotzer vom Leib hielt. Man musste vorsichtig sein, verschwiegen und dazu bereit, sein Eigentum zu verteidigen.«

Seine Worte klangen immer undeutlicher, und er gestikulierte mit seiner Bierdose. »Jetzt gibt es Regeln und Vorschriften, und jeder will sich eine Scheibe von dem abschneiden, was du dir mit harter Arbeit und Gottes Hilfe verdient hast. Gewissen Leuten bedeuten ein paar wurmstichige Holzplanken mehr als ein Eimer Gold.«

»Die historische Unversehrtheit eines Wracks ist wichtig, Buck.« Ray nippte an seinem Bier. »Sein geschichtlicher Wert, unsere Verantwortung der Vergangenheit und der Zukunft gegenüber ...«

»Verflucht!« Buck zündete sich eine der zehn Zigaretten an, die er sich täglich gönnte. »Es gab Zeiten, da hätten wir ein Wrack in die Luft gejagt, um an das Gold zu kommen! Damit will ich nicht behaupten, dass das besonders clever war.« Er stieß den Rauch aus, und seine Augen glänzten wehmütig. »Aber auf jeden Fall hat es Spaß gemacht.«

»Wir haben nicht das Recht, etwas zu zerstören, um an etwas anderes heranzukommen«, murmelte Tate.

Buck betrachtete sie und grinste. »Warte nur, bis dich der Goldrausch packt. Er verändert die Menschen. Zuerst siehst du ein Glitzern im Sand. Es funkelt hell, ganz anders als Silber. Könnte eine Münze sein, eine Kette, ein Medaillon, ein Schmuckstück, das ein vor langer Zeit verstorbener Mann seiner vor langer Zeit verstorbenen Frau schenkte. Dann hältst du es in deiner Hand, und es strahlt noch genauso wie an dem Tag, als es geschmiedet wurde. Danach willst du immer mehr.«

Neugierig legte Tate den Kopf auf die Seite. »Gehst du deshalb nach unten? Wenn du den Schatz der *Isabella* oder der *Santa Marguerite* finden würdest – wenn du ihn entdecken würdest und reich wärst, würdest du dann trotzdem noch weitermachen?«

»Ich werde mein Leben lang tauchen. Das ist alles, was ich kann. Alles, was ich brauche. Dein Vater war genauso«, sagte Buck zu Matthew. »Ob er Gold fand oder nur mit einer Kanonenkugel auftauchte, er musste immer wieder runter. Sein Tod hat dem ein Ende gesetzt, nichts anderes hätte ihn aufhalten können.« Seine Stimme wurde rauer, und er starrte wieder auf sein Bier. »Er wollte die *Isabella*. In den letzten Monaten seines Lebens war er nur damit beschäftigt, herauszufinden, wie, wo und wann er sie finden konnte. Jetzt werden wir sie für ihn entdecken. Und den Fluch der Angelique.«

»Was?« Ray zog die Brauen zusammen. »Den Fluch der Angelique?«

»Er hat meinen Bruder getötet. Der Fluch einer verdammten Hexe.«

Matthew erkannte die Anzeichen und nahm seinem Onkel die fast leere Bierdose aus der Hand. »Ein Mensch hat ihn umgebracht, Buck. Ein Mensch aus Fleisch und Blut, kein Fluch und keine Zauberformel.« Er stand auf und zog Buck auf die Füße. »Wenn er zu viel trinkt, weiß er nicht mehr, was er redet«, erklärte er. »Als Nächstes erzählt er uns noch die Geschichte von Blackbeards Geist.«

»Ich habe ihn gesehen«, murmelte Buck mit einem idiotischen Grinsen. Seine Brille rutschte ihm auf die Nasenspitze, sodass seine kurzsichtigen Augen über den Rand blinzelten. »Zumindest glaubte ich das. Vor der Küste von Okracoke. Erinnerst du dich, Matthew?«

»Natürlich erinnere ich mich. Hör zu, wir haben einen langen Tag vor uns. Lass uns zum Boot zurückkehren.«

»Braucht ihr Hilfe?« Ray erhob sich und stellte zu seiner Überraschung fest, dass er selbst nicht mehr ganz sicher auf den Füßen stand.

»Ich komme schon zurecht. Ich werfe ihn einfach ins Schlauchboot und rudere ihn zurück. Danke für das Essen, Marla. Noch nie im Leben habe ich ein köstlicheres Brathuhn gegessen. Halt dich bei Sonnenaufgang bereit«, sagte Matthew zu Tate. »Und stell dich auf eine harte Schicht ein.«

»Keine Sorge.« Obwohl er sie nicht um Hilfe gebeten hatte, ging sie um Buck herum und legte sich seinen linken Arm über die Schulter. »Komm, Buck, Zeit zum Schlafengehen.«

»Du bist ein gutes Mädchen.« Unbeholfen drückte er sie. »Hab ich Recht, Matthew?«

»Ein echtes Goldstück. Ich gehe zuerst die Leiter runter, Buck. Wenn du reinfällst, lasse ich dich vielleicht absaufen.«

»Das glaubst du doch selbst nicht.« Buck kicherte und verlagerte sein Gewicht auf Tate, während Matthew sich über die Reling schwang. »Der Junge würde mich gegen einen Schwarm Haie verteidigen! Wir Lassiters halten zusammen.«

»Ich weiß.« Vorsichtig gelang es Tate, die unter seinem Gewicht hin und her schwankte, Buck über die Reling zu manövrieren. »Halt dich fest!« Als er auf der Leiter wankte, und Matthew von unten fluchte, musste sie lachen. »Halt dich fest, Buck.«

»Keine Sorge. Der Kahn, mit dem ich nicht zurechtkomme, muss erst noch gebaut werden.«

»Verdammt, so bringst du uns noch zum Kentern! Buck, du bist ein Idiot.« Als das Schlauchboot gefährlich zu schlingern begann, drückte Matthew Buck hinunter. Wasser spritzte hoch und durchnässte sie beide.

»Überlass das nur mir, Matthew.« Vergnügt kichernd, schöpfte Buck mit beiden Händen Wasser aus dem Boot.

»Bleib einfach still sitzen.« Matthew legte sich in die Ruder, sah sich noch einmal um und bemerkte, dass die Beaumonts sie grinsend beobachteten. »Ich hätte ihn schwimmen lassen sollen!«

»Gute Nacht, Ray!« Buck winkte vergnügt, während sie sich von der *Adventure* entfernten. »Morgen gibt es Golddublonen. Gold und Silber und glitzernde, funkelnde Juwelen. Ein neues Wrack, Matthew«, murmelte er, und sein Kinn sank ihm bereits auf die Brust. »Ich habe es von Anfang an gewusst. Die Beaumonts bringen uns Glück.«

»Stimmt.« Nachdem er Ruder und Leine gesichert hatte, betrachtete Matthew seinen Onkel zweifelnd. »Kommst du die Leiter allein hoch, Buck?«

»Natürlich komme ich die Leiter hoch. Bin schließlich mit Seemannsbeinen geboren worden.« Die Seemannsbeine und das kleine Boot schwankten bedenklich, als er nach der Strickleiter griff.

Mit mehr Glück als Verstand erwischte er eine Sprosse und richtete sich auf, bevor das Schlauchboot kentern konnte. Bis zu den Knien durchnässt, zog Matthew ihn an Bord. Buck taumelte und winkte den Beaumonts fröhlich zu.

»Ahoi, *Adventure!* Alles im Lack!«

»Mal sehen, ob du das morgen früh auch noch sagst«, murmelte Matthew und musste Buck fast zu dem winzigen Steuerhaus tragen.

»Das sind gute Menschen, Matthew. Zuerst wollte ich nur ihre Ausrüstung nutzen, sie ausnehmen und mich dann mit dem Löwenanteil aus dem Staub machen. Für uns beide wäre es kein Problem, nachts zu tauchen und die besten Sachen beiseite zu schaffen. Das hätten sie niemals gemerkt.« Die Worte kamen nicht mehr sehr deutlich aus seinem Mund.

»Vermutlich nicht«, stimmte Matthew zu und zog seinem Onkel die feuchte Hose aus. »Ich habe selbst schon daran gedacht. Amateure verdienen es, ausgenommen zu werden.«

»Und wir haben einige ausgenommen«, erinnerte Buck sich wehmütig. »Aber bei dem alten Ray bringe ich das einfach nicht übers Herz. Er ist ein echter Freund. Seit dein Vater tot ist, habe ich keinen so guten Freund mehr gehabt. Und dann seine schöne Frau. Und die hübsche Tochter. Nein.« Traurig schüttelte er den Kopf. »Leute, die man mag, kann man nicht abzocken.«

Matthew stimmte ihm grunzend zu und betrachtete die Hängematte zwischen der Frontseite der Kabine und der Wand achtern. Er hoffte, dass er Buck nicht hineinzuhieven brauchte. »Du musst jetzt schleunigst in deine Koje.«

»Ja. Bei Ray werde ich mit offenen Karten spielen.« Wie ein Bär, der in seine Höhle klettert, wuchtete Buck sich in die Hängematte. »Wir sollten ihm vom Fluch der Angelique erzählen. Wenn ich es mir genau überlege, bist du der Einzige, der davon weiß.«

»Mach dir darüber keine Gedanken.«

»Aber wenn ich es ihnen nicht erzähle, werden sie vielleicht verschont. Ich will nicht, dass ihnen etwas zustößt.«

»Ihnen stößt schon nichts zu.« Matthew zog seine Jeans aus.

»Erinnerst du dich an das Bild, das ich dir gezeigt habe? Das viele Gold, die Rubine und Diamanten? Man kann sich gar nicht vorstellen, dass etwas so Schönes böse sein kann.«

»Das ist es auch nicht.« Matthew zog sein Hemd aus und schleuderte es ungefähr in die Richtung, in der seine Jeans lagen. Er nahm Buck die Brille von der Nase und brachte sie in Sicherheit. »Und jetzt schlaf, Buck.«

»Vor über zweihundert Jahren haben sie die Hexe verbrannt, und immer noch sterben Menschen wegen ihr. Wie James.«

Matthew biss die Zähne zusammen, und seine Augen verdunkelten sich. »Mein Vater ist nicht von einer Halskette umgebracht worden, sondern von einem Menschen. Von Silas VanDyke.«

»VanDyke.« Buck wiederholte den Namen mit schlaftrunkener Stimme. »Wir konnten ihm nichts beweisen.«

»Es genügt, dass wir es wissen.«

»Der Fluch ist schuld. Der Fluch der Hexe. Aber wir werden sie schlagen, Matthew. Du und ich, wir werden sie besiegen.« Kurz darauf begann Buck zu schnarchen.

Verdammter Fluch, dachte Matthew. Er würde das Amulett finden. Er würde die Spur seines Vaters verfolgen, bis er es in der Hand hielt. Und wenn es so weit war, würde er sich an dem Hurensohn rächen, der James Lassiter auf dem Gewissen hatte.

In seinen Boxershorts trat er aus der Kabine in die warme, sternenklare Nacht. Der Mond stand wie eine halbierte Münze am Himmel. Matthew ließ sich in seiner Hängematte nieder, so weit entfernt, dass das vertraute Schnarchen seines Onkels nur noch als leises Summen zu ihm herüberdrang.

Es gab eine Halskette, eine Kette aus schweren, goldenen Gliedern, und einen rubin- und diamantenbesetzten Anhänger mit den eingravierten Namen eines unglücklichen Liebespaares. Er hatte das Bild gesehen, die dürftigen Dokumente, auf die sein Vater gestoßen war.

Er kannte die Legende so gut wie ein Märchen, das man als Kind immer wieder erzählt bekommen hat. Eine Frau wurde als Hexe und Mörderin verurteilt und auf dem Scheiterhaufen verbrannt. Ihre letzten Worte waren, dass sie sich an jedem rächen würde, der aus ihrem Tod Kapital schlug.

Unglück und Verzweiflung hatten das Amulett durch die nächsten zwei Jahrhunderte verfolgt. Gier und Lust hatten Männer dazu gebracht, für das begehrte Medaillon zu töten, hatten Frauen zu Intrigantinnen gemacht.

Vielleicht hätte Matthew sogar an die Legende geglaubt, aber im Grunde bedeutete sie nichts weiter, als dass Gier und Lust Unglück und Verzweiflung mit sich gebracht hatten. Wenn es um ein unbezahlbares Schmuckstück ging, brauchte kein Fluch im Spiel zu sein, um Menschen zu Mördern zu machen.

Das wusste er aus eigener Erfahrung nur zu gut, denn der Fluch der Angelique war das Motiv für den Mord an seinem Vater gewesen.

Aber es war ein Mann, der diesen Mord geplant und ausgeführt hatte.

Silas VanDyke. Wenn er wollte, konnte Matthew sich sein

Gesicht genau vorstellen, die Stimme, die Figur, sogar seinen Geruch. Gleichgültig wie viele Jahre vergangen waren, er hatte nichts vergessen.

Und er wusste, genauso wie er es schon als hilfloser, trauernder Teenager gewusst hatte, dass er eines Tages das Amulett finden und gegen VanDyke benutzen würde.

Um Rache zu nehmen.

Obwohl Matthew über diesen finsteren Gedanken einschlief, träumte er seltsamerweise von Tate.

Er schwamm in unglaublich klarem Wasser, schwerelos, ohne Ausrüstung, graziös und beweglich wie ein Fisch. Tiefer und tiefer, bis die Sonnenstrahlen ihn nicht mehr erreichten. Grüne Fächer bewegten sich, und zwischen bunten, stacheligen Gebilden, die wie Juwelen glänzten, versteckten sich leuchtende Fische.

Er schwamm noch tiefer, bis sich Rot, Orange und Gelb in kühles Blau verwandelten. Hier gab es keinen Druck und keinerlei Notwendigkeit, den Druck auszugleichen. Keine Angst. Nur ein unglaubliches Gefühl der Freiheit und vollkommenen Zufriedenheit.

Hier hätte er für immer bleiben mögen, in dieser stillen Welt, unbelastet von Sauerstoffflaschen oder Sorgen.

Und plötzlich entdeckte er unter sich, wie im Märchen, das versunkene Schiff – die Masten, den Schiffsrumpf, die zerfetzten Flaggen, die in der Strömung wehten. Es lag seitlich auf dem Grund, unversehrt und unglaublich deutlich zu sehen. Er entdeckte Kanonen, die immer noch gegen uralte Feinde gerichtet waren, und das Steuerrad, das auf seinen Geisterkapitän wartete.

Erstaunt schwamm er darauf zu, durch Schwärme von Fischen, an einem Tintenfisch vorbei, der seine Tentakel einzog und unter dem Schatten eines riesigen Rochens das Weite suchte.

Matthew schwamm um das Deck der spanischen Galeone herum, las die stolzen Buchstaben, die sie als die *Isabella* identifizierten. Über ihm knarrte das Krähennest wie ein Baum im Wind.

Dann bemerkte er Tate. Wie eine Meerjungfrau schwebte sie gerade außerhalb seiner Reichweite, lächelte wie eine Sirene und bewegte ihre wunderschönen, graziösen Hände. Ihr Haar war nicht kurz geschnitten, sondern wehte und wirbelte in langen, seidigen, feuerroten Strähnen um ihre Schultern und nackten Brüste. Ihre Haut strahlte weiß und leuchtend wie eine Perle.

Genau wie ihre Augen, die ihn grün und amüsiert anblickten.

Er fühlte sich hilflos, als ob er in einen Sog geraten wäre, und konnte nicht anders, als auf sie zuschwimmen.

Ihre Arme legten sich wie samtweiche Ketten um ihn. Ihre Lippen öffneten sich und schmeckten süß wie Honig. Als er sie berührte, kam es ihm so vor, als ob er sein ganzes Leben lang auf diesen Augenblick gewartet hätte. Ihre Haut unter seiner Hand, das Zittern ihrer Muskeln, als er sie berührte. Der Schlag ihres Herzens.

Er spürte ihren Seufzer in seinem Mund, spürte die Hitze, die ihn umfing, als er in sie hineinglitt, spürte, wie ihre Beine sich um ihn schlangen und sie ihren Körper zurückbog, um ihn noch tiefer in sich aufzunehmen.

Sie bewegten sich langsam, ihre Empfindungen schienen unendlich. Sie ließen sich treiben und schwebten durch das Wasser in einer lautlosen Vereinigung, die ihn wehrlos, verblüfft und unglaublich glücklich machte. Er fühlte, wie er sich in sie ergoss.

Dann küsste sie ihn sanft, tief und unglaublich liebevoll. Als er abermals in ihr Gesicht sah, lächelte sie. Er streckte die Arme nach ihr aus, aber sie schüttelte den Kopf und glitt weiter. Er folgte ihr, und sie spielten wie Kinder, schwammen um das versunkene Schiff herum.

Sie führte ihn zu einer Schatztruhe, lachte, als sie den Deckel öffnete und ihm das funkelnde Gold zeigte. Münzen glitzerten wie Sonnenlicht, dazwischen lagen riesige Juwelen. Faustgroße Diamanten, Smaragde größer als ihre Augen, Tümpel aus Saphiren und Rubinen. Die Farben blendeten ihn in dem kühlen Grau der Welt, die sie umgab.

Er fuhr mit seiner Hand in die Truhe, streute sternförmige Diamanten über ihr Haar und brachte sie zum Lachen.

Dann fand er das Amulett, die schwere Goldkette, sah das Blut und die Tränen, mit denen der Anhänger besetzt war. Er spürte die Hitze, die von ihm ausging, als ob es lebendig wäre. Niemals in seinem Leben hatte er etwas so Schönes, so Faszinierendes gesehen.

Er hielt es hoch, betrachtete durch die Kette Tates glückliches Gesicht, dann legte er sie ihr um den Hals. Sie lachte, küsste ihn und nahm den Anhänger in die Hand.

Doch plötzlich schnellte daraus eine Flamme hervor, und ein Vulkan aus violetter Hitze und Licht schleuderte ihn zurück. Entsetzt beobachtete er, wie das Feuer sich ausbreitete und intensiver wurde und Tate von Flammen umgeben war. Alles, was er noch sehen konnte, waren ihre verängstigten, verzweifelten Augen.

Er konnte sie nicht erreichen. Obwohl er dagegen ankämpfte und sich bemühte, hatte sich das Wasser, das vorher so ruhig und friedlich gewesen war, plötzlich in einen Wirbel aus Bewegungen und Geräuschen verwandelt. Eine Sandfontäne schoss in die Höhe und blendete ihn. Er hörte das Splittern des Mastes, das gewaltige Röhren eines Seebebens, das durch das Sandbett brach und den Schiffskörper wie ein Kanonenfeuer zerriss.

Dann hörte er Schreie – ihre, seine eigenen.

Und auf einmal war alles verschwunden, die lodernden Flammen, die See, das Wrack, das Amulett. Tate. Über sich sah er den Himmel, die Mondsichel und die Sterne.

Die See war so ruhig und dunkel wie Tinte und schlug sanft gegen den Schiffskörper.

Er befand sich an Bord der *Sea Devil*, lag schweißgebadet in seiner Hängematte und schnappte nach Luft.

Viertes Kapitel

Tate machte gut zwei Dutzend Aufnahmen vom Ballast und den Kanonen, während sie und Matthew die Fundstelle noch einmal genau inspizierten. Gutmütig ließ er es über sich ergehen, dass sie ihn vor der Mündung einer verrosteten Kanone Stellung beziehen ließ, und übernahm die Kamera sogar selbst, um Bilder von ihr zusammen mit den Steinen oder geduldig posierenden Fischen zu machen. Gemeinsam befestigten sie eine verrostete Kanonenkugel an einer Schwimmvorrichtung und ließen sie aufsteigen.

Dann zogen sie an der Leine, und der ernsthafte Teil ihrer Arbeit begann.

Es erforderte Erfahrung, Geduld und ein eingespieltes Team, um den Sauger geschickt zu manövrieren. Das Gerät an sich war simpel und bestand aus kaum mehr als einem Schlauch von etwa acht Zentimeter Durchmesser und drei Meter Länge sowie einer Luftleitung. In den Schlauch wurde Druckluft geleitet, die durch den entstehenden Sog Wasser, Sand und Festkörper aufsaugte. Für einen Schatzsucher war diese Maschine so wichtig wie der Hammer für einen Zimmermann. Wenn er zu schnell oder mit zu viel Kraft eingesetzt wurde, konnte er leicht jahrhundertealte Preziosen zerstören. Ging man zu wenig sorgfältig vor, setzte sich die Öffnung mit Steinklumpen, Muscheln und Korallen zu.

Während Matthew mit dem Sauger arbeitete, sammelte und untersuchte Tate die Ausbeute, die oben aus dem Schlauch gesprudelt kam. Für beide war es eine harte und mühsame Arbeit. Sand und leichter Schutt wirbelten durchs Wasser, die Sicht auf den Meeresboden war durch Schlamm-

und Sandwolken getrübt. Tate zwang sich, ständig aufmerksam zu bleiben, und legte eine schier unendliche Geduld an den Tag, mit der sie den Ausstoß siebte und Partikel, Brocken und Gesteinsklumpen in Eimer füllte, um sie an die Oberfläche zu befördern.

Matthew arbeitete in einem gleichmäßigen Rhythmus. In den sprudelnden Luftblasen aalte sich ein Stachelrochen – offenbar genoss er es, sich von Sand und Steinchen massieren zu lassen. Tate erlaubte sich hin und wieder, zu träumen, und stellte sich haufenweise glänzendes Gold vor, das sich wie der Jackpot bei einem Spielautomaten aus dem Schlauch ergoss.

Dann schob sie solche Gedanken entschlossen beiseite und sammelte rostige Nägel, Stücke von Steinklumpen und die Scherben zerbrochener Keramikgegenstände auf. Für sie waren diese Funde mindestens ebenso faszinierend wie Goldbarren, und während ihres Studiums im letzten Jahr war ihre Begeisterung für die Vergangenheit und die Fragmente alter Kulturen, die in der sich ständig verändernden See verborgen lagen, nur noch gewachsen.

Ihre Wünsche und Ziele waren seit Jahren klar definiert. Sie würde studieren, ihren Abschluss machen und alle Informationen in sich aufnehmen, deren sie aus Büchern, in Vorlesungen und vor allem durch praktische Erfahrung habhaft werden konnte. Und eines Tages würde sie endlich zu jenen Wissenschaftlern gehören, die über die Ozeane segelten und Tiefen ausloteten, um die Überreste versunkener Schiffe zu entdecken und zu analysieren.

Ihr Name würde bekannt sein, und ihre Funde – angefangen bei Dublonen bis hin zu eisernen Bolzen – würden Beachtung finden.

Und am Ende würde ein Museum voller alter Kunstgegenstände entstehen, das den Namen der Beaumonts trug.

Hin und wieder ertappte sie sich während der Arbeit dabei, dass sie hinter Matthews Tempo zurückblieb, weil sie eine Pause eingelegt hatte, um über einer zerbrochenen Tasse zu träumen. Was hatte sich darin befunden, als das letzte Mal aus ihr getrunken wurde?

Als sie ihren Finger an einer scharfen Kante verletzte, blieb sie gelassen. Die dünne Blutspur wurde sofort vom Wasser weggewaschen.

Matthew gab ihr durch die Sandwolke hindurch ein Signal. In dem etwa dreißig Zentimeter tiefen Loch erkannte sie zwei wie Schwerter gekreuzte eiserne Spieße. Zwischen ihren kalkverkrusteten Spitzen klemmte eine Platte aus Zinn.

Auch die vierzig Fuß Wasser über ihr konnten Tate nicht davon abhalten, ihrer Begeisterung Ausdruck zu verleihen. Sie nahm Matthews Hand und drückte sie fest, dann warf sie ihm eine Kusshand zu. Entschlossen nahm sie die Kamera von ihrem Gürtel und dokumentierte den Fund. Aufzeichnungen, das wusste sie, waren die Grundlage einer jeden wissenschaftlichen Entdeckung. Gern hätte sie weitere Zeit damit verbracht, das Gebilde genauer zu untersuchen und es wie ein Amateur zu bestaunen, aber Matthew machte bereits Anstalten, das nächste Loch zu graben.

Immer wieder stießen sie auf neue Funde. Jedes Mal, wenn sie den Sauger verlagerten, legten sie eine neue Entdeckung frei. Ein Klumpen Löffel, von Korallen zusammengehalten, eine Schale, von der zwar etwa ein Drittel fehlte, die jedoch trotzdem Tates Herz Purzelbäume schlagen ließ.

Zeit und Müdigkeit existierten nicht. Ein Publikum mit Tausenden von Augenpaaren beobachtete ihre Fortschritte, kleine Fische durchsuchten die freigelegten Bereiche nach Würmern. Sobald einer von ihnen fündig geworden war, eilten Dutzende seiner Artgenossen herbei, um in einem bunten Schwarm nach Futter zu suchen.

Der Barrakuda behielt seinen gewohnten Abstand bei und grinste ihnen wohlwollend zu.

Matthew geht wie ein Künstler mit dem Sauger um, dachte Tate. Erst stocherte er an einer Stelle, dann schien er sanft ein Sandkorn nach dem anderen zu entfernen. Mit einer Wendung des Schlauchs trieb er Schlammwolken beiseite. Sobald er im Sand ein Objekt entdeckte, schaltete er das Gerät ab und arbeitete vorsichtig mit der Hand weiter, um jeglichen Schaden zu vermeiden.

Plötzlich entdeckte sie ein zerbrechliches Stück Porzellan, eine mit zarten, sich um den Rand windenden Rosenknospen verzierte Schale.

Ihre Augen weiteten sich vor Staunen und leuchteten auf. Am liebsten hätte Matthew sie ihr sofort gegeben, um ihr Gesicht dabei beobachten zu können, wie sie das Fundstück genau untersuchte, aber er bremste Tate und machte sich an den mühseligen und zeitraubenden Prozess, die Schale vom Sand zu befreien. Als er es geschafft hatte, überließ er ihr den Schlauch, griff unter das Porzellanteil und löste es von der Koralle, die es festhielt.

Es kostete ihn ein paar Hautfetzen, aber als er Tate das zarte Stück zeigte, vergaß er sämtliche Wunden und Kratzer. Ihre Augen strahlten, dann wurden sie plötzlich feucht, und sie starrten einander an. Matthew fühlte sich leicht aus der Fassung gebracht, nahm ihr den Schlauch ab und zeigte mit dem Daumen nach oben. Er schloss das Ventil des Saugers, der einen letzten Wirbel von Luftblasen ausstieß. Gemeinsam schwammen sie hoch.

Tate sprach nicht, brachte kein Wort heraus. Dankbar, dass sie durch das Sauggerät und ihren letzten Eimer Steinklumpen behindert waren, erreichten sie die *Adventure*. Tates Vater strahlte ihnen über die Reling entgegen.

»Ihr habt uns eine ganze Menge Arbeit mitgebracht.« Er hob die Stimme, um den Kompressor zu übertönen, und stöhnte erleichtert auf, als Buck ihn endlich abschaltete. »Wir haben Dutzende von interessanten Sachen, Tate.« Er zog den Eimer, den sie ihm entgegenhielt, an Bord. »Löffel, Gabeln, Behälter, Kupfermünzen, Knöpfe ...« Er verstummte, als sie ihm die Schale zeigte.

»Mein Gott ... Porzellan. Unbeschädigt. Marla!« Seine Stimme klang brüchig. »Marla, komm her und schau dir das an.«

Ehrfürchtig nahm Ray seiner Tochter den empfindlichen Fund ab. Als sie und Matthew endlich an Bord waren, hielt Marla, umgeben von Schutt und Trümmern, die geblümte Schale bereits in der Hand. Neben ihr lag die allgegenwärtige Videokamera.

»Schönes Stück«, bemerkte Buck. Obwohl seine Worte beiläufig klangen, verriet seine Stimme Aufregung.

»Tate scheint sie auch zu gefallen.« Matthew warf ihr einen Blick zu. Da stand sie in ihrem Neoprenanzug, und die Tränen, die sich bereits vierzig Fuß unter Wasser angekündigt hatten, flossen nun ungehemmt.

»Da unten liegt so viel«, stammelte sie. »Dad, du machst dir ja keine Vorstellung! Unter dem Sand ... So viele Jahre unter Sand begraben. Und wir finden Dinge wie diese Schale hier!« Nachdem sie ihr Gesicht mit den Handballen trockengewischt hatte, hockte sie sich neben ihre Mutter und ließ vorsichtig ihre Fingerspitze über den Rand der Schale gleiten. »Nicht ein Kratzer! Trotz Hurrikan und über zweihundertundfünfzig Jahren unter Wasser ist sie immer noch völlig unversehrt.«

Tate stand auf. Ihre Finger fühlten sich taub an, als sie am Reißverschluss ihres Anzugs zerrte. »Da unten liegt eine Platte aus Zinn. Sie ist wie eine Skulptur zwischen zwei eisernen Spießen eingeklemmt. Man braucht nur die Augen zu schließen, um sich vorzustellen, wie sie mit Früchten beladen auf dem Tisch steht. Nichts, was ich bisher in meinem Studium gesehen habe, lässt sich auch nur annähernd mit dem Gefühl vergleichen, wenn man solche Dinge findet.«

»Ich vermute, wir haben den Kombüsenbereich entdeckt«, warf Matthew nüchtern ein. »Jede Menge zerbrochene Geräte, Weinkrüge, angeschlagenes Geschirr.« Dankbar nahm er den kalten Saft an, den Ray ihm anbot. »In einem Radius von etwa dreißig Fuß habe ich eine Reihe von Testbohrungen durchgeführt. Vielleicht solltet ihr beiden ein paar Grad nördlich suchen.«

»Legen wir los.« Buck war bereits in seinen Anzug gestiegen. Beiläufig trat Matthew zu ihm und goss sich dabei Saft nach.

»Ich habe einen Hai gesehen«, sagte er gedämpft. Die Männer wussten, dass Marla bei dem bloßen Gedanken an Haie in Panik geriet. »Er schien an uns nicht interessiert, aber wir sollten lieber vorsichtig sein.«

Ray warf seiner Frau, die gerade andächtig die neuesten Funde auf Video bannte, einen Blick zu. »Vorsicht ist die Mutter der Porzellankiste«, stimmte er zu. »Tate«, rief er dann. »Würdest du die Kamera für mich aufladen?«

Zwanzig Minuten später war der Kompressor wieder in Betrieb. Tate arbeitete zusammen mit ihrer Mutter an dem großen Tisch mit den herunterklappbaren Seitenteilen im Deckshaus und katalogisierte jedes einzelne Stück, das sie vom Wrack mit nach oben gebracht hatten.

»Es ist die *Santa Marguerite*.« Tate untersuchte einen Löffel, bevor sie ihn auf den entsprechenden Stapel legte. »Wir haben die Inschrift auf einer der Kanonen entdeckt. Offenbar haben wir unsere spanische Galeone gefunden, Mom.«

»Der Traum deines Vaters.«

»Und deiner.«

»Und meiner«, stimmte Marla ihr mit einem sanften Lächeln zu. »Früher habe ich ihn nur begleitet. Für mich war es nichts weiter als ein nettes, interessantes Hobby. So konnten wir abenteuerliche Urlaubsreisen unternehmen und hatten Abwechslung von unseren eintönigen Jobs.«

Tate sah auf. Zwischen ihren Brauen hatte sich eine Falte gebildet. »Ich wusste gar nicht, dass du deine Arbeit so eintönig fandest.«

»Oh, Sekretärin in einem Anwaltsbüro zu sein, ist schon

in Ordnung, bis man sich eines Tages fragt, warum man eigentlich nicht den Mumm hatte, selbst Anwältin zu werden.« Sie reckte ihre Schultern. »Nach Meinung meiner Eltern hatten Frauen in der Männerwelt nichts zu suchen, bestenfalls waren sie dazu da, um hinter ihnen herzuräumen. Deine Großmutter war eine sehr altmodische Frau. Sie erwartete von mir, dass ich in einem angemessenen Job arbeitete, bis ich mir einen angemessenen Ehemann geangelt hatte.« Sie lachte und legte einen Zinnbecher mit abgebrochenem Henkel beiseite. »Mit dem Ehemann hatte ich Glück. Großes Glück.«

Tate war immer noch erstaunt. »Wärst du denn gern Anwältin geworden?«

»Eigentlich war ich nie auf den Gedanken gekommen«, gab Marla zu. »Bis ich auf die vierzig zusteuerte. Eine gefährliche Zeit für eine Frau. Ich kann nicht behaupten, dass ich traurig war, als dein Vater beschloss, sich zur Ruhe zu setzen. Ich folgte seinem Beispiel und glaubte, dass ich mehr als zufrieden sein würde, mit ihm zusammen Schatzsuche zu spielen. Wenn ich jetzt jedoch diese Dinge betrachte« – sie hielt eine silberne Münze in die Sonne –, »wird mir klar, dass wir etwas Bedeutendes tun. Bedeutend auf eine ganz besondere Art. Ich hätte nie gedacht, dass ich eines Tages noch einmal etwas Bedeutendes leisten würde.«

»Noch einmal?«

Marla sah sie lächelnd an. »Ich habe etwas Bedeutendes geleistet, als ich dich zur Welt brachte. Das hier ist wunderbar, und es ist aufregend. Aber für deinen Vater und mich bist du der größte Schatz.«

»Ihr habt mir immer das Gefühl gegeben, dass ich alles erreichen kann. Sein kann, was ich will.«

»Das kannst du auch.« Marla sah sich um. »Matthew, setz dich doch zu uns.«

»Ich möchte nicht stören.« Er fühlte sich unsicher und unbeholfen, als er die Intimität der beiden Frauen störte.

»Sei nicht albern.« Marla war bereits aufgestanden. »Ich wette, du kannst einen Kaffee vertragen. Ich habe gerade frischen aufgesetzt. Tate und ich kümmern uns um die administrative Seite unseres Fundes.«

Matthew betrachtete die auf dem Tisch verteilten Gegenstände. »Ich glaube, wir werden bald mehr Platz brauchen.«

Marla lachte. »Oh, ich mag es, wenn ein Mann Optimismus zeigt.«

»Realismus«, korrigierte Tate sie und klopfte einladend auf das Polster neben sich. »Mein Tauchpartner ist alles andere als optimistisch.«

Nicht ganz sicher, ob er sich geschmeichelt oder beleidigt fühlen sollte, setzte Matthew sich neben sie und nippte an dem Kaffee. »Das würde ich nicht sagen.«

»Ich schon.« Tate bediente sich von den Brezeln, die ihre Mutter in eine Schüssel geschüttet hatte. »Buck ist der Träumer. Du dagegen liebst das Leben – die Sonne, das Meer, den Sand.« Sie lehnte sich zurück und knabberte an ihrer Brezel. »Keine Verantwortung, keine Verpflichtungen. Du erwartest nicht, eine verkrustete Truhe mit Golddublonen zu finden, aber du weißt, was man mit einem gelegentlich gefundenen Schmuckstück anfangen kann. Man tauscht es gegen Shrimps und Bier.«

»Tate!« Marla schüttelte den Kopf und unterdrückte ein Lachen. »Sei nicht so unhöflich.«

»Nun, sie hat den Nagel auf den Kopf getroffen.« Matthew biss in eine Brezel. »Lass sie ruhig weiterreden.«

»Du scheust dich nicht vor harter Arbeit, solange dir immer noch genügend Zeit bleibt, in der Hängematte zu liegen und zu dösen. Für dich zählen die Spannung eines Tauchgangs, der Moment der Entdeckung und natürlich der schnelle Profit mehr als der ideelle Wert eines weniger wertvollen Fundes.« Tate reichte ihm einen Silberlöffel. »Du bist Realist, Matthew. Wenn du also davon überzeugt bist, dass wir mehr Platz benötigen, glaube ich dir.«

»Gut.« Er stellte fest, dass er, von welcher Seite er es auch betrachtete, beleidigt war. Klappernd landete der Löffel wieder auf dem Stapel. »Ich denke, wir sollten einen Teil der Ausbeute auf der *Sea Devil* lagern.« Als Tate ihr Kinn hochreckte und ihn misstrauisch ansah, grinste er sie höhnisch an. »Buck und ich können hier schlafen, auf dem Deck. Die *Adventure* ist unsere Basis. Wir tauchen von hier, säubern die Funde hier, dann bringen wir sie auf die *Sea Devil*.«

»Klingt vernünftig«, stimmte Marla zu. »Schließlich haben wir zwei Boote, also sollten wir sie auch nutzen.«

»In Ordnung. Wenn Dad und Buck einverstanden sind, bin ich es auch. Warum hilfst du mir nicht in der Zwischenzeit, die nächste Ladung von Deck zu holen, Matthew?«

»Okay. Danke für den Kaffee, Marla.«

»Gern geschehen.«

»Ich muss später nach Saint Kitts, um den Film entwickeln zu lassen. Möchtest du mitkommen?«

»Vielleicht.«

Sie hörte die Schärfe in seiner Stimme und unterdrückte ein Lächeln. »Matthew.« Tate legte ihre Hand auf seinen Arm und hielt ihn zurück. »Weißt du, warum wir da unten so gut zusammenarbeiten?«

»Nein.« Er drehte sich um. Ihre Haut war selbst nach Wochen auf See immer noch blass. Er roch die Creme, die sie benutzte, um sich vor der Sonne zu schützen, und den Duft von Salz und Seeluft in ihrem Haar. »Aber du wirst es mir sicher gleich sagen.«

»Ich glaube, es liegt daran, dass du Realist bist und ich eine Idealistin bin. Du bist verwegen, ich bin vorsichtig. Diese gegensätzlichen Eigenschaften sorgen irgendwie für ein gesundes Gleichgewicht.«

»Es macht dir wirklich Spaß, Dinge zu analysieren, stimmt's, Rotschopf?«

»Vermutlich.« Sie hoffte nur, dass es ihm nicht auffallen würde, wie viel Mut sie ihre nächsten Worte kosteten, und rutschte näher an ihn heran. »Ich habe analysiert, warum du so ärgerlich warst, nachdem du mich geküsst hattest.«

»Ich war nicht ärgerlich«, berichtigte er sie. »Und *du* warst es, die *mich* geküsst hat.«

»Ich habe angefangen.« Entschlossen, es hinter sich zu bringen, sah sie ihm geradewegs in die Augen. »Du bist dafür verantwortlich, dass der Kuss plötzlich intensiver wurde, und dann wurdest du wütend, weil du dich selbst überrascht hast. Du warst auf deine Gefühle nicht vorbereitet. Genauso wenig wie ich übrigens.« Sie hob ihre Hände und legte sie an seine Brust. »Ich frage mich, ob wir jetzt immer noch überrascht wären.«

Mehr als alles andere wollte er plötzlich ihren einladenden Mund küssen. Das dringende Bedürfnis, ihre Lippen zu schmecken, machte sich in schnellen, scharfen Wellen bemerkbar, bis seine Hände rau ihre Handgelenke umfassten.

»Du bewegst dich in gefährlichen Gewässern, Tate.«

»Aber ich bin nicht allein.« Sie stellte fest, dass sie sich jetzt nicht mehr fürchtete. Sie war noch nicht einmal nervös. »Ich weiß, was ich tue.«

»Nein, das weißt du nicht.« Er schob sie auf Armeslänge fort und merkte kaum, dass seine Hände weiter ihre Handgelenke umklammert hielten. »Du glaubst, dass dein Verhalten keine Folgen hätte, aber da irrst du dich gewaltig. Wenn du nicht vorsichtig bist, wirst du dafür bezahlen.«

Ein köstlicher Schauer lief ihr das Rückgrat hinunter. »Ich habe keine Angst, mit dir zusammen zu sein. Ich *will* mit dir zusammen sein.«

Die Muskeln in seinem Magen krampften sich zusammen. »Leicht gesagt, solange deine Mutter in der Kombüse steht. Aber vielleicht bist du ja auch cleverer, als du aussiehst.« Wütend ließ er ihre Hände fallen und stampfte davon.

Der tiefere Sinn seiner Worte ließ sie erröten. Ihr wurde bewusst, dass sie ihn herausgefordert, ihn gereizt hatte, ganz einfach um herauszufinden, ob sie es konnte. Sie musste wissen, ob er ihr gegenüber auch nur die Hälfte der Anziehungskraft empfand, die sie in seiner Gegenwart spürte. Reumütig und beschämt lief sie ihm nach.

»Matthew, es tut mir leid. Wirklich, ich –«

Aber er war bereits mit einem lauten Platschen über die Reling gesprungen und schwamm in Richtung *Sea Devil*. Tate schnappte zornig nach Luft. Verdammt, wenigstens hätte er sich ihre Entschuldigung anhören können! Sie sprang hinter ihm her.

Als sie sich an Deck zog, hatte er bereits ein Bier geöffnet.

»Geh nach Hause, kleines Mädchen, bevor ich dich über Bord werfe.«

»Ich habe schon gesagt, dass es mir leid tut.« Sie schob sich das feuchte Haar aus dem Gesicht. »Es war unfair und dumm, und ich entschuldige mich.«

»Na prima.« Das Wasser und das kalte Bier hatten nur wenig dazu beigetragen, seine Begierde zu dämpfen. Doch er ignorierte Tate und schwang sich in seine Hängematte. »Sieh zu, dass du wieder nach Hause kommst.«

»Ich will nicht, dass du sauer auf mich bist.« Entschlossen, ihren Fehler wieder gutzumachen, marschierte sie auf ihn zu. »Ich habe nur versucht ... ich wollte dich nur auf die Probe stellen.«

Er setzte das Bier ab. »Auf die Probe stellen«, wiederholte er, dann packte er sie, bevor sie nach Luft schnappen konnte. Er zog sie zu sich auf die Hängematte, die wild hin und her schaukelte. Tate klammerte sich an beiden Seiten fest, um nicht herunterzufallen. Ihre Augen waren vor Schreck weit geöffnet, weil seine Hände vertraulich nach ihrem Po griffen.

»Matthew!«

Er gab ihr einen kurzen, nicht unbedingt liebevollen Klaps, dann ließ er sie fallen. Unversehens landete sie auf dem Allerwertesten, den er gerade so genüsslich erkundet hatte.

»Ich würde sagen, jetzt sind wir quitt«, verkündete er und griff nach seinem Bier.

Ihr erster Impuls bestand darin, ihrerseits zum Angriff auszuholen. Allein die absolute Gewissheit, dass das Ergebnis dieser Aktion entweder demütigend oder in einer Katastrophe enden würde, hielt sie davon ab. Außerdem ließ sich der Gedanke, dass sie genau das bekommen hatte, was sie verdiente, nicht ganz von der Hand weisen.

»In Ordnung.« Ruhig und gefasst stand sie auf. »Wir sind also quitt.«

Er hatte nicht erwartet, dass sie so schnell klein beigeben würde. Eigentlich war er davon ausgegangen, dass sie zumindest in Tränen ausbrach. Die Tatsache, dass sie nun kühl und gesammelt neben ihm stand, rang ihm immerhin einen Funken widerwilliger Bewunderung ab. »Alles klar, Rotschopf?«

»Sind wir jetzt wieder Freunde?«, fragte sie und hielt ihm eine Hand hin.

»Zumindest Partner.«

Krise abgewendet, dachte sie erleichtert. Wenigstens vorübergehend. »Sollen wir eine Pause einlegen? Vielleicht eine Runde schnorcheln?«

»Keine schlechte Idee. Masken und Schnorchel findest du im Steuerhaus.«

»Ich hole sie.« Aber sie kam mit einem Zeichenblock zurück. »Was ist das?«

»Ein Seidenschlips. Wonach sieht es denn aus?«

Sie ignorierte seinen Sarkasmus und ließ sich auf dem Rand der Hängematte nieder. »Stammt diese Zeichnung von der *Santa Marguerite* von dir?«

»Ja.«

»Sie ist ziemlich gut.«

»Ich bin eben ein echter Picasso.«

»›Ziemlich gut‹, habe ich gesagt. Es wäre wunderbar, sie so sehen zu können. Sind diese Zahlen Abmessungen?«

Amateure, dachte Matthew seufzend. »Wenn man herausfinden will, wie groß der Bereich ist, den das Wrack abdeckt, muss man nun einmal gewisse Berechnungen anstellen. Heute haben wir die Kombüse gefunden.« Er schwang seine Beine herum und saß plötzlich neben ihr. »Die Offizierskabinen, Passagierkabinen ...« Er wies mit einer Fingerspitze auf verschiedene Punkte seiner Zeichnung. »Der Laderaum. Am besten kann man es sich aus der Vogelperspektive vorstellen.« Um es ihr näher zu erläutern, blätterte er weiter und zeichnete ein grobes Raster. »Das ist der Meeresgrund. Hier haben wir den Ballast gefunden.«

»Also liegen die Kanonen dort drüben.«

»Exakt.« Mit gekonnten Strichen zeichnete er sie ein. »Bisher haben wir von hier bis hier gegraben. Die Goldkammer müsste weiter mitschiffs liegen.«

Während er die Zeichnung eingehend studierte, stießen ihre Schultern zusammen. »Aber wir wollen das ganze Ding freilegen, stimmt's?«

Er blickte kurz auf, dann zeichnete er weiter. »Das könnte Monate dauern, vielleicht sogar Jahre.«

»Nun ja, schließlich ist das Schiff selbst genauso wichtig wie das, was sich an Bord befindet. Wir müssen alles freilegen und erhalten.«

Aus seiner Sicht bestand das Schiff aus Holz und war somit wertlos. Aber er ging auf sie ein. »Es dauert nicht mehr lange, bis die Hurrikansaison anbricht. Wir könnten Glück haben, aber wir sollten uns zunächst auf das Gold konzentrieren. Danach können wir uns für den Rest so viel Zeit lassen, wie du willst.«

Natürlich würde er seinen Anteil nehmen und sich aus dem Staub machen. Mit etwas Gold in der Tasche hatte er die Möglichkeit, sich ein eigenes Boot zu bauen und die Suche seines Vaters nach der *Isabella* fortzusetzen.

Um den Fluch der Angelique zu finden und damit Van-Dyke.

»Klingt vernünftig.« Tate sah auf, erstaunt über den harten, entrückten Glanz in seinen Augen. »Woran denkst du?« Sicher bildete sie es sich nur ein, aber in seinem Blick schien Mordlust zu funkeln.

Er riss sich zusammen. Im Augenblick zählte nur das Hier und Jetzt. »An gar nichts. Unser Vorgehen ist vernünftig«, fuhr er fort. »Es dürfte nicht mehr lange dauern, bis bekannt wird, dass wir ein Wrack gefunden haben. Dann sind wir nicht mehr lange allein.«

»Reporter?«

Er schnaufte. »Die dürften unser geringstes Problem darstellen. Plünderer.«

»Aber wir haben einen legitimen Anspruch«, begann Tate und verstummte, als er über sie lachte.

»Legitim bedeutet gar nichts, Rotschopf, besonders wenn du vom Pech der Lassiters verfolgt wirst. Wir werden in Schichten schlafen und arbeiten müssen. Sobald wir Gold nach oben holen, werden es Jäger von Australien bis zum Roten Meer wittern. Glaub mir.«

»Das tue ich.« Und weil sie ihm glaubte, sprang sie von der Hängematte, um die Schnorchelausrüstung zu holen. »Lass uns nach Dad und Buck sehen. Dann bringe ich den Film zum Entwickeln.«

Als Tate endlich so weit war, dass sie an Land fahren konnten, hatte Marla ihr noch eine Reihe von Besorgungen aufgetragen. »Ich hätte wissen müssen, dass Mom mir ihre Einkaufsliste mitgeben würde!«

Matthew sprang in das kleine Beiboot der *Adventure* und ließ den Motor an. »Kein Problem.«

Tate setzte ihre Sonnenbrille auf. »Du hast die Liste noch nicht gesehen. Schau!«

Dann gestikulierte sie nach Westen, wo sich eine Gruppe Delphine in der untergehenden Sonne vergnügte. »Einmal bin ich mit einem Delphin geschwommen. Wir segelten auf dem Korallenmeer, als ein Schwarm unserem Boot folgte. Damals war ich zwölf.« Sie lächelte und beobachtete, wie die Meeressäuger auf den Horizont zusteuerten. »Es war unglaublich. Sie haben so freundliche Augen!«

Als Matthew die Geschwindigkeit drosselte, stand Tate auf. Sie maß die Entfernung zum Pier, balancierte ihr Gewicht aus und warf die Leine an Land.

Nachdem das Boot sicher vertäut war, schlenderten sie über den Strand.

»Matthew, was würdest du tun, wenn wir die Goldkammer finden und du plötzlich reich wärst?«

»Das Geld ausgeben. Mein Leben genießen.«

»Wofür? Wie?«

»Für dies und das.« Er zuckte mit den Schultern, aber inzwischen kannte er sie gut genug, um zu wissen, dass sie sich nicht mit Gemeinplätzen zufrieden geben würde. »Ein Boot. Ich werde mir ein Boot bauen, sobald ich die Zeit und die Mittel dazu habe. Vielleicht kaufe ich mir außerdem ein Haus auf einer Insel wie dieser.«

Sie spazierten an den Gästen des nahe gelegenen Hotels vorbei, die müßig die letzten Sonnenstrahlen genossen. Hotelangestellte in geblümten Hemden und weißen Shorts eilten mit Tabletts voller tropischer Getränke durch den Sand.

»Ich bin noch nie reich gewesen«, sagte er halb zu sich selbst. »Es dürfte nicht allzu schwierig sein, sich daran zu gewöhnen, so zu leben. Tolle Hotels, tolle Klamotten, dafür bezahlen, dass man nichts zu tun braucht.«

»Aber du würdest trotzdem tauchen?«

»Klar.«

»Ich auch.« Unbewusst nahm sie seine Hand, während sie die duftenden Hotelgärten durchquerten. »Das Rote Meer, das Barrier Reef, der Nordatlantik, das Japanische Meer ... Es gibt so viel zu sehen! Wenn ich mit dem College fertig bin, werde ich mir alles anschauen.«

»Du studierst Meeresarchäologie, richtig?«

»Genau.«

Er warf ihr einen Blick zu. Ihr helles Haar war von Salz und Wind zerzaust. Sie trug weite Baumwollhosen, ein knappes T-Shirt und eine eckige Sonnenbrille mit schwarzer Fassung.

»Du entsprichst nicht unbedingt der landläufigen Vorstellung von einer Wissenschaftlerin.«

»Wissenschaftler brauchen Verstand und Einfallsreichtum, keinen Sinn für Mode.«

»Da hast du aber Glück gehabt.«

Gelassen zuckte sie mit den Schultern. Obwohl ihre Mutter gelegentlich in Verzweiflung geriet, machte Tate sich keine Gedanken über ihre Kleidung. »Ist doch egal, solange ich einen guten Neoprenanzug habe ... Zum Tauchen brauche ich keinen Schrank voller schöner Kleider, und genau das werde ich mein Leben lang tun. Stell dir nur vor, dafür bezahlt zu werden, dass man auf Schatzsuche geht, die gefundenen Gegenstände untersucht und studiert!« Sie schüttelte den Kopf. »Es gibt so vieles, was wir noch nicht wissen.«

»Ich persönlich habe nie viel von Schulen gehalten.« Tatsächlich waren die Lassiters so viel herumgezogen, dass Matthew gar keine andere Wahl geblieben war. »Ich bin eher ein Autodidakt.«

Sie nahmen ein Taxi in die Stadt, wo Tate ihren Film abgab. Zu ihrer Freude schien es Matthew nichts auszumachen, dass sie noch einen Schaufensterbummel unternehmen und sich verschiedene Schmuckstücke ansehen wollte. Eine Weile begutachtete sie ein kleines goldenes Medaillon, von dessen unterer Spitze eine einzelne Perle baumelte. Kleidung benötigte man, um sich die Unbilden der Witterung vom Leib zu halten, Schmuck dagegen war eine verzeihliche, harmlose Schwäche.

»Ich hätte nie gedacht, dass du dich für solche Sachen

interessierst«, bemerkte Matthew und lehnte sich neben sie an die Theke. »Eigentlich trägst du doch gar keine Klunker.«

»Mom und Dad haben mir einen kleinen Rubinring zu Weihnachten geschenkt, als ich sechzehn war. Ich habe ihn beim Tauchen verloren. Es brach mir fast das Herz, und seitdem trage ich unter Wasser keinen Schmuck mehr.« Sie löste den Blick von dem zierlichen Medaillon und griff nach seiner silbernen Münze. »Vielleicht sollte ich den Peso, den Buck mir gegeben hat, als Glücksbringer tragen.«

»Bei mir funktioniert es jedenfalls. Möchtest du etwas trinken?«

Sie fuhr sich mit der Zunge über die Oberlippe. »Lieber ein Eis.«

»Eis.« Er dachte nach. »Also gut.«

Sie kauften sich welches und spazierten dann gemächlich den Bürgersteig entlang, erkundeten die engen Gassen. Tate war gerührt, als Matthew eine cremeweiße Hibiskusblüte von einem Strauch pflückte und wie selbstverständlich hinter ihr Ohr steckte. Während sie Marlas Lebensmittel einkauften, unterhielt er sie mit der Geschichte von Buck und Blackbeards Geist.

»Wir lagen vor Ocracoke, und Buck hatte Geburtstag. Sein fünfzigster. Der Gedanke, dass bereits ein halbes Jahrhundert hinter ihm lag, deprimierte ihn so sehr, dass er eine halbe Flasche Whiskey trank. Ich half ihm bei der anderen Hälfte.«

»Das dachte ich mir.« Tate wählte eine Staude grüner Bananen und legte sie in ihren Korb.

»Er faselte ständig davon, was hätte sein können. Du weißt schon: Wir hätten das Wrack gefunden, wenn wir einen Monat länger gesucht hätten. Wenn wir zuerst da gewesen wären, hätten wir vielleicht das Gold entdeckt. Wenn sich das Wetter gehalten hätte, wären wir reich geworden. Vor lauter Whiskey und Langeweile döste ich auf Deck ein. – Diese Melone ist noch nicht reif. Nimm die andere.«

Er griff nach der Frucht und suchte dann fachmännisch Weintrauben aus. »Als ich wieder zu mir kam, lief der Motor auf vollen Touren, und das Boot schlingerte mit gut zwölf Knoten Richtung Südost. Buck stand am Steuer und faselte etwas von Piraten. Er hat mich zu Tode erschreckt. Ich sprang auf, stolperte und schlug mit dem Kopf an der Reling auf, so dass ich Sterne sah. Als er unverhofft nach Steuerbord abdrehte, wäre ich fast über Bord gegangen. Er schrie mich an, und ich verfluchte ihn, bemühte mich, auf den Beinen zu bleiben, während das Boot immer im Kreis fuhr. Er hatte die Augen weit aufgerissen und starrte in die Nacht. Mir war klar, dass er ohne seine Brille nicht weiter als einen Meter sehen konnte, aber er zeigte immer wieder auf die See und schrie in Piratensprache: ›Volle Kraft voraus, ahoi. Heiliger Klabautermann!‹«

Tate lachte laut und zog damit die Blicke einiger Passanten auf sich. »Er hat doch nicht wirklich ›heiliger Klabautermann‹ gesagt?«

»Hat er doch. Und hätte uns fast zum Kentern gebracht, als er begann, herumzutanzen und ›jo, ho, ho‹ zu singen.« Die Erinnerung ließ Matthew grinsen. »Ich musste ihn fast bewusstlos schlagen, um ihm das Steuerrad zu entreißen. ›Der Geist, Matthew! Blackbeards Geist! Siehst du ihn nicht?‹ Ich sagte ihm, dass er gleich überhaupt nichts mehr sehen würde, weil ich vorhätte, ihm die Augen auszustechen. Er wiederholte nur, dass er da wäre, direkt vor ihm, zehn Grad neben dem Bug. Natürlich war da überhaupt nichts, nur eine Nebelschwade. Aber Buck sah den abgetrennten Kopf von Käpten Blackbeard, aus dessen Bart Rauch quoll. Er behauptete, es sei ein Zeichen, und wenn wir am nächsten Tag an der Stelle tauchen würden, fänden wir Blackbeards Schatz, von dem alle glaubten, dass er an Land vergraben sei.«

Tate bezahlte die Lebensmittel, Matthew nahm ihr die Tüten ab. »Und am nächsten Morgen bist du getaucht«, sagte sie, »weil er dich darum gebeten hat.«

»Deshalb, und weil er sonst keine Ruhe gegeben hätte. Wir haben zwar nichts gefunden, aber wenigstens kam er so über seinen fünfzigsten Geburtstag hinweg.«

Als sie wieder am Strand waren, brach gerade die Dämmerung herein. Matthew verstaute die Taschen, drehte sich um und sah, dass Tate mit hochgekrempelten Hosenbeinen in der Brandung stand.

Das Licht ließ ihr Haar und ihre Haut golden leuchten. Plötzlich fühlte er sich schmerzlich an seinen Traum erinnert, in dem sie strahlend durch das Wasser geschwebt war. Und wie sie geschmeckt hatte.

»Hier ist es so schön«, murmelte sie. »So, als ob nichts anderes existieren würde. Wie kann nur so vieles auf dieser Welt im Argen liegen, wenn es Orte wie diesen gibt? Wenn es Tage wie diesen gibt?«

Wahrscheinlich hatte Matthew keine Ahnung, dass sie soeben den romantischsten Tag ihres jungen Lebens mit ihm verbracht hatte. So einfache Dinge wie eine Blume in ihrem Haar, oder Hand in Hand am Strand entlangzulaufen ...

»Vielleicht sollten wir für immer hier bleiben.« Lachend drehte sie sich um. »Vielleicht sollten wir hier bleiben und ...«

Sie verstummte. Der Blick in seinen Augen schnürte ihr die Kehle zu. Sie wirkten so dunkel, so intensiv, so ausschließlich auf sie konzentriert ... Nur auf sie.

Tate dachte nicht nach, zögerte nicht, sondern ging auf ihn zu. Ihre Hände glitten über seine Brust und hinter seinen Kopf. Sein Blick ruhte ein Dutzend panischer Pulsschläge lang auf ihren Augen, dann zog er sie an sich, und sie spürte die Hitze in ihrem Blut.

Natürlich war sie schon früher einmal geküsst worden. Aber es gab Unterschiede zwischen einem Jungen und einem Mann, und jetzt war es ein Mann, der sie in den Armen hielt. Und genau diesen Mann wollte sie. Glücklich schmiegte sie sich an ihn, ließ ihre Lippen über sein Gesicht wandern und seufzte auf, als sie seinen Mund fand.

Sie war so schlank, so willig und bereit, jede seiner Forderungen zu erfüllen ... Unter seinen Händen gab sie nach, und ihr Mund presste sich gierig auf seinen. Die Seufzer, die aus ihrer Kehle drangen, trafen Matthew wie heiße Flammen, die neue Bedürfnisse in ihm weckten.

»Tate.« Seine Stimme klang rau, fast verzweifelt. »Das dürfen wir nicht.«

»Wir dürfen es und wir tun es.« Gott, sie bekam keine Luft mehr! »Küss mich noch einmal. Bitte!«

Seine Lippen glitten über ihren Mund. Ihr Geschmack schien sich in ihm auszubreiten. Doch dies alles war schmerzhaft, fast unerträglich, wie plötzliche Hitze auf Kälte.

»Das ist verrückt«, murmelte er. »Ich muss den Verstand verloren haben.«

»Ich auch. Oh, ich will dich, Matthew, ich will dich so sehr.«

Die Worte trafen ihn hart. Er zog sich zurück, umfasste mit unsicheren Händen ihre Schultern. »Hör zu, Tate ... Was zum Teufel gibt es da zu grinsen?«

»Du willst mich doch auch.« Sie legte eine Hand sanft und entwaffnend an seine Wange. »Eine Zeit lang dachte ich, du willst nichts von mir wissen. Und das tat weh, weil ich mich so sehr nach dir sehnte. Obwohl ich dich zuerst nicht einmal leiden konnte, habe ich dich von Anfang an begehrt.«

»Himmel.« Um seine Gefühle wieder in den Griff zu bekommen, legte er seine Stirn an ihre. »Du hast doch gesagt, du wärst die Umsichtige von uns beiden.«

»Nicht, wenn es um dich geht.« Voller Liebe und Vertrauen schmiegte Tate ihr Gesicht an seins. Dicht aneinander gepresst, standen sie in der sanften Brandung. »Als du mich zum ersten Mal geküsst hast, wusste ich, dass ich mein Leben lang auf dich gewartet hatte.«

Er besaß keinen Kompass, der ihm die Richtung hätte weisen können, aber er wusste, dass er schleunigst einen anderen Kurs einschlagen sollte. »Tate, wir müssen die Sache langsam angehen. Du bist nicht bereit für das, woran ich denke. Glaub mir.«

»Du willst mit mir schlafen.« Sie hob ihr Kinn. Mit den Augen einer Frau sah sie ihn geheimnisvoll an. »Ich bin kein Kind mehr, Matthew.«

»Nun, ich bin jedenfalls nicht dazu bereit. Und ich bin auf gar keinen Fall dazu bereit, etwas zu tun, was deine Eltern verletzen könnte. Sie haben Buck und mich immer fair behandelt.«

Stolz, dachte sie. Stolz, Loyalität und Integrität. War es da verwunderlich, dass sie sich in ihn verliebt hatte? Ihre Lippen kräuselten sich. »In Ordnung. Gehen wir es langsam an. Aber es existiert etwas zwischen uns, Matthew. Etwas, worüber wir entscheiden und das wir beide wollen.« Sie beugte sich vor, berührte seine Lippen mit ihrem Mund. »Ich kann warten.«

Fünftes Kapitel

Dann kamen die Stürme und machten das Tauchen zwei Wochen lang unmöglich. Nachdem Tate ihren ersten Anflug von Ungeduld überwunden hatte, richtete sie sich auf dem Deck der *Adventure* ein und katalogisierte die Stücke von der *Santa Marguerite,* die ihr Vater und Buck von ihrem letzten Tauchgang mitgebracht hatten.

Regen trommelte auf die Zeltplane über ihrem Kopf. Die Inseln waren im Nebel verschwunden, um sich herum sah Tate nur die ruhelose See und den wütenden Himmel. Unversehens hatte sich ihre Welt auf das Meer und die kleine Gruppe von Schatzjägern reduziert.

Im Deckshaus war gerade ein Pokermarathon im Gange. Stimmen, Gelächter und hin und wieder ein Fluch drangen durch das monotone Plätschern des Regens zu ihr hinaus. Tate reinigte den Rost von einem grob gefertigten Kreuz und stellte fest, dass sie sich noch nie im Leben glücklicher gefühlt hatte.

Mit einem Becher Kaffee in jeder Hand steckte Matthew seinen Kopf unter die Plane. »Brauchst du Hilfe?«

»Sicher.« Sein bloßer Anblick ließ ihr Herz Purzelbäume schlagen. »Geht das Pokerspiel schon dem Ende entgegen?«

»Nein, aber mein Glück.« Er setzte sich neben sie und bot ihr einen Becher an. »Buck hat mein Full House mit einem Straight Flush geschlagen.«

»Ich kann mir nie merken, was mehr wert ist. Da spiele ich doch lieber Rommé.« Sie hielt das Kreuz hoch. »Vielleicht gehörte es dem Schiffskoch, Matthew. Es schlug gegen seine Brust, wenn er den Teig für die Kekse anrührte.«

»Gut möglich.« Matthew betastete das Silber. Das Stück war hässlich, wirkte eher wie von einem Huf- als von einem Goldschmied angefertigt. Außerdem war es nicht sonderlich schwer. Matthew hielt es für relativ wertlos. »Was hast du noch?«

»Diese Takelagespulen. Siehst du, da sind noch Reste des Taus!« Andächtig reichte sie ihm das schwarze Metall. »Wie sie gekämpft haben müssen, um ihr Schiff zu retten! Der heulende Wind, die zerfetzten Segel ...«

Tate starrte in den Nebel und sah die Vergangenheit vor sich. »Männer klammerten sich an Leinen und Masten fest, als sich das Schiff auf die Seite legte. Verängstigte Passagiere. Mütter, die ihre Kinder festhielten, während die *Marguerite* hin und her geworfen wurde. Und wir finden das, was von ihnen übrig geblieben ist.«

Sie legte die Spule auf den Tisch und nahm eine Tonpfeife in beide Hände. »Ein Seemann hatte sie in seine Tasche gesteckt, stand nach seiner Schicht auf Deck, um sie anzuzünden und in Ruhe zu genießen. Und aus diesem Krug wurde Bier getrunken.«

»Schade, dass der Henkel fehlt.« Matthew hielt das Trinkgefäß hoch und drehte es um. Auf gar keinen Fall wollte er zugeben, dass ihre Vision ihn rührte. »Das mindert den Wert beträchtlich.«

»Du kannst doch nicht ständig ans Geld denken!«

Er grinste. »Natürlich kann ich das, Rotschopf. Du genießt die Dramatik, ich das Geld.«

»Aber –« Mit einem schnellen, unerwarteten Kuss schnitt er ihr das Wort ab.

»Du bist süß, wenn du dich so aufregst.«

»Wirklich?« Sie war jung und verliebt genug, um sich geschmeichelt zu fühlen.

Dann nippte sie an ihrem Kaffee und beobachtete ihn über den Rand der Tasse. »Ich nehme dir nicht ab, dass du auch nur halb so materialistisch bist, wie du tust.«

»Das solltest du aber. Die Vergangenheit ist interessant, solange man daran verdienen kann. Ansonsten besteht sie für mich nur aus ein paar Toten.« Er blickte auf und bemerkte gerade noch ihre gerunzelte Stirn. »Der Regen lässt nach. Morgen können wir wieder tauchen.«

»Ungeduldig?«

»Ein bisschen. Das Problem ist: Solange wir hier festsitzen, schiebt mir deine Mutter einen Teller unter die Nase, sobald ich auch nur mit den Augen zwinkere. Daran könnte ich mich leicht gewöhnen.« Er fuhr sich durchs Haar. »Für mich ist das eine andere Welt. *Du* kommst aus einer anderen Welt.«

»So viel anders ist sie nun auch wieder nicht, Matthew«, murmelte Tate und wandte ihm ihre Lippen zu. »Vielleicht gerade anders genug.«

Seine Finger verkrampften und entspannten sich langsam wieder. Sie hat noch nicht genug von meiner Welt gesehen, dachte er, um die Unterschiede zu erkennen. Wenn er ein guter Mensch wäre, würde er sie jetzt nicht berühren und sie beide zu einem Schritt verleiten, der sich nur als Fehler erweisen konnte.

»Tate –« Er stand vor der Entscheidung, sie entweder zurückzudrängen oder näher an sich heranzuziehen. Da tauchte Bucks Kopf unter der Plane auf.

»Hey, Matthew, du –« Sein Kiefer klappte herunter, als sie auseinander schreckten. Bucks unrasierte Wangen waren noch geröteter als sonst. »Äh, 'tschuldigung. Äh, Matthew ...« Während Buck noch nach den richtigen Worten suchte, griff Tate gelassen nach ihrem Stift und katalogisierte die Tonpfeife.

»Hi, Buck.« Sie warf ihm ein unbekümmertes Lächeln zu, während die beiden Männer einander unsicher musterten. »Ich habe von deiner Glückssträhne am Pokertisch gehört.«

»Hm. Ja, ich, äh ...« Er vergrub die Hände in seinen Hosentaschen und scharrte mit den Füßen. »Der Regen lässt nach«, verkündete er dann. »Matthew und ich, wir werden dieses Zeug verladen und an Bord der *Sea Devil* verstauen.«

»Ich bin gleich fertig.« Sorgfältig steckte Tate die Kappe auf ihren Füller. »Dann helfe ich euch.«

»Nein, nein, wir schaffen das schon.« Buck zog nur kurz eine Hand aus der Hosentasche, um die Brille auf seiner Nase zurechtzurücken. »Matthew und ich müssen sowieso am Motor herumbasteln. Außerdem hat mir deine Mom erzählt, dass du heute Kombüsendienst hast.«

»Da hat sie leider Recht«, gab Tate seufzend zu. »Ich mache mich wohl besser gleich an die Arbeit.« Sie stand auf und klemmte sich ihr Notizheft unter den Arm. »Wir sehen uns beim Essen.«

Die Männer sprachen kaum, während sie ihre Schätze verpackten und auf das Boot luden. Matthews Vorschlag, ein Zimmer oder eine Garage als Lager anzumieten, wurde mit einem Grunzen und einem Schulterzucken kommentiert. Buck nahm sich zusammen, bis sie auf die *Sea Devil* zusteuerten, dann explodierte er.

»Hast du den Verstand verloren, Junge?«

Matthew drehte das Steuer leicht herum. »Du brauchst mir nicht ständig über die Schulter zu gucken, Buck.«

»Und wenn ich dir den Rücken hochkriechen muss, um an dein Hirn heranzukommen, dann werde ich genau das tun!« Als Matthew den Motor abstellte, stand er schwungvoll auf. »Ich hätte dir wirklich mehr Grips zugetraut, als mit diesem jungen Ding herumzumachen.«

»Ich habe nicht mit ihr herumgemacht«, stieß Matthew zwischen den Zähnen hervor. Er sicherte die Leine. »Jedenfalls nicht so, wie du denkst.«

»Dem Himmel sei Dank.« Geschickt schulterte Buck das erste Bündel und stellte einen Fuß auf die Leiter. »Du hast kein Recht, mit Tate zu spielen, Junge. Sie ist kein leichtfertiges Mädchen.«

»Ich weiß, was sie ist.« Matthew nahm das zweite Bündel. »Und ich weiß, was sie nicht ist.«

»Dann richte dich auch danach.« Buck schleppte seine

Plane ins Steuerhaus, wo er sie vorsichtig auf dem Tisch ausrollte. »Die Beaumonts sind gute, anständige Leute, Matthew.«

»Und ich bin nicht anständig?«

Überrascht über die Bitterkeit in seiner Stimme blickte Buck auf. »Ich habe nie behauptet, dass du nicht gut oder anständig bist, Junge. Aber wir sind nicht wie sie. Sind wir nie gewesen. Vielleicht findest du es in Ordnung, deinen Spaß mit ihr zu haben, bevor wir weiterziehen, aber ein Mädchen wie sie hat gewisse Erwartungen.«

Er nahm eine Zigarette, zündete sie an und betrachtete seinen Neffen durch den Rauch. »Jetzt wirst du mir natürlich sagen, dass du in Erwägung ziehst, diese Erwartungen zu erfüllen.«

Matthew nahm sich ein Bier und trank rasch einen Schluck, um seinen Ärger herunterzuspülen. »Nein, das werde ich nicht. Aber ich werde ihr auch nicht wehtun.«

Jedenfalls nicht absichtlich, fügte Buck stumm hinzu. »Du hast den falschen Kurs eingeschlagen, Junge. Es gibt überall genügend Frauen, wenn dich der Hafer sticht.« Er sah, wie die Wut in Matthews Augen aufblitzte, ließ aber nicht locker. »Ich muss so mit dir reden, weil es meine Aufgabe ist. Wenn sich ein Mann mit der falschen Frau zusammentut, kommen am Ende beide zu Schaden.«

Matthew bemühte sich um Fassung und setzte die halbleere Flasche ab. »Wie meine Mutter und mein Vater.«

»Du hast es erfasst«, bestätigte Buck. Dann klang seine Stimme sanft. »Als sie sich trafen, knisterte es zwischen ihnen. Bevor sie wussten, wie ihnen geschah, kamen sie nicht mehr voneinander los. Und beide trugen schlimme Verletzungen davon.«

»Ich glaube nicht, dass sie sehr gelitten hat«, gab Matthew zurück. »Schließlich hat sie ihn verlassen, oder nicht? Und mich. Ist nie zurückgekommen. Soweit ich weiß, hat sie sich nicht einmal mehr umgeschaut.«

»Sie kam mit diesem Leben nicht zurecht. Wenn du mich fragst, gilt das für die meisten Frauen. Daraus kann man niemandem einen Vorwurf machen.«

Matthew war anderer Meinung. »Ich bin nicht mein Vater. Tate ist nicht meine Mutter. Nur darauf kommt es an.«

»Ich will dir sagen, worauf es ankommt.« Bucks Augen blickten besorgt, während er die Zigarette ausdrückte. »Das Mädchen da drüben erlebt ein paar Monate lang Spaß und Abenteuer. Du bist ein gut aussehender Mann, also ist es ganz normal, dass du für sie ein Teil dieses Abenteuers bist. Wenn alles vorbei ist, geht sie zurück auf ihr College, sucht sich einen gut bezahlten Job und einen reichen Ehemann. Dann hängst du in den Seilen. Wenn du das vergisst und dir von den Sternen in ihren Augen den Kopf verdrehen lässt, werdet ihr beide darunter leiden.«

»Der Gedanke, dass ich gut genug für sie sein könnte, kommt dir wohl gar nicht erst in den Sinn!«

»Du bist gut genug für jede Frau«, korrigierte Buck ihn. »Besser als die meisten. Aber *der Richtige* für jemanden zu sein, ist eine ganz andere Geschichte.«

»Da spricht wohl die Stimme der Erfahrung.«

»Vielleicht kenne ich mich mit Frauen nicht aus, aber ich kenne dich.« Um die Wogen zu glätten, legte Buck eine Hand auf Matthews verspannte Schultern. »Vor uns liegt eine ganz große Chance, Matthew. Männer wie wir suchen ihr ganzes Leben lang danach, und nur wenige von uns finden sie. Wir haben es geschafft. Alles, was wir jetzt noch tun müssen, ist, sie zu nutzen. Mit deinem Anteil an der Beute kannst du es zu etwas bringen. Wenn du das geschafft hast, bleibt dir immer noch genug Zeit für Frauen.«

»Klar.« Matthew nahm sein Bier und leerte es. »Mach dir keine Sorgen.«

»Schon besser.« Erleichtert klopfte Buck ihm auf die Schulter. »Und jetzt wollen wir uns den Motor ansehen.«

»Ich komme gleich.«

Als er allein war, starrte Matthew auf die Flasche in seiner Hand, bis er den Drang, sie in tausend Scherben zu zerschlagen, überwunden hatte. Buck hatte ihm nichts gesagt, was er sich nicht schon tausendmal selbst vorgeworfen hatte, allerdings in wesentlich deutlicheren Worten. Er war Wracktaucher in der dritten Generation, belastet mit einer ererbten Pechsträhne, die ihn wie ein Bluthund verfolgte. Bisher hatte er sich mit viel Einfallsreichtum und gelegentlichen Verschnaufpausen vom Familienpech durchs Leben geschlagen. Matthew hatte keinerlei Bindungen – außer zu Buck – und besaß nicht mehr als das, was er sich auf den Rücken schnallen konnte.

Er war ein Streuner, nicht mehr und nicht weniger. Die Aussicht auf den großen Coup fünfunddreißig Meter unter dem Meeresspiegel würde das Herumstreunen zwar um einiges angenehmer gestalten, grundsätzlich jedoch würde sich nicht viel ändern.

Buck hatte Recht. Matthew Lassiter verfügte über keinen festen Wohnsitz, nannte weniger als vierhundert Dollar in einer Zigarrenkiste sein Eigen und hätte sich niemals dazu hinreißen lassen dürfen, von einer Zukunft mit Tate Beaumont zu träumen.

Tate sah das natürlich ganz anders. Im Laufe der folgenden Tage fand sie es frustrierend, dass sie mit Matthew nur unter Wasser allein sein konnte, wo Verständigung und Körperkontakt unter ziemlich erschwerten Bedingungen stattfanden.

Das würde sie ändern, gelobte sie sich, während sie den Hügel aus Sand und festem Material untersuchte, der sich hinter dem Sauggerät auftürmte. Und zwar umgehend. Immerhin war heute ihr zwanzigster Geburtstag.

Vorsichtig hob sie Nägel, Bolzen und Muscheln auf und suchte nach anderen, vielversprechenderen Objekten. Schiffsbeschläge, ein Sextant, eine kleine Messingkiste mit Scharnieren, eine Silbermünze mit einem Stück Koralle. Ein hölzernes Kruzifix, ein Oktant und eine wunderschöne Porzellantasse, die in zwei Hälften gebrochen war.

Sie sammelte alles auf und ignorierte die kleinen Steinchen, die, aus dem Sauger fliegend, gegen ihren Rücken schlugen.

Ein golden glänzender Gegenstand flog an ihr vorbei. Als sie die Schlammwolke nach dem verräterischen Schimmern untersuchte, setzte ihr Herz für einen Schlag aus. Sie machte ein schwaches Leuchten aus, schoss nach vorn, tauchte in den wirbelnden Sand ein und schreckte dabei einen Rochen auf.

Begriffe wie Schatz, Dublonen, wertvolle antike Juwelen schossen ihr durch den Kopf, aber als ihre Hand sich tatsächlich um den goldenen Gegenstand schloss, stiegen ihr Tränen in die Augen.

Es war weder eine Münze noch ein antikes Schmuckstück, das jahrhundertelang im Sand begraben gelegen hatte. Kein kostbarer Schatz, und trotzdem für Tate unglaublich wertvoll. Sie hielt das goldene Medaillon mit der einzelnen Perle hoch.

Als Tate sich umsah, bemerkte sie, dass Matthew den Sauger abgestellt hatte und sie beobachtete. Mit einem Finger schrieb er Buchstaben ins Wasser. Happy Birthday. Lachend schwamm sie auf ihn zu. Von den Sauerstoffflaschen und Schläuchen behindert, nahm sie seine Hand und drückte sie an ihre Wange.

Er ließ sie dort einen Augenblick lang, dann befreite er sich aus ihrem Griff. Sein Signal sagte ihr ganz deutlich: »Hör auf zu faulenzen.«

Erneut trat der Sauger in Aktion. Doch Tate beachtete den sprudelnden Sandstrahl nicht, sondern sicherte vorsichtig das Kettchen, das sie um ihr Handgelenk geschlungen hatte. Dann machte sie sich wieder an die Arbeit und spürte dabei, wie die Liebe zu ihm ihr Herz füllte.

Matthew konzentrierte sich auf die vom Ufer entfernte Seite des Hügels. Geduldig siebte er den Meeresgrund und legte dabei einen immer breiter werdenden Kreis mit abfallenden Seiten frei. Er hatte bereits einen Fuß tief gegraben, dann zwei, während Tate gewissenhaft den Sand untersuchte. Ein Schwarm von Drückerfischen glitt vorbei. Matthew blickte auf und stellte durch die Schlammwolke fest, dass der Barrakuda ihn angrinste.

Instinktiv verlagerte er seine Position. Er war zwar nicht abergläubisch, aber er lebte mit dem Meer, nahm seine Zeichen ernst und kannte die überlieferten Geschichten. Der große Fisch beobachtete sie Tag für Tag aus fast derselben Position. Sicher konnte es nichts schaden, sich von dem Maskottchen leiten zu lassen.

Verwundert sah Tate zu, wie Matthew den Sauger ein paar Fuß weiter nach Norden verlagerte und bereits an einem neuen Loch arbeitete. Sie ließ sich einen Augenblick lang von einem Kaleidoskop aus bunten Fischen ablenken, die im trüben Wasser nach Würmern suchten, die durch den Sauger aufgeschreckt worden waren.

Dann spürte sie ein Klopfen an ihrer Sauerstoffflasche und wandte sich wieder ihrer Aufgabe zu. Das erste Funkeln des Goldes bemerkte sie kaum. Durch das aufgewühlte Wasser starrte sie auf das Sandbett. Doch plötzlich leuchtete es überall um sie herum, wie Blumen, die gerade aufgeblüht waren. Wie hypnotisiert griff Tate nach unten und hob eine Dublone auf. Der längst verstorbene spanische König stierte ihr entgegen.

Das Geldstück fiel aus ihren tauben Fingern. Wie von einem plötzlichen Fieber getrieben, begann sie, die Münzen aufzusammeln, sie in ihren Anzug und in den mitgebrachten Hummerkorb zu stopfen, die Objekte ignorierend, die im dichten Sandstrahl auf den Meeresboden sanken. Es regnete Gesteinsklumpen, aber Tate achtete nicht darauf. Sie hielt den Blick stur nach unten gerichtet und durchwühlte den Sand wie ein Minenarbeiter auf Goldsuche.

Erst fand sie fünf Münzen, dann zehn, zwanzig und immer mehr. Sie stieß ein kreischendes Lachen aus und schnappte nach Luft. Als sie aufsah, grinste Matthew sie an. Seine Augen wirkten dunkel und verwegen. Hinter ihrer Maske schien ihr Gesicht kalkweiß.

Sie hatten die Goldkammer gefunden.

Er gab ihr ein Zeichen. Wie im Traum schwamm sie zu ihm und griff zitternd nach seiner Hand. Sand rieselte in den Krater, aber sie erkannte das glitzernde Kristall eines vollständig erhaltenen Kelchs, den Glanz von Münzen und Medaillons. Überall die kalkverkrusteten Umrisse diverser Geräte und Gebrauchsgegenstände, dann ein Streifen dunkler Sand, von dem jeder Wracktaucher weiß, dass er Silber bedeutet.

Hinter ihnen wurde der Ballasthügel immer größer, und vor ihnen lag der glänzende Schatz der *Santa Marguerite*.

Als Tate nach unten griff, ihre Hand um eine dicke Goldkette schloss und sie langsam hochzog, erklang in ihren Ohren ein lautes Rauschen. An der Kette hing ein schweres Kreuz, überzogen von Meereslebewesen. Und von Smaragden.

Sie konnte nicht mehr klar sehen, als sie Matthew den Fund reichte. Vorsichtig legte sie ihm die Kette um den Hals. Die schlichte, großzügige Geste rührte ihn. Er wünschte, er könnte sie in den Arm nehmen, mit ihr sprechen, aber es blieb ihm nichts anderes übrig, als mit dem Finger nach oben zu deuten. Dann schaltete er das Sauggerät ab und folgte ihr an die Oberfläche.

Tate brachte kein Wort heraus. Immer noch musste sie sich stark konzentrieren, um Sauerstoff in ihre Lunge zu bringen und wieder auszuatmen. Sie zitterte wie Espenlaub, als sie sich an Bord zog. Starke Arme halfen ihr.

»Mädchen, ist alles in Ordnung?« Buck beugte sich besorgt über sie. »Ray, Ray, kommt schnell her! Mit Tate stimmt etwas nicht.«

»Alles okay«, brachte sie heraus und schnappte nach Luft.

»Bleib ruhig liegen.« Wie eine aufgeregte Henne war er um sie herum, nahm ihr die Taucherbrille ab und zitterte fast vor Erleichterung, als Matthew sich über die Reling schwang. »Was ist da unten passiert?«, fragte er, ohne sich umzudrehen.

»Nichts Besonderes.« Matthew ließ seinen Bleigürtel fallen.

»Von wegen nichts Besonderes. Tate ist so weiß wie eine Wand! Ray, wir brauchen einen Schluck Brandy!«

Ray und Marla kam auf Deck gestürzt. Stimmen summten in Tates Kopf. Hände untersuchten sie nach Verletzungen. Sie musste kichern und konnte nicht mehr aufhören.

»Es geht mir gut.« Sie presste beide Hände an den Mund, um ein hysterisches Lachen zu unterdrücken. »Es geht mir gut. Uns *beiden* geht es gut, nicht wahr, Matthew?«

»Bestens«, bekräftigte er. »Wir sind nur ein wenig aufgeregt.«

»Komm schon, Schatz, du musst den Anzug ausziehen.« Marla warf Matthew einen ungeduldigen Blick zu. »Und warum seid ihr so aufgeregt? Tate zittert ja richtig.«

»Das kann ich erklären«, schnaubte Tate hinter vorgehaltener Hand. »Aber dazu muss ich aufstehen. Würdet ihr mich bitte aufstehen lassen?« Tränen liefen ihre Wangen hinunter, doch sie bemühte sich, ihr Gelächter unter Kontrolle zu bringen. Sie schob die hilfsbereiten Hände beiseite und stand unsicher auf. Zitternd und immer noch atemlos glucksend, schnallte sie ihre Tasche ab und öffnete den Anzug.

Geldstücke fielen auf die Planken.

»Verflucht«, krächzte Buck und hockte sich überwältigt auf den Boden.

»Wir haben die Schatzkammer gefunden.« Tate warf den Kopf zurück und kreischte der Sonne entgegen: »Wir haben die Schatzkammer gefunden!«

Sie legte ihrem Vater die Arme um den Hals, wirbelte mit ihm herum, hielt inne und tanzte mit ihrer Mutter weiter.

Dann schmatzte sie Buck, der immer noch dasaß und auf die Geldstücke zu seinen Füßen starrte, einen lauten Kuss auf den kahlen Schädel.

Stimmen schwirrten um sie herum, Tate drehte sich im Kreis und warf sich in Matthews Arme. Bevor er seine Fassung wiedergewinnen konnte, hatte sie ihren Mund auf seinen gepresst.

Seine Hände legten sich auf ihre Schultern. Er wusste, dass er sie eigentlich wegstoßen müsste, aber er fühlte sich völlig hilflos und registrierte, dass seine Hände ihren Rücken hinunterglitten und sie festhielten.

Schließlich war sie es, die sich mit immer noch strahlenden Augen und geröteten Wangen von ihm löste. »Ich dachte, ich würde in Ohnmacht fallen, als ich nach unten schaute und die Münzen entdeckte! Mein Kopf war völlig blutleer. So habe ich mich erst einmal gefühlt, und zwar als du mich geküsst hast«, fügte sie flüsternd hinzu.

»Wir sind kein übles Team.« Er strich über ihr Haar.

»Wir sind ein sensationelles Team!« Sie nahm seine Hand und zog ihn zu der Stelle, wo Buck und Ray bereits in ihre Anzüge stiegen. »Ihr hättet dabei sein sollen, Dad. Matthew ist mit dem Sauger wie mit einer Wünschelrute umgegangen.«

Aufgeregt schilderte sie jede Minute ihres Abenteuers und half dabei Buck und ihrem Vater mit ihren Sauerstoffflaschen. Nur Matthew fiel auf, dass Marla schwieg und sich in ihren Augen Besorgnis anstelle der gewohnten Wärme spiegelte.

»Ich werde wieder runtergehen und ein paar Bilder machen«, verkündete Tate und hängte sich neue Sauerstoffflaschen um. »Wir müssen alles festhalten. Und noch bevor wir fertig sind, finden wir uns auf dem Cover des *National Geographic* wieder.«

»Die Presse sollten wir noch eine Weile aus der Sache raushalten.« Buck saß auf der Reling und spülte seine Maske aus. »Wir müssen vorsichtig sein.« Er sah sich um, als ob ein Dutzend Boote nur darauf wartete, ihm seinen Claim streitig zu machen. »Für Funde wie diesen steht die Chance eins zu einer Million, und es gibt genügend Gauner, die alles tun würden, um sich eine Scheibe davon abzuschneiden.«

Tate grinste nur. »Dumm gelaufen, Jacques Cousteau«, bemerkte sie trocken und sprang über Bord.

»Leg schon mal den Champagner auf Eis«, rief Ray seiner Frau zu. »Heute Abend haben wir doppelten Grund zu feiern. Tate hat sich eine sensationelle Geburtstagsparty verdient.« Er lächelte Buck zu. »Bereit, Partner?«

»Bereit und willig, Boss.« Nachdem sie den Sauger heruntergelassen hatten, verschwanden sie unter der Wasseroberfläche.

Matthew füllte Kompressortreibstoff nach und bedankte sich murmelnd, als Marla ihm ein großes, kühles Glas Limonade brachte.

»Ein aufregender Tag«, bemerkte sie.

»Ja. Tage wie heute gibt es nicht viele.«

»Nein. Heute vor zwanzig Jahren dachte ich, dass ich niemals glücklicher sein könnte.« Sie setzte sich auf einen Liegestuhl und zog den Rand ihres Sonnenhutes über die Augen. »Aber im Laufe der Jahre gab es viele glückliche Momente. Tate hat ihrem Vater und mir von Anfang an nur Freude bereitet. Sie ist aufgeweckt, strebsam und großzügig.«

»Und du willst, dass ich sie in Ruhe lasse«, schloss Matthew.

»Ich bin mir nicht sicher«, seufzte Marla und tippte mit einem Finger an ihr Glas. »Ich bin nicht blind, Matthew. Ich habe die Signale zwischen euch beiden bemerkt. Eure Reaktion ist nur zu natürlich. Ihr seid zwei gesunde, gut aussehende junge Menschen, die auf engem Raum zusammen leben und arbeiten.«

Er nahm ihr das Kreuz aus der Hand und fuhr mit dem Daumen über die grasgrün glitzernden Steine. Wie Tates

Augen, dachte er und legte die Kette beiseite. »Es ist nichts passiert.«

»Ich weiß es zu schätzen, dass du mir das sagst. Aber verstehst du, wenn ich Tate nicht die Grundlagen dazu mitgegeben habe, die richtigen Entscheidungen zu treffen, dann habe ich als Mutter versagt. Und das glaube ich nicht.« Sie lächelte leicht. »Was natürlich nichts daran ändert, dass ich mir Sorgen mache. Ihr ganzes Leben liegt noch vor ihr. Ich kann nicht anders, als mir zu wünschen, dass sie alles bekommt, was sie sich ersehnt, und zwar zur richtigen Zeit. Wahrscheinlich will ich damit sagen: Geh behutsam mit ihr um. Wenn Tate sich in dich verliebt hat –«

»Darüber haben wir nie gesprochen«, warf Matthew schnell ein.

Unter anderen Umständen hätte Marla vielleicht über den Anflug von Panik in seiner Stimme gelächelt. »Wenn Tate sich in dich verliebt hat«, wiederholte sie, »schaltet sie alles andere aus. Tate denkt mit dem Herzen. Oh, sie hält sich für praktisch veranlagt und für vernünftig. Und das ist sie auch. Bis ihre Gefühle ins Spiel kommen. Also sei bitte vorsichtig.«

Jetzt lächelte sie und stand auf. »Ich werde dir etwas zu essen machen.« Sie legte eine Hand auf seinen Arm, stellte sich auf die Zehenspitzen und küsste ihn auf die Wange. »Und nun setz dich in die Sonne und koste den Augenblick deines Triumphs voll aus.«

Sechstes Kapitel

Bereits nach wenigen Tagen war der Meeresgrund mit Löchern übersät, und die *Santa Marguerite* gab ihre Schätze großzügig frei. Mit dem Sauger, einfachen Werkzeugen wie einer Kohlenschaufel und den bloßen Händen grub das Team sowohl spektakuläre als auch alltägliche Funde aus. Eine wurmzerfressene Schüssel, eine glänzende Goldkette, Pfeifenköpfe und Löffel, ein kostbares, perlenbesetztes Kreuz wurden aus dem Sand in der Goldkammer geborgen, wo sie jahrhundertelang gelegen hatten, und in Eimern nach oben transportiert.

Hin und wieder schipperte ein Ausflugsboot vorbei und grüßte die *Adventure*. Wenn Tate an Bord war, beugte sie sich über die Reling und versuchte, die Insassen durch harmlose Plaudereien abzulenken. Die dunklen Wolken, die vom Sauger aus an die Wasseroberfläche stiegen, ließen sich allerdings kaum verbergen, und so machte die Neuigkeit von ihrem Fund schnell die Runde. Natürlich gaben sich alle Beteiligten große Mühe, ihre Fortschritte herunterzuspielen, aber mit jedem Tag arbeiteten sie härter und schneller, weil die Gefahr, dass rivalisierende Wracktaucher auftauchen konnten, ständig zunahm.

»Ein rechtmäßiger Anspruch bedeutet einigen dieser Piraten absolut nichts«, erklärte Buck Tate. Er zog den Reißverschluss seines Neoprenanzugs über seinem stämmigen Körper zu. »Man muss immer wachsam bleiben, und knallhart.« Er zwinkerte ihr zu und vertraute ihr seine Brille an. »Und vor allem gerissen. Wir werden die Goldkammer freilegen, Tate, und wir werden den ganzen Schatz nach oben bringen.«

»Ich weiß.« Sie reichte ihm seine Maske. »Schon jetzt haben wir mehr gefunden, als ich je erwartet hätte.«

»Dann solltest du deine Erwartung ruhig etwas höher schrauben.« Er grinste und spuckte in seine Maske. »Es ist gut, junge Leute wie Matthew und dich an Bord zu haben. Wenn es sein muss, könntest du locker zwanzig Stunden am Tag arbeiten. Du bist eine gute Taucherin, Mädchen. Und eine gute Jägerin.«

»Danke, Buck.«

»Ich kenne nicht viele Frauen, die dieses Tempo durchhalten würden.«

Sie zog eine Augenbraue hoch. »Ach was?«

»Jetzt komm mir nicht mit Gleichberechtigung, es ist einfach eine Tatsache. Viele Mädchen tauchen gern, aber sobald sie bei einer richtigen Bergung ihren Mann stehen sollen, kneifen sie. Da bist du ganz anders.«

Tate dachte nach, dann lächelte sie ihn an. »Das nehme ich als Kompliment.«

»Solltest du auch. Das hier ist verdammt noch mal das beste Team, mit dem ich je gearbeitet habe.« Er setzte sich in Position und schlug Ray auf die Schulter. »Seit meinem alten Herrn und meinem Bruder. Sobald wir alles nach oben gebracht haben, wird mir wohl nichts anderes übrig bleiben, als den Boss umzulegen.« Buck grinste und brachte seine Maske in Position. »Mit seinen eigenen Flossen werde ich ihn erschlagen.«

»Ich habe dich längst durchschaut, Buck.« Ray glitt ins Wasser. »Ich hatte mir bereits überlegt, dich mit einem Luftkissen zu ersticken. Der Schatz gehört mir.« Er stieß ein irres Kichern aus. »Mir, hörst du? Mir ganz allein.« Er rollte wild mit den Augen, biss auf sein Mundstück und verschwand unter Wasser.

»Ich kriege dich, Boss. Mit der Kohlenschaufel werde ich dich totschlagen«, versprach Buck und landete platschend im Wasser.

»Sie sind verrückt«, stellte Tate fest. »Wie eine Horde kleiner Jungs beim Schuleschwänzen.« Sie drehte sich um und grinste Matthew an. »Ich habe noch nie erlebt, dass Dad sich so gut amüsiert hat.«

»Und Buck ist sonst nur so locker, wenn er einen Liter Whiskey intus hat.«

»Es liegt nicht nur an der *Marguerite*.« Sie streckte eine Hand aus und zog ihn zu sich an die Reling.

»Nein, vermutlich nicht.« Matthew betrachtete das Wasser und schloss seine Finger um ihre Hand. »Aber sie ist nicht ganz unschuldig daran.«

Tate lehnte ihren Kopf an seine Schulter und kicherte. »Geschadet hat sie jedenfalls nicht. Aber die beiden hätten sich in jedem Fall verstanden. Genau wie wir.« Sie drehte den Kopf, so dass ihre Lippen sein Kinn streiften. »Wir haben einander gefunden, Matthew, und das war vorausbestimmt.«

»Genau wie es uns vorausbestimmt war, die *Marguerite* zu finden.«

»Nein.« Sie drängte sich in seine Arme. »Anders.«

Ihre Lippen waren warm und weich, unwiderstehlich. Er spürte, wie er in ihren Mund eintauchte, langsam, schwerelos, bis er sich ganz in ihr verloren hatte. Sie schien ihn zu umfangen mit ihrem einzigartigen Aroma, dem Geruch und dem Geschmack, die er überall erkannt hätte.

Noch nie hatte er eine Frau kennen gelernt, die ihn mit einem einzigen, sanften Kuss in ein zitterndes, bebendes Etwas verwandeln konnte. Er sehnte sich mit einer Dringlichkeit nach ihr, die ihn selbst erschreckte.

Als sie sich mit verträumten Augen und leicht geöffneten Lippen von ihm löste, wusste er, dass sie von seiner Sehnsucht, seiner Verzweiflung und seiner Furcht keine Ahnung hatte.

»Was ist los?« Tate legte eine Hand an seine Wange. »Du wirkst so ernst.«

»Nichts.« Reiß dich zusammen, Lassiter. Sie ist noch

längst nicht bereit für das, was du im Sinn hast. Mühsam rang er sich ein Lächeln ab. »Ich habe nur gerade gedacht, dass es zu schade ist.«

»Was ist zu schade?«

»Dass ich dich wohl aus dem Weg räumen muss, wenn Buck Ray erledigt hat.«

»Oh.« Bereitwillig ließ sie sich auf das Spiel ein und legte den Kopf auf die Seite. »Und wie stellst du dir das im Einzelnen vor?«

»Ich dachte mir, ich erwürge dich einfach.« Er legte seine Hand um ihren Hals. »Dann werfe ich dich über Bord. Marla behalten wir und ketten sie an den Herd, schließlich brauchen harte Männer auch etwas auf die Gabel.«

»Das habt ihr euch ja fein ausgedacht. Allerdings funktioniert dein Plan nur, wenn ich dich nicht zuerst erwische.« Sie zog die Augenbrauen hoch und kitzelte ihn zwischen den Rippen.

Unter hilflosem Gelächter gaben seine Knie nach. Er versuchte, sich zu wehren, aber Tate suchte das Weite. Als er endlich wieder Luft bekam, hatte sie sich schon auf der Steuerbordseite des Deckshauses versteckt.

»Du willst es also auf die harte Tour?« Er rannte nach Backbord, um ihr den Weg abzuschneiden, und hatte sie schon fast erreicht, als er den Eimer in ihrer Hand sah. Bevor er ausweichen konnte, hatte sie ihm eine Ladung kaltes Seewasser über den Kopf gegossen.

Während er sich prustend schüttelte, hielt sie sich vor Lachen die Seiten. Matthew rieb sich das beißende Wasser aus den Augen und ging zum Angriff über. Laut kreischend flüchtete Tate, beging allerdings den fatalen Fehler, unterwegs den Eimer fallen zu lassen.

Marla kam gerade aus dem Deckshaus, wo sie Münzen gesäubert hatte, und stieß mit Tate zusammen.

»Um Gottes willen! Ist ein Krieg ausgebrochen?«

»Mom!« Taumelnd vor Lachen, duckte Tate sich hinter

ihre Mutter, weil Matthew bereits um die Ecke gerannt kam, bewaffnet mit dem frisch gefüllten Eimer.

Er bremste ab. »Geh lieber zur Seite, Marla, sonst kann ich für nichts garantieren.«

Keuchend legte Tate ihre Arme um die Taille ihrer Mutter. »Sie geht nirgendwohin.«

»Aber Kinder.« Marla tätschelte Tates Hand. »Benehmt euch.«

»Sie hat angefangen«, behauptete Matthew. Er konnte sich ein Grinsen nicht verkneifen. Es war Jahre her, seit er sich so frei und unbeschwert gefühlt hatte. »Komm schon, du Feigling. Halt deine Mutter aus der Sache raus und nimm es wie ein Mann.«

»Auf gar keinen Fall.« Gelassen lugte Tate hinter ihrer Mutter hervor. »Du hast schon verloren, Lassiter. Niemals würdest du es wagen, meiner Mutter eine kalte Dusche zu verpassen.«

Er kniff die Augen zusammen und starrte stirnrunzelnd auf den Eimer. Als er wieder aufblickte, blinzelte Tate unschuldig mit den Wimpern. »Tut mir leid, Marla«, rief er und leerte den Eimer über den beiden Frauen.

Kreischende Stimmen verfolgten ihn, als er zur Reling lief, um Nachschub zu holen.

Ein unfairer Kampf nahm seinen Lauf. Da Marla sich mit unerwarteter Begeisterung an der Schlacht beteiligte, fühlte Matthew sich in der Minderheit und ausgetrickst.

Schließlich tat er das Nächstliegende und sprang über Bord.

»Guter Treffer, Mom«, brachte Tate heraus, bevor sie erschöpft an der Reling zusammensackte.

»Nun«, Marla strich sich mit einer Hand durch ihr zerzaustes Haar, »ich habe nur getan, was ich tun musste.« Irgendwann während der Kampfhandlungen hatte sie ihren Hut eingebüßt, und ihre frisch gebügelte Bluse und die Shorts klebten ihr triefnass am Körper. Dennoch war sie ganz die höfliche Südstaatlerin, als sie über die Reling ins Wasser lugte. »Gibst du auf, Yankee?«

»Jawohl, Ma'am. Ich weiß, wann ich verloren habe.«

»Dann darfst du wieder an Bord kommen. Ich wollte uns gerade ein paar Shrimps in Bierteig zubereiten, als ich so unsanft unterbrochen wurde.«

Matthew schwamm auf die Leiter zu, warf Tate jedoch einen misstrauischen Blick zu. »Waffenstillstand?«

»Waffenstillstand«, stimmte sie zu und streckte eine Hand aus. Als ihre Hände zusammentrafen, kniff sie die Augen zu Schlitzen zusammen. »Denk gar nicht erst drüber nach, Lassiter.«

Sie hatte seine Gedanken gelesen. Die Vorstellung, sie Hals über Kopf ins Wasser zu ziehen, war ihm ausgesprochen verlockend erschienen, da sie jedoch seine Absicht durchschaut hatte, dünkte ihn sein Plan weitaus weniger amüsant. Er würde sich seine Rache für später aufheben. Matthew sank erschöpft auf die Planken und strich sich eine Haarsträhne aus den Augen.

»Jedenfalls haben wir uns abgekühlt.«

»Ich hätte nie erwartet, dass du es wagen würdest, Mom nass zu machen.«

Er grinste und ließ sich auf einem Kissen nieder. »Manchmal müssen auch Unschuldige leiden. Sie ist wunderbar, weißt du. Du hast großes Glück.«

»Ja.« Tate ließ sich neben ihm nieder und streckte ihre langen Beine aus. Selten hatte sie sich so zufrieden gefühlt. »Du hast noch nie über deine Mutter gesprochen.«

»Ich kann mich kaum an sie erinnern. Sie ließ uns sitzen, als ich noch klein war.«

»Ließ euch sitzen?«

»Hatte wohl das Interesse an uns verloren«, bestätigte er schulterzuckend. »Damals lebten wir in Florida, und mein Vater und Buck bauten und reparierten nebenbei Boote. Die Zeiten waren mager. Ich weiß noch, dass meine

Eltern sich oft stritten. Eines Tages schickte sie mich zu den Nachbarn, behauptete, dass sie Besorgungen zu erledigen hätte und mich nicht mitnehmen könne. Sie kehrte nie zurück.«

»Das muss schrecklich für dich gewesen sein.«

»Wir haben es auch allein geschafft.« Nach so vielen Jahren war der Schmerz verheilt, nur gelegentlich spürte Matthew einen plötzlichen, unerwarteten Stich. »Nachdem mein Vater gestorben war, fand ich die Scheidungspapiere und einen Brief von ihrem Anwalt, datiert ein paar Jahre nach ihrem Verschwinden. Sie hatte weder das Sorge- noch ein Besuchsrecht beantragt. Sie wollte nur ihre Freiheit, und die bekam sie.«

»Du hast sie nie wieder gesehen?« Es war Tate unverständlich, dass eine Mutter ihr Kind, das sie ausgetragen, in ihren Armen gehalten und heranwachsen gesehen hatte, so einfach verlassen konnte. »Nicht ein einziges Mal?«

»Nein. Sie lebte ihr Leben, wir unseres. Wir zogen viel herum. Die Küste hinauf, nach Kalifornien, auf die Inseln. Es ging uns gut. Hin und wieder sogar besser als gut. In Maine fanden wir Arbeit bei einem richtigen Bergungsunternehmen, und mein Vater lernte VanDyke kennen.«

»Wer ist das?«

»Silas VanDyke. Der Mann, der ihn umgebracht hat.«

»Aber –« Tate setzte sich auf, ihr Gesicht war blass und angespannt. »Wenn du weißt, wer …«

»Ich weiß es«, stieß Matthew leise hervor. »Etwa ein Jahr lang waren sie Partner. Nun, vielleicht weniger Partner, als dass mein Vater für ihn arbeitete. Für VanDyke war das Tauchen ein Hobby, dann begann er irgendwann, sich für gesunkene Schiffe zu interessieren. Er ist einer jener Geschäftsleute, die sich einbilden, sie könnten sich alles kaufen, was sie wollen. Für ihn war die Suche nach Schiffswracks genau das – etwas, das er sich kaufen konnte. Er suchte eine Halskette. Ein Amulett. Dachte, er würde es auf einem Schiff finden, das am Great Barrier Reef gesunken war. Er war zwar kein guter Taucher, aber er war reich, stinkreich.«

»Und deshalb hat er deinen Vater angeheuert?«, bohrte Tate.

»Damals hatten die Lassiters noch einen guten Ruf. Dad war der Beste, und VanDyke wollte den Besten. Mein Vater bildete ihn aus, brachte ihm alles bei und kam plötzlich von der Legende nicht mehr los. Dem Fluch der Angelique.«

»Was bedeutet das?«, wollte sie wissen. »Buck hat neulich auch davon gesprochen.«

»So wird das Amulett genannt.« Matthew stand auf, ging zur Eisbox und nahm zwei Dosen Pepsi heraus. »Angeblich gehörte es einer Hexe, die im fünfzehnten Jahrhundert in Frankreich hingerichtet wurde. Gold, Rubine, Diamanten. Unbezahlbar. Aber VanDyke war nur an der Macht interessiert, die von dieser Halskette ausgehen soll. Er behauptete sogar, dass seine Familie entfernt mit der Hexe verwandt sei.«

Matthew setzte sich wieder hin und reichte Tate eine Dose. »Das ist natürlich Schwachsinn, aber Menschen haben schon für weniger gemordet.«

»Was für eine Macht?«

»Magie«, sagte er verächtlich. »Angeblich liegt ein Fluch darauf. Wer immer das Amulett besitzt und es beherrscht, soll ungeahnte Reichtümer und Macht sein Eigen nennen. Wer sich aber von dem Amulett beherrschen lässt, verliert das, was ihm am meisten bedeutet. Wie ich schon sagte«, fügte er hinzu und nahm einen Schluck Cola, »absoluter Schwachsinn. Aber VanDyke steht auf Macht.«

»Die Geschichte hört sich faszinierend an.« Insgeheim beschloss Tate, bei der nächsten sich bietenden Gelegenheit eigene Recherchen anzustellen. »Ich habe noch nie davon gehört.«

»Es gibt kaum Unterlagen, nur lückenhafte Dokumente. Die Kette ist mal hier, mal dort aufgetaucht, hat angeblich überall Chaos ausgelöst und geriet in Verruf.«

»Wie der Hope-Diamant?«

»Genau so, vorausgesetzt, man glaubt an solche Märchen.« Matthew sah sie an. »Wie du vermutlich.«

»Die Geschichte klingt interessant.« Tate bemühte sich, einigermaßen würdevoll zu klingen. »Hat VanDyke das Amulett gefunden?«

»Nein. Er glaubte, mein Vater hätte es, bildete sich ein, dass mein Vater ihn hinterging. Damit hatte er allerdings Recht.« Matthew nahm noch einen kräftigen Schluck. »Buck erzählte mir, dass mein Vater Papiere gefunden hatte, die ihn zu der Vermutung veranlassten, dass die Kette an einen reichen spanischen Kaufmann oder Aristokraten verkauft wurde. Er recherchierte gründlich und war ganz fasziniert von der Materie. Schließlich kam er zu dem Schluss, dass sie auf der *Isabella* liegen muss, weihte aber nur Buck ein.«

»Weil er VanDyke nicht traute.«

»Er hätte ihm noch viel weniger trauen sollen.« Die Erinnerung ließ Matthews Augen funkeln. »Ich hörte sie in der Nacht vor seinem letzten Tauchgang streiten. VanDyke beschuldigte meinen Vater, die Kette versteckt zu haben. Er glaubte immer noch, dass sie sich auf dem Wrack befand, an dem sie gerade arbeiteten. Mein Vater lachte ihn aus, erklärte ihm, er sei verrückt geworden. Am nächsten Tag war er tot.«

»Du hast mir nie gesagt, wie er gestorben ist.«

»Er ist ertrunken. Angeblich eine defekte Sauerstoffflasche, die Ausrüstung soll nicht in Ordnung gewesen sein. Das war eine verdammte Lüge. Ich habe mich selbst um die Ausrüstung gekümmert. Als ich sie an jenem Morgen überprüfte, war sie voll funktionsfähig. VanDyke hat daran herumgefummelt. Und als mein Vater achtzig Fuß unter Wasser war, bekam er zu viel Stickstoff in die Lunge.«

»Stickstoffkollaps. Tiefenrausch«, murmelte Tate.

»Genau. VanDyke behauptete, er hätte versucht, ihn nach oben zu bringen, sobald er merkte, dass etwas faul war, aber mein Vater hätte sich gewehrt. Angeblich gab es einen

Kampf. VanDyke gab an, er hätte auftauchen wollen, um Hilfe zu holen, aber mein Vater hätte ihn immer wieder hinuntergezogen. Ich ging sofort nach unten, als das Schwein aufgetaucht war und uns seine Story auftischte, aber es war schon zu spät.«

»Es kann ein Unfall gewesen sein, Matthew. Ein tragischer Unfall.«

»Es war kein Unfall. Und es war auch nicht der Fluch der Angelique, wie Buck so gern behauptet. Es war Mord. Ich habe VanDykes Gesicht gesehen, als ich meinen Vater nach oben brachte.« Bedächtig zerquetschte er die Dose in seiner Hand. »Er hat gegrinst.«

»Oh, Matthew.« Tröstend schmiegte Tate sich an ihn. »Das muss furchtbar gewesen sein.«

»Eines Tages werde ich die *Isabella* finden, und mit ihr die Halskette. VanDyke wird mich suchen kommen. Ich werde geduldig auf ihn warten.«

Tate schauderte. »Nicht! So solltest du noch nicht einmal denken.«

»Ich denke auch nicht oft daran.« Er legte einen Arm um ihre Schultern. »Wie gesagt, das alles gehört der Vergangenheit an. Und dieser Tag ist viel zu schön, um darüber nachzugrübeln. Vielleicht können wir uns im Laufe der Woche mal freinehmen und Wasserski mieten oder Parasailing machen.«

»Parasailing ...« Sie sah zum Himmel, erleichtert, dass seine Stimme wieder entspannter klang. »Hast du das schon mal versucht?«

»Klar. Wenn man nicht unter Wasser sein kann, ist das Nächstbeste, über dem Wasser zu schweben.«

»Ich bin dabei. Aber wenn wir den Rest dieser Crew zu einem freien Tag überreden wollen, sollten wir uns jetzt lieber an die Arbeit machen. Hol deinen Hammer, Lassiter, es geht weiter.«

Kaum hatten sie mit der Arbeit an einer Gesteinsformation begonnen, hörten sie backbord jemanden rufen. Tate säuberte ihre Hände und schlenderte hinüber.

»Matthew«, rief sie mit dünner Stimme und fügte hinzu: »Komm her, Mom.« Sie räusperte sich. »Mom! Komm heraus. Bring deine Kamera mit. Oh Gott, beeil dich.«

»Um Himmels willen, Tate, ich brate gerade die Shrimps.« Entnervt kam Marla an Deck. Ihre Videokamera baumelte an einem Arm. »Ich habe keine Zeit, Unterhaltungsfilme zu drehen.«

Tate griff nach Matthews Hand. Sie drehte sich um und grinste dümmlich. »Ich glaube, das hier willst du filmen.«

Marla stellte sich neben Tate, und alle drei starrten über die Reling.

Buck und Ray waren aufgetaucht, ihre Gesichter strahlten selig. Gemeinsam hielten sie einen Eimer fest, aus dem schimmernde Golddublonen quollen.

»Du lieber Himmel«, hauchte Matthew. »Ist das Ding etwa voll?«

»Bis zum Rand«, rief Ray. »Und unten stehen noch zwei.«

»So was hast du noch nicht gesehen, Junge. Wir sind reich wie Könige.« Wasser lief über Bucks Wangen, doch diesmal kam es aus seinen Augen. »Da unten sind Tausende von Münzen, sie liegen einfach so herum! Holst du den Eimer an Bord, oder sollen wir die Dublonen einzeln über die Reling werfen?«

Ray lachte laut, und die beiden Männer tätschelten einander gegenseitig die Köpfe. Münzen glitten wie Fische über den Rand des Eimers.

»Moment, ich muss euch richtig ins Bild bekommen.« Marla fummelte an der Kamera herum, fluchte und lachte. »Oh Gott, jetzt kann ich vor lauter Aufregung den Aufnahmeknopf nicht mehr finden!«

»Lass mich das machen.« Tate nahm ihr den Apparat ab und bewegte ihn ruckartig hin und her. »Haltet den Eimer gerade, Leute, und jetzt lächeln!«

»Die beiden ersäufen sich noch gegenseitig.« Matthew griff nach dem Seil und versuchte, den Eimer nach oben zu ziehen. »Verdammt schwer. Hilf mir bitte.«

Marla grunzte, ging fast über Bord, zog aber entschlossen mit ihm an dem Seil, während Tate die Szene einfing. »Ich werde mit der Unterwasserkamera nach unten gehen.« Beeindruckt wühlte sie eine Hand in die Geldstücke, als Matthew den Eimer endlich an Bord geholt hatte. »Gott, wer hätte das gedacht? Ich stecke bis zu den Ellenbogen in Dublonen!«

»Ich habe dir doch gesagt, du sollst deine Erwartungen höher schrauben!«, schrie Buck. »Marla, zieh dein bestes Kleid an, heute Abend gehen wir tanzen.«

»Das ist meine Frau, Kumpel.«

»Nicht mehr, wenn ich dich aus dem Weg geräumt habe, Boss. Aber jetzt hole ich erst mal den nächsten Eimer.«

»Ich wette, dass ich zuerst unten bin.«

Tate sprang auf und lief zu ihrem Anzug. »Ich werde alles auf Film festhalten und ihnen helfen.«

»Ich komme mit – Marla!« Matthew schnippte mit den Fingern vor Marlas glasigen Augen. »Marla, ich glaube, die Shrimps brennen an.«

»Oh. Oh Gott.« Sie umklammerte immer noch eine Hand voll Dublonen und rannte damit in die Kombüse.

»Weißt du, was das bedeutet?«, wollte Tate wissen und kämpfte sich in ihren Taucheranzug.

»Dass wir verdammt reich sind.« Matthew hob sie hoch und wirbelte sie herum.

»Denk nur an die Geräte, die wir kaufen können! Sonar, Magnetometer, sogar ein größeres Boot.« Sie drückte ihm einen feuchten Kuss auf die Wange, bevor sie sich aus seinen Armen wand. »*Zwei* größere Boote. Und ich kaufe mir einen Computer, um unsere Funde aufzulisten.«

»Vielleicht sollten wir uns lieber gleich ein U-Boot anschaffen.«

»Gut. Setz das auf die Liste. Ein U-Boot mit Robotik, damit wir auf unserer nächsten Expedition in den tiefsten Tiefen suchen können.«

Er legte seinen Bleigürtel um. »Was ist mit tollen Kleidern, Autos, Schmuck?«

»Nicht so wichtig, aber ich werde bei Gelegenheit darüber nachdenken. Mom! Wir gehen nach unten und helfen Dad und Buck.«

»Vielleicht könnt ihr mir neue Shrimps mitbringen.« Marla streckte den Kopf aus der Kombüse und hielt ihr den Teller mit den verkohlten Meerestieren hin. »Die hier sind ungenießbar.«

»Marla, ich kaufe dir einen ganzen Trawler voller Shrimps und einen voller Bier.« Impulsiv nahm Matthew ihr Gesicht in beide Hände und küsste sie mitten auf den Mund. »Ich liebe dich.«

»Das solltest du lieber zu mir sagen«, murmelte Tate und sprang über Bord. Mit den Füßen zuerst tauchte sie unter. Zunächst folgte sie der Schnur durch die Schlammwolke nach unten, dann erreichte sie klareres Wasser.

Dort schwebten Ray und Buck über dem Meeresboden und suchten ihn ab. Ein zweiter Eimer voller Gold stand neben ihnen. Tate machte eine Aufnahme, als Buck ihrem Vater einen dunkel angelaufenen Ziegelstein reichte, der sich als Silberbarren entpuppte. Ray entdeckte einen Dolch, dessen Griff und Schneide mit Meerestieren überkrustet waren. Er mimte ein Duell und versuchte, Buck zu treffen, der sich spielerisch mit dem Barren zur Wehr setzte.

Neben Tate schüttelte Matthew den Kopf und tippte sich an die Stirn.

Ja, dachte sie, die beiden sind verrückt. Ist das nicht toll?

Sie schwamm weiter, um die Szene aus verschiedenen Winkeln festzuhalten, knipste die kleine Pyramide aus Silberbarren und die seltsame Skulptur aus Geldstücken und Medaillen, die sich neben dem goldbeladenen Eimer auftürmte.

National Geographic, dachte sie vergnügt, wir kommen. Damit ist der Grundstein für das Beaumont-Museum gelegt.

Sie nahm den Dolch, den ihr Vater ihr reichte, und kratzte vorsichtig mit ihrem Tauchermesser am Griff. Als sie einen funkelnden Rubin freilegte, weiteten sich ihre Augen. Nach Freibeuterart schob sie ihn in ihren Bleigürtel.

Buck gab ihnen zu verstehen, dass er und Ray den nächsten Eimer nach oben befördern wollten. Ray signalisierte das Öffnen einer Flasche Champagner.

Seine Gesten stießen auf uneingeschränkte Begeisterung. Buck formte ein »Okay«-Zeichen und schwamm zusammen mit Matthew und dem Eimer nach oben.

Tate ließ ihren Vater mit einem Fuß auf dem Stapel Silberbarren postieren und machte Bilder davon, wie er sich gut gelaunt für sie in Pose warf. Lachend stieß sie Luftblasen aus und ließ die Kamera schließlich an ihrem Gurt baumeln.

Dann bemerkte sie plötzlich die Stille.

Es ist seltsam, dachte sie geistesabwesend. Die Fische waren fort. Selbst Smiley war nirgendwo in Sicht. Im Wasser bewegte sich nichts, und die Stille lastete bleiern über ihr.

Sie sah durch die Schlammwolke nach oben und erkannte die Umrisse von Matthew und Buck, die ihre Last an die Wasseroberfläche schleppten.

Und dann entdeckte sie ihn.

Er kam so schnell, so leise, dass ihr Verstand es kaum zu fassen vermochte. Plötzlich schoss wie aus dem Nichts ein Schatten auf die beiden Männer zu.

Jemand kreischte auf. Später erzählte ihr Ray, dass sie den Laut ausgestoßen und ihn damit auf die Gefahr aufmerksam gemacht hatte. Aber zu diesem Zeitpunkt kämpfte sie sich bereits nach oben.

Der Hai war länger als ein Mensch. In ihrer Panik konnte Tate erkennen, dass er sein Maul bereits zum tödlichen Biss geöffnet hatte. Fassungslos beobachtete sie, wie Matthew und Buck die Gefahr erkannten, und schrie noch einmal, obwohl sie wusste, dass es zu spät war.

Die Männer schwammen auseinander. Gold rieselte wie Regentropfen durch das Wasser. Die Angst umklammerte Tates Kehle wie eine eiserne Klaue, als sie sah, wie der Hai seine Zähne in Bucks Körper grub und ihn schüttelte wie ein Hund eine Ratte. Die Gewalt des Angriffs riss ihm die Maske vom Gesicht. Der Hai zog ihn mit sich durch das sich rot verfärbende Wasser. Auf einmal hielt sie ihr Messer in der Hand.

Der Hai tauchte tiefer und warf sich hin und her, während Matthew auf ihn einstach, nach dem Gehirn zielte und es verfehlte. Seine verzweifelte Attacke hinterließ eine klaffende Wunde, aber in seinem Blutrausch hielt der Hai sein Opfer fest und rammte seinen Angreifer.

Mit gebleckten Zähnen stach Matthew immer wieder zu. Buck war tot. Er wusste, dass Buck tot war. Und er wollte seinen Mörder töten. Die schwarzen, glasigen Augen des Hais fixierten ihn und rollten nach hinten, dann gab er Bucks Körper in einem Blutstrudel frei und suchte sich ein neues Opfer.

Matthew konzentrierte sich, er war bereit, zu töten oder zu sterben. Doch dann brach Tate wie ein Racheengel mit dem antiken Dolch in der einen und ihrem Tauchermesser in der anderen Hand durch den roten Nebel.

Er hatte geglaubt, seine Angst könnte nicht mehr größer werden, doch in diesem Augenblick hätte sie ihn fast gelähmt. Der Hai ging auf Tate los. Blind vor Angst schwamm Matthew durch das blutrote Wasser und prallte hart gegen das verwundete Tier, um es abzulenken. Mit schier übermenschlicher Kraft stieß Matthew sein Messer bis zum Schaft in den Rücken seines Gegners und wünschte sich, er hätte nie lernen müssen, dass er dazu fähig war.

Wütend klammerte er sich fest, während sich der Hai hin und her warf. Matthew sah, dass sein Messer getroffen hatte, genau wie Tates Dolch. Sie hatte dem Hai den Bauch aufgeschlitzt.

Matthew ließ den Kadaver los. Er sah, dass Ray mit gezücktem Messer auf sie zuschwamm und dabei Bucks leblosen Körper hinter sich herzog. Weil er wusste, dass das blutige Wasser weitere Haie anlocken würde, riss Matthew Tate mit sich an die Wasseroberfläche.

»Geh an Bord«, befahl er ihr, kaum, dass sie aufgetaucht waren. Tates Gesicht war kreideweiß, und sie verdrehte die Augen. Matthew schlug ihr zweimal kurz ins Gesicht, bis sie wieder zu sich kam. »Geh auf das verdammte Boot! Hol den Anker ein. Sofort!«

Sie nickte und schwamm schluchzend mit unsicheren Bewegungen weiter, während er erneut tauchte. Ihre Hände glitten immer wieder von der Leiter ab, und sie hatte vergessen, ihre Flossen auszuziehen. Tate war zu schwach, um lautstark nach ihrer Mutter zu rufen. Marla hatte das Radio eingeschaltet, aus dem Madonna mit kräftiger Stimme ihre Jungfräulichkeit besang.

Tate warf ihre Sauerstoffflaschen an Bord, und der Lärm ließ Marla von der Steuerbordseite herbeieilen. Sofort ging sie neben Tate in die Hocke.

»Mom! Ein Hai!« Tate ließ sich auf Hände und Knie nieder und spuckte Wasser. »Buck. Oh Gott.«

»Geht es dir gut?« Marlas Stimme klang schrill. »Schatz, ist alles in Ordnung?«

»Er hat Buck erwischt. Krankenhaus ... Er muss ins Krankenhaus! Hol den Anker ein, schnell!«

»Und Ray? Tate! Was ist mit deinem Vater?«

»Es geht ihm gut. Beeil dich! Gib per Funk auf der Insel Bescheid.«

Während Marla ins Steuerhaus rannte, richtete Tate sich auf. Sie schnallte ihren Gürtel los und wandte die Augen von ihren blutbeschmierten Händen ab. Dann stand sie auf, schwankte und biss sich auf die Lippen, um nicht in Ohnmacht zu fallen. Während sie zur Reling rannte, zerrte sie an ihrem Anzug.

»Er lebt!« Ray griff nach der Leiter. Gemeinsam mit Matthew hievte er Buck aus dem Wasser. »Hilf uns, ihn an Bord zu bringen.« Als Matthew Tate ansah, spiegelten sich Schrecken und Schmerz in seinen Augen. »Reiß dich zusammen, Liebling.«

Als sie Bucks leblosen Körper an Bord gezogen hatten, sah sie, wovor er sie gewarnt hatte. Der Hai hatte Bucks Bein unterhalb des Knies abgetrennt.

Übelkeit stieg in ihr auf. Wütend schluckte sie und biss die Zähne zusammen, bis sie den Brechreiz und das Schwindelgefühl unter Kontrolle hatte. Sie hörte ihre Mutter nach Luft schnappen, aber als sie sich umdrehte, hatte Marla bereits die Initiative ergriffen.

»Wir brauchen Decken und Handtücher, Tate! Viele Handtücher. Schnell! Und den Erste-Hilfe-Kasten. Ray, ich habe schon per Funk um Hilfe gebeten. Sie erwarten uns in Frigate Bay. Übernimm du das Steuer.« Sie zog ihre Bluse aus, unter der sie einen weißen Spitzen-BH trug. Ohne zu zögern, versuchte sie mit der frisch gebügelten weißen Baumwolle die Blutung am Stumpf von Bucks Bein zu stoppen.

»Gutes Mädchen«, murmelte sie, als Tate mit einem Arm voll Handtüchern zurückkam. »Matthew, leg die Handtücher um die Wunde. Press sie fest dagegen. Matthew!« Ihre Stimme blieb gelassen, klang aber entschlossen genug, um ihn aufblicken zu lassen. »Er braucht jetzt starken Druck gegen sein Bein, verstehst du mich? Wir werden ihn nicht verbluten lassen.«

»Er lebt noch«, sagte Matthew dumpf, als Marla seine Hände nahm und sie gegen die Handtücher drückte, die sie um die Wunde gewickelt hatte. Auf dem Deck hatte sich bereits eine Blutlache angesammelt.

»Richtig, er ist nicht tot. Und er stirbt auch nicht. Er braucht eine Aderpresse!« Ihre Augen brannten, als sie bemerkte, dass Buck immer noch seine linke Flosse trug, aber ihre Hände arbeiteten schnell und konzentriert und zitterten auch nicht, als sie die Aderpresse über dem blutigen Stumpf anlegte.

»Wir müssen ihn warm halten«, erklärte sie ruhig. »In ein paar Minuten ist er im Krankenhaus. Es dauert nicht mehr lange.«

Tate deckte Buck mit einer Decke zu, kniete sich in die Blutlache und hielt seine Hand. Dann griff sie nach Matthews Hand, umklammerte beide und ließ sie nicht mehr los, während das Boot auf die Insel zusteuerte.

Siebtes Kapitel

Matthew kauerte im Flur des Krankenhauses auf dem Fußboden und versuchte, seine Gedanken auszublenden. Sobald seine Konzentration für einen Augenblick nachließ, sah er wieder den blutigen Strudel im Wasser, die starren Augen des Hais und seine spitzen Zähne, die sich in Bucks Körper gruben.

Ihm war klar, dass er diese Bilder noch hundert-, wenn nicht gar tausendmal im Schlaf vor sich sehen würde – die von Luftblasen erstickten Schreie, das sich hin und her werfende Tier und der Leib seines Onkels, die Klinge seines Messers, die immer wieder zustieß und sich in den Hai bohrte.

Jedes Mal, wenn sich die Szene vor seinem inneren Auge abspielte, dehnten sich die wenigen Minuten zu Stunden, und jede Bewegung verlangsamte sich in unerträglicher Deutlichkeit. Er konnte alles genau erkennen, vom ersten Stoß, mit dem Buck ihn aus dem Angriffskurs des Hais manövriert hatte, bis hin zur Hektik und dem Lärm in der Notaufnahme.

Langsam hob er seine Hand und spannte sie an. Er erinnerte sich daran, wie Buck auf der Fahrt zur Insel seine Finger umklammert hatte. Erst da war ihm bewusst geworden, dass Buck tatsächlich noch lebte. Und das war fast noch schlimmer, weil er nicht glauben konnte, dass sein Onkel durchhalten würde.

Matthew beschlich der Verdacht, dass sich das Meer einen Spaß daraus machte, ihm die Menschen zu nehmen, an denen ihm am meisten lag.

Der Fluch der Angelique, dachte er in einer Welle von Schuldgefühlen und Trauer. Vielleicht hatte Buck Recht gehabt. Die verdammte Halskette lag auf dem Meeresgrund und wartete auf ihr nächstes Opfer. Die Suche danach hatte bereits zwei Menschen, die er liebte, das Leben gekostet.

Noch mehr Tote durfte es nicht geben.

Er rieb sich das Gesicht wie ein Mann, der aus einem tiefen Schlaf erwacht. Ein Mensch hatte seinen Vater auf dem Gewissen, und ein Hai hatte Buck getötet. Im Grunde ein jämmerlicher Versuch, sein eigenes Versagen zu rechtfertigen und die Schuld auf ein Amulett abzuwälzen, das er noch nie gesehen hatte.

Wie viel Blut an dieser alten Halskette und der damit verbundenen Geschichte auch kleben mochte, Matthew wusste, dass er ganz allein die Schuld trug. Wenn er schneller reagiert hätte, wäre Buck nichts passiert. Wenn er auf seine innere Stimme gehört hätte, würde sein Vater noch leben.

So wie er selbst noch lebte und ihm nichts passiert war. Diese Schuld würde er sein Leben lang mit sich herumtragen. Für einen Moment legte er die Stirn auf die Knie und bemühte sich, einen klaren Kopf zu bekommen. Er wusste, dass die Beaumonts am Ende des Ganges im Warteraum saßen. Sie hatten ihm Trost und Unterstützung angeboten, und er war vor ihnen geflohen. Ihre stille Anteilnahme war ihm unerträglich.

Ihm war längst bewusst, dass Buck seine winzige Überlebenschance nicht Matthew, sondern Marlas schneller, ruhiger und umsichtiger Reaktion verdankte. Sie war es gewesen, die einen klaren Kopf bewahrt und schließlich sogar daran gedacht hatte, das Notwendigste vom Boot mitzunehmen.

Er hingegen war noch nicht einmal dazu in der Lage gewesen, die Formulare auszufüllen, die man ihm im Krankenhaus vorgelegt hatte. Er konnte nur darauf starren, bis Marla ihm schließlich die Blätter aus der Hand nahm, ihm leise Fragen stellte und die erforderlichen Angaben selbst eintrug.

Die Erkenntnis, dass er im Grunde überflüssig war, ängstigte ihn.

»Matthew ...« Tate hockte sich neben ihn und drückte ihm einen Becher Kaffee in die Hand. »Komm mit und setz dich zu uns.«

Er schüttelte den Kopf. Automatisch hob er die Tasse und nahm einen Schluck. Ihr Gesicht wirkte nach dem erlittenen Schock immer noch blass und glänzend, ihre Augen waren rot umrandet. Aber die Hand auf seinem angezogenen Knie blieb ruhig.

Noch einmal spulte sich in seinem Kopf die beängstigende Szene ab, als Tate durch das Wasser direkt auf das Maul des Hais zugeschwommen war.

»Lass mich allein, Tate.«

Unbeeindruckt von seiner Verschlossenheit, setzte sie sich neben ihn und legte einen Arm um seine Schultern. »Er schafft es, Matthew, ich weiß es.«

»Bist du neuerdings unter die Wahrsager gegangen?«

Seine Stimme klang kühl und scharf. Obwohl seine Worte sie verletzt hatten, lehnte sie ihren Kopf an seine Schulter. »Es ist wichtig, daran zu glauben. Es hilft Buck, wenn wir fest daran glauben.«

Sie irrte sich – es tat weh, daran zu glauben. Und weil das so war, riss er sich von ihr los und stand auf. »Ich gehe jetzt spazieren.«

»Dann komme ich mit.«

»Das will ich nicht.« Er wandte sich ihr zu. Furcht, Schuldgefühle und Trauer schlugen in Wut um. »Ich will dich nicht in meiner Nähe haben.«

Tates Magen krampfte sich zusammen, ihre Augen brannten, aber sie blieb fest. »Ich lasse dich jetzt nicht allein, Matthew. Daran solltest du dich gewöhnen.«

»Das will ich nicht«, wiederholte er, legte eine Hand unter

ihr Kinn und drängte sie an die Wand. »Ich brauche dich nicht. Warum gehst du also nicht zurück zu deiner reizenden Familie? Warum verschwindet ihr nicht?«

»Weil Buck uns viel bedeutet.« Obwohl es ihr gelang, die Tränen herunterzuschlucken, klangen ihre Worte rau. »Genau wie du.«

»Ihr kennt uns doch gar nicht.« Eine innere Stimme befahl ihm unüberhörbar, schleunigst das Weite zu suchen, und er versetzte Tate einen Stoß. Sein Gesicht war jetzt direkt vor ihrem, seine Augen starrten sie hart und gefühllos an. »Für euch ist das doch alles nur ein Spiel, ein paar Monate in der Sonne, eine Zeit lang Schatzjäger spielen! Und ihr hattet Glück. Du hast ja keine Ahnung, wie das ist, Monat für Monat, Jahr für Jahr zu tauchen und nichts vorweisen zu können! Zu sterben und nichts zu hinterlassen.«

Tates Atem ging jetzt schneller, obwohl sie sich bemühte, ruhig zu bleiben. »Er wird nicht sterben.«

»Er ist längst tot.« Die Wut in Matthews Augen erlosch wie eine Lampe, die plötzlich ausgeschaltet wird. »Er ist in der Minute gestorben, als er mich aus dem Weg drängte. Der verdammte Idiot hat *mich* zur Seite geschoben!«

Er hatte es ausgesprochen, und jetzt hallten seine Worte von den Wänden des unpersönlichen Krankenhausflurs wider. Er wandte sich ab, bedeckte sein Gesicht, konnte den Worten aber nicht entkommen.

»Er hat mich aus dem Weg gestoßen, sich vor mich gedrängt. Was hat er sich nur dabei gedacht? Was hast *du* dir dabei gedacht?«, fragte Matthew, wirbelte sie herum und spürte, dass ihn seine hilflose Wut erneut wie eine Flutwelle überrollte. »Einfach auf uns zuzuschwimmen! Wie kann man nur so blöd sein? Wenn ein Hai einmal Blut gewittert hat, greift er alles an, was ihm in die Quere kommt. Du hättest zum Boot schwimmen sollen. Bei so viel Blut im Wasser hatten wir Glück, dass wir nicht ein Dutzend hungriger Haie angelockt haben. Was hast du dir verdammt noch mal dabei gedacht?«

»Ich habe an dich gedacht«, flüsterte sie und lehnte sich erschöpft an die Wand. »Ich vermute, sowohl Buck als auch ich haben an dich gedacht. Ich hätte es nicht ertragen, wenn dir etwas zugestoßen wäre, Matthew. Damit hätte ich nicht leben können. Ich liebe dich.«

Erschüttert starrte er sie an. In seinem ganzen Leben hatte noch niemand diese drei Worte zu ihm gesagt. »Dann bist du noch dümmer, als ich dachte«, brachte er heraus und fuhr sich mit unsicheren Fingern durchs Haar.

»Mag sein.« Ihr Mund zitterte, obwohl sie die Lippen fest zusammenpresste. »Du bist genauso dumm. Schließlich hast du Buck nicht im Stich gelassen. Du hieltest ihn für tot und hättest dich in Sicherheit bringen können, als der Hai ihn mit sich riss. Das hast du nicht getan. Warum bist du nicht zum Boot geschwommen, Matthew?«

Er schüttelte nur den Kopf. Als sie einen Schritt auf ihn zutrat und ihre Arme um ihn legte, vergrub er sein Gesicht in ihrem Haar. »Tate …«

»Schon gut«, murmelte sie und streichelte beruhigend seinen verspannten Rücken. »Alles wird gut. Halte dich einfach an mir fest.«

»Ich bringe nur Unglück.«

»Das ist Unsinn. Du bist müde und machst dir Sorgen. Komm und setz dich zu uns. Lass uns gemeinsam warten.«

Sie blieb bei ihm. Die Stunden vergingen in jenem traumähnlichen Zustand, der für Krankenhäuser so typisch ist. Menschen kamen und gingen. Unbewusst nahmen sie das sanfte Knirschen von Kreppsolen auf Fliesen wahr, als eine Krankenschwester durch die Tür trat, das Aroma von Kaffee, der seit Stunden auf der Heizplatte vor sich hin schmorte, den scharfen Gestank des Desinfektionsmittels, der den Geruch von Krankheit nicht zu überdecken vermochte. Gelegentlich hörten sie ein leises Zischen, wenn sich die Aufzugtüren öffneten und wieder schlossen.

Dann begann der Regen sanft gegen die Scheiben zu plätschern.

Tate döste, ihr Kopf lag an Matthews Schulter. Doch sie war wach und spürte sofort, als sich sein Körper verkrampfte. Als sie den Arzt auf sich zukommen sah, griff sie instinktiv nach Matthews Hand.

Der Arzt näherte sich leise, ein überraschend junger Mann mit tiefen Erschöpfungsfalten um Augen und Mund. Seine dunkle Haut schimmerte matt wie Seide.

»Mr. Lassiter.« Trotz seiner offenkundigen Müdigkeit klang seine Stimme so melodisch wie der Abendregen.

»Das bin ich.« Matthew machte sich auf Beileidsbekundungen gefasst und stand auf.

»Ich bin Doktor Farrge. Ihr Onkel hat die Operation überstanden. Bitte nehmen Sie Platz.«

»Was meinen Sie mit überstanden?«

»Er hat sie überlebt.« Farrge ließ sich auf die Kante des Tischchens nieder und wartete darauf, dass Matthew sich ebenfalls setzte. »Sein Zustand ist nach wie vor kritisch. Wie Sie wissen, hat er viel Blut verloren. Wenn er nur noch ein wenig mehr verloren hätte oder zehn Minuten später bei uns eingetroffen wäre, hätte er keine Überlebenschance gehabt. Glücklicherweise besitzt er ein starkes Herz. Wir können zuversichtlich sein.«

Die Hoffnung war zu schmerzhaft. Matthew nickte nur. »Wollen Sie damit sagen, dass er überleben wird?«

»Seine Chancen werden stündlich besser.«

»Und wie hoch sind diese Chancen?«

Farrge taxierte ihn einen Augenblick lang. Für manche Menschen waren Beschönigungen ein unzureichender Trost. »Die Wahrscheinlichkeit, dass er die Nacht überlebt, liegt bei etwa vierzig Prozent. Wenn er es schafft, würde ich seine Aussichten höher einstufen. Natürlich ist eine weitere Behandlung erforderlich, sobald sich sein Zustand stabilisiert hat. Ich werde Ihnen Spezialisten empfehlen, die einen guten Ruf haben, was die Behandlung von Amputationspatienten angeht.«

»Ist er bei Bewusstsein?«, fragte Marla leise.

»Nein. Er braucht jetzt eine Weile absolute Ruhe, dann verlegen wir ihn auf die Intensivstation. Ich rechne nicht damit, dass er in den nächsten Stunden zu sich kommt, und schlage vor, dass Sie der Schwester eine Nummer geben, unter der wir Sie erreichen können. Wir setzen uns mit Ihnen in Verbindung, sobald eine Veränderung eintritt.«

»Ich bleibe«, erklärte Matthew entschlossen. »Ich will ihn sehen.«

»Wenn er auf der Station ist, können Sie ihn besuchen, aber nur für einen Moment.«

»Wir suchen uns ein Hotel.« Ray stand auf und legte eine Hand auf Matthews Schulter. »Dann können wir uns im Krankenhaus abwechseln.«

»Ich weiche nicht von der Stelle.«

»Matthew!« Sanft verstärkte Ray den Druck auf seine Schulter. »Wir müssen als Team arbeiten.« Er sah seine Tochter an und verstand ihren Blick. »Marla und ich suchen uns Zimmer und kümmern uns um alles Notwendige. Wir kommen später zurück und lösen Tate und dich ein paar Stunden lang ab.«

Die Gestalt auf dem Bett war an unzählige Schläuche angeschlossen. Geräte summten und piepten. Auf der anderen Seite der dünnen Gardine hörte Matthew das leise Gemurmel der Krankenschwestern, ihre eiligen Schritte, während sie sich um ihre Patienten kümmerten.

Aber in diesem engen, dunklen Raum war er mit Buck allein. Er zwang sich dazu, den sonderbaren Umriss unter dem Laken eingehend zu betrachten. Er wird sich daran gewöhnen müssen, dachte er. Beide würden sie sich daran gewöhnen müssen.

Vorausgesetzt, dass Buck überlebte.

Im Augenblick sah er mehr tot als lebendig aus. Sein Gesicht wirkte schlaff, sein Körper lag bewegungslos auf dem schmalen Bett. Normalerweise wälzt er sich im Schlaf herum, dachte Matthew, zerrt an den Laken und schnarcht so laut, dass der Putz von den Wänden bröckelt.

Jetzt lag er ruhig und still wie in einem Sarg.

Matthew nahm Bucks breite, vernarbte Hand, wohl wissend, dass die Geste beiden peinlich wäre, wenn Buck bei Bewusstsein gewesen wäre. Dann studierte er das Gesicht, das er so gut kannte wie sein eigenes. Und dennoch: Warum war ihm noch nie aufgefallen, wie dicht und grau gesprenkelt Bucks Augenbrauen waren? Und seit wann zogen sich diese tiefen Falten um seine Augen? Die Stirn dagegen war so glatt wie die eines jungen Mädchens.

Du lieber Himmel, dachte Matthew und kniff die Augen fest zusammen. Buck hatte sein Bein verloren.

Matthew kämpfte gegen die aufsteigende Panik an und beugte sich zu seinem Onkel hinunter. Das Geräusch von Bucks Atemzügen tröstete ihn.

»Das war ein verdammt blöder Einfall von dir. Es war ein Fehler, dich so vor mich zu drängen. Vielleicht hast du dir eingebildet, du könntest mit dem Hai ringen, aber anscheinend bist du auch nicht mehr so schnell wie früher. Jetzt bildest du dir vermutlich ein, dass ich dir etwas schulde. Aber wenn du abkassieren willst, musst du erst mal überleben.«

Er drückte Bucks Hand fester. »Hörst du mich, Buck? Du musst leben, damit ich meine Schuld begleichen kann! Denk darüber nach. Wenn du mich im Stich lässt, verlierst du, und die Beaumonts und ich teilen uns obendrein deinen Anteil an der Beute. Dein erster großer Treffer, Buck, und wenn du dich nicht zusammenreißt, wirst du nicht einen Dollar davon ausgeben.«

Eine Schwester steckte ihren Kopf durch die Gardine und erinnerte Matthew sanft daran, dass die Zeit um war.

»Es wäre wirklich schade, wenn du nicht mehr dazu kämst, den Ruhm und den Reichtum auszukosten, so wie du es dir immer erträumt hast, Buck. Denk darüber nach. Die Schwester schmeißt mich jetzt raus, aber ich komme wieder.«

Im Flur lief Tate ruhelos auf und ab, einerseits, weil sie nervös war, andererseits, um sich wach zu halten. Als sie Matthew durch die Tür kommen sah, rannte sie ihm entgegen.

»Ist er bei Bewusstsein?«

»Nein.«

Tate nahm seine Hand und kämpfte gegen ihre eigene Angst an. »Der Arzt hat gesagt, dass damit nicht zu rechnen sei. Ich vermute, wir haben alle insgeheim etwas anderes erhofft. Mom und Dad werden jetzt die nächste Schicht übernehmen.« Als er den Kopf schütteln wollte, drückte sie ungeduldig seine Hand. »Matthew, hör mir zu. Das hier betrifft uns alle. Und ich glaube, er wird uns alle brauchen, also können uns wir genauso gut jetzt schon daran gewöhnen. Du und ich, wir gehen jetzt ins Hotel. Wir werden etwas essen, und danach schlafen wir ein paar Stunden.«

Während sie sprach, führte sie ihn den Gang entlang, warf ihren Eltern ein aufmunterndes Lächeln zu und zog Matthew sanft in Richtung Aufzug.

»Wir müssen uns gegenseitig helfen, Matthew. Nur so kann es gutgehen.«

»Es muss doch irgendetwas geben, das ich tun kann!«

»Du tust es bereits«, sagte sie sanft. »Wir kommen bald zurück. Jetzt musst du dich erst mal ein wenig ausruhen, genau wie ich.«

Er sah sie an. Ihre Haut war so blass, dass sie transparent wirkte. Unter ihren Augen lagen tiefe, erschöpfte Schatten. Ihm fiel auf, dass er nicht ein einziges Mal an sie gedacht hatte. Und er hatte keinen Gedanken daran verschwendet, dass sie vielleicht seine Unterstützung brauchte.

»Ein paar Stunden Schlaf wären wirklich nicht übel.« Sie

ließ ihre Hand in seiner, zog ihn in den Aufzug und drückte den Knopf für das Erdgeschoss. »Dann kommen wir wieder, und du kannst bei Buck bleiben, bis er aufwacht.«

»Ja.« Ausdruckslos starrte Matthew auf die aufleuchtenden Zahlen. »Bis er aufwacht.«

Draußen peitschte der Wind den Regen durch die Nacht und zerrte an den Palmwedeln. Das Taxi holperte durch enge, verlassene Straßen, fuhr durch tiefe Pfützen. Es war, als ob sie sich durch den Traum eines anderen Menschen bewegten – die Dunkelheit, die dicht aneinander gedrängten Gebäude, die im Licht des Scheinwerfers vorbeizogen, das monotone Quietschen der Scheibenwischer auf der Windschutzscheibe.

Als Tate aus dem Wagen stieg, nahm Matthew ein paar Geldscheine aus seiner Brieftasche. Wenige Sekunden später klebte ihr das Haar bereits nass am Kopf.

»Dad hat mir die Zimmerschlüssel gegeben«, setzte sie an. »Es ist allerdings nicht das Ritz.« Sie rang sich ein Lächeln ab, während sie die winzige, mit Korbmöbeln und großblättrigen Pflanzen voll gestopfte Eingangshalle betraten. »Aber es liegt nahe am Krankenhaus. Wir müssen in den ersten Stock.«

Auf der Treppe klimperte Tate nervös mit den Schlüsseln in ihrer Hand. »Das hier ist dein Zimmer, unseres ist nebenan.« Sie betrachtete den Schlüssel und studierte die Nummer auf dem Anhänger. »Matthew, kann ich mit zu dir kommen? Ich möchte jetzt nicht allein sein.« Sie sah ihm in die Augen. »Ich weiß, dass es dumm ist, aber –«

»Ist schon in Ordnung. Komm rein.« Er nahm ihr den Schlüssel aus der Hand und schloss die Tür auf.

Vor ihnen standen ein Bett, dessen Tagesdecke mit grell orangefarbenen und roten Blumen gemustert war, ein kleiner Frisiertisch und eine Lampe mit verrutschtem Schirm. Marla hatte Matthew das Nötigste vom Boot mitgebracht und ordentlich am Fußende des Bettes drapiert. Er schaltete die Lampe ein, deren Licht gelb durch den schrägen Schirm schien. Der Regen prasselte laut ans Fenster.

»Das Zimmer ist nichts Besonderes«, murmelte Tate. Beiläufig richtete sie den Lampenschirm, als ob diese kleine Geste den Raum heiterer wirken lassen würde.

»Ich nehme an, du bist etwas Besseres gewöhnt.« Matthew ging in das angrenzende Bad und kam mit einem dünnen Handtuch von der Größe eines Platzdeckchens wieder heraus. »Du solltest dir das Haar abtrocknen.«

»Danke. Du musst erschöpft sein. Ich sollte dich jetzt wohl lieber allein lassen.«

Er setzte sich auf die Bettkante und konzentrierte sich darauf, seine Schuhe auszuziehen. »Wenn du willst, kannst du hier schlafen. Du brauchst keine Angst zu haben.«

»Ich habe auch keine Angst.«

»Solltest du aber.« Mit einem Seufzer stand er auf, nahm das Handtuch und rieb ihr entschlossen das Haar trocken. »Aber es ist überflüssig. Zieh deine Schuhe aus und ruh dich aus.«

»Legst du dich neben mich?«

Er beobachtete, wie sie sich hinsetzte und nervös an den Bändern ihrer Turnschuhe zerrte. Er wusste, dass er sie jetzt haben konnte – eine Berührung, ein Wort würden reichen.

Und er würde sich dafür hassen.

Schweigend zog er die Bettdecke zurück, streckte sich auf dem Laken aus und reichte ihr eine Hand. Ohne zu zögern, legte sie sich hin, schmiegte sich an ihn und bettete ihren Kopf an seiner Schulter.

Er spürte sein Verlangen, das sich in einen dumpfen Schmerz verwandelte, sobald sie ihre Handfläche auf seine Brust legte. Er bohrte sein Gesicht in ihr nach Regen duftendes Haar und empfand eine überraschende Mischung aus Trost und Schmerz.

Vertrauensvoll schloss sie die Augen. »Alles wird gut. Ich weiß, dass es gut wird. Ich liebe dich, Matthew.«

Sie schlief so schnell ein wie ein Kind. Matthew hörte dem Regen zu und wartete auf die Dämmerung.

Der Hai schoss durch das Wasser wie ein schlanker, grauer, blutrünstiger Torpedo mit gierigen Zähnen. Blut wirbelte um sie herum, erstickte sie fast, als sie zu fliehen versuchte. Sie kreischte, schnappte nach Luft. Der Kiefer war entsetzlich weit aufgerissen. Dann schloss er sich über ihr, und sie empfand einen Schmerz, den sie nicht beschreiben konnte.

Mit einem erstickten Schrei fuhr sie hoch, rollte sich zu einer Kugel zusammen und befreite sich langsam aus ihrem Alptraum. Ich bin in Matthews Zimmer, machte sie sich bewusst. Sie war in Sicherheit. *Er* war in Sicherheit.

Und sie war allein.

Tate hob den Kopf. Zuerst überkam sie Panik – vielleicht hatte Matthew irgendwie erfahren, dass Buck gestorben war, und war ohne sie ins Krankenhaus gefahren. Dann erkannte sie, dass das vermeintliche Prasseln des Regens aus der Dusche kam.

Der Sturm war vorbei, und Matthew war bei ihr. Sie stieß einen langen, erleichterten Seufzer aus und strich sich das zerzauste Haar aus dem Gesicht. Sie war froh, dass er von ihrem Alptraum nichts mitbekommen hatte. Er hat auch so schon genug Probleme, dachte sie. Sie wollte es ihm nicht noch schwerer machen. Tate beschloss, mutig und stark zu sein und ihm die Unterstützung zu geben, die er jetzt brauchte.

Als sich die Badezimmertür öffnete, lächelte Tate ihm entgegen. Trotz ihrer Sorgen schlug ihr Herz schneller, weil sie ihn mit feuchter Haut, nacktem Oberkörper und offenen Jeans aus dem Bad kommen sah.

»Du bist ja schon wach.« Matthew hakte seine Daumen in die Hosentaschen und versuchte, nicht darüber nachzudenken, wie appetitlich sie in diesem Bett aussah. »Ich dachte, du würdest noch eine Weile schlafen.«

»Nein, ich bin wieder fit.« Verlegen fuhr sie sich mit der Zunge über die Lippen. »Der Regen hat aufgehört.«

»Ist mir schon aufgefallen.« Und zudem hatte er bemerkt, wie groß, sanft und wach ihn ihre Augen ansahen. »Ich muss wieder ins Krankenhaus.«

»*Wir* müssen wieder ins Krankenhaus«, berichtigte sie ihn. »Ich gehe nur schnell duschen und ziehe mich um.« Sie kletterte aus dem Bett und nahm ihre Schlüssel. »Mom sagte, dass nebenan ein Café ist. Dort treffen wir uns in zehn Minuten.«

»Tate ...« Als sie in der Tür stehen blieb und sich umdrehte, zögerte er. Was sollte er sagen? Wie konnte er es ausdrücken? »Ach nichts. In zehn Minuten also.«

Eine halbe Stunde später trafen sie im Krankenhaus ein. Ray und Marla erhoben sich von der Bank vor der Intensivstation, wo sie Wache gehalten hatten.

Beide wirkten ziemlich zerknautscht. Bisher hatte es Matthew immer beeindruckt, dass die Beaumonts in allen Lebenslagen gepflegt aussahen. Jetzt hing die Kleidung zerknittert und schlaff an Ray und Marla herunter, Rays Wangen überzog zudem ein Schatten aus Bartstoppeln. In all den Wochen hatte er Ray noch nie unrasiert gesehen. Aus Gründen, die Matthew selbst nicht ganz verstand, konzentrierte er sich auf diese eine Tatsache. Ray hatte sich nicht rasiert.

»Sie haben uns nicht viel gesagt«, begann Tates Vater. »Nur dass er eine ruhige Nacht hatte.«

»Jede Stunde durften wir ein paar Minuten lang zu ihm.« Marla nahm Matthews Hand und drückte sie. »Hast du dich ausgeruht, mein Lieber?«

»Ja.« Matthew räusperte sich. Ihr Haar ist zerzaust, dachte er verwirrt. Ray hatte sich nicht rasiert, und Marlas Haar war zerzaust. »Ich möchte euch beiden sagen, wie sehr –«

»Also weißt du ...« Marla legte übertriebene Entrüstung in ihre Stimme. »Matthew Lassiter, diesen höflichen Tonfall und den artigen Spruch kannst du dir für Fremde aufheben, denen du etwas schuldig bist. Wir sind deine Freunde und wir lieben dich.«

Noch nie hatte er jemanden kennen gelernt, der ihn mit einem einzigen Satz dermaßen beschämen und rühren konnte. »Eigentlich wollte ich sagen: Ich bin froh, dass ihr hier seid.«

»Ich glaube, seine Gesichtsfarbe ist schon wieder besser.« Ray legte einen Arm um seine Frau. »Fandest du nicht auch, Marla?«

»Eindeutig. Und die Schwester hat gesagt, dass Doktor Farrge gleich nach ihm sehen will.«

»Matthew und ich übernehmen jetzt die Wache. Ich möchte, dass ihr beiden frühstücken geht und noch etwas schlaft«, bestimmte Tate.

Ray studierte das Gesicht seiner Tochter, befand sie für einsatzfähig und nickte. »Genau das werden wir tun. Ruft im Hotel an, sobald sich sein Zustand verändert. Andernfalls kommen wir gegen Mittag zurück.«

Als sie allein waren, nahm Tate Matthews Hand. »Lass uns nach ihm sehen.«

Seine Gesichtsfarbe wirkte tatsächlich verändert, dachte Matthew ein paar Augenblicke später, als er am Bett seines Onkels stand. Bucks Gesicht sah immer noch angespannt aus, aber das schreckliche Grau schien heller geworden zu sein.

»Seine Chancen stehen mit jeder Stunde besser«, erinnerte Tate ihn an die Worte des Arztes und nahm Bucks Hand. »Er hat die Operation überstanden, Matthew, und er hat die Nacht überlebt.«

Der schwache Hoffnungsschimmer war schmerzhafter als die Verzweiflung. »Er ist hart im Nehmen. Sieh dir diese Narbe an.« Mit der Fingerspitze fuhr Matthew die gezackte Linie an Bucks rechtem Unterarm entlang. »Ein Barrakuda. In Yucatán. Ich arbeitete am Sauger, als Buck und der Fisch einander in der Schlammwolke begegneten. Er ließ sich wieder zusammenflicken und war eine Stunde später wieder unter Wasser. Auf der Hüfte hat er noch so eine –«

»Matthew!« Tates Stimme zitterte. »Matthew, er hat gerade meine Hand gedrückt.«

»Was?«

»Er hat meine Hand gedrückt! Schau her. Beobachte seine Finger.«

Tatsächlich krampften sie sich langsam um Tates Hand. Matthew wurde es kalt und dann heiß, als er in das Gesicht seines Onkels starrte. Bucks Augenlider zitterten.

»Ich glaube, er kommt zu sich!«

In Tates Augenwinkel funkelte eine Träne, und sie presste Bucks Hand. »Sprich mit ihm, Matthew!«

»Buck ...« Mit klopfendem Herzen beugte Matthew sich zu ihm hinunter. »Verdammt, Buck, ich weiß, dass du mich hörst. Ich werde meine Zeit doch nicht mit Selbstgesprächen vergeuden.«

Bucks Lider zitterten wieder. »Scheiße ...«

»Scheiße!« Tate weinte jetzt. »Hast du das gehört, Matthew? Er hat ›Scheiße‹ gesagt!«

»Typisch.« Matthew griff nach Bucks Hand. Seine Kehle brannte. »Komm schon, du Faulpelz. Aufwachen.«

»Ich bin wach. Himmel!« Buck öffnete die Augen, aber er nahm um sich herum nur verschwommene Formen wahr. Er hatte das Gefühl, zu schweben, empfand diesen Zustand jedoch nicht unbedingt als unangenehm. Sein Blick wurde gerade klar genug, dass er Matthew erkennen konnte. »Verdammt. Ich dachte, ich wäre tot.«

»Das dachte ich auch.«

»Er hat dich doch nicht erwischt, oder?«, nuschelte Buck, sichtlich darum bemüht, seine Worte deutlich herauszubringen. »Der Bastard hat dich doch nicht erwischt?«

»Nein.« Schuldgefühle hämmerten wie kalter, geschliffener Stahl auf Matthew ein. »Nein, er hat mich nicht erwischt. Es war ein Tiger, mindestens drei Meter lang«, erklärte er, weil er wusste, dass Buck es ganz genau wissen wollte. »Tate und ich haben ihn erledigt. Jetzt ist er Fischfutter.«

»Gut.« Buck schloss die Augen. »Ich hasse Haie.«

»Ich hole die Schwester«, flüsterte Tate.

»Hasse die Biester«, wiederholte Buck. »Hässliche Kreaturen. Wahrscheinlich ein Einzelgänger, aber wir sollten von nun an vorsichtshalber Baseballschläger mitnehmen.«

Er öffnete die Augen. Langsam erkannte er die Geräte und Schläuche um sich herum. Buck zog die Brauen zusammen. »Ich bin nicht auf dem Boot.«

Matthews Herz hämmerte in seiner Kehle. »Nein, du bist im Krankenhaus.«

»Ich hasse Krankenhäuser. Verfluchte Ärzte. Junge, du weißt doch, dass ich Krankenhäuser nicht leiden kann.«

»Ich weiß.« Matthew konzentrierte sich darauf, die Panik in Bucks Augen zu mildern. Später konnte er sich immer noch über seine eigene Reaktion Gedanken machen. »Wir mussten dich herbringen, Buck. Der Fisch hat dich verletzt.«

»Die paar Stiche …«

Matthew sah ganz deutlich, wie Bucks Erinnerungen aufflackerten. »Entspann dich, Buck. Du darfst dich nicht aufregen.«

»Hat mich wohl erwischt.« Die Gefühle kamen zurück – Furcht, Schmerz, Angst und ein alles andere überlagerndes Grauen.

Er erinnerte sich an den unerträglichen Schmerz, die Hilflosigkeit, als der Hai ihn hin und her schleuderte und an ihm zerrte, den Geschmack seines eigenen Blutes. Das Letzte, woran er sich erinnern konnte, waren die starren schwarzen, kalten Augen, die nach hinten rollten.

»Der verdammte Hurensohn hat mich erwischt.« Bucks Stimme überschlug sich. Er versuchte, Matthew abzuschütteln und sich aufzusetzen. »Wie ernst ist es? Was hat er mit mir gemacht, Junge?«

»Beruhige dich. Du darfst dich nicht aufregen.« Matthew

drückte Buck wieder ins Kissen zurück. Er bot erschreckend wenig Widerstand. »Wenn du dich weiter so aufführst, stellen sie dich noch ruhig.«

»Sag mir die Wahrheit.« Mit furchtsamen Augen krallte Buck eine Hand in Matthews Hemd. Doch sein Griff war so schwach, dass Matthew ihn mit einem Schulterzucken hätte abschütteln können. »Sag mir sofort, was der Bastard mir angetan hat.«

Sie hatten einander immer die Wahrheit gesagt. Matthew nahm Bucks Hände in seine und blickte ihm direkt in die Augen.

»Er hat dir ein Bein abgerissen. Der Scheißkerl hat dein Bein abgerissen.«

Achtes Kapitel

Du darfst dir keine Vorwürfe machen.«

Tate unterbrach ihr ruheloses Auf-und-ab-Laufen und setzte sich neben Matthew auf die Bank im Flur vor der Station. Inzwischen war Buck bereits seit vierundzwanzig Stunden wieder bei Bewusstsein, und je größer seine Genesungsaussichten wurden, desto tiefer versank Matthew in Depressionen.

»Ich sehe hier niemanden sonst, dem ich etwas vorwerfen könnte.«

»Es gibt Ereignisse, die einfach niemand verhindern kann. Matthew ...«

Geduld, ermahnte sie sich. Es würde ihm überhaupt nicht helfen, wenn sie jetzt auch noch die Nerven verlor. »Was Buck passiert ist, ist furchtbar und tragisch, aber du hättest es nicht verhindern können. Wir müssen uns mit den Tatsachen abfinden. Alles was du, was *wir* jetzt tun können, ist, ihm beistehen.«

»Er hat ein verdammtes Bein verloren, Tate! Und jedes Mal, wenn er mich ansieht, ist uns beiden klar, dass ich es bin, der jetzt an seiner Stelle dort liegen sollte.«

»Aber du liegst nicht dort.« Die Vorstellung, wie leicht die Situation hätte anders ausgehen können, verfolgte Tate ständig. »Es ist sinnlos, sich darüber den Kopf zu zerbrechen.« Erschöpft von der Diskussion und ihren Bemühungen, ihm eine Stütze zu sein, fuhr sie sich durchs Haar. »Buck hat jetzt Angst, er ist wütend und deprimiert. Aber er gibt dir nicht die Schuld.«

»Wirklich nicht?« Matthew sah sie an. In seinen Augen spiegelten sich Bitterkeit und Trauer.

»Nein, das tut er nicht. Weil er nicht so oberflächlich und egozentrisch ist wie du.« Sie sprang von der Bank auf. »Ich gehe ihn jetzt besuchen. Von mir aus kannst du gern hier sitzen bleiben und weiter in Selbstmitleid baden.«

Mit erhobenem Kopf durchquerte sie den Korridor und verschwand durch die Schwingtür auf die Station. Sobald Matthew sie nicht mehr sehen konnte, blieb sie stehen, sammelte sich und zog dann mit einem strahlenden Lächeln auf den Lippen den Vorhang vor Bucks Bett beiseite.

Er hatte sie hereinkommen gehört. Nun schlug er die Augen auf und sah sie durch seine dicken Brillengläser matt an.

»Hallo.« Als ob er sie mit einem Zwinkern und einem fröhlichen Winken begrüßt hätte, steuerte sie auf ihn zu und küsste ihn auf die Wange. »Wie ich höre, wirst du in ein oder zwei Tagen auf eine andere Station verlegt, in ein Zimmer mit Fernseher und noch mehr attraktiven Schwestern.«

»Haben sie mir auch gesagt.« Buck stöhnte auf, weil seine Phantomschmerzen ihn quälten. »Ich dachte, du und der Junge wärt längst wieder an Bord.«

»Nein, Matthew wartet draußen. Möchtest du ihn sehen?«

Buck schüttelte den Kopf. Er knetete das Laken zwischen seinen Fingern. »Ray war vorhin hier.«

»Ja, ich weiß.«

»Sagte, dass es einen Spezialisten in Chicago gibt, der mich behandeln soll, wenn sie mich hier rauslassen.«

»Ja. Er soll absolut fähig sein.«

»Nicht fähig genug, um mein Bein wieder anzunähen.«

»Dein neues Bein wird noch viel besser.« Sie wusste, dass ihre Stimme übertrieben heiter klang, konnte es aber nicht ändern. »Kennst du nicht die Fernsehserie, Buck? Die mit dem bionischen Hunderttausend-Dollar-Mann? Als ich ein Kind war, habe ich keine Folge verpasst. Du bist Hunderttausend-Dollar-Buck.«

Sein Mundwinkel zuckte. »Klar, das bin ich. Hunderttausend-Dollar-Buck, der König der Krüppel.«

»Wenn du so weiterredest, gehe ich sofort wieder.«

Zum Streiten war er zu müde. Im Grunde war er sogar fast zu müde, um sich selbst zu bemitleiden. »Vielleicht wäre es das Beste. Du solltest zum Boot zurückgehen. Holt die Beute hoch, bevor es jemand anderes tut.«

»Darüber brauchst du dir keine Gedanken machen, schließlich haben wir unsere Rechte angemeldet.«

»Du hast wirklich keine Ahnung«, fuhr er sie an. »Das ist das Problem mit euch Amateuren. Inzwischen kursieren garantiert jede Menge Gerüchte, ganz besonders nach diesem Zwischenfall. Haiangriffe erregen immer Aufsehen, vor allem in Urlaubsgebieten. Die Piraten sind schon unterwegs.« Seine Finger trommelten einen schnellen Rhythmus auf die Matratze. »Ihr habt doch die Sachen in Sicherheit gebracht, die wir schon hochgeholt hatten, oder? Haltet sie irgendwo sicher unter Verschluss?«

»Ich –« Seit zwei Tagen hatte sie keinen Gedanken an die *Marguerite* verschwendet. Den anderen war es sicher ähnlich gegangen. »Klar.« Die Lüge ging ihr schwer über die Zunge. »Klar, Buck, mach dir keine Sorgen.«

»Ihr müsst sofort wieder runtergehen und den Rest bergen! Habe ich das Ray denn nicht gesagt?« Seine Augenlider zitterten, aber er zwang sich, sie wieder zu öffnen. »Diese verdammten Medikamente umnebeln mir das Hirn. Ihr müsst alles heraufholen. Das ganze Gold, sonst lockt es die Piraten an wie Blut die Haie.« Er lachte, und sein Kopf sank auf das Kissen zurück. »Wie Blut die Haie. Ist das nicht komisch? Da haben wir einen Schatz gefunden, und er hat mich nur mein verdammtes Bein gekostet. Holt alles hoch und sperrt es gut weg, Mädchen. Mir zuliebe.«

»Okay, Buck.« Sanft streichelte sie seine Stirn. »Ich werde mich darum kümmern. Aber jetzt musst du dich ausruhen.«

»Geh auf keinen Fall allein nach unten.«

»Nein, natürlich nicht«, murmelte sie und nahm ihm die Brille ab.

»Der Fluch der Angelique. Sie gibt nicht so leicht auf. Nimm dich in Acht.«

»Das werde ich. Und jetzt musst du schlafen.«

Als sie ganz sicher sein konnte, dass er schlief, verließ sie schnell das Zimmer. Matthew saß nicht mehr auf der Bank und war nirgendwo zu sehen. Ein Blick auf die Uhr verriet Tate, dass ihre Eltern in weniger als einer Stunde eintreffen würden.

Sie zögerte, dann ging sie entschlossen zum Aufzug. Sie würde die Sache selbst in die Hand nehmen.

Sobald sie einen Fuß auf die *Adventure* gesetzt hatte, fühlte sie sich, als ob sie nach langer Reise endlich heimgekehrt wäre.

Offenbar hatte jemand, vermutlich ihre Mutter, das Deck geschrubbt. Sie konnte keine Blutspuren mehr entdecken, und die Ausrüstung war wieder sorgfältig verstaut.

Weil sie kurz festhalten wollte, was sie vor Bucks Unfall bereits an Bord gebracht hatten, suchte sie im Deckshaus nach ihrem Notizbuch.

Und plötzlich wurde ihr bewusst, dass etwas nicht stimmte.

Alles war viel zu ordentlich. Die Kissen waren frisch aufgeschüttelt, der Tisch glänzte. Kombüse und Aufenthaltsbereich blitzten geradezu vor Sauberkeit, aber auf dem Tisch lag kein Notizbuch. Außerdem konnte sie keinen der bereits geborgenen Gegenstände entdecken, auch nicht auf der Arbeitsplatte, wo sie die einzelnen Teile zum Säubern und Katalogisieren abgelegt hatte.

Nachdem ihre erste Panik verflogen war, sagte sie sich, dass ihre Eltern wahrscheinlich genau das getan hatten, was sie jetzt vorhatte. Sie hatten die Stücke mit ins Hotel genommen. Oder auf die *Sea Devil* gebracht.

Letzteres erschien ihr logischer. Schließlich wollten sie sicher alles an einem Ort lagern. Oder doch nicht?

Sie blickte zum Ufer und fragte sich, ob sie zurückfahren und Marla und Ray suchen sollte. Aber hier, so ganz allein an Bord, nagten Bucks eindringliche Worte an ihrem Gewissen. Sie beschloss zur *Sea Devil* zu fahren und selbst nachzusehen. Schließlich handelte es sich um eine kurze Fahrt, die sie leicht allein bewältigen konnte.

Da sie nun ein Ziel vor Augen hatte, fühlte sie sich sofort ruhiger. Sie ging zurück zur Brücke und holte den Anker ein. Eine Stunde, dachte sie. Nur eine kurze Rundfahrt. Danach konnte sie Buck wenigstens versichern, dass alles in Ordnung war.

Sobald sie auf die offene See zuhielt, lösten sich ihre Verspannungen. Das Leben schien gleich viel einfacher, wenn sie Decksplanken unter ihren Füßen spürte. Über ihr kreischten die Möwen, das blaue Wasser glitzerte einladend, und der Wind wehte ihr ins Gesicht. Tate hielt das Steuerrad fest in der Hand und fragte sich, ob sie dieses faszinierende Leben je kennen gelernt hätte, wenn sie als Tochter anderer Eltern zur Welt gekommen wäre. Hätte sie sich dermaßen zu diesem Element hingezogen gefühlt, wenn sie ohne die Erzählungen von der See und ihren Schätzen als Gutenachtgeschichten aufgewachsen wäre?

In diesem Augenblick, umgeben vom weiten Meer, war sie sich sicher, dass sie sich trotzdem genauso entwickelt hätte. Das Schicksal, dachte sie, ist geduldig und wartet ab.

Sie hatte ihre Bestimmung eben etwas früher gefunden als die meisten anderen Menschen. Ihr Leben mit Matthew sah sie bereits vor sich: Gemeinsam würden sie um die Welt segeln und die Geheimnisse lüften, die sich im Meer verbargen, als gleichberechtigte Partner in jeder Hinsicht.

Und eines Tages würde auch er einsehen, dass der Wert ihrer gemeinsamen Arbeit weit über den Glanz des Goldes hinausging. Sie würden ein Museum gründen und Hunderten von Menschen die Faszination und die Lebensart der Vergangenheit vermitteln.

Irgendwann würden sie Kinder haben, eine Familie gründen, und sie würde ein Buch über ihre Abenteuer schreiben. Matthew würde erkennen, dass es nichts gab, das sie nicht gemeinsam sein oder erreichen konnten.

Ähnlich wie das Schicksal musste Tate nur geduldig abwarten.

Ihre Tagträume zauberten ein Lächeln auf ihre Lippen, doch sobald die *Sea Devil* in Sicht kam, wich dieses Lächeln einem verwunderten Ausdruck. Direkt neben Bucks Boot hatte eine Yacht angelegt.

Es war ein beeindruckendes Schiff, gut dreißig Meter lang, strahlend weiß und luxuriös. An Deck konnte sie Menschen erkennen. Ein Steward in Livree balancierte ein Tablett mit Getränken, eine Frau aalte sich faul und offenbar nackt in der Sonne, ein Matrose polierte die Beschläge auf dem Vorderdeck. Die Glasscheiben an Deckshaus und Brücke reflektierten die Sonne.

Unter anderen Umständen hätte Tate die wunderschönen Linien und die bunt gestreiften Sonnenschirme und Sonnensegel bewundernd betrachtet, aber sie hatte längst die Schlammwolken an der Wasseroberfläche bemerkt.

Da unten machte sich offensichtlich jemand mit einem Sauger zu schaffen.

Beinahe zitternd vor Wut, drosselte Tate die Geschwindigkeit, manövrierte die *Adventure* steuerbord neben die *Sea Devil* und legte gekonnt an.

Sofort stieg ihr der unverkennbare Geruch von faulen Eiern in die Nase, der auf Schatztaucher wie Parfüm wirkte – die Gase, die ein Wrack freigab. Ohne zu zögern, lief sie von der Brücke, hielt kurz inne, um ihre Turnschuhe auszuziehen, sprang über die Reling und schwamm die wenigen Meter bis zur *Sea Devil*.

Dort schüttelte sie sich das nasse Haar aus den Augen und

zog sich an Bord hoch. Die Planen, in die Matthew und sie die Beute von der *Santa Marguerite* gewickelt hatten, schienen unberührt. Aber sie brauchte sich nur kurz genau umzusehen, um festzustellen, dass die meisten der Gegenstände, die sie mühsam aus der Tiefe geborgen hatten, fehlten.

In der Kabine bot sich ihr ein ähnliches Bild. Das Smaragdkreuz, der Eimer voller Silbermünzen, die zerbrechlichen Porzellangegenstände, das Zinn, das sie gemeinsam mit ihrer Mutter sorgfältig gesäubert hatte – alles verschwunden. Mit zusammengebissenen Zähnen starrte Tate auf die Yacht.

Wütend und über alle Maßen entrüstet sprang sie wieder ins Wasser. Als sie die Leiter zum glänzenden Mahagonideck der Yacht hinaufkletterte, hätte sie beinahe laut geknurrt.

Eine blonde Frau mit Sonnenbrille, Kopfhörern und einem knappen Tanga räkelte sich auf der gepolsterten Liege.

Tate ging auf sie zu und tippte ihr auf die Schulter. »Wer ist hier verantwortlich?«

»*Qu'est-ce que c'est?*« Mit einem Gähnen nahm die Blonde ihre riesige Brille ab und musterte Tate gelangweilt. »*Qui le diable es-tu?*«

»Wer zum Teufel bist *du?*«, konterte Tate grimmig in fließendem Französisch. »Und was hast du hier zu suchen?«

Die Frau bewegte ihre zart gebräunte Schulter und nahm den Kopfhörer ab. »Amerikanerin«, stellte sie mit holprigem Akzent auf Englisch fest. »Ihr Amerikaner seid so anstrengend. *Allez*. Lass mich in Ruhe. Du machst mich ganz nass.«

»Wenn das so weitergeht, werde ich dich nicht nur nass machen, Fifi!«

»Yvette.« Mit einem amüsierten, katzenhaften Lächeln nahm die Frau eine lange, braune Zigarette aus einer Schachtel und zündete sie mit einem schmalen Goldfeuerzeug an. »Ach, dieser Krach!« Sie streckte sich, und die Bewegung wirkte so katzenartig wie ihr Lächeln. »Den ganzen Tag und die halbe Nacht lang.«

Tate biss die Zähne zusammen. Den Krach, von dem

Yvette gesprochen hatte, verursachte der Kompressor, mit dem der Sauger betrieben wurde. »Wir haben unseren Anspruch auf die *Santa Marguerite* rechtmäßig angemeldet, und ihr habt kein Recht, hier zu arbeiten.«

»Marguerite? *C'est qui, cette* Marguerite?« Eine wohlriechende Rauchwolke erhob sich in die Luft. »Ich bin die einzige Frau hier an Bord.« Sie zog eine Augenbraue in die Höhe und musterte Tate von Kopf bis Fuß. »Die einzige«, wiederholte sie, ließ den Blick an ihr vorbeischweifen. Plötzlich strahlten ihre Augen warm. »*Mon cher*, wir haben Besuch.«

»Das sehe ich.«

Tate drehte sich um und entdeckte einen schlanken Mann in frisch gebügelten, beigefarbenen Hosen und passendem Hemd. Um den Hals trug er eine Krawatte mit gedämpften Pastellstreifen und auf seinem zinnfarbenen Haar einen Panamahut. Gold funkelte an Handgelenk und Hals auf seiner gebräunten Haut. Sein Gesicht war so glatt wie das eines Jungen und strahlte vor Gesundheit und guter Laune. Mit seiner langen, schmalen Nase, den elegant gebogenen, silbernen Augenbrauen und dem schmalen, geschwungenen Mund wirkte er ausgesprochen attraktiv. Seine hellen, klaren Augen leuchteten interessiert.

Auf den ersten Blick erkannte Tate Geld und Manieren. Er lächelte und bot ihr so charmant seine Hand an, dass sie beinahe zugegriffen hätte. Doch gerade noch rechtzeitig fiel ihr ein, warum sie gekommen war.

»Ist das hier Ihr Boot?«

»In der Tat. Willkommen auf der *Triumphant*. Es kommt nicht oft vor, dass uns Wassernymphen beehren. André«, rief er mit seiner kultiviert und leicht europäisch klingenden Stimme. »Bring der Dame ein Handtuch. Sie ist ein wenig nass.«

»Ich will kein verdammtes Handtuch. Ich will, dass Sie Ihre Taucher hochbeordern. Das ist mein Wrack.«

»Tatsächlich? Wirklich sonderbar. Warum setzen Sie sich nicht, Miss ...«

»Nein, ich setze mich nicht, Sie Pirat.«

Er blinzelte, lächelte aber weiter. »Offenbar verwechseln Sie mich. Ich bin mir sicher, dass wir dieses kleine Missverständnis auf zivilisierte Art und Weise klären können. Ah.« Er nahm dem livrierten Steward das Handtuch ab. »Champagner, André. Drei Gläser.«

»Wenn Sie nicht sofort den Kompressor abschalten«, warnte Tate ihn, »wird es gleich noch zivilisierter.«

»Sie haben Recht, der Lärm erschwert eine gepflegte Unterhaltung.« Er nickte dem Steward zu, dann setzte er sich hin. »Bitte, nehmen Sie doch Platz.«

Je länger er mit seiner ruhigen, wohlmodulierten Stimme sprach und charmant lächelte, desto mehr kam Tate sich wie eine ungelenke Idiotin vor. Um zumindest den Anschein von Würde zu wahren, setzte sie sich steif auf einen Liegestuhl. Sie beschloss, sich so kühl, vernünftig und kultiviert zu verhalten wie er.

»Sie haben gewisse Gegenstände von meinem Boot entwendet«, setzte Tate an.

Er zog eine Braue hoch und musterte die *Sea Devil*. »Das armselige Ding gehört Ihnen?«

»Es gehört meinen Partnern«, murmelte Tate. Neben der *Triumphant* wirkte die *Sea Devil* tatsächlich ziemlich abgetakelt. »Sowohl von der *Sea Devil* als auch von der *Adventure* sind eine Reihe von Gegenständen verschwunden. Und –«

»Mein liebes Mädchen.« Er faltete die Hände und lächelte unverbindlich. Ein eckig geschliffener Diamant von der Größe eines Scrabble-Steins funkelte an seinem kleinen Finger. »Sehe ich so aus, als ob ich es notwendig hätte, zu stehlen?«

Tate schwieg, während der Steward mit lautem Knall den Champagner öffnete. Als sie dann sprach, klang ihre Stimme honigsüß. »Nicht jeder stiehlt, weil er es nötig hat. Manche Menschen genießen es einfach.«

Nun weiteten sich seine Augen vor Freude. »Clever und obendrein attraktiv! Beeindruckende Attribute bei einer so jungen Dame.«

Yvette murmelte unfreundliche Worte auf Französisch, aber er lachte nur und tätschelte ihre Hand. »*Ma belle,* zieh dir etwas über. Du bringst unseren Gast in Verlegenheit.«

Während Yvette schmollte und ihre beeindruckenden Brüste mit einem blauen Stoffstreifen bedeckte, bot der Mann Tate ein Glas Champagner an. Sie hielt den schlanken Stiel bereits in ihrer Hand, als ihr auffiel, dass sie überrumpelt worden war.

»Hören Sie –«

»Mit dem größten Vergnügen.« Er seufzte erleichtert auf, weil der Kompressor verstummte. »Ah, das ist doch gleich viel besser. Sie sagten gerade, dass Sie etwas vermissen?«

»Wie Ihnen wohl bekannt sein dürfte. Gegenstände, die wir von der *Santa Marguerite* geborgen haben. Wir arbeiten seit Wochen an dem Wrack und haben unseren Anspruch bei den zuständigen Behörden angemeldet.«

Er studierte ihr Gesicht mit offenkundigem Interesse. Es war ihm immer ein Vergnügen, jemanden so angeregt und furchtlos sprechen zu hören, ganz besonders, wenn er das Spiel längst gewonnen hatte. Er bedauerte die Menschen, die die Herausforderung eines Geschäftsabschlusses und den Triumph eines Sieges nicht zu schätzen wussten. »Sie werden feststellen, dass die Sachlage nicht ganz eindeutig ist.« Er spitzte die Lippen, dann nippte er an seinem Champagner. »Wir befinden uns hier in freien Gewässern. Die Regierung streitet dergleichen häufig ab, weshalb ich sie vor ein paar Monaten über meine Pläne, an dieser Stelle tätig zu werden, informierte.« Er trank noch einen Schluck. »Offenbar hat man Sie darüber nicht in Kenntnis gesetzt. Als ich eintraf, fiel mir natürlich auf, dass bereits jemand herumgeschnüffelt hatte. Allerdings habe ich niemanden angetroffen.«

Von wegen vor ein paar Monaten, dachte Tate, bewahrte

jedoch Haltung. »Wir hatten einen Unfall. Ein Mitglied unseres Teams befindet sich im Krankenhaus.«

»Oh, was für ein Pech! Wracktauchen kann wirklich eine gefährliche Angelegenheit sein. Seit Jahren gehört dieser Sport zu meinen Hobbys. Bisher hatte ich selbst eigentlich immer Glück.«

»Die *Sea Devil* war schon hier«, fuhr Tate fort. »Wir hatten Markierungsbojen gesetzt. Rechtlich gesehen ...«

»Ich bin gern bereit, über diese kleine Unregelmäßigkeit Ihrerseits hinwegzusehen.«

Ihre Kinnlade klappte herunter. »*Sie* sind dazu bereit?« Zur Hölle mit ihrer Gelassenheit. »Sie machen uns unseren Claim streitig, Sie stehlen Gegenstände, die wir bereits geborgen haben, und Aufzeichnungen von unseren Booten –«

»Über diese angeblich entwendeten Gegenstände weiß ich nichts«, unterbrach er sie. Er hatte den Ton angeschlagen, in dem er mit aufmüpfigen Angestellten sprach. »Ich schlage vor, dass Sie sich diesbezüglich an die Behörden in Saint Kitts oder Nevis wenden.«

»Darauf können Sie Gift nehmen.«

»Vernünftig.« Er nahm den Champagner aus dem Silberkübel und schenkte sich und Yvette nach. »Mögen Sie keinen Taittinger?«

Abrupt setzte Tate ihr Glas ab. »Damit kommen Sie nicht durch. Wir haben die *Marguerite* gefunden, wir haben sie freigelegt. Ein Mitglied unseres Teams wäre fast gestorben. Sie können nicht einfach herkommen und sich nehmen, was uns gehört.«

»In derartigen Angelegenheiten sind die Besitzverhältnisse häufig umstritten.« Der Mann hielt einen Augenblick inne und studierte den Champagner in seinem Glas. Schließlich drehte sich alles im Leben um Besitz. »Sie können natürlich dagegen angehen, aber ich fürchte, Sie werden über das Ergebnis enttäuscht sein. Ich stehe in dem Ruf, ein Gewinner zu sein.« Er strahlte sie an und strich mit einem

Finger über Yvettes glänzenden Arm. »Nun«, sagte er und stand auf. »Vielleicht darf ich Sie herumführen? Ich bin sehr stolz auf die *Triumphant*. Sie hat ein paar ganz besondere Extras.«

»Ist mir völlig egal. Selbst wenn sie einen Mast aus massivem Gold hat!« Tates Gelassenheit überraschte sie selbst. Sie stand auf und starrte ihm in die Augen. »Ein tolles Boot und europäisches Flair ändern nichts am Tatbestand der Piraterie.«

»Sir.« Der Diener räusperte sich leise. »Sie werden auf dem Vorderdeck gebraucht.«

»Einen Augenblick, André.«

»Selbstverständlich, Mr. VanDyke.«

»VanDyke«, wiederholte Tate und spürte, wie sich ihr Magen zusammenzog. »Silas VanDyke?«

»Mein Ruf eilt mir offenbar voraus.« Er schien erfreut, dass sie schon von ihm gehört hatte. »Unverzeihlich von mir, dass ich mich noch nicht vorgestellt hatte, Miss …«

»Beaumont. Tate Beaumont. Ich weiß, wer Sie sind, Mr. VanDyke, und ich weiß, was Sie getan haben.«

»Das ist wirklich schmeichelhaft.« Er hob sein Glas und prostete ihr zu, bevor er es leerte. »Aber ich habe ja auch eine ganze Menge getan.«

»Matthew hat mir von Ihnen erzählt. Matthew Lassiter.«

»Ach ja, Matthew. Ich bin mir sicher, dass er nicht allzu freundlich über mich gesprochen hat. Demnach ist Ihnen vermutlich bekannt, dass ich an einem bestimmten Gegenstand interessiert bin.«

»Der Fluch der Angelique.« Obwohl ihre Handflächen feucht waren, hob Tate entschlossen ihr Kinn. »Da Sie ja bereits getötet haben, um an ihr Ziel zu kommen, werden Sie wohl auch nicht vor Diebstahl zurückschrecken.«

»Ich sehe, dass Matthew Ihren Kopf mit Unsinn gefüllt hat«, erwiderte VanDyke freundlich. »Es ist verständlich, dass der Junge jemandem die Schuld am Tod seines Vaters geben musste, zumal möglicherweise seine eigene Nachlässigkeit dafür verantwortlich war.«

»Matthew ist nicht nachlässig«, gab Tate zurück.

»Er war noch jung, man darf ihm keinen Vorwurf machen. Damals hatte ich ihm und seinem Onkel finanzielle Unterstützung angeboten, aber leider war mit den beiden nicht zu reden.«

Bedächtig lockerte er seine Schultern. »Und wie bereits gesagt, Miss Beaumont, Wracktauchen ist eine gefährliche Angelegenheit. Unfälle passieren immer wieder. Eins möchte ich aber von Anfang an klarstellen: Falls sich das Amulett auf der *Marguerite* befindet, gehört es mir. Wie alles andere an Bord.« Das Leuchten in seinen Augen war jetzt noch intensiver, geradezu unheimlich. »Und ich nehme und behalte immer, was mir gehört. Nicht wahr, *ma belle?*«

Yvette strich mit einer Hand über ihren gebräunten Schenkel. »Allerdings.«

»Sie haben es also noch nicht gefunden?« Tate ging zur Reling. »Wir werden sehen, wem die Rechte an der *Santa Marguerite* gehören.«

»Da bin ich mir sicher.« VanDyke drehte das leere Glas in seiner Hand. »Oh, und Miss Beaumont, grüßen Sie bitte die Lassiters von mir und sprechen Sie ihnen mein Mitgefühl aus.«

Als Tate ins Wasser sprang, hörte sie ihn lachen.

»Silas.« Yvette zündete sich eine weitere Zigarette an und räkelte sich auf ihrer Liege. »Wovon hat diese lästige Amerikanerin geredet?«

»Du fandest sie lästig?« Zufrieden lächelnd, beobachtete Silas, wie Tate mit kräftigen Zügen zurück zur *Adventure* schwamm. »Ich finde sie faszinierend – jung, auf törichte Art mutig und reizend naiv. In meinen Kreisen begegnen mir diese Qualitäten selten.«

»Aha.« Yvette blies den Rauch aus und schmollte. »Du findest sie also attraktiv – mit diesem mageren Körper und ihrer Jungenfrisur.«

Weil er milde gestimmt war, ließ VanDyke sich auf der Kante von Yvettes Liege nieder und beruhigte sie. »Sie ist kaum mehr als ein Kind. Ich interessiere mich für *Frauen*.« Er küsste ihren Schmollmund. »Du faszinierst mich«, murmelte er und griff hinter ihren Rücken, um den Verschluss ihres knappen Oberteils zu öffnen. »Deshalb bist du schließlich hier, *ma chère amie*.«

Und so wird es bleiben, dachte er, während er eine ihrer perfekten Brüste umfasste. Bis sie ihn zu langweilen begann.

Nachdem er Yvette besänftigt hatte, stand VanDyke auf. Lächelnd beobachtete er, wie Tate die *Adventure* in Richtung Saint Kitts steuerte.

Jugend hat eindeutig gewisse Vorteile, dachte er, die selbst ich mit meinem Geld und meinen Fähigkeiten als Geschäftsmann nicht kaufen kann. Er hatte das Gefühl, dass es lange, lange Zeit dauern würde, bevor ihn eine so junge und erfrischende Frau wie Tate Beaumont langweilen würde.

Summend ging er nach vorn. Dort hatten seine Taucher bereits die neuen Funde auf einer Plane ausgebreitet. Sein Herz schlug schneller. Was dort vor ihm lag, ob mit Kalk überzogen, verrostet oder glänzend, gehörte ihm. Erfolg. Profit für eine Investition. Und was das Ganze noch spannender machte, war die Tatsache, dass es ursprünglich den Lassiters gehört hatte.

Niemand sprach, als VanDyke niederkniete und die Stücke mit seinen manikürten Fingern untersuchte. Es bereitete ihm Genugtuung, einen Schatz aus dem Meer zu bergen, während James Lassiters Bruder um sein Leben kämpfte.

Letztendlich machte dieser Umstand die Legende umso faszinierender, fand er, während er eine Münze in die Hand nahm und wendete. Der Fluch der Angelique würde ihnen zum Verhängnis werden, wie er bisher allen zum Verhängnis geworden war, die nach dem Amulett gesucht hatten. Nur ihm nicht.

Weil er dazu bereit gewesen war, geduldig zu warten und

von seinen Möglichkeiten Gebrauch zu machen. Immer wieder hatte ihm sein Geschäftssinn dazu geraten, das Projekt aufzugeben, denn immerhin waren seine Einbußen bereits erheblich. Dennoch konnte er das Amulett nicht vergessen.

Wenn er es nicht finden, es nicht besitzen könnte, hätte er das Gefühl, versagt zu haben, und Versagen konnte er nicht akzeptieren, auch nicht bei einem Hobby. Dabei ging es ihm nicht um Zeit oder Geld, denn davon hatte er mehr als genug. Außerdem hatte er auch nicht vergessen, dass James Lassiter sich über ihn lustig gemacht und versucht hatte, ihn zu betrügen.

Es gab einen Grund dafür, warum ihn der Fluch der Angelique nicht losließ: Das Amulett gehörte ihm.

Er blickte auf. Die Taucher warteten schweigend, bereit, jede seiner Anweisungen sofort zu befolgen. Diese kleinen Annehmlichkeiten, dachte VanDyke zufrieden, konnte man sich mit Geld kaufen.

»Weitermachen.« Er stand auf und strich die Knie seiner sorgfältig gebügelten Hose glatt. »Und ich brauche bewaffnete Wachen, fünf an Deck, fünf am Wrack. Störfaktoren sollte man stets diskret, aber konsequent beseitigen.« Befriedigt warf er einen Blick auf die See. »Tut dem Mädchen nichts, falls es zurückkommt. Sie interessiert mich. Piper!« Mit einem Finger winkte er seinen Meeresarchäologen zu sich.

Dann ging er schnell in sein Büro, gefolgt von Piper, der wie ein treuer Hund hinter ihm hertrottete.

Wie die übrige Yacht war auch VanDykes Büro stilvoll und praktisch eingerichtet. Die Wände waren mit glänzendem Rosenholz getäfelt, der Fußboden war frisch gebohnert. Der Tisch, eine Antiquität aus dem neunzehnten Jahrhundert, die einst einem britischen Lord gehört hatte, war im Boden festgeschraubt.

Anstelle des üblichen Seemannsdekors bevorzugte VanDyke einen gediegenen Gutshausstil, inklusive eines echten

Gainsboroughs und schwerer Brokatgardinen. Aufgrund des tropischen Wetters zierte den Marmorkamin anstelle glimmender Holzscheite eine prächtige Bromelie. Die Sessel waren mit weichem Leder in Burgunder- und Grüntönen bezogen. Antiquitäten und unbezahlbare Kunstgegenstände waren stilvoll angeordnet, ohne allzu opulent zu wirken. Darüber hinaus verfügte VanDykes Büro natürlich über die neueste elektronische Ausrüstung.

VanDyke war keineswegs arbeitsscheu, sein Schreibtisch war mit Seekarten, Logbüchern und Kopien der Dokumente und Manifeste übersät, die ihm auf seiner Suche nach dem Schatz die Richtung gewiesen hatten. Ob Hobby oder Geschäft, auch in diesem Fall war Wissen Macht.

VanDyke setzte sich hinter seinen Schreibtisch und wartete ab. Piper würde sich nicht eher setzen, bis er ihn dazu aufforderte. Dieser kleine und für ihn doch so wichtige Beweis seiner Macht behagte ihm. Großzügig wies VanDyke schließlich auf einen Stuhl.

»Sie haben den Inhalt der Notizbücher, die ich Ihnen gegeben habe, auf das Notebook übertragen?«

»Ja, Sir.« Piper blickte ihn durch seine dicken Brillengläser mit großen Augen an. Er hatte einen brillanten Verstand, den VanDyke durchaus respektierte. Abgesehen davon war er dem Kokain und dem Glücksspiel verfallen – beides Schwächen, die VanDyke verachtete und skrupellos ausnutzte.

»Sie haben keinerlei Hinweise auf das Amulett gefunden?«

»Nein, Sir.« Piper faltete seine nervös zuckenden Hände und nahm sie wieder auseinander. »Die Person, die für die Katalogisierung verantwortlich war, hat gute Arbeit geleistet. Alles bis hin zum letzten Eisennagel ist aufgelistet und datiert. Die Fotos sind erstklassig und die Notizen und Zeichnungen klar und sehr detailliert.«

Sie hatten das Amulett also nicht gefunden, überlegte

VanDyke. Tief in seinem Innern war ihm das natürlich klar gewesen, aber er stützte sich gern auf Beweise.

»Immerhin etwas. Behalten Sie, was wir davon verwenden können, und vernichten Sie den Rest.« VanDyke zupfte an seinem Ohrläppchen. »Bis zehn Uhr morgen früh möchte ich eine vollständige Auflistung der heutigen Ausbeute. Mir ist bewusst, dass Sie damit den Großteil der Nacht beschäftigt sein dürften.« Er schloss eine Schublade auf und legte eine kleine Ampulle mit weißem Pulver auf den Tisch. Die Notwendigkeit war größer als seine Abscheu. Er registrierte die verzweifelte Dankbarkeit in Pipers Gesicht. »Nutzen Sie es vernünftig, Piper, und vor allem diskret.«

»Ja, Mr. VanDyke.« Die Ampulle verschwand in Pipers Hosentasche. »Morgen früh ist alles fertig.«

»Ich weiß, dass ich mich auf Sie verlassen kann, Piper. Das ist alles.«

Als er wieder allein war, lehnte VanDyke sich zurück. Seine Augen überflogen die Papiere auf seinem Schreibtisch, und er seufzte. Es war durchaus möglich, dass die Lassiters durch Zufall auf das unberührte Wrack gestoßen waren und gar nicht nach dem Amulett gesucht hatten. Im Laufe der Jahre hatte ihn sein Hobby gelehrt, wie wichtig glückliche Zufälle sein konnten.

Sollte dies der Fall sein, würde er einfach nehmen, was sie gefunden hatten, und zu seinem eigenen Vermögen hinzufügen.

Sollte sich das Amulett jedoch auf der *Santa Marguerite* befinden, würde es schon sehr bald ihm gehören. Er wollte jeden Zentimeter des Schiffs und des umliegenden Meeresgrundes absuchen lassen, bis er ganz sicher sein konnte.

James war damals auf eine Spur gestoßen, erinnerte er sich und tippte mit spitzen Fingern an seine Lippen. Etwas, das er ihm vorenthalten hatte. Und darüber ärgerte er sich bis zum heutigen Tag. Nach all den Jahren hatte sich die Suche in Australien und Neuseeland als sinnlos erwiesen. Für Van-

Dyke stand fest, dass ihm offenbar ein ganz bestimmtes Dokument fehlte.

James hatte etwas gewusst, aber hatte er auch die Gelegenheit gehabt oder das Bedürfnis verspürt, dieses Wissen seinem dümmlichen Bruder oder seinem Sohn mitzuteilen?

Vielleicht nicht. Vielleicht war er gestorben und hatte sein Geheimnis mit in den Tod genommen. VanDyke hasste diese Unsicherheit, dieses Bewusstsein, dass er sich verkalkuliert haben könnte. Die Wut, die verschwindend geringe Chance, dass er den Mann falsch eingeschätzt hatte, ließ ihn seine gepflegten Hände zu Fäusten ballen.

Seine Augen verdunkelten sich, sein attraktiver Mund wurde schmaler und zitterte, während er einen Wutanfall unterdrückte. Er erkannte die Anzeichen – den donnernden Herzschlag, das Rauschen des Blutes in seinem Kopf, hinter den Augen, in seinen Ohren.

Diese gefährlichen Stimmungsschwankungen überkamen ihn in letzter Zeit immer häufiger, wie damals, als er ein kleiner Junge war und man ihm seinen Willen verwehrte.

Später hatte er gelernt, seine Willenskraft einzusetzen, seine Fähigkeit, zu manipulieren und zu gewinnen. Doch jetzt schlug eine Woge blinder Wut über ihm zusammen, er verspürte das unbändige Bedürfnis, mit den Füßen aufzustampfen, zu schreien, etwas zu zerbrechen. Egal was. Oh, wie er es hasste, wenn ihm jemand einen Strich durch die Rechnung machte, wie er es hasste, die Oberhand zu verlieren!

Er befahl sich, diesen schwachen und sinnlosen Gefühlen nicht nachzugeben. Unter allen Umständen musste er die Kontrolle bewahren, kühl bleiben und einen klaren Kopf behalten. Ein Mann, der seine Gefühle nicht beherrschte, war verletzlich, neigte zu dummen Fehlern. Das durfte er nie vergessen.

Wieder einmal musste er daran denken, wie seine Mutter diesen Kampf verloren und die letzten Jahre ihres Lebens in einem Zimmer eingesperrt verbracht hatte.

Sein Körper zitterte, als er sich ein letztes Mal gegen seine Wut auflehnte. Dann atmete er langsam und bewusst durch, richtete seine Krawatte, massierte seine verspannten Hände.

Es ist durchaus möglich, dachte er ruhig, dass ich mit James Lassiter ein wenig ungeduldig verfahren bin. Dieser Fehler würde ihm nicht noch einmal unterlaufen. Die Jahre der Suche hatten ihn gefestigt, ihn klüger und erfahrener gemacht, ihm den Wert des Siegerpreises und die Macht, die von ihm ausging, noch mehr verdeutlicht.

Das Amulett wartete auf ihn, so wie er auf das Amulett wartete. Er bemerkte, dass sich seine Hände beruhigt hatten. Weder er noch der Fluch der Angelique würden Eindringlinge akzeptieren. Andererseits konnte man Eindringlinge benutzen, bevor man sie ausschaltete.

Wir werden sehen, dachte VanDyke und schloss die Augen. Es gab kein Meer, keinen Ozean und keinen Tümpel, auf dem ein Lassiter segeln konnte, ohne dass er davon erfuhr.

Eines Tages würden die beiden ihn zum Fluch der Angelique führen und zu dem Vermögen, das geduldig auf ihn wartete.

Neuntes Kapitel

Völlig außer Atem und blass vor Wut, stürmte Tate ins Krankenhaus. Sie entdeckte ihre Eltern und Matthew am Ende des Flurs und konnte sich gerade noch verkneifen, laut zu rufen. Sie rannte jedoch so schnell auf die kleine Gruppe zu, dass ihre Mutter sich umdrehte und sie entsetzt anstarrte.

»Tate, um Gottes willen, du siehst aus, als ob du in voller Montur schwimmen warst!«

»War ich auch. Wir haben ein Problem. Da ist ein Boot ... Sie tauchen. Ich konnte nichts tun, um sie aufzuhalten.«

»Langsam«, befahl Ray ihr und legte beide Hände auf ihre Schultern. »Wo genau warst du?«

»Ich bin zur *Sea Devil* hinausgefahren. Dort liegt ein Boot, ein unglaubliches Boot, eine Luxusyacht. Erstklassige Ausrüstung. Sie arbeiten an der *Marguerite*, ich habe die Schlammwolke gesehen.« Tate hielt kurz inne, um Luft zu schnappen. »Wir müssen hier weg! Sie sind an Bord der *Adventure* und der *Sea Devil* gewesen. Meine gesamten Aufzeichnungen sind weg und ein großer Teil der Gegenstände, die wir bereits an Bord gebracht hatten. Ich weiß, wo sie sind. Er wird es zwar abstreiten, aber ich weiß es.«

»Wer wird es abstreiten?«

Tate sah Matthew an. »VanDyke. Silas VanDyke.«

Bevor sie weitersprechen konnte, hatte Matthew sie am Arm gepackt und herumgewirbelt. »Wie kannst du dir da sicher sein?«

»Sein Steward hat ihn mit diesem Namen angesprochen.« Die Furcht, die sie an Bord der *Triumphant* verspürt hatte, war nichts im Vergleich zu der Mordlust, die sich plötzlich in Matthews Augen spiegelte. »Er kennt dich. Er weiß, was mit Buck passiert ist. Er sagte – Matthew!« Angst schwang in ihrer Stimme mit, denn er lief bereits den Gang entlang. »Warte!« Es gelang ihr, ihn aufzuhalten und sich vor ihn zu stellen. »Was hast du vor?«

»Was ich schon vor langer Zeit hätte tun sollen.« Seine Augen wirkten kalt und beängstigend ruhig. »Ich werde ihn töten.«

»Nimm dich zusammen.« Ray war ihnen gefolgt. Obwohl Rays Stimme ruhig klang, hielt er Matthews Arm mit überraschend festem Griff umklammert. Tate kannte diesen Tonfall und seufzte erleichtert auf. In dieser Stimmung kam nichts und niemand an ihrem Vater vorbei, noch nicht einmal Matthew in seiner blinden Wut. »Wir müssen vorsichtig vorgehen, und vor allem vernünftig«, fuhr er fort. »Immerhin steht eine Menge auf dem Spiel.«

»Dieses Mal kommt mir das Schwein nicht ungeschoren davon.«

»Wir werden hinausfahren. Marla und Tate, ihr wartet hier. Matthew und ich klären die Angelegenheit.«

»Ich bleibe nicht hier.«

»Keiner von uns bleibt hier«, stimmte Marla ihrer Tochter zu. »Das hier ist ein Gemeinschaftsunternehmen, Ray. Wenn einer geht, gehen alle.«

»Ich habe keine Zeit für Familiendebatten.« Matthew schüttelte Rays Arm ab. »Ich fahre jetzt los. Du kannst ja hier bleiben und versuchen, deine Frauen zur Vernunft zu bringen.«

»Du ungehobelter –«

»Tate ...« Marla atmete tief durch und rang um Beherrschung. »In Anbetracht der Umstände ...« Sie warf Matthew einen Blick zu, der Stahl zum Schmelzen gebracht hätte. Als sie weitersprach, klang ihre sonst so sanfte Südstaatenstimme eiskalt. »In gewisser Hinsicht hast du Recht, Matthew, wir vergeuden kostbare Zeit.« Mit diesen Worten lief sie zum Aufzug und drückte auf den Knopf.

»Idiot« war alles, was Tate hervorbrachte.

An Bord der *Adventure* stellte Tate sich zu ihrer Mutter an die Reling. Ray und Matthew standen auf der Brücke, steuerten das Boot und planten, so vermutete sie, die weitere Vorgehensweise. Sie war entrüstet, dass die Männer sie ausschlossen.

Weitaus beunruhigter, als sie zugeben wollte, wandte Marla sich an ihre Tochter. »Was für einen Eindruck hat dieser VanDyke auf dich gemacht?«

»Er ist aalglatt.« Das war der erste Begriff, der Tate bei der Erinnerung an ihn in den Kopf kam. »Und unter seinem weltgewandten Gebaren sehr gerissen. Und schlau. Er wusste, dass ich nichts gegen ihn ausrichten konnte, und diesen Umstand hat er genossen.«

»Hattest du Angst?«

»Er hat mir Champagner angeboten und wollte mir sein Boot zeigen, ganz der höfliche Gastgeber. Dabei wirkte er durchaus vernünftig, viel zu vernünftig für meinen Geschmack.« Tate wischte mit ihrer Hand auf der Reling hin und her. »Ja, er hat mir Angst gemacht. Ich könnte ihn mir als römischen Imperator vorstellen, der an kandierten Trauben nascht, während die Löwen die Christen in Fetzen reißen. Ein solches Schauspiel würde er genießen.«

Marla unterdrückte ein Schaudern. Ihre Tochter war sicher und heil zurückgekehrt, alles andere war unwichtig. Sie streichelte Tates Hand. »Glaubst du, dass er Matthews Vater getötet hat?«

»Matthew ist davon überzeugt. Schau mal, da drüben!« Sie zeigte auf die *Triumphant*. »Da ist sein Boot.«

Von der Brücke aus studierte Matthew die beeindruckende Yacht. Sie war neu, stellte er fest, und luxuriöser ausgestattet als die *Rig,* auf der VanDyke vor der australischen Küste gesegelt war. Soweit er feststellen konnte, befand sich niemand an Deck.

»Ich schwimme jetzt rüber, Ray.«

»Lass uns Schritt für Schritt vorgehen.«

»VanDyke ist uns schon zu viele Schritte voraus.«

»Erst begrüßen wir sie.« Ray manövrierte sein Boot zwischen die *Triumphant* und die *Sea Devil* und stellte den Motor ab.

»Schick die Frauen in die Kabinen. Und sie sollen unten bleiben.« Matthew nahm sein Tauchermesser.

»Und was hast du vor?«, fragte Ray. »Willst du dir das Messer zwischen die Zähne klemmen und dich an einem Tau rüberschwingen? Denk doch einen Augenblick lang nach.« Er hoffte, dass sein ironischer Tonfall die gewünschte Wirkung zeigen würde, und verließ die Brücke. Auf Deck warf er seiner Frau und seiner Tochter einen bedeutsamen Blick zu, bevor er zur Reling ging.

»Ahoi, *Triumphant!*«, rief er.

»Es war auch eine Frau an Bord«, berichtete Tate. Die Härchen auf ihren Armen und im Nacken stellten sich auf, als Matthew neben sie trat. »Eine Crew – Matrosen und Stewards und Taucher.«

Die *Triumphant* lag wie ein Geisterschiff vor ihnen, alles war still bis auf das Flattern der Sonnensegel und das Wasser, das gegen den Rumpf schlug.

»Ich schwimme rüber«, wiederholte Matthew. Gerade als er Anstalten machte, ins Wasser zu springen, kam VanDyke lässig an Deck geschlendert.

»Guten Tag.« Seine wohlmodulierte Stimme schallte über das Meer. »Schönes Wetter zum Segeln, nicht wahr?«

»Silas VanDyke.«

VanDyke lehnte sich an die Reling und kreuzte die Beine. »In der Tat. Und was kann ich für Sie tun?«

»Ich bin Raymond Beaumont.«

»Ah, natürlich.« Mit einer eleganten Geste tippte Van-

Dyke an den Rand seines Panamahutes. »Ihre charmante Tochter habe ich bereits kennen gelernt. Wie schön, Sie wiederzusehen, Tate. Und Sie müssen Mrs. Beaumont sein.« Er deutete eine Verbeugung in Marlas Richtung an. »Jetzt weiß ich, wem Tate ihre Schönheit verdankt. Und Matthew Lassiter. Wie interessant, Sie hier zu treffen.«

»Ich weiß zwar, dass Sie ein Mörder sind, VanDyke!«, rief Matthew. »Aber dass Sie sich auch für Piraterie nicht zu schade sind, hätte ich nicht gedacht.«

»Sie haben sich kein bisschen verändert.« VanDykes Zähne blitzten. »Wie beruhigend, ich hätte es bedauert, wenn Ihre rauen Kanten abgeschliffen worden wären. Ich würde Sie gern an Bord einladen, aber zurzeit sind wir leider sehr beschäftigt. Vielleicht können wir uns im Laufe der Woche zu einer Dinnerparty verabreden.«

Bevor Matthew ein Wort herausbringen konnte, hatte Ray eine Hand auf seinen Arm gelegt und drückte fest zu. »Wir haben unseren Anspruch auf die *Santa Marguerite* eintragen lassen. Wir haben sie entdeckt, und wir arbeiten bereits seit ein paar Wochen an dem Wrack. Wir haben die nötigen Formulare bei der Regierung von Saint Kitts eingereicht.«

»Tut mir leid, da bin ich anderer Ansicht.« Lässig nahm Silas ein schmales Silberetui aus seiner Tasche und wählte eine Zigarette. »Sie können sich gern bei den Behörden erkundigen, wenn Sie mir nicht glauben. Zudem befinden wir uns außerhalb ihres Hoheitsgebiets. Als ich ankam, war niemand hier. Nur dieses unglückselige, verlassene Boot.«

»Mein Partner wurde vor ein paar Tagen schwer verletzt. Wir mussten die Arbeit unterbrechen.«

»Ah.« VanDyke zündete seine Zigarette an und zog genüsslich daran. »Ich habe von dem Unfall des armen Buck gehört. Wie tragisch für ihn, für Sie alle. Sie haben mein Mitgefühl. Das ändert allerdings nichts an der Tatsache, dass ich hier bin und Sie nicht.«

»Sie haben Gegenstände von unseren Booten gestohlen!«, rief Tate.

»Das ist eine lächerliche Anschuldigung, die Sie kaum beweisen können. Natürlich dürfen Sie es jederzeit versuchen.« VanDyke hielt inne und beobachtete ein paar Pelikane, die zwischen Himmel und Meer auf und ab tanzten. »Wracktauchen kann ein frustrierendes Hobby sein, nicht wahr?«, bemerkte er beiläufig. »Und häufig nervenaufreibend. Grüßen Sie Ihren Onkel von mir, Matthew. Ich hoffe, dass die Pechsträhne Ihrer Familie mit Ihnen endet.«

»Verflucht!« Bevor Matthew über die Reling springen konnte, lief Tate nach vorn, um ihn aufzuhalten. Kaum hatte er sie abgeschüttelt, zog Ray ihn auch schon beiseite.

»Oberdeck«, murmelte er. »Vorn und hinten.«

Zwei Männer traten ins Blickfeld, jeder mit einem Gewehr im Anschlag.

»Ich halte sehr viel davon, meinen Besitz zu verteidigen«, erklärte VanDyke gerade. »Ein Mann in meiner Position lernt schnell, dass Sicherheit kein Luxus ist, sondern lebensnotwendig. Raymond, ich bin davon überzeugt, dass Sie ein vernünftiger Mann sind, vernünftig genug, um unseren hitzköpfigen Matthew davon abzuhalten, sich wegen der paar Klunker in ernsthafte Schwierigkeiten zu bringen.« Zufrieden mit dem Ausgang der Situation, zog er noch einmal an seiner Zigarette. Die Pelikane tauchten vergnügt zwischen ihnen in die See. »Und ich wäre untröstlich, wenn Sie oder eine der Damen von einer verirrten Kugel verletzt würden.« Er lächelte breit. »Matthew wird ihnen bestätigen, wie leicht tragische Unfälle passieren können.«

Matthews Finger auf der Reling waren weiß vor Anspannung. Alles in ihm schrie danach, das Risiko einzugehen, einfach ins Wasser zu springen. »Bring die Frauen unter Deck.«

»Was wird aus Buck, wenn er dich erschießt?«

Matthew schüttelte den Kopf und ließ sich von dem Rauschen in seinem Kopf mitreißen. »Ich brauche nur zehn Sekunden. Zehn verdammte Sekunden.« Und ein Messer, mit dem er VanDykes Kehle aufschlitzen konnte.

»Und was wird aus Buck?«, wiederholte Ray eindringlich.

»Du erwartest doch nicht etwa von mir, dass ich jetzt aufgebe?«

»Nein, ich *befehle* es dir.« Wut und Furcht verliehen Ray die Kraft, Matthew von der Reling zu drängen. »Das hier ist nicht dein Leben wert! Und noch viel weniger ist es das Leben meiner Familie wert. Übernimm das Steuer, Matthew. Wir fahren zurück nach Saint Kitts.«

Der Gedanke an einen Rückzug ließ Übelkeit in ihm aufkommen. Wenn er allein gewesen wäre ... Aber er war nicht allein. Schweigend wandte er sich ab und ging in Richtung Brücke.

»Eine weise Entscheidung, Raymond«, kommentierte VanDyke mit einem Hauch von Bewunderung in der Stimme. »Sehr weise. Ich fürchte, der Junge ist ein wenig übermütig, kein reifer, vernünftiger Mann wie Sie und ich. Es war mir ein Vergnügen, Sie kennen zu lernen. Mrs. Beaumont, Tate ...« Wieder tippte er an den Rand seines Hutes. »Gute Fahrt.«

»Oh, Ray.« Als das Boot wendete, ging Marla mit weichen Knien zu ihrem Mann. »Sie hätten uns umgebracht!«

Hilflos strich Ray über ihr Haar und beobachtete, wie VanDykes Gestalt immer kleiner wurde. »Wir wenden uns an die Behörden«, sagte er leise.

Tate ließ ihre Eltern stehen und lief zur Brücke. Dort hatte Matthew das Steuerrad umklammert und hielt entschlossen Kurs.

»Wir hatten keine andere Wahl«, begann sie. Etwas in seiner Haltung hielt sie davon ab, ihn zu berühren. Als er nicht antwortete, trat sie noch näher, hielt ihre Hände jedoch bei sich. »Er hätte dich erschießen lassen, Matthew. Genau das wollte er. Wir werden Anzeige erstatten, sobald wir an Land sind.«

»Und was soll das bringen?« In seiner bitteren Stimme schwang etwas mit, das sie nicht als Scham erkannte. »Geld siegt immer.«

»Wir haben alles richtig gemacht«, wiederholte sie. »Die Aufzeichnungen –«

Mit einem Blick schnitt er ihr das Wort ab. »Sei nicht dumm. Es gibt keine Aufzeichnungen. Es gibt nichts, was ihm nicht in den Kram passt. Er nimmt sich das Wrack, räumt es leer, reißt sich alles unter den Nagel. Und ich lasse es zu. Ich habe einfach dagestanden und zugesehen, genau wie damals vor neun Jahren, und habe nichts dagegen unternommen.«

»Du hättest nichts gegen ihn ausrichten können.« Entgegen ihrem Instinkt legte sie eine Hand auf seinen Rücken. »Matthew ...«

»Lass mich in Ruhe.«

»Aber Matthew –«

»Lass mich verdammt noch mal in Ruhe!«

Hilflos und verletzt gab sie seinem Wunsch nach.

Abends saß Tate im Hotelzimmer. Sie vermutete, dass man ihre Erstarrung als Schockzustand bezeichnen konnte. Der Tag hatte aus einer Reihe von Rückschlägen bestanden und endete mit dem Eingeständnis ihres Vaters, dass es bei den Ämtern keinerlei Aufzeichnungen bezüglich ihrer Rechte gab. Keines der Formulare, die sie so sorgfältig ausgefüllt hatten, existierte, und der Beamte, bei dem Ray den Anspruch hatte registrieren lassen, stritt ab, ihn je zuvor gesehen zu haben.

Es bestand kein Zweifel daran, dass Silas VanDyke gewonnen hatte. Wieder einmal.

Alles, was sie erreicht hatten, dazu die harte Arbeit, Bucks Schmerzen – alles war umsonst gewesen. Zum ersten Mal in ihrem Leben musste Tate der Tatsache ins Auge sehen, dass Recht zu haben und Recht zu bekommen nicht immer ein und dasselbe waren.

Sie dachte an die wunderschönen Dinge, die sie in ihren Händen gehalten hatte. Das Smaragdkreuz, das Porzellan, die antiken Gegenstände, die sie aus dem Sandbett ausgegraben und an Bord gebracht hatten.

Nie mehr würde sie sie berühren oder in einem Museum hinter Glas betrachten können. Kein dezentes Schild würde darauf hinweisen, dass sie zur Beaumont-Lassiter-Sammlung gehörten. Sie würde den Namen ihres Vaters nicht im *National Geographic* lesen oder ihre Fotos auf Hochglanzpapier abgedruckt sehen.

Sie hatten verloren.

Und es beschämte sie, sich einzugestehen, wie sehr sie sich nach diesem gewissen Ruhm gesehnt hatte. Sie hatte sich ausgemalt, wieder aufs College zu gehen, ihre Professoren zu beeindrucken und dann ihren Abschluss mit Bravour hinzulegen.

Oder einfach mit Matthew davonzusegeln, auf der Welle ihres Triumphes zum nächsten Erfolg.

Doch jetzt verspürte sie nur ein bitteres Gefühl des Versagens.

Sie war zu unruhig, um in ihrem Zimmer zu bleiben, deshalb ging sie nach draußen. Sie wollte am Strand spazieren gehen, versuchen, einen klaren Kopf zu bekommen und die Zukunft neu zu planen.

Dort entdeckte sie Matthew, der einsam dastand und auf die See starrte, ziemlich genau an der Stelle, an der sie vor kurzem angelegt hatten. An der sie ihn angesehen und bemerkt hatte, wie er sie anstarrte. An der sie erkannt hatte, dass sie ihn liebte.

Ihr Herz zog sich vor Mitleid zusammen, doch dann beruhigten sich ihre Gefühle, denn plötzlich war ihr klar geworden, was sie zu tun hatte.

Sie stellte sich neben ihn und schüttelte ihr Haar in der Brise. »Es tut mir leid, Matthew.«

»Das ist nichts Neues. Pech steht für mich auf der Tagesordnung.«

»Diesmal waren Betrug und Diebstahl im Spiel, mit Pech hat das nichts zu tun.«

»Es hat immer mit Pech zu tun. Mit etwas mehr Glück hätte ich VanDyke allein erwischt.«

»Und was hättest du dann getan? Sein Boot gerammt, wärst an Bord gegangen und hättest es ganz allein mit seiner bewaffneten Crew aufgenommen?«

Es war ihm gleichgültig, wie töricht sein Plan aus ihrem Mund klang. »Mir wäre schon etwas eingefallen.«

»Vermutlich hätte er dich erschossen«, hielt sie ihm vor. »Das hätte uns natürlich alle ein ganzes Stück weitergebracht. Buck braucht dich, Matthew. *Ich* brauche dich.« Er zuckte mit den Schultern. Ein schwaches Argument, dachte er. Der Gedanke, gebraucht zu werden, schmeckte ihm ganz und gar nicht. »Ich gehe jetzt Buck besuchen.«

»Lass uns zusammen gehen. Es gibt genug andere Wracks, Matthew, die nur auf uns warten. Wenn es ihm wieder besser geht, werden wir sie finden«, versuchte sie ihm Hoffnung zu machen. »Wenn er will, kann er später sogar wieder tauchen. Ich habe mit Doktor Farrge gesprochen. Heutzutage gibt es geniale Prothesen. Wir können ihn nächste Woche nach Chicago bringen, dort stellt ihn der Spezialist in kürzester Zeit wieder auf die Beine.«

»Verstehe.« Zunächst einmal musste er sich überlegen, wie er die Reise nach Chicago, den Spezialisten und die Behandlung bezahlen wollte!

»Sobald der Arzt es genehmigt, fahren wir irgendwohin, wo es schön ist und wo er sich erholen kann. Danach bleibt uns noch genügend Zeit, uns nach einem anderen Wrack umzusehen. Von mir aus nach der *Isabella*, wenn es das ist, was er sich wünscht. Und was du dir wünschst.«

»Wenn du erst wieder auf dem College bist, wirst du wohl kaum genügend Zeit haben, nach einem Wrack zu suchen.«

»Ich gehe nicht aufs College zurück.«

»Was zum Teufel willst du damit sagen?«

»Ich gehe nicht zurück.« Zufrieden mit ihrer spontanen Entscheidung, legte sie ihm ihre Arme um den Hals. »Ich weiß auch nicht, warum mir das früher so wichtig war. Ich kann schließlich alles, was ich wissen muss, direkt vor Ort lernen. Was bedeutet schon ein Hochschulabschluss?«

»Das ist dummes Gerede, Tate.« Matthew löste sich aus ihren Armen, aber sie schmiegte sich weiter an ihn.

»Nein, ist es nicht. Es ist absolut logisch. Ich bleibe bei dir und Buck in Chicago, bis wir uns entschieden haben, wohin wir danach gehen. Und dann fahren wir los.« Sie küsste ihn auf den Mund. »Egal wohin. Solange wir nur zusammen sind. Kannst du es dir denn nicht vorstellen, Matthew? Wir segeln, wohin wir wollen, wann immer wir wollen, und zwar auf der *Sea Devil*.«

»Nun ...« Die Tatsache, dass er es sich tatsächlich vorstellen konnte, verursachte ihm weiche Knie.

»Mom und Dad stoßen dazu, sobald wir ein anderes Wrack ausfindig gemacht haben. Und wir werden eins finden, das noch ergiebiger ist als die *Marguerite*. VanDyke kann uns nur besiegen, wenn wir es zulassen.«

»Er hat uns längst besiegt.«

»Nein.« Mit geschlossenen Augen legte Tate ihre Wange an Matthews. »Weil wir hier sind, und wir sind zusammen. Alles liegt noch vor uns. Er will das Amulett, aber er hat es noch nicht gefunden. Und ich bin mir ganz sicher, dass er es nie finden wird. Aber ganz egal, ob wir es finden oder nicht, wir haben auch so schon mehr, als er sich je kaufen kann.«

»Du träumst.«

»Und wenn schon.« Sie lehnte sich zurück und lächelte ihn an. »Ist es nicht genau das, worum es bei der Schatzsuche geht? Jetzt können wir gemeinsam träumen. Es ist mir sogar egal, ob wir je wieder ein anderes Wrack finden. VanDyke kann sie von mir aus alle haben, bis hin zur letzten Dublone. Du bist alles, was ich will.«

Es war ihr ernst. Die Überzeugungskraft in ihren Worten löste Sehnsucht nach ihr und zugleich Schuldgefühle bei Matthew aus. Er brauchte nur mit den Fingern zu schnippen, und schon würde sie ihm folgen, wohin er wollte. Sie würde ihr ganzes bisheriges und zukünftiges Leben für ihn aufgeben.

Und es würde nicht lange dauern, bis sie ihn fast so sehr hasste, wie er sich selbst hasste.

»Was ich will, ist dir wohl ganz egal?« Seine Stimme klang kühl, als er ihr Kinn anhob und sie beiläufig küsste.

»Ich habe keine Ahnung, was du meinst.«

»Hör zu, Rotschopf, hier ist einiges gewaltig schief gelaufen. Ich habe eine Menge Arbeit investiert und muss nun zusehen, wie mir der Lohn für meine Mühe durch die Finger gleitet. Das stinkt mir zwar, aber es gibt Schlimmeres. Einen Krüppel habe ich bereits am Hals, was veranlasst dich also zu der Vermutung, dass ich dich auch noch mit durchziehen will?«

Diese Wendung kam so plötzlich und unerwartet, dass Tate sie kaum wahrnahm. »Das ist nicht dein Ernst. Du bist immer noch aufgeregt.«

»Aufgeregt ist gar kein Ausdruck. Wenn du und deine ach so ehrbare Familie mir nicht in die Quere gekommen wärt, würde ich jetzt nicht mit leeren Händen dastehen. Was glaubst du wohl, wie VanDyke uns auf die Schliche gekommen ist?«

Die Farbe wich aus ihren Wangen. »Du kannst Dad doch nicht die Schuld daran geben!«

»Natürlich kann ich das.« Matthew steckte die Hände in die Hosentaschen. »Buck und ich, wir gehen da ganz anders vor. Aber ihr habt ja das dicke Portemonnaie. Und jetzt stehen wir ohne einen Pfennig da. Nach Monaten harter Arbeit habe ich nur einen Krüppel von einem Onkel vorzuweisen.«

»So darfst du nicht über ihn reden ...«

»Es ist nun mal eine Tatsache«, widersprach er und ignorierte den faulen Geschmack in seiner Kehle. »Ich werde ihn schon irgendwo unterbringen. Das bin ich ihm schuldig. Aber du und ich, Rotschopf, das ist eine völlig andere Geschichte. Ein paar Wochen zusammen verbringen, damit es nicht langweilig wird, ist das eine. Und es hat Spaß gemacht. Aber dich am Hals zu haben, nachdem das Geschäft nun den Bach hinunter ist – das ist ganz und gar nicht mein Stil.«

Plötzlich fühlte Tate sich völlig leer. Matthew betrachtete sie mit einem leichten Grinsen und amüsierten Augen. »Aber du liebst mich doch«, stammelte sie.

»Jetzt machst du dir schon wieder etwas vor. Hey, wenn du dir eine kleine Romanze mit mir in der Hauptrolle zusammenträumen willst, soll mir das recht sein. Aber erwarte nicht von mir, dass wir zusammen in den Sonnenuntergang segeln.«

Er würde sie noch gemeiner behandeln, beschloss er, noch härter. Worte allein schreckten sie nicht ab, retteten sie nicht vor ihm. Obwohl er sich dafür verachtete, legte er seine Hände auf ihre Hüften und zog sie enger an sich.

»Es hat mir nichts ausgemacht, das Spielchen mitzuspielen, Baby. Ich habe jede Minute genossen. Und da sich die Dinge nun einmal so entwickelt haben, sollten wir versuchen, einander ein wenig aufzuheitern und die Sache angemessen zu beenden.«

Er presste seine Lippen fest auf ihren Mund. In seinem Kuss lag nichts Süßes, nichts Sanftes. Er küsste sie gierig, fordernd und ein wenig brutal. Als sie sich zu wehren begann, ließ er eine Hand unter ihre Bluse gleiten und legte sie auf ihre Brust.

»Nicht ...« Das hier ist falsch, dachte sie verzweifelt. So

sollte es nicht sein. So konnte es nicht sein. »Du tust mir weh!«

»Komm schon, Baby.« Himmel, ihre Haut fühlte sich wie Seide an. Er wollte sie streicheln, sie genießen, sie verführen. Stattdessen tat er ihr weh, obwohl er wusste, dass die Spuren auf ihrer Haut schneller verblassen würden als die in seinem Gewissen. »Du weißt, dass wir es beide wollen.«

»Nein!« Schluchzend stieß sie ihn zurück und verschränkte die Arme vor der Brust. »Fass mich nicht an.«

»Also hast du mich die ganze Zeit zum Narren gehalten.« Er zwang sich dazu, in ihre verschreckten Augen zu sehen. »Nur leere Worte, keine Taten?«

Durch ihre Tränen konnte sie ihn kaum sehen. »Ich bin dir völlig gleichgültig.«

»Stimmt nicht.« Er seufzte schwer. »Was muss ich nur tun, um dich flachlegen zu können? Soll ich dir ein Gedicht aufsagen? Mir fällt bestimmt eins ein. Oder ist es dir am Strand peinlich? Kein Problem, wir gehen in das Zimmer, das mir dein Alter Herr spendiert.«

»Wir bedeuten dir überhaupt nichts.«

»Hey, ich habe meinen Job getan.«

»Ich habe dich geliebt. Meine Eltern mochten dich.«

Und schon spricht sie in der Vergangenheitsform, stellte er zufrieden fest. Es war gar nicht so schwierig, ihre Liebe abzutöten. »Na und? Die Partnerschaft ist aufgelöst. Du und deine Eltern, ihr könnt zu eurem netten, wohlgeordneten Leben zurückkehren, und ich mache mit meinem weiter. Also, schlafen wir jetzt miteinander, oder soll ich mich anderweitig umsehen?«

Tate fragte sich, wie es ihr gelang, sich auf den Beinen zu halten und zu sprechen, nachdem er ihr gerade das Herz herausgerissen hatte. »Ich will dich nie mehr wiedersehen. Ich will, dass du dich von mir und meinen Eltern fern hältst. Sie sollen nicht erfahren, was für ein Schwein du wirklich bist.«

»Kein Problem. Lauf nach Hause, Kleines. Ich habe noch viel vor.«

Sie zwang sich dazu, mit erhobenem Kopf langsam wegzugehen, aber schon nach ein paar Schritten rannte sie los.

Sobald sie verschwunden war, setzte Matthew sich in den Sand und legte seinen schmerzenden Kopf auf die Knie. Er stellte fest, dass er soeben die erste Heldentat seines Lebens vollbracht hatte, indem er ihre Zukunft rettete.

Doch während der Schmerz durch ihn pulsierte, gestand er sich ein, dass er nicht zum Helden geboren war.

Zehntes Kapitel

Ich kann mir nicht vorstellen, wo Matthew sein könnte.« Marla sprach gedämpft und lief besorgt im Krankenhausflur auf und ab. »Es ist so gar nicht seine Art, die Besuchszeit bei Buck zu verpassen. Ganz besonders heute, wo er in ein anderes Zimmer verlegt wird.«

Tate zuckte mit den Schultern und musste feststellen, dass ihr selbst diese kleine Bewegung wehtat. Sie hatte eine schlaflose Nacht hinter sich, in der sie ihr gebrochenes Herz betrauert und jede Träne, zu der sie fähig gewesen war, vergossen hatte. Letztendlich aber hatte sie ihren Stolz zusammengenommen und sich dazu gezwungen, Haltung zu bewahren.

»Er hat wahrscheinlich etwas Interessanteres gefunden, womit er den Tag verbringen kann.«

»Aber das ist gar nicht typisch für ihn!« Marla blickte auf, weil Ray aus Bucks Zimmer kam.

»Langsam lebt er sich ein.« Das muntere Lächeln vermochte nicht über die Sorge in Rays Blick hinwegzutäuschen. »Er ist ein wenig müde und fühlt sich nicht dazu in der Lage, Besucher zu empfangen. Ist Matthew schon da?«

»Nein.« Marla blickte den Gang hinunter. Es schien, als ob sie die Aufzugtüren beschwören wollte, sich zu öffnen und Matthew herauszulassen. »Ray, hast du ihm von Silas VanDyke erzählt?«

»Ich habe es nicht übers Herz gebracht.« Erschöpft setzte Ray sich. Die letzten zehn Minuten mit Buck hatten an seinen Kräften gezehrt. »Ich glaube, er beginnt gerade erst zu begreifen, was tatsächlich mit seinem Bein passiert ist. Er ist wütend und verbittert. Nichts, was ich ihm gesagt habe, schien ihn zu trösten. Wie konnte ich ihm da auch noch erzählen, dass alles, wofür wir gearbeitet haben, verloren ist?«

»Das kann warten.« Marla wusste, dass sie sonst nichts für ihn tun konnte, also setzte sie sich neben ihren Mann. »Mach dir keine Vorwürfe, Ray.«

»Ich sehe die Szene immer wieder vor mir«, murmelte Ray. »Wir fühlten uns so gut, wie König Midas, der alles, was er berührt, in Gold verwandelt! Stattdessen verwandelt sich alles in Angst und Schrecken. Hätte ich anders reagieren müssen, Marla, schneller bei ihm sein können? Ich weiß es nicht. Es passierte in Sekundenschnelle. Der Fluch der Angelique.« Ray hob seine Hände und ließ sie wieder fallen. »Das ist das Einzige, was Buck immer wieder sagt.«

»Es war ein Unfall«, beteuerte Marla, obwohl ihr ein Schauer über den Rücken lief. »Es hat nichts mit Flüchen oder Legenden zu tun, und das weißt du, Ray.«

»Sicher. Buck hat sein Bein verloren, und der Traum, der zum Greifen nah vor uns lag, hat sich in einen Alptraum verwandelt. Wir können nichts tun. Das ist das Schlimmste. Wir können überhaupt nichts dagegen tun.«

»Du musst dich ausruhen.« Marla stand auf und nahm seine Hände. »Wir alle brauchen Ruhe. Lass uns zurück ins Hotel gehen und alles für ein paar Stunden vergessen. Morgen früh sehen wir weiter.«

»Vielleicht hast du Recht.«

»Geht ihr beiden ruhig voraus.« Tate steckte die Hände in ihre Hosentaschen. Der Gedanke, den Rest des Nachmittags in ihrem Zimmer zu hocken, klang alles andere als verlockend. »Ich denke, ich gehe spazieren, vielleicht setze ich mich ein bisschen an den Strand.«

»Eine gute Idee.« Marla legte einen Arm um Tates Schultern, während sie zum Aufzug schlenderten. »Leg dich in die Sonne. Nach einer kleinen Pause werden wir uns gleich besser fühlen.«

»Klar.« Tate brachte ein Lächeln zustande, und sie betraten den Aufzug. Aber sie wusste, dass es noch lange, lange Zeit dauern würde, bis sie sich wieder besser fühlen würde.

Während die Beaumonts ihrer Wege gingen, saß Matthew in Dr. Farrges Büro. Er hatte bereits mehrere der Entscheidungen, die er im Laufe der Nacht getroffen hatte, in die Tat umgesetzt. Entscheidungen, die er für alle Beteiligten als notwendig erachtete.

»Ich möchte, dass Sie sich mit dem Arzt in Chicago, von dem Sie gesprochen haben, in Verbindung setzen«, begann er. »Ich muss wissen, ob er sich um Buck kümmern wird.«

»Das will ich gern tun, Mr. Lassiter.«

»Dafür wäre ich Ihnen dankbar. Und ich möchte genau wissen, wie viel ich Ihnen schuldig bin und was es kostet, ihn nach Chicago zu transportieren.«

»Ihr Onkel hat keine Krankenversicherung?«

»Nein.« Matthew war klar, dass er sich auf eine zusätzliche Belastung gefasst machen musste. Schulden zu haben, empfand er als erniedrigend. Außerdem bezweifelte er, dass er als professioneller Wracktaucher der Wunschkandidat für ein Kreditinstitut war. »Ich gebe Ihnen jetzt, was ich dabei habe. Morgen bringe ich mehr.« Nämlich den Erlös aus dem Verkauf der *Sea Devil* und eines Großteils der Ausrüstung, fügte er in Gedanken hinzu. »Für den Rest arbeite ich einen Zahlungsplan aus. Ich habe ein paar Anrufe getätigt und einen Job in Aussicht. Ich werde alles abzahlen.«

Farrge lehnte sich zurück und rieb sich mit einem Finger über den Nasenrücken. »Ich bin mir sicher, dass wir uns einig werden. In Ihrem Land gibt es Programme –«

»Buck ist kein Sozialfall«, unterbrach Matthew ihn wütend. »Nicht, solange ich arbeiten kann. Sagen Sie mir einfach, wie viel wir Ihnen schulden. Ich schaffe das schon.«

»Wie Sie wünschen, Mr. Lassiter. Sie haben Glück, dass Ihr Onkel so kräftig ist. Ich habe keinen Zweifel daran, dass er sich körperlich ganz erholen wird. Er könnte sogar wieder tauchen. Wenn er es will. Allerdings wird seine emotionale und seelische Genesung wesentlich mehr Zeit in Anspruch nehmen. Er braucht Ihre Unterstützung. Sie müssen ihm helfen –«

»Ich werde mich darum kümmern«, wiederholte Matthew und stand auf. Im Augenblick konnte er es nicht ertragen, über Therapeuten und Sozialarbeiter zu sprechen. »Ich sehe das so: Sie haben ihm sein Leben gerettet. Dafür stehe ich in Ihrer Schuld. Für den Rest bin ich zuständig.«

»Für einen Einzelnen ist das eine große Belastung, Mr. Lassiter.«

»Aber so ist es nun einmal, oder nicht?« Matthew setzte sich mit abweisender Miene aufrecht hin. »In guten wie in schlechten Zeiten. Ich bin alles, was er hat.«

Und genau das ist der Punkt, dachte Matthew, als er durch den Flur eilte. Er war Bucks Familie. Und die Lassiters, was immer man auch sonst über sie sagen mochte, pflegten ihre Schulden zu begleichen.

Vielleicht hatte er mal hier und da die Zeche geprellt, wenn das Geld knapp war. Und er hatte den einen oder anderen Touristen ausgenommen, indem er den Preis für eine Tonpfeife oder einen zerbrochenen Krug in die Höhe trieb. Wenn ein Idiot sich wegen eines abgesplitterten Weinkrugs übervorteilen ließ, weil ein Fremder behauptete, er stamme aus Jean Laffittes persönlichem Besitz, dann hatte er es nicht anders verdient.

Aber wenn es um seine Ehre ging, gab es keine Diskussion. Gleichgültig wie hoch der Preis auch sein mochte, er war für Buck verantwortlich.

Der Schatz ist weg, dachte er und sammelte sich einen Augenblick lang, bevor er die Tür zu Bucks Zimmer öffnete. Die *Sea Devil* gehörte der Vergangenheit an. Alles, was er jetzt noch besaß, waren Kleidungsstücke, sein Taucheranzug, Flossen, Maske und Sauerstoffflaschen.

Die Käufer zu übervorteilen, war ihm nicht schwer gefallen. Er lächelte bitter. Das Geld in seiner Tasche würde sie beide nach Chicago bringen.

Danach ... nun, man würde sehen.

Er stellte erleichtert fest, dass sein Onkel allein war.

»Habe mich schon gefragt, wann du endlich aufkreuzen würdest.« Buck zog die Stirn in Falten und kämpfte mit den Tränen. »Du hättest ruhig dabei sein können, als sie mich mit ihren Nadeln pikten und durch das ganze Krankenhaus kutschierten.«

»Nettes Zimmer.« Matthew betrachtete die Gardine, die Buck vom nächsten Patienten trennte.

»Es ist beschissen. Hier bleibe ich keinen Augenblick länger.«

»Das brauchst du auch nicht. Wir machen eine Reise nach Chicago.«

»Was zum Teufel soll ich in Chicago?«

»Dort verpasst dir ein Arzt ein neues Bein.«

»Von wegen Bein!« Sein richtiges Bein war zwar nicht mehr da, aber er spürte ständig einen pochenden Schmerz, der ihn daran erinnerte, dass er früher fest auf beiden Füßen gestanden hatte. »Ein Stück Plastik mit Scharnieren.«

»Wir können dir auch ein Holzbein besorgen.« Matthew zog einen Klappstuhl neben das Bett und setzte sich. Er wusste nicht mehr, wann er zum letzten Mal geschlafen hatte. Wenn er die kommenden Stunden überstanden hatte, gelobte er sich, würde er die nächsten acht im Tiefschlaf zubringen. »Ich dachte, die Beaumonts wären hier?«

»Ray war da.« Buck runzelte die Stirn und zerrte an seinem Laken. »Ich habe ihn weggeschickt. Kann sein langes Gesicht hier nicht gebrauchen. Wo ist die verdammte Schwester?« Er tastete nach der Klingel. »Sie ist nur da, wenn man sie *nicht* braucht. Piesackt mich mit ihren Nadeln. Ich will meine Pillen«, verlangte er, sobald die Schwester eintrat. »Ich habe Schmerzen.«

»Nach dem Essen, Mr. Lassiter«, erklärte sie geduldig. »In ein paar Minuten ist es so weit.«

»Euren verdammten Fraß will ich sowieso nicht!«

Je mehr sie ihn zu beruhigen versuchte, desto lauter wurde er, bis sie schließlich entnervt aufgab.

»So gewinnt man neue Freunde, Buck«, bemerkte Matthew. »Weißt du, an deiner Stelle wäre ich etwas vorsichtiger bei einer Frau, die jederzeit mit einer dicken Spritze zurückkommen kann.«

»Aber du bist nicht an meiner Stelle, stimmt's? Du hast zwei Beine.«

»Stimmt.« Schuldgefühle nagten an Matthews Gewissen. »Ich habe zwei Beine.«

»Jetzt nutzt mir der Schatz nicht mehr viel«, murmelte Buck. »Endlich habe ich so viel Geld, wie man sich nur wünschen kann, und doch kann es mich nicht wieder ganz machen. Was soll ich tun? Mir ein großes, verdammtes Boot kaufen und im Rollstuhl darauf herumkurven? Das war mal wieder der Fluch der Angelique. Diese verdammte Hexe gibt mit einer Hand und nimmt mit der anderen.«

»Wir haben das Amulett doch gar nicht gefunden.«

»Aber es ist da unten. Ich weiß, dass es dort unten liegt.« Bucks Augen glitzerten vor Bitterkeit und Hass. »Wenn sie mich wenigstens getötet hätte! Ich wünschte, sie hätte mich erledigt. Jetzt bin ich nur noch ein Krüppel. Ein reicher Krüppel.«

»Wenn du es unbedingt so bezeichnen willst, kannst du ein Krüppel sein«, sagte Matthew vorsichtig. »Das ist deine Sache. Reich bist du jedenfalls nicht. Dafür hat VanDyke längst gesorgt.«

»Wovon zum Teufel redest du?« Die wütende Farbe war aus Bucks Wangen gewichen. »Was ist mit VanDyke?«

Sag es ihm jetzt, befahl Matthew sich. Alles auf einmal. »Er hat uns um unseren Claim gebracht und alles gestohlen.«

»Es ist unser Wrack! Ray und ich haben es sogar registrieren lassen!«

»Das ist ja das Seltsame. Alles, was wir an Dokumenten finden konnten, bestätigte VanDykes Anspruch. Er brauchte nur ein paar Angestellte zu bestechen.«

Es war unvorstellbar, alles wieder zu verlieren. Ohne seinen Anteil an dem Schatz war er nicht nur ein Krüppel, er war obendrein hilflos. »Du musst ihn aufhalten!«

»Wie?« Matthew stand auf und drückte mit beiden Händen gegen Bucks Schultern, um ihn im Bett zu halten. »Er hat eine bewaffnete Crew, die rund um die Uhr arbeitet. Ich wette, er hat alles, was er nach oben geholt und von der *Sea Devil* und der *Adventure* geklaut hat, längst abtransportiert.«

»Und du lässt ihn so einfach davonkommen?« Verzweifelt zerrte Buck an Matthews Hemd. »Du willst dich einfach umdrehen und ihm überlassen, was rechtmäßig uns gehört? Immerhin hat es mich mein Bein gekostet.«

»Ich weiß, was es dich gekostet hat. Und ja, ich überlasse ihm alles. Ich bin nicht bereit, für ein Wrack zu sterben.«

»Ich hätte nie gedacht, dass du ein Feigling bist.« Buck ließ ihn los und wandte den Kopf ab. »Wenn ich nicht hier liegen würde …«

Wenn du nicht hier liegen würdest, dachte Matthew, hätte ich nicht nachgeben müssen. »Sieht ganz danach aus, als ob du daran arbeiten solltest, wieder auf zwei Beinen zu stehen, damit du die Sache auf deine Art regeln kannst. Bis dahin übernehme ich das Kommando, und wir reisen nach Chicago.«

»Und wie zur Hölle sollen wir dort hinkommen? Wir haben nichts.« Unbewusst griff er an die Stelle, wo sein Bein war. »Weniger als nichts!«

»Die *Sea Devil*, die Ausrüstung und ein paar andere Sachen haben uns mehrere Tausender eingebracht.«

Kreidebleich sah Buck ihn an. »Du hast das Boot verkauft? Mit welchem Recht? Die *Sea Devil* war mein Eigentum, Junge.«

»Zur Hälfte gehörte sie mir«, berichtigte Matthew ihn achselzuckend. »Und als ich meinen Anteil verkaufte, ging deiner ebenfalls flöten. Ich habe getan, was ich tun musste.«

»Weglaufen«, sagte Buck und wandte sich ab. »Und verkaufen!«

»Genau. Jetzt werde ich uns einen Flug nach Chicago buchen.«

»Ich gehe nicht nach Chicago.«

»Wohin du gehst, bestimme ich. So läuft das nun einmal.«

»Und ich sage dir: Scher dich zur Hölle.«

»Solange wir auf dem Weg durch Chicago kommen«, erwiderte Matthew und ging.

Die Krankenhausrechnung fiel um einiges höher aus, als Matthew erwartet hatte. Er hatte seinen Stolz hinuntergeschluckt und kühlte nun seine raue Kehle mit einem Bier. Er wartete in der Hotelbar auf Ray.

Tiefer, so überlegte er, kann ich nicht mehr sinken. Seltsam, noch vor ein paar Monaten hatte er so gut wie nichts besessen, nur ein ziemlich abgetakeltes Boot, ein wenig Bargeld in einer Blechdose, keine dringlichen Pläne, keine großen Probleme. Aus heutiger Sicht hätte er sich damals glücklich schätzen können.

Dann war auf einmal alles zum Greifen nahe gewesen. Eine Frau, die ihn liebte, die Aussicht auf Ruhm und Reichtum. Erfolg, wie er ihn nie für möglich gehalten hatte, schien plötzlich in Reichweite. Beinahe hätte er das Instrument zu der Rache, von der er seit neun Jahren träumte, in der Hand gehalten.

Und jetzt hatte er alles verloren, die Frau, die vielversprechenden Zukunftsaussichten, sogar die Dinge, die einmal sein Leben gewesen waren. Es war so viel schwerer, zu verlieren, wenn man sich schon einmal als Gewinner gefühlt hatte!

»Matthew.«

Er blickte auf, als er die Berührung auf seiner Schulter spürte. Ray glitt auf den Hocker neben ihn. »Danke, dass du heruntergekommen bist.«

»Ist mir ein Vergnügen. Ein Bier bitte«, sagte er zum Barkeeper. »Trinkst du noch eins, Matthew?«

»Klar, warum nicht?« Dies war nur der Beginn einer langen Nacht, in der sich Matthew sinnlos betrinken wollte.

»Wir haben uns in den letzten Tagen offenbar immer wieder verpasst«, begann Ray, dann tippte er mit seiner Flasche gegen Matthews. »Ich dachte, wir würden dich im Krankenhaus treffen, obwohl wir dort nicht so oft waren, wie wir eigentlich wollten. Buck steht der Sinn im Augenblick nicht nach Gesellschaft.«

»Nein.« Matthew ließ das kühle Bier durch seine Kehle laufen. »Er redet noch nicht einmal mit mir.«

»Das tut mir leid, Matthew. Er sollte es nicht an dir auslassen. Dich trifft keine Schuld.«

»Ich weiß nicht, was er schwerer nimmt, den Verlust seines Beins oder den der *Marguerite*.« Matthew lockerte seine Schultern. »Wahrscheinlich ist beides gleich schlimm.«

»Er wird eines Tages wieder tauchen«, behauptete Ray und strich mit einem Finger über die beschlagene Flasche. »Doktor Farrge hat mir versichert, dass er sich körperlich schneller als erwartet erholt.«

»Darüber wollte ich mit dir sprechen.« Es hatte keinen Sinn, das Thema noch länger aufzuschieben, allerdings hätte Matthew lieber vorher noch ein paar Bier gekippt. »Ich habe die Erlaubnis, ihn nach Chicago zu bringen. Morgen schon.«

»Morgen?« Hin und her gerissen zwischen Freude und Erstaunen, setzte Ray sein Bier abrupt ab. »Kommt das nicht ein wenig plötzlich? Ich hatte keine Ahnung, dass bereits alles vorbereitet ist.«

»Farrge meint, dass kein Grund besteht, noch länger zu

warten. Buck ist kräftig genug für die Reise, und je schneller er zu diesem Spezialisten kommt, desto besser.«

»Das ist schön, Matthew. Wirklich. Du bleibst doch mit uns in Kontakt? Lass uns wissen, wie es ihm geht. Marla und ich werden ihn in Chicago besuchen, sobald du es für sinnvoll hältst.«

»Ihr … ihr seid die besten Freunde, die er je hatte«, sagte Matthew vorsichtig. »Es würde ihm viel bedeuten, wenn ihr ihn besuchen kommt, sobald ihr es einrichten könnt. Ich weiß, dass er im Augenblick nicht sonderlich umgänglich ist, aber –«

»Mach dir deshalb keine Sorgen«, beruhigte Ray ihn leise. »Ein Mann, der das Glück hat, einen Freund wie Buck zu finden, vernachlässigt diese Freundschaft nicht, wenn harte Zeiten kommen. Wir werden ihn besuchen, Matthew. Tate geht im September zurück aufs College, aber ich bin mir sicher, dass sie uns in den nächsten Ferien begleiten wird.«

»Sie geht also wieder aufs College«, murmelte Matthew.

»Ja, Marla und ich freuen uns, dass sie nun doch kein Semester aussetzt. Im Augenblick ist sie so niedergeschlagen, dass ich mir für sie nichts Besseres vorstellen kann, als in ihre gewohnte Umgebung zurückzukehren. Ich weiß, dass sie nicht gut schläft. Tate ist zu jung, um leicht zu verkraften, was wir in den letzten Tagen durchmachen mussten. Es wird ihr gut tun, sich wieder auf ihr Studium zu konzentrieren.«

»Ja, da hast du sicher Recht.«

»Ich will nicht neugierig sein, Matthew, aber ich werde das Gefühl nicht los, dass es zwischen dir und Tate Streit gegeben hat.«

»Keine große Sache.« Matthew gab dem Barkeeper ein Zeichen und bestellte ein neues Bier. »Sie wird schon drüber wegkommen.«

»Daran zweifle ich nicht. Tate ist ein starkes, vernünftiges Mädchen.« Ray runzelte die Stirn und betrachtete die feuchten Ringe, die sein Bier auf der Theke hinterlassen hatte.

»Matthew, ich bin nicht blind. Mir ist klar, dass zwischen euch etwas gelaufen ist ...«

»Wir hatten ein wenig Spaß miteinander«, unterbrach Matthew ihn. »Nichts Ernstes.« Er sah Ray an und beantwortete die unausgesprochene Frage in seinem Blick. »Nichts Ernstes«, wiederholte er.

Erleichtert nickte Ray. »Ich habe gehofft, dass ich euch vertrauen kann. Ich weiß, dass sie kein Kind mehr ist, aber als Vater macht man sich eben Sorgen.«

»Und du möchtest nicht, dass sie sich mit jemandem wie mir einlässt.«

Ray sah Matthew an und bemerkte überrascht die Verachtung in seinen Augen. »Nein, Matthew. Ich fände es nur schade, wenn sie sich zu diesem Zeitpunkt ihres Lebens überhaupt mit jemandem ernsthaft einließe. Wenn sie von etwas richtig begeistert ist, würde sie alles, was sie sich vorgenommen hat, in den Wind schreiben. Ich bin froh, dass sie das nicht tut.«

»Fein. Dann ist ja alles gut.«

Ray atmete tief durch. Ein Faktor, den er bisher nicht in Betracht gezogen hatte, war ihm gerade mit überraschender Deutlichkeit bewusst geworden. »Wenn sie wüsste, dass du sie liebst, würde sie nicht nach North Carolina gehen.«

»Ich weiß nicht, wovon du redest. Ich habe dir schon gesagt, dass wir nur ein bisschen Spaß zusammen hatten.« Als Matthew das Mitgefühl in Rays Augen sah, wandte er sich ab und legte sein Gesicht in beide Hände. »Was sollte ich denn machen? Ihr sagen, dass sie alles hinschmeißen und mit mir kommen soll?«

»Das hättest du tun können«, sagte Ray leise.

»Was kann ich ihr denn bieten außer harter Arbeit und noch mehr Pech? Sobald ich Buck nach Chicago gebracht habe, werde ich einen Job auf einem Bergungsschiff vor Neuschottland annehmen. Miserable Arbeitsbedingungen, aber die Kohle stimmt.«

»Matthew –«

Er schüttelte den Kopf. »Die Sache ist die, Ray, das Geld wird nicht ausreichen. Ganz besonders am Anfang. Ich kann hier vermutlich noch alles bezahlen, aber in den Staaten kommen der Spezialist und die teure Behandlung dazu. Dabei hat Farrge es schon so eingerichtet, dass sie uns einen Sonderpreis machen. Buck fungiert als eine Art Versuchskaninchen«, erklärte er verächtlich. »Außerdem reden sie von Sozialhilfe und einem Gesundheitsfürsorgeprogramm. Aber selbst damit …« Er schluckte. »Ich brauche Geld, Ray. Es gibt niemanden sonst, den ich darum bitten könnte, und ich muss sagen, dass es mir nicht leicht fällt, dich zu fragen.«

»Buck ist mein Partner, Matthew, und mein Freund.«

»*War* dein Partner«, korrigierte Matthew ihn. »Jedenfalls brauche ich zehntausend.«

»In Ordnung.«

Rays sanfter Tonfall schnitt wie eine Klinge durch seinen Stolz. »Sag nicht so einfach Ja, verdammt noch mal!«

»Würde es dir wirklich leichter fallen, wenn du darum betteln müsstest und ich Bedingungen und Konditionen stellen würde?«

»Ich weiß nicht.« Matthew griff nach der Flasche und kämpfte gegen das Bedürfnis an, sie an die Wand zu schleudern und in tausend Scherben zerbrechen zu sehen. Wie seinen Stolz. »Es wird eine Weile dauern, bis ich alles zurückgezahlt habe«, brachte er zwischen zusammengebissenen Zähnen hervor, bevor Ray weitersprechen konnte. »Ich brauche so viel, dass ich Bucks Operation bezahlen kann, die Therapie und die Prothese. Und danach müssen wir einen Ort suchen, wo er leben kann. Aber ich habe Arbeit, und wenn dieser Job vorbei ist, suche ich mir einen neuen.«

»Ich weiß, dass du mir das Geld zurückzahlst, Matthew, genauso wie ich weiß, dass es mir egal ist.«

»Mir ist es aber nicht egal.«

»Nun, das verstehe ich. Ich stelle dir den Scheck unter der

Bedingung aus, dass du mich über Bucks Fortschritte auf dem Laufenden hältst.«

»Ich nehme den Scheck an. Unter der Bedingung, dass niemand davon erfährt. Absolut niemand.«

»Mit anderen Worten, du willst nicht, dass Buck oder Tate davon wissen.«

»Genau.«

»Du machst es dir nicht leicht, Matthew.«

»Kann sein, aber so will ich es nun mal.«

»In Ordnung.« Da Ray offenbar nicht mehr für ihn tun konnte, würde er Matthews Wunsch erfüllen. »Ich hinterlege den Scheck an der Rezeption.«

»Danke, Ray.« Matthew hielt ihm die Hand hin. »Für alles. Eigentlich war es ein toller Sommer.«

»Zum größten Teil. Es wird noch mehrere Sommer geben, Matthew, andere Wracks. Es wird die Zeit kommen, dass wir wieder zusammen tauchen. Die *Isabella* liegt immer noch da unten.«

»Und der Fluch der Angelique.« Matthew schüttelte den Kopf. »Nein danke. Der Preis ist zu hoch, Ray. Im Augenblick ist mir danach, das Amulett den Fischen zu überlassen.«

»Wir werden sehen. Gib auf dich Acht, Matthew.«

»Ja. Sag ... sag Marla, dass ich ihre Kochkünste vermissen werde.«

»Sie wird dich auch vermissen. Wie wir alle. Was ist mit Tate? Soll ich ihr etwas von dir ausrichten?«

Es gab so viel zu sagen. Und auch wieder nichts. Matthew schüttelte den Kopf.

Als Matthew kurz darauf allein an der Bar saß, schob er sein Bier beiseite. »Whiskey«, orderte er. »Am besten gleich die ganze Flasche.«

Es war sein letzter Abend auf der Insel, und er wusste keinen Grund, warum er ihn nüchtern verbringen sollte.

ZWEITER TEIL

Gegenwart

Das Jetzt, das Hier,
durch das alle Zukunft
in das Vergangene stürzt.

JAMES JOYCE

Erstes Kapitel

An Bord der *Nomad* befanden sich siebenundzwanzig Besatzungsmitglieder. Tate war stolz, zu dieser Mannschaft zu gehören.

Fünf Jahre lang hatte sie hart gearbeitet und sich ausschließlich auf ihr Studium konzentriert, bis sie endlich ihren Abschluss in Meeresarchäologie bestanden hatte. Freunde und Familie hatten sich schon ernsthafte Sorgen um sie gemacht und ihr geraten, das Studium lieber ein wenig langsamer anzugehen, aber sie war davon überzeugt gewesen, dass dieser akademische Grad der einzige Bereich in ihrem Leben war, auf den sie selbst Einfluss nehmen konnte.

Und sie hatte es geschafft. Die drei Jahre, die seither vergangen waren, hatte sie genutzt, und dank ihrer Verbindungen zum Poseidon-Institut und ihrem Forschungsauftrag an Bord der *Nomad* nahm sie gerade die nächste Hürde auf dem Weg zu ihrem Doktortitel und einer guten Reputation in wissenschaftlichen Kreisen.

Vor allem aber tat sie das, wovon sie immer geträumt hatte.

Bei dieser Expedition ging es sowohl um Wissenschaft als auch um Profit, der für Tate einzig logischen und akzeptablen Reihenfolge.

Die Unterkünfte für die Crew wirkten ein wenig karg, dafür waren die Labors und die Ausrüstung nach dem allerneuesten Stand der Technik ausgestattet. Der alte Frachter war für Meeresforschung und Ausgrabungen komplett umgebaut worden. Er mochte langsam sein und nicht sonderlich elegant aussehen, aber Tate hatte schon vor langer

Zeit eingesehen, dass ein attraktives Äußeres selten auf das Innere schließen ließ. Diese Lektion hatte sie am Ende eines Sommers voller naiver Träume gelernt.

Die Crew der *Nomad* setzte sich aus den besten Wissenschaftlern und Technikern verschiedener Fakultäten zusammen. Und sie, Tate, gehörte dazu.

Der Tag hätte nicht schöner sein können. Das Wasser des Pazifik glitzerte wie ein blauer Edelstein, und darunter, viele Faden tief, in Bereichen, in die weder Licht noch Menschen vordrangen, lag der Raddampfer *Justine* mit seinen Schätzen.

Tate machte es sich auf ihrem Liegestuhl gemütlich und öffnete den Laptop auf ihren Knien, um den Brief an ihre Eltern zu beenden.

Wir werden sie finden. Die Ausrüstung auf diesem Schiff ist die beste, die ich je gesehen habe. Dart und Bowers können es kaum erwarten, ihren Roboter auszuprobieren. Wir haben ihn »Chauncy« getauft, keine Ahnung warum. Aber wir setzen viel Vertrauen in den kleinen Kerl. Bis wir die Justine *gefunden haben und mit der Arbeit beginnen können, halten sich meine Aufgaben in Grenzen. Jeder übernimmt einen Teil der Pflichten, aber im Augenblick habe ich viel Freizeit. Und, Mom, das Essen ist einfach unglaublich. Heute erwarten wir Nachschub per Fallschirmabwurf. Es ist mir gelungen, dem Koch die besten Rezepte zu entlocken, aber Du wirst wohl ein paar Änderungen vornehmen müssen, weil sie auf fast dreißig Leute zugeschnitten sind.*

Da wir inzwischen seit beinahe einem Monat auf See sind, kommt es natürlich hin und wieder zu Reibereien. Wie eine richtige Familie streiten und vertragen wir uns, und es haben sich sogar ein paar Romanzen entwickelt. Von Lorraine Ross, der Chemikerin, mit der ich mir die Kabine teile, habe ich Euch schon berichtet. Der zweite

Koch George ist heftig in sie verknallt – irgendwie süß. Andere Flirts dienen wohl mehr dem Zeitvertreib und werden vermutlich im Sande verlaufen, sobald wir die Justine finden.

Bis jetzt war das Wetter auf unserer Seite. Ich frage mich, wie es wohl zu Hause ist. In ein paar Wochen müssten die Azaleen und die Magnolien blühen. Ich bedaure, dass ich es nicht mitbekomme, und ich vermisse Euch. Ich weiß, dass Ihr bald nach Jamaika aufbrecht, deshalb hoffe ich, dass Euch dieser Brief noch vor Eurer Abreise erreicht. Vielleicht sehen wir uns im Herbst. Wenn alles nach Plan läuft, habe ich meine Dissertation bis dahin beendet. Es wäre schön, zur Abwechslung einmal in heimischen Gewässern zu tauchen.

Jetzt muss ich schließen. Hayden brütet vermutlich schon wieder über seinen Seekarten, und ich bin mir sicher, dass er Hilfe gebrauchen kann. Vor Ende der Woche wird dieser Brief allerdings nicht weiterbefördert. Lasst bald von Euch hören. Hier draußen sind Briefe Gold wert. Ich liebe Euch.
Tate

Die Eintönigkeit habe ich nicht erwähnt, dachte Tate, während sie den Laptop in die Kabine, die sie mit Lorraine teilte, zurückbrachte. Oder die Einsamkeit, von der jedes Mannschaftsmitglied hier draußen auf dem weiten Meer immer wieder ohne Vorwarnung überwältigt wurde. Tate wusste, dass einige der Wissenschaftler langsam die Hoffnung verloren. Viel Zeit, Geld und Energie waren in diese Expedition investiert worden. Wenn die Gruppe versagte, würden ihre Investoren abspringen, es gäbe keine Beute aufzuteilen, und, was den meisten von ihnen noch wichtiger war, die Chance, selbst Geschichte zu schreiben, war hin.

In ihrer engen Kabine sammelte Tate automatisch die Hemden, Shorts und Socken ein, die auf dem Boden verstreut lagen. Lorraine mochte eine brillante Wissenschaftlerin sein, doch außerhalb des Labors war sie nicht besser organisiert als ein Teenager. Tate stapelte die Kleidungsstücke auf Lorraines ungemachter Koje und nahm den Duft des Moschusparfüms wahr, der in der Luft lag.

Lorraine, stellte Tate fest, hatte sich offenbar dazu entschlossen, den armen George völlig um den Verstand zu bringen.

Es erstaunte und freute sie zugleich, dass sie und Lorraine tatsächlich Freundinnen geworden waren, denn die beiden Frauen hätten kaum unterschiedlicher sein können. Während Tate sehr ordentlich war, legte Lorraine eine gewisse Nachlässigkeit an den Tag. Tate arbeitete wie besessen, Lorraine war eher faul und schämte sich nicht dafür. Seit dem College war Tate nur eine ernsthafte Beziehung eingegangen, die in aller Freundschaft geendet hatte, während Lorraine bereits zwei hässliche Scheidungen und unzählige stürmische Affären hinter sich hatte.

Sie war eine kleine, zierliche Frau mit einer kurvenreichen Figur und einem Heiligenschein aus blondem Haar. Nicht im Traum wäre Lorraine auf die Idee gekommen, ohne komplettes Make-up und sorgfältig aufeinander abgestimmte Accessoires auch nur ihren Bunsenbrenner einzuschalten.

Tate war groß, schlank und hatte ihr glattes Haar in letzter Zeit bis auf die Schultern wachsen lassen. Auf Kosmetik verwendete sie wenig Mühe und musste Lorraines vernichtendem Urteil zustimmen, dass sie in Sachen Mode gänzlich unbedarft durchs Leben ging.

Es kam ihr gar nicht in den Sinn, beim Verlassen der Kabine einen Blick in den großen Spiegel zu werfen, den Lorraine an der Tür angebracht hatte.

Tate wandte sich nach links und steuerte auf die Metalltreppe zu, die zum nächsten Deck führte. Das Poltern und Schnaufen über ihr ließ sie lächeln.

»Hey, Dart.«

»Hey.« Mit gerötetem Gesicht erreichte Dart den Fuß der Treppe. Sein rundlicher Körper erinnerte an einen übergewichtigen Bernhardiner, und sein schütteres, sandbraunes Haar fiel ihm in die treuherzigen braunen Augen. Sobald er lächelte, gesellte sich zu seinem Doppelkinn noch ein drittes. »Wie läuft's?«

»Langsam. Ich wollte gerade nachsehen, ob Hayden Hilfe braucht.«

»Meines Wissens hat er sich oben hinter seinen Büchern vergraben.« Dart strich sein Haar nach hinten. »Bowers hat mich gerade unten abgelöst, aber in ein paar Minuten gehe ich zurück.«

Tates Interesse erwachte. »Zeigt sich etwas Interessantes auf dem Bildschirm?«

»Jedenfalls nicht die *Justine*. Aber Litz hat gerade multiple Orgasmen.« Dart sprach wie immer ein wenig abfällig über den Meeresbiologen. »Jede Menge interessante Viecher, sobald man in ein paar tausend Fuß Tiefe vordringt. Ein paar blöde Krabben haben ihn richtig in Fahrt gebracht.«

»Das ist schließlich sein Job«, beschwichtigte Tate ihn, obwohl sie volles Verständnis hatte. Mit dem kühlen, pedantischen Frank Litz kam niemand zurecht.

»Trotzdem bleibt er ein Widerling. Bis später.«

»In Ordnung.« Tate betrat Dr. Hayden Deels Arbeitszimmer. Zwei Computer summten. Auf einem langen, im Boden verschraubten Tisch häuften sich offene Bücher, Notizen, Kopien aus Logbüchern und Manifesten und mit noch mehr Büchern beschwerte Karten.

Hayden brütete darüber mit seiner schwarzen Hornbrille auf der Nase und stellte offenbar neue Berechnungen an. Tate wusste, dass er ein brillanter Wissenschaftler war. Sie hatte seine Manuskripte gelesen, seinen Vorlesungen applaudiert, seine Dokumentationen studiert. Es ist wirklich ein unerwarteter Glücksfall, dachte sie nun, dass er obendrein auch noch ein netter Mensch ist.

Sie wusste, dass Hayden Deel um die vierzig war. Sein dunkelbraunes Haar war grau gesprenkelt und leicht wellig. Die honigfarbenen Augen hinter den Brillengläsern blickten zumeist ein wenig geistesabwesend in die Welt. Um seine Augenwinkel und Brauen zogen sich tiefe Falten. Er war groß, breitschultrig und bewegte sich unbeholfen. Wie so häufig, war sein Hemd verknittert.

Tate fühlte sich an Clark Kent in seinen besten Jahren erinnert.

»Hayden?«

Ein Grunzen. Wegen dieser ermutigenden Reaktion setzte sich Tate ihm direkt gegenüber, legte die Arme übereinander auf den Tisch und wartete, bis er aufgehört hatte, vor sich hin zu murmeln.

»Hayden?«, fragte sie wieder.

»Hm? Was?« Er blinzelte wie eine Eule und sah auf. Wenn er lächelte, wirkte sein Gesicht direkt charmant. »Hi. Habe dich gar nicht hereinkommen hören. Gerade habe ich die Strömung neu berechnet. Ich fürchte, wir haben uns verkalkuliert, Tate.«

»Oh. Um wie viel?«

»Hier draußen genügt schon eine Stelle hinter dem Komma. Ich habe beschlossen, noch einmal ganz von vorn anzufangen.« Als ob er sich auf einen seiner beliebten Vorträge vorbereiten wollte, legte er die Papiere zusammen und faltete seine Hände.

»Am Morgen des 8. Juni 1857 verließ der Raddampfer *Justine* San Francisco auf dem Weg nach Ecuador. Er beförderte einhundertneunundachtzig Passagiere und einundsechzig Mann Besatzung. Neben der persönlichen Habe der Passagiere war er mit zwanzig Millionen Dollar in Goldbarren und -münzen beladen.«

»Damals erlebte Kalifornien seine Blütezeit«, murmelte Tate. Sie hatte die Manifeste studiert und war von den Reichtümern an Bord überwältigt gewesen. Dabei war sie doch einiges gewohnt. Immerhin hatte sie den größten Teil ihres Lebens damit zugebracht hatte, Recherchen über gesunkene Schiffe anzustellen und nach ihnen zu tauchen.

»Dann hat er diese Route eingeschlagen«, fuhr Hayden fort, hämmerte auf die Tastatur seines Computers ein und verfolgte auf seiner Grafik die Reise des Schiffes weiter südlich durch den Pazifik. »Das Schiff legte im Hafen von Guadalajara an, ein paar Passagiere gingen an Land, andere kamen an Bord. Am 19. Juni legte es mit zweihundertundzwei Passagieren wieder ab.«

Hayden wühlte in den Kopien alter Zeitungsausschnitte. »Hier steht: ›Sie war ein heiteres Schiff, die Atmosphäre an Bord war festlich. Das Wetter blieb ruhig und heiß, der Himmel glasklar.‹«

»Zu ruhig«, bemerkte Tate, die sich die Stimmung und die Zuversicht der Passagiere gut vorstellen konnte. Elegant gekleidete Männer und Frauen schlenderten auf den Decks auf und ab. Kinder lachten. Vielleicht beobachteten sie das Meer in der Hoffnung, einen Blick auf einen Delphin oder einen Wal zu erhaschen.

»Einer der Überlebenden erwähnte den strahlenden, fast unglaublich schönen Sonnenuntergang am Abend des 21. Juni«, fuhr Hayden fort. »Die Luft war ruhig und sehr schwer. Heiß. An Bord schrieb man dies der Nähe zum Äquator zu.«

»Der Kapitän muss es bereits gewusst haben.«

»Zumindest hätte er es wissen sollen.« Hayden lockerte seine Schultern. »Leider blieben sowohl er als auch das Logbuch spurlos verschwunden. Wie dem auch sei, gegen Mitternacht nach diesem wunderschönen Sonnenuntergang braute sich ein Sturm zusammen, und mit ihm kamen die Wellen. Wenn wir von ihrer Route und Geschwindigkeit ausgehen, müssen sie sich hier befunden haben.« Er bewegte die *Justine* auf seinem Computerbildschirm weiter in Richtung Süden und dann nach Westen.

»Wahrscheinlich wollte der Kapitän an der Küste Zuflucht suchen, meiner Meinung nach in Costa Rica. Doch als sich plötzlich fünfzehn Meter hohe Wellen vor seinem Schiff auftürmten, hatte er kaum eine Chance mehr.«

»Die ganze Nacht und den nächsten Tag hindurch kämpften sie gegen den Sturm an«, nahm Tate den Faden auf. »Verängstigte Passagiere, weinende Kinder. Sie konnten kaum noch Tag und Nacht unterscheiden oder ihre eigenen Gebete hören. Falls sie mutig oder auch verängstigt genug waren, über das Meer zu schauen, sahen sie eine Wasserwand nach der anderen.«

»Am Abend des 22. brach die *Justine* auseinander«, führte Hayden weiter aus. »Es bestand keinerlei Aussicht, sie zu retten oder das Schiff an Land zu steuern. Frauen, Kinder und Verletzte stiegen in die Rettungsboote.«

»Ehemänner, die ihre Frauen zum Abschied küssten«, flüsterte Tate. »Väter, die ihre Kinder zum letzten Mal auf dem Arm hielten. Und alle wussten, dass nur ein Wunder sie retten konnte.«

»Es gab nur fünfzehn Überlebende.« Hayden kratzte sich an der Wange. »Ein Rettungsboot hat den Hurrikan überstanden, sonst hätten wir jetzt noch nicht einmal diese mageren Hinweise darauf, wo sich das Schiff befindet.« Er sah auf und bemerkte überrascht die Tränen in Tates Augen. »Es ist sehr lange her, Tate.«

»Ich weiß.« Peinlich berührt, blinzelte sie. »Ich sehe nur so deutlich vor mir, was sie durchgemacht und wie sie sich gefühlt haben müssen!«

»Du siehst es vor dir.« Unbeholfen tätschelte Hayden ihre Hand. »Deshalb bist du eine so gute Wissenschaftlerin. Jeder von uns weiß, wie man Fakten und Theorien ausarbeitet, aber die meisten Kollegen lassen leider deine Vorstellungskraft vermissen.«

Er wünschte, er könnte ihr ein Taschentuch anbieten. Oder es wagen, ihr die kleine Träne, die gerade ihre Wange hinunterrollte, abzuwischen. Stattdessen räusperte Hayden sich und wandte sich wieder seinen Berechnungen zu.

»Ich werde vorschlagen, dass wir zehn Grad südsüdwestlich weitersuchen.«

»Wie kommst du darauf?«

Erfreut über ihre Frage, begann er, ihr seine Gründe auseinander zu setzen.

Tate stand auf und stellte sich hinter ihn, um so einen besseren Blick auf die Bildschirme und Haydens hastig hingeworfenen Notizen zu haben. Hin und wieder legte sie ihre Hand darauf oder beugte sich näher zu ihm herunter, um etwas genauer sehen zu können oder eine Frage zu stellen.

Jedes Mal, wenn sie ihm nahe kam, setzte Haydens Herz für einen Schlag aus. Er schalt sich einen Narren, sogar einen alten Narren, aber das änderte nichts an seinen Gefühlen.

Der Duft ihrer Seife und ihrer Haut stieg ihm in die Nase. Wenn sie auf ihre tiefe, verführerische Art lachte, umnebelte sich sein Hirn. Er liebte alles an ihr, ihren scharfen Verstand, ihre Herzlichkeit, und wenn er sich den Gedanken daran gestattete, auch ihren schlanken, geschmeidigen Körper. Ihre Stimme klang wie Honig auf Zucker.

»Hörst du?«

Wie konnte er außer ihrer Stimme etwas anderes wahrnehmen? »Was meinst du?«

»Das.« Sie deutete nach oben, von wo ein Motorengeräusch zu hören war. Flugzeuge, dachte sie und grinste. »Das müssen die Lebensmittel sein. Komm schon, Hayden. Lass uns nach oben gehen und zusehen, dann kommst du auch mal an die Sonne.«

»Aber ich bin noch nicht mit meinen –«

»Nun komm schon.« Lachend ergriff sie seine Hand und zog ihn auf die Füße. »Du vergräbst dich hier unten wie ein Maulwurf. Nur ein paar Minuten an Deck …«

Natürlich ließ er sich überreden und fühlte sich dabei tatsächlich wie ein Maulwurf, der einem Schmetterling hinterherjagt. Sie hatte wirklich wunderschöne Beine. Er wusste, dass er sie nicht anstarren sollte, aber sie sahen so unglaublich hell aus, fast wie Alabaster. Und dann das kleine Muttermal direkt über ihrer rechten Kniekehle …

Wie gern hätte er seine Lippen genau an diese Stelle gedrückt, und die Vorstellung, dass sie ihn vielleicht eines Tages dazu auffordern könnte, verursachte ihm Schwindelgefühle.

Doch dann verfluchte er seine Unbeholfenheit und machte sich wieder einmal bewusst, dass er dreizehn Jahre älter war als sie. Außerdem fühlte er sich ihr und der Expedition gegenüber verantwortlich.

Schließlich befand sich Tate an Bord der *Nomad*, weil er der Empfehlung seitens der Poseidon-Muttergesellschaft Trident zugestimmt hatte. Und zugestimmt hatte er nur zu gern, schließlich war sie seine beste und begabteste Studentin gewesen.

Wie wunderbar ihr Haar in der Sonne glänzte!

»Hier kommt noch eins!« Tate fiel in das Geschrei der übrigen Mannschaftsmitglieder ein, als das nächste Paket vom Heck abprallte.

»Heute Abend schlemmen wir wie die Könige!« Lorraine hatte ihren verführerischen Körper in enge Shorts und ein rückenfreies Oberteil gezwängt, beugte sich über die Reling und sah zu, wie die Crew unten gerade in ein Schlauchboot stieg. »Dass ihr mir auch nichts vergesst, Jungs! Ich habe übrigens Fume Blanc bestellt, Tate.« Sie zwinkerte und wandte sich mit einem verführerischen Augenaufschlag Hayden zu. »Doc, wo hattet ihr beide euch denn versteckt?«

»Hayden hat ein paar neue Berechnungen angestellt.« Auch Tate beugte sich über die Reling, um den Männern im Schlauchboot ermutigend zuzurufen. »Ich hoffe, sie haben die Schokolade nicht vergessen.«

»Du isst doch nur aus lauter emotionalem Frust Süßigkeiten.«

»Und du bist neidisch, weil dir die M&M's direkt auf die Oberschenkel wandern.«

Lorraine schmollte. »An meinen Oberschenkeln ist nichts auszusetzen.« Sie strich mit einer Fingerspitze über ihr Bein und warf Hayden einen verschmitzten Blick zu. »Stimmt's, Doc?«

»Lass Hayden in Ruhe«, setzte Tate an und kreischte laut auf, weil sie plötzlich von hinten gepackt wurde.

»Pause!« Bowers hob sie hoch. Unter dem Applaus der anderen lief er mit ihr zu einem der herabbaumelnden Taue. »Wir beide gehen jetzt baden, Liebling.«

»Ich bringe dich um, Bowers!« Sie wusste, dass der durchtrainierte Robotik- und Computerexperte es genoss, anderen einen Streich zu spielen, und wehrte sich entschlossen. »Dieses Mal meine ich es ernst.«

»Sie ist verrückt nach mir.« Mit einem seiner muskulösen Arme griff er nach dem Seil. »Halt dich gut fest, Baby.«

Sie sah sein dunkles, in der Sonne glänzendes Gesicht unter sich. Er verdrehte die Augen und bleckte die Zähne, bis sie sich das Lachen nicht länger verkneifen konnte. »Warum muss ich immer als Opfer herhalten?«

»Weil wir so ein schönes Paar abgeben. Halt dich fest. Ich Tarzan, du Jane.«

Tate griff nach dem Tau und atmete tief ein. Bowers stieß einen wilden Tarzanschrei aus, dann sprangen sie zusammen ins Leere. Tate schrie vor Vergnügen. Unter ihr lag die weite See, und als sich das Seil spannte, ließ sie los. Sie sauste durch die Luft, und kurz bevor sie untertauchte, hörte sie Bowers' verrücktes Gackern.

Das Wasser war erfrischend kühl, und Tate ließ sich sinken, bevor sie wieder an die Oberfläche schwamm.

»Der japanische Preisrichter hat uns nur 8,4 Punkte gegeben, aber er ist als Perfektionist bekannt.« Bowers zwinkerte ihr zu, dann legte er eine Hand über die Augen. »Der Himmel steh uns bei, da kommt Dart! Bring dich in Sicherheit.«

Von der Reling aus sah Hayden zu, wie Tate und seine Kollegen sich wie kleine Kinder in der Schulpause benahmen. Dabei kam er sich alt und ziemlich langweilig vor.

»Nun komm schon, Doc.« Lorraine bedachte ihn mit einem einladenden Lächeln. »Warum springen wir nicht hinterher?«

»Ich bin kein guter Schwimmer.«

»Dann nimm doch Schwimmflügel mit, oder noch besser: Du benutzt Dart als Floß.«

Ihre Bemerkung brachte ihn zum Lächeln, denn Dart ließ sich gerade wie ein überdimensionaler Korken auf dem Pazifik treiben. »Ich schaue lieber zu.«

Immer noch lächelnd, zuckte Lorraine mit ihren nackten Schultern. »Wie du meinst.«

Mehr als dreitausend Meilen entfernt tauchte Matthew im kalten Nordatlantik.

Zumindest auf die Tatsache, dass er das Team leitete, konnte er ein wenig stolz sein. Im Laufe der Jahre hatte er sich bei Fricke Salvage immer weiter nach oben gearbeitet und dabei jeden gut bezahlten Auftrag übernommen. Inzwischen trug er die Verantwortung für eine Bergung, was ihm gut zehn Prozent des Nettogewinns einbrachte.

Aber er hasste seinen Job.

Für einen Schatzjäger gab es nichts Schlimmeres, als auf einem großen, hässlichen Boot arbeiten zu müssen, das sich auf die Bergung von Metall spezialisiert hatte. Niemand erwartete, auf der *Reliant* Gold oder andere Schätze zu entdecken. Das Schiff aus dem Zweiten Weltkrieg lag unter dem eisigen Schlamm des Nordatlantik begraben, und sein Wert wurde an dem Preis gemessen, den Fricke für das Altmetall erzielte.

Wenn seine Finger sich wieder einmal wie Eiszapfen anfühlten und die Haut um seinen Mund vor Kälte blau anlief, träumte Matthew von den Tagen, da er sowohl zum Vergnügen als auch um des Profits willen getaucht war.

In warmem, spiegelglattem Wasser, inmitten von bunten Fischen. Er erinnerte sich daran, was für ein Gefühl es gewesen war, plötzlich Gold oder eine schwarz angelaufene Silberscheibe zu entdecken.

Aber die Schatzsuche war ein Glücksspiel, und er musste seine Schulden abstottern. Ärzte, Anwälte, Physiotherapie. Je mehr er arbeitete, desto größer schienen seine Schulden. Wenn ihm jemand vor zehn Jahren gesagt hätte, dass sich sein Leben einmal zu einem Kreislauf aus Arbeit und offenen Rechnungen entwickeln würde, hätte er ihm ins Gesicht gelacht.

Inzwischen hatte er feststellen müssen, dass das Leben ihm ins Gesicht lachte.

Es war Zeit, den langsamen Aufstieg zur Oberfläche anzutreten. Die verfluchte, hässliche *Reliant* lag auf der Seite, längst zur Hälfte von der Crew auseinander genommen. Als Matthew am ersten Haltepunkt Pause machte, betrachtete er den plumpen Schiffsrumpf.

Sich vorzustellen, dass er früher von Galeonen und bis an den Rand mit Goldbarren gefüllten Kaperschiffen geträumt hatte! Und was noch schlimmer war, er hatte ein solches Schiff gefunden und wieder verloren. Und mit ihm alles andere.

Jetzt fühlte er sich wie ein Wachhund auf einem Schrottplatz, weil er Altmetall sammelte und bewachte. Der Nordatlantik war wie eine Höhle, dunkel, feindlich, fast farblos, kalt wie Fischblut. Hier fühlte man sich nie ganz als Mensch – nicht frei und schwerelos wie ein Taucher in lebendigeren Gewässern, sondern distanziert und fremd, und alles in seiner Sichtweite fraß oder wurde gefressen.

Eine unbedachte Bewegung ließ eisiges Wasser in seinen Anzug eindringen und erinnerte ihn daran, dass er trotz allem ein Mensch war.

Langsam bewegte er sich auf den nächsten Punkt zu. Wie kalt das Wasser auch sein mochte und wie langweilig der Tauchgang, hier unten regierten die Gesetze der Biologie und der Physik. Vor fünf Jahren hatte er zusehen müssen, wie ein unvorsichtiger Taucher auf Deck zusammenbrach und qualvoll unter Krämpfen starb, weil er an den Haltpunkten nicht lange genug abgewartet hatte – eine schmerzhafte Erfahrung, die Matthew sich auf jeden Fall ersparen wollte.

Als er wieder an Bord war, griff er dankbar nach dem Becher mit heißem Kaffee, den ihm einer der Küchenmaate anbot. Sobald seine Zähne nicht mehr klapperten, gab er dem nächsten Team Anweisungen. Und er nahm sich fest vor, Fricke zu sagen, dass die Männer sich auf dieser Fahrt einen Bonus verdient hatten.

Es freute ihn, dass Fricke, der Geizhals, genug Respekt vor ihm hatte, um ein wenig tiefer in seine engen Taschen zu greifen.

»Die Post ist da.« Der Küchenmaat, ein dürrer Frankokanadier, der von allen LaRue genannt wurde, nahm Matthew die Sauerstoffflaschen ab. »Hab sie dir in die Kabine gelegt.« Er grinste und zeigte dabei einen glänzenden Goldzahn. »Ein Brief, der Rest wahrscheinlich Rechnungen. Ich bekomme Briefe von sechzehn Frauen. Du tust mir leid, vielleicht gebe ich dir eine ab. Marcella, nicht sonderlich hübsch, aber im Bett sensationell.«

Matthew zog die Kapuze seines Anzugs herunter. Die kalte Atlantikluft wehte ihm um die Ohren. »Ich suche mir meine Frauen immer noch selbst aus.«

»Dann tu's doch. Dich müsste mal eine ordentlich rannehmen, Matthew. LaRue kennt sich aus.«

Matthew starrte nachdenklich auf das kalte, graue Meer. »Hier draußen sind Frauen eher selten.«

»Komm mit mir nach Quebec, Matthew. Ich zeige dir, wo man gut trinken und vögeln kann.«

»Denkst du eigentlich immer an Sex, LaRue? Wie es aussieht, müssen wir noch mindestens einen Monat hier bleiben.«

»Solange ich an Sex denken kann, werde ich das auch tun!«, rief LaRue. Matthew suchte bereits das Weite. Kichernd nahm LaRue seinen geliebten Tabakbeutel aus der Tasche und rollte eine seiner dicken, stinkenden Zigaretten. Der Junge benötigte dringend ein wenig Anleitung, die Weisheit eines älteren Mannes und eine heiße Nacht.

Doch was Matthew tatsächlich wollte, war warme Kleidung und noch einen Becher Kaffee. Ersteres fand er in seiner Kabine. Nachdem er einen warmen Pullover und Jeans angezogen hatte, sah er die Umschläge durch, die unter dem Stein auf dem kleinen Tisch lagen, den er als Schreibtisch benutzte.

Natürlich Rechnungen. Arztkosten, die Miete für Bucks Wohnwagen in Florida, der Anwalt, den Matthew konsultieren musste, als Buck eine Bar in Fort Lauderdale auseinander genommen hatte, die aktuelle Abrechnung von der letzten Klinik, in die er Buck geschleppt hatte, in der Hoffnung, seinen Onkel auszunüchtern.

Unterkriegen würden sie ihn nicht, stellte er fest, aber sie ließen ihm auch nicht viel Spielraum. Wenigstens der Brief sah erfreulich aus.

Ray und Marla, dachte er und machte es sich mit seinem Kaffee gemütlich. Auf die beiden war Verlass. Einmal im Monat ging garantiert ein Brief von ihnen ein, gleichgültig, wo Matthew sich gerade befand.

Nicht ein Mal hatten sie ihn in den letzten acht Jahren enttäuscht.

Wie immer war es ein unterhaltsamer Brief, mehrere Seiten lang. Marlas geschwungene, feminine Handschrift stand im Gegensatz zu Rays eilig hingeworfenem Gekritzel am Rand. Vor etwa fünf Jahren waren sie an die Küste von North Carolina gezogen und hatten sich ein Haus an der Sundseite von Hatteras Island gebaut.

Marla unterhielt ihn in ihren Briefen mit Rays Versuchen als Heimwerker und ihren gärtnerischen Erfolgen und Niederlagen. Zwischendurch berichtete sie von ihren Abenteuern auf See, ihren Reisen nach Griechenland, Mexiko, zum Roten Meer, von ihren spontanen Tauchfahrten entlang der Küste der Carolinas.

Und natürlich erzählte sie von Tate.

Matthew wusste, dass sie inzwischen fast dreißig war, an ihrem Doktor arbeitete und an verschiedenen Expeditionen teilgenommen hatte, aber in seiner Erinnerung sah er sie immer noch so vor sich wie damals in jenem Sommer. Jung, frisch und voller Versprechungen. Wenn er im Laufe der Jahre an sie gedacht hatte, war es immer mit einem eigenartigen, angenehm nostalgischen Gefühl gewesen. In seinem Kopf hatten sie und die gemeinsam verbrachten Tage einen verklärten Glanz angenommen, fast zu perfekt, um Wirklichkeit zu sein.

Er hatte es schon vor langer Zeit aufgegeben, von Tate zu träumen.

Stattdessen musste er Rechnungen bezahlen und Pläne für die ferne Zukunft schmieden.

Matthew genoss jedes Wort auf jeder Seite. Die übliche Einladung, die beiden unbedingt zu besuchen, ließ bittere Erinnerungen aufsteigen. Vor drei Jahren hatte er Buck dazu überredet, ihn zu begleiten, aber der viertägige Besuch war alles andere als angenehm verlaufen.

Dennoch erinnerte er sich gern daran, wie wohl er sich dort sofort gefühlt hatte. Er hatte durch die Kiefern und Lorbeerbäume auf das ruhige Wasser des Pamlico-Sunds geschaut, ihm waren die Düfte aus Marlas Küche in die Nase gestiegen, und Ray hatte von seinem nächsten Wrack und der geplanten Goldsuche geschwärmt. Doch irgendwann war es Buck gelungen, sich per Anhalter mit der Fähre nach Ocracoke abzusetzen und sich dort bis zur Bewusstlosigkeit zu besaufen.

Es hatte wenig Sinn, noch einmal zu ihnen zu fahren, dachte Matthew. Sich selbst zu demütigen, die Beaumonts in eine peinliche Situation zu bringen. Die Briefe mussten reichen.

Als er auf der letzten Seite angekommen war, ließ Rays krakelige Handschrift die Erinnerungen an Tate und jenen Sommer vor den Westindischen Inseln schmerzhaft in ihm aufsteigen.

Matthew, es gibt da ein paar Dinge, von denen ich Marla noch nichts gesagt habe. Ich werde später mit ihr darüber sprechen, aber zunächst möchte ich Deine Meinung hören. Du weißt, dass Tate zurzeit im Auftrag von SeaSearch im Pazifik unterwegs ist. Sie ist ganz begeistert von dieser Arbeit. Wir haben sie darin unterstützt. Aber vor ein paar Tagen habe ich für einen alten Kunden Recherchen über verschiedene Wertpapiere angestellt. Dabei überkam mich der Impuls, selbst in SeaSearch zu investieren, als eine Art persönlicher Beitrag zu Tates Erfolg. Ich stellte fest, dass die Firma zur Trident-Gruppe gehört, deren Inhaber wiederum die VanDyke Corporation ist. Unser VanDyke. Selbstverständlich bin ich besorgt. Ich habe keine Ahnung, ob Tate darüber informiert ist, aber ich bezweifle es stark. Wahrscheinlich brauche ich mir keine Gedanken zu machen, denn ich kann mir nicht vorstellen, dass Silas VanDyke sich persönlich für seine Meeresarchäologen interessiert. Außerdem bezweifle ich, dass er sich überhaupt an Tate erinnert. Dennoch fühle ich mich nicht wohl bei dem Gedanken, dass Tate so weit weg ist und auch nur im Entferntesten mit diesem Mann zu tun hat. Ich habe mich noch nicht entschieden, ob ich Tate über das Ergebnis meiner Recherchen in Kenntnis setzen oder die Angelegenheit auf sich beruhen lassen soll. Bitte lass mich wissen, was Du davon hältst.

Matthew, ich würde gern persönlich mit Dir über die Sache sprechen, sobald Du nach Hatteras kommen kannst.

Denn es gibt noch mehr, das ich mit Dir bereden möchte – etwas, wonach ich seit fast acht Jahren suche und das ich Dir gern zeigen würde. Wenn es so weit ist, hoffe ich, dass Du meine Begeisterung teilen wirst. Matthew, ich will die Isabella. Und dazu brauche ich Dich und Buck. Bitte komm nach Hatteras und sieh Dir an, was ich zusammengetragen habe, bevor Du mein Angebot ablehnst.

Sie gehört uns, Matthew, sie hat uns schon immer gehört. Es ist höchste Zeit, dass wir unsere Ansprüche geltend machen.
Mit den besten Grüßen
Ray

Du lieber Himmel. Matthew las die Seite noch einmal. Ray Beaumont hielt offenbar nichts davon, um den heißen Brei herumzureden. In ein paar kurzen Absätzen hatte er harte Geschütze aufgefahren, die ihn von Tate über VanDyke bis hin zur *Isabella* katapultierten.

Zurückkehren? Plötzlich warf Matthew den Brief wütend auf den Tisch. Er wollte verdammt sein, wenn er zurückkehren und sich noch einmal mit seiner größten Niederlage auseinander setzen wollte! Für ihn hatte ein neues Leben angefangen – mehr oder weniger. Das Letzte, was er gebrauchen konnte, waren Geister aus seiner Vergangenheit, die ihn wieder mit dem Glanz des Goldes lockten.

Ich bin kein Jäger mehr, dachte er und sprang von dem Stuhl hoch, um in der kleinen Kabine auf und ab zu tigern. Das wollte und brauchte er nicht. Manche Menschen konnten ausschließlich von Träumen leben. So wie er früher – aber diese Zeiten waren vorbei.

Ich brauche Geld, dachte er wütend, Geld und Zeit. Erst wenn er beides in der Tasche hatte, konnte er beenden, was vor vielen Jahren mit dem Leichnam seines Vaters begonnen hatte. Er würde VanDyke finden, und er würde ihn töten.

Was Tate anging, so war sie nicht sein Problem. Er hatte ihr vor Jahren einen Gefallen getan, erinnerte sich Matthew und blickte grimmig zu dem Brief auf dem Tisch. Den größten Gefallen ihres Lebens. Wenn sie es vermasselte, indem sie sich auf eins von VanDykes Projekten einließ, war das ihre Sache. Schließlich war sie eine erwachsene Frau. Mit einer erstklassigen Ausbildung und tollen Titeln. Verdammt, all das verdankte sie ihm, aber niemand konnte behaupten, dass er für sie verantwortlich war. Doch dann sah er sie wieder so, wie sie damals gewesen war, wie sie beeindruckt eine Silbermünze hochhielt, glücklich in seinen Armen lag, mutig mit ihrem Tauchermesser den Hai angriff.

Wieder fluchte er wütend, dann noch einmal ruhiger. Er ließ Brief und Becher, wo sie waren, und ging in den Funkraum. Zunächst einmal musste er dringend ein paar Anrufe erledigen.

Tate betrat den Raum, den die Crew »Level 0« getauft hatte. Er war voll gestopft mit Computern, den dazugehörigen Tastaturen und Monitoren. Die Sonaranzeige leuchtete grün, die Nadel schlug gelegentlich aus. Fernbedienungen für die Kameras, die Aufnahmen vom Meeresboden machten, lagen herum.

Zurzeit wirkte der Bereich allerdings mehr wie ein Erholungsraum für Halbstarke als wie ein wissenschaftliches Labor.

Dart hockte mit Bowers in einer Ecke und vertrieb sich die Langeweile, indem er den Computer bei einer Runde Mortal Combat schlug.

Es war spät, fast Mitternacht, und Tate hätte eigentlich längst in ihrer Kabine sein, schlafen oder an ihrer Doktorarbeit arbeiten sollen. Aber sie fühlte sich ruhelos, und Lorraine war gereizt gewesen. Die Kabine schien zu klein für sie beide.

Sie nahm eine Hand voll von Darts Bonbons und ließ sich nieder, um auf dem Monitor den Meeresgrund zu betrachten.

Es ist so dunkel, dachte sie. Und kalt. Winzige leuchtende Fische jagten nach Nahrung. Sie bewegten sich langsam, umgeben von phosphoreszierenden Punkten, die an Sterne erinnerten. Die weichen, gleichmäßigen Formen des Bodens schienen ohne Konturen. Dennoch gab es hier Leben. Ein Seewurm, kaum mehr als ein primitiver Magen, glitt an der Kamera vorbei. Das scheinbar riesige Auge eines Nautilus brachte Tate zum Lachen.

Auf ihre ganz besondere Art ist diese Welt ein Zauberland, dachte sie, und alles andere als das Ödland, für das einige Ozeanforscher es früher gehalten haben. Auf gar keinen Fall war sie der Müllabladeplatz, für den sie gewisse Industriezweige hielten. Sicher, hier gab es keine Farben, aber diese magische Transparenz, die pulsierenden Fische und anderen Tiere verwandelten die Tiefsee in ein Wunder.

Tate fühlte, dass die Zeitlosigkeit, die Kontinuität sie beruhigte. Der Monitor lullte sie ein wie ein alter Spätfilm, bis sie auf ihrem Stuhl vor sich hin döste.

Dann blinzelte sie plötzlich. Ihr Unterbewusstsein bemühte sich, ihren Augen etwas mitzuteilen.

Korallenkrabben. Diese Tiere ließen sich auf jeder sich anbietenden Oberfläche nieder. Und genau das hatten sie hier getan. Tate erkannte Holz, beugte sich vor und entdeckte dann den Rumpf eines Schiffes, überzogen mit Tiefseelebewesen.

»Bowers!«

»Augenblick, Tate, ich muss diesem Kerl dringend eine Lektion erteilen.«

»Bowers, sofort!«

»Warum die Eile?« Mit gerunzelter Stirn drehte er sich um. »Es haut niemand ab. Verdammt!« Er starrte auf den Monitor, rollte mit seinem Stuhl vorwärts und hielt die Kamera an.

Außer den Geräuschen der Geräte war es still im Raum. Die drei starrten auf den Bildschirm.

»Sie könnte es sein.« Tates Stimme klang dünn.

»Könnte«, wiederholte Bowers und machte sich an die Arbeit. »Behalte die Anzeigen im Auge, Dart. Tate, sag auf der Brücke Bescheid. Vollbremsung.«

Mehrere Augenblicke lang sprach niemand ein Wort. Während die Bänder liefen, holte Bowers das Objekt mit dem Zoom näher heran und ließ die Kamera daran entlanggleiten.

Das Wrack schien lebendig zu sein. Tate stellte sich vor, dass Litz und die anderen Biologen an Bord bald ein Hosianna anstimmen würden. Mit zusammengepressten Lippen hielt sie den Atem an und stieß ihn dann laut wieder aus.

»Oh Gott, schaut! Seht ihr das?«

Darts Antwort war ein nervöses Kichern. »Das Steuerrad ... Schaut euch den Kahn an, er liegt einfach da und wartet darauf, dass wir endlich vorbeikommen und ihn finden! Ein Raddampfer, Bowers. Es ist die verdammte, wunderschöne *Justine!*«

Bowers hielt die Kamera an. »Kinder«, begann er feierlich und stand mit zitternden Knien auf. »In einem Augenblick wie diesem sollte ich wohl ein paar angemessene Worte sprechen.« Er legte eine Hand auf sein Herz. »Wir haben es geschafft.«

Mit einem lauten Aufschrei griff er sich Tate und tanzte mit ihr einen wilden Boogie, bis ihr vor Lachen und Aufregung Tränen über die Wangen liefen.

»Wir müssen das ganze Schiff aufwecken!«, rief sie und rannte los. Zuerst lief sie zu ihrer eigenen Kabine, um die übel gelaunte Lorraine aus dem Schlaf zu reißen. »Komm sofort mit in den Computerraum!«

»Was? Saufen wir ab? Lass mich schlafen, Tate. Ich werde gerade von Harrison Ford verführt.«

»Der kann warten. Geh sofort hinunter.« Um sich ganz sicher zu sein, dass Lorraine gehorchte, zerrte Tate die Bettdecke von ihrem nackten Körper. »Aber zieh dir um Gottes willen zuerst etwas an.«

Sie ließ eine vor sich hin fluchende Lorraine zurück und rannte den Gang entlang zu Haydens Kabine. »Hayden?« Sie unterdrückte ein Kichern, als sie an seine Tür klopfte. »Komm schon, Hayden, Alarmstufe rot, alle Mann an Deck, steh endlich auf.«

»Was ist los?« Ohne die Brille wirkten seine Augen so groß wie die einer Eule. Sein Haar stand senkrecht in die Höhe, und um die Taille hatte er sich eine Decke gewickelt. Er blinzelte Tate an. »Ist jemand verletzt?«

»Nein, allen geht es wunderbar.« In diesem Moment wusste sie, dass er ganz einfach der liebenswerteste Mann war, den sie je kennen gelernt hatte. Einem plötzlichen Impuls folgend, warf sie die Arme um ihn, wobei sie ihn fast umgeworfen hätte, und küsste ihn. »Oh Hayden, ich kann es nicht erwarten –«

Als sie seinen leidenschaftlichen Mund auf ihren Lippen spürte, verstummte sie überrascht. Sie wusste, wie die Begierde eines Mannes schmeckte und wie es sich anfühlte, wenn seine Arme vor Sehnsucht zitterten.

Bewusst entspannte sie sich und legte sanft eine Hand an seine Wange.

»Hayden –«

»Tut mir leid.« Entsetzt trat er einen Schritt zurück. »Du hast mich eiskalt erwischt, Tate. Das hätte ich nicht tun dürfen.«

»Ist schon in Ordnung.« Sie lächelte und legte beide Hände auf seine Schultern. »Nun mach nicht solch ein Gesicht, Hayden. Ich würde sagen, wir haben einander eiskalt erwischt, und es war schön.«

»Als Kollege«, begann er und fürchtete zu stottern, »und als dein Vorgesetzter hatte ich kein Recht dazu, dir so nahe zu treten.«

Sie unterdrückte einen Seufzer.

»Hayden, es war nur ein Kuss. Und ich habe dich zuerst geküsst. Ich glaube nicht, dass du mich deshalb feuern musst.«

»Nein, natürlich nicht. Ich wollte nur sagen –«

»Du wolltest sagen, dass du mich küssen wolltest, dass du es getan hast und dass es schön war.« Geduldig nahm sie seine Hand. »Lass uns keine große Sache daraus machen. Besonders, da es eine viel größere Sache gibt. Willst du denn gar nicht wissen, warum ich an deine Tür gehämmert, dich aus dem Bett gezerrt und mich auf dich gestürzt habe?«

»Nun, ich …« Er wollte eine Brille zurechtrücken, die er gar nicht trug, und stach sich dabei mit dem Finger in die Nasenspitze. »Doch, natürlich.«

»Hayden, wir haben die *Justine* gefunden! Und jetzt halt dich fest«, warnte sie ihn, »weil ich dich nämlich noch mal küssen werde.«

Zweites Kapitel

Der Roboter erledigte die ganze Arbeit, und genau da lag vermutlich das Problem. Eine Woche, nachdem sie die *Justine* gefunden hatten, musste Tate sich ein vages Gefühl der Unzufriedenheit eingestehen.

Das Wrack erfüllte sämtliche Erwartungen. Es war mit Schätzen beladen, und sie hatten bereits Goldmünzen und -barren – manche von ihnen satte fünfzig Pfund schwer – sowie diverse wertvolle Kunstgegenstände an Bord geholt. Der Roboter arbeitete effizient, er grub die Funde aus, hob und bewegte sie, während Bowers und Dart die entsprechenden Knöpfe bedienten.

Hin und wieder unterbrach Tate ihre Arbeit, um auf dem Monitor zu beobachten, wie die Maschine mit ihren mechanischen Armen ein schweres Gewicht zutage förderte oder mit ihren Pinzetten vorsichtig einen Seeschwamm anhob, damit die Biologen ihn genauer untersuchen konnten.

Die Expedition erwies sich als voller Erfolg, und Tate war eifersüchtig auf einen hässlichen Metallroboter.

An ihrem Arbeitsplatz in einer der vorderen Kabinen fotografierte, untersuchte und katalogisierte sie die Gegenstände aus der Mitte des neunzehnten Jahrhunderts. Eine Kameebrosche, Steingutteile, Löffel, ein Tintenfass aus Zinn, der wurmzerfressene Kreisel eines Kindes. Und natürlich die Münzen. Auf ihrem Arbeitstisch funkelten Silber und Gold dank Lorraines Arbeit im Labor wie am ersten Tag.

Tate hob ein Fünf-Dollar-Goldstück hoch, eine wunderschöne kleine Scheibe aus dem Jahr 1857, dem Jahr, als die

Justine sank. Durch wie viele Hände ist es gewandert? fragte sie sich. Vielleicht nur durch ein paar. Vielleicht hatte es in der Börse einer Dame oder der Westentasche eines Herrn gesteckt. Vielleicht hatte sich jemand damit eine Flasche Wein oder eine kubanische Zigarre gekauft. Und vielleicht war es nie ausgegeben, sondern gespart worden, als Belohnung am Ende der langen Reise.

Jetzt lag es in ihrer Hand, Teil eines verlorenen Schatzes.

»Hübsch, nicht wahr?« Lorraine kam herein. Sie trug ein Tablett mit Gegenständen, die sie gerade in ihrem Labor entkalkt und gesäubert hatte.

»Stimmt.« Tate legte die Münze wieder hin und vermerkte sie in ihrem Computer. »Hier gibt es genug Arbeit für ein Jahr.«

»Du klingst ja richtig begeistert.« Neugierig legte Lorraine den Kopf zur Seite. »Ich dachte immer, Wissenschaftler seien froh, wenn sie für eine Weile in Brot und Dienst stehen.«

»Ich *bin* begeistert.« Sorgfältig katalogisierte Tate die Brosche und legte sie auf ein Tablett. »Warum auch nicht? Ich bin als Mitglied eines Teams erstklassiger Wissenschaftler an einem der aufregendsten Funde meiner Karriere beteiligt. Mir stehen die beste Ausrüstung zur Verfügung und bessere Arbeits- und Unterkunftsbedingungen als normalerweise üblich.« Sie nahm das Spielzeug in die Hand. »Ich wäre doch dumm, wenn ich da nicht begeistert wäre.«

»Und warum erzählst du mir nicht, warum du dumm bist?«

Mit aufeinander gepressten Lippen drehte Tate den Kreisel. »Du bist noch nie getaucht. Es ist schwer zu erklären, wenn du noch nie unten warst, es noch nie selbst erlebt hast.«

Lorraine setzte sich und stützte ihre Füße an der Tischkante ab. Auf die Innenseite ihres Fußgelenks war ein buntes Einhorn tätowiert. »Ich habe Zeit. Warum versuchst du es nicht?«

»Das hier ist keine richtige Schatzsuche«, setzte sie an, und ihre Stimme verriet, wie ärgerlich sie über sich selbst war. »Hier dreht sich alles um Computer, Maschinen und Roboter, und natürlich ist das irgendwie eine tolle Sache. Ohne diese Ausrüstung hätten wir die *Justine* nie gefunden und könnten sie nicht so genau untersuchen.«

Eine Welle der Ruhelosigkeit ließ sie von ihrem Arbeitsplatz aufstehen und durch das Bullauge auf die See blicken. »Ohne die Maschinen wären wir an diese Dinge gar nicht herangekommen. Der Druck und die Temperaturen in diesen Tiefen machen das Tauchen unmöglich. Das sind nun einmal biologische und physikalische Gesetze, die ich akzeptieren muss. Aber verdammt noch mal, Lorraine, ich will selbst nach unten gehen! Ich will alles berühren. Ich will den Sand beiseite fächern und einen Teil der Vergangenheit freilegen. Bowers' Roboter hat den Spaß für sich allein.«

»Ja, und er gibt ständig damit an.«

»Ich weiß, dass es albern klingt.« Und weil sie es wirklich wusste, brachte Tate ein Lächeln zustande. Sie drehte sich um. »Aber nach einem Wrack zu tauchen, selbst dort zu sein, ist ein unglaubliches Gefühl. Hier ist alles so steril. Ich hatte keine Ahnung, dass ich es so empfinden würde, aber jedes Mal, wenn ich in diesen Raum komme, um meine Arbeit zu tun, erinnere ich mich daran, wie es früher war. Mein erster Tauchgang, mein erstes Wrack, die Arbeit am Sauggerät, all die Fische, die Korallen, der Schlamm und der Sand. Die Arbeit, Lorraine, die körperliche Anstrengung ... Man fühlt sich wie ein Teil des Ganzen.« Sie breitete die Arme aus und ließ sie wieder sinken. »Hier ist alles so weit entfernt, so kalt, ich habe das Gefühl, dass wir Eindringlinge sind.«

»Es ist dir zu wissenschaftlich?«, hakte Lorraine nach.

»Wissenschaft ohne Beteiligung des Menschen, zumindest was mich betrifft. Ich weiß noch, wie ich meine erste Münze fand, ein silbernes Pesostück. Wir waren auf ein unberührtes Wrack in der Westindischen See gestoßen.« Tate seufzte und ließ sich wieder nieder. »Ich war zwanzig. Es war ein ereignisreicher Sommer. Wir fanden eine spanische Galeone und verloren sie wieder. Ich verliebte mich, und mein Herz wurde gebrochen. Danach habe ich mich nie wieder so bedingungslos auf etwas oder jemanden eingelassen. Ich wollte es nicht.«

»Wegen des Schiffes oder des Mannes?«

»Wegen beidem. Innerhalb weniger Wochen habe ich unglaubliches Glück und bodenlose Trauer erlebt. Mit zwanzig ist das eine schwierige Erfahrung. Im darauf folgenden Herbst ging ich wieder aufs College und hatte mein Ziel klar definiert. Meinen Abschluss wollte ich machen und die Beste auf meinem Gebiet werden. Ich wollte genau das tun, was ich jetzt tatsächlich mache, und dabei die notwendige professionelle Distanz wahren. Und hier sitze ich nun acht Jahre später und frage mich, ob ich nicht einen schrecklichen Irrtum begangen habe.«

Lorraine zog eine Augenbraue in die Höhe. »Deine Arbeit macht dir also keinen Spaß?«

»Ich liebe meine Arbeit. Ich habe nur ein Problem damit, dass Maschinen den angenehmsten Teil übernehmen und mir diese professionelle Distanz aufzwingen.«

»Für mich klingt das nicht nach einer Krise, Tate, sondern vielmehr so, als ob du dir deine Sauerstoffflaschen umschnallen und dich ein wenig amüsieren solltest.« Lorraine betrachtete ihre frisch manikürten Fingernägel. »Falls das deine Vorstellung von Amüsement ist. Wann warst du zuletzt im Urlaub?«

»Lass mich nachdenken ...« Tate lehnte sich zurück und schloss die Augen. »Vor etwa acht Jahren, abgesehen von ein paar langen Wochenenden und Weihnachten zu Hause.«

»Die zählen nicht«, stellte Lorraine fest. »Doktor Lorraines Rezept ist ganz einfach. Wir haben es mit einem klassischen Fall von Melancholie zu tun. Sobald wir hier fertig sind, machst du einen Monat Urlaub und fährst irgendwohin, wo es viele Palmen gibt und du viel Zeit mit den Fischen verbringen kannst.«

Plötzlich entwickelte Lorraine ein intensives Interesse an ihrem korallenroten Nagellack. »Und falls du dich einsam fühlst, Hayden würde dich nur zu gern begleiten.«

»Hayden?«

»Um einen Fachausdruck zu benutzen: Der Mann ist verrückt nach dir.«

»Hayden?«

»Ja, Hayden.« Lorraine lehnte sich zurück. »Herrgott, Tate, bekommst du denn gar nichts mit? Er himmelt dich seit Wochen an.«

»Hay…«, begann Tate, dann riss sie sich zusammen. »Wir sind Freunde, Lorraine, Kollegen.« Plötzlich erinnerte sie sich an den Kuss in der Nacht, als sie die *Justine* gefunden hatte. »Verdammt.«

»Er ist ein toller Mann.«

»Natürlich ist er das.« Verblüfft strich Tate mit einer Hand über ihr Haar. »Nur habe ich auf diese Art noch nie an ihn gedacht.«

»Jedenfalls denkt er auf diese Art an dich.«

»Das ist nicht gut«, murmelte Tate. »Man sollte sich nie mit jemandem einlassen, mit dem man arbeitet.«

»Du musst es ja wissen«, sagte Lorraine gleichgültig. »Ich dachte nur, es sei an der Zeit, dass jemand dem Mann unter die Arme greift und es dir sagt. Außerdem soll ich dir mitteilen, dass ein paar Vertreter von SeaSearch und Poseidon unterwegs sind, um einen Teil der Ausbeute zu begutachten und mitzunehmen. Sie bringen ein Kamerateam mit.«

»Ein Kamerateam …« Automatisch speicherte Tate das Problem Hayden im Hinterkopf. »Ich dachte, wir drehen unsere eigenen Videos.«

»Unsere wollen sie auch verwenden. Sie machen eine Dokumentation fürs Fernsehen, also vergiss Wimperntusche und Lippenstift nicht.«

»Wann kommen sie an?«
»Sie sind schon unterwegs.«

Ohne sich dessen bewusst zu sein, griff Tate nach dem hölzernen Kreisel und legte schützend die Hand darüber. »Hier wird nichts mitgenommen, das ich nicht katalogisiert und untersucht habe.«

»Zeig ihnen die Krallen, Tiger.« Lorraine ging zur Tür. »Aber vergiss nicht, wir sind nur bezahlte Hilfskräfte.«

Bezahlte Hilfskräfte, dachte Tate und legte den Kreisel vorsichtig beiseite. Vielleicht war genau das der Punkt. Irgendwie war aus einer unabhängigen Frau auf der Suche nach Abenteuern eine kompetente Maschine geworden, die für einen anonymen Konzern arbeitete.

Allerdings machte ebendieser Konzern ihre Arbeit erst möglich. Wissenschaftler waren immer Bettler. Und dennoch ...

Mit einem Mal wurde ihr bewusst, dass es verschiedene »Wenn« und »Aber« in ihrem Leben gab. Sie musste sich dringend Zeit nehmen, um herauszufinden, welche davon wichtig waren.

Matthew stellte wieder einmal fest, dass er offenbar den Verstand verloren hatte. Er hatte gekündigt. Einen Job, den er gehasst hatte, aber immerhin hatte er seine Rechnungen bezahlen können und obendrein genug übrig behalten, um ein paar bescheidene Träume zu verwirklichen. Ohne den Job würde das Boot, an dem er nun schon seit Jahren baute, nie fertig werden, sein Onkel würde Sozialhilfe beantragen müssen, und in spätestens sechs Monaten war es Glück zu nennen, wenn er sich eine warme Mahlzeit leisten konnte.

Und er hatte nicht nur seinen Job aufgegeben, obendrein hatte er sich auch noch dazu breitschlagen lassen, LaRue mitzunehmen. Der Maat hatte einfach gepackt und war ihm ohne die geringste Ermutigung seinerseits an Land gefolgt. So fühlte Matthew sich für zwei Männer verantwortlich, die zu allem Überfluss den Großteil ihrer Zeit damit verbrachten, miteinander zu streiten und ihn auf seine Schwächen hinzuweisen.

Nun saß er vor einem Wohnwagen im Süden von Florida und fragte sich, ob er den Verstand verloren hatte.

Der Brief von den Beaumonts war an allem schuld. Die Erwähnung von Tate, VanDyke und natürlich der *Isabella* hatte zu viele Erinnerungen an Niederlagen und Hoffnungen geweckt, und bevor er die Konsequenzen richtig durchdenken konnte, hatte er auch schon seine Sachen eingepackt.

Jetzt waren alle Brücken hinter ihm abgebrochen, und er hatte plötzlich viel Zeit zum Nachdenken. Was zum Teufel sollte er mit Buck anfangen? Sein Alkoholkonsum war wieder einmal völlig außer Kontrolle geraten.

Das sollte ihn eigentlich nicht weiter überraschen, denn Jahr für Jahr war er nach Florida gekommen und hatte seinen Landurlaub damit verbracht, seinen Onkel auszunüchtern. Und jedes Jahr kehrte er auf die See zurück, voller Schuldgefühle, Bedauern und Trauer, weil es ihm offenbar nie endgültig gelingen würde.

Selbst jetzt konnte er hören, wie Buck seine alkoholisierte Stimme bitter erhob. Trotz des Regens, der gleichmäßig vom Himmel prasselte, zog Matthew es vor, draußen unter dem verrosteten, undichten Vordach zu bleiben.

»Was ist das für ein Schweinefraß?«, nörgelte Buck und polterte in der Miniküche herum.

LaRue blickte nicht von seinem Buch auf. »Bouillabaisse. Ein Familienrezept.«

»Schweinefraß«, wiederholte Buck. »Französischer Schweinefraß.« Unrasiert und immer noch in der Kleidung, in der er eingeschlafen war, riss er eine Schranktür auf und suchte nach einer Flasche. »Ich will nicht, dass du mir damit die Bude verstänkerst.«

Zur Antwort schlug LaRue eine Seite um.

»Wo ist verdammt noch mal mein Whiskey?« Buck suchte

mit einer Hand im Schrank und warf dabei die wenigen Vorräte um. »Ich weiß genau, dass ich hier noch eine Flasche hatte.«

»Ich bevorzuge Beaujolais«, bemerkte LaRue. »Zimmertemperatur.« Er hörte, wie sich die Fliegengittertür öffnete, und markierte die Stelle in seinem Faulkner-Roman. Das Abendprogramm würde gleich beginnen.

»Du hast meinen Whiskey geklaut, du verdammter Kanadier!«

Als LaRue grinste und dabei seinen Goldzahn funkeln ließ, mischte sich Matthew ein. »Es gibt keinen Whiskey, ich habe ihn entsorgt.«

Mehr durch seinen morgendlichen Alkoholkonsum als durch seine Prothese behindert, wandte Buck sich ihm zu. »Du hast kein Recht dazu, mir meine Flasche wegzunehmen.«

Wer ist dieser Mann, dachte Matthew, dieser Fremde? Wenn Buck sich irgendwo hinter diesem aufgedunsenen, unrasierten Gesicht und den rot umrandeten, glasigen Augen verbarg, so konnte er ihn nicht mehr erkennen. »Recht oder kein Recht«, erklärte er ruhig, »ich habe ihn weggekippt. Versuch es mit Kaffee.«

Zur Antwort riss Buck die Kanne vom Herd und schleuderte sie gegen die Wand.

»Also keinen Kaffee.« Matthew verspürte den Impuls, seine Hände zu Fäusten zu ballen, und vergrub sie in den Hosentaschen. »Wenn du dich besaufen willst, musst du das woanders tun. Ich sehe jedenfalls nicht dabei zu, wie du dich umbringst.«

»Das ist ganz allein meine Sache«, murmelte Buck und humpelte über zerbrochenes Glas und verschütteten Kaffee.

»Nicht, solange ich hier bin.«

»Aber du bist nie hier, stimmt's?« Beinahe wäre Buck auf den nassen Fliesen ausgerutscht. Er rappelte sich wieder hoch. Sein Gesicht war vor Demütigung rot angelaufen.

Jeder einzelne Schritt machte ihm seine Behinderung bewusst. »Du tauchst hier auf, wenn dir danach zumute ist, und verschwindest plötzlich wieder. Du hast überhaupt kein Recht, mir zu sagen, was ich in meinem Haus zu tun und zu lassen habe!«

»Es ist mein Haus«, erklärte Matthew ruhig. »Du stirbst hier nur.«

Er hätte dem Schlag ausweichen können. Bucks Faust auf seinem Kiefer nahm er gelassen hin. Beiläufig stellte er erfreut fest, dass sein Onkel immer noch gezielt zuschlagen konnte.

Während Buck ihn anstarrte, wischte Matthew sich mit dem Handrücken das Blut vom Mund. »Ich gehe aus«, erklärte er und verschwand.

»Geh ruhig, geh doch weg!« Buck torkelte zur Tür und rief durch den trommelnden Regen hinter ihm her: »Weglaufen ist schließlich das, was du am besten kannst. Warum läufst du nicht einfach immer weiter? Hier braucht dich niemand. *Niemand* braucht dich.«

LaRue wartete, bis Buck ins Schlafzimmer zurückgehumpelt war, dann stand er auf und schaltete den Herd aus. Er nahm Matthews Jacke mit und verließ den Trailer.

Sie waren erst seit drei Tagen in Florida, aber LaRue wusste ganz genau, wo er Matthew finden würde. Er drehte den Schirm seiner Kappe so, dass der Regen ihm nicht ins Gesicht prasselte, und machte sich auf zum Yachthafen.

Der Steg lag fast verlassen da, und an der Betongarage, die Matthew gemietet hatte, fehlte das Vorhängeschloss. Matthew hockte auf dem Bug seines fast fertigen Bootes.

Es hatte einen doppelten Rumpf und war fast genauso breit wie lang. LaRue war auf den ersten Blick beeindruckt gewesen. Ein hübsches Boot, nicht zu zerbrechlich, sondern widerstandsfähig und hart. Genauso mochte LaRue seine Boote – und seine Frauen.

Matthew hatte das Deck so entworfen, dass es über dem

Rumpf lag und bei rauer See geschützt blieb. Die beiden Buge waren nach innen gebogen, um Wellen abzufangen und nicht nur eine schnelle, sondern auch eine sanfte Fahrt zu gewährleisten. Lagerkapazität und Sitzraum waren reichlich vorhanden. Aber LaRues Meinung nach waren die zwanzig Quadratmeter offenes Deck vorn die Meisterleistung dieser Konstruktion.

Dort werden wir unsere Schätze lagern, dachte LaRue.

Es musste nur noch letzte Hand angelegt werden. Farbe und Beschläge, Apparate für die Brücke, Navigationsgeräte. Und, so dachte LaRue, ein passender Name.

Er kletterte hinauf, wieder einmal beeindruckt von den klaren Linien der Buge. Das Boot würde über das Wasser fliegen!

»Und wann machst du dieses Ding fertig?«

»Jetzt habe ich ja genügend Zeit, oder nicht?« Matthew betrachtete die Reling aus Messing und Teak. »Was mir fehlt, ist Geld.«

»Ich habe genug Geld.« Nachdenklich zog LaRue einen Lederbeutel hervor und machte sich an den langsamen und für ihn so genüsslichen Prozess, sich eine Zigarette zu drehen. »Wofür soll ich es ausgeben außer für Frauen? Und die sind nicht so teuer, wie die meisten Männer glauben. Ich gebe dir das Geld, damit du das Boot bauen kannst, und du gibst mir einen Teil des Bootes.«

Matthew stieß ein kurzes Lachen aus. »Welchen Teil willst du?«

LaRue lehnte sich zurück und rollte vorsichtig das Zigarettenpapier um den Tabak. »Ein Boot ist ein guter Platz zum Nachdenken. Sag mir, Matthew, warum hast du dich von ihm schlagen lassen?«

»Warum nicht?«

»Du hättest lieber ihn schlagen sollen.«

»Richtig. Gute Idee. Es würde mich wirklich weiterbringen, einen –«

»... einen Krüppel zu schlagen?«, beendete LaRue sanft seinen Satz. »Stimmt, du lässt ihn nie vergessen, dass er nicht mehr der ist, der er einmal war.«

Wütend und verletzt sprang Matthew auf die Füße. »Was gibt dir das verdammte Recht, so mit mir zu reden? Was weißt du schon? Ich habe für ihn getan, was ich konnte.«

»Richtig.« LaRue zündete seine ordentlich gedrehte Zigarette an. »Du bezahlst ihm ein Dach über dem Kopf, Essen im Magen und Whiskey, mit dem er sich totsaufen kann. Und es kostet ihn seinen Stolz.«

»Was zur Hölle soll ich denn tun? Ihn auf die Straße werfen?«

LaRue zuckte mit den Schultern. »Du gibst ihm nicht die Möglichkeit, ein Mann zu sein, also benimmt er sich auch nicht wie ein Mann.«

»Verpiss dich.«

»Ich glaube, du magst deine Schuldgefühle, Matthew. So hast du eine Ausrede, nicht das tun zu müssen, was du tun willst, und vielleicht eine Niederlage zu riskieren.« Er grinste nur, als Matthew ihn am Hemd hochzog. »Siehst du, mich behandelst du wie einen Mann.« Er reckte den Kiefer und war sich durchaus nicht sicher, ob er ihm nicht innerhalb der nächsten Sekunden gebrochen werden würde. »Schlag mich ruhig. Ich schlage zurück. Wenn wir damit fertig sind, besprechen wir die Sache mit dem Boot.«

»Was zur Hölle willst du eigentlich hier?« Matthew schob ihn zur Seite. »Ich brauche keine Gesellschaft, und ich brauche erst recht keinen Partner.«

»Brauchst du doch. Und ich mag dich, Matthew.« LaRue setzte sich wieder und fing die Asche seiner Zigarette vorsichtig mit der Hand auf. »Ich sehe das so: Du willst wieder nach dem Schiff tauchen, von dem du mir erzählt hast. Vielleicht verfolgst du dann diesen VanDyke, den du so sehr hasst. Vielleicht holst du dir sogar die Frau. Ich komme mit, weil ich nichts dagegen habe, reich zu sein. Ich mag einen guten Kampf, und ich stehe auf Romantik.«

»Du bist ein Arschloch, LaRue. Gott weiß, warum ich dir überhaupt davon erzählt habe.« Matthew hob die Hände und rieb sich über das Gesicht. »Ich muss betrunken gewesen sein.«

»Nein, du betrinkst dich nie. Du hast Selbstgespräche geführt, und ich stand nur zufällig daneben.«

»Vielleicht hole ich mir das Wrack. Und wenn ich Glück habe, läuft mir VanDyke wieder über den Weg. Aber eine Frau gibt es nicht mehr.«

»Es gibt immer eine Frau. Wenn nicht die eine, dann eine andere.« LaRue zog seine knochigen Schultern hoch. »Ich verstehe nicht, warum Männer wegen einer Frau den Verstand verlieren. Die eine geht, die nächste kommt. Für einen Feind dagegen lohnt sich die Arbeit. Und was das Geld angeht – nun, es ist immer noch angenehmer, reich zu sein als arm. Also bauen wir das Boot fertig und machen uns auf die Suche nach Reichtum und Rache.«

Vorsichtig betrachtete Matthew seinen Gefährten. »Die Ausrüstung, die ich haben will, ist nicht billig.«

»Nichts, was wirklich etwas wert ist, ist billig.«

»Vielleicht finden wir das Wrack nicht. Und wenn wir es entdecken, wird die Bergung hart und gefährlich.«

»Gefahr ist die Würze des Lebens. Das hast du wohl vergessen, Matthew?«

»Vielleicht«, murmelte er. Er spürte, wie sich etwas in ihm regte – die Gefühle, die er im Laufe der letzten Jahre verdrängt hatte. Er streckte eine Hand aus. »Wir bauen das Boot.«

Drei Tage später erschien Buck in der Garage. Irgendwo hatte er eine Flasche aufgetrieben, denn er verbreitete den sauren Gestank von Whiskey.

»Wohin zum Teufel willst du mit dieser Badewanne?«

Seelenruhig schliff Matthew weiter das Teakgeländer für die Reling. »Zunächst nach Hatteras. Da treffe ich mich mit den Beaumonts.«

»Scheiße, Amateure.« Schwankend ging Buck zum Heck. »Warum zum Teufel hast du einen Katamaran gebaut?«

»Weil ich es so wollte.«

»Ein einfacher Rumpf hat mir immer gereicht. Deinem Vater übrigens auch.«

»Es ist nicht dein Boot, es ist nicht sein Boot, es ist *mein* Boot.«

Das saß. »Was für eine Farbe soll das sein? Verdammtes Babyblau?«

»Karibikblau«, korrigierte Matthew ihn geduldig. »Mir gefällt's.«

»Wahrscheinlich sinkt das Ding, sobald schlechtes Wetter aufzieht.« Buck schnaufte und konnte sich gerade noch bremsen, liebevoll den Schiffsrumpf zu streicheln. »Ray und du, ihr bringt doch bestenfalls ein wenig Freizeitsegeln zustande.«

Prüfend strich Matthew mit einem Daumen über das Teakholz. Es fühlte sich so glatt an wie Satin. »Wir holen uns die *Isabella*.«

Die Stille schien Funken zu werfen. Matthew hob das Geländer auf die Schulter und drehte sich um. Jetzt hatte Buck eine Hand an das Boot gelegt und schwankte, als ob er sich bereits auf See befände.

»Das tut ihr nicht.«

»Rays Entschluss steht fest. Er ist auf etwas gestoßen, das er mir zeigen will. Sobald ich hier alles geregelt habe, fahre ich hoch. Und ganz egal, was Ray gefunden hat, ich suche die *Isabella*. Langsam wird es Zeit.«

»Hast du den Verstand verloren, Junge? Weißt du nicht mehr, was sie uns gekostet hat? *Mich* gekostet hat?«

Matthew legte das Geländer zum Lackieren beiseite. »Ich habe sogar eine ziemlich genaue Vorstellung davon.«

»Du hattest den Schatz schon, oder nicht? Du hast ihn dir wegnehmen lassen. Du hast ihn diesem Bastard VanDyke überlassen. Du hast meinen Anteil sausen lassen, als ich halb tot war! Jetzt glaubst du, dass du ihn dir holen und mich hier verrotten lassen kannst?«

»Ich gehe. Was du machst, ist deine Angelegenheit.«

Panisch schlug Buck Matthew mit dem Handballen vor die Brust.

»Und wer kümmert sich um mich? Wenn du fährst, reicht das Geld gerade noch für einen Monat! Du stehst in meiner Schuld, Junge. Ich habe dir dein wertloses Leben gerettet. Ich habe mein Bein für dich verloren. Ich habe alles für dich verloren.«

Die Schuldgefühle meldeten sich immer noch, so stark, dass sie Matthew zu überwältigen drohten. Aber diesmal schüttelte er den Kopf. Er würde sich nicht wieder unterkriegen lassen. »Ich schulde dir nichts mehr, Buck. Acht Jahre lang habe ich unablässig geschuftet, damit du dich bewusstlos saufen und mich für jeden Atemzug zahlen lassen konntest. Ich bin fertig. Ich mache mich auf die Suche nach etwas, von dem ich fast schon glaubte, es nie erreichen zu können. Jetzt hole ich es mir.«

»Sie werden dich umbringen. Die *Isabella* und der Fluch der Angelique ... Und wenn *sie* es nicht schaffen, dann VanDyke. Und wo bleibe ich?«

»Genau da, wo du jetzt bist. Auf deinen zwei Beinen. Von denen ich übrigens eins bezahlt habe.«

Diesmal fing er Bucks Faust mit einer Hand ab, wenige Zentimeter, bevor sie sein Gesicht traf. Ohne nachzudenken, drängte er Buck zurück, sodass er gegen das Heck des Bootes taumelte.

»Versuch das noch einmal und ich werfe dich um, alter Mann oder nicht.« Matthew baute sich breitbeinig vor ihm auf und stellte sich darauf ein, Buck notfalls noch einmal abzuwehren. »In zehn Tagen fahre ich mit LaRue nach Hatteras. Du kannst dich zusammenreißen und mitkommen, oder du kannst sehen, wo du bleibst. Es ist deine Entscheidung. Und jetzt verschwinde, verdammt noch mal. Ich habe zu arbeiten.«

Mit zitternder Hand wischte Buck sich den Mund ab. Seine Phantomschmerzen meldeten sich wieder, wie ein übler, grinsender Geist, der ihn nie ganz in Ruhe ließ. Niedergeschlagen verschwand er, um sich eine Flasche zu suchen.

Matthew wuchtete ein weiteres Stück der Reling auf seine Schulter und arbeitete in den nächsten Stunden wie ein Besessener.

Drittes Kapitel

Manzanillo war für Silas VanDyke der einzige Ort, wo er den ersten Hauch des Frühlings erleben wollte. Sein Haus auf den Klippen an der Westküste von Mexiko bot ihm einen spektakulären Blick auf den ruhelosen Pazifik. Er konnte sich nichts Entspannenderes vorstellen, als vor seinem Panoramafenster zu stehen und den Wellen zuzusehen.

Macht faszinierte ihn immer wieder.

Da er unter dem Sternzeichen des Wassermanns geboren war, betrachtete er das Wasser als sein Element. Er liebte seinen Anblick, seinen Geruch und seine Geräusche, und obwohl er sowohl geschäftlich als auch zum Vergnügen viel reiste, hielt er es nie lange ohne Wasser aus.

Jedes seiner Häuser stand in der Nähe eines Gewässers – die Villa in Capri, die Plantage in Fidschi, sein Bungalow auf Martinique, und von seinem Stadthaus in New York aus konnte er den Hudson River sehen. Sein Versteck in Mexiko jedoch liebte er ganz besonders – obwohl es bei dieser speziellen Reise nicht ums Vergnügen ging. VanDykes Einstellung zu seiner Arbeit war so diszipliniert wie er selbst. Belohnungen wollten verdient sein – und diese spezielle Belohnung hatte er sich verdient. Silas VanDyke glaubte an harte Arbeit, körperliche und geistige Anstrengung. Es traf zu, dass er einen großen Teil seines Reichtums geerbt hatte, aber er hatte keine Zeit vergeudet und sein Vermögen klug genutzt. Entschlossen und weitsichtig hatte er auf dem Vorhandenen aufgebaut, bis sich sein Besitz verdreifacht hatte.

VanDyke galt als diskret und distinguiert, er war kein auf Publicity versessener Playboy, sondern verfolgte seine persönlichen und geschäftlichen Ziele unauffällig und hielt dabei seinen Namen konsequent aus Presse und Boulevardblättern heraus, es sei denn, er wünschte ihn dort zu sehen. Geschickt lancierte Publicity konnte von einem geplanten Geschäft ablenken oder die Waagschale bei gewissen Themen notfalls in seine Richtung sinken lassen.

Er hatte nie geheiratet, obwohl er Frauen bewunderte. Eine Ehe war ein Vertrag, und die diesbezüglichen Verhandlungen verliefen häufig viel zu schmutzig und viel zu öffentlich ab. Aus besagtem Vertrag konnten unter Umständen Erben hervorgehen, und diese Erben konnten gegen ihn benutzt werden.

Stattdessen suchte er sich seine Begleiterinnen sorgfältig aus und behandelte sie mit Respekt und Höflichkeit, ähnlich wie seine Angestellten. Wenn ihn eine Frau nicht mehr interessierte, wurde sie mit einer großzügigen Abfindung entlassen.

Bisher hatte sich kaum eine beschwert.

Nur die kleine italienische Society-Lady hatte sich als ein wenig problematisch erwiesen. Die angebotenen Diamanten vermochten ihr heißes Temperament nicht zu besänftigen, und schließlich hatte sie ihm sogar gedroht. Zu seinem großen Bedauern hatte er sich dazu gezwungen gesehen, ihr eine Lektion erteilen zu lassen, allerdings mit der strikten Anweisung, dass keine sichtbaren Spuren zurückbleiben sollten. Immerhin hatten ihr hübsches Gesicht und ihr schöner Körper ihm viel Freude bereitet.

Er glaubte, dass gezielt eingesetzte Gewalt ein Instrument war, auf das kein erfolgreicher Mann verzichten konnte. In den letzten paar Jahren hatte er sich dieses Instruments häufiger bedient, und zwar, so fand er, sehr effektiv.

Das Seltsame daran war, dass ihm dieses Mittel sehr viel mehr Freude bereitete, als er erwartet hatte. Ein unverhoffter und sehr angenehmer Nebeneffekt. Insgeheim gestand er sich ein, dass er auf diese Weise die Wutanfälle, die ihn gelegentlich überkamen, erheblich lindern konnte.

Es war wie bei vielen Männern, die er kannte. Männer, die wie er ein großes Vermögen verwalteten und Verantwortung trugen, verloren ihren Biss, wenn sie gewisse Niederlagen akzeptierten und zu viele Kompromisse eingingen. Oder sie verausgabten sich ganz einfach dadurch, dass sie ständig um den Platz an der Spitze kämpften. Unterdrückte Frustrationen, so dachte er, schwelen im Verborgenen. Ein weiser Mann verschaffte sich ein Ventil und war unter allen Umständen auf Profit bedacht.

Jetzt musste er sich um Geschäfte kümmern, Geschäfte, die ihn interessierten. Im Augenblick war seine größte Priorität die *Nomad,* ihr Team und der sensationelle Fund.

Wie er angeordnet hatte, lagen die Berichte auf seinem Tisch. Er hatte das Team für diese Expedition persönlich ausgesucht, von den Wissenschaftlern und Technikern bis hin zur Küchenmannschaft. Es freute ihn, dass sein Instinkt ihn wieder einmal nicht getrogen hatte. Sie hatten ihn nicht enttäuscht. Wenn die Expedition beendet war, würde VanDyke dafür sorgen, dass jedem Mitglied des *Nomad*-Teams ein Bonus ausgezahlt wurde.

Er bewunderte Wissenschaftler sehr, ihre Logik und Disziplin, ihre Visionen. Mit Frank Litz war er ausgesprochen zufrieden, sowohl als Biologe als auch als Spion. Der Mann hielt ihn über die persönlichen Entwicklungen und Beziehungen der *Nomad*-Crew auf dem Laufenden.

Ja, Litz war ein guter Mann, besonders nach der Enttäuschung mit Piper. Der junge Archäologe hatte durchaus Potential bewiesen, nur hatte ihn sein kleines Laster bedauerlicherweise nachlässig gemacht.

Abhängigkeiten führten zu einem Mangel an Koordination. Schließlich hatte er selbst ein paar Jahre zuvor das Rauchen aufgegeben, ganz einfach, um sich etwas zu beweisen. Innere Stärke war für ihn gleichbedeutend mit Macht über seine persönliche Umgebung. Schade nur, dass Piper diese innere Stärke gefehlt hatte. So hatte VanDyke auch kein

Bedauern empfunden, als er ihm das ungestreckte Kokain anbot, das ihm kurz darauf zum Verhängnis wurde.

Im Grunde war die Sache sogar irgendwie faszinierend gewesen. Die ultimative Kündigung eines Angestellten.

Er lehnte sich zurück und studierte die Berichte von Litz und seinem Team von Meeresbiologen über das Ökosystem, die Pflanzen und Tiere, die sich im Wrack der *Justine* angesiedelt hatten. Schwämme, Goldkorallen, Würmer. Es gab nichts, wofür VanDyke sich nicht interessierte, solange es geerntet und genutzt werden konnte.

Mit demselben Respekt und Interesse studierte er die Berichte der Geologen, der Chemikerin und der Vertreter, die er geschickt hatte, um die Operation und ihre Ergebnisse zu überwachen.

Wie ein Kind, das sich auf eine Belohnung freut, hob er sich den Bericht der Archäologin für zuletzt auf. Er war übersichtlich aufgebaut, fundiert und anschaulich. Kein Detail, bis hin zur letzten Scherbe, war ausgespart worden. Jeder Gegenstand war beschrieben, datiert und fotografiert worden, katalogisiert nach Datum und Zeit des Fundes. Es gab Querverweise zum Bericht der Chemikerin bezüglich der Behandlung, Untersuchung und Reinigung des jeweiligen Objekts.

Stolz wie ein Vater las VanDyke die sauber ausgedruckten Seiten. Er war begeistert von Tate Beaumont und betrachtete sie als seinen Protegé.

Sie würde einen erstklassigen Ersatz für den unglücklichen Piper abgeben.

Vielleicht war es nur ein Impuls gewesen, der ihn dazu gebracht hatte, ihr Studium zu überwachen, aber dieser Impuls hatte sich mehr als bezahlt gemacht. Die Art, wie sie ihn an Bord der *Triumphant* wütend mit ihren intelligenten Augen angefunkelt hatte – oh, wie er sie bewunderte. Mut war eine wichtige Eigenschaft, besonders in Verbindung mit einem methodischen Verstand.

Tate Beaumont besaß beides.

Beruflich hatte sie seine Erwartungen weit übertroffen. Sie hatte ihr Examen als Drittbeste ihres Jahrgangs bestanden und ihre erste Veröffentlichung bereits im zweiten Studienjahr herausgebracht. Nach ihrem ersten Abschluss hatte sie brillante Arbeit geleistet, und sie würde sich ihren Doktortitel Jahre vor den meisten ihrer Studienkollegen verdienen.

Er war entzückt von ihr.

So entzückt, dass er ihr auf ihrem bisherigen Weg bereits mehrere Türen aufgestoßen hatte. Türen, die ansonsten selbst mit ihren Fähigkeiten und ihrer Zähigkeit schwer zu öffnen gewesen wären. Die Chance, in einem Unterseeboot in Tiefen von zweihundert Metern vor der türkischen Küste zu forschen, verdankte sie ihm. Obwohl er, wie ein gönnerhafter Onkel, den Verdienst dafür nicht in Anspruch genommen hatte. Noch nicht.

Ihr Privatleben hatte ihr ebenfalls seine Bewunderung eingebracht. Ursprünglich war er enttäuscht gewesen, dass sie sich nicht an Matthew Lassiter geklammert hatte. Eine dauerhafte Verbindung zwischen den beiden hätte es sehr viel einfacher gemacht, Matthew im Auge zu behalten. Dennoch war er froh, dass sie so viel Stil bewiesen hatte, sich von einem Mann zu trennen, der so offensichtlich unter ihrem Niveau war.

Sie hatte sich auf ihr Studium, ihre Ziele konzentriert, ganz wie er es von seiner eigenen Tochter erwartet hätte – wenn er eine gehabt hätte. Zweimal hatte sie sich auf Beziehungen eingelassen. Die erste war VanDykes Meinung nach nicht mehr als ein jugendliches Aufbegehren gewesen. Der junge Mann, den sie in der ersten Woche nach ihrer Rückkehr zum College kennen gelernt hatte, war wenig mehr als ein Experiment, da war er sich ganz sicher. Aber sie hatte sich schnell wieder von der muskelbepackten, hohlköpfigen Sportskanone befreit.

Eine Frau wie Tate brauchte Intellekt, Stil, Manieren.

Nach ihrem Abschluss war sie ein Verhältnis mit einem Kollegen eingegangen, der viele ihrer Interessen teilte. Diese Beziehung hatte zehn Monate gedauert und VanDyke beunruhigt. Aber die Sache ging schnell vorbei, nachdem er dafür gesorgt hatte, dass dem Mann eine Stelle bei einem ozeanographischen Institut in Grönland angeboten wurde.

Er war der Meinung, dass Tate sich nicht ablenken lassen durfte, wenn sie ihr Potential verwirklichen wollte, genau so, wie er es im Laufe der Jahre getan hatte. Ehe und Familie würden ihre Prioritäten nur durcheinander bringen.

Er war erfreut, dass sie jetzt für ihn arbeitete. Für die nächste Zeit gedachte er noch, sie an der Peripherie zu belassen. Wenn sie sich im Laufe der Zeit als würdig erwies, würde er sie ins Zentrum der Macht befördern.

Eine Frau von ihrer Intelligenz und ihrem Ehrgeiz würde die Schuld, in der sie ihm gegenüber stand, erkennen und den Wert seines Angebotes zu schätzen wissen.

Eines Tages würden sie einander wieder sehen und Seite an Seite arbeiten. Er war ein geduldiger Mann und konnte auf sie warten, so wie er auf den Fluch der Angelique gewartet hatte. Sein Instinkt sagte ihm, dass eins zum anderen führen würde, wenn die Zeit reif war.

Dann würde er alles besitzen.

VanDyke betrachtete das Fax in seinen Händen und summte vor sich hin. Er stand auf und goss sich ein großes Glas frisch gepressten Orangensaft ein. Wenn er an diesem Tag nicht so viel vorgehabt hätte, hätte er sich einen Tropfen Champagner gegönnt, aber dieser kleine Luxus konnte warten.

Er zog die Augenbraue hoch und nahm das Fax noch einmal zur Hand. Es handelte sich um den jüngsten Bericht über die Lassiters. Matthew hatte also das Schiff verlassen und war zu seinem Onkel zurückgekehrt. Vielleicht würde er den versoffenen Narren wieder einmal in die Ausnüchterungsklinik schicken. Es überraschte ihn immer wieder, dass

Matthew den alten Mann nicht einfach in seinem eigenen Erbrochenen liegen ließ und sich aus dem Staub machte.

Familiensinn, dachte er und schüttelte den Kopf. Das war etwas, von dem VanDyke zwar gehört hatte, selbst jedoch nicht kannte. Wenn sein eigener Vater nicht praktischerweise mit fünfzig gestorben wäre, hätte VanDyke ohne zu zögern seine ehrgeizigen Pläne für eine Firmenübernahme umgesetzt. Glücklicherweise hatte er keine Geschwister, und seine Mutter hatte ihr Leben in einer exklusiven Nervenklinik ausgehaucht, als er gerade dreißig war.

Er hatte also nur sich selbst. VanDyke nippte an dem kalten Saft. Und sein Vermögen. Und eines Tages würde es sich bezahlt machen, dass er einen kleinen Teil davon darauf verwandte, ein Auge auf Matthew Lassiter zu halten.

Familiensinn, dachte er noch einmal mit einem kleinen Lächeln. Bestimmt hatte Matthews Vater einen Weg gefunden, sein Geheimnis an seinen Sohn weiterzugeben. Früher oder später würde Matthew dazu gezwungen sein, nach dem Fluch der Angelique zu suchen. Und VanDyke würde geduldig wie eine Spinne im Netz auf ihn warten.

Die *Nomad* war in schlechtes Wetter geraten, sodass die Bergung achtundvierzig Stunden lang unterbrochen werden musste. Der hohe Seegang hatte gut die Hälfte der Crew trotz Pillen und Pflaster gegen Seekrankheit lahm gelegt. Tate überstand den Sturm dank ihrer eisernen Konstitution mit einer Thermosflasche Kaffee an ihrem Arbeitstisch.

Das Schwanken des Schiffes hielt sie nicht davon ab, die neuesten Funde zu katalogisieren.

»Dachte ich mir doch, dass ich dich hier finde.«

Tate blickte auf, ließ ihre Finger auf der Tastatur verharren und lächelte Hayden an. »Ich dachte, du liegst in deiner Koje.« Sie neigte den Kopf. »Du bist immer noch ein wenig blass, aber die interessante Grünfärbung hat sich verflüchtigt.« Sie grinste süffisant. »Keks gefällig?«

»Sei nicht so überheblich.« Entschlossen vermied er es, den Keksteller auf ihrem Tisch anzusehen. »Wie ich höre, hat Bowers jede Menge Spaß dabei, sich für Dart immer wieder neue Beschreibungen zum Thema Schweinefleisch auszudenken.«

»Hmm. Bowers, ich und ein paar andere haben heute Morgen ein deftiges Frühstück genossen.« Sie lachte. »Entspann dich, Hayden, ich werde nicht näher darauf eingehen. Setz dich doch.«

»Für einen Teamleiter ist es peinlich, seine Würde auf diese Art zu verlieren.« Dankbar ließ er sich auf einem Klappstuhl nieder. »Vermutlich habe ich einfach zu viel Zeit im Klassenzimmer verbracht und zu wenig bei der Arbeit vor Ort.«

»Du schlägst dich tapfer.« Erfreut, dass sie Gesellschaft bekommen hatte, wandte Tate sich vom Monitor ab. »Die ganze Filmcrew liegt flach. Schadenfreude ist eigentlich nicht meine Art, aber ich finde es doch angenehm, dass sie uns ein paar Tage lang nicht ständig über die Schulter schauen.«

»Eine Dokumentation wird das Interesse an dieser Art von Expedition aber steigern«, bemerkte Hayden. »Wir können die Publicity gut gebrauchen, und die Fördermittel auch.«

»Ich weiß. Man hat nicht oft Gelegenheit, an einer privat finanzierten Expedition teilzunehmen, die obendrein so lukrativ ist. Schau dir das an, Hayden.« Tate hielt ihm eine goldene Uhr samt Kette und Uhrentasche hin. »Wunderschön, nicht wahr? Die Gravur auf dem Deckel ist so fein, dass man die Rosen förmlich riecht.«

Liebevoll rieb sie mit dem Daumen über den sorgfältig herausgearbeiteten Strauß aus Rosenknospen, bevor sie den Verschluss öffnete.

»›Für David, meinen geliebten Mann. Mit dir bleibt die Zeit stehen. Elizabeth. 2. 4. '49.‹«

Sie seufzte. »In den Unterlagen habe ich ein Ehepaar David und Elizabeth MacGowan gefunden«, bemerkte sie mit belegter Stimme. »Und ihre drei minderjährigen Kinder. Elizabeth und ihre älteste Tochter überlebten. Sie verlor einen Sohn, eine weitere Tochter und ihren geliebten David. Für sie blieb die Zeit wohl für immer stehen.«

Tate schloss die Uhr vorsichtig. »Er muss sie getragen haben, als das Schiff sank«, murmelte sie. »Vielleicht hat er sie geöffnet, hat die Gravur zum letzten Mal betrachtet, nachdem er sich von ihr und den Kindern verabschiedet hatte. Sie sahen einander nie wieder. Über hundert Jahre hat dieser Beweis ihrer Liebe darauf gewartet, dass ihn jemand findet und an sie denkt.«

»Es ist beschämend«, sagte Hayden nach einer Weile, »wenn die Studentin besser ist als ihr Lehrer. Du bist besser, als ich es je war«, fügte er hinzu, als Tate überrascht aufsah. »Ich hätte eine Uhr gesehen, ihren Stil, den Hersteller. Ich hätte die Gravur notiert und mich darüber gefreut, auf ein Datum zu stoßen, das meine Berechnungen bestätigt. Vielleicht hätte ich kurz über David und Elizabeth nachgedacht, sicher hätte ich die Unterlagen nach ihren Namen durchsucht. Aber für mich wären sie nicht lebendig geworden, ich hätte sie nicht *gespürt*.«

»Mit Wissenschaft hat das herzlich wenig zu tun.«

»In der Archäologie geht es um das Studium der Kultur. Viel zu häufig übersehen wir dabei, dass Menschen diese Kultur lebendig machen. Die wirklich guten Wissenschaftler vergessen das nicht, sie sorgen dafür, dass die Vergangenheit Bedeutung bekommt.« Er legte eine Hand auf ihre. »So wie du.«

»Aber ich weiß nicht, was ich tun soll, wenn mich die Vergangenheit so traurig stimmt.« Sie drehte ihre Handfläche nach oben, sodass ihre Finger sich um seine schließen konnten. »Wenn ich könnte, würde ich diese Uhr nehmen, die Urgroßenkel der beiden Verstorbenen suchen und ihnen sagen: Schaut her, das ist ein Teil von David und Elizabeth. So waren sie.« Tate legte die Uhr wieder hin. »Aber sie gehört mir nicht. Heute gehört sie noch nicht einmal mehr ihnen. Sie gehört SeaSearch.«

»Ohne SeaSearch wäre sie nie gefunden worden.«

»Das ist mir natürlich klar.« In dem Bedürfnis, sich ihrer eigenen Gefühle bewusst zu werden, wandte sie sich ihm zu. »Was wir hier tun, ist wichtig, Hayden. Die Art, wie wir es tun, ist innovativ und effizient. Hinter dem Schatz, den wir hier heben, stehen Wissen, Forschung, Theorie. Wir machen die *Justine* und die Menschen, die mit ihr untergingen, wieder real und lebendig.«

»Aber?«

»Jetzt kommt etwas, das mir Probleme bereitet. Wo wird Davids Uhr landen, Hayden? Und die Dutzende und Aberdutzende persönlicher Besitztümer, die diese Menschen bei sich hatten? Wir haben keinerlei Einfluss darauf, weil wir, wie wichtig unsere Arbeit auch sein mag, nur Angestellte sind. Wir sind nur winzige Rädchen in einer riesigen Maschine. SeaSearch gehört Poseidon, Poseidon gehört Trident, und so weiter.«

Hayden verzog die Lippen. »Die meisten von uns verbringen ihr Berufsleben als Rädchen, Tate.«

»Und das genügt dir?«

»Ich denke schon. Ich bin dazu in der Lage, in dem Bereich zu arbeiten, der mich interessiert, den ich unterrichte, lehre und veröffentliche. Ohne diesen großen Apparat mit seinen gelegentlichen Anwandlungen von sozialem Gewissen oder seinem Bedarf an Abschreibungsobjekten könnte ich es mir nicht erlauben, diese Art von praktischer Arbeit zu machen und mir trotzdem ziemlich regelmäßig eine warme Mahlzeit zu leisten.«

Damit hatte er natürlich Recht. Sein Argument klang vernünftig. Und doch …

»Aber ist das genug, Hayden? Darf es genug sein? Was versäumen wir, während wir hier oben hocken? Wir gehen keine Risiken ein, erleben die Jagd nicht. Wir haben keinen Einfluss und keine Kontrolle darüber, was wir tun und was wir entdecken. Laufen wir nicht Gefahr, die Leidenschaft zu verlieren, die uns ursprünglich für diesen Beruf begeistert hat?«

»Du bestimmt nicht.« In seinem Herzen fand er sich langsam mit dem ab, was sein Verstand ihm schon lange sagte. Sie würde ihm nie gehören. Sie war eine exotische Blume, er dagegen nur eine hart arbeitende Drohne. »Du wirst die Leidenschaft nie verlieren, denn sie ist ein Teil von dir.«

Und wie zum symbolischen Abschied von einem unrealistischen Traum nahm er ihre Hand und drückte seine Lippen auf ihre Fingerknöchel.

»Hayden ...«

Er konnte die Besorgnis, das Bedauern und das schmerzliche Mitleid in ihren Augen nicht ertragen. »Mach dir keine Sorgen. Nur ein Zeichen der Bewunderung unter Kollegen. Mir drängt sich der Verdacht auf, dass wir nicht mehr lange zusammenarbeiten werden.«

»Noch habe ich mich nicht entschieden«, sagte sie schnell.

»Ich denke schon.«

»Nun, schließlich muss ich meine Pflichten erfüllen. Und ich stehe in deiner Schuld, Hayden, weil du mich für diesen Job vorgeschlagen hast.«

»Dein Name stand doch schon auf der Liste«, korrigierte er sie. »Ich habe die Entscheidung nur gebilligt.«

»Aber ich dachte –« Sie zog die Augenbrauen zusammen.

»Dein guter Ruf eilt dir eben voraus, Tate.«

»Das weiß ich zu schätzen, Hayden, aber ... Ich stand schon auf der Liste, sagst du? Auf welcher Liste?«

»Auf der Liste von Trident. Die Bosse waren von deinem Lebenslauf beeindruckt. Damals beschlich mich das Gefühl, dass einer der Geldgeber Druck machte, damit dein Name auf die Liste kam. Nicht, dass ich mit der Empfehlung nicht einverstanden gewesen wäre ...«

»Verstehe.« Sie wusste selbst nicht, warum sich ihre Kehle auf einmal so trocken anfühlte. »Wer sind diese Geldgeber eigentlich?«

»Wie du schon so treffend bemerkt hast: Ich bin nur ein Rädchen im Getriebe.« Hayden zuckte mit den Schultern und stand auf. »Falls du dich dazu entscheidest, vor Ende der Expedition zu kündigen, täte es mir leid, dich zu verlieren, aber es liegt natürlich bei dir.«

»So weit hatte ich noch gar nicht gedacht.« Obwohl es sie beunruhigte, dass sie auf diese mysteriöse Weise für den Job ausgewählt worden war, lächelte sie Hayden an. »Trotzdem vielen Dank.«

Als er gegangen war, rieb sie mit einer Hand über ihren Mund. Woher kommt dieses unheimliche Gefühl? fragte sie sich. Warum hatte sie nichts von dieser Liste gewusst oder von der Tatsache, dass ihr Name bereits darauf gestanden hatte?

Sie wandte sich wieder ihrem Monitor zu, legte die Hände auf die Tastatur und kniff die Augen zusammen. Trident, hatte Hayden gesagt. Poseidon und SeaSearch konnte sie also fürs Erste außer Acht lassen. Wenn man an die Macht herankommen wollte, musste man nach dem Geld suchen.

»Hallo, Freunde und Nachbarn!« Bowers kam hereingeschlendert. Er nagte an einem Hühnerbein. »Madam, der Lunch ist serviert.« Er zwinkerte Tate zu und wartete auf ihr Lachen.

»Kannst du mir einen Augenblick behilflich sein, Bowers?«

»Natürlich, Süße. Bei allem, was du willst.«

»Lass deine Magie am Computer spielen. Ich will herausfinden, wem das große Geld hinter Trident gehört.«

»Willst du dich bedanken?« Er stellte seinen Teller beiseite, wischte sich die Hände am Hemd ab und legte los.

»Hmm … ziemlich komplizierter Aufbau«, murmelte er nach einer Weile. »Nur gut, dass ich der Beste bin. Du hast dich in ihr Netz eingeklinkt, die Daten, die wir benötigen, müssen sich also irgendwo da drin befinden. So ist das immer. Willst du wissen, wer im Aufsichtsrat sitzt?«

»Nein«, sagte sie langsam. »Vergiss es. Der Besitzer der *Nomad,* Bowers, innerhalb der Firmengruppe ... Wem gehört das Schiff?«

»Der Besitzer dürfte mithilfe der Technik nicht schwer ausfindig zu machen sein. Sie gehört SeaSearch, Baby. Moment ... eine Spende. Gott, wie ich diese Philanthropen liebe! Ein Typ namens VanDyke.«

Tate starrte auf den Bildschirm. »Silas VanDyke.«

»Er ist eine ganz große Nummer und hat sehr eigenwillige Methoden. Bestimmt hast du schon von ihm gehört. Finanziert jede Menge Expeditionen. Wir sollten dem Mann einen großen, schmatzenden Kuss aufdrücken.« Sein Grinsen verschwand, als er Tates Gesicht sah. »Wo ist das Problem?«

»*Ich* bin das Problem.« Wütend biss sie die Zähne zusammen. »Dieses Arschloch muss mich auf die Liste gesetzt haben! Dieser ... Was soll's, jedenfalls streiche ich meinen Namen mit sofortiger Wirkung.«

»Von der Liste?« Verwundert starrte Bowers sie an. »Von welcher Liste?«

»Er dachte, er könnte mich benutzen.« Beinahe blind vor Wut, starrte Tate auf die sorgfältig auf ihrem Tisch arrangierten Gegenstände, auf Davids und Elizabeth' Uhr. »Für das hier. Zur Hölle mit ihm!«

Matthew legte den Hörer auf und trank einen Schluck Kaffee. Wieder eine Brücke hinter mir abgebrochen, dachte er. Oder vielleicht, sehr vielleicht, hatte er den Grundstein für eine neue gelegt.

Am Morgen würde er nach Hatteras aufbrechen.

Wenn auch sonst nichts dabei herauskam, so konnte er wenigstens die Seetauglichkeit der *Mermaid* testen.

Das Boot war fertig, gestrichen, poliert und getauft.

Zusammen mit LaRue hatte er im Laufe der letzten paar Tage mehrere kurze Probefahrten unternommen. Sie segelte wunderbar.

Matthew lehnte sich angenehm erschöpft zurück. Vielleicht hatte er endlich etwas geleistet, das von Bestand war. Selbst der Name – Meerjungfrau – hatte eine persönliche Bedeutung für ihn, denn er hatte wieder jenen Traum geträumt, den Traum von Tate im tiefen, dunklen Meer. Um ihn zu entschlüsseln, brauchte er Freud nicht zu bemühen. Im Laufe der letzten Wochen hatte er sich oft mit Ray unterhalten. Tates Name war gefallen und der der *Isabella*, und die Bilder jenes Sommers waren wieder hochgekommen.

Natürlich hatte ihn das nachdenklich gestimmt, hatte es wehmütige Gedanken heraufbeschworen, und so hatte er den Traum noch einmal geträumt.

Tate selbst war nicht mehr als eine angenehme Erinnerung, aber der Traum war so deutlich gewesen, dass Matthew sich dazu veranlasst gefühlt hatte, das Boot nach ihm zu taufen. Und damit auch nach ihr.

Er fragte sich, ob er sie wiedersehen würde, bezweifelte es jedoch. Er entspannte sich langsam und sagte sich, dass es ihm gleichgültig war.

Das Fliegengitter wurde aufgestoßen und fiel wieder ins Schloss. LaRue kam mit Tüten voller Burger und Pommes frites zurück. »Hast du angerufen?«, fragte er.

»Ja. Ich habe Ray gesagt, dass wir morgen früh ablegen.« Matthew hob die Arme über den Kopf, faltete die Hände und streckte sich. »Das Wetter sieht gut aus. Wir dürften nicht mehr als drei oder vier Tage brauchen. Sozusagen die Generalprobe für die *Mermaid*.«

»Ich freue mich darauf, ihn und seine Frau kennen zu lernen.« LaRue förderte Pappteller zutage. »Hat er dir schon gesagt, was er entdeckt hat?«

»Er will, dass ich es mir persönlich ansehe.« Plötzlich fühlte Matthew sich ausgesprochen hungrig und nahm sich einen Bürger. »Er ist entschlossen, spätestens Mitte April zu den Westindischen Inseln aufzubrechen. Ich habe ihm gesagt, dass wir dabei sind.«

LaRue sah Matthew in die Augen. »Je eher, desto besser.«

»Du bist verrückt, wenn du dorthin zurückkehrst.« Buck kam aus dem Schlafzimmer. Sein Gesicht wirkte ausgezehrt. »Der Fleck ist verflucht! Die *Isabella* ist verflucht. Sie hat immerhin deinen Vater das Leben gekostet, oder etwa nicht?« Mit langsamen, bedächtigen Schritten näherte er sich. »Hätte mich fast das Leben gekostet. Wäre wahrscheinlich besser gewesen.«

Matthew streute so viel Salz auf seine Pommes frites, dass LaRue sich ein Stöhnen nicht verkneifen konnte.

»VanDyke hat meinen Vater getötet«, wiederholte er ruhig. »Und ein Hai hat dein Bein abgerissen.«

»Der Grund dafür war der Fluch der Angelique.«

»Vielleicht.« Matthew kaute nachdenklich weiter. »Wenn dem so ist, bin ich der Meinung, dass ich einen rechtmäßigen Anspruch auf das Amulett habe.«

»Das verdammte Ding hat den Lassiters kein Glück gebracht!«

»Dann ist es höchste Zeit, das zu ändern.«

Unsicher legte Buck eine Hand auf den winzigen, mit Linoleum beklebten Tisch. »Vielleicht glaubst du, dass ich mir nur Sorgen um dich mache, weil ich ohne dich nicht zurechtkomme. Aber das ist es nicht. Dein Vater wollte, dass ich auf dich aufpasse, und solange ich konnte, habe ich mein Bestes getan.«

»Ich brauche bereits seit einiger Zeit niemanden mehr, der auf mich aufpasst.«

»Vielleicht nicht. Aber vielleicht habe ich in den letzten Jahren auch versagt, was dich und mich betrifft. Du bist alles, was ich habe, Matthew. Die Wahrheit ist, dass du das Einzige bist, was mir je etwas bedeutet hat.«

Bucks Stimme wurde brüchig, und Matthew schloss die

Augen, um eine neue Welle von Schuldgefühlen abzuwehren. »Ich habe nicht vor, den Rest meines Lebens damit zu verbringen, für etwas zu bezahlen, das ich nicht verhindern konnte. Oder dir dabei zuzusehen, wie du das Werk beendest, das der Hai begonnen hat.«

»Ich bitte dich nur, hier zu bleiben. Ich habe mir überlegt, dass wir ein Geschäft aufmachen können. Wir fahren Touristen hinaus, Angler oder so.« Buck schluckte mühsam. »Diesmal würde ich meinen Teil der Arbeit übernehmen.«

»Tut mir leid.« Matthew war der Appetit vergangen. Er schob sein Essen beiseite und stand auf. »Ich hole mir die *Isabella*. Ob ich sie finde oder nicht, ich nehme mein Leben wieder selbst in die Hand. Es gibt jede Menge Wracks da draußen, und ich will verdammt sein, wenn ich den Rest meines Lebens damit verbringe, nach Altmetall zu tauchen oder Touristen herumzuchauffieren, anstatt nach Gold zu jagen.«

»Ich kann dich nicht aufhalten.« Buck betrachtete seine zitternden Hände. »Und das hatte ich befürchtet.« Er atmete tief durch und dehnte seine Schultern. »Ich komme mit.«

»Hör mal, Buck –«

»Seit zehn Tagen habe ich keinen Tropfen getrunken.« Buck ballte die Hände zu Fäusten und entspannte sie wieder. »Ich bin trocken. Vielleicht bin ich noch ein wenig tatterig, aber ich bin trocken.«

Zum ersten Mal seit langem sah Matthew ihn aufmerksam an. Auf Bucks Wangen lagen Schatten, aber die Augen waren klar. »Du warst schon öfter zehn Tage lang trocken, Buck.«

»Stimmt. Aber diesmal habe ich es aus eigener Kraft geschafft. Die Sache geht auch mich etwas an, Matthew. Der Gedanke, dorthin zurückzukehren, macht mir verdammt große Angst, aber wenn du gehst, gehe ich auch. Wir Lassiters halten zusammen«, brachte er hervor, bevor seine Stimme versagte. »Soll ich etwa darum betteln, dass du mich mitnimmst?«

»Nein, Himmel noch mal!« Matthew rieb sich mit einer Hand über das Gesicht. Es gab ein Dutzend logischer, vernünftiger Gründe, Bucks Bitte abzulehnen. Und nur einen einzigen Grund, zuzustimmen. Buck war seine Familie. »Ich kann nicht deinen Babysitter spielen oder mir Gedanken darüber machen, ob du eine Flasche eingeschmuggelt hast. Du musst arbeiten und dir deinen Platz auf dem Boot verdienen.«

»Ich weiß, was ich zu tun habe.«

»LaRue«, wandte sich Matthew an den Mann, der gelassen sein Fastfood verzehrte, »du bist an dieser Sache beteiligt. Wie stehst du dazu?«

LaRue schluckte und tupfte sich den Mund mit einer Papierserviette ab. »Ich denke mir, dass zwei weitere Hände nicht im Weg sind, solange sie nicht zittern.« Er zuckte mit den Schultern. »Wenn sie zittern, kannst du ihn immer noch als Ballast verwenden.«

Gedemütigt presste Buck die Lippen zusammen. »Ich werde meinen Teil der Arbeit übernehmen. James wollte die *Isabella*. Ich helfe euch dabei, sie für ihn zu finden.«

»In Ordnung.« Matthew nickte. »Pack deine Sachen. Im Morgengrauen legen wir ab.«

Viertes Kapitel

Als das kleine Flugzeug auf der Rollbahn landete, schreckte Tate aus ihrem Halbschlaf hoch. In den letzten achtunddreißig Stunden war sie fast pausenlos unterwegs gewesen, war von Schiffen in Flugzeuge und Taxis umgestiegen. Sie hatte ein beachtliches Stück des Pazifik und einen ganzen Kontinent hinter sich gelassen und verschiedene Zeitzonen durchquert.

Ihre Augen sagten ihr, dass draußen heller Tag war, aber ihr Körper empfand dies ganz anders.

Im Augenblick fühlte sie sich, als ob sie aus dünnem, zerbrechlichem Glas bestehen und bei jedem lauten Geräusch oder unvorsichtigen Stoß in tausend Scherben zerbrechen würde.

Aber sie war zu Hause angekommen. Oder wenigstens auf dem winzigen Flughafen von Frisco auf Hatteras Island. Vor ihr lag nur noch eine kurze Autofahrt, und dann, so schwor sie sich, würde sie mindestens vierundzwanzig Stunden lang alles meiden, was sich irgendwie bewegte.

Sie bückte sich vorsichtig und griff nach ihrer Bordtasche. Die Thunfischdose mit Propellern, die sie in Norfolk erwischt hatte, beförderte nur sie und den Piloten. Als der Flieger endlich stand, drehte sich der Mann zu ihr um und signalisierte mit dem Daumen nach oben, was sie mit einer unbestimmten Geste und einem noch unbestimmteren Lächeln quittierte.

Es gab für sie einiges zu überdenken, aber ihr Hirn wollte einfach nicht in Gang kommen. Seitdem sie auf die Verbindung zu VanDyke gestoßen war, hatte sie gar nicht schnell genug nach Hause kommen können. Sie war gerade dabei gewesen, ihre Habseligkeiten in eine Tasche zu stopfen, als obendrein ihr Vater angerufen und sie gebeten hatte, so bald wie möglich aus der Expedition auszusteigen.

Und ausgestiegen bin ich, dachte Tate. Und zwar in Rekordzeit.

Seither hatte sie nichts getan außer reisen und arbeiten, gelegentlich unterbrochen von einem kurzen Nickerchen. Hoffentlich war VanDyke bereits darüber informiert, dass sie sich Tausende Meilen von ihrem Posten entfernt aufhielt. Und hoffentlich wusste er, dass sie ihm damit eine lange Nase machte.

Mit ihrer Aktentasche in einer Hand und der Bordtasche über der Schulter kletterte sie vorsichtig die schmalen Stufen auf die Rollbahn hinunter. Ihre Knie waren weich, und sie war dankbar, dass die getönte Brille ihre Augen vor der gleißenden Sonne schützte.

Ihre Eltern waren kaum zu übersehen. Sie winkten fröhlich, während Tate darauf wartete, dass der Pilot ihren Koffer aus dem Frachtraum holte.

Wie wenig sie sich verändert haben, dachte sie. Zwar zogen sich ein paar zusätzliche graue Strähnen durch das Haar ihres Vaters, aber beide standen aufrecht, schlank und gut aussehend hinter der Schranke, strahlend und Händchen haltend, während sie wie besessen winkten.

Sobald sie die beiden sah, fühlte Tate sich gleich bedeutend besser.

Worauf habe ich mich da nur wieder eingelassen, fragte sie sich. Geheimnisse, die man ihr am Telefon nicht verraten konnte. Pläne, Projekte und Abenteuer. Dieses verdammte Amulett, dieses verdammte Wrack. Diese verdammten Lassiters …

Rays Begeisterung über eine erneute Zusammenarbeit mit den Lassiters hatte ihre Entscheidung beeinflusst, direkt nach Hatteras zu fahren, ohne einen Umweg über ihre eigene Wohnung in Charleston zu machen. Sie konnte nur hoffen, dass er auf sie gehört und die Kontaktaufnahme mit Matthew hinausgezögert hatte. Es war ihr unverständlich, dass überhaupt einer der Beteiligten die Erfahrungen jenes unglückseligen Sommers wiederholen wollte.

Jedenfalls war sie endlich angekommen, sagte sie sich, als sie nach der Schlaufe griff, um ihren Koffer hinter sich herzuziehen. Und sie würde ihren wunderbaren, aber leider etwas naiven Eltern schon Vernunft beibringen.

»Oh Liebling, es ist so schön, dich zu sehen!« Marla legte ihre Arme um Tate und drückte sie fest. »Es ist eine Ewigkeit her, fast ein Jahr.«

»Ich weiß. Ihr habt mir so gefehlt.« Lachend ließ sie ihre Bordtasche fallen, um ihren Vater zu umarmen. »Ich habe euch beide sehr vermisst. Ihr seht wunderbar aus.« Sie machte sich los und betrachtete Ray mit einem langen, abschätzenden Blick. Dann wandte sie sich an ihre Mutter. »Und die neue Frisur steht dir wirklich gut, Mom. Dein Haar ist fast so kurz wie meins früher.«

»Gefällt es dir?« Stolz berührte Marla ihren sportlichen Kurzhaarschnitt.

»Perfekt. Und absolut modern.« Und so jugendlich, dass Tate sich fragte, wie diese hübsche Frau mit dem glatten Gesicht ihre Mutter sein konnte.

»Ich arbeite jetzt viel im Garten. Die langen Haare waren mir ständig im Weg. Liebling, du bist so dünn! Du arbeitest zu viel.« Marla wandte sich an ihren Mann. »Ray, habe ich nicht gesagt, dass sie zu viel arbeitet?«

»Das hast du«, stimmte er zu und verdrehte die Augen. »Wieder und wieder. Wie war die Reise?«

»Endlos.« Tate ließ die Schultern kreisen, während sie durch den kleinen Terminal zu Rays Jeep gingen. Sie unterdrückte ein Gähnen und schüttelte den Kopf. »Hauptsache, ich bin hier.«

»Und darüber sind wir froh.« Ray verstaute ihr Gepäck

hinten im Jeep. »Wir wollten, dass du auf diese Fahrt mitkommst, Tate, aber ich habe ein schlechtes Gewissen, weil du bei deiner Expedition kündigen musstest. Ich weiß, wie wichtig dir die Arbeit war.«

»Nicht annähernd so wichtig, wie ich gedacht hatte.« Sie kletterte auf die Ladefläche des Jeeps und ließ den Kopf zurücksinken. Das Thema VanDyke und seine Einmischung wollte sie nicht anschneiden, zumindest noch nicht. »Aber ich bin froh, dass ich dabei sein durfte. Ich bewundere meine Kollegen und würde mit jedem von ihnen jederzeit gern noch einmal arbeiten. Der ganze Job war faszinierend, aber auch sehr unpersönlich. Wenn die Funde endlich bei mir ankamen, waren sie bereits durch so viele Hände gegangen, dass sie mir fast wie Stücke aus einem Schaukasten vorkamen.« Erschöpft streckte sie sich. »Versteht ihr das?«

»Und wie.« Auf die eindringlichen Warnungen seiner Frau hin unterdrückte Ray den Impuls, ihr gleich von seinen Plänen zu berichten. Gib ihr ein wenig Zeit, hatte Marla ihn gebeten. Geh es langsam an.

»Jetzt bist du zu Hause«, wiederholte Marla. »Als Erstes bekommst du eine warme Mahlzeit, und dann legst du dich aufs Ohr.«

»Dagegen ist nichts einzuwenden. Und sobald ich wieder einen klaren Gedanken fassen kann, musst du mir alles von der *Isabella* erzählen.«

»Wenn du meine Recherchen gelesen hast«, versprach Ray munter, während sie durch die Ortschaft Buxton fuhren, »wirst du verstehen, warum ich es kaum erwarten kann, endlich loszulegen.« Bevor er fortfahren konnte, bemerkte er den beschwörenden Blick seiner Frau und verstummte. »Wenn du dich ausgeruht hast, setzen wir uns zusammen.«

»Sag mir wenigstens, was genau den Stein ins Rollen gebracht hat«, bat Tate. Sie steuerten gerade auf einem sandigen Weg durch eine Lichtung in den Pinien zu. »Oh, die Azaleen blühen schon!«

Glücklich lehnte sie sich aus dem Fenster und atmete den Geruch von Pinien, Lorbeer und bunten Blumen, gemischt mit dem Aroma des Meeres, ein. Es ist märchenhaft, fand Tate, genau wie in meiner Erinnerung.

Marla hatte zwischen die Bäume blühende Sträucher gepflanzt, aufgelockert durch Frühlings- und Sommerblumen, sodass das bunte Farbgemisch natürlich und wie zufällig gewachsen wirkte.

In der Nähe des zweigeschossigen Hauses aus Zedernholz mit der großzügig angelegten Terrasse schienen die Blumenbeete ähnlich wild – Gänsekresse, sonnengelbe Himmelsschlüssel und blühender Salbei gaben den Blick auf nickende Akelei und Rittersporn frei. Einjährige und auch winterharte Pflanzen gediehen üppig, während andere erst darauf warteten, dass ihre Saison anbrach.

»Du hast einen Steingarten angelegt«, bemerkte Tate und verrenkte sich fast den Kopf, als der Jeep in eine Lichtung mit spektakulärem Blick auf den Sund einbog.

»Mein neuestes Projekt. Wir haben hier so viel Schatten, dass ich sehr wählerisch vorgehen muss. Warte nur, bis du mein Kräuterbeet hinter dem Haus siehst.«

»Wirklich beeindruckend.« Tate stieg aus und betrachtete das Haus. »Hier ist es so ruhig«, sagte sie leise. »Nur das Wasser, die Vögel, der Wind in den Pinien. Ich weiß nicht, wie ihr es fertig bringt, diesen Fleck so oft zu verlassen.«

»Wenn wir von unseren kleinen Ausflügen zurückkehren, wissen wir ihn umso mehr zu schätzen.« Ray nahm ihr Gepäck. »Ein toller Ort, um sich zur Ruhe zu setzen.« Er zwinkerte seiner Frau zu. »Wenn wir eines Tages dazu bereit sind, erwachsen zu werden.«

»Da bin ich mal gespannt.« Ein plötzliches, unerwartetes Gefühl der Erleichterung überkam Tate. Sie ging über die Steine, die in den sanften Abhang eingelassen worden waren. »Vermutlich werde ich längst stricken und Bingo spielen, bevor einer von euch –« An der Hintertür blieb sie stehen.

Die bunte Hängematte, die sie ihrem Vater von Tahiti mitgebracht hatte, hing an ihrem angestammten Platz in der Sonne. Aber sie war besetzt. »Ihr habt Besuch?«

»Kein Besuch. Alte Freunde.« Marla öffnete die Fliegengittertür. »Sie sind gestern Abend kurz vor Sonnenuntergang eingetroffen. Zurzeit beherbergen wir jede Menge erschöpfte Reisende, nicht wahr, Ray?«

»Das Haus ist voll bis an die Dachbalken.«

Sobald Tate das dunkle Haar über der verspiegelten Sonnenbrille und den gebräunten, muskulösen Körper sah, krampfte sich ihr Magen zusammen.

»Welche alten Freunde?«, fragte sie mit bemüht gleichgültiger Stimme, während sie hinter ihren Eltern das Haus betrat.

»Buck und Matthew Lassiter.« Marla stand bereits in der Küche und inspizierte den Muschelauflauf, den sie für das Mittagessen vorbereitet hatte. »Und ihr Schiffskamerad LaRue. Interessanter Typ, nicht wahr, Ray?«

»Auf jeden Fall.« Ray grinste breit. Er hatte Marla gegenüber noch nichts von den Einwänden ihrer Tochter gegen die alte Partnerschaft erwähnt. »Er wird dir gefallen, Tate. Ich bringe nur eben deine Sachen auf dein Zimmer.« Eilig suchte er das Weite.

»Wo ist Buck?«, erkundigte Tate sich bei ihrer Mutter. Durch das Küchenfenster warf sie einen Blick auf die Hängematte vor dem Fenster.

»Oh, irgendwo.« Sie kostete den Auflauf und nickte. »Er sieht viel besser aus als bei ihrem letzten Besuch.«

»Trinkt er noch?«

»Nein. Keinen Tropfen, seit er hier angekommen ist. Setz dich, Liebling. Ich fülle dir auf.«

»Später.« Tate reckte sich. »Ich denke, ich gehe mal nach draußen und erneuere die Bekanntschaft.«

»Das ist nett. Sag Matthew, das Essen steht auf dem Tisch.«

»In Ordnung.« Und das war keineswegs das Einzige, das sie ihm zu sagen gedachte.

Sand und weiches Gras dämpften ihre Schritte. Allerdings war sie sich sicher, dass er sich auch dann nicht gerührt hätte, wenn sie mit einem Fanfarenchor aufgelaufen wäre. Über ihm leuchtete die Sonne. Was für ein schönes Bild, dachte sie wütend.

Er sah gut aus, das ließ sich nicht von der Hand weisen, sosehr sie ihn auch verabscheute. Sein Haar war zerzaust und hatte offensichtlich seit einiger Zeit keine Schere mehr gesehen. Im Schlaf hatte sich sein Gesicht entspannt, sein attraktiver Mund wirkte weich. Seine Züge waren ein wenig kantiger als vor acht Jahren, stellte sie fest, die Wangenknochen markanter. Doch das machte ihn umso anziehender. Sein Körper wirkte schlank, muskulös und hart wie Granit unter den zerrissenen Jeans und dem ausgeblichenen T-Shirt.

Sie gönnte sich einen ausgiebigen Blick und prüfte dabei ihre eigene Reaktion, ähnlich wie bei einem Laborexperiment. Ein kurzes Beschleunigen des Pulses, stellte sie fest. Aber das war nur verständlich, wenn eine Frau einem dermaßen gut aussehenden Mann begegnete.

Erleichtert registrierte sie, dass sie nach ihrer ersten instinktiven Reaktion nur Ärger, Ablehnung und heftige Wut darüber verspürte, dass sie ihn sanft schlummernd auf ihrem Terrain vorfand.

»Lassiter, du Bastard.«

Er bewegte sich nicht, nur seine Brust hob und senkte sich weiter rhythmisch. Mit grimmigem Lächeln baute sie sich vor ihm auf, griff nach der Hängematte und hob eine Seite an.

Matthew schreckte durch die plötzliche Bewegung aus seinen Träumen. Er sah, wie der Boden immer näher kam, und streckte instinktiv die Arme aus, um sich im Fall abzustützen. Er grunzte, als er gelandet war, dann fluchte er, weil ihm eine Distel in den Finger stach. Verschlafen und verwirrt schüttelte er den Kopf, warf sein Haar zurück und hockte sich vorsichtig hin.

Das Erste, was er sah, waren kleine, zierliche Füße in praktischen, ziemlich abgetragenen Wanderschuhen. Dann kamen die Beine. Sehr lang, feminin und wohlgeformt in engen, schwarzen Leggings. Unter anderen Umständen hätte er sie gern länger betrachtet.

Doch sein Blick wanderte weiter und registrierte ein schwarzes Männerhemd, das Hüften umspielte, die eindeutig zu keinem Mann gehörten. Schöne, hohe Brüste, die dem Hemd eine interessante Form verliehen.

Dann das Gesicht.

Die Gefühle, die sich in seinem Körper geregt hatten, köchelten sofort auf Sparflamme.

Sie hat sich verändert, dachte er. Doch sie war wunderschön. Verführerisch. Mit zwanzig war sie frisch, appetitlich und süß gewesen, heute sah es so aus, als könne sie einen Mann um den Verstand bringen.

Ihre Haut schien elfenbeinfarben, fast durchsichtig, mit einem Hauch von Rosa. Ihr ungeschminkter Mund war voll, unwiderstehlich und trug ein schlecht gelauntes Schmollen zur Schau, das seine Kehle austrocknen ließ. Sie hatte ihr Haar wachsen lassen und trug es zu einem Pferdeschwanz hochgebunden. Hinter den getönten Brillengläsern blitzten die Augen wütend.

Als ihm auffiel, dass er sie anstarrte, riss er sich zusammen. Hastig schüttelte er den Kopf und lächelte gezwungen.

»Hey, Rotschopf. Lange her.«

»Was zum Teufel machst du hier, warum ziehst du meine Eltern in deine hirnrissigen Pläne hinein?«

Bevor seine Knie nachgeben konnten, lehnte er sich nachlässig an einen Baum. »Ich freue mich auch, dich zu sehen«, bemerkte er trocken. »Aber du bringst da offenbar etwas durcheinander. Ray hat den Plan, ich fahre nur mit.«

»Ausnutzen willst du ihn!« Wut schäumte in Tate auf.

»Die Partnerschaft wurde vor acht Jahren aufgelöst, und dabei bleibt es. Ich will, dass du wieder in dem Loch verschwindest, aus dem du herausgekrochen bist.«

»Bist du jetzt hier der Boss, Rotschopf?«

»Ich werde tun, was notwendig ist, um meine Eltern vor dir zu schützen.«

»Ich habe Ray oder Marla nie etwas getan.« Matthew zog eine Augenbraue hoch. »Oder dir. Obwohl ich reichlich Gelegenheit dazu hatte.«

Ihre Wangen röteten sich. Sie hasste ihn, hasste die verdammte Brille, die seine Augen versteckte und ihr Spiegelbild reflektierte. »Ich bin kein kleines Mädchen mehr, Lassiter. Und ich weiß genau, was du bist. Ein Opportunist ohne Loyalität oder Verantwortungsgefühl. Wir brauchen dich nicht.«

»Das sieht Ray aber ganz anders.«

»Er hat ein weiches Herz.« Sie hob ihr Kinn. »Ich nicht. Vielleicht hast du ihn dazu überreden können, sein Geld in dein schwachsinniges Vorhaben zu investieren, aber das werde ich verhindern. Du wirst ihn nicht ausnutzen.«

»So siehst du das? Ich nutze ihn aus?«

»Du nutzt doch jeden aus.« Ihre Stimme klang ruhig, und sie war froh über ihre Selbstbeherrschung. »Und wenn es hart auf hart kommt, machst du dich aus dem Staub. Lässt Buck auf diesem abgelegenen Campingplatz in Florida im Stich, segelst einfach davon. Ich war dort.« Wütend trat sie einen Schritt auf ihn zu. »Vor fast einem Jahr habe ich ihn besucht. Ich habe den Saustall gesehen, in dem du ihn zurückgelassen hast. Er war krank und allein, hatte kaum etwas zu essen. Er erzählte mir, er könne sich nicht daran erinnern, wann du das letzte Mal da warst, und dass du es vorziehen würdest, irgendwo zu tauchen.«

»Stimmt.« Lieber hätte er sich die Zunge abgebissen, als ihr die Wahrheit zu sagen.

»Er brauchte dich, aber du warst zu sehr mit dir selbst

beschäftigt, um dich um ihn zu kümmern. Du hast ihn sich halb zu Tode saufen lassen. Wenn meine Eltern wüssten, wie gemein, wie eiskalt du in Wahrheit bist, würden sie dich vor die Tür setzen.«

»Aber du weißt es.«

»Ja, ich weiß es. Ich wusste es schon vor acht Jahren, als du so freundlich warst, es mir zu beweisen. Dafür bin ich dir dankbar, Matthew, und ich werde mich revanchieren, indem ich dir Gelegenheit gebe, dich mit Würde aus dieser Sache zu verabschieden.«

»Keine Chance.« Er verschränkte die Arme. »Ich hole mir die *Isabella*, Tate, egal wie. Ich habe selbst Schulden zu begleichen.«

»Aber meine Eltern wirst du nicht dafür benutzen.« Sie drehte sich auf dem Absatz um und marschierte davon.

Matthew brauchte eine Minute, um seine Gefühle wieder in den Griff zu bekommen. Langsam setzte er sich auf die Hängematte und fing den Schwung mit den Füßen ab.

Er hatte nicht erwartet, dass sie ihn mit offenen Armen und einem strahlenden Lächeln begrüßen würde, aber mit dieser gnadenlosen Abneigung hatte er nicht gerechnet. Sich damit auseinander zu setzen würde schwierig, aber notwendig sein.

Aber das war noch nicht einmal das Schlimmste. Er war sich ganz sicher gewesen, dass er über sie hinweggekommen war. Seit Jahren war sie wenig mehr als eine gelegentlich aufflammende Erinnerung in seinen Gedanken gewesen. Nun traf es ihn wie ein niederschmetternder Schlag, dass er noch immer bis über beide Ohren in sie verliebt war.

Bevor Marla ihr Angebot bezüglich des Mittagessens wiederholen konnte, war Tate auch schon durch die Küche und das gemütliche, mit alten Möbeln voll gestopfte Wohnzimmer gestürmt, die Treppe hinunter in die Halle und aus der Haustür hinaus.

Sie brauchte Luft.

Wenigstens hatte sie ihr Temperament unter Kontrolle behalten, sagte sie sich, als sie über den sandigen Boden zum Sund lief. Zwar war das Gespräch nicht ganz so gelaufen wie geplant, aber sie hatte ihre Position unmissverständlich dargelegt. Sie würde dafür sorgen, dass Matthew Lassiter bis zum Sonnenuntergang sein Bündel geschnürt hatte und verschwunden war.

Tate atmete noch einmal tief durch, ehe sie den schmalen Steg betrat. Dort lag die zwölf Meter lange *New Adventure*, mit der ihre Eltern erst zwei Jahre zuvor die Jungfernfahrt unternommen hatten. Sie war wunderschön, und obwohl Tate sie bisher nur von einem kurzen Ausflug kannte, wusste sie, dass dieses Boot schnell und wendig war.

Wahrscheinlich wäre sie an Bord gegangen, einfach nur um mit ihrer Wut ein paar Minuten lang allein zu sein, wenn ihr nicht das zweite Boot auf der anderen Seite des Stegs aufgefallen wäre.

Stirnrunzelnd betrachtete sie noch die ungewöhnliche Form und den doppelten Bug, als Buck an Deck auftauchte.

»Ahoi, schöne Frau.«

»Selber ahoi.« Grinsend lief sie über den Steg. »Erbitte Erlaubnis, an Bord zu kommen, Sir.«

»Erlaubnis gewährt.« Er lachte und streckte ihr eine Hand entgegen.

Sie sah auf den ersten Blick, dass Buck durch Alkohol und ungesundes Essen Gewicht verloren hatte. Seine Gesichtsfarbe war jedoch wieder gesund, und die Augen waren klar. Als sie ihm um den Hals fiel, roch sie keine Ausdünstungen von Whiskey und Schweiß.

»Schön, dich zu sehen!«, rief sie. »Du siehst wie neu aus.«

»Ich schlage mich durch.« Er verlagerte sein Gewicht. »Du weißt ja, wie es immer heißt: Gehe einen Tag nach dem anderen an.«

»Ich bin stolz auf dich.« Sie drückte ihre Wange an seine,

zog sich aber sofort wieder zurück, denn sie bemerkte, wie peinlich ihm die Berührung war. »Erzähl mir von dem Boot.« Sie breitete ihre Arme weit aus, als wolle sie den Segler umarmen. »Wie lange hast du es schon?«

»Matthew hat es ein paar Tage, bevor wir ablegten, fertig bekommen.«

Das Lächeln verblasste, und ihre Arme sanken. »Matthew?«

»Er hat es gebaut«, verkündete Buck stolz. »Hat es selbst entworfen und jahrelang daran gearbeitet.«

»Matthew hat dieses Boot ganz allein entworfen und gebaut?«

»Fast allein. Wie wäre es mit einer Führung?« Während Buck Tate vom Bug zum Heck über das Deck führte, informierte er sie über den Entwurf, die Stabilität und die Geschwindigkeit. Alle paar Minuten streifte er liebevoll ein Geländer oder einen Beschlag.

»Ständig hatte ich etwas daran auszusetzen«, gab Buck zu. »Aber der Junge hat es mir gezeigt. Vor Georgia gerieten wir in einen Sturm, und das Boot hat sich wie eine Dame verhalten.«

»Hmmm.«

»Es fasst siebenhundertfünfzig Liter Frischwasser«, prahlte er wie ein stolzer Vater, »und hat so viel Lagerraum wie ein zwanzig Meter langes Boot, außerdem Zwillingsmotoren mit hundertundfünfundvierzig Pferdestärken.«

»Hört sich an, als ob der Segler es eilig hätte«, murmelte Tate. Als sie das Steuerhaus betrat, weiteten sich ihre Augen. »Buck, das ist unglaublich!«

Überrascht sah sie sich um. Erstklassiger Sonar, Tiefenmesser, Magnetometer, im Cockpit eine professionelle und sehr teure Navigationsausrüstung, Funktelefon, Funkpeiler, ein NavTex für Wetterdaten auf See und zu ihrer großen Überraschung ein Videokurvenschreiber mit LCD-Bildschirm.

»Der Junge wollte nur das Beste.«

»Ja, aber –« Gerade wollte sie fragen, wie er sich die teuren Geräte hatte leisten können, befürchtete jedoch plötzlich, dass die Antwort mit ihren Eltern zu tun haben könnte. Stattdessen atmete sie tief durch und beschloss, diese Frage auf später zu verschieben. »Ziemlich beeindruckend.«

Das Steuerhaus verfügte über große Fenster ringsum und Zugang sowohl von Steuerbord als auch von Backbord. Außerdem gab es einen breiten, flachen, zurzeit leeren Kartentisch und polierte Schränke mit Messingbeschlägen. In eine Ecke war sogar ein Schlafsofa mit dicken, marineblauen Polstern eingebaut.

Eine ganz andere Klasse als die *Sea Devil*, stellte sie fest.

»Sieh dir mal die Kajüten an! Zur Hölle, wahrscheinlich sollte ich sie Kabinen nennen, zwei an der Zahl. Hier unten schläft man wie ein Murmeltier. Und um die Kombüse beneidet uns sogar deine Ma.«

»Ich sehe sie mir gern an. Buck ...«, begann sie, als sie Richtung Heck weitergingen. »Wie lange plant Matthew schon, wieder nach der *Isabella* zu suchen?«

»Keine Ahnung. Wahrscheinlich seit dem Tag, an dem wir die *Marguerite* verloren. Wenn du mich fragst, hat er schon immer davon geträumt. Ihm fehlten nur die Mittel und die Zeit.«

»Die Mittel«, wiederholte Tate. »Woher hat er überhaupt das Geld?«

»LaRue hat sich eingekauft.«

»LaRue? Wer –«

»Höre ich da meinen Namen?«

Tate entdeckte eine Gestalt am Fuß der Kajüttreppe. Sie ging hinunter und stand einem schlanken, elegant gekleideten Mann zwischen vierzig und fünfzig gegenüber. Gold funkelte in seinem Grinsen, als er ihr eine Hand anbot, um ihr bei der letzten Stufe zu helfen.

»Ah, Mademoiselle, mir wird schwindelig!« Er hob ihre Hand an seine Lippen.

»Beachte den dummen Kanadier gar nicht, Tate, er hält sich für einen Ladykiller.«

»Für einen Mann, der die Frauen verehrt und bewundert«, berichtigte LaRue ihn. »Ich bin entzückt, Sie endlich kennen zu lernen. Ihre Schönheit bringt Licht in unsere bescheidene Herberge.«

Schon auf den ersten Blick wirkte das ordentliche, blitzsaubere Deckshaus alles andere als bescheiden. Holz glänzte an der Esstheke, vor der bunt gepolsterte Hocker standen. Jemand hatte vergilbte Karten gerahmt und aufgehängt. Verblüfft starrte Tate auf die Vase mit frischen Osterglocken auf dem Tisch.

»Kein Vergleich zur *Sea Devil*«, bemerkte Buck.

»Vom Seeteufel zur Meerjungfrau.« LaRue grinste. »Darf ich Ihnen einen Tee anbieten, Mademoiselle?«

»Nein.« Sie kämpfte immer noch gegen ihre Überraschung an. »Danke. Ich muss weiter. Ich habe noch ein paar Dinge mit meinen Eltern zu besprechen.«

»Ah ja, Ihr Vater. Er freut sich, dass Sie uns begleiten. Ich bin froh, dass zwei so reizende Damen unserer Reise Charme verleihen.«

»Tate ist nicht nur eine Dame«, unterbrach ihn Buck. »Sie ist eine erstklassige Taucherin, eine geborene Schatzjägerin, und obendrein ist sie Wissenschaftlerin.«

»Eine Frau mit vielen Talenten«, murmelte LaRue. »Ich bin beeindruckt.«

Perplex schaute sie ihn an. »Und Sie waren mit Matthew auf See?«

»Es ist eine harte Aufgabe für mich, ein wenig Kultur in sein Leben zu bringen.«

Buck schnaufte. »Dummes Geschwafel mit französischem Akzent bleibt trotzdem dummes Geschwafel. 'tschuldigung, Tate.«

»Ich muss zurück«, wiederholte sie wie in Trance. »Es war mir ein Vergnügen, Sie kennen gelernt zu haben, Mr. LaRue.«

»Einfach nur LaRue.« Noch einmal küsste er ihre Hand. »*A bientôt.*«

Buck schob LaRue beiseite. »Ich begleite dich ein Stück.«
»Danke.«

Tate schwieg, bis sie den Pier erreicht hatten und auf das Ufer zusteuerten. »Buck, du hast gesagt, Matthew hat jahrelang an dem Boot gearbeitet?«

»Ja, wann immer er ein wenig Zeit oder Geld übrig hatte. Hat bestimmt ein Dutzend Zeichnungen und Entwürfe angefertigt, bevor er sich für diese Form entschied.«

»Verstehe.« So viel Zielstrebigkeit und Ausdauer hätte sie ihm gar nicht zugetraut. Es sei denn ...

»Hör zu.« Freundschaftlich legte sie eine Hand auf seinen Arm. »Ich hoffe, du verstehst mich nicht falsch, aber ich halte diese Sache für keine gute Idee.«

»Du meinst die Partnerschaft mit Ray und Marla und die Suche nach der *Isabella?*«

»Genau. Dass wir damals die *Marguerite* gefunden haben, grenzte schon fast an ein Wunder. Es ist absolut unwahrscheinlich, dass uns noch einmal so ein Treffer gelingt. Ich weiß, dass es damals lange gedauert hat, bis wir die Enttäuschung überwunden hatten, und ich möchte nicht, dass du oder meine Eltern das alles noch einmal durchmachen müssen.«

Buck blieb stehen und schob seine Brille zurecht. »Ich bin selbst nicht gerade begeistert.« Nachdenklich kratzte er an seiner Beinprothese. »Die Erinnerungen, das Unglück ... Aber Matthew ist wild entschlossen, und ich bin ihm etwas schuldig.«

»Das stimmt nicht. Er ist dir etwas schuldig. Er verdankt dir sein Leben.«

»Vielleicht.« Buck verzog das Gesicht. »Aber ich habe ihn dafür bezahlen lassen. Ich habe seinen Vater nicht gerettet. Keine Ahnung, ob ich ihn hätte retten können, aber ich tat es nicht. Habe VanDyke nie verfolgt. Was dabei herausgekommen wäre, weiß ich nicht, aber ich habe es nie versucht. Und als die große Abrechnung kam, habe ich mich nicht wie ein Mann verhalten.«

»So darfst du nicht reden.« Bestürzt legte Tate eine Hand auf seinen Arm. »Du bist sehr tapfer.«

»Jetzt erst. Seit ein paar Wochen. Das wiegt aber die Jahre vorher nicht auf. Ich habe den Jungen alles allein tragen lassen, die Arbeit und die Schuldgefühle.«

»Er hat dich im Stich gelassen«, erinnerte Tate ihn wütend. »Er hätte bei dir bleiben, dich unterstützen müssen.«

»Er hat mich jahrelang unterstützt. Hat einen Job übernommen, den er hasste, nur damit es mir an nichts fehlte. Ich nahm das Geld, gab es aus und machte ihm ständig Vorwürfe. Dafür schäme ich mich.«

»Ich habe keine Ahnung, wovon du redest. Als ich dich besuchen kam –«

»Damals habe ich dich angelogen.« Buck starrte auf seine Füße und wusste, dass er ihre Zuneigung aufs Spiel setzen musste, um seine Selbstachtung zu retten. »Ich ließ es so aussehen, als ob er mich im Stich gelassen hätte, mich nicht besuchen käme, nichts für mich täte. Tatsächlich kam er nicht oft, aber wer will ihm daraus einen Vorwurf machen? Dafür schickte er mir Geld, kümmerte sich, so gut er konnte, um alles. Hat mir wer weiß wie viele Therapien bezahlt.«

»Aber ich dachte –«

»Ich wollte, dass du so denkst. Ich wollte auch, dass er es so sah, weil es für mich einfacher war, wenn alle ein schlechtes Gewissen hatten. Aber er hat sein Bestes getan.«

Immer noch nicht überzeugt, schüttelte Tate den Kopf. »Er hätte bei dir bleiben sollen.«

»Er tat, was er tun musste«, erklärte Buck, und Tate kapitulierte.

»Dennoch erscheint mir sein jüngster Einfall ein wenig zu impulsiv und gefährlich. Ich werde meine Eltern dazu überreden, wieder auszusteigen. Ich hoffe, du verstehst das.«

»Ich kann dir kaum vorwerfen, dass du es dir zweimal überlegen willst, bevor du dich wieder mit den Lassiters einlässt. Die Entscheidung liegt bei dir, Tate, aber ich sage dir, dein Daddy spürt den Wind in den Segeln.«

»Dann werde ich ihn eben auf einen anderen Kurs bringen.«

Fünftes Kapitel

Aber es gab Zeiten, zu denen dieser Wind so stark blies, dass er selbst den entschlossensten Seemann in die Knie zwang.

Tate tolerierte Matthews Gegenwart beim Essen. An dem großen Kastanienholztisch unterhielt sie sich mit Buck und LaRue, hörte sich ihre Geschichten an, lachte über ihre Witze.

Sie brachte es einfach nicht übers Herz, die fröhliche Stimmung zu verderben oder das Strahlen in den Augen ihres Vaters mit harten Fakten und Logik zu dämpfen.

Angesichts der besorgten Blicke ihrer Mutter zwang Tate sich dazu, Matthew gegenüber höflich zu bleiben, obwohl sie sich bemühte, den Kontakt auf das unvermeidliche »Reich mir bitte das Salz« zu beschränken.

Als die Mahlzeit beendet war, bestand sie darauf, gemeinsam mit ihrem Vater den Abwasch zu übernehmen.

»So gut hast du bestimmt schon lange nicht mehr gegessen«, bemerkte Ray und summte vergnügt, während er die Teller stapelte.

»Kommt mir wie eine Ewigkeit vor. Ich bedaure nur, dass ich die Pekannusstorte nicht mehr unterbringen konnte.«

»Die läuft dir nicht weg. Dieser LaRue ist ein toller Bursche, nicht wahr? Erst tauscht er Rezepte mit deiner Mutter aus, dann diskutiert er über Außenpolitik und Baseball, und schließlich doziert er über die Kunst des achtzehnten Jahrhunderts.«

»Ein echter Renaissancemensch«, murmelte Tate. Mit einem Urteil über LaRue ließ sie sich Zeit, denn einem

Freund von Matthew wollte sie vorsichtshalber ausgiebig auf den Zahn fühlen, auch wenn er sich noch so interessant, gebildet und charmant gab. Ganz besonders dann. »Ich verstehe nur nicht, was er an Matthew findet.«

»Oh, ich finde, die beiden passen gut zusammen.« Ray ließ heißes Wasser ins Waschbecken laufen, während Tate Geschirr in die Spülmaschine lud. »Matthew war schon immer ein Mann mit vielen Talenten, nur hatte er bisher kaum Gelegenheit, sie einzusetzen.«

»Ich würde sagen, er ist ein Mann, der weiß, wie man sich eine günstige Gelegenheit zunutze macht. Und genau darüber wollte ich mit dir sprechen.«

»Die *Isabella*.« Mit aufgerollten Hemdsärmeln machte Ray sich daran, die Töpfe zu spülen. »Darüber reden wir später, sobald wir es uns gemütlich gemacht haben. Ich wollte den anderen vor deiner Ankunft noch nichts verraten.«

»Dad, ich weiß, wie du dich gefühlt hast, als wir vor acht Jahren das Wrack fanden. Ich weiß, wie *ich* mich gefühlt habe, deshalb verstehe ich, dass du es für eine gute Idee hältst, wieder dorthin zu fahren. Aber ich bin mir nicht sicher, ob du dir über die Schwierigkeiten und Probleme im Klaren bist.«

»Im Laufe der Jahre habe ich ausgiebig darüber nachgedacht, und in den letzten neun Monaten ist mir nichts anderes durch den Kopf gegangen. Beim letzten Mal hatten wir viel Glück und viel Pech, aber dieses Mal stehen unsere Aussichten auf Erfolg sehr viel besser.«

»Dad!« Tate stellte noch einen Teller in den Geschirrspüler und richtete sich dann auf. »Wenn ich richtig informiert bin, ist Buck seit seinem Unfall nicht mehr getaucht, und LaRue hat als Schiffskoch gearbeitet. Er hat sich noch nie eine Sauerstoffflasche auf den Rücken geschnallt.«

»Da hast du Recht. Vielleicht wird Buck nicht tauchen, aber wir können jede Hand an Deck gebrauchen. Was LaRue angeht, so ist er bereit zu lernen, und ich habe das Gefühl, dass er schnell begreift.«

»Wir sind sechs Leute«, fuhr Tate fort und versuchte vergeblich, seinen Optimismus zu dämpfen, »von denen nur drei tauchen können. Ich selbst bin in den letzten zwei Jahren nicht ernsthaft getaucht.«

»Das ist wie Radfahren, man verlernt es nicht«, versicherte Ray ihr leichthin und stellte einen Topf zum Abtropfen beiseite. »Wir benötigen Leute, die Geräte ablesen und bedienen. Außerdem haben wir jetzt eine ausgebildete Meeresarchäologin an Bord, keine Studentin mehr.« Er warf Tate ein stolzes Lächeln zu. »Vielleicht kannst du deine Dissertation über diese Expedition schreiben.«

»Im Augenblick ist die Dissertation meine geringste Sorge«, erklärte sie und bemühte sich, geduldig zu bleiben. »Ich mache mir Gedanken um euch. Du und Mom habt in den letzten paar Jahren Schatzsuche gespielt, bereits bekannte Wracks untersucht, Muscheln gesammelt und seid zum Spaß getaucht. Das ist nichts im Vergleich zu den körperlichen Anstrengungen einer Expedition, wie du sie dir vorstellst.«

»Ich bin in Form«, informierte Ray sie indigniert. »Ich trainiere dreimal pro Woche und tauche regelmäßig.«

Falsche Taktik, dachte Tate. »Na gut. Was ist mit den Kosten? Die Suche könnte Monate dauern, dazu kommen Ausrüstung und Proviant. Wir reden hier nicht von einem Urlaubsausflug oder einem Hobby. Woher kommt das Geld für dieses Unternehmen?«

»Deine Mutter und ich sind finanziell abgesichert.«

»Aha.« Tate versuchte, ihre Wut zu überspielen, und wischte die Arbeitsplatte mit einem Küchentuch ab. »Das beantwortet meine letzte Frage. Du investierst dein Geld, mit anderen Worten: Du ziehst die Lassiters mit durch.«

»Mit Durchziehen hat das nichts zu tun, Liebling.« Ehrlich erstaunt, trocknete Ray sich die Hände ab. »Es ist eine

Partnerschaft, genau wie damals. Ein eventuelles finanzielles Ungleichgewicht wird durch den Gewinn nach Bergung des Wracks ausgeglichen.«

»Und wenn es kein Wrack gibt?«, fuhr sie ihn an. »Es ist mir egal, ob du deinen letzten Pfennig in einen aussichtslosen Traum investierst, du sollst die Früchte deiner Arbeit genießen. Aber ich kann nicht dabeistehen und zusehen, wie du dich von diesem selbstsüchtigen, opportunistischen Matthew Lassiter ausnehmen lässt!«

»Tate!« Beunruhigt über ihre Lautstärke, tätschelte er ihr besänftigend die Schulter. »Ich wusste nicht, dass du so empfindest. Als wir von deiner Rückkehr erfuhren, dachte ich, du wärst von der Idee begeistert.«

»Ich bin zurückgekommen, weil ich dich vor einem Fehler bewahren will.«

»Es ist kein Fehler.« Sein Gesichtsausdruck wirkte verschlossen, wie immer, wenn seine Gefühle verletzt waren. »Und das Wrack ist kein Hirngespinst. Matthews Vater wusste es, ich weiß es. Die *Isabella* ist da, und mit ihr der Fluch der Angelique.«

»Nicht schon wieder dieses Amulett!«

»Ja, das Amulett, nach dem James Lassiter suchte, hinter dem Silas VanDyke her ist – und das wir finden werden.«

»Was ist so wichtig an diesem Wrack und an dieser Halskette?«

»In jenem Sommer haben wir etwas verloren, Tate«, erklärte er ihr. »Mehr als das Vermögen, um das uns dieser Gauner gebracht hat. Sogar mehr als Bucks Bein. Wir haben die Freude an dem, was wir erreicht hatten, was wir erreichen können, verloren, die Hoffnung auf das, was sein könnte. Es ist höchste Zeit, dass wir sie wiederfinden.«

Tate seufzte. Gegen Träume kam sie nicht an, schließlich gestattete sie sich selbst gelegentlich ihre Träumereien. Zum Beispiel von dem Museum, das sie sich schon immer gewünscht und bis ins Detail geplant hatte. Und eines Tages würde sie es bauen. Wie konnte sie sich da dem großen Wunsch ihres Vaters in den Weg stellen?

»In Ordnung. Wir fahren, aber nur wir drei.«

»Die Lassiters gehören dazu, genau wie damals. Wenn jemand ein Anrecht auf dieses Wrack und das Amulett hat, dann ist es Matthew.«

»Warum?«

»Weil es seinen Vater das Leben gekostet hat und er ohne ihn aufwachsen musste.«

Darüber wollte sie nicht nachdenken. Sie wollte sich den Jungen, der hilflos vor dem Leichnam seines Vaters gestanden hatte, nicht vorstellen.

»Das Amulett ist für ihn nur Mittel zum Zweck, etwas, das er an den Meistbietenden verkaufen kann.«

»Das ist allein seine Entscheidung.«

»Also ist er nicht besser als VanDyke«, stellte sie fest.

»Matthew hat dir damals wehgetan.« Sanft nahm Ray ihr Gesicht in beide Hände. »Ich weiß, was sich zwischen euch beiden abgespielt hat, aber ich wusste nicht, dass es dich so tief getroffen hat.«

»Damit hat es nichts zu tun«, behauptete sie. »Es geht darum, wer und was er ist.«

»Acht Jahre sind eine lange Zeit, Liebling. Vielleicht solltest du ihm noch eine Chance geben. Abgesehen davon gibt es Dinge, die ich dir und den anderen endlich zeigen möchte. Lass uns in mein Arbeitszimmer gehen.«

Widerstrebend schloss Tate sich der Gruppe in dem holzgetäfelten Raum an, in dem ihr Vater seine Recherchen betrieb und Artikel für Tauchmagazine verfasste. Demonstrativ ging sie zum anderen Ende des Zimmers und ließ sich Matthew gegenüber auf einer Sessellehne nieder.

Durch das Fenster drangen die Düfte und die Geräusche des Sunds, und es war gerade kühl genug, um im Kamin ein kleines Feuer anzuzünden. Ray stellte sich hinter seinen

Schreibtisch, räusperte sich wie ein nervöser Dozent und begann.

»Ihr fragt euch sicher, was mich dazu veranlasst hat, dieses Unternehmen anzuzetteln. Wir alle wissen, was vor acht Jahren passiert ist, was wir fanden und was wir verloren haben. Wann immer ich seither getaucht bin, musste ich daran denken.«

»Darüber brüten«, korrigierte Marla ihn.

Ray erwiderte ihr Lächeln. »Ich konnte es einfach nicht vergessen. Eine Zeit lang dachte ich, es sei mir gelungen, aber dann kamen die Erinnerungen wieder hoch. Eines Tages lag ich mit Grippe im Bett, und Marla wollte mich nicht aufstehen lassen. Ich sah mir im Fernsehen eine Dokumentation über Bergungen an, es ging um ein Wrack vor Kap Hoorn, ein äußerst ergiebiges Wrack. Und wer finanzierte die Bergung und kassierte die Lorbeeren? Unser Freund Silas VanDyke.«

»Dieses Schwein«, murmelte Buck. »Wahrscheinlich hat er das Wrack ebenfalls zu Unrecht ausgenommen.«

»Mag sein, aber der Punkt ist der: Er hatte beschlossen, die ganze Operation zu filmen. Er selbst zeigte sich kaum vor der Kamera, aber er erzählte ein wenig von seinen anderen Tauchfahrten und Wracks, unter anderem von der *Marguerite*. Dabei erwähnte er wohlweislich nicht, dass sie bereits vor seiner Ankunft gefunden und freigelegt worden war. So wie er es darstellte, hatte er die Bergung allein durchgeführt und dann als großer Gönner die Hälfte der Funde der Regierung von Saint Kitts übergeben.«

»In Form von Bestechung und Schmiergeldern«, unterbrach ihn Matthew.

»Ich wurde wütend und nahm meine Recherchen wieder auf. *Ein* Wrack hatte er uns gestohlen, aber das zweite würde er nicht bekommen. Im Laufe der nächsten zwei Jahre sammelte ich jede noch so unbedeutende Information über die *Isabella*. Keine Erwähnung des Schiffs, der Crew oder des Sturms schien mir zu unwichtig oder nebensächlich. Und so stieß ich schließlich auf etwas Wesentliches, oder fand zumindest zwei wichtige Teile des Puzzles. Eine Karte und die Erwähnung des Fluchs der Angelique.«

Vorsichtig hob er ein Buch aus der obersten Schublade. Sein Einband war zerrissen und wurde von Klebeband zusammengehalten, die Seiten waren vergilbt und brüchig.

»Es fällt auseinander«, bemerkte Ray überflüssigerweise. »Ich fand es in einem Antiquariat. *Das Leben eines Seemanns,* 1846 vom Enkel eines Überlebenden von der *Isabella* geschrieben.«

»Aber es gab keine Überlebenden«, warf Tate ein. »Das ist einer der Gründe, warum das Wrack nie gefunden wurde.«

»Es gibt keine *Berichte* über Überlebende.« Liebevoll streichelte Ray das Buch. »Das Buch enthält Geschichten und Legenden, die der Autor nach den Erzählungen seines Großvaters aufschrieb. José Baltazar wurde an der Küste von Nevis angetrieben. Er war Matrose auf der *Isabella* und musste mit ansehen, wie sie unterging, während er sich halb bewusstlos an eine Planke klammerte, die wahrscheinlich zur *Marguerite* gehörte. Matthew, ich glaube, dein Vater ist damals auf denselben Hinweis gestoßen.«

»Wenn das stimmt, was wollte er dann in Australien?«

»Er folgte dem Fluch der Angelique.« Ray hielt inne, um die Wirkung seiner Worte auszukosten. »Allerdings eine Generation zu früh. Ein britischer Aristokrat, Sir Arthur Minnefield, hatte das Amulett einem französischen Händler abgekauft.«

»Minnefield ...« Buck kniff die Augen zusammen. »Ich kann mich daran erinnern, diesen Namen in James' Notizen gelesen zu haben. In der Nacht, bevor er starb, erzählte er mir, dass er am falschen Ort gesucht hatte. Er sagte, dass VanDyke auf der falschen Fährte sei, dass die verdammte Halskette ganz schön herumgekommen wäre. Genauso sagte er es, ›die verdammte Halskette‹, und er war sehr aufgeregt. Er war entschlossen, VanDyke abzuschütteln, sobald wir auf dem Riff fertig waren, und ihm zuvorzukommen. Er warnte mich, dass wir VanDyke gegenüber Vorsicht walten lassen müssten und nicht unüberlegt handeln dürften. Er wollte noch mehr recherchieren, bevor wir uns auf die Suche nach der *Isabella* machten.«

»Ich vermute, dass er auf eine Bemerkung über das Amulett gestoßen war, oder auf Baltazars Geschichte.« Ray legte das Buch vorsichtig ab. »Denn das Amulett ging nicht am Riff unter. Das Schiff sank, und Minnefield mit ihm, aber der Fluch der Angelique überlebte. Die Aufzeichnungen über die nächsten dreißig Jahre sind dürftig. Vielleicht wurde es an Land gespült, und jemand hat es gefunden. Zwischen 1706 und 1733 wird es nirgendwo erwähnt, aber Baltazar sah es am Hals einer jungen Spanierin an Bord der *Isabella*. Er beschrieb es. Er hörte die Legende und gab sie weiter.«

Keineswegs überzeugt, faltete Tate die Hände. »Wenn es Aufzeichnungen darüber gibt, dass das Amulett an Bord der *Isabella* gesehen wurde, warum ist VanDyke dann noch nicht darauf gestoßen und hat sich selbst auf die Suche gemacht?«

»Er war sich sicher, dass es in Australien ist«, erklärte Buck ihr. »Er war ganz aufgeregt, richtiggehend besessen. Aber er glaubte auch, dass James mehr wusste, und quetschte ihn immer wieder aus.«

»Und deshalb brachte er ihn um«, bemerkte Matthew. »VanDyke ließ jahrelang verschiedene Teams in der Gegend arbeiten.«

»Aber wenn mein Vater einen Hinweis darauf gefunden hat, dass sich das Amulett am anderen Ende der Welt befindet«, fuhr Tate mit stahlharter Logik fort, »und dein Vater auf einen ähnlichen Hinweis gestoßen ist, sollte man doch davon ausgehen, dass ein Mann mit VanDykes Mitteln und seiner Gier es ebenfalls gefunden hätte!«

»Vielleicht wollte das Amulett nicht von ihm gefunden

werden,« bemerkte LaRue gelassen und drehte geduldig eine Zigarette.

»Es ist ein lebloser Gegenstand«, wies Tate ihn zurecht.

»Das ist der Hope-Diamant auch«, gab LaRue zu bedenken. »Wie der Stein der Weisen oder die Bundeslade. Dennoch ranken sich die sonderbarsten Legenden um sie.«

»Sie sagen es: Es sind Legenden.«

»Dein Studium hat dich zur Zynikerin gemacht«, bemerkte Matthew. »Schade.«

»Es geht doch darum«, warf Marla rasch ein, als sie das kämpferische Leuchten in den Augen ihrer Tochter bemerkte, »dass Ray etwas gefunden hat, und nicht um die Frage, ob von diesem Amulett eine geheimnisvolle Kraft ausgeht.«

»Genau.« Ray kratzte sich an der Nase. »Wo war ich stehen geblieben? Baltazar war von dem Amulett fasziniert, selbst nachdem er von dem Fluch erfuhr, und die Besatzung begann, sich unwohl zu fühlen. Er glaubte, dass das Schiff wegen des Fluchs sank und dass er überlebte, um die Geschichte erzählen zu können. Und er hat sie gut erzählt«, fügte Ray hinzu. »Ich habe verschiedene Seiten seiner Erinnerungen an den Sturm kopiert. Ihr werdet sehen, dass es ein höllischer, hoffnungsloser Kampf gegen die Elemente war. Von den beiden Schiffen ging die *Marguerite* zuerst unter. Als die *Isabella* auseinander brach, wurden Passagiere und Mannschaft auf die See hinausgetrieben. Baltazar behauptet gesehen zu haben, dass die spanische Dame mit dem Amulett wie von einem juwelenbesetzten Anker nach unten gezogen wurde. Natürlich kann er diesen Kunstgriff erfunden haben.«

Ray verteilte die kopierten Seiten. »Jedenfalls hat er überlebt. Wind und Wellen trieben ihn vom Land ab, weg von Saint Kitts, oder Saint Christopher, wie es damals hieß. Er hatte die Hoffnung auf Rettung längst aufgegeben und jegliches Zeitgefühl verloren, als die Umrisse von Nevis vor ihm auftauchten. Er glaubte nicht, dass er es bis ans Ufer schaffen würde, denn zum Schwimmen war er zu schwach, aber schließlich trug ihn die Strömung an Land. Ein junger Eingeborener fand ihn. Baltazar phantasierte und wäre fast gestorben. Als er sich später erholt hatte, verspürte er keinerlei Bedürfnis, in der Armada zu dienen. Stattdessen ließ er die Welt in dem Glauben, er sei ertrunken. Er blieb auf der Insel, heiratete und erzählte von seinen Abenteuern auf See.«

Ray nahm noch ein Blatt von seinem Stapel. »Und er zeichnete Karten. Wir haben also eine Karte«, fuhr er fort, »von einem Augenzeugen, nach der die *Isabella* ein paar Grad Südsüdost vom Wrack der *Marguerite* liegt. Sie ist da. Sie wartet auf uns.«

Matthew stand auf und nahm die Karte in die Hand. Sie war grob gezeichnet und spärlich, aber er erkannte die wichtigsten Orientierungspunkte – den Walfischschwanz der Halbinsel von Saint Kitts, den Mount Nevis.

Und ein altes, fast vergessenes Gefühl stieg in ihm auf – Jagdfieber. Als er wieder aufblickte, grinste er wie damals in seiner Jugend. Verwegen, unbekümmert und unwiderstehlich.

»Wann legen wir ab?«

Tate konnte nicht schlafen. Zu viel ging ihr durch den Kopf. Sie sah ein und bemühte sich zu akzeptieren, dass sie nichts an den Plänen ihres Vaters zu ändern vermochte. Niemand konnte ihren Vater davon abhalten, sich auf die Suche zu machen. Keine logischen Einwände oder Zweifel, die sie zu bedenken gegeben hatte, waren imstande, ihn von der Partnerschaft mit den Lassiters abzubringen.

Zumindest der Zeitpunkt war günstig. Soeben hatte sie eine erfolgversprechende Karriere wegen ihrer Prinzipien abgebrochen. Daraus zog sie zumindest ein wenig Befriedigung, und es gab ihr die Möglichkeit, an der Suche nach der *Isabella* teilzunehmen.

Sie würde dabei sein, direkt vor Ort, und würde die Expedition und ganz besonders Matthew im Auge behalten können.

Als sie nach draußen ging, um den Mond zu betrachten und den Wind auf ihrer Haut zu spüren, dachte sie an ihn.

Sie hatte ihn geliebt. Im Laufe der Jahre hatte sie sich eingeredet, dass es nur eine Schwärmerei gewesen war, die Begeisterung eines jungen Mädchens für das gute Aussehen und das Herz eines Abenteurers.

Aber sie hatte sich etwas vorgemacht.

Sie hatte ihn geliebt, gestand Tate sich ein und zog ihre Jacke in der kühlen Nachtbrise enger um sich. Zumindest hatte sie den Mann geliebt, für den sie ihn gehalten hatte und der er hätte sein können. Nichts und niemand vor ihm hatte ihr Herz so kompromisslos erobert. Und nichts und niemand hatte es so unerwartet und unbarmherzig gebrochen.

Sie zupfte ein Blatt von einem duftenden Lorbeerstrauch und schnupperte daran. Kurz darauf erreichte sie den Strand. Es war eine Nacht zum Nachdenken. Der Mond stand fast rund am sternenklaren Himmel. Die Luft duftete vielversprechend.

Früher hätte das allein genügt, um sie zu verführen. Früher, bevor sie ihre romantische Seite begraben hatte. Sie war froh, dass sie nun die Nacht so genießen konnte, wie sie war, ohne sich in Träumereien zu verlieren.

Eigentlich sollte sie Matthew dafür dankbar sein, dass er ihr die Augen geöffnet hatte, ein wenig plötzlich und schmerzhaft vielleicht, aber geöffnet hatte er sie ihr. Sie verstand nun, dass Prinzen und Piraten nur etwas für junge, dumme Mädchen waren. Sie, Tate, verfolgte wichtigere Ziele.

Notfalls war sie natürlich dazu entschlossen, diese Ziele eine Zeit lang außer Acht zu lassen. Was sie war und was sie bisher erreicht hatte, verdankte sie der Unterstützung ihrer Eltern und deren Vertrauen in ihre Fähigkeiten. Sie würde alles tun, um sie zu schützen – selbst wenn das bedeutete, dass sie Seite an Seite mit Matthew Lassiter arbeiten musste.

Tate blieb am Wasser stehen, stromabwärts vom Anlegeplatz. Hier hatten ihre Eltern am Ufer Entenkraut und wilde Gräser gegen die Erosion angepflanzt. Unaufhörlich riss das Wasser Stücke vom Land mit sich, und das Land passte sich immer wieder an.

Vermutlich war das eine wichtige Lektion. Ihr hatte man ebenfalls etwas genommen, und auch sie hatte sich angepasst.

»Hübscher Fleck, nicht wahr?«

Beim Klang seiner Stimme zuckte sie zusammen. Sie fragte sich, warum sie ihn nicht eher bemerkt hatte. Allerdings bewegte er sich an Land ausgesprochen leise für einen Mann, der sein Leben auf See verbracht hatte.

»Ich dachte, du liegst längst im Bett.«

»Wir schlafen auf dem Boot.« Obwohl Matthew klar war, dass sie ihn nicht in ihrer Nähe haben wollte, trat er so nah an sie heran, dass sich ihre Schultern fast berührten. »Buck schnarcht immer noch wie ein Sägewerk. LaRue stört das scheinbar nicht, aber er schläft ja auch wie ein Toter.«

»Hast du es schon mal mit Ohrenstöpseln versucht?«

»Ich werde die Hängematte an Deck aufhängen, genau wie früher.«

»Die Zeiten haben sich geändert.« Tate sammelte sich, bevor sie sich zu ihm umdrehte. Wie sie erwartet, oder vielleicht auch befürchtet hatte, sah er im Mondlicht ausgesprochen attraktiv aus. Mutig, aufregend, ein bisschen gefährlich. Ein Glück nur, dass derartige Eigenschaften sie nicht mehr reizen konnten. »Wir einigen uns am besten auf ein paar Grundregeln.«

»Du hast schon immer mehr von Regeln gehalten als ich.« Matthew ließ sich auf einem Ballen Entenkraut nieder und klopfte einladend auf den Platz neben sich. »Schieß los.«

Sie ignorierte die Einladung und die halb leere Flasche Bier, die er ihr entgegenhielt. »Unsere Vereinbarung ist rein geschäftlich. So wie ich es sehe, bestreiten meine Eltern den größten Teil der Kosten. Ich werde über euren Anteil daran genau Buch führen.«

In ihrer Stimme klangen immer noch die weichen Vokale der Südstaaten mit, stellte Matthew wieder einmal fest. Wenn sie sprach, verschwammen die Konsonanten wie sanfte Schatten. »In Ordnung. Die Buchhaltung ist deine Abteilung.«

»Ihr werdet alles zurückzahlen, Lassiter, jeden Pfennig.«

Er nahm einen Schluck Bier. »Ich pflege meine Schulden zu begleichen.«

»Dafür werde ich sorgen.« Sie hielt einen Augenblick inne, bevor sie zum nächsten Punkt überging. Der Mond spiegelte sich auf dem ruhigen Wasser, aber sie achtete nicht darauf. »Wie ich höre, bringst du LaRue das Tauchen bei.«

»Ich arbeite daran.« Matthew reckte sich. »Er kapiert schnell.«

»Wird Buck auch tauchen?«

Selbst im Schatten sah sie seine Augen funkeln. »Das überlasse ich ihm. Ich werde ihn zu nichts drängen.«

»Das würde ich auch nicht wollen.« Einigermaßen besänftigt, kam sie näher. »Er bedeutet mir viel. Ich – ich bin froh, dass er so gut aussieht.«

»Du bist froh, dass er trocken ist.«

»Ja.«

»Das war er schon öfter. Einmal sogar einen ganzen Monat lang.«

»Matthew ...« Bevor es ihr bewusst war, hatte sie eine Hand auf seine Schulter gelegt. »Er gibt sich Mühe.«

»Tun wir das nicht alle?« Er griff nach Tates Hand und zog sie neben sich. »Ich bin es leid, zu dir aufzublicken. Außerdem kann ich dich hier unten besser sehen. Mondschein hat dir schon immer gut gestanden.«

»Noch eine Regel«, fuhr sie unbeeindruckt fort. »Du lässt die Finger von mir.«

»Kein Problem. Auf Frostbeulen kann ich verzichten. In den letzten Jahren bist du ganz schön abgekühlt, Rotschopf.«

»Ich habe einfach einen anspruchsvolleren Geschmack entwickelt.«

»Studenten.« Er lächelte höhnisch. »War mir schon immer klar, dass du Akademikertypen bevorzugst.« Er warf einen Blick auf ihre Hände und sah ihr dann wieder in die Augen. »Kein Ring. Wie kommt's?«

»Unser Privatleben bleibt privat.«

»Das dürfte nicht einfach werden, immerhin werden wir einige Zeit auf engstem Raum zusammenarbeiten.«

»Das wird schon gehen. Und was die Arbeit betrifft – wenn wir tauchen, geht ein Mitglied eures Teams mit einem Mitglied unseres Teams hinunter. Ich traue dir nicht.«

»Das hast du dir wirklich nicht anmerken lassen«, murmelte er. »Geht in Ordnung«, fuhr er fort. »Das passt mir gut. Ich tauche gern mit dir, Tate. Du bringst mir Glück.« Er lehnte sich auf die Ellenbogen zurück und betrachtete die Sterne. »Es ist eine Weile her, seit ich in warmem Wasser getaucht bin. Der Nordatlantik ist übel, man lernt ihn richtiggehend hassen.«

»Warum hast du dann dort gearbeitet?«

Er warf ihr einen Blick zu. »Fällt das nicht unter die Überschrift privat?«

Sie blickte zur Seite und verwünschte ihre Neugier. »Stimmt, obwohl ich eigentlich mehr aus professionellem Interesse gefragt habe.«

Bereitwillig antwortete er ihr. »Mit der Bergung von Metallwracks kann man Geld verdienen. Falls du es noch nicht wusstest, der Zweite Weltkrieg ist einigen Schiffen nicht gut bekommen.«

»Und ich dachte, das einzige Metall, für das du dich interessierst, ist Gold!«

»Mich interessiert, was Geld einbringt, Baby. Und ich habe so ein Gefühl, dass diese Reise sich reichlich bezahlt machen wird.« Obwohl es ihm ebenso viel Freude bereitete, wie es ihn schmerzte, studierte er weiter ihr Profil. »Du hingegen bist wohl nicht überzeugt.«

»Nein, bin ich nicht. Aber ich bin davon überzeugt, dass diese Expedition etwas ist, das mein Vater in Angriff nehmen muss. Die *Isabella* und die *Santa Marguerite* faszinieren ihn schon seit Jahren.«

»Und der Fluch der Angelique.«

»Ja, seit dem Moment, als er zum ersten Mal davon hörte.«

»Aber du glaubst nicht mehr an Flüche. Oder an Magie. Ich vermute, das hast du beim Studium verloren.«

Sie konnte sich nicht erklären, warum es sie so traf, ihn etwas sagen zu hören, was im Grunde nur der Wahrheit entsprach. »Ich glaube, dass das Amulett existiert, und wie ich meinen Vater kenne, war es wirklich an Bord der *Isabella*. Es zu finden, ist allerdings eine ganz andere Sache. Und der Wert des Schmuckstücks basiert auf seinem Alter, den Edelsteinen sowie seinem Gewicht in Gold, nicht auf irgendeinem Aberglauben.«

»Du hast nicht mehr viel von einer Meerjungfrau, Tate.« Matthew sagte es leise und bremste sich, bevor er seine Hand heben und ihr Haar berühren konnte. »Du hast mich immer an ein Phantasiewesen mit geheimnisvollen Augen erinnert, das sich im Meer wie an der Luft gleichermaßen zu Hause fühlt. Die Welt schien dir offen zu stehen.«

Tates Haut zitterte nicht wegen der leichten Brise, sondern vor Hitze. Um sich vor ihm zu schützen, sprach sie ausdruckslos und kühl. »Ich bezweifle stark, dass du in Bezug auf mich irgendwelchen romantischen Höhenflügen erlegen warst. Wir beide wissen, was ich für dich war.«

»Für mich warst du wunderschön. Und noch unerreichbarer als jetzt in diesem Moment.«

Sie verfluchte die Tatsache, dass eine so beiläufig dahingeworfene Lüge ihren Puls beschleunigen konnte, und stand vorsichtshalber auf. »Gib dir keine Mühe, Lassiter. Ich fahre nicht mit, um dir die Langeweile zu vertreiben. Wir sind Geschäftspartner. Fifty-fifty, weil mein Vater es so will.«

»Ist das nicht interessant?«, murmelte er. Er stellte die Flasche ab und stand langsam auf, bis sie einander dicht gegenüberstanden. Bis er ihr Haar riechen konnte. Bis seine Finger bei der Erinnerung daran, wie sich ihre Haut damals angefühlt hatte, vibrierten. »Ich bin dir immer noch nicht gleichgültig.«

»Und dein Hirn befindet sich immer noch an derselben Stelle.« Sie zwang sich, Verachtung in ihren Gesichtsausdruck zu legen. »Unterhalb des Knopfes deiner Jeans. Ich sage dir was, Lassiter, wenn es mir allzu langweilig wird und ich wirklich verzweifelt bin, werde ich es dich wissen lassen. Aber bis zu diesem unwahrscheinlichen Tag solltest du versuchen, dich möglichst wenig zu blamieren.«

»Ich habe mich nicht blamiert.« Er grinste sie an. »Reine Neugier.« In der Hoffnung, die Knoten in seinem Magen dadurch ein wenig zu lösen, setzte er sich wieder hin. »Sonst noch irgendwelche Vorschriften, Rotschopf?«

Sie brauchte eine Minute, bevor sie ihrer Stimme wieder trauen konnte. Irgendwie schien ihr Herz in ihre Kehle gerutscht zu sein. »Wenn wir die *Isabella* wie durch ein Wunder finden sollten, werde ich als Meeresarchäologin jedes Fundstück katalogisieren und untersuchen. Alles wird verzeichnet, bis hin zum letzten Nagel.«

»Soll mir recht sein. Wo du schon solch eine umfassende akademische Bildung hast, solltest du sie auch nutzen.«

Tates Nackenhaare sträubten sich angesichts des mangelnden Respekts vor ihren Qualifikationen. »Genau das habe ich auch vor. Zwanzig Prozent von allem, was wir finden, geht an die Regierung von Saint Kitts und Nevis. Und obwohl es nur gerecht ist, dass wir darüber abstimmen, werde ich die Gegenstände, die ich als geeignet erachte, an Museen stiften.«

»Zwanzig Prozent ist eine Menge, Rotschopf.«

»Versuch doch mal, nicht nur dem Reichtum, sondern auch dem Ruhm eine positive Seite abzugewinnen, Lassiter. Wenn alles so läuft wie geplant, werde ich mit der Regierung über ein Museum verhandeln. Das Beaumont-Lassiter-Museum. Wenn das Wrack so reich beladen ist, wie man behauptet, kannst du zehn Prozent deines Anteils leicht abgeben und brauchst trotzdem keinen Tag deines Lebens mehr zu arbeiten. Das ist eine ganze Menge Bier und Shrimps.«

Wieder blitzte sein Lächeln auf. »Die Sache mit dem Schwert hast du immer noch nicht verwunden. Du überraschst mich.«

»Solange wir die Karten offen auf den Tisch legen, sind Überraschungen ausgeschlossen. Das sind meine Bedingungen.«

»Damit kann ich leben.«

Tate nickte. »Es gibt noch eine weitere. Wenn wir den Fluch der Angelique finden, kommt er ins Museum.«

Matthew nahm die Bierflasche und leerte sie. »Nein. Du hast deine Bedingungen genannt, Tate. Ich habe nur eine. Das Amulett gehört mir.«

»Dir?« Sie hätte gelacht, wenn das mit zusammengebissenen Zähnen möglich gewesen wäre. »Dein Anspruch ist nicht größer als unserer. Der Wert dieser Halskette ist unermesslich.«

»Du kannst sie katalogisieren, nach Herzenslust untersuchen und von meinem Anteil abziehen. Aber sie gehört mir.«

»Wozu?«

»Um eine Schuld zu begleichen.« Er stand auf, und sein Blick ließ sie instinktiv einen Schritt zurücktreten. »Ich werde sie VanDyke um den Hals wickeln und ihn damit erwürgen.«

»Das ist doch albern.« Ihre Stimme zitterte. »Das ist verrückt.«

»Es ist ein Fakt. Finde dich damit ab, Tate, denn genau das wird passieren. Du hast deine Regeln ...« Als er ihr Kinn in die Hand nahm, lief ihr ein Schauer den Rücken hinunter, allerdings weniger aufgrund der Berührung als wegen der Mordlust in seinen Augen. »... ich habe meine.«

»Du kannst nicht von uns erwarten, dass wir untätig dabei zusehen, wie du jemanden umbringst.«

»Ich erwarte gar nichts.« Das hatte er schon vor langer Zeit aufgegeben. »Es wäre nur einfach nicht klug, sich mir in den Weg zu stellen. Und jetzt solltest du schlafen gehen. Auf uns wartet eine Menge Arbeit.«

Er verschwand zwischen den Schatten der Bäume. Um sich gegen die Kälte zu schützen, legte Tate ihre Arme eng um den Körper.

Es war ihm ernst, daran bestand kein Zweifel. Aber sie redete sich nur allzu gern ein, dass die Jagd seinen Rachedurst dämpfen würde.

Außerdem war es höchst unwahrscheinlich, dass sie die *Isabella* tatsächlich finden würden. Und noch viel unwahrscheinlicher war es, dass sie das Amulett entdecken würden.

Zum ersten Mal brach sie zu einer Expedition auf, bei der sie auf eine Niederlage hoffte.

Sechstes Kapitel

Es fiel Tate erstaunlich leicht, sich wieder an die vertraute Routine zu gewöhnen. Sie stellte fest, dass sie den Zweck der Reise verdrängen konnte und einfach die Fahrt genoss.

An einem wunderschönen Frühlingsmorgen ließen sie Hatteras Island bei leichtem Wind hinter sich. Als Tate auf Wunsch ihres Vaters die erste Schicht am Steuer übernahm, wehte die Brise gerade stark genug, um eine leichte Jacke überzuziehen. Ihren Pferdeschwanz hatte sie am Hinterkopf durch die Öffnung einer Durham-Bulls-Baseballkappe gezogen.

Sie segelten an Ocracoke mit seinen Piratengeistern vorbei, winkten den Passagieren einer Fähre zu und beobachteten, wie die Möwen auf das Wasser hinunterschnellten und dann laut kreischend hinter der *New Adventure* herflogen.

»Wie fühlst du dich, Skipper?« Ray stellte sich hinter sie und legte einen Arm um ihre Schultern.

»Bestens.« Tate hob ihr Gesicht in den Wind, der durch das halb geöffnete Fenster auf die Brücke wehte. »Ich bin wohl zu lange als Passagier gereist.«

»Manchmal gehen deine Mutter und ich einfach an Bord und segeln ein paar Tage lang irgendwohin. Diese Ausflüge genieße ich sehr.« Er betrachtete den Horizont und seufzte zufrieden. »Aber es tut gut, wieder ein Ziel zu haben. Auf diesen Moment habe ich lange gewartet.«

»Ich hatte mir eingebildet, du hättest die *Isabella* und alles, was damit zu tun hat, längst abgehakt. Mir war nicht klar, wie wichtig sie dir ist.«

»Mir auch nicht.« Aus alter Gewohnheit überprüfte er den Kurs. Seine Tochter und das Boot lagen genau richtig.

»Nachdem wir die *Marguerite* verloren hatten und du wieder auf dem College warst, ließ ich mich eine Weile treiben. Ich fühlte mich so hilflos wegen Buck. Er und Matthew waren in Chicago, und Buck ließ mich einfach nicht mehr an sich heran.«

»Ich weiß, wie schwer es für dich war«, murmelte sie. »In jenem Sommer habt ihr euch so gut verstanden.«

»Er hatte ein Bein verloren, ich einen Freund. Wir alle verloren ein Vermögen. Weder Buck noch ich haben das verkraftet.«

»Du hast dein Bestes getan«, tröstete Tate ihn. Ich selbst habe mein Herz verloren, dachte sie, und auch ich habe mein Bestes getan.

»Ich wusste nicht, was ich sagen oder in Angriff nehmen sollte. Manchmal legte ich eins der Videos ein, die deine Mutter während jener Monate gedreht hatte, sah es mir an und schwelgte in Erinnerungen. Es war einfacher, Buck hin und wieder einen Brief zu schreiben. Matthew hat uns verheimlicht, wie schlecht es wirklich um ihn stand. Vielleicht hätten wir es nie erfahren, wenn wir nicht nach Florida gefahren wären und ihn in seinem Wohnwagen besucht hätten.«

Ray schüttelte den Kopf bei der Erinnerung daran, wie sein Freund, umgeben von Müll und in einem jämmerlichen Zustand, sturztrunken durch den heruntergekommenen Wohnwagen getorkelt war.

»Der Junge hätte uns von seinen Problemen erzählen sollen.«

»Matthew?« Überrascht sah Tate ihn an. »Ich dachte, Buck war der mit den Problemen! Matthew hätte dableiben und sich um ihn kümmern müssen.«

»Wenn er geblieben wäre, hätte er sich kaum vernünftig um Buck kümmern können. Er musste arbeiten, Tate. Schließlich wird Geld nicht einfach mit der Flut an Land geschwemmt. Es muss ihn Jahre gekostet haben, bis er die

Arztrechnungen abgezahlt hatte. Ich vermute, er hat es immer noch nicht ganz geschafft.«

»Es gibt Hilfsprogramme für Menschen in Bucks Situation. Zuschüsse, Beihilfen.«

»Aber nicht für Menschen wie Matthew. Ein Darlehen würde er annehmen, aber kein Almosen.«

Verwundert runzelte sie die Stirn. »Das ist dummer Stolz.«

»Stolz ist es auf jeden Fall«, stimmte Ray ihr zu. »Nachdem ich Buck wiedergesehen hatte, musste ich plötzlich an die *Isabella* denken. Die vielen ›Wenn‹ ließen mir keine Ruhe, also fing ich noch einmal von vorn an und recherchierte wieder.«

Er hielt den Blick in die Ferne gerichtet, auf etwas, das sie nicht sehen konnte. Oder von dem sie längst vergessen hatte, wie man es erkennt. »Vermutlich dachte ich, wenn ich einen neuen Anhaltspunkt fände, könnte ich Buck für das entschädigen, was er als mein Partner verloren hat.«

»Dad, niemand hatte Schuld.«

»Es geht nicht um Schuld, Liebling. Es geht darum, was richtig ist. Aber nun hat sich der Kreis geschlossen, Tate. Etwas sagt mir, dass es vom Schicksal so bestimmt ist.« Er schüttelte seine nachdenkliche Stimmung ab und lächelte sie an. »Ich weiß, das klingt nicht gerade logisch.«

»Darüber solltest du dir keine Gedanken machen.« Sie stellte sich auf die Zehenspitzen und küsste ihn. »Für die Logik bin ich zuständig.«

»Und deine Mutter macht klar Schiff.« Die Erinnerungen weckten seine alte Begeisterung. »Wir geben ein gutes Team ab, Tate.«

»Das war schon immer so.«

»*Mermaid* backbord achteraus«, murmelte er.

Tatsächlich. Tate musste zugeben, dass der Katamaran eine gute Figur machte. Sein doppelter Rumpf schnitt durch das Wasser wie ein Diamant durch Glas. Obwohl die Fenster des Steuerhauses das Sonnenlicht reflektierten, konnte Tate Matthew am Steuer erkennen.

Die *Mermaid* zog neben sie, bis kaum noch drei Meter zwischen den beiden Booten lagen. Tate sah, dass Matthew den Kopf in ihre Richtung drehte, und spürte sein herausforderndes Grinsen.

»Sieht aus, als ob er es auf ein Rennen anlegt«, bemerkte Ray.

»Ach ja?« Breitbeinig baute sie sich vor dem Steuerrad auf und legte die Hand um den Gashebel. »Kann er haben.«

»Gutes Mädchen.« Ray verließ die Brücke und rief nach Marla.

»Okay, Lassiter«, murmelte Tate. »Halt dich fest.«

Tate gab Gas und drehte das Steuer, bis sie die *Mermaid* hinter sich gelassen hatte. Sie jubelte laut auf, als sie die Kraft des Motors unter ihren Händen spürte. Die *New Adventure* war kein gewöhnlicher Cruiser, und Tate ließ ihrem Motor freien Lauf.

Bei zwölf Knoten schnurrte die Maschine wie ein Kätzchen.

Allerdings überraschte es Tate nicht, dass die *Mermaid* aufholte, denn das Boot war wie für ein Rennen gebaut. Als beide Buge auf gleicher Höhe lagen, überholte Tate wieder und beschleunigte auf fünfzehn Knoten.

Noch einmal holte Matthew sie ein, und noch einmal steigerte Tate das Tempo, bis sein Bug hinter ihrem Heck zurückblieb. Triumphierend warf sie das Steuer hin und her, sodass das Boot zu tanzen begann, und kicherte leise vor sich hin, bis die *Mermaid* plötzlich wie eine Kugel an ihr vorbeischnellte.

Als sie den Mund wieder zugeklappt hatte, lag Matthew bereits gut fünfzehn Meter vor ihr. Noch einmal gab sie Gas und holte alles aus dem Motor heraus. Das laute Lachen ihrer Mutter drang vom Bug zu ihr herüber, und Tate stimmte in ihr Gelächter ein, während sie weiter aufholte. Aber sosehr sie sich auch bemühte, die *Mermaid* blieb vorn.

»Was für ein Boot«, sagte sie zu sich selbst. »Ein verdammt gutes Boot.«

Als Matthew in einem weiten Kreis um sie herumsteuerte, konnte sie ihm ihre Niederlage einfach nicht übel nehmen.

Verdammt, er verstand es immer noch, ein Lächeln auf ihre Lippen zu zaubern.

Am dritten Tag legten sie abends in Freeport an, gerade noch rechtzeitig, bevor ein Sturm mit prasselndem Regen und rauer See aufzog. An Bord der *Mermaid* war ein großes Essen mit LaRues Garnelenjambalaya als Hauptgericht geplant.

Als die zweiten Portionen verteilt wurden, waren LaRue und Marla bereits tief in eine Diskussion über Kochrezepte versunken, während Buck und Ray wieder in ihre alten Streitereien über Baseball verfielen. Da Tate zu keinem der beiden Themen viel beizusteuern wusste, musste sie wohl oder übel mit Matthew als Gesprächspartner vorlieb nehmen und besann sich auf ihre Südstaatenmanieren. »Ich hatte ganz vergessen, dass du dich für Bootsbau interessierst«, begann sie. »Buck sagt, du hast die *Mermaid* selbst entworfen.«

»Ja. Im Laufe der Jahre habe ich mit verschiedenen Formen experimentiert, und diese war die richtige für mich.« Er füllte seinen Teller nach. »Vermutlich wusste ich schon immer, dass ich eines Tages zurückkehren würde.«

»Das wusstest du? Warum?«

Er blickte auf und sah ihr in die Augen. »Weil ich nie zu Ende gebracht habe, was ich damals angefangen hatte. Hin und wieder muss dir doch der gleiche Gedanke gekommen sein.«

»Nicht wirklich.« Von guten Manieren einmal abgesehen, erschien ihr zu lügen als relativ sichere Strategie. »Ich war anderweitig beschäftigt.«

»Sieht ganz so aus, als ob das Akademikerleben zu dir

passt.« Er stellte fest, dass sie ihr Haar wie so oft zu einem dicken Zopf geflochten trug, was ebenfalls zu ihr passte. »Wie ich höre, müssen wir dich bald mit Dr. Beaumont anreden.«

»Vor mir liegt noch eine Menge Arbeit.«

»Mit dieser Sache für die Smithsonian Institution vor ein paar Jahren hast du dir einen guten Namen gemacht.« Ihren überraschten Gesichtsausdruck quittierte er mit einem Schulterzucken. »Ray und Marla haben mich informiert.« Er erwähnte nicht, dass er sich eine Ausgabe der Zeitschrift gekauft und den fünfseitigen Artikel zweimal gelesen hatte. »Sie platzten fast vor Stolz, dass du die Funde von dem uralten griechischen Schiff untersucht hast.«

»Natürlich habe ich die Expedition nicht geleitet, sondern gehörte nur zum Team. Einer meiner Professoren, Hayden Deel, war der Chefarchäologe«, erzählte sie. »Er ist genial. Mit ihm habe ich auch bei meinem letzten Auftrag auf der *Nomad* zusammengearbeitet.«

»Davon habe ich ebenfalls gehört.« Es schmeckte ihm immer noch nicht, dass sie an einer VanDyke-Operation beteiligt gewesen war. »Ein Raddampfer.«

»Richtig. Zum Tauchen lag er zu tief. Wir haben Computer und Roboter eingesetzt.« Bei diesem Fachgespräch fühlte sie sich wohl und stützte ihr Kinn auf einer Faust ab. »Wir haben unglaubliches Filmmaterial über die Tier- und Pflanzenwelt gedreht.«

»Klingt so, als ob euch das Ganze viel Vergnügen bereitet hat.«

»Es war eine wissenschaftliche Expedition«, korrigierte sie ihn kühl. »Mit Spaß hatte das nichts zu tun. Die Ausrüstung, die für die Suche und Bergung der *Justine* entwickelt wurde, hat Unglaubliches geleistet. Unser Team bestand aus den besten Wissenschaftlern und Technikern. Und«, fügte sie als Seitenhieb hinzu, »abgesehen von wissenschaftlichen Erkenntnissen fanden wir eine Menge Gold. Das dürfte selbst dich interessieren. Ein Vermögen in Goldmünzen und -barren.«

»Und VanDyke wird noch reicher.«

Als Tate klar wurde, dass er es wusste, verfinsterte sich ihr Gesichtsausdruck. »Das ist irrelevant. Die wissenschaftlichen und historischen Erkenntnisse wiegen –«

»Blödsinn. Alles, was VanDyke tut, ist relevant.« Er konnte kaum glauben, dass sie sich so sehr verändert haben sollte. »Ist dir denn völlig egal, wer deinen Gehaltsscheck unterschreibt?«

»SeaSearch –«

»VanDyke ist Inhaber von Trident, Trident ist Inhaber von Poseidon, Poseidon ist Inhaber von SeaSearch.« Höhnisch grinsend, hob er seinen Rotwein und prostete ihr zu. »Ich wette, VanDyke war mit deiner Arbeit zufrieden.«

Einen Augenblick lang konnte Tate ihn nur anstarren. Sie fühlte sich, als ob ihr eine eiskalte Faust in den Magen geschlagen hätte. Dass er so geringschätzig von ihr denken konnte, schmerzte sie mehr, als sie sich eingestehen wollte. Tate dachte daran, wie sie tropfnass und empört vor VanDyke auf dessen Yacht gestanden hatte. Und sie erinnerte sich an ihre Wut und das schreckliche Gefühl des Verlustes.

Schweigend stand sie vom Tisch auf und trat in den Regen hinaus. Matthew schob seinen Teller beiseite und folgte ihr leise fluchend.

»So gehst du also damit um, wenn dir jemand den Spiegel vorhält, Rotschopf? Du suchst das Weite?«

Sie klammerte sich an der Reling fest, während der Regen in dicken Tropfen auf sie herunterklatschte. Im Norden zuckte ein Blitz über den Himmel.

»Ich hatte keine Ahnung.«

»Verstehe.«

»Ich wusste nichts davon«, wiederholte sie. »Nicht, als ich den Vertrag unterschrieb. Wenn ich es gewusst hätte, hätte ich niemals … Ich hätte mich niemals auf eine Expedition eingelassen, die von VanDyke finanziert wird. Ich wollte wieder mit Hayden arbeiten, an einem großen, wichtigen Auftrag. Deshalb habe ich diese Chance nie hinterfragt.« Dafür schämte sie sich jetzt – was ihr in ihrer ersten Wut und Entrüstung gar nicht aufgefallen war. »Heute wünschte ich, ich hätte es getan.«

»Warum? Dir wurde eine Chance angeboten, du hast sie genutzt. So läuft das nun einmal.« Matthew steckte seine Hände in die Tasche, um Tate nur ja nicht zu berühren. »Du hast deine Wahl getroffen, na und? Außerdem ist VanDyke nicht dein Problem.«

»Von wegen.« Wütend fuhr sie herum. Regen strömte durch ihr Haar und über ihr Gesicht. In der Ferne grollte ein Donner. »VanDyke ist nicht dein ganz persönlicher Dämon, Matthew, auch wenn du das vielleicht glauben möchtest. Er hat uns alle bestohlen.«

»Also hast du dir etwas von ihm zurückgeholt. Auf der *Nomad* konntest du dir ein wenig Ruhm und Geld verdienen. Wie schon gesagt, es ist dir egal, wer dafür bezahlt.«

»Verdammt noch mal, Lassiter, ich habe dir schon erklärt, dass ich davon nichts wusste! In der Minute, als ich es herausfand, als mir klar wurde, dass er bei meiner Einstellung die Finger im Spiel hatte, habe ich gepackt und bin gegangen.«

»Du hast gepackt, weil du Angst hattest, ich könnte deine Eltern ausnutzen. Mir brauchst du nichts vorzumachen, Tate. Ich weiß, dass Ray dich angerufen und von seinem Plan erzählt hat, und anschließend warst du in Rekordzeit in Hatteras.«

»Stimmt, und einer der Gründe, warum ich so schnell dort sein konnte, war der, dass ich bereits meine Kündigung eingereicht und eine Transportmöglichkeit organisiert hatte. Zum Teufel mit dir«, seufzte sie erschöpft. »Ich brauche dir gar nichts zu beweisen. Vor dir brauche ich mich nicht zu rechtfertigen.«

Allerdings wurde ihr immer deutlicher bewusst, dass sie sich vor sich selbst rechtfertigen musste. Ungeduldig strich sie sich das nasse Haar aus dem Gesicht. »Ich war davon ausgegangen, dass ich den Auftrag auf Haydens Empfehlung bekommen hatte.«

Ein Funken von Eifersucht machte sich bei Matthew bemerkbar. »Hattest du was mit diesem Hayden?«

»Er ist ein Kollege«, brachte sie zwischen zusammengebissenen Zähnen hervor. »Ein Freund. Er erzählte mir, dass mein Name schon auf der Mitarbeiterliste stand, bevor sie auf seinem Schreibtisch landete.«

»Und?«

»Jetzt benutz doch mal deinen Verstand, Lassiter! Warum sollte jemand so etwas tun? Ich wollte wissen, warum und vor allem wer, und ich habe es herausgefunden. VanDyke hat mich ausgesucht. Damals machte er mir nicht den Eindruck eines Mannes, der etwas vergisst. Wie viele Tate Beaumonts mit einem Magister in Meeresarchäologie gibt es wohl?«

Weil auf einmal alles zusammenpasste, fühlte Matthew sich ziemlich idiotisch. »Vermutlich nur eine.«

»Stimmt.« Sie lehnte sich an die Reling. »Er muss gewusst haben, wer ich bin«, sagte sie leise. »Und er wollte, dass ich auf der *Nomad* arbeite. Ob du mir glaubst oder nicht, ich hatte bereits gekündigt, bevor mein Vater anrief.«

Er seufzte und rieb sich mit beiden Händen das Gesicht. »Ich glaube dir. Vielleicht war es falsch von mir, aber ich war stinksauer bei dem Gedanken, dass du deinem Renommee zuliebe für ihn arbeiten könntest.« Der schnelle, kühle Blick, den sie ihm über die Schulter zuwarf, trieb ihm das Blut ins Gesicht. »Entschuldige, ich hätte es besser wissen sollen.«

»Allerdings.« Jetzt war es an ihr, zu seufzen. Warum hätte er mir vertrauen sollen? fragte sie sich. Sie kannten einander nicht mehr. »Was soll's. Jedenfalls bin ich froh, dass wir diesen Punkt geklärt haben. Ich habe mir selbst schon Gedanken darüber gemacht und fühle mich überhaupt nicht wohl bei der Vorstellung, dass er mich benutzt hat. Noch weniger gefällt mir allerdings die Erkenntnis, dass er mich all die Jahre beobachtet hat.«

Das war ein Umstand, den Matthew noch gar nicht in Betracht gezogen hatte, und je mehr er darüber nachdachte, desto mehr dämpften die jüngsten Informationen seine Eifersucht. Er packte Tate an den Armen und zog sie näher an sich heran. »Hat er je mit dir Kontakt aufgenommen?«

»Nein.« Um nicht die Balance zu verlieren, stützte Tate sich mit beiden Händen an Matthews Brust ab. Schwere, warme Regentropfen fielen auf sie nieder. »Seit dem Tag, an dem er drohte, uns erschießen zu lassen, habe ich ihn nie wiedergesehen. Aber offensichtlich hat er mich beobachtet. Meine erste Expedition nach dem Studium ging im Auftrag von Poseidon ins Rote Meer. Für Poseidon«, wiederholte sie. »Und jetzt muss ich mich wohl fragen, mit wie vielen meiner Projekte er zu tun hatte. Wie viele Türen hat er für mich aufgestoßen, und warum?«

»Der Grund dafür ist simpel. Er hat dein Potential erkannt und will es nutzen.« Matthew sah den Ausdruck auf ihrem Gesicht und schüttelte sie sanft. »VanDyke hätte keine einzige Tür für dich geöffnet, wenn er sich nicht sicher gewesen wäre, dass du es auch allein geschafft hättest. Dieser Mann tut anderen keinen Gefallen, Rotschopf. Du bist so erfolgreich, weil du klug bist und deine Ziele entschlossen verfolgt hast.«

»Vielleicht. Aber das ändert nichts an der Tatsache, dass er hinter den Kulissen die Fäden gezogen hat.«

»Nein, da hast du wohl Recht.« Matthew lockerte seinen Griff. Er hatte nicht vergessen, dass er sie festhielt. Es kam ihm in den Sinn, dass sie vielleicht genug abgelenkt war, um sich nicht zu wehren, wenn er sie jetzt an sich zog. Stattdessen strich er einmal über ihre Arme und ließ sie dann los. »Außerdem ist da noch ein anderer Punkt.«

»Und der wäre?« Tate unterdrückte ein Schaudern. Diese kleine, unbewusste Geste war ihr so vertraut ...

»Wenn er wusste, dass du an Bord der *Nomad* warst, weiß er auch, dass du dort nicht mehr bist. Inzwischen ist ihm garantiert bekannt, dass wir uns wieder zusammengetan haben und wo unser Ziel liegt.«

Auf einmal war ihr eiskalt. »Und was wollen wir dagegen unternehmen?«

»Wir werden ihn überlisten.«

»Wie das?« Sie wandte sich ab und hielt sich mit beiden Händen an der feuchten Reling fest. »Er hat die Mittel, die Kontakte, das Geld.« Und er würde, so wurde ihr schlagartig klar, sie benutzen, um an Matthew heranzukommen. »Unsere einzige Hoffnung besteht darin, ihn auf eine falsche Fährte zu locken. Wenn ich zum Beispiel zurück auf die *Nomad* gehe oder sonst wohin, verfolgt er vielleicht meine Spur. Ich könnte sogar Gerüchte ausstreuen, dass du meine Eltern auf eine aussichtslose Jagd nach Anguilla oder Martinique gelockt hast.« Sie drehte sich um. »Ich könnte ihn ablenken.«

»Nein. Wir bleiben zusammen.«

»Aber es ist anders nur vernünftig, Matthew! Wenn er meine beruflichen Fähigkeiten respektiert, würde er dann nicht glauben, dass ich an dieser Jagd kein Interesse habe, weil sie sich nicht lohnt? Wahrscheinlich würde er dich in Ruhe lassen.«

»Wir bleiben zusammen«, wiederholte er. »Und wir schlagen ihn gemeinsam. Sehen wir den Tatsachen ins Auge, Tate, wir brauchen einander.« Er nahm ihren Arm und zog sie hinter sich her.

»Wohin gehst du?«

»Auf die Brücke. Ich muss dir etwas zeigen.«

»Sollten wir nicht die anderen informieren? Ich hätte es ihnen schon längst sagen sollen.« Sie polterte die kurze Treppe hinauf. »Sie haben ein Recht, ihre Meinung zu äußern und sich an der Entscheidung zu beteiligen.«

»Die Entscheidung ist längst getroffen.«

»Du bist hier nicht der Boss, Lassiter.«

Er warf die Tür hinter sich ins Schloss und nahm eine Jacke vom Haken. »Wenn du glaubst, dass hier jemand dafür stimmen würde, dich allein ins Lager des Feindes zurückzuschicken, bist du nicht so schlau, wie du aussiehst. Zieh das über.« Er warf ihr die Jacke zu. »Du zitterst.«

»Vor Wut«, behauptete sie, schob aber ihre Arme gehorsam in die Ärmel der Windjacke. »Ich werde mich nicht von VanDyke dazu benutzen lassen, dir wehzutun.«

Matthew hatte eine Flasche Weinbrand aus dem Regal genommen und hielt nun beim Einschenken inne. »Ich hätte nicht gedacht, dass dir das etwas ausmachen würde.«

Tate reckte ihr Kinn in die Höhe. »Es macht mir nichts aus, dir wehzutun, aber das erledige ich lieber selbst, und nicht als Werkzeug eines anderen.«

Seine Lippen verzogen sich. Er reichte ihr ein Glas. »Weißt du, Rotschopf, nass hast du mir schon immer gut gefallen, besonders wenn du obendrein sauer warst. Ungefähr so wie jetzt.« Er stieß mit seinem Glas gegen ihres. »Ich weiß, dass du mich am liebsten in Stücke schneiden und an die Fische verfüttern würdest. Genau wie ich weiß, dass du damit warten wirst, bis wir diesen Job hinter uns gebracht haben.«

»Ich würde dich nicht verfüttern, Lassiter.« Grinsend nippte sie an ihrem Weinbrand. »Dazu habe ich viel zu viel Respekt vor den Fischen.«

Er lachte und brachte sie schon wieder aus dem Gleichgewicht, indem er an ihrem nassen Zopf zupfte. »Weißt du, was du hast, Tate? Außer einem klugen Verstand, einem starken Sinn für Loyalität und einem eigensinnigen Kinn?«

Sie zuckte mit den Schultern, ging zum Steuerrad und starrte in den Regen.

»Integrität«, murmelte er. »Steht dir übrigens gut.«

Tate schloss die Augen und kämpfte gegen ihre Gefühle an. Es gelang ihm immer noch, sich an sämtlichen Verteidigungsmechanismen vorbei direkt in ihr Herz zu manövrieren.

»Klingt ganz danach, als ob du mir schmeicheln wolltest, Matthew.« Sie wandte sich ihm zu. »Warum?«

»Ich sage die Dinge so, wie ich sie sehe, Tate, und ich frage mich, ob es dir bei all diesen vorbildlichen Eigenschaften wohl gelungen ist, an der Neugier und dem Einfühlungsvermögen festzuhalten, die dich damals zu einem so außergewöhnlichen Menschen gemacht haben.«

»Für dich war ich nie außergewöhnlich.«

»Doch, das warst du.« Beiläufig zuckte er mit den Schultern, um die schmerzhafte Wahrheit zu überspielen. »Wenn es anders gewesen wäre, hättest du Saint Kitts kaum als Jungfrau verlassen.«

Farbe stieg in ihre Wangen. »Du arroganter, eingebildeter Idiot!«

»Das ist eine Tatsache«, erwiderte er und war erleichtert, dass er sie vom Thema VanDyke abgelenkt hatte. Matthew stellte sein Glas ab, kniete sich hin und zog unter einer gepolsterten Bank eine Schublade auf. »Bleib, wo du bist«, sagte er leise, als sie zielstrebig auf die Tür zusteuerte. »Du willst bestimmt sehen, was ich hier habe. Und glaub mir ...« Aus der Hocke sah er sie an. »Ich habe nicht vor, dich zu verführen. Zumindest nicht im Moment.«

Tates Finger spannten sich um das Glas, das sie immer noch in der Hand hielt. Schade, dachte sie, dass nur noch ein paar Tropfen übrig sind, nicht genug, um ihm den Inhalt effektvoll über den Kopf zu schütten.

»Lassiter, die Wahrscheinlichkeit, dass du mich verführen kannst, ist ungefähr so groß wie die, dass ich mir einen tollwütigen Skunk als Schmusetier aussuche. Und ich kann mir kaum vorstellen, dass du etwas besitzt, das mich interessiert.«

»Wie wäre es mit ein paar Seiten aus Angeliques Tagebuch?«

Ihre Hand blieb auf dem Türgriff liegen. »Angelique Maunoir? Der Fluch der Angelique?«

»VanDyke hat das Original. Vor fast zwanzig Jahren stieß er darauf und ließ es übersetzen.« Matthew nahm ein Metallkästchen aus der Schublade und richtete sich auf. »Ich habe damals belauscht, wie er meinem Vater sagte, er hätte die Nachkommen von Angeliques Zofe ausfindig gemacht. Die meisten von ihnen lebten in der Bretagne. Dort nimmt die Legende ihren Anfang. VanDykes Vater hatte Silas davon erzählt. Er war im Import-Export- und Transportgeschäft tätig, wo ständig die unterschiedlichsten Geschichten und Legenden kursieren. Und die Familie VanDyke hat ein persönliches Interesse an der Sache, weil sie angeblich entfernt mit Angeliques Schwiegervater verwandt ist. Deshalb ist VanDyke auch davon überzeugt, dass ihm das Amulett gehört.«

Als Matthew bemerkte, wie Tate ihn anstarrte, setzte er sich und legte die Kiste auf seinen Schoß. »VanDyke gefiel die Vorstellung, von einem Grafen abzustammen, obwohl oder vielleicht gerade weil dieser einen fragwürdigen Ruf hatte. Laut VanDyke bekam der Graf das Amulett zurück. Er musste die Zofe töten, um es in seinen Besitz zu bringen, aber sie war ja nur eine Zofe. Als er ein Jahr später vermutlich ziemlich qualvoll an Syphilis starb, hatte er es immer noch.«

Tate befeuchtete ihre Lippen und kämpfte gegen ihre Faszination an. »Wenn du das alles wusstest, warum hast du uns dann nicht schon längst davon erzählt?«

»Einiges wusste ich, anderes nicht. Mein Vater hatte die Geschichte Buck anvertraut, und Buck behielt das meiste davon für sich. Er behielt auch den Großteil der Papiere meines Vaters. Ich fand sie erst vor ein paar Jahren, als Buck in der Klinik war und ich den Trailer ausmistete. Die ganze Sache machte ihm Angst.«

Matthew beobachtete Tate und trommelte dabei mit den Fingern auf die Schachtel. »Das Problem war, dass VanDyke meinem Vater zu viel erzählt hatte. Seine Arroganz ließ ihn unvorsichtig werden. Wahrscheinlich dachte er, er sei nahe daran, das Amulett zu finden, und wollte mit seinen Erkenntnissen prahlen. Er verriet meinem Vater, wie er die Geschichte des Amuletts durch die Familie des Grafen zurückverfolgt hatte. Verschiedene Nachkommen starben in jungen Jahren eines gewaltsamen Todes, ihre Kinder lebten in Armut. Schließlich wurde das Amulett verkauft, wanderte durch verschiedene Hände und erwarb sich seinen legendären Ruf.«

»Wie hat es dein Vater geschafft, die Seiten des Tagebuchs zu kopieren?«

»Seinen Aufzeichnungen zufolge machte er sich Sorgen hinsichtlich VanDykes. Er vermutete einen Trick oder Schlimmeres und beschloss, eigene Recherchen anzustellen. Seine Chance kam, als der Winter anbrach und das Tauchen eine Zeit lang unmöglich machte. Vater nutzte die Gelegenheit und forschte selbst nach. Damals muss er auf die *Isabella* gestoßen sein. Alle weiteren Eintragungen sind verschlüsselt. Vielleicht befürchtete er, dass VanDyke sie finden könnte.«

Die alte Frustration nagte wieder an Matthew. »Zum größten Teil sind es nur Spekulationen, Tate. Damals war ich noch ein Kind, vieles hat er mir gar nicht erzählt. Im Grunde hat er mir überhaupt nichts erzählt. Diese einzelnen Bruchstücke aneinander zu reihen, war für mich so, als ob ich die Persönlichkeit meines Vaters wie die Teile eines Puzzles zusammensetzen würde. Inzwischen bin ich mir nicht einmal mehr sicher, ob ich ihn überhaupt kannte.«

»Matthew.« Ihre Stimme klang sanft. Sie setzte sich neben ihn und legte eine Hand auf seinen Arm. »Damals warst du ein kleiner Junge. Du solltest dir keine Vorwürfe dafür machen, dass deine Erinnerungen undeutlich sind.«

Er starrte auf ihre schmalen, weißen Hände, gegen die seine vernarbt und rau wirkten. Und genau das, so dachte er, ist der Unterschied zwischen uns.

»Ich wusste nicht, was er vorhatte. Damals spürte ich zwar, dass etwas im Gange war, denn am fraglichen Tag wollte ich nicht, dass er mit VanDyke taucht. Am Vorabend hatte ich einen Streit der beiden belauscht. Ich bat ihn, nicht zu tauchen, oder mich wenigstens mitzunehmen. Er lachte mich aus.«

Matthew löste sich von seinen Erinnerungen. »Aber das beantwortet deine Frage nicht. Ich kann mir nur vorstellen, dass mein Vater in VanDykes Kabine einbrach und sie durchsuchte. Er fand das Tagebuch und kopierte die wichtigsten Seiten. Das muss kurz vor seinem Tod gewesen sein, denn um diesen Punkt drehte sich ihr Streit – um das Tagebuch und das Amulett.«

»Warum erzählst du mir das alles, Matthew? Warum sprichst du über Erinnerungen, die so schmerzhaft für dich sind und doch nicht mehr geändert werden können?«

»Weil ich weiß, dass du nicht hier bleiben würdest, nur weil ich dich darum bitte.«

Sie zog ihre Hand zurück. »Lieber appellierst du an mein Mitgefühl.«

»Ich liefere dir Hintergrundinformationen. Wissenschaftler arbeiten doch mit Hintergrundinformationen, Fakten und Theorien, oder? Du glaubst nicht, dass wir die *Isabella* finden werden.« Er sah ihr abschätzend in die Augen. »Und du glaubst auch nicht, dass wir das Amulett entdecken. Sollten wir darauf stoßen, ist es für dich nichts weiter als ein interessantes, wertvolles antikes Schmuckstück.«

»In Ordnung, du hast Recht. Nichts von dem, was du mir bisher erzählt hast, könnte mich vom Gegenteil überzeugen. Ich verstehe, warum du daran glauben musst, aber das ändert nichts an den Tatsachen.«

»Nur suchen wir keine Tatsachen, Tate.« Matthew öffnete das Kästchen und reichte ihr einige kopierte Blätter, die mit einer eng gekritzelten, flüchtigen Schrift beschrieben waren. »Ich glaube nicht, dass du das vergessen hast. Solltest du es vergessen haben, frischt dies hier vielleicht dein Gedächtnis wieder auf.«

9. Oktober 1553

Wenn der Morgen kommt, werden sie mich töten. Mir bleibt nur noch eine letzte Nacht auf dieser Welt, und ich muss sie allein verbringen. Sogar meine treue Colette hat man mir genommen. Obwohl sie beim Abschied geweint hat, ist es besser so. Nicht einmal ihre Gebete, so rein und selbstlos sie auch sein mögen, können mir jetzt noch helfen. In dieser Zelle hätte Colette nur sinnlos gelitten, während ich auf den Sonnenaufgang warte. Gesellschaft – längst habe ich gelernt, ohne sie zu leben. Seit Etiennes Tod vor sechs langen Wochen habe ich nicht nur meinen teuersten Gefährten, meine Liebe, mein Glück verloren, sondern auch meinen Beschützer.

Sie sagen, ich hätte ihn vergiftet, ihn gezwungen, mein Hexengebräu zu trinken. Was sind sie doch für Narren! Mein Leben hätte ich für ihn gegeben. Und nun gebe ich es tatsächlich. Seine Krankheit saß zu tief und war stärker als meine Heilkräfte. Fieber und Schmerzen wüteten schnell und erbarmungslos, kein Heiltrank, kein Gebet konnte seinen Tod aufhalten. Als seine Frau wurde ich verurteilt. Ich, die ich Krankheiten und Leid unter den Dorfbewohnern lindern half, werde als Mörderin und als Hexe hingerichtet. Die, deren Fieber ich kuriert habe, deren Schmerzen ich stillte, haben sich gegen mich gewendet, verlangen nun laut schreiend meinen Tod, wie wilde Tiere, die den Mond anheulen.

Ihr Anführer ist der Graf, Etiennes Vater, der mich hasst und mich begehrt. Sieht er von seinem Fenster im Schloss aus zu, wie sie den Scheiterhaufen aufschichten, der mein Sterbebett werden soll? Sicher steht er dort mit seinen gierig glänzenden Augen, die dürren, lüsternen Finger zum Gebet verkrampft. Wenn ich morgen auf dem

Scheiterhaufen sterben muss, wird er im ewigen Feuer leiden. Ein geringer, aber beruhigender Trost.

Wenn ich ihm nachgegeben, wenn ich meine Liebe nach Etiennes Tod verraten und das Bett mit seinem Vater geteilt hätte, vielleicht würde ich dann am Leben bleiben. So hat er es versprochen. Doch lieber habe ich die Qualen dieses verfluchten christlichen Gerichts auf mich genommen, als auf sein Anerbieten einzugehen.

Ich höre meine Wärter lachen. Sie sind trunken vor Vorfreude auf den morgigen Tag, doch wenn sie in meine Zelle kommen, lachen sie nicht. Dann sind ihre Augen weit vor Angst, während sie mit den Fingern das Zeichen zum Schutz gegen die Hexe formen. Diese Narren, sie glauben tatsächlich, dass diese kleine, jämmerliche Geste die wahren Mächte aufhalten könnte!

Sie haben mir das Haar geschoren. Etienne nannte es sein Engelsfeuer, wenn er mit seinen Fingern hindurchfuhr. Es war mein Stolz, und selbst den haben sie mir genommen. Mein Fleisch fault auf meinen Knochen, gezeichnet von der endlosen Folter. Für diese eine Nacht lassen sie mich in Ruhe. Und das ist ihr Fehler.

Denn so schwach mein Körper auch sein mag, mein Herz wird immer stärker. Schon bald werde ich bei Etienne sein, und das tröstet mich. Ich weine nicht mehr bei dem Gedanken daran, dass ich bald eine Welt verlassen soll, die grausam ist und die den Namen Gottes für Folter, Verdammnis und Mord missbraucht. Ich werde die Flammen sehen, und ich schwöre bei Etiennes Seele, dass ich nicht um Gnade betteln oder nach dem Gott rufen werde, den sie benutzen, um mich zu zerstören.

Colette hat mir das Amulett in die Zelle geschmuggelt. Sie werden es finden und stehlen. Aber heute Nacht trage ich es um meinen Hals, die schwere Goldkette, den tränenförmigen Rubin, in Gold gefasst, in das unsere Namen graviert sind, besetzt mit noch mehr Rubinen und Diamanten. Blut und Tränen. Ich halte es in meiner Hand und spüre Etienne in meiner Nähe, sehe sein Gesicht vor mir.

Mit seiner Kraft verfluche ich das Schicksal, das uns tötet und das Kind in meinem Leib vernichtet, von dem nur Colette und ich wissen. Ein Kind, das nie das Leben mit seinen Freuden und Leiden kennen lernen wird.

Für Etienne und unser Kind sammle ich meine ganze Kraft, ich rufe die Mächte, die mir gehorchen und die mir Stärke verleihen. Mögen die, die mich verdammen, leiden, wie wir gelitten haben. Mögen sie, die alles, was ich liebe, von mir genommen haben, nie mehr Freude erfahren. Ich verfluche den, der dieses Amulett von mir nehmen wird, diese letzte irdische Verbindung zwischen mir und meiner Liebe. Ich bete zu allen Mächten des Himmels und der Hölle, dass der, der mir Etiennes letztes Geschenk nimmt, Elend, Schmerz und Kummer erfährt. Wer sich daran bereichern will, wird das verlieren, was ihm am liebsten, am teuersten ist. Als Vermächtnis an meine Mörder und die, die nach ihnen folgen, sollen Generationen von Kummer gequält werden.

Morgen verbrennen sie mich als Hexe. Ich bete, dass sie Recht haben und dass meine Macht, wie meine Liebe, bestehen wird.

Angelique Maunoir

Einen Augenblick lang brachte Tate kein Wort heraus. Sie gab Matthew die Blätter zurück, stand auf und ging zum Fenster. Sie hatte gar nicht bemerkt, dass der Regen nachgelassen, fast aufgehört hatte.

»Sie war so allein«, murmelte Tate. »Wie schrecklich für sie, in dieser Zelle eingesperrt zu sein und zu wissen, dass sie am nächsten Morgen grausam sterben würde! Sie trauerte um den Mann, den sie geliebt hatte, und konnte noch nicht einmal die Freude auf ihr Kind genießen. Kein Wunder, dass sie Rache schwor.«

»Ob sie ihre Rache bekam?«

Kopfschüttelnd drehte Tate sich um. Sie stellte fest, dass Matthew ebenfalls seinen Platz verlassen hatte und neben sie getreten war. Ihre Augen waren feucht. Die Worte, vor so langer Zeit geschrieben, hatten sie berührt. Aber als Matthew eine Hand hob und ihre feuchte Wange streifte, zuckte sie zurück.

»Nicht.« Sie sah, wie sich sein Blick abkühlte, und trat zurück. »Ich habe schon vor langer Zeit aufgehört, an Magie zu glauben, schwarze oder weiße. Die Halskette hat Angelique offensichtlich viel bedeutet, sie war eine Erinnerung an den Mann, den sie liebte. Ein Fluch dagegen ist eine ganz andere Sache.«

»Komisch, ich hätte gedacht, dass jemand, der seine Zeit damit verbringt, mit alten Gegenständen umzugehen und sie zu untersuchen, ein bisschen mehr Phantasie an den Tag legt. Hast du noch nie etwas in der Hand gehalten, das seit Jahrhunderten vergraben war, und dabei etwas gespürt? Eine unerklärliche Kraft?«

Er hatte Recht. »Die Sache ist die«, sagte sie ausweichend, »dass du mich überzeugt hast. Wir halten zusammen und schlagen ihn gemeinsam. Wir unternehmen, was immer notwendig ist, damit das Amulett nicht in VanDykes Hände fällt.«

Matthew registrierte ihre Entschlossenheit mit einem beiläufigen Nicken, das seinen rasenden Puls Lügen strafte. »Das ist die Antwort, die ich erwartet hatte. Ich würde deine Hand schütteln, aber du willst ja nicht, dass ich dich anfasse.«

»Genau.« Sie wollte um ihn herumgehen, aber er stellte sich ihr in den Weg. Ihre Augen verfinsterten sich. »Wirklich, Matthew, wir sollten uns nicht lächerlicher verhalten als unbedingt notwendig.«

»Wenn wir tauchen, wirst du damit leben müssen, dass ich dich anfasse, falls es sich nicht vermeiden lässt.«

»Mit dir zu arbeiten, ist kein Problem, rück mir nur nicht zu nah auf die Pelle.«

»Das hast du früher auch immer gesagt.« Er trat zurück und machte eine ausholende Bewegung mit den Armen. »Jetzt hast du jede Menge Platz.«

Tate nutzte die Gelegenheit und ging zur Tür. Dort zog sie die Windjacke aus und hängte sie an einen Haken. »Ich bin froh, dass du mir die Kopien gezeigt hast, Matthew.«

»Schließlich sind wir Partner.«

Sie drehte sich um. Seltsam, wie einsam er aussah, dort vor dem Steuerrad und dem weiten Ozean. »Sieht ganz danach aus. Gute Nacht.«

Siebtes Kapitel

Silas VanDyke war enttäuscht. Die Berichte, die er soeben gelesen hatte, hatten ihm den Vormittag gründlich verdorben. Nun versuchte er, den Tag zu retten, indem er seinen Lunch auf der Terrasse hoch über dem Meer einnahm.

Der Blick, der sich ihm bot, war wirklich spektakulär. Dazu gesellten sich das Tosen der Brandung und die Musik von Chopin aus Lautsprechern, die geschickt in der Pracht seines tropischen Gartens versteckt waren. VanDyke nippte an seinem Champagner und stocherte in dem exotischen Fruchtsalat herum. Nicht mehr lange, und seine derzeitige Gefährtin würde von ihrem Einkaufsbummel zurückkehren.

Natürlich würde sie nur zu gern dazu bereit sein, ihn mit nachmittäglichem Sex abzulenken, aber dazu war er einfach nicht in der Stimmung.

VanDyke war ganz ruhig, hatte sich immer noch unter Kontrolle, aber er war enttäuscht.

Tate Beaumont hatte ihn verraten, und das nahm er sehr persönlich. Immerhin hatte er ihre Entwicklung so aufmerksam verfolgt wie die einer seiner sorgfältig gehegten Blüten. Wie ein gutmütiger Onkel hatte er ihre Karriere unterstützt, selbstverständlich anonym. Dankbarkeit war jedoch nicht das, was er wollte.

Nur Loyalität.

Ihre Arbeit auf der *Nomad* hätte sie auf ihrem Fachgebiet nach ganz oben gebracht. Zudem hätte sie dank ihres Aussehens, ihrer Begeisterungsfähigkeit und ihrer Jugend kompetente, anerkannte Wissenschaftler wie Hayden Deel mit

Leichtigkeit in den Schatten gestellt. Und sobald sie die Spitze erreicht hätte, wäre er, VanDyke, aus dem Hintergrund getreten, um ihr die Welt zu Füßen zu legen.

Sie hätte seine Expeditionen geleitet, über seine Labore, sein Geld, seine beste Ausrüstung verfügen können. Sie hätte sich an der Suche nach dem Fluch der Angelique beteiligt. Seit jenem Tag vor acht Jahren, als sie ihm an Deck der *Triumphant* gegenübergestanden hatte, war ihm instinktiv bewusst, dass sie das Verbindungsglied war. Im Laufe der Jahre hatte er erkannt, dass sie ihm vom Schicksal als Zeichen, als Symbol gesandt worden war. Und er hatte sie beobachtet und ruhig auf den richtigen Augenblick gewartet.

Mit ihr würde es ihm gelingen, daran bestand kein Zweifel.

Aber sie hatte ihn verraten, hatte ihren Posten verlassen.

Er biss die Zähne zusammen. Schweiß lief heiß über seine Haut. Die Wut beeinträchtigte sein Sehvermögen und überwältigte ihn so plötzlich, dass er das Kristallglas über die Mauer ins Meer schleuderte, den Tisch umstieß und Porzellan, Silber und köstliche Früchte auf die Terrasse purzelten.

Dafür würde sie bezahlen. Ihn zu verlassen, war ein Vergehen, das schwer geahndet wurde. Ein tödliches Vergehen. Seine Nägel gruben blutige Spuren in seine Handfläche. Außerdem würde sie dafür bezahlen, dass sie den schlechten Geschmack bewiesen hatte, sich noch einmal mit seinen Gegnern einzulassen.

Sie glauben, sie haben mich überlistet, dachte VanDyke wütend und lief auf der Terrasse auf und ab. Dabei riss er eine seidige Hisbiskusblüte von einem Busch. Sie hatten einen Fehler begangen. Tate hatte einen Fehler begangen.

Sie schuldete ihm Loyalität, und die würde er bekommen. Er bestand darauf. Ein Grinsen zog sich über seine Lippen, und er zerfetzte die zarte Blüte. Dann riss er noch eine ab und immer mehr, bis der Busch und sein teurer Anzug gleichermaßen ruiniert waren.

Sein Atem ging schwer, und ihm war schwindlig vor Wut, doch dann konnte er sich endlich wieder konzentrieren. Als der Nebel vor seinen Augen verschwand, betrachtete er die Überreste seines Mittagessens, die Scherben auf den Fliesen. Sein Kopf schmerzte unerträglich, und seine Hände bluteten.

Er konnte sich nur noch vage daran erinnern, was diese Zerstörungswut ausgelöst hatte, wusste nur noch, dass ihn eine schwarze Wolke eingehüllt hatte.

Wie lange? fragte er sich panisch. Wie lange hatte der Anfall gedauert?

VanDyke sah unruhig auf die goldene Uhr an seinem Handgelenk, aber er hatte keine Ahnung, wann der Stimmungsumschwung über ihn hereingebrochen war.

Es ist bedeutungslos, beruhigte er sich. Die Dienstboten würden nichts sagen, wie üblich würden sie nur das denken, was er ihnen zu denken befahl. Keinesfalls war er für dieses Durcheinander verantwortlich.

Sie waren daran schuld, machte er sich bewusst. Die Lassiters. Die Beaumonts. Er hatte einfach nur auf seine große Enttäuschung reagiert, wenn auch vielleicht ein wenig heftig. Wenigstens konnte er jetzt wieder seinen Verstand gebrauchen. Wie er es immer tat und immer tun würde.

Sobald er sich wieder beruhigt hatte, würde er nachdenken und einen Plan schmieden. Er würde ihnen Zeit geben, beschloss er, sie in Sicherheit wiegen. Aber dann würde er sie vernichten. Diesmal würde er sie ganz vernichten, weil sie an seiner Würde gekratzt hatten.

Ich will nicht die Kontrolle verlieren, sagte VanDyke sich und atmete langsam und bewusst durch. Sein Vater war nicht dazu in der Lage gewesen, seine Mutter zu kontrollieren, und seine Mutter war nicht imstande, sich selbst zu kontrollieren.

Aber *er* hatte sich Stärke und Willenskraft beigebracht.

Jetzt lief er Gefahr, beides zu verlieren, und er fürchtete sich, wie ein Kind sich davor fürchtet, im Schrank eingesperrt zu werden. Es gab Ungeheuer, und er musste sich beherrschen, um nicht den Garten nach ihnen abzusuchen. Die Ungeheuer der Dunkelheit, die Ungeheuer des Zweifels, des Versagens.

Er lief Gefahr, die Selbstkontrolle zu verlieren, an der er so lange und so hart gearbeitet hatte.

Der Fluch der Angelique. Inzwischen wusste er, war er sich sicher, dass das Amulett die Lösung war. Mit ihm würde er stark, furchtlos und mächtig sein. Er glaubte, dass die Seele der Hexe in diesem Amulett lag. Davon war er überzeugt, oh ja, und er fragte sich, warum er je daran gezweifelt, es für nicht mehr als ein wertvolles Schmuckstück gehalten hatte.

Das Amulett war seine Bestimmung. Er lachte kurz auf und zog mit zitternden Fingern ein Leinentaschentuch heraus, um sich das Gesicht abzuwischen. Seine Bestimmung, vielleicht sogar seine Rettung. Ohne das Amulett würde er erfahren, was Versagen bedeutete. Er würde hilflos in der schwarzen, kalten Welt seiner ohnmächtigen Wut gefangen sein. Das Amulett war sein Ausweg. Vorsichtig löste er eine weitere Blüte vom Strauch und streichelte sie sanft, um sich zu beweisen, dass er auch dazu fähig war.

Angeliques Seele lag in dem Metall und den Edelsteinen des Amuletts. Sie hatte ihn jahrelang verfolgt, ihn getrieben und ihn gereizt, indem sie ihn bis zu einem gewissen Punkt und dann keinen Schritt weiter an sein Ziel herangelassen hatte.

Aber er würde sie besiegen, wie seine längst verstorbenen Vorfahren sie besiegt hatten. Er würde siegen, weil er wusste, wie man siegt.

Und was Tate anging ... Er zerquetschte die Blüte in seiner Hand und zerriss ihre Blätter mit seinen sorgfältig manikürten Nägeln.

Sie hatte ihre Wahl getroffen.

Die Westindischen Inseln. Tropische Eilande aus Blumen, Pflanzen und hohen Klippen. Weißer Sand glitzerte in der Sonne, blaues Wasser schlug an den Strand, majestätische Palmen wiegten sich im Wind. So stellte man sich das Paradies vor.

Als Tate direkt nach Sonnenaufgang an Deck trat, empfand sie es genau so. Der Kegel des schlafenden Vulkans von Nevis lag im Nebel. Die Gärten und Hütten der Ferienanlage, die seit ihrem letzten Besuch entstanden war, schienen ebenfalls noch zu schlafen. Nichts regte sich, außer ein paar Möwen.

Tate beschloss, im Laufe des Vormittags an Land zu gehen und Vorräte zu besorgen. Aber jetzt würde sie erst einmal in Ruhe schwimmen. Sie glitt ins Wasser, ließ es über ihre Schultern fließen und legte den Kopf in den Nacken. Es war gerade kühl genug, um sie zu erfrischen. Faul trat sie Wasser und bewegte sich dabei im Kreis. Ihr freudiger Seufzer verwandelte sich in einen überraschten Schrei, als sie an einem Bein nach unten gezogen wurde.

Schnaubend tauchte sie wieder auf und starrte in Matthews strahlende Augen hinter der Tauchermaske.

»Ich konnte es mir nicht verkneifen. Eigentlich wollte ich nur eine Runde schnorcheln, da sah ich diese Beine ins Wasser ragen. Du hast wirklich tolle Beine, Rotschopf. Von unten bis oben.«

»Das Meer ist groß, Matthew«, erklärte sie gereizt. »Geh woanders spielen.«

»Warum holst du dir nicht deine Maske und kommst mit?«

»Kein Interesse.«

»Ich habe eine Tüte Kräcker dabei.« Er strich ihr eine feuchte Haarsträhne aus dem Gesicht. »Hast du keine Lust, die Fische zu füttern?«

Natürlich hatte sie Lust, aber nur, wenn sie von allein auf die Idee kam. »Nein.« Sie drehte sich um und schwamm weiter.

Er tauchte unter ihr durch und kam vor ihrem Gesicht wieder hoch. »Früher warst du nicht so langweilig.«

»Und du nicht so nervig.«

Er passte sich ihrer Geschwindigkeit an. »Natürlich bist du beim Tauchen ein wenig aus der Übung, da du deine Zeit mit Computern und Robotern verbracht hast. Deshalb traust du dich vermutlich nicht zu schnorcheln.«

»Ich traue mich. Ich tauche so gut wie früher. Sogar noch besser.«

»Wir werden ziemlich viel unter Wasser sein, wenn wir nach der *Isabella* suchen. Ich würde sagen, du musst dringend trainieren.«

»Ich brauche das Schnorcheln nicht zu trainieren.«

»Dann beweis es mir«, forderte er sie heraus und schwamm voran.

Sie wollte erst nicht darauf eingehen, doch dann verfluchte sie ihn und zog sich wieder an Bord, um Taucherbrille und Schnorchel zu holen. Natürlich ist der Typ ein Idiot, sagte sie sich, als sie sich wieder ins Wasser fallen ließ. Aber er kannte ihre Schwachstellen. Ihre einzige Genugtuung bestand darin, ihm zu zeigen, wie gut sie wirklich war.

Sie rückte ihr Mundstück zurecht und paddelte an der Oberfläche. Bis zu dem Moment, als sie unter Wasser die Fische und den Sand sah, war ihr gar nicht bewusst gewesen, wie lange sie schon nicht mehr zum Vergnügen getaucht war.

Verträumt planschte sie weiter und hatte Matthews Herausforderung schon ganz vergessen, bis er unter ihr durchschwamm und plötzlich Maske an Maske vor ihr auftauchte. Er grinste, dann pustete er einen Wasserstrahl aus dem Schnorchel über der Wasseroberfläche. Er legte den Kopf auf die Seite und zeigte nach unten. Ohne auf sie zu warten, tauchte er.

Für Tate war das Herausforderung genug. Sie atmete tief ein und folgte ihm.

Vor ihr lag die Welt, in der sie sich zu Hause fühlte. In der Strömung schwangen Seegrasbüschel hin und her, vor ihr erstreckten sich klares Wasser, Hügel und Ebenen aus Sand. Und als Matthew die Kräcker aus der Tasche nahm, tauchten wie aus dem Nichts Gruppen hungriger Fische auf.

Sie bewegten sich in Schwärmen um sie herum, knabberten an den Leckerbissen und schlangen sie gierig herunter. Einige waren so neugierig, dass sie in Tates Maske starrten, bevor sie sich dem Kampf um die Kräcker anschlossen. Ihre Lunge schmerzte, als sie endlich wieder nach oben schwamm, das Wasser ausspuckte und tief einatmete.

Fast eine Stunde war vergangen, als sie schließlich ihren Unterwasserausflug beendete. Tate riss ihre Maske herunter, legte sich zufrieden auf den Rücken und ließ sich treiben.

»Vielleicht hast du es doch nicht ganz verlernt«, bemerkte Matthew.

»Nun, immerhin habe ich nicht meine ganze Zeit im Labor verbracht.«

Weil sie die Augen geschlossen hatte, wagte er es, mit den Fingern durch ihr Haar zu fahren, das seidig rot im Wasser schwebte. »Ich habe dich gar nicht gesehen, als wir in San Juan anlegten.«

»Ich war anderweitig beschäftigt.« Aber sie hatte ihn bei seiner Tauchstunde mit LaRue beobachtet.

»Mit deiner Dissertation?«

»Genau.« Sie spürte ein leichtes Ziehen in ihrem Haar und tastete danach. Ihre Finger stießen an seine.

»Sorry. Worüber schreibst du?«

Vorsichtshalber ließ sie sich von der Strömung ein kleines Stück von der Stelle wegtreiben, wo er Wasser trat. »Würde dich sowieso nicht interessieren.«

Einen Moment lang schwieg er und wunderte sich darüber, wie übel ihm ihre Bemerkung aufstieß. »Da hast du vermutlich Recht.«

Sein Ton ließ sie die Augen aufschlagen.

»Ich habe ja kaum die Highschool geschafft, da verstehe ich natürlich nichts von Doktoren und Dissertationen.«

»So habe ich das nicht gemeint.« Peinlich berührt, griff sie nach seinem Arm, bevor er wieder untertauchen konnte. »Wirklich nicht. Ich wollte damit nur sagen, dass du dich bestimmt nicht für langweilige technische Ausführungen interessierst, wo du doch das, worüber ich schreibe, aus eigener Erfahrung kennst. Ehrlich gesagt, will ich die verdammte Sache nur endlich hinter mich bringen.«

»Ich dachte, es macht dir Spaß.«

»Das tut es auch. Ich –« Ärgerlich über sich selbst, ließ Tate sich wieder mit geschlossenen Augen treiben. »Ach, ich weiß nicht, was ich damit sagen wollte. In meiner Dissertation vergleiche ich den ideellen und den finanziellen Wert eines historischen Fundes. Nicht sonderlich originell, aber ich will mich auf ein bestimmtes Stück konzentrieren und seine Geschichte von den Anfängen bis hin zu seiner Entdeckung und Analyse verfolgen. Andererseits könnte ich mich auch wieder auf meine ursprüngliche Idee konzentrieren, nämlich wie der technologische Fortschritt die Meeresarchäologie zum einen weitergebracht und zum anderen unpersönlicher gemacht hat. Oder …«

Sie öffnete ein Auge. »Jetzt verstehst du vielleicht, warum ich so unwirsch reagiert habe, als du mich gefragt hast.«

»Du hast dich also noch nicht entschieden. Na und? Hast du es denn so eilig?«

»Das dachte ich immer.« Wie sollte sie ihm erklären, dass sie das Gefühl hatte, seit Jahren in einer Tretmühle gefangen zu sein, die sie sich zu allem Überfluss auch noch selbst ausgesucht hatte? Und dass sie sehr plötzlich und völlig spontan ausgestiegen war? Von dieser für sie selbst überraschenden Reaktion hatte sie sich immer noch nicht ganz erholt und hatte auch keine genaue Vorstellung davon, wie sie eines Tages wieder einsteigen sollte, wenn irgendwann der richtige Zeitpunkt gekommen war.

»Wenn du versuchst, besonders schlau zu sein, bildet sich auf deiner Stirn immer eine Falte.« Er legte eine Fingerspitze zwischen ihre Brauen.

Sie schob seine Hand beiseite. »Geh weg, Lassiter. Ich aale mich gerade in meiner beruflichen Krise.«

»Sieht ganz danach aus, als ob du vergessen hättest, wie man sich entspannt.« Er legte eine Hand auf ihr Gesicht und drückte sie unter Wasser.

Sie sank, zog ihn aber mit sich. Dann tauchte sie wieder auf und hätte normalerweise tief durchgeatmet, doch sie musste furchtbar kichern. Als er eine Hand um ihr Fußgelenk legte, trat sie mit dem anderen Fuß nach ihm und freute sich, einen Treffer gelandet zu haben, bevor er sie wieder nach unten zog.

Anstatt sich zu wehren, entspannte sie sich diesmal. Doch sobald sich sein Griff lockerte, verpasste sie ihm einen wohlplatzierten Hieb und schwamm dann in Richtung Boot. Sie war sich nicht sicher, ob er schneller oder sie langsamer war als früher, jedenfalls schaffte sie die Strecke nicht in vier Zügen.

Als sie endlich wieder an die Oberfläche kam, war sie erschöpft und außer Atem.

»Du ersäufst mich!«

»Ich rette dich«, berichtigte er sie. Tatsächlich hielt er sie über Wasser. Ihre Beine hatten sich ineinander verschlungen, und er machte mit einem Arm Schwimmbewegungen, während er den anderen um sie gelegt hatte.

»Irgendwie bin ich nicht mehr in Form.« Tate schnappte nach Luft und strich sich mit einer Hand das nasse Haar aus dem Gesicht.

»Nicht, soweit ich es beurteilen kann.«

Es dauerte einen Moment, bis das Lachen aus ihrem Gesicht verschwunden war, einen Moment, bevor ihr klar wurde, dass sie sich an ihn klammerte, dass sein muskulöser Körper sich beinahe nackt an sie presste. Einen Moment, bis sie die Lust in seinen Augen gedeutet und die Reaktion ihres eigenen Körpers gespürt hatte.

»Lass mich los, Matthew.«

Jetzt spürte er ihr Zittern. Sie war blass geworden, aber er wusste, dass sie sich nicht fürchtete. So hatte sie früher ausgesehen, wenn sie ihn begehrt hatte.

»Dein Herz pocht so laut, Tate, dass ich es fast hören kann.«

»Ich habe gesagt –«

Er beugte sich vor, nahm ihre Unterlippe zwischen seine Zähne und sah, wie ihre Augen sich verdunkelten. »Nur zu«, forderte er sie heraus. »Sag es noch mal.«

Er ließ ihr keine Gelegenheit. Sein Mund presste sich auf ihre Lippen, dann knabberte er daran, schob sie auseinander und tauchte mit seinem Kuss in Tiefe, Dunkelheit und Gefahr ein.

Bei Gott, er würde sich sein Vergnügen holen. Zumindest nahm er es sich vor, obwohl er selbst dabei litt. Sie war noch genauso wie in seiner Erinnerung, das Mädchen, das er hatte vergessen wollen. All das und mehr. Selbst als sie sanken und dann ineinander verschlungen wieder auftauchten, wusste er, dass ihn nicht die See ertränken würde, sondern seine verzweifelte, unendliche Sehnsucht nach ihr.

Ihr Geschmack, ihr Geruch, dieses Gefühl, das Geräusch ihres Atems, in dem Verwirrung und Freude mitklangen. Die Erinnerung an die Vergangenheit und die Realität der Gegenwart verschmolzen, bis er fast vergessen hatte, wie viel Zeit inzwischen verstrichen war.

Auch Tate hatte nicht geahnt, dass sie immer noch so empfinden konnte, so hungrig und hemmungslos. Doch sie wollte nicht nachdenken, nicht, wenn ihr Körper so intensive Gefühle empfand und jeder Nerv zu vibrieren schien.

Aber das war rein körperlich. Sie klammerte sich an diesen Gedanken, während sie sich an Matthew festhielt. Der fordernde, harte Mund eines Mannes, seine feuchte, glatte

Haut, der harte, bereite Körper, der sich an sie presste ... Nein, sie wollte nicht nachdenken. Aber sie musste es.

»Nein!«

Atemlos stieß sie die Silbe hervor, bevor sein Mund sich erneut auf ihren legte und ihren Verstand noch einmal gründlich durcheinander brachte. Sie fühlte, wie ihr Wille schwand, und kämpfte gegen Matthew und sich selbst an.

»Ich habe Nein gesagt.«

»Und ich habe dich gehört.« Die unterschiedlichsten Gefühle kämpften in ihm. Er wollte sie, und erkannte an der Art, wie ihr Mund sich auf seinen gepresst hatte, dass er sie haben konnte. Er brauchte sie und las auch ihre Sehnsucht nach ihm in ihren Augen. Wenn es also nur um Willen und Begehren ging, wäre der Kampf schnell vorbei.

Aber er liebte sie, und letztendlich blieb er als Opfer auf seinem eigenen Schlachtfeld zurück.

»Das ging nicht nur von mir aus, Tate. Aber du darfst es dir ruhig einbilden, wenn du dich dann besser fühlst.«

»Ich brauche mir gar nichts einzubilden. Lass mich los.«

Das hatte er längst getan! Und es gelang ihm, vage zu lächeln. »*Du* hältst *mich* fest, Süße.« Er streckte seine Hände mit den Handflächen nach oben vor sich aus.

Mit einem Fluch löste Tate ihre Arme, die sich unbewusst um ihn gelegt hatten. »Ich kenne das Verfahren, Lassiter, aber diesmal wird sich die Geschichte nicht wiederholen. Wir arbeiten zusammen, wir tauchen zusammen, mehr läuft nicht.«

»Du hast die Wahl, Rotschopf. So war es schon immer.«

»Dann ist ja alles klar.«

»Von mir aus.« Träge schwamm er auf dem Rücken. »Es sei denn, du hast Angst, dass du mir nicht widerstehen kannst.«

»Das schaffe ich schon«, rief sie hinter ihm her.

Er hätte sich darüber gefreut, noch einmal die Falte zwischen ihren Augenbrauen zu sehen. Doch Tate murmelte leise vor sich hin, dann tauchte sie zur Abkühlung unter und schwamm in die entgegengesetzte Richtung.

»Du tauchst erst wieder, wenn du die schriftliche Prüfung bestanden hast.« Matthew hielt LaRue die Blätter unter die Nase. »So läuft das nun mal.«

»Ich bin kein Schuljunge.«

»Du bist in der Ausbildung. Ich bin dein Ausbilder, und du musst eine schriftliche Prüfung ablegen. Wenn du bestehst, darfst du tauchen, wenn du durchfällst, bleibst du an Bord. Beim ersten Teil geht es um die Ausrüstung.« Matthew beugte sich vor. »Weißt du noch, wozu der Regler dient?«

»Er befördert die Luft von der Sauerstoffflasche zum Taucher.« LaRue schob die Papiere beiseite. »Richtig?«

Matthew gab sie ihm zurück. »Und er besteht aus?«

»Besteht aus, besteht aus!« Wütend griff LaRue nach seinem Tabakbeutel. »Dem, äh, Mundstück, dem Schlauch und dem – wie heißt das noch gleich – Druckmesser?«

»Was ist ein Druckmesser?«

»Ein Teil, das den Druck reguliert. Warum nervst du mich mit diesem Kram?«

»Weil du erst tauchst, wenn du die Ausrüstung in- und auswendig kennst und ich mich davon überzeugt habe, dass du Physik und Physiologie kapiert hast.« Er reichte LaRue einen Bleistift. »Lass dir so viel Zeit, wie du willst, aber vergiss nicht, dass du erst unter Wasser gehst, wenn du fertig bist. Buck, hilf mir auf Deck.«

»Bin gleich da.«

LaRue betrachtete die Prüfungsfragen und sah dann Matthew nach, der durch die Tür verschwand. »Was ist das Boylesche Gesetz?«, flüsterte er Buck zu.

»Wenn der Druck ...«

»Nicht mogeln«, rief Matthew. »Also wirklich, Buck.«

»Was soll ich sagen, LaRue, du bist auf dich allein

gestellt.« Reumütig folgte Buck Matthew an Deck. »Ich wollte ihm nur einen kleinen Tipp geben.«

»Und wer gibt ihm einen Tipp, wenn er in zwanzig Meter Tiefe die Grundlagen vergisst?«

»Du hast ja Recht – aber er macht sich doch ganz gut. Du hast gesagt, dass er Talent zum Tauchen hat.«

»Unter Wasser verhält er sich wie ein verdammter Fisch«, bestätigte Matthew grinsend. »Trotzdem kann er sich nicht vor den Details drücken.«

Er zog den Reißverschluss seines Taucheranzugs zu. Noch einmal überprüfte er seine Sauerstoffflaschen und die Regler, dann ließ er sich von Buck beim Anlegen helfen.

»Wir sehen uns nur ein wenig um«, bemerkte er, während er seinen Bleigürtel zuschnallte.

»Klar.«

Buck wusste, dass sie sich über der *Marguerite* befanden. Er und Matthew hatten jede Diskussion über das Wrack oder die Ereignisse vor acht Jahren vermieden. Buck wich Matthews Blick aus. Sein Neffe setzte sich hin, um seine Flossen anzulegen.

»Tate will Bilder machen«, erklärte Matthew, weil ihm nichts Besseres einfiel. Beiden war klar, dass sie sich ansehen wollten, was VanDyke zurückgelassen hatte.

»Ich weiß. Sie war schon immer ganz wild auf Bilder. Ist nett herangewachsen, nicht wahr?«

»Nicht übel. Und sag LaRue nicht mehr vor.«

»Und wenn er mich auf Knien anfleht.« Als Matthew seine Maske aufsetzte, verschwand Bucks Grinsen. Panik stieg in ihm auf. »Matthew ...«

Mit einer Hand an der Maske hielt Matthew inne, bevor er ins Wasser sprang. »Was ist?« Er erkannte Bucks Angst und bemühte sich, sie zu ignorieren.

»Nichts.« Buck rieb sich mit einer Hand über den Mund und schluckte, während ihm alptraumähnliche Visionen von Haien und Blut durch den Kopf gingen. »Viel Spaß!«

Matthew nickte kurz und glitt ins Wasser. Er unterdrückte den Implus, weiter nach unten zu schwimmen, sich in der Stille und Einsamkeit zu verlieren. Gemächlich kraulte er zur *New Adventure* hinüber und begrüßte Ray lautstark.

»Seid ihr so weit?«

»Fast.« Ray trug schon seinen Taucheranzug und kam grinsend an die Reling. »Tate überprüft noch ihre Kamera.« Er hob eine Hand und winkte Buck zu. »Wie hält er sich?«

»Tapfer«, antwortete Matthew. Über die Ängste seines Onkels wollte er im Augenblick lieber nicht nachgrübeln. Nachdem sie endlich an Ort und Stelle angekommen waren, konnte er es kaum abwarten zu tauchen. »Los, Rotschopf!«, rief er. »Sonst ist der Morgen gleich um!«

»Bin schon unterwegs.«

Momente später beobachtete er, wie sie elegant ins Wasser eintauchte. Mit einem schnellen Hechtsprung folgte Matthew ihr in die Tiefe, während Ray ins Wasser glitt.

Seite an Seite schwammen sie zu dritt immer tiefer.

Matthew hatte nicht erwartet, dass die Vergangenheit so lebendig auf ihn einstürzen würde. Ungebeten und unerwünscht kehrten die Erinnerungen an jenen Sommer zurück. Er dachte daran, wie sie ihn bei ihrem ersten Zusammentreffen angesehen hatte. Die vorsichtigen, misstrauischen Augen, ihre spontan aufflackernde Wut, ihre Abneigung.

Und er wusste noch ganz genau, dass er ihren Reizen sofort erlegen war, was er sich natürlich nicht hatte anmerken lassen – oder zumindest hatte er sich das eingebildet. Er dachte an den Konkurrenzkampf zwischen ihnen, als sie gemeinsam getaucht waren, ein Gefühl, das er nie ganz überwinden konnte, selbst als sie als Team arbeiteten.

Und dann die Begeisterung, als sie das Wrack gefunden hatten. Während dieser Zeit hatte Tate sein Herz erobert und seine Hoffnungen geschürt wie nichts und niemand zuvor.

Oder seither. Die Erinnerungen an seine Verliebtheit, die gemeinsame Arbeit, die Entdeckung des Wracks und seine Hoffnungen bewegten ihn immer heftiger, je mehr sie sich dem Schatten des Wracks näherten.

Und dann folgten Entsetzen und ein schreckliches Gefühl von Verlust.

Bis auf den zerstörten Schiffskörper der Galeone hatte VanDyke nichts übrig gelassen. Matthew war auf den ersten Blick klar, dass es überhaupt keinen Sinn hätte, hier noch einmal mit dem Sauger zu arbeiten. Sie würden nichts mehr finden. Auf der Suche nach der allerletzten Dublone hatte VanDyke das Wrack zerstört.

Seine Empfindungen überraschten ihn. Bei einer sorgfältigen Vorgehensweise hätte die *Marguerite* gerettet werden können, stattdessen hatte man ihre Bruchstücke den Würmern zum Fraß vorgeworfen.

Als er Tate ansah, wurde Matthew bewusst, dass das vage Bedauern, das er angesichts des Schiffes empfand, nichts im Vergleich zu ihren Gefühlen war.

Tate war erschüttert. Sie starrte auf die zerstörten Planken und gab sich keine Mühe, ihre Trauer zu verbergen, sondern ließ sich von ihr mitreißen.

Er hat sie vernichtet, dachte sie. VanDyke hatte sich nicht mit der Vergewaltigung des Schiffes zufrieden gegeben, er hatte die *Marguerite* zerstört. Jetzt konnte niemand mehr erkennen, was sie gewesen war, was sie bedeutet hatte. Und das ganz allein wegen der Gier eines einzigen Mannes.

Sie hätte gern geweint, doch die Tränen erschienen ihr verspätet und sinnlos. Stattdessen schüttelte sie Matthews tröstende Hand von ihrer Schulter ab und hob ihre Kamera. Wenn sie schon nichts mehr tun konnte, würde sie dieses Bild der Zerstörung wenigstens festhalten.

Ray fing Matthews Blick auf, schüttelte den Kopf und bedeutete ihm, gemeinsam mit ihm ein Stück weiter zu schwimmen.

Die Schönheit der Unterwasserlandschaft, die sie umgab, hatte sich nicht verändert. Die Korallen, die Fische, die hin und her schwingenden Pflanzen ... Aber Tate nahm ihre Umgebung nicht mehr wahr, während sie die Szene festhielt.

Irgendwie empfand sie es sogar als passend, dass die *Marguerite* zerstört und ausgeplündert worden war. Genau wie die Liebe, die sie einst Matthew entgegengebracht hatte.

Jetzt, dachte sie, war dieser Sommer endgültig vorbei. Es war an der Zeit, die Vergangenheit zu begraben und einen neuen Anfang zu machen.

Als sie auftauchten, sah ihr Bucks blasses, ängstliches Gesicht über die Reling entgegen.

»Alles okay?«

»Bestens«, versicherte sie ihm. Und weil sie schon in der Nähe war, zog Tate sich an Bord der *Mermaid*. Sie winkte ihrer Mutter auf der *New Adventure* zu, die das Geschehen auf Video festhielt. »Ziemlich genau so, wie wir es erwartet hatten«, erklärte sie Buck, nachdem sie ihren Bleigürtel abgelegt hatte.

»Der Bastard hat sie in ihre Einzelteile zerlegt, stimmt's?«

»Richtig.« Tate beobachtete, wie Matthew an Deck kletterte.

»Ray will sofort nach Süden aufbrechen.« Matthew nahm seine Maske ab und fuhr sich mit einer Hand durchs Haar. »Du bleibst am besten hier bei uns«, sagte er zu Tate, bevor sie aufstehen konnte. »Es ist nicht weit, Buck.«

Mit einem Nicken ging Buck auf die Brücke, um das Steuer zu übernehmen.

»Zunächst sollten wir uns ein wenig umsehen.« Nachdem Matthew den Reißverschluss seines Taucheranzugs heruntergezogen hatte, setzte er sich neben Tate. »Vielleicht haben wir Glück.«

»Fühlst du dich glücklich, Lassiter?«

»Nein.« Er schloss die Augen. Der Motor sprang an. »Sie hat mir auch etwas bedeutet.«

»Ruhm und Reichtum?«

Ihre Worte trafen ihn nicht so hart wie die Schärfe in ihrer Stimme. Verletzt sah er sie an, stand dann auf und ging zur Kajüttreppe.

»Matthew.« Beschämt folgte sie ihm. »Es tut mir leid.«
»Vergiss es.«
»Nein.« Bevor er die Treppe betreten konnte, erwischte sie ihn am Arm. »Bitte entschuldige. Für keinen von uns war es einfach, runterzugehen und zu sehen, was er übrig gelassen hat. Es war leicht, meine Frustration an dir auszulassen, aber das bringt uns nicht weiter.«

In ohnmächtiger Wut verkrampften sich Matthews Hände auf der Reling. »Vielleicht hätte ich ihn ja doch aufhalten können. Jedenfalls hat Buck das geglaubt.«

»Buck war nicht dabei.« Tate hielt seinen Arm fest, bis er sie wieder ansah. Seltsam, dachte sie, es war mir nicht klar gewesen, dass er sich die Schuld gab. Oder dass er in seinem ihrer Meinung nach so kalten Herzen überhaupt Platz für Schuldgefühle hatte. »Keiner von uns hätte etwas anderes tun können. Es bringt uns nicht weiter, über die Vergangenheit zu grübeln, und auf keinen Fall können wir jetzt noch etwas ändern.«

»Wir reden nicht nur über die *Marguerite*, oder?«

Sie wollte ihm ausweichen, seine Worte ignorieren, aber das wäre ganz einfach dumm gewesen, und sie nahm doch an, dass sie inzwischen klüger war. »Nein, da hast du Recht.«

»Ich habe mich nicht so verhalten, wie du es dir gewünscht hast, und ich habe dir wehgetan. Daran kann ich nichts mehr ändern.«

»Damals war ich jung. Diese Art von Verliebtheit geht schnell vorüber.« Als Tate auffiel, dass sich ihre Hand irgendwie in seine geschoben hatte, löste sie ihre Finger und trat zurück. »Etwas habe ich verstanden, während ich mir dort unten die traurigen Überreste ansah. Nichts ist übrig geblieben, Matthew, weder das Schiff noch der Sommer und auch nicht das Mädchen von damals. Wir müssen uns auf die Gegenwart konzentrieren.«

»Sozusagen reinen Tisch machen.«

»Ich weiß nicht, ob wir so weit gehen können. Einigen wir uns einfach darauf, dass wir ein neues Kapitel aufgeschlagen haben.«

»In Ordnung.« Er streckte seine Hand aus. Als sie danach griff, führte er ihre unerwartet an seine Lippen. »Du wirst ein harter Brocken für mich sein, Rotschopf«, murmelte er.

»Wie bitte?«

»Du hast gesagt, wir schlagen eine neue Seite auf. Dann kann ich ja wohl mitbestimmen, was darauf geschrieben wird. Also werde ich an dem Brocken arbeiten. Mir ist klar, dass ich mir diesmal viel Mühe geben muss. Aber das ist in Ordnung.« Er streifte ihre Fingerknöchel mit dem Daumen, bevor sie ihre Hand zurückzog. »Und ich denke, ich werde es gern tun.«

»Ich habe keine Ahnung, warum ich mich eigentlich mit dir versöhnen soll. Du bist noch genauso arrogant wie damals.«

»Deshalb magst du mich, Süße.«

Tate sah sein Grinsen aufblitzen, bevor sie sich abwandte. Sosehr sie es auch versuchte, sie konnte sich ein Lächeln nicht verkneifen.

Insgeheim gestand sie sich ein, dass er Recht hatte, denn genau deshalb mochte sie ihn wirklich.

Achtes Kapitel

Die Erkundungsausflüge lieferten keine besonderen Ergebnisse. Tate verbrachte den Großteil des Nachmittags mit ihrem Vater über seinen Recherchen, während Matthew LaRue nach bestandener Prüfung auf einen Übungstauchgang mitnahm.

Die Stapel von Notizen, die Schnipsel aus den Nationalarchiven, die Wrackkarten, das Material, das Ray im Archivo General de Indias in Sevilla entdeckt hatte, waren bereits einsortiert.

Außerdem hatte Tate seine Karten, Diagramme, Wetterberichte, Manifeste und Tagebücher geordnet und konzentrierte sich nun auf seine Berechnungen.

Dutzende von Malen hatte sie sie schon überprüft. Wenn seine Informationen korrekt waren, befanden sie sich im richtigen Gebiet. Das Problem bestand natürlich darin, dass selbst bei einer ziemlich genauen Ortsangabe das Auffinden eines Wracks mit der sprichwörtlichen Suche nach der Nadel im Heuhaufen vergleichbar war.

Das Meer war so riesig, so unendlich, und trotz der neuesten technologischen Errungenschaften blieben die Fähigkeiten des Menschen begrenzt. Es war durchaus vorstellbar, sich zehn Meter von einem Wrack entfernt zu befinden und es trotzdem zu übersehen.

Mit der *Marguerite* hatten sie einfach unverschämtes Glück gehabt. Angesichts ihres Vaters Hoffnung und Aufregung wollte Tate die Wahrscheinlichkeit, ob sich ihr Glück wiederholen würde, lieber nicht berechnen.

Wir brauchen die *Isabella,* dachte sie. Sie alle brauchten sie, wenn auch aus völlig unterschiedlichen Gründen.

Tate wusste, dass das Magnetometer an Bord der *Mermaid* in Betrieb war, eine zuverlässige und effiziente Methode, ein Wrack ausfindig zu machen. Bisher hatte der Sensor, der hinter der *Mermaid* hergezogen wurde, keinerlei Spuren von Metall angezeigt, wie man es bei Kanonen, Takelage oder einem Anker vermuten würde.

Auf beiden Brücken meldeten Tiefenmesser jede verräterische Veränderung in der Wassertiefe, und sie hatten Bojen gesetzt, um das Suchraster festzulegen.

Tate war sich ganz sicher, dass sie die *Isabella* finden würden, falls sie tatsächlich dort unten lag.

»Hier drinnen bekommst du keine Farbe auf die Wangen, Rotschopf.«

Überrascht sah sie auf und stellte fest, dass Matthew ihr ein Glas von Marlas Limonade hinhielt. »Du bist zurück? Wie macht sich LaRue unter Wasser?«

»Er ist ein guter Tauchpartner. Wie oft willst du das hier noch alles prüfen?«

Sie ordnete ihre Unterlagen. »Bis ich fertig bin.«

»Was hältst du von einer Pause?« Er spielte mit dem Ärmel ihres T-Shirts. Den ganzen Tag lang hatte er sich auf diesen Moment vorbereitet, und er war sich immer noch nicht ganz sicher, ob er nicht vielleicht einen Fehler beging. »Lass uns nach Nevis fahren und essen gehen?«

»Essen?«

»Richtig. Du …«, wieder zupfte er an ihrem Ärmel, »… und ich.«

»Lieber nicht.«

»Ich dachte, wir haben ein neues Kapitel aufgeschlagen?«

»Das heißt nicht …«

»Ich habe keine Lust auf das große Binokelspiel, das für heute Abend geplant ist. Soweit ich mich erinnern kann, bist du auch kein großer Kartenfan. In der Hotelanlage spielt auf der Terrasse eine Reggaeband. Gutes Essen, ein wenig

Musik. Wenn wir die *Isabella* erst gefunden haben, bleibt uns wenig Zeit für derartige Vergnügungen.«

»Es war ein langer Tag.«

»Man könnte glauben, du hast Angst, ein paar Stunden mit mir zu verbringen.« Seine Augen blinzelten ihr zu, blau wie das Meer und arrogant dazu. »Wenn du natürlich befürchtest, du könntest dich mir wieder an die Brust werfen …«

»Mach dich nicht lächerlich.«

»Also abgemacht.« Zufrieden steuerte er auf den Kabinengang zu. »Lass dein Haar offen, Rotschopf, so gefällt es mir.«

Natürlich trug sie es hochgesteckt. Nicht etwa, um ihn zu ärgern, versicherte sie sich, sondern weil sie es so wollte. Marla hatte darauf bestanden, dass Tate ein Sommerkleid in der Farbe zerdrückter Blaubeeren aus dem Schrank ihrer Mutter anzog. Dank des weiten Rocks hatte sie keinerlei Probleme, einigermaßen damenhaft in das Beiboot hinein- und später wieder herauszuklettern.

Nachdem sie es sich bequem gemacht hatte und das kleine Boot in Richtung Insel schipperte, gestand Tate sich ein, dass sie sich auf ein gepflegtes Menü und die Musik freute.

Die Luft war mild, und die Sonne schien noch hell. Hinter ihrer Sonnenbrille musterte Tate Matthew eingehend. Sein Haar flatterte ihm ins Gesicht, seine Hand lag ruhig auf der Ruderpinne. Wenn zwischen ihnen nicht schon so viel vorgefallen wäre, hätte sie einen entspannten Abend mit einem attraktiven Begleiter genießen können.

Aber die Vergangenheit war nicht auszulöschen, und Tate nahm eine gewisse Erregung wahr. Schon wieder dieser Konkurrenzkampf, dachte sie. Falls er sich einbildete, sie würde noch einmal auf seinen rauen Charme hereinfallen, wollte sie ihm nur allzu gern das Gegenteil beweisen.

»Das Wetter soll die ganze Woche lang halten«, verkündete sie im lockeren Plauderton.

»Ich weiß. Und du trägst immer noch keinen Lippenstift.« Als sie sich instinktiv mit der Zunge über die Lippen fuhr, spürte er, wie sich sein Puls beschleunigte. »Schade, dass die meisten Frauen nicht wissen, wie verführerisch ein ungeschminkter Mund sein kann. Besonders, wenn er schmollt.«

Tate bemühte sich, ihre Lippen zu entspannen. »Der Gedanke, dass er dich die nächsten paar Stunden verrückt macht, gefällt mir.«

Dann wandte sie ihre Aufmerksamkeit dem Mount Nevis zu. Die Spitze des Berges war in Wolken gehüllt, die in auffallendem Kontrast zum strahlenden Blau des Himmels standen. Tief unten zeichnete sich das Ufer weiß gegen die ruhige See ab. Am Strand erkannte sie Menschen, bunte Sonnenschirme und Sonnenliegen. Ein Windsurfer, offensichtlich ein Anfänger, versuchte vergeblich, sich auf dem Brett zu halten. Als er wieder im Wasser landete, lachte Tate.

»Pech gehabt.« Sie zog eine Augenbraue hoch. »Hast du das je versucht?«

»Nein.«

»Ich schon. Es ist nicht einfach und ziemlich frustrierend, wenn du glaubst, du hast es geschafft und dann doch wieder die Balance verlierst und umkippst. Aber sobald man die richtige Brise erwischt und lossegelt, ist es wunderbar.«

»Besser als Tauchen?«

»Nein.« Sie lächelte immer noch und sah zu, wie der junge Mann auf sein Bord kletterte. »Nichts ist besser als Tauchen.«

»Hier hat sich einiges verändert.«

»Hmmm.« Sie wartete, bis Matthew das Boot neben den Anlegesteg manövriert hatte und einem Mitarbeiter des Hotels das Tau zuwarf. »Als wir früher mal da waren, wusste ich noch nicht einmal, dass ein Hotel geplant war.« Tate nahm Matthews Hand und kletterte auf den Steg. »Jetzt sieht es so aus, als ob es schon vor ewiger Zeit hier aus dem Boden gewachsen wäre.«

»Nevis ist nicht mehr der Geheimtipp, der es einmal war.« Während sie über den Pier zum Strand schlenderten, hielt er ihren Arm.

Gepflasterte Wege führten durch üppige Gärten und über sanft abfallende grüne Rasenflächen, auf denen die hübschen Bungalows standen. Sie schlenderten am Poolrestaurant vorbei zu den Marmortreppen, die zum Hauptgebäude führten.

Tate sah über ihre Schulter zurück. »Essen wir nicht hier draußen?«

»Wir haben etwas Besseres verdient als einen Snack am Pool. Das Restaurant hat eine Veranda.« Matthew führte Tate zum Reservierungspult, wo ihnen eine Angestellte in einem bunt gemusterten Rock entgegenstrahlte. »Mein Name ist Lassiter.«

»Ja, Sir. Sie wünschen einen Tisch auf der Veranda.«

»Stimmt. Ich habe reserviert«, erklärte er Tate, weil sie die Stirn runzelte. Die Falten auf ihrer Stirn vertieften sich, als er ihr kurz darauf einen Stuhl anbot. Wenn ihre Erinnerung sie nicht trog, hatten sich seine Manieren entscheidend verbessert. »Magst du Champagner?«, murmelte er und beugte sich dabei so weit vor, dass sein Atem ihr Ohr kitzelte.

»Natürlich, aber –«

Er bestellte eine Flasche und setzte sich ihr gegenüber. »Nette Aussicht.«

»Ja.« Sie wandte den Blick von seinem Gesicht ab und sah über die Gärten zum Meer hinüber.

»Erzähl mir von den letzten acht Jahren, Tate.«

»Warum?«

»Ich möchte alles wissen.« Ich muss alles wissen. »Sagen wir einfach, um die Lücken zu füllen.«

»Ich hatte viel zu lernen«, begann sie. »Mehr als ich

dachte. Als ich anfing, bildete ich mir ein, schon viel zu wissen, aber im Grunde war ich völlig unbedarft. In den ersten paar Monaten fühlte ich mich ...« Verloren, unglücklich, habe ich dich schrecklich vermisst. »... musste ich mich umstellen«, endete sie vorsichtig.

»Aber du hast es schnell kapiert.«

»Ich denke schon.« Entspann dich, befahl sie sich und zwang sich dazu, sich umzudrehen und ihn anzulächeln. »Mir gefielen die Routine und die vorgegebenen Strukturen. Und ich wollte so viel wie möglich lernen.«

Sie blickte auf, weil eine Kellnerin den Champagner brachte und Matthew das Etikett zeigte.

»Lassen Sie die Dame kosten«, entschied er.

Die Kellnerin öffnete die Flasche und goss einen Schluck in ihr Glas. »Wunderbar«, murmelte Tate und war sich der Tatsache bewusst, dass Matthew ihr Gesicht keinen Moment aus den Augen ließ.

Als die Bedienung eingeschenkt hatte, nahm Tate ihr Glas wieder an die Lippen, aber Matthew legte einen Finger auf ihr Handgelenk. Sanft tippte er mit seinem Glas gegen ihres.

»Auf das nächste Kapitel«, sagte er lächelnd.

»In Ordnung.« Schließlich bin ich eine erwachsene Frau, machte Tate sich bewusst. Und erfahren. Sie verfügte über alle notwendigen Verteidigungsmechanismen, um einem Mann zu widerstehen. Wenn es sein musste, sogar einem Mann wie Matthew.

»Du hast also studiert«, ermunterte Matthew sie.

»Ja. Und wann immer sich mir eine Möglichkeit bot, das Erlernte auf einer Expedition anzuwenden, nutzte ich sie.«

»Ist denn die *Isabella* keine solche Möglichkeit?«

»Das wird sich noch herausstellen.« Tate schlug die Speisekarte auf, überflog sie und starrte ihn mit weit geöffneten Augen an. »Matthew ...«

»Im Laufe der Jahre habe ich ein paar Dollar auf die hohe Kante gelegt«, versicherte er ihr. »Außerdem hast du mir schon immer Glück gebracht.« Er nahm ihre Hand. »Diesmal, Rotschopf, fahren wir als reiche Leute nach Hause.«

»Darum geht es dir also immer noch? Von mir aus.« Sie zuckte mit den Schultern. »Es ist deine Party, Lassiter. Wenn du unbedingt verschwenderisch leben willst, schließe ich mich gern an.«

Während sie aßen und der Champagner in ihren Gläsern sprudelte, ging die Sonne unter. Rot versank sie im Meer, dann zog für einen Moment das kurze und schmerzlich schöne Zwielicht der Tropen auf. Genau in diesem Augenblick setzte die Musik auf der Terrasse ein.

»Du hast mir noch gar nicht erzählt, wie es *dir* in den letzten acht Jahren ergangen ist, Matthew.«

»Keine besonderen Vorkommnisse.«

»Du hast die *Mermaid* gebaut, das würde ich schon als besonderes Vorkommnis bezeichnen.«

»Sie ist wirklich ein Prachtstück.« Er blickte aufs Meer, wo sie außer Sichtweite vor Anker lag. »Genau so, wie ich sie mir vorgestellt hatte.«

»Was immer hier passiert, du kannst in Zukunft jederzeit Boote entwerfen und bauen.«

»Ich werde nie mehr arbeiten, nur um über die Runden zu kommen«, erklärte er leise, »werde nie mehr unter Zwang etwas tun und dabei meine Wünsche zurückstellen.«

Die Entschlossenheit in seinen Augen erschreckte sie, sodass sie nach seiner Hand griff. »Hast du das denn getan?«

Überrascht sah er sie an und legte seine Finger mit einem Schulterzucken um ihre. »Jedenfalls tue ich es nicht mehr, und darauf kommt es an. Weißt du was, Rotschopf?«

»Was?«

»Du bist wunderschön. Nein ...« Er lächelte, weil sie versuchte, ihm ihre Hand zu entziehen. »Jetzt halte ich dich fest. Zumindest für den Augenblick«, korrigierte er sich. »Aber du kannst dich ruhig schon einmal daran gewöhnen.«

»Die Tatsache, dass ich deine Gesellschaft einem Binokelspiel vorziehe, ist dir offenbar zu Kopf gestiegen.«

»Und deine Stimme erst«, murmelte er, entzückt von der Verwirrung, die in ihren Augen mit dem Kerzenlicht um die Wette flackerte. »Sanft, langsam, süß. Wie Honig mit einem Schuss Bourbon. Allein vom Zuhören könnte man betrunken werden.«

»Ich glaube, der Champagner bekommt dir nicht. Vielleicht sollte ich auf dem Rückweg das Steuer übernehmen.«

»In Ordnung, aber lass uns wenigstens einmal tanzen.« Matthew bat um die Rechnung.

Ein Tanz kann nichts schaden, überlegte Tate. Notfalls konnte sie den engen Körperkontakt nutzen, um ihn davon zu überzeugen, dass sie sich nicht auf die kurze Affäre einlassen würde, auf die er so offensichtlich aus war.

Diesmal wollte sie die Zeit mit ihm genießen, ohne ihr Herz zu verlieren. Und wenn er dabei ein wenig leiden musste, würde sie das ebenfalls genießen.

Um ihm zu zeigen, wie wenig es ihr bedeutete, ließ sie ihre Hand in seiner, während sie die geschützte Veranda verließen und über eine Treppe auf die offene Terrasse traten.

Die Musik war langsam und verführerisch, und der Sänger verlieh den einzelnen Worten mit seiner Stimme anzügliche Untertöne. Ein Paar saß eng umschlungen an einem Tisch im Schatten, aber es gab keine anderen Tänzer. Matthew legte seine Arme um Tate.

Er zog sie näher zu sich heran, sodass ihre Körper sich berührten und sie notgedrungen ihre Wange an seine legen musste. Ohne weiter nachzudenken, schloss sie die Augen.

Sie hätte wissen sollen, dass er die Situation ausnutzen würde, aber sie hatte nicht damit gerechnet, dass seine Lippen sich so sanft auf ihre pressen würden.

»Ich wusste gar nicht, dass du tanzen kannst.«

Er schob eine Hand ihren Rücken hinauf bis zu der Stelle, wo der Stoff die nackte Haut freigab, die unter seiner

Berührung schauderte. »Es gibt einiges, was wir noch nicht voneinander wissen. Aber ich kann mich noch genau daran erinnern, wie du duftest.« Er schnupperte direkt unter ihrem Ohr. »Daran hat sich nichts geändert.«

»Ich habe mich geändert«, erklärte sie und bemühte sich, zu ignorieren, dass die Wärme durch ihren Körper strömte.

»Dabei fühlst du dich noch genauso an.« Er griff in ihr Haar und zog die Klammern heraus.

»Lass das!«

»Ich mochte es, als du es kurz geschnitten trugst.« Seine Stimme klang so sanft wie der Abendwind und genauso verführerisch. »Aber so gefällt es mir besser.« Sanft glitt sein Mund über ihre Schläfe. »Manche Dinge verändern sich eben zum Positiven.«

Ein schnelles, unfreiwilliges Zittern durchlief Tate, genau wie früher.

»Wir sind andere Menschen geworden«, murmelte sie. Sie wünschte sich sehnsüchtig, dass ihre Worte der Wahrheit entsprachen. Aber wenn es so war, wie konnte es dann so einfach sein, sich in seinen Armen zu wiegen, als ob seit dem letzten Mal keine Zeit vergangen wäre?

»Vieles ist noch genauso wie früher. Zum Beispiel die Art, wie dein Körper sich an mich schmiegt.«

Sie hob den Kopf, dann schauderte sie, als seine Lippen ihren Mund streiften.

»Und du schmeckst immer noch genauso.«

»Aber ich bin anders. Alles ist inzwischen anders.« Sie löste sich und lief die Stufen hinunter zum Strand.

Sie hatte plötzlich das Gefühl, nicht mehr atmen zu können. Die milde Nachtluft war zum Verräter geworden, ließ ihre Haut zittern. Wut – zumindest wollte sie glauben, dass es Wut war – krampfte ihren Magen zusammen und trieb ihr Tränen in die Augen. Aber sie wusste, dass es in Wahrheit die Sehnsucht nach ihm war, und sie hasste ihn dafür, dass er die Funken wieder hatte aufleben lassen.

Als er sie einholte, nahm sie sich fest vor, sich mit Fäusten und Krallen gegen ihn zu wehren. Stattdessen legten sich ihre Arme wie von selbst um ihn, und ihr Mund suchte seine Lippen.

»Dafür hasse ich dich, oh, wie ich dich dafür hasse!«

»Ist mir egal.« Er bog ihren Kopf zurück und küsste sie. In diesem Kuss lag alles – die Energie, das Feuer, die Leidenschaft. Er dachte kurz daran, wie es wäre, sie in die Büsche zu zerren und in die Hitze einzutauchen, die sie ausstrahlte.

»Ich weiß, dass es dir egal ist.« Und genau das war es, was immer noch schmerzte, wie eine Narbe, unter der die Wunde noch pochte. »Aber mir nicht.«

Tate riss sich los und hob ihre Hände, um ihn abzuwehren. Sie bemühte sich, ihre Atmung unter Kontrolle zu bringen, dem unbekümmerten, hypnotisierenden Leuchten in seinen Augen zu widerstehen.

»Du wolltest mir beweisen, dass zwischen uns immer noch Funken sprühen.« Unsicher presste sie die Hand gegen ihren Magen. »Nun, das ist dir gelungen. Aber was wir in dieser Hinsicht tun oder nicht tun, bleibt ganz allein meine Entscheidung, Matthew. Und ich bin noch nicht dazu bereit, eine Entscheidung zu treffen.«

»Ich begehre dich, Tate. Muss ich es wirklich aussprechen?« Er trat vorwärts, berührte sie aber nicht. »Muss ich dir sagen, dass ich nachts vor Sehnsucht nach dir nicht schlafen kann?«

Seine heiser und ungeduldig hervorgestoßenen Worte wirbelten ihr durch den Kopf. »Vielleicht lasse ich mich darauf ein, aber das ändert nichts an der Tatsache, dass ich mir so viel Zeit wie nötig nehmen werde, um mich zu entscheiden. Früher einmal wäre ich dir überallhin gefolgt, hätte alles für dich getan. Früher. Was ich heute tue, tue ich für mich.«

Er steckte die Hände in seine Taschen. »Das ist dein gutes Recht. Denn diesmal tue ich das, was ich mache, ebenfalls für mich.«

»Diesmal.« Sie lachte kurz auf und fuhr sich mit der Hand durch ihr zerzaustes Haar. »Daran hat sich aus meiner Sicht wenig verändert.«

»Dann weißt du ja, woran du bist.«

»Da bin ich mir nicht so sicher«, murmelte sie erschöpft. »Du zeigst ständig ein anderes Gesicht, Matthew. Bei dir bin ich mir nie sicher, was real ist und was Schatten.«

»Das hier ist real.« Er legte eine Hand in ihren Nacken und zog sie auf die Zehenspitzen, bis ihre Lippen aufeinander trafen.

»Da hast du wohl Recht.« Tate atmete tief durch. »Ich möchte jetzt zurück, Matthew, wir fangen morgen früh an.«

Tate hatte kein Problem damit, dass LaRue und ihr Vater ein Team bildeten und sie und Matthew das zweite. Unter Wasser hatten sie und Matthew schon immer gut zusammengearbeitet. Bereits bei ihrem ersten gemeinsamen Tauchgang erkannte sie, dass sie wie selbstverständlich in die gleiche natürliche, instinktive Kommunikation und den vertrauten Rhythmus fielen.

Die elektronische Ausrüstung war sicher die effizientere Methode, die *Isabella* zu finden, aber Tate war dankbar dafür, endlich eine Gelegenheit zum Tauchen zu haben und mit Augen und Händen zu suchen, wie sie es gelernt hatte.

Es machte ihr nichts aus, stundenlang Sand zu fächern oder Konglomeratklumpen an die Oberfläche zu befördern, wo ihre Mutter und Buck sie mit dem Hammer bearbeiteten. Was sie betraf, so fühlte sie sich mit den Fischen als Zuschauer und Spielgefährten wie zu Hause. Sie freute sich über jede Korallenskulptur, und selbst die Enttäuschung gehörte für sie dazu. Eine verrostete Kette oder eine Limonadendose konnten ihre Hoffnungen in einem Seufzer enden lassen, aber auch das gehörte zur Jagd. Und dann war da noch Matthew, der immer in ihrer Nähe blieb und mit dem sie jede kleine Freude teilen konnte. Ein Garten aus Meerespflanzen, ein übel gelaunter Zackenbarsch, der sich bei seiner Mahlzeit gestört fühlte, ein silbern aufleuchtender Fisch, der das Weite suchte. Auch wenn Matthew sie ein wenig zu häufig berührte, bemühte sie sich, es zu genießen.

Solange sie stark genug war, der Versuchung zu widerstehen, war sie auch stark genug, sich auf keine Romanze einzulassen.

Aus Tagen wurden Wochen, aber Tate ließ sich nicht entmutigen. Die Zeit hier unten befriedigte ein Bedürfnis, dessen sie sich gar nicht bewusst gewesen war – wieder einmal die See zu besuchen, die sie liebte, aber diesmal nicht als Wissenschaftlerin, als objektive Beobachterin, die Daten aufzeichnete, sondern als Frau, die ihre Freiheit und die Gesellschaft eines faszinierenden Mannes genoss.

Gerade untersuchte sie eine Korallenformation und fächerte den Sand beiseite. Über die Schulter beobachtete sie, wie Matthew einen verkrusteten Klumpen in seinen Hummerkorb legte. Sie wollte ihn anlächeln, so wie sie ihn ab und zu anlächelte, wenn sie wusste, dass er nicht zu ihr hinsah. Plötzlich spürte sie einen scharfen Schmerz auf ihrem Handrücken.

Erschreckt fuhr sie zurück und sah gerade noch, wie der Kopf einer Muräne zwischen den Korallen verschwand. Ehe Tate den Angriff registriert hatte und ihre eigene Unvorsichtigkeit verfluchen konnte, war Matthew auch schon bei ihr und griff nach ihrer verwundeten Hand, aus der Blut durch das Wasser wirbelte. Das Entsetzen in seinen Augen überraschte sie. Sie wollte ihm signalisieren, dass es ihr gut ging, aber er hatte schon einen Arm um ihre Taille gelegt und zog sie nach oben.

»Entspann dich«, befahl er ihr, sobald er sein Mundstück ausgespuckt hatte. »Ich ziehe dich an Bord.«

»Es geht mir gut.« Aber der pochende Schmerz trieb ihr die Tränen in die Augen. »Es ist nur ein Kratzer.«

»Entspann dich«, wiederholte er. Als sie die Leiter erreichten, war er mindestens so blass wie sie. Er winkte Ray zu und begann bereits, ihr die Sauerstoffflaschen abzunehmen.

»Matthew, um Gottes willen, es ist nur ein Kratzer!«

»Halt den Mund. Ray, hilf mir.«

»Was ist los? Alles in Ordnung?«

»Tate ist gebissen worden. Von einer Muräne.« Matthew reichte ihm die Flaschen. »Zieh sie hoch.«

»Verdammt, man könnte meinen, ein Hai hätte mich zur Hälfte verschlungen!« Als ihr bewusst wurde, was sie da gesagt hatte, zuckte sie zusammen. »Mir geht es gut«, versicherte sie ihrer Mutter, die nun ebenfalls herbeigeeilt kam.

»Lass mich sehen. Oh, Liebling! Ray, hol den Erste-Hilfe-Kasten, damit ich die Wunde säubern kann.«

»Es ist wirklich nur ein Kratzer«, beteuerte Tate vergeblich, als Marla sie auf eine Bank zog. »Und es war meine eigene Schuld.« Sie atmete aus und sah zu, wie Matthew an Bord kam. »Es besteht überhaupt kein Anlass, alle in Aufruhr zu versetzen, Lassiter.«

»Lass mich die verdammte Hand sehen.« Mit einer Bewegung, die Marla vor Verwunderung blinzeln ließ, schob er sie beiseite, nahm Tates Hand und wischte mit dem Daumen das Blut von der kleinen Wunde ab. »Sieht nicht so aus, als ob es genäht werden müsste.«

»Natürlich nicht. Es ist nur –« Tate brach ab, weil er Ray den Erste-Hilfe-Kasten aus der Hand riss. Als Matthew die Wunde desinfizierte, kreischte sie auf. »Du darfst ruhig ein wenig sanfter mit mir umgehen.«

Sein eigener Blutdruck beruhigte sich ein wenig, nachdem er die gesäuberte Wunde genauer inspiziert hatte. »Gibt vermutlich eine Narbe.« Mit Wut konnte er besser umgehen als mit Angst, also runzelte er die Stirn. »Ausgesprochen dämlich!«

»Hör mal, das hätte jedem passieren können.«

»Nicht, wenn man aufpasst.«

»Ich habe aufgepasst.«

Ray und Marla sahen sich bedeutungsvoll an, während der Streit und die Versorgung der Wunde weitergingen.

»Du bist natürlich noch nie gebissen worden. Deine Hände sind doch auch voller Narben!«

»Hier geht es aber um dich.« Die Vorstellung, dass diese sanften, schmalen Hände entstellt werden könnten, machte ihn rasend.

Tate schnaufte und bewegte ihre Finger. Der Verband war klein, ordentlich und fachmännisch angelegt, aber lieber hätte sie ihre Zunge verschluckt, als das zuzugeben. »Willst du die Wunde nicht küssen, damit sie besser heilt?«

»Klar.« Er zog sie auf die Füße, und zur Überraschung ihrer Eltern presste er seine Lippen in einem langen, harten, fordernden Kuss auf ihre.

Als er Tate wieder losließ, räusperte sie sich vorsichtig. »Daneben«, bemerkte sie und hielt ihre verbundene Hand hoch.

»Durchaus nicht. Dein Mund hatte eine Behandlung ebenfalls bitter nötig, Süße.«

»Tatsächlich?« Ihre Augen zogen sich zu Schlitzen zusammen. »Was macht dich denn zum Experten für meine Bedürfnisse?«

»Ich kenne deine Bedürfnisse ganz genau, Rotschopf. Wann immer du –« Plötzlich wurde ihm bewusst, dass sie nicht allein waren. Er riss sich zusammen und trat einen Schritt zurück. »Vielleicht solltest du gegen die Schmerzen ein paar Aspirin schlucken.«

Sie reckte ihm ihr Kinn entgegen. »Es tut überhaupt nicht weh.« Sie wandte sich ab und wuchtete sich ihre Sauerstoffflaschen wieder auf den Rücken.

»Was hast du vor?«

»Ich gehe wieder runter.«

»Von wegen!«

»Versuch doch, mich aufzuhalten.«

Als Ray den Mund öffnete, tätschelte Marla seinen Arm. »Lass sie das allein ausfechten, Liebling«, murmelte sie. »Sieht ganz danach aus, als ob es schon eine Weile überfällig wäre.«

»Ich soll versuchen, dich aufzuhalten? Okay.« Matthew ließ sich von seinem Temperament mitreißen, nahm ihr die Flaschen aus der Hand und warf sie über Bord. »Das dürfte reichen.«

Einen Augenblick lang starrte Tate ihn mit offenem Mund an. »Du Idiot. Du ignoranter Idiot! Du bewegst jetzt sofort deinen Arsch unter Wasser und holst meine Flaschen wieder hoch.«

»Hol sie dir doch selbst, wenn du unbedingt tauchen willst.«

Er beging den Fehler, ihr kurz den Rücken zuzukehren, und dafür musste er büßen. Sie stürzte sich auf ihn, und im selben Augenblick erkannte er ihre Absicht. Bei dem Versuch, sich zu retten, verlagerte er sein Gewicht, aber Tate wich aus. Der darauf folgende Zusammenprall ließ sie beide über Bord gehen.

»Sollten wir nicht etwas unternehmen, Marla?«, fragte Ray, der das Schauspiel von der Reling aus betrachtete.

»Ich denke, die beiden schaffen das schon. Sieh nur, der Schlag hätte fast gesessen, und das mit ihrer verletzten Hand!«

Matthew wich dem Hieb im letzten Moment aus, aber der Faust, die sich in seine Rippen bohrte, konnte er nicht entgehen. Obwohl der Stoß durch das Wasser gemildert war, entlockte er ihm ein Grunzen.

»Gib endlich auf«, warnte er Tate und packte die verletzte Hand am Gelenk. »Du wirst dir noch wehtun.«

»Wem hier etwas wehtut, werden wir ja noch sehen. Und jetzt hol meine Flaschen.«

»Du gehst nicht mehr runter, bis wir eine Reaktion auf den Biss ausschließen können.«

»Meine Reaktion werde ich dir zeigen«, drohte sie und traf ihn am Kinn.

»Okay, das reicht.« Matthew tauchte sie einmal unter, dann schob er sie mit einem Arm unter dem Kinn in eine nicht sonderlich bequeme Rettungsposition. Jedes Mal, wenn sie nach ihm schlug oder ihn verfluchte, tauchte er sie wieder unter. Als sie die Leiter erreicht hatten, schnappte sie nach Luft. »Genug?«

»Bastard!«

»Ich nehme an, wenn ich dich noch einmal untertauche –«

»Ahoi, *Adventure!*«

Matthew verlagerte seinen Griff. Buck hatte von der *Mermaid* gegrüßt. Sie kamen in zügigem Tempo aus Südosten, wo Buck und LaRue mit dem Sensor unterwegs gewesen waren.

»Ahoi!«, schrie Buck noch einmal von der Brücke. LaRue lehnte selbstzufrieden an der Reling. »Wir haben etwas gefunden.«

»Geh an Bord«, murmelte Matthew und schleppte Tate fast die Leiter hinauf.

Buck manövrierte die *Mermaid* neben die *New Adventure* und schaltete den Motor aus. »Die Sensoren sind da unten auf einen Haufen Metall gestoßen, der Tiefenmesser zeigt ebenfalls etwas an! Haben die Stelle mit einer Boje markiert – Südost, dreißig Grad. Himmel, ich glaube, sie ist es.«

Tate atmete tief ein. »Ich will meine Flaschen, Matthew.« Ihre Augen glitzerten, als sie sich ihm zuwandte. »Glaub nur nicht, dass du mich jetzt noch davon abhalten kannst, runterzugehen.«

Neuntes Kapitel

Es gab verschiedene Möglichkeiten, die Position eines Wracks so zu markieren, dass man später die Fundstelle wiederfand. Zu den gebräuchlichsten Methoden zählten Messungen mit einem Sextanten von drei Fixpunkten aus, Kompasspeilungen in Abständen von neun Grad oder ganz einfach die Orientierung an weiter entfernten Objekten. Matthew hatte alle drei Methoden angewandt.

Buck hatte eine einfache Bojenmarkierung gesetzt, aber Matthew war sich der Nachteile dieses Vorgehens bewusst. Eine Boje konnte sinken, abtreiben, oder, was in diesem Fall entscheidend war, eine Boje konnte weithin von neugierigen Augen gesichtet werden. Um der Geheimhaltung willen zeichnete er also die Kompasspeilungen auf, bestimmte den Mount Nevis in der Ferne als Anhaltspunkt und bat Buck, die Boje weit weg von der geschätzten Position des Wracks zu Wasser zu lassen.

»Die Boje liegt auf einer Linie mit der Baumgruppe dort hinten auf der Insel«, erklärte er Ray und reichte ihm das Fernglas, damit sein Partner die Position identifizieren konnte.

Sie standen auf dem Deck der *New Adventure*, Matthew in seiner Ausrüstung, Ray in einer Baumwollhose und mit einer getönten Brille. Er war bereits mit seinem Kompass beschäftigt und vermerkte die Position des Schiffes in seinen täglichen Aufzeichnungen.

»Hier werden wir nicht ankern.« Matthew ließ seinen Blick über das Meer schweifen und bemerkte einen Katamaran, der offenbar Touristen auf einem Schnorchelausflug von

Nevis nach Saint Kitts beförderte. Die munteren Klänge einer Band auf Deck drangen über das Wasser. »Wir bleiben hinter der Linie zwischen Boje und Mount Nevis in Richtung Ufer.«

Während Ray nickte und die Markierungen notierte, fuhr Matthew fort: »Tate soll Zeichnungen vom Meeresboden anfertigen, an denen wir uns später orientieren können.«

Ray hängte sich das Fernglas um den Hals und betrachtete Matthews entschlossenes Gesicht. »Du denkst an Van-Dyke?«

»Verdammt richtig. So kann er wenigstens nicht geradewegs zum Wrack heruntertauchen, falls er von dieser Sache Wind bekommt. Er kennt die Entfernungen und Orientierungspunkte nicht, er weiß ja noch nicht einmal, ob wir von der Boje aus gesehen in Richtung Land oder Meer tauchen. Damit ergeben sich für ihn verschiedene Möglichkeiten, die er erst einzeln erkunden müsste.«

»Und wir gewinnen Zeit«, stimmte Ray zu. »Wenn das hier nicht die *Isabella* ist –«

»Das werden wir bald wissen«, unterbrach Matthew ihn. An Spekulationen war er nicht interessiert, er wollte Gewissheit. »Auf jeden Fall treffen wir die notwendigen Vorsichtsmaßnahmen.« Er zog seine Flossen an. »Komm schon, Rotschopf, los geht's.«

»Ich muss meine Kamera noch aufladen.«

»Vergiss die Kamera. Wir lassen keine Filme entwickeln.«

»Aber –«

»Überleg doch mal, da braucht doch nur ein Laborangestellter zu plaudern! Du kannst so viele Fotos machen, wie du willst, aber die Filme werden erst entwickelt, wenn wir hier fertig sind. Hast du die Tafel und den Graphitstift?«

»Ja.« Sie nahm eine lässig-professionelle Pose ein und klopfte auf ihre Tasche.

»Dann komm.«

Bevor sie auch nur ihre Maske richtig aufgesetzt hatte, war er schon unter Wasser. »Ein wenig ungeduldig, wie?« Ihr Lächeln verriet ihren Eltern ihre Nervosität. »Drückt uns die Daumen«, rief sie ihnen zu und sprang hinter ihm her.

Tate folgte den aufsteigenden Luftblasen nach unten. Ihr Gefühl sagte ihr, dass sie zehn Meter und dann fünfzehn Meter tief war. Sie betrachtete die Landschaft auf dem Meeresboden und erinnerte sich daran, dass ihre Aufgabe darin bestand, jedes Büschel Seegras und jede Korallenformation sorgfältig festzuhalten.

Mit ihrem Graphitstift zeichnete sie alles genau im richtigen Verhältnis auf, markierte die Entfernungen in Grad und unterdrückte den Impuls, die Zeichnung künstlerisch zu vervollständigen. In der Wissenschaft sind präzise Angaben gefragt, machte sie sich bewusst, während sie den Tanz zweier Engelbarsche beobachtete.

Dann bemerkte sie, dass Matthew ein Signal gab, und wunderte sich über die Unterbrechung. Immerhin erforderten genaue Zeichnungen Zeit und Sorgfalt, und da er es gewesen war, der auf Zeichnungen anstelle von Fotos bestanden hatte, konnte er verdammt noch mal warten! Kurz darauf schlug sein Messer ungeduldig gegen die Sauerstoffflaschen. Sie verfluchte ihn und verstaute Tafel und Stift.

Typisch Mann, dachte sie. Immer musste alles jetzt und sofort passieren. Wenn sie später auftauchten, würde sie ihm deutlich sagen, was sie von seiner Ungeduld hielt. Und dann ...

Ihre Gedanken erstarrten, genau wie ihre plötzlich taub gewordenen Finger, als ihr klar wurde, was er da gerade untersuchte.

Die Kanone war mit einer blassgrünen Korrosionsschicht und kleinen Lebewesen überzogen. Tate griff nach ihrer Kamera und machte ein Bild mit Matthew vor der Mündung. Aber das allein machte den Fund noch nicht real. Erst als sie das Metall selbst berührt und das harte Eisen unter ihren tastenden Fingern gespürt hatte, wurde er für sie wirklich.

Ihr Atem explodierte in tausend Blasen, als Matthew nach ihr griff und sie herumwirbelte. Tate rechnete schon mit einer Umarmung, aber er dirigierte sie nur in Richtung weiterer Objekte.

Noch mehr Kanonen. Das war es, was das Magnetometer angezeigt hatte. Während Matthew sie weiterzog, zählte sie erst vier, dann sechs und schließlich acht Kanonen, die im Halbkreis auf dem Sandboden verteilt lagen. Ihr Herz schien in ihrer Kehle zu pochen. Sie wusste, dass Kanonen häufig im wahrsten Sinne des Wortes auf ein Wrack hinwiesen – und tatsächlich stießen sie fast dreißig Meter südlich auf die *Isabella*, zerschmettert, übel zugerichtet und unter Sand begraben.

Sie ist einmal ein stolzes Schiff gewesen, dachte Tate, während sie mit der Hand in den Sand griff und spürte, wie das wurmzerfressene Holz unter dem Druck nachgab. So majestätisch wie die Königin, nach der sie benannt worden war. Sie war seit langem verloren, ein Opfer der See, die Teil ihrer Geschichte geworden war.

Für Tate bestand keinerlei Zweifel daran, dass es die *Isabella* war, die sie über einen Bereich von mehr als dreißig Metern auf dem Meeresgrund verteilt liegen sah. Unter Sand begraben und mit Algen und Meerestieren überwachsen, hatte sie auf sie gewartet. Ihre Hand blieb erstaunlich ruhig, als sie wieder mit ihrer Zeichnung begann. Matthew fächerte bereits eifrig Sand beiseite.

Schließlich gingen Tate die Tafeln aus, ihre Graphitstifte waren zu Stummeln geschrumpft, und sie hatte sämtliche Aufnahmen verknipst. Dabei hatte sich ihr Herzschlag immer noch nicht beruhigt.

Zu der einen großen Chance im Leben, dachte sie mit schmerzender Kehle, ist nun eine zweite hinzugekommen.

Als Matthew wieder zu ihr zurückkam, freute sie sich,

dass er daran gedacht hatte, ihr etwas mitzubringen. Er gab ihr zu verstehen, dass sie die Augen schließen und ihre Hand ausstrecken sollte. Zunächst runzelte sie die Stirn, gehorchte jedoch und schlug die Augen wieder auf, als sie eine dicke Scheibe in ihrer Hand spürte.

Sie kam ihr schwer vor, weil sie eine Münze oder einen Knopf erwartet hatte. Die runde Scheibe wog ihrer Schätzung nach über zwei Pfund, und ihre Augen weiteten sich, als sie den unverkennbaren und immer wieder faszinierenden Glanz echten Goldes erkannte.

Matthew zwinkerte ihr zu und signalisierte ihr, das Gold in ihren Korb zu legen, dann zeigte er nach oben. Tate wollte protestieren. Wie konnten sie schon wieder abbrechen, wo sie doch gerade erst begonnen hatten?

Aber die anderen warteten natürlich. Als ihr auffiel, dass sie alles andere vergessen hatte, stiegen Schuldgefühle in ihr auf. Matthews Hand schloss sich um ihre, während sie nach oben schwammen.

»Jetzt müsstest du mir eigentlich um den Hals fallen«, erklärte er ihr kurz darauf mit einem bösen Lachen in den Augen, das mehr an Triumph als an Humor erinnerte. »Genau wie vor acht Jahren.«

»Inzwischen bin ich viel zu abgeklärt.« Aber sie lachte und tat genau das, was er sich erhofft hatte, indem sie die Arme um ihn schlang. »Sie ist es, Matthew, das weiß ich genau!«

»Ja, sie ist es.« Er hatte es gespürt, *gewusst,* als ob er die *Isabella* so gesehen hätte wie in seinem Traum, unversehrt und mit bunten Flaggen geschmückt. »Jetzt gehört sie uns.« Er hatte gerade noch Zeit, Tate einen schnellen Kuss auf den Mund zu drücken, bevor sie weiterschwammen. »Wir müssen es den anderen sagen. Du hast hoffentlich nicht vergessen, wie man mit dem Sauger arbeitet?«

Ihr Lippen prickelten immer noch von seinem Kuss. »Ich habe überhaupt nichts vergessen.«

Die Routine war dieselbe wie damals. Tauchen, graben, sammeln. An Bord der *Mermaid* hämmerten Buck und Marla an Gesteinsformationen herum und förderten Gegenstände ans Licht, die Tate später untersuchte und katalogisierte. Jeder Fund, angefangen bei einem goldenen Knopf mit einer rosafarbenen Süßwasserperle bis hin zu einem dreißig Zentimeter langen Goldbarren, wurde sorgfältig etikettiert, gezeichnet, fotografiert und dann in ihrem Laptop aufgelistet.

Tate nutzte ihre Ausbildung und ihre Erfahrung, um die Funde zu konservieren. Sie wusste, wie leicht ein Wrack in der relativ flachen Karibik verrotten und von Sturm und Wellen weiter verwüstet werden konnte. Das Holz würde von Teredowürmern zerfressen werden.

Zudem wusste sie aber auch, dass die Geschichte eines Wracks an dem Schaden, den es erlitten hatte, nachvollzogen werden konnte.

Diesmal würde sie also dafür sorgen, dass jeder Splitter, der nach oben gebracht wurde, bewahrt würde – dies betrachtete sie als ihre Verantwortung der Vergangenheit und der Zukunft gegenüber.

Kleine, zerbrechliche Gegenstände wurden in Krügen voller Wasser aufbewahrt, um ihr Austrocknen zu verhindern. Größere Stücke wurden fotografiert, unter Wasser gezeichnet und dann auf dem Meeresboden gelagert. Für zerbrechliche Funde, zum Beispiel die hauchdünnen Fläschchen, die sie zu finden hoffte, hatte sie gepolsterte Kisten bereitgestellt. Holzgegenstände kamen in ein kleines Aquarium auf Deck, damit sie sich an der Luft nicht verformten.

Tate ernannte Marla zu ihrem Chemikerlehrling. Die beiden arbeiteten zusammen, indem Tate ihrer Mutter Anweisungen erteilte. Selbst Gegenstände, die einer chemischen Reaktion widerstehen würden, wurden zunächst gründlich mit frischem Wasser gereinigt, getrocknet und dann von Marla sorgfältig mit einer Schicht Wachs versiegelt. Nur Gold und Silber brauchten nicht besonders behandelt zu werden.

Die Arbeit war zeitraubend, wurde Tate aber nie langweilig. Das war es, was sie an Bord der *Nomad* so vermisst hatte. Die Nähe zu den Objekten und das Erstaunen. Jeder Nagel und jeder Bolzen waren für sie sowohl ein Anhaltspunkt als auch ein Geschenk aus der Vergangenheit.

Markierungen auf Kanonenkugeln untermauerten ihre Vermutung, dass sie tatsächlich die *Isabella* entdeckt hatten. Tate trug sämtliche Informationen, die ihr über das Schiff bekannt waren, in ihr Logbuch ein, seine Route, seine Fracht und sein Schicksal. Peinlich genau überprüfte sie die Unterlagen wieder und wieder und verglich sie mit jedem neuen Fund.

Inzwischen hatte der Sauger den zerborstenen Schiffsrumpf freigelegt. Die Männer gruben weiter, und Tate zeichnete. Sie beförderten Eimer voller Konglomerat an die Oberfläche. Matthews Sonar lokalisierte schließlich die Ballaststeine, bevor sie mit Augen und Händen fündig wurden. Während Tate an Bord der *New Adventure* im Deckshaus und an Deck arbeitete, durchsuchten ihr Vater und LaRue den Ballast mühsam nach Gegenständen.

»Liebling?« Marla steckte ihren Kopf durch die Tür. »Willst du nicht eine Pause einlegen? Ich bin mit dem Wachsen fertig.«

»Nein, es geht noch.« Tate fuhr fort, die Zeichnung von einem Rosenkranz mit Details zu versehen. »Ich kann einfach nicht glauben, wie schnell ich vorankomme! Es ist kaum zwei Wochen her, und wir finden immer mehr. Schau nur, Mom, sieh dir die Feinheiten an diesem Kruzifix an!«

»Du hast es schon gesäubert. Das hätte ich doch machen können.«

»Ich weiß, aber ich war zu ungeduldig.«

Fasziniert beugte sich Marla über die Schulter ihrer Tochter und fuhr mit einem Finger über die schwere, silberne Figur des Jesus am Kreuz. »Es ist erstaunlich. Man sieht sogar die Sehnen auf seinen Armen und Beinen, jede einzelne Wunde.«

»Es ist zu fein gearbeitet, um einem Untergebenen gehört zu haben. Jedes Detail passt perfekt zum anderen, eine erstklassige Arbeit. Es wirkt irgendwie maskulin«, dachte sie laut. »Bestimmt hat es einem Mann gehört. Einem der Offiziere vielleicht, oder einem reichen Priester auf dem Weg nach Kuba. Ob er es festgehalten und damit gebetet hat, als das Schiff sank?«

»Was bedrückt dich, Tate?«

»Hmm.« Sie hatte wieder einmal geträumt. »Oh, ich habe an die *Santa Marguerite* gedacht. Wir hätten sie retten können. Ich meine, das Wrack selbst hätte mit ein wenig Zeit und Mühe konserviert werden können. Es war fast intakt. Ich hatte gehofft, dass wir die *Isabella* in einem ähnlichen Zustand vorfinden würden, aber leider ist von ihr nicht viel übrig geblieben.«

»Aber wir haben so viel von ihr geborgen.«

»Ich weiß, aber ich bin nun einmal gierig.« Tate schüttelte den Gedanken ab und legte ihre Zeichnung beiseite. »Ich hatte davon geträumt, dass wir sie bergen könnten, so wie mein Team vor ein paar Jahren dieses phönizische Schiff gehoben hat. Jetzt muss ich mich mit den Bruchstücken zufrieden geben, die Stürme und Zeit übrig gelassen haben.« Sie spielte mit ihrem Stift und versuchte, nicht an das Amulett zu denken.

Niemand hatte es erwähnt. Aberglaube, so vermutete sie. Der Fluch der Angelique spukte durch ihre Köpfe, und mit ihm VanDyke. Früher oder später würden sie sich beiden stellen müssen.

»Ich lasse dich jetzt in Ruhe und fahre zur *Mermaid* hinüber, um Buck zu helfen.« Marla lächelte.

Tate wandte sich wieder ihrem Laptop zu, um einen Rosenkranz einzutragen. Zwanzig Minuten später war sie in die Begutachtung einer goldenen Halskette versunken. Der Anhänger stellte einen Vogel im Flug dar und hatte die Jahrhunderte, die hohen Wellen, den Abrieb des Sandes überlebt.

Sie schätzte den Wert des Stückes auf über fünfzigtausend Dollar, gab eine Beschreibung in den Computer ein und begann mit ihrer Zeichnung.

Matthew näherte sich ihr, ohne dass sie ihn bemerkte. Er beobachtete für einen Augenblick, wie professionell und graziös zugleich sie mit Papier und Bleistift umging. Die Sonne fiel so, dass sich ihr Profil auf dem Monitor spiegelte.

Er wollte seine Lippen auf einen ganz bestimmten Punkt in ihrem Nacken pressen. Er wollte seine Arme um sie legen, spüren, wie sie sich entspannt und vielleicht ein wenig anlehnungsbedürftig an ihn schmiegte.

Aber in den letzten Wochen hatte er sich bewusst zurückgehalten in der Hoffnung, Tate zu erobern, ohne sie zu bedrängen. Seine Geduld hatte ihn jedoch Dutzende von schlaflosen Nächten gekostet. Offenbar bewegten sie sich nur unter Wasser im Einklang. Dabei sehnte sich jeder Teil seines Körpers nach ihr.

»Sie haben ein paar Weinkrüge nach oben gebracht. Einer ist völlig unversehrt.«

»Oh.« Erschrocken drehte Tate sich um. »Ich habe dich gar nicht kommen hören. Ich hatte dich auf der *Mermaid* vermutet.«

»Das war ich auch.« Aber er hatte nur daran denken können, dass sie hier arbeitete, ganz allein. »Sieht so aus, als ob du mit dem Team unter Wasser Schritt hältst.«

»Ich werde nervös, wenn ich in Verzug gerate.« Sie schob ihren Zopf von der Schulter und war sich kaum bewusst, dass sie zusammenzuckte, als er sich neben sie setzte. Aber ihm fiel es auf, und es gefiel ihm überhaupt nicht. »Meistens arbeite ich noch ein paar Stunden abends, wenn die anderen schlafen.«

Nacht für Nacht hatte er das Licht auf der *New Adventure* gesehen, während er ruhelos über sein eigenes Deck tigerte. »Kommst du uns deshalb nie auf der *Mermaid* besuchen?«

»Für mich ist es einfacher, an ein und demselben Ort zu arbeiten.« Und vor allem war es ungefährlicher, als sich mit ihm bei Mondlicht auf seinem Territorium aufzuhalten. »Meinen Berechnungen nach haben wir schon viel mehr gefunden als im vergleichbaren Zeitraum damals bei der *Marguerite*. Dabei haben wir noch nicht einmal die Schatzkammer entdeckt.«

Er beugte sich vor, um die Kette mit dem goldenen Vogel in die Hand zu nehmen, war aber mehr daran interessiert, wie sich ihre Schulter versteifte, als er dagegenstieß. »Wie viel ist das wert?«

Tate zog die Augenbrauen hoch. Sie hätte damit rechnen müssen, dass er beim Anblick eines derart sensationellen Fundes nur in Dollars und Cents denken würde. »Bei vorsichtiger Schätzung mindestens fünfzigtausend.«

»Gut.« Er sah sie an und spielte mit dem Schmuckstück in seiner Hand. »Das dürfte uns fürs Erste über die Runden bringen.«

»Darum geht es ja wohl nicht.« Besitzergreifend nahm sie ihm die Halskette ab und legte sie sanft auf das weiche Tuch, das sie auf ihrem Arbeitstisch ausgebreitet hatte.

»Worum geht es denn, Rotschopf?«

»Ich werde meine Zeit nicht damit verschwenden, mit dir darüber zu diskutieren, aber es gibt etwas, worüber wir dringend reden müssen.« Sie verlagerte ihr Gewicht, sodass sie ihn ansehen und gleichzeitig eine sichere Distanz wahren konnte.

»Sollten wir das nicht beim Essen besprechen?« Seine Fingerspitze glitt über ihre Schulter. »Seit über zwei Wochen haben wir keine Pause eingelegt. Warum fahren wir heute Abend nicht noch einmal nach Nevis?«

»Du solltest den geschäftlichen Teil nicht mit deiner Libido durcheinander bringen, Lassiter.«

»Das gelingt mir ganz gut.« Er hob ihre Hand und küsste ihre Fingerspitzen, dann die kleine Narbe, die von dem Muränenbiss übrig geblieben war. »Dir nicht?«

»Ich glaube doch.« Vorsichtshalber entzog sie ihm ihre Hand. »Ich habe lange darüber nachgedacht«, begann sie erneut. »Wir haben unsere Chance, die *Marguerite* zu retten, damals verpasst. Von der *Isabella* ist nicht mehr viel übrig, aber wir könnten immerhin einen Teil von ihr erhalten.«

»Tun wir nicht genau das?«

»Ich meine nicht nur die Fracht, ich meine das Schiff selbst. Es gibt Möglichkeiten, das Holz eines Schiffes so zu behandeln, dass es an der Luft nicht schrumpft. Sie könnte sogar teilweise rekonstruiert werden. Dazu benötige ich Polyäthylenglykol.«

»Zufällig habe ich gerade keins dabei.«

»Sei nicht albern, Matthew. Wenn man die Schiffsplanken darin eintaucht, saugen sie sich mit der Flüssigkeit voll. Sogar von Bohrmuscheln befallenes Holz kann so konserviert werden. Ich möchte Hayden anrufen und ihn bitten, alles Notwendige zu besorgen. Dann kann er herkommen und uns dabei helfen, das Schiff zu retten.«

»Vergiss es.«

»Was meinst du mit ›Vergiss es‹? Wir haben es hier mit einem bedeutenden Fund zu tun, Matthew!«

»In erster Linie ist es unser Fund«, gab er zurück, »den ich auf gar keinen Fall mit irgendeinem Professor teilen werde.«

»Er ist nicht irgendein Professor. Hayden Deel ist ein brillanter Meeresarchäologe, der sich der Erforschung und der Erhaltung von historischen Funden verschrieben hat.«

»Ist mir völlig egal, wem oder was er sich verschrieben hat, jedenfalls mischt er sich nicht in dieses Geschäft ein.«

»Einzig und allein darum geht es dir, nicht wahr? Um das Geschäft.« Angewidert rutschte sie von ihm weg, schob sich um den Arbeitstisch herum und stand auf. »Ich will ja gar nicht, dass er einen Anteil an deiner ach so wichtigen Beute bekommt. Das würde er auch gar nicht erwarten. Es gibt immer noch Menschen, für die Geld nicht alles ist.«

»Das ist leicht gesagt, wenn man nie hart dafür arbeiten

musste. Du hattest ja immer Mom und Dad, auf die du dich verlassen konntest, ein nettes, gemütliches Heim, ein warmes Essen auf dem Herd.«

Tate wurde blass vor Ärger. »Ich habe meinen Weg gemacht, Lassiter, ganz allein. Und wenn du gelegentlich über das nächste Wrack hinausgedacht hättest, würde in deiner Tasche wahrscheinlich mehr als Kleingeld klimpern. Aber du bist besessen davon, das große Geld zu machen und ein luxuriöses Leben zu führen. Die Bedeutung dieser Expedition geht aber weit über die Versteigerung von antiken Gegenständen hinaus.«

»Von mir aus. Sobald wir die antiken Gegenstände versteigert haben, kannst du tun und lassen, was du willst und mit wem du willst.« Umbringen würde er jeden Mann, der sie auch nur anfasste! »Aber bis dahin nimmst du mit niemandem Kontakt auf.«

»Ist das wirklich alles?« Tate stützte ihre Handflächen auf den Tisch und beugte sich nach vorn, bis ihre wütenden Augen auf gleicher Höhe mit seinen waren. »Für dich zählt nur das Geld?«

»Du hast noch nie eine Ahnung davon gehabt, was für mich zählt.«

»Ich dachte, du hättest dich verändert, wenigstens ein bisschen. Ich dachte, die *Isabella* zu finden, würde dir mehr bedeuten als der Erlös aus dem Verkauf ihrer Schätze.« Sie richtete sich wieder auf und schüttelte den Kopf. »Ich kann nicht fassen, dass ich mich zweimal so irren konnte.«

»Offenbar ist es möglich.« Er erhob sich. »Du hast mir immer meinen Egoismus vorgeworfen, Tate, aber was ist mit dir? Du bist stets mit deinen eigenen Wünschen und Vorstellungen beschäftigt. Darüber ist dir gar nicht mehr bewusst, was du eigentlich *fühlst*.«

Er packte ihre Arme und zog sie an sich. »Was fühlst du jetzt? Verdammt noch mal, was fühlst du?«, wiederholte er und legte seinen Mund auf ihren.

Zu viel, dachte sie, als ihr Herz sich öffnete. Und es tut viel zu weh. »Das ist keine Antwort auf meine Frage«, brachte sie heraus.

»Es ist eine Antwort. Vergiss die *Isabella,* das Amulett, deinen verdammten Hayden.« Seine Augen funkelten. »Beantworte mir meine Frage. Was empfindest du jetzt?«

»Schmerz!«, rief sie, plötzlich in Tränen ausbrechend. »Verwirrung. Bedrängnis … Du hast Recht, Matthew, ich habe Gefühle, verdammt noch mal, und du bringst sie in Aufruhr, sobald du mich berührst. Ist es das, was du hören wolltest?«

»Das genügt. Pack ein paar Sachen ein.«

Er ließ sie so abrupt los, dass sie taumelte. »Was?«

»Pack deine Tasche. Du kommst mit mir.«

»Ich tue – was?«

»Ach … zum Teufel mit der Tasche!«

Sie hatte ihm tatsächlich gesagt, was er hören wollte, und er würde ihr keine Gelegenheit dazu geben, ihre Meinung zu ändern. Diesmal nicht. Er griff wieder nach ihrer Hand und zog sie an Deck. Bevor sie wusste, was er vorhatte, nahm er sie auf die Arme und hievte sie über die Reling ins Beiboot.

»Hast du den Verstand verloren?«

»Ich hätte ihn schon vor Wochen verlieren sollen. Ich nehme sie mit nach Nevis!«, rief er in Richtung *Mermaid.* »Morgen früh sind wir zurück.«

»Morgen früh?« Mit einer Hand schützte Marla ihre Augen vor der Sonne und starrte ihre Tochter an. »Tate?«

»Er hat den Verstand verloren«, antwortete Tate und musste sich hinsetzen, als Matthew an Bord sprang. »Ich will nicht mit«, begann sie, aber ihre Stimme wurde vom Motorgeräusch übertönt. »Halt das Boot sofort an, oder ich springe über Bord.«

»Dann hole ich dich zurück«, erklärte er ernst. »Du würdest also nur nass werden.«

»Wenn du denkst, dass ich die Nacht mit dir auf Nevis verbringe –« Tate brach ab. Plötzlich kam ihr ein Streit zu riskant vor. »Matthew«, sagte sie, um Gelassenheit bemüht. »Reiß dich zusammen. Wir haben uns gestritten, aber das ist keine Lösung.« Als er den Motor abwürgte, setzte ihr Atem kurz aus. Einen Moment lang fragte sie sich, ob er sie einfach ins Wasser werfen würde.

»Es ist höchste Zeit, dass wir das zu Ende bringen, was wir vor acht Jahren begonnen haben. Ich begehre dich, und du hast gerade zugegeben, dass du mich auch begehrst. Du hast jede Menge Zeit gehabt, um darüber nachzudenken. Wenn wir diese Sache nicht durchziehen, kommt sie uns immer wieder in die Quere.« Seine Hand schmerzte, weil er die Ruderpinne so fest umklammert hielt. »Sieh mir in die Augen, Tate, und sag mir, dass du das, was du gesagt hast, nicht ernst meinst, dass dir das und alles, was wir tun, nichts bedeutet, und ich kehre sofort um. Damit ist das Thema gegessen.«

Überrascht fuhr sie mit einer Hand durch ihre zerzausten Ponyfransen. Er hatte sie sozusagen entführt, und jetzt überließ er ihr die Entscheidung! »Du erwartest von mir, dass ich hier sitzen bleibe und die Auswirkungen sexueller Anziehungskraft diskutiere?«

»Nein, ich erwarte, dass du Ja oder Nein sagst.«

Sie blickte zurück zur *Mermaid*, wo ihre Mutter immer noch an der Reling stand. Dann betrachtete sie den wolkenverhangenen Gipfel des Nevis. Verflucht!

»Matthew, wir haben keine Kleidung zum Wechseln dabei, kein Gepäck, wir haben ja noch nicht einmal ein Zimmer!«

»Heißt das Ja?«

Sie öffnete den Mund und hörte sich stammeln: »Das ist doch verrückt.«

»Also Ja«, entschied er und ließ den Motor aufheulen. Er schwieg, bis sie den Steg erreicht hatten und anlegten. Am Strand wies er auf einen leeren Liegestuhl. »Setz dich hin«, befahl er ihr. »Bin gleich wieder da.«

Zu genervt, um sich zu widersetzen, ließ Tate sich nieder, starrte auf ihre nackten Füße und beantwortete das Angebot der Kellnerin, ihr einen Drink zu bringen, mit einem vagen Lächeln und Kopfschütteln.

Dann suchte sie mit den Augen den Horizont ab, aber die *Mermaid* und die *New Adventure* waren außer Sicht. Sie war auf sich gestellt.

Als Matthew zurückkam und ihr seine Hand entgegenstreckte, griff sie danach. Schweigend gingen sie durch die Gärten, über die sanft abfallenden grünen Rasenflächen.

Er schloss eine gläserne Schiebetür auf, zog sie hinter ihnen ins Schloss und verriegelte sie.

Der Raum war hell, luftig und in verträumten Pastellfarben gehalten. Auf dem frisch bezogenen Bett häuften sich weiche Kissen. Tate starrte darauf und zuckte kurz zusammen, als Matthew die Jalousien herunterließ und so den Raum in Dämmerlicht tauchte.

»Matthew –«

»Später.« Er löste den Zopf in ihrem Nacken und ließ ihr offenes Haar durch seine Finger gleiten.

Tate schloss die Augen und hätte schwören können, dass der Boden unter ihren Füßen nachgab. »Und wenn sich das hier als großer Fehler erweist?«

»Hast du noch nie einen Fehler gemacht?«

Sein Grinsen blitzte auf, und sie stellte fest, dass sie ihn ebenfalls anlächelte. »Einen oder zwei. Aber –«

»Später.« Er senkte seinen Kopf und fand ihre Lippen.

Er hatte geglaubt, sofort in sie eintauchen zu müssen, so wie er manchmal ins Meer eintauchte, um seinen Verstand zu retten oder vielleicht auch wiederzufinden. Seine Hände hatten sich danach gesehnt, an ihrer Kleidung zu zerren, die nackte Haut darunter zu berühren und endlich zu besitzen, was er vor acht Jahren aufgegeben hatte.

Aber die Begierde, die ihn dazu verleitet hatte, sie hierher zu bringen, schmolz dahin, als ihn ihr Geschmack durchdrang – genauso süß wie damals, so frisch wie der Augenblick. Eine Liebe, die ihm nie ganz gehört hatte, erfüllte ihn nun endlich mit Triumph.

»Ich will dich ansehen«, murmelte er. »Ich habe lange genug darauf gewartet, dich anzusehen.«

Trotz ihres Zitterns öffnete er schnell, sanft und vorsichtig ihre Bluse und ließ sie heruntergleiten. Tates Haut war so blass wie Elfenbein und weich wie Satin, ein Festmahl für Augen und Hände.

»Ich möchte dich ganz sehen.« Während sein Mund ihre nackte Schulter streifte, zog er ihre Shorts und den Baumwollslip herunter.

Meine Meerjungfrau, dachte er, fast schwindelig vor Erregung. So schlank, weiß und schön ...

»Matthew!« Tate zerrte ihm das Hemd über den Kopf und sehnte sich danach, seine Haut auf ihrer zu spüren. »Fass mich an. Ich will, dass du mich anfasst.«

Die Worte klangen in seinem Kopf nach. Er legte sie aufs Bett und liebkoste sie.

Seine Zärtlichkeit war so unerwartet, so unwiderstehlich ... Sie hatte sie damals in dem ungehobelten jungen Mann, in den sie sich verliebt hatte, zu erkennen geglaubt, jedoch nicht damit gerechnet, sie jetzt, nach so langer Zeit wiederzufinden. Seine Hände streichelten und erregten sie, während sein Mund ihre Seufzer erstickte.

Ihre eigenen tastenden Finger erkundeten Muskeln, Narben und die Haut, die sich unter ihren neugierigen Liebkosungen heiß anfühlte. Sie kostete ihn, ließ ihre Lippen und Zunge über seine Haut gleiten und genoss den Geschmack nach Mann und See.

So träumte sie weiter, ließ sich auf einem Meer aus ständig wechselnden Leidenschaften treiben, hörte sein sanftes Gemurmel, als er ihren Körper erkundete. Sie bog sich ihm entgegen und schauderte vor Vergnügen, als sie seinen Mund heiß, entschlossen und doch kontrolliert an ihrer Brust spürte. Seine Hände bewegten sich langsam über sie hinweg und verursachten kurze, heftige Pulsschläge.

Als sich ihr Körper wie eine Welle aufzubäumen begann, riss er sie vom Abgrund zurück, entführte sie wieder auf eine gefährliche Gratwanderung, bis ihr Atem in kurzen, schnellen Schüben kam und sie ihn um Erfüllung angefleht hätte, wenn sie die Kraft dazu hätte aufbringen können. Ein Sturm braute sich in ihr zusammen, ließ die Luft im Zimmer heiß und schwer werden.

Matthew beobachtete sie, fasziniert vom schnellen Aufflackern der Selbstvergessenheit, Verwirrung und schließlich Verzweiflung in ihrem Gesicht. Er trieb sie immer weiter über den Abgrund hinaus. Sein Stöhnen vermischte sich mit ihrem, und er spürte, wie ihr Körper sich anspannte und in wilder Erlösung zu zittern begann.

Er wollte sich gegen seine plötzliche Gier sträuben und legte seinen Mund auf ihre Lippen. Als ihr Atem sich wieder beruhigt hatte, stieß er sie sanft und zerstörerisch zugleich ins Bodenlose, in den Sturm.

Sie konnte nicht aufhören zu zittern. Es schien, als müsste ihr Körper zerbrechen. Tate klammerte sich an Matthew fest, während Woge um Woge über ihr zusammenschlug. Sie hatte einen Hurrikan in der Indischen See überstanden. Sie hatte die Hitze und die Sehnsucht eines Mannes gespürt, die Vereinigung ihrer Körper. Aber nichts davon hatte sie derart berührt, ihr Blut so in Wallungen gebracht und ihr Innerstes erreicht wie seine geduldigen, unnachgiebigen Liebkosungen. Sie hatte keine Geheimnisse mehr vor ihm, keinen Stolz, hinter dem sie sich hätte verstecken können. Was immer sie war, was immer er von ihr wollte, sie bot es ihm freiwillig an. Schwach, erschöpft und willig gab sie sich ihm hin.

Sanft glitt er in sie hinein und genoss das Gefühl. Jetzt zitterte er genauso wie sie und legte seine Stirn an ihre, als sie ihn tief in sich aufnahm und festhielt.

»Tate ...« Er ließ seinen Gefühlen freien Lauf. »Nur das will ich«, flüsterte er. »Nur dich.«

Seine Hände suchten ihre und schlossen sich um ihre Finger. Er wiegte sich mit ihr, bemühte sich, das Tempo zu verlangsamen, den Augenblick hinauszuzögern. Er spürte, wie das Herz in seiner Brust klopfte, sein Blut pochte, spürte ihr köstlich sanftes Nachgeben.

Ihre Nägel gruben sich in seine Schultern, ihr Körper bäumte sich auf und zuckte. Ein Schluchzen entfuhr ihrer Kehle und endete in seinem Namen.

Und dann hatte er sich so weit in ihr verloren, dass er sich tiefer und tiefer fallen ließ.

Während sich die Sonne über der Westindischen See senkte, nippte VanDyke Tausende von Meilen entfernt an seinem Cognac. Vor ihm auf dem Schreibtisch lag der jüngste Bericht über die Aktivitäten der Beaumont-Lassiter-Expedition, und was er dort las, gefiel ihm ganz und gar nicht.

Es sah ganz danach aus, als ob sie immer noch mit den Überresten der *Marguerite* beschäftigt wären. Keiner seiner Kontaktmänner auf Saint Kitts oder Nevis hatten jedoch konkrete Neuigkeiten geliefert. Allem Anschein nach war es ein Arbeitsurlaub, aber VanDyke war keineswegs davon überzeugt.

Sein Instinkt sandte Warnsignale aus.

Vielleicht ist es an der Zeit, auf diese Signale zu hören, überlegte er. Ein Abstecher zu den Westindischen Inseln wäre keine üble Idee. Wenigstens würde ihm die Reise Gelegenheit geben, Tate Beaumont gegenüber seinem Missfallen Ausdruck zu verleihen.

Und wenn die Lassiters ihn nach all den Jahren nicht zum Fluch der Angelique führen wollten, war es höchste Zeit, sich ihrer zu entledigen.

DRITTER TEIL

Zukunft

Alle Zukunft wird durch
die Gegenwart erworben.

SAMUEL JOHNSON

Erstes Kapitel

Tate fragte sich, ob diese Nacht etwas verändert hatte. Ihrer Erfahrung nach war das am nächsten Morgen meistens der Fall. Beim Aufwachen hatte sie erleichtert festgestellt, dass sie allein war. Wenigstens hatte sie so Gelegenheit, in Ruhe zu duschen und nachzudenken.

Soweit sie sich erinnern konnte, hatten sie in der vergangenen Nacht kaum geredet. Allerdings wäre es auch schwierig gewesen, eine einigermaßen vernünftige Unterhaltung zu führen, wenn die Gehirnzellen durch heißen, unermüdlichen Sex ausgeschaltet waren.

Sie atmete tief durch und schlüpfte in den flauschigen Hotelbademantel. Was den Sex anging, so war ihr Körper in völlig neue Dimensionen vorgedrungen. Matthew Lassiter würde schwer zu überbieten sein.

Sie griff nach dem Fön, betrachtete sich in dem beschlagenen Spiegel und musste grinsen.

Und warum auch nicht? fragte sie sich. Sie hatte eine unglaubliche Nacht hinter sich, die ihr System ordentlich durcheinander gebracht hatte. Und wenn sie sich nicht sehr täuschte, hatte sie selbst auch einiges durcheinander gebracht.

Aber inzwischen stand die Sonne am Himmel, und es war höchste Zeit, sich wieder mit der Realität auseinander zu setzen. Sie hatten eine Aufgabe zu erledigen, und obwohl sich die Spannungen zwischen ihnen wunderbar aufgelöst hatten, würde es vermutlich auch weiterhin immer wieder zu Auseinandersetzungen kommen.

Es erschien ihr ungerecht, dass zwei Menschen, die körperlich so gut zusammenpassten, in anderen Bereichen überhaupt nicht auf einer Linie lagen.

Kompromisse, dachte sie und seufzte, sind die einzige Lösung.

Als ihr Haar fast trocken war, fuhr sie sich mit der Zunge über die Zähne und wünschte sich, das geschmackvoll eingerichtete Bad würde die Annehmlichkeit einer Zahnbürste bieten. In dem Moment kam Matthew durch die Glastür.

»Oh, hallo.«

»Selber hallo.« Er warf ihr eine kleine Tüte zu. Sie sah hinein und schüttelte den Kopf.

»Du hast meine Gedanken gelesen«, stellte sie fest und nahm eine Zahnbürste heraus.

»Gut. Und jetzt darfst du meine lesen.«

Was sich als nicht sonderlich schwierig erwies, denn er kam auf sie zu, hob sie hoch und legte sie wieder auf das Bett.

»Matthew, also wirklich …«

»Genau.« Grinsend zog er sein Hemd aus. »Also wirklich.«

Etwa eine Stunde später kam die neue Zahnbürste endlich zum Einsatz.

»Ich habe mich gefragt …«, begann sie, als sie über den Strand zum Pier schlenderten.

»Was hast du dich gefragt?«

»Wie wir damit umgehen wollen.«

»Womit?« Er nahm ihre Hand. »Mit unserer Beziehung? Wie kompliziert hättest du es denn gern?«

»Ich will es nicht kompliziert machen, ich will nur –«

»… ein paar Grundregeln festlegen«, beendete er ihren Satz, dann wandte er sich ihr zu, um sie vor den versammelten und inzwischen breit grinsenden Crewmitgliedern des hoteleigenen Ausflugsbootes zu küssen. »Du bist eben unverbesserlich, Rotschopf.«

Sobald sie im Beiboot saß, legte er ab, winkte der Crew zu und ließ den Motor an. Er fühlte sich unglaublich gut.

»Was hast du nur gegen Regeln?«

Wieder grinste er und wendete geschickt das Boot. »Ich bin verrückt nach dir.«

Das traf direkt ins Herz. »Regel Nummer eins: Körperliche Anziehungskraft und gegenseitige Akzeptanz sollten wir nicht durcheinander bringen.«

»Womit?«, fragte er wieder.

»Mit allem Möglichen.«

»Ich war schon immer verrückt nach dir.«

»Es ist mir ernst, Matthew.«

»Das sehe ich.« Und es tat ihm weh. Aber er war nicht dazu bereit, sich die Stimmung verderben zu lassen oder die Hoffnung zu dämpfen, die in ihm aufgekeimt war, als sie neben ihm einschlief. »Na gut, wie wäre es damit? Ich möchte bei jeder sich bietenden Gelegenheit mit dir schlafen. Zufrieden?«

Ihr Herz hüpfte bei dieser Aussicht, aber sie zwang sich, ruhig weiterzusprechen. »Das mag ehrlich gemeint sein, ist aber kaum praktikabel. Immerhin leben wir zu sechst auf zwei Booten.«

»Also müssen wir uns etwas einfallen lassen. Fühlst du dich dazu in der Lage, heute Morgen zu tauchen?«

»Selbstverständlich.«

Zufrieden betrachtete er sie. Ihr Haar war strähnig, vom Wind zerzaust, und sie war barfuß. »Ich frage mich, wie es wäre, dich unter Wasser nackt zu erwischen.« Beschwichtigend hob er eine Hand. »Nur ein Scherz. Im Augenblick jedenfalls.«

Falls er glaubte, dass die Vorstellung sie schockierte, so irrte er sich gewaltig. Aber bevor sie zu lange darüber nachdachte, wollte sie noch etwas ins rechte Licht rücken. »Matthew, es gibt da noch ein paar Punkte, die wir klären müssen.«

Er verlangsamte das Boot. Wie üblich würde sie keine Ruhe geben, bis sie die Stimmung endgültig verdorben hatte.

»Jetzt fängst du wieder damit an, dass du deinen Kollegen, oder was immer er für dich ist, herbestellen willst.«

»Hayden wäre eine große Hilfe bei einem Projekt wie diesem, falls er sich die Zeit nehmen würde.«

»Meine Antwort steht fest, Tate. Hör mir genau zu, bevor du mir wieder auf die Nerven gehst. Wir können das Risiko nicht eingehen.«

»Nicht das Risiko eingehen, einen der führenden Wissenschaftler auf seinem Gebiet einzuschalten?«

»Nicht das Risiko eingehen, dass VanDyke von der Geschichte Wind bekommt.«

»Du leidest unter Verfolgungswahn«, erklärte sie ungeduldig. »Hayden wird die Sache vertraulich behandeln.«

»Hayden hat für Trident gearbeitet.«

Sie reckte ihr Kinn. »Genau wie ich. Ich bin mir sicher, dass Hayden ebenso wenig über die Hintergründe informiert war wie ich. Und selbst wenn er mit VanDyke zu tun hatte, wird er zu niemandem ein Wort sagen, wenn ich ihn darum bitte.«

»Willst du das Risiko eingehen, noch einmal alles zu verlieren?«

Tate öffnete den Mund und hielt dann inne, weil ihr bewusst wurde, dass es ihm um mehr ging als nur um die Jagd. »Nein«, sagte sie leise. »Das will ich nicht. Wir werden die Sache mit Hayden noch eine Weile aufschieben, aber ich werde nicht lockerlassen.«

»Wenn wir das Schiff leer geräumt haben, kannst du jeden Wissenschaftler anrufen, den du kennst. Und ich werde dir eigenhändig dabei helfen, das Wrack Stück für Stück nach oben zu holen, wenn es das ist, was du dir wünschst.«

Sprachlos starrte sie ihn an. »Das würdest du tun?«

Da sie bei der *New Adventure* angekommen waren, schaltete er den Motor aus. »Kapierst du es immer noch nicht, Rotschopf? Selbst jetzt nicht?«

Verwundert hob sie eine Hand. »Matthew ...«

»Denk drüber nach«, fuhr er sie an und wies mit dem Daumen auf die Leiter. »Zieh dich um, in zwanzig Minuten geht es los.«

Frauen, dachte er, während er auf die *Mermaid* zusteuerte. Angeblich waren sie sensibel und gefühlsbetont. Was für ein Witz! Da hatte er neben ihr gesessen, beinahe übersprudelnd vor Liebe wie ein Idiot, und sie hatte nur von Regeln und von der Wissenschaft geredet.

LaRues Goldzahn blitzte, als er die Leine auffing. »Na, mein Freund, fühlst du dich heute Morgen besser?«

»Nimm dich in Acht«, knurrte Matthew. Leichtfüßig sprang er an Bord und zog dabei sein Hemd aus. »Deine Kommentare kannst du dir schenken. Gib mir lieber einen Kaffee.«

Ohne sein Grinsen zu verbergen, schlenderte LaRue in Richtung Kombüse. »Wenn ich eine Nacht mit einer Frau verbracht habe, lächeln morgens beide.«

»Wenn du so weitermachst«, murmelte Matthew und untersuchte seine Ausrüstung, »bist du bald noch einen Zahn los.« Nachdem er seine Badehose gefunden hatte, ging er nach Backbord.

Richtig, sie ist mit mir ins Bett gegangen, dachte er bitter. Sie hatte sich ihm hingegeben, bis sie beide fast den Verstand verloren hatten. Und dennoch war er für sie kaum mehr als eine Nebensache. Er zog seine Shorts aus und stieg in die Badehose. Was für eine Art von Frau war Tate eigentlich?

Als er seinen Taucheranzug holte, wartete Buck schon auf ihn.

»Moment mal, Junge.« Da er sich die ganze Nacht schlaflos hin und her gewälzt hatte, war Buck jetzt nicht zu bremsen. Er bohrte Matthew einen Finger in die Brust. »Du bist mir eine Erklärung schuldig.«

»Ich muss arbeiten. Mach den Sauger bereit.«

»In den – den hormonellen Teil deines Lebens habe ich mich nie eingemischt.« Damit Matthew ihm nicht ausweichen konnte, stieß Buck noch einmal mit dem Finger zu.

»Ich dachte, du wüsstest, worum es hier geht. Aber wenn du anfängst, dieses süße kleine Mädchen auszunutzen ...«

»Süß«, unterbrach Matthew ihn. »Oh ja, sie ist wirklich zu süß, wenn sie dir die Haut in Fetzen vom Leib reißt oder dir knallhart in die Eingeweide tritt.« Er nahm seinen Taucheranzug, setzte sich hin und zog ihn über die Beine. »Was zwischen mir und Tate läuft, geht dich nichts an.«

»Zum Teufel! Wir sind ein Team, und ihr Daddy ist zufällig mein bester Freund.« Buck rieb sich mit einer Hand über den Mund und sehnte sich nach einem Drink, der ihn einigermaßen betäubt durch den Rest seiner Ansprache bringen würde. »Ich sage nicht, dass ein Mann keine Bedürfnisse hat, und vielleicht ist es nicht leicht für dich, wochenlang hier draußen zu sein, ohne diese Bedürfnisse befriedigen zu können.«

Matthew kniff die Augen zusammen und stand auf, um den Anzug über die Hüften zu ziehen. »Wenn es nur darum geht, habe ich zur Not immer noch meine Hand.«

Buck starrte ihn finster an. Über diese Dinge sprach er nicht gern, aber er kannte seine Pflicht. »Dann erklär mir bitte, warum du nicht sie benutzt, anstatt Tate zu benutzen. Ich habe es dir vor acht Jahren schon gesagt, und ich sage es dir noch einmal: Sie ist kein Mädchen, das man so einfach wegwerfen kann, Junge, und ich werde nicht dabeistehen und zusehen, wie –«

»Ich habe sie nicht benutzt, verdammt noch mal!« Matthew schob einen Arm in den Ärmel. »Ich liebe sie.«

»Versuch nicht –« Buck hielt inne, zwinkerte und beschloss, sich vorsichtshalber hinzusetzen. Er überlegte sich eine neue Strategie, während Matthew den Kaffee trank, den LaRue herausgebracht hatte. »Meinst du das ernst?«

»Lass mich einfach in Ruhe.«

Buck sah LaRue an, der gerade mit dem Kompressor beschäftigt war. »Hör zu, Matthew, ich verstehe nicht viel von diesen Dingen, aber ... Verdammt, seit wann denn?«

»Seit etwa acht Jahren.« Der Großteil von Matthews Wut war verflogen, aber seine Schultern waren immer noch verspannt. »Und jetzt geh mir bitte nicht auf die Nerven, Buck. Hast du den Wetterbericht gehört?«

»Ja, ja. Keine Probleme.« Da er sich mit der Situation eindeutig überfordert fühlte, stand Buck umständlich auf und half Matthew mit den Sauerstoffflaschen. »Ray und der Kanadier haben Porzellan hochgebracht, nachdem ihr weg wart. Marla wollte es säubern.«

»Gut. Gib der *Adventure* das Signal, LaRue. Ich will anfangen.«

»Du solltest lieber aufhören«, bemerkte LaRue, ging aber nach Steuerbord, um das Signal zu hissen.

»Natürlich geht es mir gut.« Tate schnallte ihr Tauchermesser um und versuchte, ihre Mutter zu beruhigen. »Tut mir leid, wenn du dir Sorgen gemacht hast.«

»Nicht direkt Sorgen, eigentlich mehr Gedanken. Schließlich weiß ich, dass Matthew dir nie wehtun würde.«

»Tatsächlich nicht?«, murmelte Tate.

»Oh, Liebling.« Marla drückte sie kurz und fest an sich. »Du bist eine erwachsene Frau. Das weiß ich. Und ich weiß, dass du vernünftig, vorsichtig und verantwortungsbewusst bist, genau wie ich es mir immer gewünscht habe. Aber bist du auch glücklich?«

»Ich weiß nicht.« Sie wünschte, das Gegenteil wäre der Fall, schulterte ihre Sauerstoffflaschen und zog die Schulterriemen fest. »Darüber habe ich noch nicht nachgedacht.« Sie registrierte LaRues Signal. »Matthew ist mir nach wie vor ein Rätsel.« Seufzend legte sie ihren Bleigürtel um. »Aber damit werde ich fertig, und mit ihm auch.« Sie zog ihre Taucherflossen an und runzelte die Stirn. »Dad wird doch wegen dieser Sache nichts Unüberlegtes unternehmen, oder?«

Lachend reichte Marla Tate ihre Maske. »Mit Dad werde ich notfalls fertig.« Sie sah über das Wasser zur *Mermaid,* wo

Matthew an Deck stand. »Matthew Lassiter ist ein attraktiver, interessanter Mann, Tate. Er hat gewisse Schwachstellen, die die richtige Frau ausgleichen könnte.«

»Ich bin nicht daran interessiert, Lassiters Schwachstellen auszugleichen.« Tate schob ihre Maske zurecht, dann grinste sie. »Aber ich hätte nichts dagegen, ihn noch einmal in die Finger zu bekommen.«

Doch dazu gab er ihr keine Gelegenheit. Von dem Moment an, als sie unten beim Wrack ankamen, war der Sauger im Einsatz. Matthew arbeitete schnell und ohne Pause. Immer wieder prasselten Sand, Muscheln und Schutt an ihren Rücken und ihre Schultern. Tate musste sich anstrengen, um mit seinem Tempo mithalten zu können, musste sieben, Eimer füllen und an der Schnur zu ziehen, damit Buck die Beute hochzog. Er ließ ihr wenig Zeit, um ihre Funde zu betrachten.

Eine Gesteinsformation traf sie so hart an der Schulter, dass sie heftig zusammenzuckte, aber anstatt über den Schmerz nachzudenken, lenkte sie sich ab, indem sie Matthew verfluchte, während sie nach der kalkverkrusteten Form griff. Die dunkel angelaufenen Silbermünzen waren zu einer bizarren Skulptur zusammengewachsen und besserten ihre Laune schlagartig. Sie schwamm durch die Schlammwolke und klopfte an Matthews Flaschen.

Er drehte sich um und wich zurück, als sie ihm den Klumpen triumphierend vor die Nase hielt. Er beachtete ihn kaum, zuckte nur kurz mit den Schultern und machte sich wieder an die Arbeit.

Was zum Teufel ist mit ihm los? fragte sie sich und ließ den Fund in einen Eimer fallen. Er hätte grinsen sollen, sie am Haar ziehen, ihr Gesicht berühren, irgendetwas tun. Stattdessen arbeitete er wie ein Besessener, ohne die Freude, die ihre Zusammenarbeit sonst immer ausgezeichnet hatte.

Tate glaubte, dass es ihm nur ums Geld ging! Kochend vor Wut, fuhr Matthew mit dem Sauger über den Sand. Dachte sie wirklich, dass ihn ein Klumpen Silber dazu bringen würde, einen Freudentanz aufzuführen? Was ihn betraf, so konnte sie jede verdammte Münze behalten und in ihrem geliebten Museum ausstellen oder ihrem verdammten Hayden Deel schenken.

Er hatte sie begehrt, verflucht noch mal. Aber er hatte nicht damit gerechnet, dass Sex ohne ihre Liebe und ihren Respekt ein Gefühl der Leere in ihm zurücklassen würde.

Nun wusste er es, und deshalb hatte er endgültig nur noch ein Ziel: den Fluch der Angelique. Er würde jeden Zentimeter Sand, jede Vertiefung, jede Korallenformation absuchen. Und wenn er das Amulett gefunden hatte, würde er sich an dem Mann rächen, der seinen Vater auf dem Gewissen hatte.

Rache, stellte Matthew fest, war befriedigender als die Liebe einer Frau. Zumindest würde es nicht so wehtun, wenn er versagte.

Er arbeitete weiter, bis ihm die Arme schmerzten, und sein Kopf wurde taub von der Monotonie. Dann sah er das Gold aufblitzen.

Er zog den Schlauch zurück und starrte Tate an. Er konnte sehen, dass sie durch das wolkige Wasser auf ihn zuschwamm, die Augen weit aufgerissen, obwohl Matthew die Müdigkeit in ihren Bewegungen wahrnahm.

Er hatte sie zu hart arbeiten lassen, und er wusste es. Nicht einmal hatte sie ihn gebeten, eine Pause einzulegen, langsamer zu arbeiten. Ob Stolz schon immer ihr Problem gewesen ist? fragte er sich. Dann inspizierte er die funkelnden Münzen, die wie sorglos hingeworfenes Wechselgeld auf dem Meeresgrund lagen.

Lächelnd manövrierte er den Sauger so, dass er die Münzen erfasste. Sie flogen nach hinten, klimperten gegen Tates Flaschen, prallten von ihrem Rücken ab. Sie hob die Dublonen auf wie ein Kind die Süßigkeiten aus einer zerbrochenen Bonbonniere.

Und dann wandte sie sich zu ihm um. Es beruhigte sein laut pochendes Herz, dass sie sich trotz des Goldes in ihren Händen nach ihm umsah.

Er grinste, weil sie auf ihn zuschwamm, den Halsausschnitt seines Anzugs abzog und die Münzen nacheinander seinen Rücken hinuntergleiten ließ. Als er den Schlauch beiseite zog, funkelten ihre Augen vor stummem Lachen. Neugierige Fische beobachteten ihren Ringkampf, dann ihre unbeholfene Umarmung.

Matthew deutete mit dem Daumen nach oben, aber Tate schüttelte den Kopf, zeigte auf den Sauger. Mit einem Nicken nahm er den Schlauch wieder über die Schulter, während sie ganze Hände voller Münzen aus dem Sand in den Eimer beförderte.

Sie hatte bereits zwei bis zum Überlaufen gefüllt und war glücklich und erschöpft, als sie den Beutel entdeckte. Er war aus Samt, zerfetzt und brüchig. Als ihre Finger ihn berührten, zerfielen die Nähte. Durch das ausgefranste Loch schienen Sterne zu leuchten.

Tate stockte buchstäblich der Atem. Mit einer zitternden Hand griff sie nach unten und hob das Kreuz auf. Diamanten und Saphire schienen durch den Schlamm zu explodieren. Drei Schichten von Edelsteinen, schwer und aufwändig gearbeitet. Die Steine hatten ihr Feuer durch die Jahrhunderte bewahrt und funkelten nun vor Tates fasziniertenen Augen.

Tief bewegt reichte sie es Matthew.

Einen Augenblick lang glaubte er, sie hätten es gefunden. Er hätte schwören können, dass er das Amulett in ihren Fingern sah, die Macht aus den blutigen Steinen summen hörte. Aber sobald er es berührte, verwandelte es sich. So unbezahlbar und wunderschön es war, ihm fehlte die Magie. Unvermittelt legte er es ihr um den Hals, sodass die Edelsteine auf ihrem engen, dunklen Anzug funkelten.

Als er diesmal nach oben zeigte, nickte sie. Sie zog am Seil, und gemeinsam stiegen sie auf.

»Wir haben die Schatzkammer gefunden!« Tate hatte ihre Erschöpfung vergessen, als sie die Wasseroberfläche erreichte und die Arme nach Matthew ausstreckte.

»Daran besteht wohl kein Zweifel.«

»Matthew.« Andächtig ließ sie ihre Finger unter die Halskette gleiten. »Sie ist echt.«

»Steht dir gut.« Er legte eine Hand auf ihre. »Du bringst mir immer noch Glück, Tate.«

»Bei Gott!«, erklang ein Ruf von der *Mermaid*. »Ich sehe Gold, Ray!«, schrie Buck. »Eimer voller Gold!«

Tate grinste und drückte Matthews Hand. »Lassen wir uns von ihnen auf die Schulter klopfen.«

»Gute Idee. Ich habe übrigens gedacht –« er bewegte sich schon auf die *Mermaid* zu –, »dass ich herüberschwimmen könnte, sagen wir so gegen Mitternacht, und wir uns auf der Brücke treffen. An der Tür ist ein Schloss.«

Sie erreichte die Leiter vor ihm. »Das ist ebenfalls eine gute Idee.«

Innerhalb von zwei Tagen hatten sie über eine Million Dollar in Gold hochgeholt und zusätzlich viele Juwelen, die Tate schätzte und katalogisierte. Je mehr Fortschritte sie machten, desto sorgfältigere Vorsichtsmaßnahmen trafen sie.

Sie gingen über fünfzig Meter von der Fundstelle entfernt vor Anker. Buck veranstaltete zweimal am Tag eine große Show und angelte vom Bug aus, wenn die Tourboote in Rufweite vorbeifuhren. Tate machte jede Menge Aufnahmen und behielt die Filme an Bord, fertigte Zeichnungen an und legte die Bilder zu ihren Unterlagen.

Sie wusste, dass ihr Traum von einem Museum immer näher rückte. Es würde Artikel zu schreiben geben, andere Veröffentlichungen, Interviews. Mit ihrem Vater diskutierte sie Pläne und Ideen, von denen sie Matthew allerdings nichts erzählte. Seine Träume, das wusste sie, unterschieden sich zu sehr von ihren. Sie arbeiteten zusammen, jagten zusammen. Und nachts, wenn es still wurde, liebten sie sich auf einer Steppdecke.

Manchmal schien er bedrückt, und sie erwischte ihn dabei, wie er sie mit undurchdringlichen Augen musterte, aber sie sagte sich, dass sie einen Kompromiss gefunden hatten.

Die Expedition ging voran, der Frühling wurde langsam zum Sommer – besser konnte es nicht sein.

LaRue kam pfeifend aus dem Deckshaus. Er hielt einen Augenblick lang inne und beobachtete, wie Buck und Marla vor sich hin hämmerten. Er bewunderte die attraktive Mrs. Beaumont. Nicht nur wegen ihrer Schönheit und ihrer schlanken, wohlgeformten Figur, sondern weil sie Klasse hatte. Die Frauen, die in LaRues Leben ein und aus gingen, waren interessant, gelegentlich faszinierend, hatten jedoch selten Klasse.

Selbst mit verschwitzten, schmutzigen Händen sah man Marla ihre kultivierte Herkunft an.

Wirklich eine Schande, dass die Frau verheiratet ist, dachte er. Eine der wenigen Regeln, die LaRue niemals brach, war, keine verheirateten Frauen zu verführen.

»Ich nehme jetzt das Boot«, verkündete er. »Wir brauchen Proviant.«

»Oh.« Marla hockte sich auf ihre Fersen und wischte sich den Schweiß von der Stirn. »Fahren Sie nach Saint Kitts, LaRue? Ich hatte gehofft, selbst hinfahren zu können. Ich brauche Eier und Obst.«

»Was immer Sie benötigen, ich bringe es Ihnen gern mit.«

»Eigentlich …« Sie schenkte ihm ihr strahlendstes Lächeln. »Eigentlich würde ich selbst gern an Land gehen. Wenn es Ihnen nichts ausmacht, dass ich Sie begleite?«

Strahlend änderte er sofort seine Pläne. »*Ma chère* Marla, es ist mir ein Vergnügen.«

»Würden Sie noch einen Augenblick warten, bis ich mich frisch gemacht habe?«

»Lassen Sie sich Zeit.«

Als Kavalier half er ihr ins Boot und sah zu, wie sie zur *New Adventure* fuhr. Nichts auf der Welt, das wusste er inzwischen, konnte die schöne Mrs. Beaumont dazu bewegen, auch nur ein paar Meter weit zu schwimmen.

»Du vergeudest deinen Charme, Frenchie«, informierte Buck ihn grummelnd und hämmerte weiter.

»Aber, *mon ami*, ich habe doch so viel davon!« Amüsiert sah LaRue ihn an. »Und was darf ich dir von der Insel mitbringen?«

Eine Flasche Black Jack, dachte Buck und konnte den ersten Schluck Whiskey fast schmecken. »Ich brauche nichts.«

»Wie du willst.« LaRue klopfte auf die Tasche, in der sich sein Tabak befand, und ging zurück zur Reling. »Ah, da kommt meine charmante Begleiterin schon. *A bientôt.*«

Galant übernahm LaRue kurz darauf das Ruder und führte eine großzügige Wendung aus, sodass Marla Ray zuwinken konnte, bevor sie auf Saint Kitts zusteuerten.

»Ich weiß Ihre Geduld zu schätzen, LaRue. Ray ist so in seine Karten und Aufzeichnungen vertieft, dass ich nie gewagt hätte, ihn zu bitten, mich an Land zu fahren.« Entzückt von der Aussicht, über die Märkte zu schlendern, hob sie ihr Gesicht in den Wind. »Und alle anderen sind auch so beschäftigt.«

»Sie arbeiten selbst sehr hart, Marla.«

»Es kommt mir gar nicht wie Arbeit vor. Das Tauchen dagegen …« Sie verdrehte die Augen. »Das ist Arbeit. Aber Sie scheinen daran Freude zu haben.«

»Matthew ist ein guter Lehrer. Nach all den Jahren *auf* dem Meer macht es mir Spaß herauszufinden, was sich unter der Oberfläche verbirgt. Ray ist der beste Tauchpartner, den man sich denken kann.«

»Er ist immer schon leidenschaftlich gern getaucht. Hin und wieder versucht er, mich auch dazu zu überreden. Ich war tatsächlich schon einmal mit dem Schnorchel unter Wasser. Die Riffs vor Cozumel waren sehr aufregend, aber ich vergaß Zeit und Raum und schwamm zu weit hinaus. Bevor ich wusste, wie mir geschah, trieb ich im offenen Meer. Ein sonderbares Gefühl.« Sie schauderte. »Ähnlich wie ein Schwindelanfall.« Amüsiert berührte sie die Schwimmweste, die sie umgelegt hatte. »Seitdem halte ich mich lieber im Boot auf.«

»Schade, dass Sie die *Isabella* nicht selbst sehen können.«

»Dank der vielen Zeichnungen, die Tate angefertigt hat, habe ich das Gefühl, als hätte ich sie gesehen. Was werden Sie mit Ihrem Anteil anfangen, LaRue? Gehen Sie zurück nach Kanada?«

»Oh nein, dort ist es viel zu kalt.« Er betrachtete das Ufer in der Ferne. Weißer Sand, sich wiegende Palmen. »Ich bevorzuge ein wärmeres Klima. Vielleicht baue ich mir hier ein Haus mit Blick auf das Wasser. Oder ich umsegle die Welt.« Er grinste Marla an. »Auf jeden Fall werde ich das Leben als reicher Mann genießen.«

Seiner Meinung nach war dies ein durchaus erstrebenswertes Ziel.

Nachdem LaRue das Boot vertäut hatte, begleitete er Marla in die Stadt und bestand darauf, das Taxi zu zahlen. Er genoss es, mit ihr an den Obst- und Gemüseständen vorbeizuschlendern.

»Würde es Ihnen viel ausmachen, wenn ich mir noch ein paar Geschäfte ansehe, LaRue? So schwer es mir fällt, diese weibliche Schwäche einzugestehen, aber ich sehne mich nach einem Schaufensterbummel. Ich würde zu gern ein wenig in Schmuckgeschäften stöbern, und ich brauche unbedingt neue Filme für meinen Camcorder.«

»Gehen Sie ruhig. Nichts wäre mir lieber, als Sie zu begleiten, aber ich habe selbst eine oder zwei Besorgungen zu erledigen. Ist es Ihnen recht, wenn wir uns in etwa vierzig Minuten wieder hier treffen?«

»Das wäre wunderbar.«

»Bis dann.« Er nahm ihre Hand, küsste sie und schlenderte weiter.

Sobald er außer Sicht war, schlüpfte er in die Lobby eines kleinen Hotels und verschwand in der Abgeschiedenheit einer kleinen Telefonkabine. Die Nummer, die er wählen wollte, hatte er im Kopf. Es war zu gefährlich, solche Dinge aufzuschreiben.

Geduldig vor sich hin summend, wartete er, während die Vermittlung seinen Anruf durchstellte. Natürlich ein R-Gespräch. Er grinste höhnisch, als eine arrogante Stimme verkündete: »Mr. VanDykes Anwesen.«

»Ich habe ein R-Gespräch von einem Mr. LaRue für Silas VanDyke. Übernehmen Sie die Kosten?«

»Einen Augenblick, bitte.«

»Einen Augenblick, bitte«, wiederholte die Dame von der Vermittlung in ihrem weichen Inselakzent.

»Hier spricht VanDyke. Ich übernehme die Kosten.«

»Danke. Bitte sprechen Sie, Mr. LaRue.«

»*Bonjour*, Mr. VanDyke, es geht Ihnen, wie ich hoffe, gut?«

»Von wo rufen Sie an?«

»Aus der Lobby eines kleinen Hotels in Saint Kitts. Das Wetter ist wirklich wunderbar.«

»Und die anderen?«

»Die wunderschöne Mrs. Beaumont kauft Souvenirs, der Rest ist auf See.«

»Was suchen sie? Die *Marguerite* ist leer geräumt, dafür habe ich persönlich gesorgt.«

»In der Tat. Sie haben kaum etwas für die Würmer übrig gelassen. Tate war außer sich.«

»Tatsächlich?« VanDykes Stimme verriet eine Spur von Schadenfreude. »Sie hätte bleiben sollen, wohin ich sie geschickt hatte. Aber das ist ein anderes Problem, mit dem wir uns bei Gelegenheit auseinander setzen werden. Ich verlange einen detaillierten Bericht, LaRue, schließlich zahle ich Ihnen viel Geld, damit Sie die Lassiters im Auge behalten.«

»Was mir großes Vergnügen bereitet. Es dürfte Sie interessieren, dass Buck nicht mehr trinkt. Er leidet, aber er hat noch nicht wieder zur Flasche gegriffen.«

»Das wird schon wieder.«

»Vielleicht.« LaRue blies Rauch aus und beobachtete, wie er sich an der Decke der Kabine kräuselte. »Er taucht nicht. Wenn die anderen unter Wasser sind, kaut er auf seinen Nägeln herum und schwitzt. Außerdem interessiert es Sie vielleicht, dass Matthew und Tate ein Verhältnis haben. Sie treffen sich jede Nacht.«

»Tates schlechter Geschmack enttäuscht mich.« Die angenehme, kultivierte Stimme wurde kühl. »Dieser Klatsch ist sehr unterhaltsam, LaRue, aber dafür bezahle ich Sie nicht. Wie lange haben sie noch vor, sich mit der *Marguerite* aufzuhalten?«

»Wir haben die *Marguerite* bereits vor Wochen verlassen.«

Für einen kurzen Moment war Stille in der Leitung. »Vor Wochen, und Sie haben es nicht für nötig gehalten, mich darüber in Kenntnis zu setzen?«

»Ich habe mich wie stets auf meinen Instinkt verlassen. Ich liebe dramatische Auftritte, *mon ami*. Jetzt aber erscheint es mir angebracht, Ihnen mitzuteilen, dass wir das Wrack der *Isabella* gefunden haben. Und es ist reich beladen.« Er atmete den wohlriechenden Rauch ein und blies ihn wieder aus. »Mein Tauchpartner Ray Beaumont ist fest davon überzeugt, dass sich etwas sehr Wertvolles an Bord befindet.«

»Und das wäre?«

»Der Fluch der Angelique.« LaRue lächelte vor sich hin. »Ich denke, es wäre angemessen, wenn Sie mir einen Bonus von einhunderttausend amerikanischen Dollar auf mein Konto in der Schweiz überweisen. In zwanzig Minuten werde ich prüfen, ob die Transaktion durchgeführt wurde.«

»Einhunderttausend Dollar für ein Hirngespinst!« Aber die Atemlosigkeit hinter VanDykes Worten drang klar und deutlich durch die Leitung.

»Sobald man mir versichert hat, dass das Geld an Ort und Stelle ist, werde ich das Faxgerät dieses gemütlichen Hotels benutzen und Ihnen Kopien der Dokumente senden, die Ray in langer, mühseliger Arbeit zusammengetragen hat. Ich denke, Sie werden feststellen, dass sie ihren Preis wert sind. Ich werde mich bald wieder mit Ihnen in Verbindung setzen und Sie über unsere Fortschritte informieren. *A bientôt.*«

Zufrieden hängte er ein, bevor VanDyke weitersprechen konnte.

Das Geld wird überwiesen, dachte LaRue. VanDyke war ein viel zu guter Geschäftsmann, um eine so lukrative Investition in den Wind zu schlagen.

LaRue rieb sich die Hände und trat aus der Kabine. Hoffentlich gab es in dem Hotel ein kleines Café, in dem er sich die nächsten zwanzig Minuten vertreiben könnte.

Es war überaus amüsant, stellte er fest, im Topf umzurühren und dabei zuzusehen, wie sein Inhalt brodelte.

Zweites Kapitel

Sie kam zu spät. Matthew tigerte auf der Brücke auf und ab und redete sich ein, dass es albern war, enttäuscht zu sein, nur weil Tate nicht auf ihn wartete. Er hatte das Licht im Deckshaus gesehen, als er herüberschwamm. Offensichtlich war sie noch beschäftigt. Irgendwann würde ihre Konzentration nachlassen, sie würde auf die Uhr schauen und feststellen, dass es bereits nach Mitternacht war.

Irgendwann.

Leise ging er zum Fenster, um auf das Meer und die Sterne zu schauen.

Wie jeder Seemann konnte er sich dank der Sterne auf der ganzen Welt orientieren. Anhand ihrer Konstellation war er imstande, sich den Weg zu jedem beliebigen Punkt auf dem Wasser oder an Land zu suchen. Für die Situation, in der er sich im Augenblick befand, gab es jedoch keine Orientierungshilfen, auf dieser Reise musste er sich blind und ohne Richtungsangabe zurechtfinden.

Sein Leben lang hatte ihm Hilflosigkeit mehr zu schaffen gemacht als Gefühle oder Versagen. Hilflos hatte er zusehen müssen, wie seine Mutter die Familie verlassen hatte, sein Vater ermordet und Buck verstümmelt wurde. Und er war hilflos, wenn es darum ging, sich gegen seine Gefühle und die Frau, die offenbar nicht ernsthaft an ihm interessiert war, zur Wehr zu setzen.

Er wünschte, er könnte die Rastlosigkeit, die an ihm nagte, auf eine so simple Erklärung wie das Bedürfnis nach Sex reduzieren. Aber der erste Durst war längst gestillt, und er begehrte sie immer noch, konnte sie nicht ansehen, ohne sich nach ihr zu sehnen. Und doch gingen seine Gefühle weit über das Körperliche hinaus.

Wie konnte er erklären, dass sie aus ihm einen anderen Menschen machte? Vielmehr, dass er ein anderer Mensch werden würde, wenn sie auch nur einen Bruchteil von dem für ihn empfände, was er für sie fühlte? Sicher, er konnte ohne sie leben. Das hatte er all die Jahre geschafft, und er wusste, dass er es wieder könnte. Aber er wäre nur ein halber Mensch mit einer großen unerfüllten Sehnsucht, wenn sie nicht Teil von ihm war.

Doch es blieb ihm nichts anderes übrig, als das zu nehmen, was sie ihm zu geben bereit war, und sie gehen zu lassen, wenn die Zeit kam.

Er kannte das Gefühl, für den Augenblick zu leben, denn der größte Teil seines bisherigen Lebens war so verlaufen. Es war demütigend festzustellen, dass eine Frau in ihm die Sehnsucht nach einer gemeinsamen Zukunft wecken konnte, nach Einschränkung und Verantwortung.

Eine Frau, die ihn, das wusste er, für reichlich unzuverlässig hielt.

Wie sollte er ihr das Gegenteil beweisen? Beide wussten, dass er sich nehmen würde, wonach er suchte, sobald er es fand. Und er würde es einsetzen. Doch sobald er den Fluch der Angelique besaß, würde er Tate verlieren. Es gab keine Möglichkeit, beide zu behalten. Andererseits hätte er keine Achtung mehr vor sich selbst, wenn er seine Verpflichtungen seinem Vater gegenüber nicht erfüllte.

Matthew betrachtete die Sterne, die sich im Meer spiegelten, und hoffte insgeheim, dass das Amulett und alles, was damit zusammenhing, für immer im Meer verborgen bliebe.

»Tut mir leid.« Tate kam eilig herein. Ihr Haar flatterte, als sie sich umdrehte und die Tür verriegelte. »Ich zeichnete gerade den Elfenbeinfächer und habe dabei jegliches Zeitgefühl verloren. Es ist unvorstellbar, dass ein so zerbrechlicher

Gegenstand all die Jahre unberührt und unversehrt erhalten geblieben ist!«

Sie blieb stehen. Matthew starrte sie an, so wie er es manchmal tat, und sie fühlte sich unsicher und erschreckend durchsichtig. Woran denkt er? fragte sie sich. Wie konnte er die Gefühle, die ihn bewegten, so gut verbergen? Es war, als ob man einen Vulkan betrachtete und wusste, dass tief unter der Oberfläche die Lava brodelte.

»Bist du sauer? Es ist doch erst Viertel nach.«

»Nein, ich bin nicht sauer.« Seine Augen glitzerten geheimnisvoll und fixierten sie erbarmungslos. »Möchtest du Wein?«

»Du hast Wein mitgebracht?« Nervös warf sie ihr Haar zurück. »Das ist nett.«

»Den habe ich LaRue geklaut. Er hat eine teure französische Sorte erstanden, als er neulich mit Marla an Land war. Ich habe die Flasche bereits geöffnet.«

Matthew holte sie und auch die beiden Gläser.

»Danke.« Tate nahm ihr Glas und fragte sich, was sie als Nächstes tun sollte. Normalerweise sanken sie einfach zu Boden und rissen einander die Kleider vom Leib, wie ungeduldige Kinder beim Auspacken von Geschenken. »Im Westen zieht ein Sturm auf. Das könnte Ärger bedeuten.«

»Für einen Hurrikan ist es noch zu früh, aber Buck behält ihn im Auge. Erzähl mir von dem Fächer, den LaRue heute Nachmittag gefunden hat.«

»Er ist vermutlich zwei- oder dreitausend wert, für einen ernsthaften Sammler sogar noch mehr.«

Er streckte den Arm aus und berührte ihr Haar. »Tate, erzähl mir von dem *Fächer*.«

»Oh. In Ordnung.« Verwirrt wandte sie sich zum Fenster. »Er ist aus Elfenbein, sechzehn Stäbe, in einem Wirbelmuster gearbeitet, das eine Rose darstellt, wenn er geöffnet ist. Ich tippe auf Mitte des siebzehnten Jahrhunderts. Er war bereits ein Erbstück, als die *Isabella* unterging.«

Matthew wickelte eine ihrer Haarsträhnen um seinen Finger und sah Tate unverwandt an. »Wem gehörte er?«

»Ich weiß nicht.« Seufzend legte sie ihre Wange an seine Hand. »Vielleicht gehörte er einer jungen Braut. Vielleicht hat sie ihn geerbt und an ihrem Hochzeitstag als etwas Altes in der Hand gehalten. Wahrscheinlich hat sie ihn nie benutzt, weil er ihr zu viel bedeutete. Aber hin und wieder nahm sie ihn aus dem Kästchen auf ihrem Frisiertisch. Sie öffnete ihn, strich mit den Fingern über die Rose und dachte daran, wie glücklich sie war, als sie ihn auf dem Weg zum Traualtar trug.«

»Tun Frauen das immer noch?« Fasziniert von der Vorstellung, nahm er ihr das Weinglas ab und stellte es beiseite. »Etwas Altes, etwas Neues?«

»Ich denke schon.« Als er seine Lippen über ihr Kinn gleiten ließ, legte sie den Kopf in den Nacken. »Wenn sie sich eine traditionelle Hochzeit wünschen. Einmal im Leben im weißen Kleid mit Schleppe, Musik und Blumen ...«

»Ist es das, was du dir wünschst?«

»Keine Ahnung –« Ihr Herz setzte aus, als sein Mund über ihren streifte. »Ich habe noch nie darüber nachgedacht. Die Ehe hat für mich keine Priorität.« Ihr Puls beschleunigte sich, sie fuhr mit ihren Händen unter sein Hemd und ließ sie seinen Rücken entlanggleiten. »Gott, ich mag deinen Körper! Liebe mich, Matthew.« Gierig und ein wenig rau streifte sie seine Kehle mit den Zähnen. »Jetzt.«

Wenn das alles war, was er bekommen konnte, würde er es nehmen. Er würde *sie* nehmen. Aber er würde sie niemals vergessen lassen, dass er es gewesen war, der sie eine solche Leidenschaft hatte empfinden lassen.

Mit einer schnellen Bewegung wickelte er ihr Haar um seine Hand und zog ihren Kopf zurück. Als sie ihren Mund überrascht öffnete, machte er sich darüber her.

Ihrer Kehle entfuhr ein kleiner Schrei, teils Protest, teils Erregung. Sie stemmte sich gegen seine Schultern, um sich zu befreien, aber seine Hände wanderten bereits unter die weit geschnittenen Beine ihrer Shorts. Seine Finger tauchten in sie ein und brachten sie zu einem schnellen erbarmungslosen Orgasmus.

Tates Beine gaben nach. Diesmal ließ er sich keine Zeit, eine bequeme Decke auszubreiten, sondern zerrte sie auf den Boden. Während sie nach Luft schnappte, lag er schon auf ihr. Seine Hände und sein Mund waren überall, zogen, zerrten und rissen an ihren Kleidern, um die Haut darunter zu spüren.

Tate wand sich unter ihm, kratzte ihn, wehrte sich jedoch nicht. Instinktiv erkannte sie, dass der Vulkan endlich ausgebrochen war. Sie bewegte sich voller Verlangen, während sich glühende Hitze über ihren Körper ausbreitete. Matthews Zunge trieb sie zu einer neuen, unvorstellbaren Ebene der Lust. Hungrig bog sie sich ihm entgengen, fühlte die heiße Stichflamme ihres bebenden Höhepunkts.

»Jetzt.« Sie wollte es laut herausschreien. Wie rasend tastete sie nach ihm. »Oh Gott, jetzt!«

Aber er strich über ihren Körper, hielt ihre Hände über ihrem Kopf fest. Als sie die Augen aufschlug, blendete sie das Licht.

»Nein, sieh mich an«, verlangte er, als sich ihre Lider flatternd senkten. »Sieh mich direkt an.« Seine Lunge brannte, und die Worte schmerzten wie Glasscherben in seiner Kehle. Tate öffnete ihre grünen Augen und sah ihn verschwommen an. »Kannst du klar denken?«

»Matthew ...« Ihre Hand legte sich auf seine. »Bitte nimm mich. Ich halte es nicht mehr aus.«

»Ich schon.« Mit einer Hand hielt er ihre Handgelenke fest, die andere legte er zwischen ihre Beine, sodass sie sich wild unter ihm aufbäumte. Rhythmisch kam sie noch einmal. Er hielt sein eigenes Stöhnen zurück. »Kannst du klar denken?«, wiederholte er stattdessen.

Aber sie konnte nicht antworten, nahm ihre Umgebung

nur schemenhaft wahr. Sie hatte ihre Sinne nicht mehr unter Kontrolle, sie kamen ihr wie ein Gewirr aus Kabeln vor, die in ihrem Körper Funken sprühten und zischten. Als er ihre Hände freigab, bewegte sie sich nicht, sondern wartete hilflos auf seinen nächsten Angriff.

Er eroberte sie, Zentimeter um Zentimeter, ihre blasse Haut, ihre zarten Formen. Als er das Gefühl hatte, ihre Lust abermals entfacht zu haben, tauchte er in sie ein.

Tate fühlte sich zerschlagen, geschunden und selig. Matthews Gewicht drückte sie auf den harten Boden, und sie dachte vage an die blauen Flecken, die sie am Morgen plagen würden. Irgendwie brachte sie die Kraft auf, mit einer Hand durch sein Haar zu fahren.

»Jetzt könnte ich einen Schluck Wein vertragen«, brachte sie schließlich mit heiserer Stimme hervor. »Kommst du an mein Glas? Wenn du von mir herunterrollst, schaffe ich es vielleicht, ein paar Meter zu kriechen.«

Matthew richtete sich auf und fragte sich, wie es möglich war, sich gleichzeitig ausgelaugt, zufrieden, glücklich und beschämt zu fühlen. Er holte beide Gläser und setzte sie neben Tate auf dem Boden ab.

Mit großer Anstrengung stützte sie sich auf einen Ellenbogen und nahm ein Glas. Ein langer, kühler Schluck beruhigte ihre Nerven. »Was war das«, fragte sie dann langsam.

Er bewegte eine Schulter. »Sex.«

Sie atmete langsam und genüsslich ein und lächelte. »Nicht, dass ich mich beklagen will, aber mir kam es mehr wie ein Krieg vor.«

»Solange wir beide als Sieger daraus hervorgehen ...« Weil er sein Glas bereits geleert hatte, stand er abermals auf und holte die Flasche.

Das Letzte, was sie nach dieser ekstatischen Vereinigung erwartet hatte, war sein kühler Tonfall. Beunruhigt legte sie eine Hand auf sein Knie. »Matthew, was hast du?«

»Nichts. Alles bestens.« Er trank noch einen Schluck und starrte in sein Glas. »Tut mir leid, wenn ich ein wenig grob war.«

»Das ist es nicht.« Plötzlich spürte sie Zärtlichkeit in sich aufkeimen. Sanft legte sie eine Hand an seine Wange. »Matthew ...« Die Worte purzelten in ihrem Kopf durcheinander. Sie bemühte sich, einen Satz herauszufiltern, der am besten beschrieb, was sie empfand. »Mit dir zu schlafen, ist jedes Mal etwas ganz Besonderes. Bisher hat noch niemand ...« Nein, das war ungeschickt. »Noch nie«, berichtigte sie sich, »habe ich mich so frei gefühlt.« Sie lächelte vorsichtig. »Wahrscheinlich liegt es daran, dass wir beide wissen, wo wir stehen.«

»Richtig, wir wissen, wo wir stehen.« Er legte eine Hand an ihren Hinterkopf und starrte in ihre Augen. »Man kann aber auch zu lange stehen bleiben.«

»Ich verstehe nicht, was du damit sagen willst.«

Matthew zog sie hoch und presste seinen Mund auf ihren, bis er seinen eigenen Fehler schmeckte. »Vielleicht verstehe ich es selbst nicht. Ich sollte jetzt wohl besser gehen.«

»Bleib.« Sie griff nach seiner Hand. »Geh nicht, Matthew. Ich ... es ist eine herrliche Nacht zum Schwimmen. Kommst du mit? Ich möchte nicht, dass du schon gehst.«

Er drehte ihre Hand um und presste seine Lippen in ihre Handfläche, bis ihre Augen sich verklärten. »Ich möchte auch nicht, dass ich gehe.«

Die ganze Zeit ist es so gegangen, dachte VanDyke. All die Jahre hatten ihn die Lassiters zum Narren gehalten. Daran bestand jetzt kein Zweifel mehr.

Weil er die Stunden nicht mit Schlafen vergeuden wollte, betrachtete er noch einmal die Papiere, die LaRue ihm geschickt hatte, las sie erneut Wort für Wort, bis er sie fast auswendig kannte. Ich habe sie unterschätzt, gestand er sich ein, und gab sich selbst die Schuld an diesem Fehler.

Zu viele Fehler, dachte er und tupfte sorgfältig die Schweißperlen von seiner Oberlippe. Und alles nur, weil sich das Amulett immer noch nicht in seinem Besitz befand.

James *Lassiter* hingegen hatte gewusst, wo der Fluch der Angelique verborgen lag, noch im Tod hatte er seinen Mörder verhöhnt. Silas VanDyke war jedoch kein Mann, der sich verhöhnen ließ.

Er schloss die Faust um einen juwelenbesetzten Brieföffner und hieb wütend und gedankenlos auf das cremefarbene Polster des kleinen Queen-Anne-Sessels ein. Der Brokat brach auf wie Fleisch. Er glaubte winzige Schreie zu hören, als das Rosshaar herausquoll. Der ovale Spiegel an der Wand reflektierte sein unbeherrschtes, blasses Gesicht, während er weiter zustieß und an dem Bezug zerrte.

Als der hübsche kleine Sessel nur noch aus Fetzen bestand, waren seine Finger verkrampft und schmerzten. Sein Atem ging in Schüben und übertönte die Klänge Mozarts, die aus den in die Wand eingelassenen Lautsprechern drangen.

Noch einmal überlief ihn ein Schauer, dann ließ er die antike Waffe auf den Teppich fallen und erschrak vor seinem jüngsten Ausbruch. Es war nur ein Stuhl, dachte er und trocknete den Schweiß auf seiner Haut ab. Nur ein Gegenstand, der leicht ersetzt werden konnte. Um seinen Magen zu besänftigen, goss er sich noch ein Glas Cognac ein.

Es ist ganz richtig so, beruhigte er sich dann. Schließlich war es ganz normal, dass ein Mann seinem Temperament freien Lauf ließ, besonders ein mächtiger Mann wie er. Seine Gefühle zurückzuhalten, führte nur zu Magengeschwüren, Kopfschmerzen und Selbstzweifeln.

Genau das war seinem Vater passiert, erinnerte sich VanDyke. Anstatt ihn zu stärken, hatte es ihn geschwächt. In letzter Zeit musste er immer häufiger an seinen Vater und seine Mutter denken. Daran, wie unvollkommen sie gewesen waren. Und er fand Trost in der Tatsache, dass er ihre Unzulänglichkeiten überwunden hatte. Er hatte über ihre geistigen und körperlichen Schwächen triumphiert.

Bei seiner Mutter hatte der Verstand versagt, sein Vater war einem Herzleiden erlegen. Aber ihr gemeinsamer Sohn hatte gelernt, stark zu sein.

Ja, es war besser, viel besser, seinen Gefühlen freien Lauf zu lassen. VanDyke nippte an seinem Glas und schlenderte durch sein Büro an Bord der *Triumphant*.

Vielleicht, das gab er zu, hatte er tatsächlich ein wenig zu impulsiv gehandelt, als er James Lassiter tötete. Aber damals war er noch jung gewesen, unreif. Und er hatte den Bastard wirklich gehasst.

Doch die Erkenntnis, dass James ihn sogar im Tod überlistet hatte ... Wieder schäumte Wut in ihm auf, so heftig, dass VanDyke seine Augen schließen und kontrolliert atmen musste, um den Cognacschwenker aus Baccaratkristall nicht an die Wand zu schleudern.

Nein, die Lassiters sollten ihn keinen Cent mehr kosten, gelobte er sich. Nicht einmal den Preis eines Cognacglases. Als er sich wieder beruhigt hatte, ging er an Deck, um die sanfte Nachtluft einzuatmen.

Die Yacht bewegte sich schnell durch den Pazifik. Costa Rica lag im Osten.

Fast wäre er in seinem Jet zu den Westindischen Inseln gereist, aber dann hatte er seine Ungeduld bezähmt. Die Zeit, die der Seeweg in Anspruch nehmen würde, konnte er nutzen. Seine Pläne nahmen bereits Gestalt an, und da er einen Mann in Lassiters Team geschmuggelt hatte, war es fast so, als ob er selbst dabei wäre.

Natürlich war LaRue mit seinen ständigen Forderungen nach neuen Bonuszahlungen lästig. VanDyke lächelte und schwenkte seinen Cognac. Auch um ihn würde er sich kümmern müssen, wenn er seinen Zweck erfüllt hatte.

Die ultimative Auflösung eines Arbeitsverhältnisses, dachte er und lachte. Ein kleines, aber nichtsdestotrotz erfreuliches Vergnügen.

Der Mann hatte keinerlei Bindungen, keine Familie, genau wie VanDyke es bei seinen Handlangern bevorzugte. Niemand würde einen frankokanadischen Schiffskoch mittleren Alters vermissen.

Aber diese Ablenkung musste warten. Sein größter Genuss bestand in der Beseitigung der Lassiters und ihrer Partner. Zunächst würde er sie ausnutzen, sie graben, tauchen und für sich arbeiten lassen. Die Anstrengung würde ihnen ein befriedigendes Gefühl bereiten. Das Bewusstsein, ihn überlistet zu haben, würde ihnen gefallen.

Oh, er konnte sich ihr Gelächter vorstellen, ihre angeregten Diskussionen über ihre vermeintliche Gerissenheit. Sie würden sich gegenseitig auf die Schultern klopfen, weil sie die Geduld aufgebracht hatten, so lange zu warten, bis der richtige Zeitpunkt gekommen war.

In der Hoffnung, dass sein Verfolger das Interesse verlieren würde, hatte Matthew acht Jahre lang in eiskalten Gewässern getaucht und jene Art von Bergungsarbeiten übernommen, die Schatzjäger im Allgemeinen verachteten. VanDyke musste zugeben, dass er Matthews Bemühungen und seine Weitsicht bewunderte.

Aber der Preis würde niemand anderem als Silas VanDyke gehören. Das Amulett war sein Erbe, sein Eigentum, sein Triumph. Es in den Händen zu halten, würde jeden anderen Besitz, den er bisher sein Eigen genannt hatte, in den Schatten stellen.

Wenn sie es erst einmal gefunden hatten, den vermeintlichen Preis mit zitternden Fingern umklammert hielten, voller Freude über ihren scheinbaren Erfolg, würde es noch viel befriedigender sein, sie zu zerstören.

Lachend trank VanDyke seinen Cognac aus. Mit einer heftigen Bewegung zerschmetterte er dann das zerbrechliche

Kristall an der Reling und ließ die Scherben ins Wasser fallen. Nicht etwa, weil er wütend oder gewalttätig war.

Ganz einfach, weil er es sich erlauben konnte.

Der Sturm tobte heftig, brach mit Regenwänden und heulendem Wind über sie herein. Drei Meter hohe Wellen warfen die Boote hin und her und machten das Tauchen unmöglich. Nach langer Diskussion beschloss das Beaumont-Lassiter-Team, das schlechte Wetter auszusitzen. Sobald sie sich an die Bewegungen des Bootes gewöhnt hatte, machte Tate es sich mit einer Kanne heißem Tee an ihrem Computer gemütlich.

An diesem Abend würde kein Rendezvous stattfinden. Es überraschte sie, wie sehr sie dieser Umstand enttäuschte. Vielleicht war der Sturm am Ende ein versteckter Glücksfall. Ohne es selbst zu bemerken, hatte sie sich offenbar zu sehr daran gewöhnt, Matthew Lassiter an ihrer Seite zu haben.

Und aus Erfahrung wusste sie, dass es nicht ratsam war, sich zu stark an etwas zu gewöhnen, das mit Matthew zu tun hatte.

Sie hatte lange darüber nachgedacht und war zu dem Schluss gelangt, dass es durchaus in Ordnung und nicht sehr gefährlich war, ihn zu mögen. Sympathie und gegenseitige Anziehung mussten nicht unbedingt eine gefährliche Kombination sein. Sooft sie auch unterschiedlicher Meinung waren, sooft er ihr auch auf die Nerven ging, sie mochte ihn. Sie hatten zu viel gemeinsam, um ernsthaft aneinander zu geraten.

Wenigstens hatte sie diesmal nicht ihr Herz verloren, und darüber war sie froh. Jemanden zu mögen und ihn zu begehren, musste nicht zwingend mit Liebe zu tun haben. Logischerweise fiel der Sex befriedigender aus, wenn eine Frau sich zu dem fraglichen Partner hingezogen fühlte oder sogar Freundschaft für ihn empfand. Aber nicht minder logischerweise war es absolut albern, sich zu verlieben, wenn das Ende bereits absehbar war.

Matthew würde seinen Anteil an der Beute nehmen und sich aus dem Staub machen. Genauso, wie sie ihren Anteil nehmen würde. Wirklich schade, dass ihre Vorstellungen in dieser Beziehung so weit auseinander lagen. Aber das spielte keine Rolle, solange keiner von beiden den Zielen des anderen in die Quere kam.

Tate runzelte die Stirn und rief auf ihrem Laptop eine neue Datei auf. Der Artikel über den Fluch der Angelique, an dem sie gerade arbeitete, erschien auf dem Bildschirm.

Legenden wie die um das Maunoir-Amulett, auch unter dem Namen »Der Fluch der Angelique« bekannt, basieren häufig auf Fakten. Obwohl es jenseits aller Logik wäre, einem Gegenstand mystische Kräfte zuzuschreiben, ist der Ursprung der Legende selbst durchaus real. Angelique Maunoir lebte in der Bretagne und war in ihrem Dorf als weise Frau oder Heilkundige bekannt. Tatsächlich besaß sie ein juwelenbesetztes Halsband wie das oben bereits beschriebene Amulett, ein Geschenk ihres Ehemannes Etienne, des jüngsten Sohnes des Comte Du Tache. Dokumenten zufolge wurde sie verhaftet, der Hexerei beschuldigt und im Oktober 1553 hingerichtet.

Auszüge aus ihrem Tagebuch geben uns Hinweise auf ihre Geschichte und ihre Gedanken am Vorabend der Hinrichtung. Am 10. Oktober jenes Jahres wurde sie auf dem Scheiterhaufen als Hexe verbrannt. Die wenigen überlieferten Dokumente bestätigen die Annahme, dass sie sechzehn Jahre alt war. Es gibt keinerlei Anzeichen dafür, dass man sie, wie es damals gelegentlich geschah, aus Barmherzigkeit zunächst erwürgte, anstatt sie bei lebendigem Leib zu verbrennen.

Wer die Worte liest, die sie in der Nacht vor ihrer Hinrichtung schrieb, fragt sich unweigerlich, wie sich die

Legende vom Fluch der Angelique entwickelte und verbreitete.

ANMERKUNG: Transkription des letzten Tagebuchteils.

Ein Fluch auf dem Todesbett, ausgesprochen von einer verzweifelten, verängstigten Frau?

Einer unschuldigen Frau, die den Verlust ihres geliebten Ehemannes betrauert, verraten von ihrem Schwiegervater, im Angesicht einer grausamen Hinrichtung, und zwar nicht nur ihrer eigenen, sondern auch der ihres ungeborenen Kindes. Auf dieser Art von Fakten sind Mythen begründet.

Unzufrieden mit ihrer eigenen Einschätzung der Tatsachen, lehnte Tate sich zurück und überflog den Artikel noch einmal. Als sie nach der Thermoskanne griff, bemerkte sie, dass Buck in der Tür erschienen war.

»Oh, hallo. Ich dachte, du säßest mit Matthew und LaRue auf der *Mermaid* fest.«

»Der verdammte Kanadier treibt mich noch in den Wahnsinn«, murmelte Buck. Von seiner gelben Öljackte tropfte Wasser, und seine dicken Brillengläser waren beschlagen. »Ich dachte, ich schaue mal vorbei und besuche Ray.«

»Er und Mom sind vermutlich auf der Brücke und hören sich den Wetterbericht an.« Tate goss sich Tee ein und hielt ihm den zur Hälfte gefüllten Deckel der Thermoskanne hin. Sie erkannte, dass nicht allein LaRue für Bucks Nervosität verantwortlich war. »Zuletzt habe ich gehört, dass der Sturm bald abzieht. Bis morgen Vormittag dürfte alles vorbei sein.«

»Vielleicht.« Buck nahm den Tee, doch dann setzte er die Tasse ab, ohne daraus getrunken zu haben.

Tate kannte ihn gut genug, um den Laptop beiseite zu schieben. »Zieh das nasse Ding aus, Buck, und setz dich zu mir. Ich könnte eine Pause und etwas Gesellschaft gebrauchen.«

»Ich will dich aber nicht von deiner Arbeit abhalten.«

»Bitte.« Sie lachte und stand auf, um noch eine Tasse aus der Kombüse zu holen. »Bitte störe mich bei meiner Arbeit, und wenn es nur für ein paar Minuten ist.«

Erleichtert zog er seine triefende Öljacke aus. »Ich dachte, Ray hat vielleicht Lust, Karten zu spielen oder so. Irgendwie weiß ich nichts mit mir anzufangen.«

»Fühlst du dich rastlos?«, fragte sie leise.

»Ich weiß, dass ich den Jungen im Stich lasse«, brach es aus Buck heraus, dann lief er rot an und griff nach dem Tee, den er gar nicht wollte.

»Das ist nicht wahr.« Tate verließ sich, was die Einschätzung von Bucks Problem betraf, auf ihren gesunden Menschenverstand. Niemand hatte bisher die Tatsache erwähnt, dass er nicht tauchte. Vielleicht war es an der Zeit, das Thema anzuschneiden. »Ohne dich kämen wir hier gar nicht zurecht, Buck. Nur weil du nicht tauchst, heißt das noch lange nicht, dass du kein produktives und wichtiges Mitglied unseres Teams bist.«

»Die Ausrüstung prüfen, Sauerstoffflaschen füllen, auf Steinen herumhämmern ...« Er verzog das Gesicht. »Videos drehen.«

»Richtig.« Sie beugte sich nach vorn und legte eine Hand auf seine zitternden Finger. »Das ist genauso wichtig wie tauchen.«

»Ich kann nicht da runtergehen, Tate. Ich schaffe das einfach nicht.« Unglücklich starrte er auf den Tisch. »Und wenn ich zusehe, wie die Jungs tauchen, trocknet mir die Spucke im Mund. Dann würde ich am liebsten sofort ein Glas trinken. Nur eins.«

»Aber das tust du nicht, oder?«

»Ich habe eingesehen, dass dieses eine Glas mein Ende wäre. Aber das ändert nichts an dem Wunsch.« Er sah auf. »Eigentlich wollte ich mit Ray darüber sprechen, dir wollte ich gar nichts davon erzählen.«

»Ich bin froh, dass du es tust. So kann ich dir endlich sagen, wie stolz ich darauf bin, dass du dich zusammengerissen hast. Und ich weiß, dass du es mehr für Matthew getan hast als für irgendjemanden sonst, dich selbst eingeschlossen.«

»Es gab eine Zeit, da hatten wir nur einander. Es waren gute Zeiten, auch wenn manche Leute das anders sehen würden. Dann schottete ich mich ab, oder versuchte es zumindest. Aber er blieb bei mir. Er ist wie sein Vater, sehr loyal. Er ist starrköpfig, und er ist zu verschlossen. Das liegt an ihrem Stolz. James war immer davon überzeugt, mit allem fertig werden zu können, was sich ihm in den Weg stellte. Das hat ihn umgebracht.«

Er sah Tate wieder an. »Ich fürchte, der Junge ist auf demselben Weg.«

»Wie meinst du das?«

»Er hat sich in diese Sache verrannt, und nichts kann ihn davon abhalten. Was er Tag für Tag nach oben bringt, ist natürlich aufregend für ihn, aber er lauert auf eine ganz bestimmte Sache.«

»Das Amulett.«

»Es hat von ihm Besitz ergriffen, Tate, genau wie damals von James. Das macht mir Angst. Je mehr wir uns ihm nähern, desto mehr fürchte ich mich.«

»Weil er es gegen VanDyke einsetzen wird, wenn er es findet?«

»Scheiß auf VanDyke. 'tschuldigung.« Buck räusperte sich und trank einen Schluck Tee. »Um den Hurensohn mache ich mir keine Gedanken. Damit wird der Junge schon klarkommen. Ich meine den Fluch.«

»Ach, Buck ...«

»Wenn ich es dir doch sage«, wiederholte er eigensinnig. »Ich spüre, dass er immer näher kommt.« Durch das Fenster sah er in den strömenden Regen. »Wir sind ganz nah dran. Vielleicht ist dieser Sturm eine Warnung.«

Tate unterdrückte ein Lachen und faltete die Hände. »Jetzt hör mir mal zu. Ich weiß, dass Seeleute abergläubisch sind, aber Tatsache ist, dass wir ein Wrack ausheben. Das Amulett ist wahrscheinlich an Bord. Mit viel Glück und harter Arbeit werden wir es finden. Ich werde es zeichnen, ein Schildchen daranhängen und es katalogisieren, genau wie ich es mit jedem anderen Stück tue, das wir heraufholen. Es besteht aus Metall und Stein, Buck, und hat eine faszinierende und tragische Geschichte. Aber das ist auch schon alles.«

»Keiner seiner früheren Besitzer ist sehr alt geworden.«

»Viele Menschen starben im sechzehnten, siebzehnten und achtzehnten Jahrhundert in jungen Jahren eines gewaltsamen Todes.« Tate drückte Bucks Hand und versuchte es noch einmal. »Angenommen, von diesem Amulett geht irgendeine Macht aus. Warum sollte sie böse sein? Buck, hast du Angeliques Tagebuch gelesen? Den Teil, den dein Bruder abgeschrieben hat?«

»Ja. Sie war eine Hexe, und sie hat die Kette verflucht.«

»Sie war eine traurige, einsame, zornige Frau. Ihr stand ein grausamer Tod bevor, verurteilt wegen Hexerei und des Mordes an dem Mann, den sie liebte. Eine unschuldige Frau, Buck, die ihrem Schicksal hilflos ausgeliefert war.« Tate erkannte, dass sie ihn keineswegs überzeugt hatte, und atmete tief durch. »Verdammt, wenn sie eine Hexe gewesen wäre, warum ist sie dann nicht in einer Rauchwolke verpufft oder hat ihre Kerkermeister in Kröten verwandelt?«

»So funktioniert das nicht«, behauptete er stur.

»Na gut, dann funktioniert es eben nicht so. Also hat sie einen Fluch oder was auch immer auf die Halskette gelegt. Aber wenn ich mich recht erinnere, hat sie die verflucht, die sie verurteilt haben, die ihr aus Gier das letzte Verbindungsglied zu ihrem Ehemann nahmen. Nun, Matthew hat Angelique nicht verurteilt, Buck, und er hat ihre Kette nicht gestohlen. Er wird sie vielleicht *wiederfinden,* mehr nicht.«

»Und wenn er sie findet, was wird dann aus ihm?« Bucks Augen glänzten dunkel vor Verzweiflung und Besorgnis. »Das ist es, was mir Sorgen macht, Tate. Was wird dann aus ihm?«

Ein Schauer lief ihr über den Rücken. »Das kann ich nicht beantworten.« Überrascht stellte sie fest, dass sie sich auf einmal unbehaglich fühlte. Sie nahm ihre Tasse und versuchte, ihre plötzlich eiskalten Hände daran zu wärmen. »Was auch immer passiert, es wird Matthews Entscheidung sein, und nicht ein uralter Fluch, der auf einem Schmuckstück liegt.«

Drittes Kapitel

Nachdem Buck sich auf die Suche nach Tates Vater gemacht hatte, dachte sie noch lange über seine Worte und Befürchtungen nach. Sie konnte seine Sorgen nicht einfach als absurd oder hysterisch abtun, denn ihr war bewusst, dass ebendieser Glaube und sein realer Hintergrund der Stoff waren, aus dem Legenden entstanden.

Auch sie hatte früher daran geglaubt. Als sie noch jung, naiv und zum Träumen bereit gewesen war, hatte sie Magie, Mythen und Mysterien für möglich gehalten. Sie hatte so vieles geglaubt …

Ungeduldig schenkte sie sich Tee nach, der inzwischen lauwarm geworden war, weil sie vergessen hatte, die Thermoskanne zu schließen. Es war albern, ihrer verlorenen Naivität nachzutrauern. Wie die Spiele in ihrer Kindheit gehörte auch sie zu den Dingen, die im Laufe der Zeit mit zunehmendem Wissen und Lebenserfahrung verschwunden waren.

Tate verstand, wie Legenden wie die um den Fluch der Angelique entstanden, was sicherlich ein Grund dafür war, dass sie ihre Arbeit so liebte. Das Wie, das Warum und das Wer waren für sie so wichtig wie Gewicht, Alter und Zustand eines jeden Fundes, den sie je in der Hand gehalten hatte.

Unschuld und vor Staunen weit aufgerissene Augen mochten der Vergangenheit angehören, aber ihr Studium hatte weder ihre Neugier noch ihre Phantasie zu dämpfen vermocht.

Im Laufe der Jahre hatte auch Tate Informationen über den Fluch der Angelique gesammelt, Bruchstücke und Details, auf Disketten gespeichert. Eher, so redete sie sich zumindest ein, aus Ordnungssinn denn aus Neugier.

Nach Angelique Maunoir war das Amulett an den Grafen übergegangen, der sie verurteilt hatte, nach seinem Tod an seine älteste Tochter, die auf dem Weg zu einem Rendezvous mit einem Liebhaber von ihrem Pferd stürzte und sich das Genick brach.

Fast ein Jahrhundert verging, bevor in glaubwürdigen Dokumenten erneut Hinweise auftauchten. In Italien hatte der Fluch der Angelique ein Feuer überstanden, bei dem die Villa seines Besitzers zerstört wurde und er als Witwer zurückblieb. Schließlich war das Schmuckstück verkauft worden und kam nach England. Der Händler, der es erstanden hatte, beging Selbstmord. Danach gelangte es in die Hände einer jungen Herzogin, die es offenbar dreißig Jahre lang glücklich und zufrieden trug, doch nachdem ihr Sohn das Amulett zusammen mit ihrem übrigen Besitz geerbt hatte, begann er zu trinken, verspielte sein Vermögen und starb im Wahnsinn und völlig verarmt.

Und so hatte schließlich Minnefield die Halskette gekauft und war dann am großen Riff vor Australien ums Leben gekommen. Jahrelang war man davon ausgegangen, dass die Kette dort verschwunden sei, vergraben unter Sand und Korallen.

Bis Ray Beaumont ein altes, zerfleddertes Buch auftrieb und von einem Seemann, der einen Hurrikan an Bord der *Isabella* überlebt hatte, und einer unbekannten spanischen Dame las.

So weit die Fakten. Der Tod war immer grausam, aber selten geheimnisvoll. Unfälle, Feuer, Krankheiten – dies alles gehörte zum Kreislauf des Lebens. Steine und Metall konnten den Tod weder verursachen noch ändern.

Doch allen Fakten und wissenschaftlichen Daten zum Trotz hatten sich Bucks Ängste auf Tate übertragen und ihre lebhafte Phantasie in Gang gesetzt.

Auf einmal kam ihr der Sturm mit seinem scharfen Wind und den hohen Wellen unheimlich vor. Jeder Blitz erschien ihr wie eine Warnung, dass die Natur etwas aushecke.

Mehr als je zuvor verspürte Tate das Bedürfnis, sich mit Hayden in Verbindung zu setzen, einen Kollegen zu bitten, ihr dabei zu helfen, die *Isabella* und ihre Schätze wieder aus der sachlichen Perspektive zu betrachten.

Aber die Nacht blieb unruhig und schien voller Stimmen.

»Tate!«

Sie machte die unangenehme Erfahrung, wie es war, vor Schreck förmlich aus der Haut zu fahren. Sie stieß ihre Tasse um, der lauwarme Tee ergoss sich in ihren Schoß, aber sie hatte immerhin die Geistesgegenwart zu fluchen. Matthew lachte sie aus.

»Du bist doch nicht etwa nervös?«

»Man erwartet in einer solchen Nacht nicht gerade Besucher, und du bist schon der zweite.« Sie stand auf und holte ein Handtuch aus dem Schrank, um den Tee aufzuwischen. »Buck ist oben und versucht, meinen Vater zu einem Kartenspiel zu überreden. Was machst du – «

Zum ersten Mal sah sie ihn richtig an und bemerkte, dass er triefnass war. Sein Hemd und die abgetragenen Jeans klebten ihm am Körper, und Wasser tropfte auf den Boden.

»Du bist hergeschwommen? Hast du den Verstand verloren?« Schimpfend holte sie noch mehr Handtücher. »Um Gottes willen, Lassiter, du hättest ertrinken können!«

»Bin ich aber nicht.« Bereitwillig hielt er still, während sie ihm mit dem Handtuch über das Haar fuhr und ihn anknurrte. »Ich verspürte das unbändige Bedürfnis, dich zu sehen.«

»In deinem Alter solltest du deine Bedürfnisse zu bändigen wissen. Geh in Dads Kabine und hol dir etwas Trockenes zum Anziehen!«

»Mir geht es gut.« Er nahm das Handtuch, legte es ihr um

den Nacken und zog sie daran näher zu sich heran. »Du hast doch nicht etwa gedacht, so ein kleiner Sturm könnte mich davon abhalten, unsere Verabredung einzuhalten?«

»Ich habe irrtümlicherweise angenommen, dass bei dir die Vernunft über die Lust siegen würde.«

»Falsch.« Sein Lippen kräuselten sich, als sie auf ihre trafen. »Gegen einen Drink hätte ich nichts einzuwenden. Habt ihr Whiskey?«

Sie seufzte. »Brandy.«

»Der tut es zur Not auch.«

»Leg ein Handtuch auf die Bank, bevor du dich hinsetzt«, befahl sie. Kurz darauf kehrte sie mit der Flasche und einem Glas aus der Kombüse zurück. »Hast du LaRue allein auf der *Mermaid* gelassen?«

»Er ist erwachsen. Außerdem hat der Sturm schon nachgelassen.« Er nahm den Brandy und hielt Tates Hand fest. »Willst du dich nicht auf meinen Schoß setzen?«

»Nein, besten Dank. Du bist nass.«

Grinsend zog er sie zu sich herunter und kuschelte sich an sie. »Jetzt sind wir beide nass.«

Tate lachte, überrascht, wie einfach es war, ihm nachzugeben. »Ich sollte wohl die Tatsache in Betracht ziehen, dass du Leib und Leben für mich riskiert hast. Also gut …« Sie legte eine Hand an sein Gesicht, presste ihre Lippen auf seine und ergab sich seinem Kuss. »Wird dir schon wärmer?«

»Könnte man sagen. Hey, komm wieder her«, murmelte er, als sie den Kopf hob.

Eine Weile später legte er seinen Kopf zufrieden an ihre Schulter und lächelte. Tate spielte mit der Silberscheibe an der Kette um seinen Hals.

»Von der *Mermaid* aus habe ich Licht brennen sehen. Bei dem Gedanken, dass du hier an Bord bist und arbeitest, hätte ich niemals einschlafen können.«

Sie genoss es, entspannt auf seinem Schoß zu sitzen, und seufzte. »Ich glaube nicht, dass heute Nacht überhaupt jemand Schlaf findet. Jedenfalls bin ich froh, dass du hergekommen bist.«

»Tatsächlich?« Seine Hand legte sich auf ihre Brust.

»Nein, nicht deshalb. Ich wollte ... hmm.« Ihr Verstand setzte umgehend aus, sobald sein Daumen ihre Brustwarze unter dem feuchten Hemd berührte. »Warum schaltest du nicht den Laptop ab, Rotschopf? Wir schließen uns in deiner Kabine ein, und ich zeige dir, wie man einen Sturm auf See übersteht.«

»Da bin ich mir sicher.« Die Vorstellung, gemeinsam in ihrer Koje das Ende des Sturms abzuwarten, war verführerisch. »Ich muss mit dir reden, Matthew.« Sie bog den Kopf zurück, damit sein Mund besser an ihre Kehle kam. Doch dann verlagerte sie ihr Gewicht und stand auf. »Wir müssen reden.« Entschlossen, die Prioritäten nicht außer Acht zu lassen, atmete Tate tief durch und zog ihr Hemd zurecht.

»Ich denke, ich nehme auch einen Brandy.« Das würde ihr eine Minute geben, um sich zu sammeln. In sicherer Distanz goss sie ein zweites Glas ein. »Matthew, ich mache mir Sorgen um Buck.«

»Er kommt langsam wieder ins Lot.«

»Du meinst, dass er nicht trinkt. Natürlich ist das positiv und sehr wichtig, auch wenn er es dir zuliebe und nicht um seiner selbst willen tut.«

»Wovon redest du?«

»Nimm die Scheuklappen ab.« Tate ließ sich Matthew gegenüber auf der Bank nieder. »Wegen dir ist er mitgekommen und hat aufgehört zu trinken. Er glaubt, dass er dir etwas schuldig ist.«

»Er schuldet mir gar nichts«, erklärte Matthew entschieden. »Aber wenn ihn das davon abhält, sich zu Tode zu saufen, soll es mir recht sein.«

»Bis zu einem gewissen Punkt stimme ich dir zu, aber letztendlich muss er um seiner selbst willen nüchtern bleiben. Und das wird nicht passieren, solange er sich um dich Gedanken macht.«

»Um mich?« Mit einem halbherzigen Lachen nippte Matthew an dem Brandy. »Worüber sollte er sich Gedanken machen?«

»Darüber, dass du den Fluch der Angelique findest und dafür zahlen musst.«

Ärgerlich, dass die unbekümmerte Stimmung zerstört war, fuhr Matthew sich mit einer Hand durch sein nasses Haar.

»Seit ich mit ihm zusammenarbeite, war er scharf auf das verdammte Amulett. Natürlich war es ihm nicht ganz geheuer, aber er wollte es unbedingt finden. Weil mein Vater es auch schon wollte.«

»Und jetzt du.«

»Stimmt.« Er trank noch einen Schluck. »Und jetzt ich.«

»Und warum, Matthew? Ich glaube, angesichts all dieses Unsinns über Verwünschungen und Hexen, ist es das, was Buck beunruhigt.«

»Jetzt ist es also Unsinn.« Er lächelte leicht. »Früher hast du anders darüber gedacht.«

»Früher habe ich auch an den Weihnachtsmann geglaubt. Hör mir zu.« Tates Stimme klang eindringlich, als sie eine Hand auf seine legte. »Buck findet weder im Kopf noch im Herzen Ruhe, solange das Amulett ein Thema ist.«

»Bitte mich nicht, es zu vergessen, Tate. Stell mich nicht vor diese Wahl.«

»Das tue ich nicht.« Seufzend lehnte sie sich zurück. »Selbst wenn *ich* dich überzeugen könnte, wäre da immer noch mein Vater und vermutlich sogar LaRue. Und ich selbst.« Mit einer unruhigen Bewegung warf sie einen Blick auf den Monitor. »Auch ich bin gegen die Faszination nicht immun, Matthew.«

»Du hast etwas darüber geschrieben?« Neugierig schob er sie beiseite, um besser sehen zu können. »Lass es mich lesen.«

»Es ist noch nicht fertig. Eine Rohversion. Ich wollte gerade –«

Nervös wie eine Schülerin vor einer Prüfung rutschte sie beiseite.

»Wie funktioniert dieses Ding?«, fragte er nach einer Weile. »Ich habe mich noch nie mit Computern beschäftigt. Wie blättert man weiter?« Aufmerksam beobachtete er ihre flinken Finger. »Alles klar.«

Nachdenklich las er den Text. »Ziemlich trocken«, murmelte er und zog sie wieder neben sich.

»Es ist eine wissenschaftliche Abhandlung«, erwiderte sie pikiert, »kein romantischer Thriller.«

»Es sei denn, man liest zwischen den Zeilen«, fuhr er fort und sah sie wieder an. »Du hast viel darüber nachgedacht.«

»Natürlich habe ich das. So wie die anderen auch, selbst wenn niemand darüber spricht.« Hastig sicherte sie ihre Datei und schaltete den Laptop aus. »Tatsache ist, dass ich das Amulett unbedingt finden, es selbst sehen und untersuchen will. Es wäre der wichtigste Fund meiner ganzen Karriere. Ehrlich gesagt habe ich so viel darüber nachgedacht, dass ich mein Dissertationsthema verändert habe.« Mit einem schwachen Lächeln wandte sie sich ihm zu. »Mythos und Wissenschaft.«

»Was willst du von mir, Tate?«

»Überzeuge Buck und am besten auch mich davon, dass es dir genügt, das Amulett zu finden. Matthew, du musst nichts beweisen! Wenn dein Vater dich nur halb so sehr geliebt hat, wie Buck es tut, würde er nicht wollen, dass du dein Leben mit einer sinnlosen Vendetta vergeudest.«

Sie berührte sein Gesicht. »Das bringt ihn nicht zurück, und auch nicht die verlorenen Jahre. VanDyke ist aus deinem Leben verschwunden. Wenn es dir so viel bedeutet, kannst du ihn besiegen, indem du das Amulett findest. Gib dich damit zufrieden.«

Einen Moment lang schwieg er. Dieser innere Konflikt

war ihm so vertraut, dass er ihn kaum noch wahrnahm. Schließlich brach er den Bann.

»Das ist nicht genug, Tate.«

»Glaubst du wirklich, dass du ihn umbringen könntest? Selbst wenn es dir gelingt, nahe genug an ihn heranzukommen, glaubst du wirklich, dass du einen Menschen töten könntest?«

Seine Augen funkelten sie an. »Du weißt, dass ich es könnte.«

Sie schauderte, und ihr Blut gefror. Es gab keinen Zweifel, dass der Mann, der sie gerade ansah, zu allem fähig war. Selbst zu einem Mord.

»Du würdest dein Leben wegwerfen? Wofür?«

Er zuckte mit den Schultern. »Für die Gerechtigkeit. Ich habe es schon einmal weggeworfen.«

»Das ist unglaublich engstirnig!« Tate konnte nicht mehr still sitzen bleiben. Sie stand auf und lief auf und ab. »Wenn auf dem verdammten Ding wirklich ein Fluch liegt, besteht er genau darin. Er blendet die Menschen, bis sie ihr besseres Selbst nicht mehr wahrnehmen. Ich rufe Hayden an.«

»Was zum Teufel hat er damit zu tun?«

»Ich will noch einen Wissenschaftler hinzuziehen, oder wenigstens will ich mich mit einem Wissenschaftler austauschen. Wenn du keine Möglichkeit findest, Buck zu überzeugen, werde ich es tun. Ich werde ihm beweisen, dass ein Amulett nur ein Amulett ist und dass es wie ein Museumsstück behandelt wird, falls es gefunden wird. Wenn mich andere Wissenschaftler unterstützen, kommt es in ein Museum, wo es hingehört.«

»Von mir aus kannst du es wieder ins Meer werfen, wenn ich damit fertig bin«, erklärte Matthew kühl und entschlossen. »Du kannst ein Dutzend Wissenschaftler anrufen, aber das wird mich nicht davon abhalten, mit VanDyke auf meine Art fertig zu werden.«

»Immer muss alles auf deine Art passieren, nicht wahr?« Am liebsten hätte sie etwas nach ihm geworfen.

»Diesmal schon. Ich habe mein halbes Leben darauf gewartet.«

»Damit du den Rest deines Lebens vergeuden kannst! Und nicht nur vergeuden«, fügte sie wütend hinzu. »Du willst es wegwerfen.«

»Immerhin ist es mein Leben.«

»Niemand lebt für sich allein.« Wie kann er nur so blind sein? fragte sie sich bitter. Wie konnte er die Erlebnisse der letzten Wochen auf etwas so Hässliches wie Vergeltung reduzieren? »Kannst du nicht einen Moment lang darüber nachdenken, was es für andere Menschen bedeutet, wenn du dabei umkommst oder für den Rest deines miserablen Lebens wegen Mordes hinter Gitter wanderst? Was glaubst du, wie ich mich fühlen würde?«

»Ich weiß es nicht, Tate. Wie würdest du dich fühlen?« Er stand vom Tisch auf. »Warum sagst du es mir nicht? Das würde mich sehr interessieren. Du gibst dir ja sonst immer so verdammt viel Mühe, mir nichts über deine Gefühle zu verraten.«

»Lenk jetzt nicht ab. Hier geht es ganz allein um dich.«

»Für mich klingt es eher so, als ob es um uns geht. Du hast von Anfang an die Regeln festgelegt«, erinnerte er sie. »Keine Gefühle oder schöne Worte, die unseren netten, freundschaftlichen Sex verkomplizieren könnten. Du wolltest nicht, dass ich mich in dein Leben oder deine Pläne einmische. Warum sollte ich also zulassen, dass du dich jetzt in meine einmischst?«

»Du weißt verdammt gut, dass ich nicht so kalt bin.«

»Nicht?« Matthew zog eine Augenbraue hoch. »Für mich sieht es aber ganz danach aus. Ich kann mich nicht daran erinnern, dass du etwas anderes gesagt hättest.«

Auf einmal wurde Tate sehr blass. Ihre Augen starrten ihn dunkel aus ihrem weißen Gesicht an. War ihm denn nicht bewusst, dass seine Worte alles, was sie gemeinsam erlebt hatten, und alles, was sie ihm gegeben hatte, verzerrten?

»Du weißt, dass ich etwas für dich empfinde. Wenn es nicht so wäre, würde ich nicht mit dir schlafen.«

»Das ist mir neu. Ich dachte, du befriedigst einfach ein Bedürfnis.«

»Du Schwein!« Erschrocken über den Schmerz, den sie plötzlich verspürte, holte sie aus und schlug zu.

Seine Augen blitzten auf und verengten sich, aber seine Stimme blieb eisig und ruhig. »Fühlst du dich jetzt besser? Oder war das deine Antwort auf die Frage?«

»Du solltest deine eigenen Motive oder mangelnden Gefühle nicht auf mich übertragen«, gab sie wütend und beschämt zugleich zurück. »Glaubst du vielleicht, ich würde dir noch einmal mein Herz und meine Seele öffnen, so wie ich es damals getan habe? Auf gar keinen Fall. Mich verletzt niemand mehr, am allerwenigsten du.«

»Denkst du vielleicht, nur du hast gelitten?«

»Ich weiß es.« Als er seine Hand nach ihrem Arm ausstreckte, riss sie ihn zurück. »Ich gebe dir nicht noch einmal die Gelegenheit, mich wegzuschicken. Ich habe dich geliebt, Matthew, mit jener unschuldigen, bedingungslosen Liebe, die man nur einmal empfindet. Und du hast sie mir ins Gesicht geschleudert, als ob sie dir gar nichts bedeutet hätte. Jetzt ist dein Stolz verletzt, weil ich dir keine Gelegenheit dazu gebe, das Gleiche noch einmal zu tun. Zur Hölle mit dir!«

»Ich bitte dich nicht um eine zweite Chance, dafür kenne ich dich zu gut. Aber du hast kein Recht, von mir zu verlangen, mich mit Sex zufrieden zu geben und dann zu erwarten, dass ich das Einzige aufgebe, das mich die ganzen Jahre aufrechterhalten hat. Ich habe dich aufgegeben – jetzt nehme ich mir, was übrig ist.«

»Du hast mich nicht aufgegeben«, widersprach sie. »Du hast mich nie wirklich gewollt.«

»Ich habe noch nie etwas so sehr gewollt wie dich. Ich habe dich geliebt.« Er zog sie unsanft auf die Füße. »Ich habe dich immer geliebt. Als ich dich fortschickte, war es so, als ob mir jemand das Herz aus dem Leib gerissen hätte.«

Tate konnte nicht atmen, vor Angst, dass alles in ihr wie Glas zerbrechen würde. »Was meinst du damit, dass du mich fortgeschickt hast?«

»Ich –« Er riss sich zusammen. Erschrocken lockerte er seinen Griff und trat zurück. Er brauchte ein paar Sekunden, um sich wieder zu sammeln. »Nichts. Es ist unwichtig. Die alten Geschichten auszugraben ändert nichts an dem, was heute ist. Ich lass mich nicht auf deine Forderungen ein. Das ist eine Tatsache.«

Tate starrte ihn an, fasziniert von der Art, wie er sich und seine Gefühle im Griff hatte. Nein, dachte sie. Diesmal nicht.

»Du hast mit dem Thema angefangen, Lassiter. Jetzt bringen wir es auch zu Ende.« Tate ballte ihre zitternden Hände zu Fäusten. »Vor acht Jahren hast du mir ins Gesicht gelacht, Matthew. Du standest am Strand und erklärtest mir, dass für dich alles nur ein großer Spaß war, ein Sommerflirt. War das eine Lüge?«

Sein Blick blieb ruhig, veränderte sich nicht. »Ich habe gesagt, es ist unwichtig. Die Vergangenheit ist vorbei.«

»Wenn du das wirklich glauben würdest, wärst du nicht so versessen darauf, dich an VanDyke zu rächen. Antworte mir«, verlangte sie. »War es eine Lüge?«

»Was sollte ich denn tun?«, explodierte er. Draußen vor den Fenstern zuckte ein Blitz über den Himmel. »Sollte ich etwa zulassen, dass du für einen idiotischen Traum alles aufgibst? Was konnte ich dir schon bieten? Alles, was ich anfasste, ging schief. Himmel, wir wussten beide, dass ich für dich nicht gut genug war, aber du warst zu eigensinnig, es zuzugeben.«

Der Donner klang wie das Gelächter einer boshaften alten Frau.

»Aber irgendwann hättest du es eingesehen«, fuhr Matthew fort. »Und dann hättest du mich dafür gehasst. Ich hätte mich selbst gehasst.«

Unsicher stützte Tate sich am Tisch ab. Der Sturm draußen war nichts im Vergleich zu dem Aufruhr in ihrem Inneren. Alles, woran sie geglaubt hatte und was sie davon abgehalten hatte, traurig auf die Vergangenheit zurückzublicken, lag in Scherben vor ihren Füßen.

»Du hast mein Herz gebrochen.«

»Ich habe dir das Leben gerettet«, gab er zurück. »Verstehst du nicht, Rotschopf, ich war damals vierundzwanzig Jahre alt, ich hatte keine Zukunft! Ich hatte nur einen Onkel, der jeden Pfennig benötigte, den ich zusammenkratzen konnte, vielleicht für den Rest meines Lebens. Deine Aussichten dagegen waren vielversprechend. Du warst intelligent, hattest Ziele. Plötzlich sprachst du davon, dein Studium hinzuschmeißen und mit mir zu kommen, so als ob wir einfach dem Sonnenuntergang entgegensegeln könnten.«

»Das habe ich nie geglaubt. Ich wollte dir helfen, bei dir sein.«

»Und später hättest du unsere Pfennige gezählt und dich gefragt, warum zum Teufel du dein Leben geopfert hast, anstatt etwas daraus zu machen.«

»Und du hast diese Entscheidung für mich getroffen.« Jetzt konnte sie wieder atmen. Die Luft, die ihre Lunge füllte, war heiß und rein. »Du arroganter Kerl! Wegen dir habe ich mir die Augen ausgeheult!«

»Du hast es überstanden.«

»Da hast du verdammt Recht.« Diesmal konnte sie sich gegen ihn zur Wehr setzen. »Ich habe es gut überstanden. Und wenn du dir einbildest, dass ich dir dankbar schluchzend an die Schulter sinke, weil du den aufopfernden Helden gespielt hast, täuschst du dich gewaltig, Lassiter.«

»Das erwarte ich gar nicht.«

»Du erwartest, dass ich dir glaube.«

Zum Teufel, er hatte sowieso nichts mehr zu verlieren. »Ich liebe dich. Lächerlich, nicht wahr? Ich bin nie über dich hinweggekommen. Dich nach acht Jahren wiederzusehen, hat eine Wunde in mir aufgerissen, die ich mit allem zu heilen versucht habe, was du mir zugestehen wolltest. Aber ich habe keine Chance.«

»Damals hatten wir eine.«

»Verdammt, Tate!« Mit dem Daumen wischte er ihr eine Träne von der Wange. »Wir hatten nie eine Chance! Das erste Mal war zu früh, diesmal ist es zu spät.«

»Wenn du ehrlich zu mir gewesen wärst –«

»Du hast mich geliebt«, murmelte er. »Ich wusste, dass du mich liebtest. Du hättest mich damals nie um deiner Karriere willen verlassen.«

»Nein.« Ihre Tränen nahmen ihr die Sicht. »Ich hätte dich nie verlassen. Jetzt werden wir nie erfahren, was hätte sein können.« Sie wandte sich ab. »Und nun?«

»Das überlasse ich dir.«

»Aha, diesmal überlässt du es mir.« Sie lachte bitter auf. »Das ist wahrscheinlich nur gerecht. Nur habe ich diesmal nicht mehr dieses kompromisslose, unschuldige Vertrauen.«

Und diesmal, so viel war klar, wusste sie nicht, was sie tun sollte, außer sich selbst davor zu schützen, noch einmal verletzt zu werden.

»Wir müssen praktisch denken. Wir können die Zeit nicht zurückdrehen, also sollten wir nach vorn schauen.« Tate atmete tief ein. »Es wäre den anderen gegenüber unfair und kurzsichtig, die Expedition wegen etwas zu gefährden, das acht Jahre zurückliegt. Ich bin dazu bereit, weiterzumachen.«

Etwas anderes hatte er nicht erwartet. »Und?«

Tate atmete wieder aus. »Wir können es uns nicht erlauben, die Bergung wegen unserer persönlichen Gefühle aufs Spiel zu setzen. Unter den gegebenen Umständen glaube ich allerdings nicht, dass es in deinem oder meinem Interesse liegt, unsere Intimitäten fortzusetzen.«

Auch das war nicht mehr und nicht weniger, als er erwartet hatte. »In Ordnung.«

»Es tut weh«, flüsterte sie.

Er schloss die Augen und wusste, dass er sie nicht berühren durfte. »Wäre es dir lieber, wenn wir die Teams anders einteilen? Ich könnte mit Ray oder LaRue arbeiten.«

»Nein.« Sie presste ihre Lippen zusammen, bevor sie sich umdrehte. »Je weniger Unruhe, desto besser. Wir beide müssen uns über einiges klar werden, aber ich glaube nicht, dass wir die anderen hineinziehen sollten.« Ungeduldig trocknete sie sich mit dem Handrücken das Gesicht. »Aber wir können uns einen Grund für einen Wechsel überlegen, wenn es dir unangenehm ist ...«

Er lachte. Was für ein absurder Begriff für seine Empfindungen. »Du warst schon immer hart im Nehmen, Rotschopf. Wir behalten den Status quo bei.«

»Ich wollte es dir nur so einfach wie möglich machen.«

»Verdammt!« Nervös rieb er sich die Stirn. »Wir machen es uns doch einfach. Alles bleibt, wie es ist, aber der Sex fällt weg. In Ordnung?«

»Du willst, dass ich die Nerven verliere«, sagte sie und befürchtete, dass genau das passieren könnte. »Aber ich stehe es durch. Mal sehen, ob du es auch schaffst.«

»Ich bin dabei, Süße. Ich denke, damit ist alles gesagt.«

»Nicht ganz. Ich will mit Hayden Kontakt aufnehmen.«

»Nein.« Er hob eine Hand, bevor sie weitersprechen konnte. »Einigen wir uns so: Wir haben das Amulett noch nicht gefunden und wissen nicht, ob wir es überhaupt finden werden. Falls wir es finden, können wir darüber nachdenken, einen zweiten Wissenschaftler hinzuzuziehen.«

Das war sehr entgegenkommend, deshalb war Tate sofort misstrauisch. »Habe ich dein Wort? Ich setze mich mit einem anderen Archäologen in Verbindung, sobald wir es finden?«

»Rotschopf, wenn wir es finden, kannst du von mir aus eine Anzeige in den *Science Digest* setzen. Bis dahin aber dringt kein Wort nach außen.«

»In Ordnung. Versprichst du mir außerdem, noch einmal über deine Rachepläne nachzudenken?«

»Das klingt reichlich dramatisch für eine so simple Angelegenheit. Und die Antwort ist genauso simpel: Nein. Ich habe alles verloren, was mir jemals etwas bedeutet hat, und VanDyke ist daran schuld. Lass es gut sein, Tate«, sagte er, bevor sie den Mund öffnen konnte. »Der Stein kam vor sechzehn Jahren ins Rollen, und du kannst ihn nicht aufhalten. Jetzt bin ich müde. Ich gehe ins Bett.«

»Matthew ...« Sie wartete, bis er an der Kajüttreppe stehen blieb und sich umdrehte. »Wäre es nicht auch möglich, dass du gar nicht mein Leben zerstört hast, sondern ich deins verändert habe?«

»Das hast du allerdings«, murmelte er und trat in den abklingenden Sturm hinaus.

Viertes Kapitel

Aufgrund des hohen Seegangs verzögerte sich die Arbeit am nächsten Vormittag. Tate war froh, ein wenig allein sein zu können, und verbarrikadierte sich mit ihrem Laptop in ihrer Kajüte. Aber ihre Konzentration ließ zu wünschen übrig.

Sie gönnte sich den Luxus, in der Koje zu liegen und an die Decke zu starren. Schließlich hatte eine Frau das Recht zu schmollen, wenn sie erfuhr, dass acht Jahre ihres Lebens durch die Entscheidung eines anderen Menschen bestimmt worden waren.

Es brachte sie natürlich nicht weiter, immer wieder darüber nachzugrübeln, trotzdem nagten seine Arroganz und die Ungerechtigkeit seiner Entscheidung an ihr.

Und jetzt behauptete er, dass er sie geliebt hätte, sie immer noch liebe!

So ein Ekel, dachte sie und drehte sich auf den Bauch. Offensichtlich war sie für ihn nur ein dummes Kind gewesen, unfähig, eigene Entscheidungen zu treffen.

Das Schicksal hatte ihr zudem einen Streich gespielt, denn nun schienen sie wieder am Anfangspunkt angelangt zu sein.

Aber Tate musste zugeben, dass die lange Trennung sie stärker gemacht hatte. Sie hatte ihre Fähigkeiten und ihren Verstand eingesetzt, um sich einen Namen zu machen. Sie konnte auf Abschlusszeugnisse verweisen, die in ihrem Zimmer in Hatteras in einer Vitrine lagen, und auf eine Wohnung in Charleston, geschmackvoll eingerichtet und selten genutzt. In Fachkreisen genoss sie einen erstklassigen Ruf, hatte Kollegen, mit denen sie sich verstand, es gab Angebote für Lehrstellen, Vorlesungen und Expeditionen.

In beruflicher Hinsicht hatten sich ihre Wünsche erfüllt.

Aber sie hatte kein Heim, keinen Mann, der sie nachts in seinen Armen hielt, keine Kinder, denen sie ihre Liebe schenken konnte.

Und das alles wäre anders, wenn Matthew es damals zugelassen hätte.

Doch das lag jetzt weit hinter ihr. Wer wusste besser als eine Archäologin, dass man die Vergangenheit zwar untersuchen, analysieren und aufzeichnen, sie jedoch nicht ändern konnte. Was einmal war oder hätte sein können, schien ihr so kalkverkrustet wie das alte Silber im Meerwasser. Einzig und allein der Augenblick zählte.

Tate hoffte, dass er die Wahrheit gesagt hatte. Dass er sie wirklich liebte. Wenn es nach ihr ging, sollte er ruhig leiden, so wie sie gelitten hatte, als sie ihm ihr Herz schenken wollte und abgewiesen worden war. Er hatte seine Chance gehabt, und in diesem ganz speziellen Fall würde sich die Geschichte ganz bestimmt nicht wiederholen.

Aber sie würde nicht grausam zu ihm sein, beschloss sie und rappelte sich hoch, um sich in dem ovalen Spiegel über dem Frisiertisch eingehend zu mustern. Es war nicht notwendig, es ihm auf die gleiche Weise heimzuzahlen, denn diesmal waren schließlich ihre eigenen Gefühle nicht im Spiel. Sie konnte es sich erlauben, großzügig zu sein oder ihm doch zumindest zu verzeihen.

Die Tatsache, dass sie ihn nicht liebte, würde ihr dabei helfen, die nötige Distanz zu wahren. Sie würden weiterhin zusammen tauchen, als Partner und Kollegen daran arbeiten, die Schätze der *Isabella* zu bergen. Es musste ihr gelingen, persönliche Themen beiseite zu schieben.

Zufrieden, dass sie die einzig logische Lösung gefunden hatte, verließ Tate ihre Kabine. Sie entdeckte ihren Vater auf dem Backborddeck, wo er gerade die Ventile überprüfte.

»Das war eine stürmische Nacht, nicht wahr?«

In jeder Hinsicht, dachte sie. »Kann man sich jetzt kaum noch vorstellen.«

Über ihnen war der Himmel blau und klar, mit ein paar verstreuten Wölkchen, die wie Wattebäusche am Himmel standen. Sie beobachtete den Windmesser auf der Brücke. »Der Wind kommt von Süden.«

»Er bringt trockenere Luft, und die See hat sich ebenfalls beruhigt.« Ray legte einen Regler beiseite. »Heute habe ich ein gutes Gefühl, Tate. Beim Aufwachen fühlte ich mich voller Energie, voller Vorfreude.« Er nahm einen tiefen Atemzug. »Deine Mutter meint, das käme von der Elektrizität des Sturmes, die noch in der Luft liegt.«

»Du denkst an das Amulett«, sagte Tate seufzend. »Was ist nur mit diesem Stück, dass es alle so fasziniert?«

Ray betrachtete das Meer.

»Letzte Nacht geriet Buck in Panik bei der Vorstellung, dass wir es finden könnten. Matthew hat nur noch seine Abrechnung mit VanDyke im Kopf. VanDyke selbst ist reich, mächtig und erfolgreich, doch er ist so besessen von seiner Gier nach der Halskette, dass er alles dafür tun würde. Und du …« Ungeduldig strich sie ihr Haar zurück. »Du bist genauso. Die *Isabella* zu finden, ist für dich die Verwirklichung eines Traumes. Da unten liegt ein Vermögen für dich – und für das Museum, das wir uns immer gewünscht haben. Aber im Grunde ist es das Amulett, das uns hierher zurückgeführt hat.«

»Und das verstehst du nicht?« Ray legte einen Arm um ihre Schultern. »Als Junge hatte ich das Glück, ein schönes Zuhause zu haben, einen Garten mit satten, grünen Wiesen und großen, schattigen Bäumen, auf die ich klettern konnte. Es gab einen Abenteuerspielplatz, eine Rutsche, ich hatte Freunde, alles, was sich ein Kind nur wünschen kann. Aber hinter dem Zaun und dem Hügel lag ein Sumpf. Dunkle, dschungelartige Kudzusträucher und hässliche Bäume, ein träger Fluss. Dort gab es Schlangen, und meine Eltern hatten mir verboten, da zu spielen.«

»Was natürlich deine Neugier weckte.«

Ray lachte und küsste Tate auf die Stirn. »Natürlich. Es kursierten Geschichten, dass der Ort verwunschen sei. Dadurch wurde die Versuchung nur noch größer. Angeblich waren kleine Jungs dort für immer verschwunden. Ich stand am Zaun, roch an dem Geißblatt, das dort rankte, und fragte mich, was wohl wäre, wenn.«

»Und? Bist du je über den Zaun geklettert?«

»Einmal wagte ich mich bis an die Stelle, wo man den Fluss riechen und die Weinranken an den Bäumen sehen konnte. Weiter bin ich nie gegangen.«

»Das war vermutlich auch besser so. Womöglich hätte dich eine Schlange gebissen.«

»Aber was wäre gewesen, wenn?«, murmelte Ray. »Diese Neugier habe ich nie verloren.«

»Du weißt, dass der Sumpf nicht verwunschen war. Das hat dir deine Mutter nur erzählt, damit du dich von dort fern hältst, nicht in den Fluss fällst oder dich verläufst.«

»Ich bin mir nicht sicher, ob das wirklich alles war.« Er sah einer Möwe am Himmel nach, die auf den Horizont zusteuerte. »Ich fände es sehr schade, wenn wir unsere Neugier verlieren würden, wenn wir eindeutig wüssten, dass es keine Magie gibt – ob gut oder böse. Heute ist der Fluch der Angelique mein verwunschener Sumpf, und diesmal werde ich hingehen und ihn mir selbst ansehen.«

Lachend zog Ray Tate an sich. »Vielleicht redet Buck sich dann auch nicht mehr ein, dass er nicht mehr der Mann ist, der er früher einmal war, und Matthew gibt sich nicht mehr die Schuld am Tod seines Vaters. Und du ...« Er sah sie an. »Vielleicht lässt du dann wieder ein wenig Magie in dein Leben.«

»Das ist ziemlich viel verlangt von einer Halskette.«

»Aber was wäre, wenn?« Er drückte sie noch einmal an sich. »Ich möchte, dass du glücklich bist, Tate.«

»Ich bin glücklich.«

»*Richtig* glücklich. Ich weiß, dass du vor acht Jahren etwas in dir verschlossen hast, und ich habe mir immer Sorgen gemacht, dass ich damals falsch handelte, weil ich nur das Beste für dich wollte.«

»Du hast noch nie falsch gehandelt.« Tate warf den Kopf zurück und betrachtete sein Gesicht. »Jedenfalls nicht, wenn es um mich ging.«

»Ich wusste, was Matthew für dich empfand, was du für ihn empfandest. Es hat mir Sorgen bereitet.«

»Es gab nichts, worüber du dir hättest Sorgen machen müssen.«

»Du warst so jung.« Er seufzte und strich über ihr Haar. »Ich sehe übrigens auch, was er jetzt für dich empfindet.«

»Jetzt bin ich nicht mehr so jung«, bemerkte sie, »und du brauchst dir immer noch keine Sorgen zu machen.«

»Ich sehe, was er für dich empfindet«, wiederholte Ray und betrachtete seine Tochter mit einem forschenden Blick. »Was mir Gedanken macht und mich überrascht, ist die Tatsache, dass ich nicht sehe, was du für ihn fühlst.«

»Vielleicht weiß ich das selbst noch nicht. Ich will mich noch nicht entscheiden.« Tate schauderte und brachte dann ein Lächeln zustande. »Du solltest dir keine Sorgen über etwas machen, das ich voll und ganz unter Kontrolle habe.«

»Vielleicht liegt genau da das Problem.«

»Dir kann man es wohl gar nicht recht machen.« Sie stellte sich auf die Zehenspitzen und küsste Ray. »Mal sehen, ob Matthew so weit ist.«

Matthew stand auf der *Mermaid*, mit einem Ellenbogen auf die Reling gestützt, eine Kaffeetasse in der anderen Hand. Ihre Gefühle, der innere Aufruhr und die Sehnsucht, überraschten Tate. Ihr Herz wurde butterweich und schien dahinzuschmelzen.

Er sah so einsam aus.

Es ist nicht mein Problem, redete sie sich ein. Sie würde sich keine Gedanken darüber machen.

Aber dann wandte er den Kopf, und über den Wellen trafen sich ihre Blicke. Ausdruckslos sah er sie an. Ähnlich wie der Sturm hatte sich der Aufruhr, der in ihm getobt hatte, beruhigt. Zumindest hatte Matthew ihn unter Kontrolle gebracht. Tate sah nur tiefes, undurchdringliches Blau.

»Die See ist wieder ruhig!«, rief sie. »Ich möchte tauchen.«

»Vielleicht sollten wir noch eine oder zwei Stunden warten.«

Etwas schnürte ihr die Kehle zu. »Ich möchte jetzt anfangen. Falls das Wasser zu unruhig ist, können wir immer noch abbrechen.«

»In Ordnung. Hol deine Ausrüstung.«

Sie wandte sich um. Verdammt sollte er sein, genau wie die *Isabella,* Angelique und ihre verfluchte Halskette! Bisher war sie ohne all das zurechtgekommen, aber sie befürchtete, dass sich dies sehr bald ändern würde.

Doch die Entscheidung hatte sie nicht in der Hand. Sie war immer noch in Matthew verliebt.

Der Sturm hatte den Sand aufgewühlt, sodass mehrere der bereits ausgehobenen Gräben von neuem freigelegt werden mussten. Matthew war dankbar für die zusätzliche Arbeit. Die Sorgfalt und die Präzision, die der Umgang mit dem Sauger erforderte, ließen keinen Raum für trübsinnige Gedanken.

Nach der vergangenen Nacht hatte er sowieso die Nase voll davon.

Während er den Sand aufsaugte, entdeckte er plötzlich den Griff eines Schwertes.

Déjà vu, dachte er amüsiert. Er schob den Sauger zur Seite und stellte mit einem Seitenblick fest, dass Tate eifrig Sand und Steinchen durchsuchte.

Matthew klopfte an seine Sauerstoffflasche, wartete, bis

sie sich umdrehte, und gab ihr ein Zeichen. Als sie bei ihm angekommen war, zeigte er auf den Griff.

Nimm es, signalisierte er ihr. Es gehört dir.

Er registrierte ihr Zögern, wusste, dass auch sie sich erinnerte. Dann legte sie ihre Finger um den Griff und zog daran, aber die Scheide blieb auf halber Strecke stecken.

Er kämpfte gegen seine Enttäuschung an und verbreitete mit dem Schlauch die Mulde um das Schwert.

Sie entdeckten den Teller gleichzeitig. Doch in dem Moment, als sie nach seinem Arm griff, um ihn zurückzuhalten, drehte Matthew den Sauger auch schon in eine andere Richtung. Vorsichtig fächernd, legte Tate den Teller zu drei Vierteln frei.

Das Porzellan war fast durchsichtig, mit zarten Veilchen bemalt, die sich um den goldenen Rand wanden. Vorsichtig versuchte sie, den Teller zu lösen.

Auch er steckte fest. Frustriert sah sie Matthew an und schüttelte den Kopf. Beide wussten, dass es zu riskant war, mit dem Sauger nachzuhelfen. Wenn der Teller wie durch ein Wunder tatsächlich noch ganz war, würde ihn die Saugkraft zerbrechen.

Sie erörterten die verschiedenen Möglichkeiten mit Handsignalen, bis fest stand, dass sie es riskieren mussten. Tate beachtete weder Schlammwolken noch Unbequemlichkeit, sondern hielt den Rand des Tellers, während Matthew in minutiöser Kleinarbeit Sand und Steinchen entfernte.

Wahrscheinlich fehlt ein faustgroßes Stück, dachte er und ignorierte den Schmerz in Armen und Rücken. Vorsichtig legte er das durchsichtige Porzellan frei, entdeckte einen weiteren Veilchenstrauß und dann den ersten Zug eines Monogramms.

Tate hielt Matthew an. Sie bemühte sich, gleichmäßig zu atmen, und zog noch einmal sacht an dem Teller, bis er wieder stecken blieb. Den ersten verzierten Buchstaben, ein goldenes T, konnte sie bereits entziffern. Sie betrachtete es als Omen und nickte Matthew zu.

Ein Stück fehlte, da war er sich sicher. Das stählerne Schwert hatte nur dreißig Zentimeter entfernt gelegen und war beschädigt gewesen, wie konnte da etwas so Zerbrechliches wie ein Porzellanteller unversehrt bleiben? Stirnrunzelnd beobachtete er, wie der nächste Buchstabe, ein L, sichtbar wurde.

Wenn das L für das Glück der Lassiters stand, vergeudeten sie ihre Zeit. Er wollte schon aufhören und seine schmerzenden Oberarme massieren, aber Tates faszinierter Gesichtsausdruck ließ ihn fortfahren.

Dann wurde der letzte Buchstabe sichtbar: Das Monogramm lautete TLB. Sie hatte kaum Gelegenheit, sich über den Zufall Gedanken zu machen, als sich der Teller auch schon ganz und unversehrt löste.

Vor Überraschung hätte sie ihn beinahe fallen lassen. Sie hielt ihn zwischen sich und Matthew und konnte ihre eigenen Finger durch das zarte Porzellan hindurch sehen. Der Teller wirkte unglaublich zerbrechlich und elegant. Tate stellte sich vor, wie er einst auf einem polierten Tisch gestanden hatte. Er hatte zu einem teuren Service gehört, sorgfältig verpackt für die Reise in ein neues Leben.

Und sie war die Erste, die ihn seit mehr als zweihundert Jahren in den Händen hielt.

Aufgeregt sah sie Matthew an. Einen Augenblick lang verband sie die Freude über ihre Entdeckung, dann veränderte sich sein Gesichtsausdruck und wurde wieder distanziert.

Bedauernd schwamm Tate weiter, um den Teller neben das Schwert zu legen. Sie betrachtete die beiden Stücke.

Sie waren auf demselben Schiff gewesen, hatten denselben Sturm erlebt, waren hin und her geworfen und im selben Meer begraben worden. Kraft und Schönheit. Nur die Schönheit hatte überlebt.

Welche Laune des Schicksals hatte zwischen ihnen gewählt? fragte sie sich. Wie konnte Stahl zerbrechen und Porzellan unversehrt bleiben? Nachdenklich machte sie sich wieder an die Arbeit.

Später würde sie sich fragen, was sie dazu veranlasst hatte, ausgerechnet in diesem Augenblick hochzublicken und sich umzudrehen. Sie hatte keine Bewegung bemerkt, höchstens ein Kribbeln im Nacken oder das Gefühl, beobachtet zu werden.

Als sie durch die Schlammwolke spähte, erschreckten sie die stählernen Augen und das breite Grinsen eines Barrakudas. Amüsiert über ihre Reaktion, machte sie sich wieder an die Arbeit. Doch bald sah sie wieder hoch zu der Stelle, an der der Fisch zu schweben schien und ihr ruhig und irgendwie vertraut zusah. Konnte ihr stiller Beobachter wirklich derselbe Barrakuda sein, der sie täglich bei der Arbeit an der *Marguerite* begleitet hatte?

Tate wusste, dass der Gedanke albern war, trotzdem musste sie lächeln.

Um Matthew auf ihn aufmerksam zu machen, griff sie nach ihrem Messer und wollte gerade an ihre Sauerstoffflasche klopfen, als plötzlich etwas aus dem Schlauch katapultiert wurde und direkt neben ihrer Hand landete.

Dieses Etwas glitzerte, pulsierte und glänzte. Feuer und Eis und der unverkennbare Glanz von Gold. Das Wasser um sie herum schien sich zu erhitzen, in Bewegung zu geraten und dann glasklar zu werden.

Der Rubin sah aus wie ein Blutstropfen, umgeben von eisigen Tränen aus Diamanten. Das Gold glänzte so hell wie an dem Tag, als es zu den schweren Kettengliedern und der verzierten Fassung geformt worden war.

Es war so sauber, dass Tate die eingravierten Buchstaben deutlich erkennen konnte.

Angelique. Etienne.

Das Rauschen in ihrem Kopf musste ihr eigenes Blut sein, denn im Meer war es plötzlich ganz still geworden. Das Summen des Saugers war verstummt, genau wie das Klappern der Steine und Muscheln, die gegen ihre Flaschen schlugen.

Der Fluch der Angelique. Wir haben ihn endlich gefunden.

Mit tauben Fingern griff sie nach dem Amulett. Natürlich war es nur Einbildung, aber sie hatte das Gefühl, dass Hitze durch ihren Körper pulsierte – war es eine Aufforderung oder eine Warnung? Und als Tate es in ihren Händen hielt, war es sicher auch nur Einbildung, dass die Kette wie ein lebendiges Wesen zu vibrieren und einen langen, gierigen Atemzug zu nehmen schien.

Sie empfand plötzlich schreckliche Trauer, Angst und Furcht. Fast hätte sie das Schmuckstück angesichts dieser unerwarteten Flut der Gefühle wieder losgelassen, aber dann spürte sie Liebe, eine starke, verzweifelte Liebe, die ihr Herz berührte.

Tate schloss die eine Hand um die Kette, die andere um den Rubin und stellte sich dem Aufruhr ihrer Gefühle.

Sie sah die Zelle vor sich, den Lichtstrahl durch das einzige, vergitterte Fenster hoch oben in der Steinmauer. Sie roch den Schmutz und die Angst und hörte die Schreie und das Flehen der Verdammten.

Die Frau in dem zerrissenen Kleid, ihr rotes Haar brutal in Kinnlänge abgeschnitten, saß an einem winzigen Tisch. Sie weinte und schrieb in ihr Tagebuch. Das Amulett hing wie ein blutendes Herz an ihrem schlanken Hals.

Aus Liebe. Die Worte gingen Tate durch den Kopf. Jetzt und für immer aus Liebe.

Flammen schlugen gierig hoch und verzehrten sie.

Matthew. Ihr erster zusammenhängender Gedanke galt ihm. Tate hatte keine Ahnung, wie lange sie die Kette umklammert gehalten hatte, während Sand und Steine wie Regentropfen um sie herum niedergingen.

Er arbeitete weiter und sah nicht in ihre Richtung. Hier ist es, dachte sie. Was du suchst, ist direkt hier. Wie konntest du es nur übersehen? Warum, dachte sie mit einem Schaudern, hast du es nicht gesehen?

Sie wusste, dass sie ihm ein Zeichen geben sollte, ihm zeigen, was sie gefunden hatte. Das Amulett, das sie schon zweimal zusammengeführt hatte, lag in ihrer Hand.

Und was wird es aus ihm machen, fragte sie sich, was wird es ihn kosten? Bevor sie ihre Motive ehrlich hinterfragen konnte, steckte sie die Kette in ihren Beutel und zog die Schnur zu.

Tate bemühte sich, ihre Fassung wiederzugewinnen, und sah sich nach dem Barrakuda um. Aber der Fisch war nicht mehr zu sehen, als ob er nie dort gewesen wäre. Um sie herum waren nur Schlammwolken.

Fünfhundert Meilen entfernt rollte sich VanDyke von seiner überraschten Gefährtin herunter und stand auf. Er ignorierte ihren Protest, zog einen seidenen Hausmantel an und verließ die große Kabine. Sein Mund war trocken, sein Herz pochte wie eine Wunde. Er ging an einem weiß gekleideten Steward vorbei und lief über die Kajüttreppe auf die Brücke.

»Legen Sie Geschwindigkeit zu!«

»Sir.« Der Kapitän sah von seinen Karten hoch. »Von Osten zieht ein Sturm auf. Ich wollte gerade den Kurs ändern, um ihm auszuweichen.«

»Wir bleiben auf Kurs, verdammt noch mal!« In einem seiner seltenen öffentlichen Wutausbrüche fuhr VanDyke mit einer Hand über den Tisch, und die Karten segelten zu Boden. »Halten Sie Kurs und erhöhen Sie das Tempo. Entweder kommt dieses Boot morgen früh in Nevis an, oder Sie können auf einem Paddelboot anheuern.«

Er wartete die Antwort nicht ab, denn VanDykes Befehle wurden immer ausgeführt, seine Wünsche ausnahmslos erfüllt. Aber der gedemütigte Ausdruck auf dem Gesicht des Kapitäns beruhigte oder besänftigte VanDyke weit weniger als erwartet.

Seine Hände zitterten, eine düstere Wolke der Wut drohte ihn zu überwältigen. Die ersten Anzeichen seiner Schwäche machten ihn ärgerlich und ängstigten ihn zugleich. Um sich seine Selbstbeherrschung zu beweisen, marschierte er in den Salon, beschimpfte den stets dienstbereiten Barkeeper und nahm sich eine Flasche Chevis.

Das Amulett. Er hätte schwören können, dass er es aufleuchten sehen und sein Gewicht um seinen Hals gespürt hatte, als er sich über die Frau in seinem Bett beugte. Und diese Frau war nicht die immer lästiger werdende Gefährtin der letzten zwei Monate gewesen, sondern Angelique selbst.

VanDyke befahl dem Barkeeper, ihn allein zu lassen, goss sich einen Schluck ein, leerte das Glas und schenkte sich nach. Seine Hände zitterten immer noch, ballten sich dann zu Fäusten.

Es war zu real gewesen, er hatte es sich nicht eingebildet. Es war, daran bestand für ihn kein Zweifel, eine Vorahnung.

Angelique forderte ihn wieder heraus, verhöhnte ihn. Aber diesmal würde er sich nicht überlisten lassen. Sein Kurs stand fest, wie er seit dem Moment seiner Geburt festgestanden hatte. Durch den Alkohol hindurch konnte er den Ruf des Schicksals beinahe schmecken, und sein Aroma war süß und unwiderstehlich. Schon sehr bald würde er das Amulett in den Händen halten und sich seiner Macht bedienen. Mit ihm würde er sein Erbe antreten, und seine Rache.

»Tate wirkt so nachdenklich«, bemerkte LaRue und zog den Reißverschluss seines Taucheranzugs zu.

»Wir haben hart gearbeitet.« Matthew wuchtete die Sauerstoffflaschen ins Beiboot. Buck wollte sie an Land bringen, um sie nachfüllen zu lassen. »Wahrscheinlich ist sie müde.«

»Und du, *mon ami?*«

»Mir geht es gut. Ray und du solltet am südöstlichen Graben arbeiten.«

»Wie du meinst.« LaRue ließ sich Zeit und schnallte die Flaschen fest. »Mir ist nur aufgefallen, dass sie nicht an Deck geblieben ist, nachdem ihr aufgetaucht wart, wie sie es sonst immer tut. Sie ging sofort nach unten.«

»Na und? Schreibst du ein Buch über sie?«

»Ich studiere die menschliche Natur, mein lieber Matthew. Meiner Meinung nach verbirgt die hübsche Demoiselle etwas, das ihr Sorgen bereitet.«

»Kümmere dich lieber um dich selbst«, schlug Matthew vor.

»Ah, aber das Studieren der anderen ist so viel interessanter.« LaRue lächelte Matthew zu und zog seine Flossen an. »Was jemand tut oder nicht tut, was er denkt oder plant ... Verstehst du mich?«

»Ich verstehe, dass du zu viel redest.« Matthew nickte in Richtung *New Adventure*. »Ray wartet auf dich.«

»Mein Tauchpartner. So eine Partnerschaft erfordert vollkommenes Vertrauen. Und weißt du, mein lieber Matthew ...«, LaRue streifte seine Maske über, »auf mich kannst du dich verlassen.«

»Okay.«

LaRue salutierte und verschwand unter Wasser. Etwas sagte ihm, dass er schon bald wieder telefonieren würde.

Tate war ratlos. Sie saß auf der Bettkante und hielt die Kette in der Hand. Es war falsch, den anderen nichts davon zu sagen. Das war ihr klar, und doch ...

Wenn Matthew wüsste, dass sie das Amulett gefunden hatte, würde ihn nichts davon abhalten, es ihr abzunehmen. Er würde VanDyke darauf aufmerksam machen, dass er die Kette besaß. Er würde eine Kraftprobe herausfordern.

Für Tate bestand kein Zweifel daran, dass nur einer der beiden lebend daraus hervorgehen würde.

So viel Zeit war vergangen. Nachdenklich fuhr sie mit den Fingern über die eingravierten Namen. Sie hatte nicht mehr wirklich daran geglaubt, dass sie das Amulett finden würden. Und heimlich hatte sie entgegen aller Logik, aller wissenschaftlichen Neugier, gehofft, dass sie es nicht finden würden.

Jetzt war es Wirklichkeit geworden und lag in ihrer Hand. Tate verspürte den unsinnigen Wunsch, das Bullauge zu öffnen und es wieder ins Meer zu werfen.

Man brauchte kein Experte für Edelsteine zu sein, um zu erkennen, dass allein der Rubin in der Mitte unbezahlbar war. Es war nicht schwierig, das Gewicht des Goldes zu schätzen und sich seinen gegenwärtigen Marktwert vorzustellen. Hinzu kamen die Diamanten, das Alter des Schmuckstücks, seine Geschichte – und was kam dabei heraus? Vier Millionen Dollar? Fünf?

Sicher genug, um Gier, Lust und Rache zu rechtfertigen.

Eine erstaunliche Arbeit, dachte sie. Überraschend einfach trotz ihres Glanzes und ihres Feuers. Jede Frau, die das Schmuckstück trug, würde bewundernde Blicke auf sich ziehen. In einer Ausstellungsvitrine wäre es das Prunkstück eines jeden Museums. Um den Fluch der Angelique herum könnte sie die beeindruckendste, spektakulärste Sammlung der ganzen Welt aufbauen.

Ihre beruflichen Träume würden sich mehr als je gehofft verwirklichen, ihr Name wäre in aller Munde. Geldmittel für Expeditionen würden ihr zufließen wie ein Fluss dem Meer.

All das und mehr würde auf sie warten. Sie brauchte nur das Amulett zu verstecken, nach Nevis zu fahren und einen einzigen Anruf zu tätigen. Innerhalb von Stunden würden sie und ihr Fund nach New York oder Washington unterwegs sein und die Welt der Meeresforschung auf den Kopf stellen.

Sie schreckte auf und ließ die Kette auf ihr Bett gleiten. Entsetzt starrte sie darauf.

Was hatte sie da nur gedacht? Wie konnte sie den Gedanken auch nur in Erwägung ziehen? Seit wann bedeuteten ihr Ruhm und Reichtum mehr als Loyalität und Ehrlichkeit? Als Liebe?

Zitternd presste sie die Hände vor ihr Gesicht. Vielleicht war das verdammte Ding wirklich verflucht, wenn es sie schon nach so kurzer Zeit dazu brachte, ihre Grundsätze zu vergessen!

Sie wandte ihm den Rücken zu, ging zum Fenster, öffnete es und atmete die Seeluft ein.

In Wahrheit würde sie das Amulett, das Museum, würde sie alles gern aufgeben, wenn sie Matthew dadurch von seinem selbstzerstörerischen Kurs abbringen könnte. Sie würde es VanDyke persönlich übergeben, wenn dieser Verrat den Mann retten könnte, den sie liebte.

Vielleicht würde ihr genau das gelingen. Sie drehte sich um und studierte das Amulett noch einmal. Dann nahm sie es hoch und schob es unter die ordentlich gefalteten Kleidungsstücke in ihrer mittleren Schublade.

Sie musste schnell handeln. Durch die Tür zur Brücke sah sie die *Mermaid*. Sie beobachtete, wie ihre Mutter im Rhythmus zu einem Schlagersender im Radio vor sich hin hämmerte. Buck war unterwegs nach Saint Kitts, das wusste sie, und ihr Vater und LaRue arbeiteten am Wrack.

Also blieb nur Matthew, und von ihm war nichts zu sehen. Es gab keine bessere Zeit, keinen günstigeren Augenblick.

Mit klopfendem Herzen schlich sie die Treppe zur Brücke hinauf. Sie hoffte, dass die Vermittlung in Nevis ihr dabei behilflich sein würde, sich mit Trident Industries in Verbindung zu setzen. Ansonsten würde sie eben Hayden ausfindig machen müssen. Gemeinsam würden sie sicher einen Weg finden, um an VanDyke heranzukommen.

Sie meldete ein Gespräch an und wünschte, sie wäre mit Buck an Land gegangen. Das hätte ihr Vorhaben deutlich erleichtert.

Nachdem sie zwanzig frustrierende Minuten gewartet hatte und mehrmals weiterverbunden worden war, hatte sie endlich Trident in Miami in der Leitung, was sie allerdings kaum weiterbrachte. Dort wollte niemand auch nur zugeben, dass Silas VanDyke mit der Organisation in Verbindung stand. Tate bestand jedoch darauf, dass die Dame in der Telefonzentrale ihre Nachricht notierte und an die entsprechenden Stellen weiterleitete.

Und sie zweifelte nicht daran, dass genau das passieren würde. Aber ihr blieb nur wenig Zeit.

Und jetzt Hayden, beschloss sie und hoffte, dass er die *Nomad* bereits verlassen hatte und sich wieder in North Carolina aufhielt. Abermals meldete sie ein Gespräch an und wurde über den Atlantik nach Norden durchgestellt.

Doch ihr Gespräch wurde nur von Haydens Nachrichtenservice entgegengenommen.

»Ich habe eine Nachricht für Dr. Deel. Es ist dringend.«

»Dr. Deel befindet sich im Pazifik.«

»Das weiß ich. Hier spricht Tate Beaumont, seine Kollegin. Ich muss ihn so schnell wie möglich erreichen.«

»Dr. Deel ruft seine Mitteilungen regelmäßig ab. Ich leite Ihre Nachricht gern weiter, wenn er sich meldet.«

»Sagen Sie ihm, dass Tate Beaumont dringend mit ihm sprechen muss. Dringend!«, wiederholte sie. »Ich bin zurzeit in der Karibik an Bord der *New Adventure*. HTR-56390. Er kann mich über die Vermittlung in Nevis erreichen. Haben Sie das?«

Die Stimme wiederholte ihre Nachricht und die Ziffern.

»Sagen Sie Dr. Deel, dass ich dringend seine Hilfe benötige. Richten Sie ihm aus, dass ich etwas sehr Wichtiges gefunden habe und mich mit Silas VanDyke in Verbindung setzen muss. Wenn ich nicht innerhalb einer Woche, nein, in drei Tagen von Dr. Deel höre, werde ich zur *Nomad* stoßen.«

»Ich werde dafür sorgen, dass er Ihre Nachricht so bald wie möglich erhält. Leider kann ich Ihnen nicht sagen, wann er sich wieder bei uns meldet.«

»Danke.« Tate kam auf die Idee, ihm außer der Nachricht auch noch einen Brief zu schicken. Gott allein wusste, wie lange es dauern würde, bis der auf der *Nomad* eintreffen würde, aber es war einen Versuch wert.

Sie drehte sich um und erstarrte.

Matthew stand in der Tür.

»Ich dachte, wir hätten eine Abmachung, Rotschopf.«

Fünftes Kapitel

Dutzende von Ausreden und Entschuldigungen gingen ihr durch den Kopf. Plausible Gründe, vernünftige Erklärungen.

Allerdings war sie sich sicher, dass der Mann, der ihr da gegenüberstand, sie wie lästige Mücken beiseite scheuchen würde. Dennoch gab sie die Hoffnung nicht auf.

»Ich will ein paar Daten mit Hayden abgleichen.«

»Tatsächlich? Und wie oft hast du schon das Bedürfnis verspürt, Daten mit Hayden abzugleichen, seit wir die *Isabella* gefunden haben?«

»Dies ist das erste –« Sie schrie leise auf und taumelte instinktiv rückwärts. Er war näher gekommen. Sie fürchtete sich nicht vor seiner langsamen, kontrollierten Bewegung, sondern vor der brutalen Wut, die sich in seinen Augen spiegelte. Obwohl sie ihn seit Jahren kannte, hatte sie diese Wut noch nie so ungezügelt gesehen.

»Verdammt, Tate, lüg mich nicht an!«

»Das tue ich doch gar nicht.« Sie drückte sich an die Wand und spürte nackte, körperliche Angst. Etwas in seinen Augen warnte sie, dass er dazu fähig war, ihr wehzutun. »Bitte nicht, Matthew.«

»Bitte nicht was? Soll ich dir nicht sagen, wie verlogen und hinterhältig du bist? Wann hat er dich gekauft?«

»Ich habe keine Ahnung, wovon du redest.« Sie schluckte mühsam. »Ich wollte Hayden nur fragen …« Ihre Ausrede erstarb zu einem Wimmern, weil er eine Hand an ihren Kiefer legte und zudrückte.

»Lüg mich nicht an«, sagte er bemüht langsam. »Ich habe

dich gehört. Hätte ich es nicht mit eigenen Ohren gehört, ich hätte niemals für möglich gehalten, dass du dazu fähig bist. Warum, Tate? Geld, Prestige, eine Beförderung? Ein verdammtes Museum mit deinem Namen über der Tür?«

»Nein, Matthew, bitte ...« Sie schloss die Augen und machte sich schon auf den Schlag gefasst, als sich sein Griff plötzlich lockerte.

»Was wolltest du VanDyke so dringend mitteilen? Wo ist er, Tate? Wartet er in seinem Versteck, bis wir die *Isabella* ausgehoben haben? Und dann kommt er mit deiner Hilfe her und nimmt sich alles, wofür wir so hart gearbeitet haben?«

Ihre Augen füllten sich mit Tränen der Hilflosigkeit. »Ich weiß nicht, wo er sich aufhält. Ich schwöre es dir! Ich helfe ihm nicht, Matthew, ich liefere ihm die *Isabella* nicht aus.«

»Was dann? Was zum Teufel lieferst du ihm dann?«

Erschrocken wich sie vor der unverhüllten Brutalität in seinem Gesichtsausdruck zurück. »Bitte tu mir nicht weh.« Beschämt ließ sie ihren Tränen freien Lauf, bemühte sich jedoch, ein Schluchzen zu unterdrücken.

»Einem Hai kannst du ins Gesicht sehen, aber nicht dir selbst.« Matthew ließ seine Hand sinken und trat einen Schritt zurück. »Vielleicht glaubst du, dass du noch etwas bei mir gut hast. Da magst du Recht haben. Aber ich hätte nie gedacht, dass du die gesamte Expedition verraten würdest, nur um es mir heimzuzahlen.«

»Das habe ich nicht getan, wirklich nicht.«

»Was wolltest du ihm mitteilen?« Tate öffnete den Mund und schüttelte den Kopf. »Nun, du kannst ihm Folgendes von mir ausrichten, Süße. Wenn er sich meinem Boot oder meinem Wrack jemals bis auf dreißig Meter nähert, ist er ein toter Mann. Verstanden?«

»Matthew, bitte hör mir zu!«

»Nein, du hörst *mir* zu. Ich respektiere Ray und Marla. Ich weiß, dass sie große Stücke auf dich halten. Um ihretwillen bleibt die Sache unter uns. Durch mich sollen sie nicht erfahren, wie du wirklich bist. Du solltest dir also einen plausiblen Grund dafür überlegen, warum du diese Expedition verlässt. Überzeuge sie davon, dass du zur Uni zurückmusstest oder zur *Nomad* oder sonst wohin, und zwar innerhalb von vierundzwanzig Stunden.«

»Ich gehe.« Sie rieb sich die Tränen fort. »Wenn du mir einmal zuhörst, gehe ich, sobald Buck mit dem Beiboot zurückkommt.«

»Nichts, was du zu sagen hast, interessiert mich. Das war wirklich erstklassige Arbeit, Tate.« Die Hitze war aus seinen Augen und seiner Stimme gewichen. Er wirkte eiskalt. »Du hast es mir gründlich heimgezahlt.«

»Ich weiß, wie es ist, dich zu hassen. Deshalb kann ich es nicht ertragen, dass du mich jetzt hasst.« Sie hätte sich ihm an die Brust geworfen, doch er wandte sich bereits zur Tür. Tate hielt sich zurück, nicht aus Stolz, sondern aus Angst, dass ihn selbst ihr Flehen nicht umzustimmen vermochte. »Ich liebe dich, Matthew.«

Ihre Worte ließen ihn innehalten, schienen einen Nerv zu treffen. »Vor ein paar Stunden hätte dieser Trick noch funktioniert. Schlechtes Timing, Rotschopf.«

»Ich erwarte nicht von dir, dass du mir glaubst, aber ich musste es einfach aussprechen. Ich weiß nicht mehr, was richtig ist.« Sie schloss die Augen, um sein hartes, unnachgiebiges Gesicht nicht länger ansehen zu müssen. »Ich habe einen Fehler gemacht. Bevor du gehst, bevor du mich noch einmal wegschickst, möchte ich dir etwas geben.«

»Von dir will ich nichts.«

»Sei dir da nicht so sicher.« Ihr Atem ging hastig. »Ich habe das Amulett. Wenn du mit in meine Kabine kommst, gebe ich es dir.«

Langsam drehte er sich zu ihr um. »Was für eine Geschichte willst du mir jetzt schon wieder auftischen?«

»Der Fluch der Angelique befindet sich in meiner Kabine.« Sie stieß ein dünnes, unsicheres Lachen aus. »Offenbar wirkt er.«

Matthew sprang nach vorn und ergriff ihren Arm. »Zeig ihn mir.«

Diesmal gab sie keinen Laut von sich, als seine Finger fest zudrückten. Inzwischen hatte sie sich wieder gesammelt. Sie führte ihn in ihre Kabine, öffnete die Schublade und nahm das Amulett heraus.

»Ich habe es heute Nachmittag gefunden, kurz nachdem wir den Teller mit dem Monogramm freigelegt hatten. Plötzlich lag es vor mir im Sand. Ich habe es noch nicht gesäubert«, murmelte sie und rieb mit dem Daumen über den großen Rubin. »Es war nicht verkalkt oder verkrustet, so als ob es die ganze Zeit auf einem Samtkissen in einer Vitrine gelegen hätte. Komisch, nicht wahr? Als ich es hochnahm, spürte ich … na ja, ich denke, im Augenblick interessiert es dich kaum, welche Streiche einem der Verstand spielen kann.«

Sie hielt ihm die Halskette entgegen. »Hier hast du, was du dir immer gewünscht hast.«

Matthew nahm es ihr aus der Hand. Das Amulett glitzerte und glänzte und war genauso überwältigend, wie es sich vorgestellt hatte. Es fühlt sich warm an, fast heiß, dachte er. Aber vielleicht hatte er ganz einfach kalte Hände. Was allerdings nicht erklärte, warum sich seine Eingeweide so plötzlich zusammenzogen und ihm seltsame Bilder von züngelnden Flammen durch den Kopf jagten.

Die Nerven, sagte er sich. Schließlich hatte er das Recht, nervös zu sein, wenn er den Schatz seines Lebens gefunden hatte.

»Dafür ist mein Vater gestorben.« Er wusste nicht, dass er laut gesprochen hatte.

»Ich weiß. Und ich habe Angst, dass dir dasselbe passieren könnte.«

Verwirrt sah er auf. Was hatte sie da gesagt? »Du wolltest mir nicht erzählen, dass du es gefunden hast?«

»Nein, ich wollte es dir verheimlichen.« Diesmal würde sie sich seiner Wut stellen, seinem Hass, sogar seiner Verachtung. »Ich weiß nicht, was mich dazu gebracht hat, es zu verstecken, aber irgendwie konnte ich nicht anders.«

Unsicher ging sie zur Kommode, nahm eine Flasche Wasser und trank, um ihre brennende Kehle zu beruhigen. »Ich wollte dir ein Zeichen geben, aber dann tat ich es doch nicht. Ich brachte es einfach nicht über mich. Ich versteckte das Amulett in meinem Beutel und nahm es mit. Ich musste nachdenken.«

»Du wolltest wohl überlegen, wie viel VanDyke dir dafür bezahlen sollte?«

Der Stachel saß. Tate setzte die Flasche ab und sah Matthew mit traurigen Augen an. »Auch wenn ich dich enttäuscht habe, Matthew – das kannst du nicht im Ernst glauben.«

»Ich weiß, dass du ehrgeizig bist. Und VanDyke könnte diesen Ehrgeiz in Erfolg umwandeln.«

»Sicher könnte er das. Und ich gebe zu, dass ich in meiner Kabine ein paar Minuten lang darüber nachgedacht habe, was ich mit dem Amulett erreichen könnte.« Sie trat an das kleine Fenster. »Muss ich denn vollkommen sein, damit du mich akzeptierst, Matthew? Darf ich keine Schwächen zeigen?«

»Jedenfalls darfst du deine Familie und Partner nicht hintergehen.«

»Du bist wirklich dumm, wenn du glaubst, dass ich dazu fähig bin! Aber in einem Punkt hast du Recht: Ich habe verzweifelt versucht, VanDyke zu erreichen, um ihm zu sagen, dass ich das Amulett gefunden habe. Ich hatte gehofft, dass ich ihn irgendwo treffen könnte, um es ihm zu übergeben.«

»Schläfst du mit ihm?«

Diese Frage war so absurd, kam so unerwartet, dass Tate fast gelacht hätte. »Ich habe VanDyke seit acht Jahren nicht gesehen, nicht mit ihm gesprochen und erst recht nicht mit ihm geschlafen.«

Was hat sie sich dabei nur gedacht? fragte er sich. »Und doch bestand deine erste Reaktion darin, dich mit ihm in Verbindung zu setzen.«

»Nein, meine erste Reaktion bestand darin, mir darüber Gedanken zu machen, was du ihm antun könntest, wenn du es hättest.« Tate schloss die Augen und spürte die sanfte Brise, die durch das Fenster wehte. »Oder noch schlimmer, was er *dir* antun könnte. Und ich geriet in Panik. Ich habe sogar darüber nachgedacht, es wieder ins Wasser zu werfen und so zu tun, als ob ich es nie gefunden hätte, aber das wäre auch keine Lösung gewesen. So glaubte ich schließlich, wenn ich es VanDyke gäbe, ihn einfach bäte, mir zu schwören, dass er dich in Ruhe lässt, würde das alle Probleme lösen. Mir war bis dahin nicht klar, dass ich dich immer noch liebe«, sagte sie und starrte auf das unruhige Wasser. »Und als es mir bewusst wurde, erschreckte mich das ebenfalls. Diese Art von Gefühlen wollte ich nicht für dich empfinden – dabei weiß ich genau, dass ich so nie für einen anderen Menschen fühlen könnte.«

Erleichtert, weil ihre Augen wieder trocken waren, zwang sie sich, ihn anzusehen. »Man könnte wohl sagen, dass ich dein Leben retten wollte, indem ich das tat, was für dich am besten ist. Das dürfte dir doch irgendwie bekannt vorkommen. Aber es war dumm von mir, dir die Entscheidung aus der Hand nehmen zu wollen, genau wie es damals dumm von dir war, sie mir aus der Hand zu nehmen.«

Sie hob die Hände, ließ sie wieder fallen. »Jetzt weißt du es, und du kannst tun, was du tun willst. Aber ich werde nicht danebenstehen und zusehen.« Sie öffnete die Tür zu ihrem Schrank und griff nach ihrem Koffer.

»Was hast du vor?«

»Ich packe.«

Er nahm ihr den Koffer ab und schleuderte ihn quer durch den Raum. »Glaubst du, dass du mir all das an den Kopf werfen und dich dann einfach aus dem Staub machen kannst?«

»Ja, das glaube ich.« Es ist eigenartig, stellte sie fest, sich auf einmal so ruhig zu fühlen, als ob sie sich durch einen Hurrikan hindurch in die Stille seines Auges vorgekämpft hätte. »Außerdem glaube ich, dass wir beide Zeit brauchen, um das Ganze zu verarbeiten.« Sie wollte an ihm vorbeigehen, um ihren Koffer aufzuheben, und reckte das Kinn, als er ihr den Weg versperrte. »Du erteilst mir keine Befehle mehr.«

»Nun, leider bleibt mir keine andere Wahl …« Um die Sache ein für alle Mal aus der Welt zu schaffen, sperrte er die Kabinentür ab. »Zunächst müssen wir das hier klären.« Er hielt die Kette hoch, sodass Licht auf den Rubin fiel und seine Farben zu explodieren schienen. »Wir alle haben viel in diese Sache investiert, aber mein Einsatz ist der höchste. Wenn ich getan habe, was ich tun muss, kannst du es haben.«

»Vorausgesetzt, du lebst dann noch.«

»Das ist mein Problem.« Er steckte die Kette in die Tasche. »Ich bitte dich um Entschuldigung für das, was ich dir auf der Brücke an den Kopf geworfen habe.«

»Deine Entschuldigung kannst du dir schenken.«

»Trotzdem bitte ich dich um Verzeihung. Ich hätte dir nicht misstrauen dürfen. Vertrauen ist nicht gerade meine starke Seite, aber was dich angeht, hätte ich es wirklich besser wissen müssen. Ich habe dich erschreckt.«

»Allerdings. Wahrscheinlich habe ich es nicht anders verdient. Sagen wir einfach, wir sind quitt.«

»Wir sind noch längst nicht miteinander fertig«, murmelte er und legte, diesmal ganz sanft, eine Hand auf ihren Arm.

»Da hast du vermutlich Recht.«

»Setz dich hin.« Als sie aufblickte, sahen seine Augen sie durchdringend an. »Ich werde dir nicht wehtun, und es tut mir leid, wenn ich dich verletzt habe«, wiederholte er. »Bitte.«

»Ich weiß nicht, was es noch zu sagen gibt, Matthew.« Tate ließ sich dennoch nieder und faltete ihre Hände. »Deine

Reaktion auf das, was du gehört und gesehen hast, ist verständlich.«

»Du hast gesagt, dass du mich liebst.«

»Schlechtes Timing, wie üblich. Ich will es nicht«, sagte sie, und in ihrer Stimme klang erschöpfte Wut mit, »aber anscheinend kann ich nichts dagegen tun.«

Er setzte sich neben sie, ohne sie zu berühren. »Vor acht Jahren habe ich getan, was in meinen Augen das Richtige war. Ich wollte dich nicht mit mir hinunterziehen. Wenn ich mir heute anschaue, was aus dir geworden ist, was du aus deinem Leben gemacht hast, weiß ich, dass es richtig war.«

»Es ist sinnlos –«

»Lass mich ausreden. Es gibt noch ein paar Dinge, die ich dir gestern Abend nicht gesagt habe. Vielleicht wollte ich sie dir gegenüber nicht zugeben. Auch als ich mit der Arbeit bei Fricke anfing, habe ich ständig an dich gedacht. Ich habe nur gearbeitet, Rechnungen bezahlt und an dich gedacht. Mitten in der Nacht wachte ich auf, und die Erinnerung an dich war so intensiv, dass es wehtat. Nach einer Weile wurde es so schlimm, dass ich noch nicht einmal mehr den Schmerz wahrnahm.«

Gedankenverloren betrachtete er seine Hände. »Irgendwann habe ich mir dann eingeredet, dass es im Grunde keine große Sache war – nur ein paar Monate meines Lebens mit einem hübschen Mädchen. Danach wurde es besser. Hin und wieder hat mich die Sehnsucht trotzdem gepackt, aber ich habe mich dagegen gewehrt, ich hatte gar keine andere Wahl. Um Buck stand es schlimm, und ich hasse meine Arbeit von Minute zu Minute mehr.«

»Matthew ...«

Abwehrend schüttelte er den Kopf. »Lass mich ausreden. Es fällt mir nicht leicht, so offen über meine Gefühle zu sprechen. Als ich dich wiedersah, brach es mir fast das Herz. Ich wollte die verlorenen Jahre nachholen und wusste, dass es unmöglich war. Sogar wenn ich mit dir geschlafen habe, spürte ich diese Leere in mir. Denn im Grunde wollte ich nur, dass du mich auch liebst. Ich wünsche mir, noch eine Chance mit dir zu haben, und ich möchte, dass du mir diese Chance gibst.« Endlich sah er sie an, legte eine Hand an ihre Wange. »Vielleicht gelingt es mir sogar, dich davon zu überzeugen, dass es richtig ist, dass du mich ebenfalls noch liebst.«

Tate brachte ein unsicheres Lächeln zustande. »Wahrscheinlich würde dir das gelingen. Ich tendiere jetzt schon ein wenig in diese Richtung.«

»Ich würde damit beginnen, indem ich dir erzähle, dass das, was ich vor acht Jahren für dich empfand, die wichtigste Erfahrung meines Lebens war. Dabei reicht es noch nicht einmal annähernd an das heran, was ich jetzt fühle.«

Sie war schon wieder den Tränen nahe und spürte ihre Liebe zu ihm stärker, als sie es je für möglich gehalten hätte. »Warum hast du mir das nicht viel früher gesagt?«

»Ich war mir sicher, dass du mich auslachen würdest. Verdammt, Tate, damals war ich nicht gut genug für dich, und heute bin ich keinen Deut besser.«

»Nicht gut genug«, wiederholte sie leise. »In welcher Hinsicht?«

»In jeder erdenklichen Hinsicht. Du bist intelligent, gebildet, hast eine Familie.« Entnervt von seinen Erklärungsversuchen, fuhr er sich durch das Haar. »Du hast ... Klasse.«

Einen Augenblick lang blieb sie still und ließ seine Worte auf sich wirken. »Weißt du, Matthew, ich bin zu erschöpft, um wütend auf dich zu werden, auch wenn du unglaublich dummes Zeug redest. Ich hatte wirklich keine Ahnung, dass ausgerechnet du unter mangelndem Selbstbewusstsein leidest.«

»Mit Selbstbewusstsein hat das nichts zu tun.« Langsam kam er sich albern vor. »Es ist eine Tatsache. Ich schlage mich als Schatzjäger durchs Leben, bin meistens pleite. Außer meinem Boot besitze ich nichts, und das gehört zum Teil

LaRue. Mit dieser Jagd werde ich ein Vermögen verdienen und es wahrscheinlich innerhalb eines Jahres auf den Kopf hauen.«

Tate hätte ungeduldig geseufzt, wenn ihr nicht plötzlich ein Licht aufgegangen wäre. »Und ich bin eine Wissenschaftlerin mit erstklassigen Referenzen. Ich besitze kein Boot, aber eine Wohnung, die ich kaum nutze. Durch diesen Fund werde ich berühmt, und ich habe fest vor, sowohl diesen Umstand als auch meinen Anteil an der Beute dazu zu verwenden, mir einen Namen zu machen. Oberflächlich betrachtet, haben wir kaum etwas gemeinsam und keinen logischen Grund, eine langfristige Beziehung einzugehen. Willst du es trotzdem versuchen?«

»Ich sehe das so«, sagte er nach kurzem Zögern. »Du bist klug und erwachsen genug, um mit deinen Fehlern zu leben. Lass es uns riskieren.«

»Einverstanden. Früher habe ich dich blind geliebt. Heute sehe ich dich realistischer und liebe dich umso mehr.« Sie nahm sein Gesicht in beide Hände. »Wir müssen verrückt sein, Lassiter, aber es ist ein gutes Gefühl.«

Er wandte den Kopf und drückte seine Lippen auf ihre Handfläche. »Es fühlt sich richtig an.« Matthew konnte sich nicht mehr daran erinnern, wann er zum letzten Mal so intensive Freude empfunden hatte. Er zog Tate an sich und vergrub sein Gesicht in ihrem Haar. »Damals bin ich über die Sache mit dir hinweggekommen, Rotschopf. Bis zu einem gewissen Punkt.«

»Bis zu einem gewissen Punkt?«

»Ich habe nie ganz vergessen, wie du duftest.«

Kichernd lehnte sie sich zurück, um sein Gesicht besser sehen zu können. »Wie ich dufte?«

»Frisch. Kühl. Wie eine Meerjungfrau.« Er berührte ihre Lippen mit seinem Mund. »Ich habe es nach dir benannt.«

Ihr wurde klar, dass er sein Boot meinte. Das Boot, das er mit seinen eigenen Händen gebaut hatte. »Matthew, gleich wird mir schwindlig.« Glücklich legte sie den Kopf an seine Brust. Diesmal würden sie gemeinsam dem Sonnenuntergang entgegensegeln. »Wir sollten an Deck gehen, bevor jemand nach uns sucht. Wir haben den anderen schließlich etwas zu sagen.«

»Schon wieder die praktische Seite.« Er fuhr mit einer Hand über ihr Haar. »Dabei habe ich gerade überlegt, wie ich dich jetzt ins Bett bekomme.«

»Ich weiß.« Das Gefühl, begehrt zu werden, ließ sie schaudern. »Und das ist eindeutig etwas, worauf ich mich freue. Aber jetzt ...« Sie nahm seine Hand und zog ihn zur Tür. »Hat mich übrigens sehr beeindruckt, wie du vorhin die Tür verriegelt hast«, sagte sie und schob den Riegel beiseite. »Wie ein richtiger Macho.«

»Du stehst wohl auf Machos?«

»In kleinen, wohldosierten Mengen.« Draußen hakte sie sich bei ihm ein. Sie traten an die Reling. Tate konnte das Radio an Bord der *Mermaid* hören und das eifrige, unermüdliche Hämmern ihrer Mutter. Der Kompressor sprang an, und die Luft war von dem für Unterwassergrabungen so typischen Schwefelgeruch erfüllt.

»Sie werden schockiert und aufgeregt sein, wenn du ihnen das Amulett zeigst.«

»Wenn *wir* es ihnen zeigen«, korrigierte Matthew sie.

»Nein, es gehört dir. Ich kann meine Gefühle in dieser Sache nicht rational erklären, Matthew«, überging sie seinen Protest. »Sieht ganz so aus, als ob ich akzeptiert hätte, dass man diese ganze Geschichte nicht rational angehen kann. Ich habe die Wirkung der Halskette gespürt, eine Art Gier, sie zu besitzen. Als ich sie vorhin in der Hand hielt, konnte ich vor mir sehen, was sie mir bringen würde«, fügte sie hinzu und blickte ihn an. »Geld, unermesslichen Reichtum, Ruhm und Respekt. Macht. Es erschreckt mich, dass ich mir diese Dinge offenbar trotz der edlen, hohen Ideale meiner Erziehung und Ausbildung wünsche.«

»Das ist nur menschlich.«

»Wirklich, der Drang, die Kette zu behalten und zu meinem persönlichen Vorteil einzusetzen, war unglaublich verlockend.«

»Was hat dich davon abgehalten? Was hat dich dazu veranlasst, sie VanDyke geben zu wollen?«

»Ich liebe dich«, wiederholte sie. »Ich hätte alles getan, um dich zu schützen.« Um ihre Lippen spielte ein Lächeln. »Kommt dir das nicht irgendwie bekannt vor?«

»Mir kommt es eher so vor, als ob es an der Zeit ist, dass wir einander endlich vertrauen. Tatsache ist, dass du das Amulett gefunden hast.«

»Vielleicht sollte ich es finden, um es dir zu geben.«

»Du solltest es finden?« Er hob ihr Kinn an. »Und das von einer Wissenschaftlerin!«

»Eine Wissenschaftlerin, die ihren Shakespeare kennt. ›Es gibt mehr Dinge im Himmel und auf Erden.‹« Tate sah Matthew in die Augen und unterdrückte ein Zittern. »Jetzt liegt es in deinen Händen, Matthew. Ich überlasse die Entscheidung dir.«

»Was ist mit: ›Wenn du mich lieben würdest …‹?«

»Ich weiß, dass du mich liebst. Die meisten Frauen bekommen in ihrem Leben nie zu hören, was du mir gerade gesagt hast. Deshalb wirst du mich heiraten.«

Sie lächelte, weil er instinktiv seine Hand fallen ließ. »Ach ja?«

»Hundertprozentig. Es dürfte nicht allzu schwierig sein, die notwendigen Formalitäten in Nevis zu regeln. Ich denke, wir bevorzugen beide eine schlichte Zeremonie hier auf dem Boot.«

Sein Magen zuckte und beruhigte sich wieder. »Das hast du ja prima ausgeheckt.«

»So bin ich nun mal, Lassiter.« Zufrieden legte sie ihre Arme um seinen Hals. »Endlich habe ich dich genau da, wo ich dich haben will. Jetzt kannst du keinen Rückzieher mehr machen.«

»Wahrscheinlich wäre es sinnlos, sich zu wehren.«

»Absolut sinnlos«, stimmte sie ihm zu und schnurrte, als er sie in seine Arme nahm. »Du kannst dich also genauso gut gleich in dein Schicksal fügen.«

»Süße, ich hatte die weiße Flagge schon gehisst, als du damals meine Hängematte zum Kentern brachtest.« Dann wurde er ernst. »Du bringst mir Glück, Tate«, murmelte er. »Solange du bei mir bist, kann ich alles erreichen.«

Sie schmiegte sich an ihn, schloss die Augen und versuchte, den Gedanken an das Amulett in seiner Tasche zu verdrängen.

Beide Teams versammelten sich im letzten Tageslicht an Bord der *Mermaid*. Die vergangenen Wochen waren unerwartet erfolgreich gewesen. Auf dem geräumigen Vorderdeck lagen die jüngsten Funde – Sextanten, Oktanten, Geschirr und Besteck, ein schlichtes Goldmedaillon mit einer Haarlocke –, sorgfältig getrennt von Steinchen und Gesteinsklumpen.

Tate bemühte sich, nicht an die Halskette zu denken, und beantwortete geduldig Fragen über die beiden Porzellanfiguren, die ihr Vater gerade inspizierte.

»Sie stammen aus der Qing-Dynastie«, erklärte sie. »Man nennt sie Unsterbliche, Heiligenfiguren aus der chinesischen Mythologie. Insgesamt gibt es acht, und diese beiden sind absolut unversehrt. Vielleicht finden wir die anderen sechs auch noch, wenn tatsächlich ein kompletter Satz existierte. In den Unterlagen sind sie allerdings nicht verzeichnet.«

»Wertvoll?«, fragte LaRue.

»Und wie! Meiner Meinung nach sollten wir darüber nachdenken, die kostbareren und zerbrechlichen Gegenstände an einem sicheren Ort zu deponieren.« Absichtlich mied sie Matthews Blick. »Außerdem sollten wir mindestens noch einen Archäologen hinzuziehen. Ich brauche Unterstützung und zusätzliche Geräte, um eine umfassende Untersuchung durchführen zu können. Und wir müssen damit beginnen, die *Isabella* selbst zu konservieren.«

»Sobald wir etwas in der Richtung unternehmen, kommt VanDyke uns auf die Spur«, protestierte Buck.

»Nicht, wenn wir die entsprechenden Stellen informieren. Das Komitee für Meeresarchäologie in England, sein Pendant in den Vereinigten Staaten. Im Grunde ist es gefährlicher, Stillschweigen zu bewahren, als an die Öffentlichkeit zu gehen. Wenn der Fund einmal bekannt ist, wird es für VanDyke oder Leute wie ihn unmöglich, unser Unternehmen zu sabotieren.«

»Du kennst diese Piraten nicht«, sagte Buck mit grimmiger Miene. »Und die Regierung ist der größte Pirat.«

»Buck hat Recht.« Stirnrunzelnd betrachtete Ray die chinesischen Figuren. »Ich will nicht anzweifeln, dass wir die Verpflichtung haben, unsere Entdeckung der Öffentlichkeit mitzuteilen, aber wir sind noch nicht so weit. Vor uns liegen noch Wochen, vielleicht sogar Monate harter Arbeit. Und die Hauptsache, wegen der wir eigentlich hier sind, haben wir noch nicht gefunden.«

»Den Fluch der Angelique«, flüsterte Buck. »Vielleicht will sie nicht, dass wir ihn finden.«

»Ich denke, ihr übersehr dabei das Wesentliche«, meldete Marla sich leise zu Wort. Da sie sich sonst so gut wie nie zu taktischen Fragen äußerte, drehten sich alle zu ihr um. »Ich tauche nicht und arbeite auch nicht am Sauger, aber ich verstehe, worum es geht. Ihr braucht euch doch nur anzusehen, was wir bisher erreicht und gefunden haben. Eine winzige Expedition, bestehend aus zwei Teams, und wir bemühen uns krampfhaft, alles geheim zu halten. Trotzdem haben wir ein kleines Wunder erlebt, indem wir die *Isabella* fanden, und haben Tate die Verantwortung für die administrative Seite dieses Wunders übertragen. Nun bittet sie uns um Unterstützung, und wir denken nur daran, dass uns vielleicht jemand die Schau stehlen könnte. Aber das ist gar nicht möglich«, fügte sie hinzu, »weil wir doch schon so viel erreicht haben! Wenn wir uns nur auf einen Bruchteil des Ganzen konzentrieren, verlieren wir den Überblick. Vielleicht hat uns der Fluch der Angelique hergeführt, aber wir brauchen ihn nicht zu finden, um zu wissen, dass wir längst Unglaubliches geleistet haben.«

Mit einem Seufzer legte Ray einen Arm um ihre Schulter. »Du hast ja Recht. Natürlich hast du Recht. Es ist albern zu glauben, dass wir versagt hätten, nur weil wir das Amulett nicht gefunden haben. Und doch fühle ich mich jedes Mal wie ein Versager, wenn ich ohne das Amulett auftauche, trotz der anderen Funde.«

Tate sah erst Matthew und dann ihren Vater an. »Du hast nicht versagt. Keiner von uns hat versagt.«

Schweigend stand Matthew auf. Er nahm die goldene Kette aus seiner Tasche und ließ sie von seiner Hand baumeln. Einen Augenblick lang glaubte Tate, den Rubin sonderbar leuchten zu sehen.

Unsicher erhob sich Ray. Seine Augen wirkten verklärt, als er die Hand ausstreckte, um den großen Stein zu berühren. »Ihr habt es gefunden.«

»Tate hat es heute Morgen gefunden.«

»Ein Werkzeug des Teufels«, flüsterte Buck und wich zurück. »Es wird euch nichts als Kummer bringen.«

»Es mag ein Werkzeug sein«, bestätigte Matthew und warf LaRue einen Blick zu. »Und ich werde es benutzen. Ich bin Tates Meinung. Wir sollten unsere bisherigen Funde woanders lagern, und sie soll Kontakt zu den entsprechenden Stellen aufnehmen.«

»Du stimmst mir zu, damit du VanDyke herlocken kannst«, murmelte sie.

»VanDyke ist mein Problem. Er ist hinter dem hier her.« Matthew nahm Ray die Kette aus der Hand. »Und wenn er es in die Finger bekommen will, muss er erst einmal an mir vorbei. Vielleicht sollten wir die Grabungen eine Zeit lang unterbrechen. Du, Marla und Tate könnt an Land gehen.«

»Damit du ihm hier allein gegenübertreten kannst?« Tate hob den Kopf. »Keine Chance, Lassiter. Nur weil ich dumm genug bin, dich zu heiraten, heißt das noch lange nicht, dass du mich rumkommandieren kannst.«

»Ihr wollt heiraten?« Marla presste eine Hand auf den Mund. »Oh, Liebling!«

»Eigentlich wollte ich es euch ein wenig schonender beibringen.« Wut funkelte in Tates Augen. »Du Idiot!«

»Ich liebe dich auch.« Matthew legte einen Arm um ihre Taille. Er hielt das Amulett in seiner freien Hand. »Heute Nachmittag hat sie mich gefragt«, klärte er Marla auf. »Ich habe ihr den Gefallen getan und eingewilligt, weil ich dich als Schwiegermutter bekomme.«

»Gott sei Dank seid ihr endlich zur Vernunft gekommen.« Schluchzend nahm Marla beide in ihre Arme. »Ray, unser kleines Mädchen heiratet!«

Er klopfte seiner Frau unbeholfen auf die Schulter. »Vermutlich ist das der Moment, in dem ich eine feierliche Ansprache halten sollte.« Ray fühlte sich von seinen Gefühlen überwältigt. Bedauern mischte sich mit Freude. Mein kleines Mädchen, dachte er, ist jetzt die Frau eines anderen Mannes. »Mir fällt aber nichts ein.«

»Wenn ihr gestattet«, mischte sich LaRue ein, »schlage ich eine bescheidene Feier vor.«

»Natürlich.« Marla tupfte sich die Augen ab und trat zurück. »Darauf hätte ich von allein kommen sollen.«

»Entschuldigt mich.« LaRue verschwand in der Kombüse, wo er eine Flasche Fume Blanc aus ihrem Versteck holte.

Nachdem die Gläser gefüllt, Trinksprüche ausgebracht und Tränen getrocknet waren, gesellte sich Tate zu Buck an der Steuerbordreling.

»Ein ziemlich aufregender Abend«, murmelte sie.

»Ja.« Er hob sein Glas Ginger-Ale.

»Ich dachte – ich hatte gehofft, dass du dich für uns freuen würdest, Buck. Ich liebe ihn so sehr.«

Unsicher trat er von einem Fuß auf den anderen. »Nun, das weiß ich im Grunde schon lange. Nur hatte ich mich in den letzten fünfzehn Jahren daran gewöhnt, ihn für mich allein zu haben. Vielleicht war ich kein guter Ersatzvater –«

»Du warst wunderbar«, unterbrach sie ihn heftig.

»Hin und wieder habe ich es vermasselt, aber meistens habe ich mein Bestes getan. Ich habe schon immer gewusst, dass Matthew etwas ganz Besonderes ist, anders als James oder ich. Ich wusste nur nie genau, wie ich diese Seite an ihm fördern sollte. Du weißt es«, fügt er hinzu und wandte sich endlich zu ihr um. »Du machst einen besseren Menschen aus ihm. Wenn du an seiner Seite bist, wird er sich mehr Mühe geben und das Pech der Lassiters endlich abwenden. Du musst ihn dazu bringen, die verdammte Kette aufzugeben, Tate, bevor sie euch zugrunde richtet! Bevor VanDyke ihn deswegen umbringt.«

»Das kann ich nicht, Buck. Wenn ich es versuche und er sich fügt, weil ich ihn darum bitte – was würde dann aus ihm?«

»Ich hätte ihm nie davon erzählen dürfen. Ich habe ihn glauben lassen, dass James' Tod nicht umsonst war, wenn wir es finden. Das war dumm von mir. Tot ist tot.«

»Matthew ist erwachsen, Buck. Was er tut, darf er nicht um unsertwillen tun. Wenn wir ihn lieben, müssen wir das akzeptieren.«

Sechstes Kapitel

Tate bemühte sich, ihren eigenen Rat zu beherzigen. Während Matthew neben ihr in der Kabine auf der *Mermaid* schlief, versuchte sie, ihre Ängste zu bewältigen ...

Er hatte gesagt, dass es höchste Zeit sei, einander zu vertrauen. Sie wusste, dass Vertrauen ein mindestens ebenso starker Schutzschild wie Liebe sein konnte, und ihres würde ganz einfach ausreichen müssen, um sie beide gegen alles und jeden zu verteidigen.

Was auch immer passierte, was auch immer er tat, sie würden es zusammen durchstehen.

»Hör auf, dir Sorgen zu machen«, murmelte Matthew und rückte näher.

Die Wärme seines Körpers beruhigte sie. »Wer sagt, dass ich mir Sorgen mache?«

»Das spüre ich doch.« Um sie beide abzulenken, strich er mit einer Hand über ihre Hüfte. »Du feuerst diese bösen kleinen Sorgenpfeile ab, die mich vom Schlafen abhalten.« Seine Hand rutschte höher. »Und da ich sowieso wach bin ...« Er rollte sich auf sie, und seine Küsse auf ihrer Kehle ließen sie zittern.

»Bei meinem nächsten Boot baue ich die Kapitänskajüte größer.«

Sie seufzte, als sich seine Lippen immer näher zu ihrem Ohr vorarbeiteten. »Deinem nächsten Boot?«

»Hmm. Und schalldichte Wände.«

Sie kicherte. Bucks Schnarchen in der nächsten Kabine drang wie Donnergrollen durch die Wand. »Ich helfe dir. Wie hält LaRue das nur aus?«

»Er meint, es sei wie das Schwanken eines Bootes in der Brandung. Es ist einfach da.« Er ließ einen Finger um ihre Brust kreisen und studierte ihr Gesicht im Mondlicht, das durch das offene Fenster drang. »Als ich den Wohnbereich entwarf, dachte ich nicht an eine Ehefrau.«

»Du solltest dich von nun an lieber an den Gedanken gewöhnen«, warnte sie ihn. »Und an mich. Außerdem finde ich den Wohnbereich durchaus angemessen.« Sie fuhr mit ihrer Zunge an seinem Kinn entlang. »Besonders die Kapitänskajüte.«

»Wenn ich gewusst hätte, welche Auswirkungen solch eine Verlobung hat, hätte ich es viel früher versucht.« Er breitete ihr Haar auf dem Kissen aus. »Ist doch viel besser als der Fußboden der Brücke.«

»Allerdings.« Sie presste ihre Lippen auf seinen Mund. »Aber ich fand auch diese Nächte schön. Bilde dir nur nicht ein, dass die Verlobungszeit lange dauert«, fügte sie hinzu. »Morgen fahren wir nach Nevis und regeln die Formalitäten.«

»Du kannst ganz schön herrschsüchtig sein.«

»Ja, und ich habe dich erwischt, Lassiter.« Sie legte ihre Arme um ihn. »Ich habe dich wirklich erwischt.«

Und nichts auf der Welt, schwor sie sich, würde daran etwas ändern.

»Sobald du fertig bist, treffen wir uns in der Boutique.« In der hellen Morgensonne schüttelte Marla den Sand aus ihren Sandalen, bevor sie vom Strand auf den Steinweg der Hotelanlage trat. Kleine, zwanglose Hochzeit oder nicht, sie war fest entschlossen, ihre Pflichten als Brautmutter und Ersatzmutter des Bräutigams ernst zu nehmen.

Tate seufzte und warf ihren Zopf über die Schulter. »Vermutlich ist es sinnlos, dir noch einmal auseinander zu setzen, dass ich kein neues Kleid benötige.«

»Absolut sinnlos.« Marla strahlte. »Wir kaufen dir ein Hochzeitskleid, Tate Beaumont. Wenn die Boutique hier im

Hotel nichts Passendes zu bieten hat, fahren wir nach Saint Kitts. Und Matthew«, sie tätschelte ihm sanft die Wange, »du könntest einen Haarschnitt gebrauchen – und einen anständigen Anzug.«

»Jawohl, Mam.«

»Schleimer«, murmelte Tate.

Marla ignorierte ihre Bemerkung und lächelte unverdrossen. »Und nun könnt ihr beiden zum Concierge gehen. Sicher ist er euch dabei behilflich, den Papierkram zu erledigen. Matthew, den Anzug suchen wir heute Nachmittag aus. Und Tate, frag ihn nach Schuhen.«

»Schuhen?«

»Schließlich sollen sie zu deinem Kleid passen.« Fröhlich winkend, lief Marla bereits die Treppe zur Boutique hinauf.

»Endlich ist sie weg«, sagte Tate atemlos. »Gott sei Dank findet die Hochzeit hier und jetzt statt. Kannst du dir vorstellen, was sie anstellen würde, wenn wir in Hatteras heiraten würden? Geschenkpartys, Polterabend, Blumen, Partyservice, Torten ...« Sie schauderte. »Vermutlich würde sie einen professionellen Hochzeitsberater engagieren.«

»Klingt irgendwie nett.«

»Lassiter!« Entsetzt starrte Tate ihn an. »Du wirst mir doch nicht weismachen wollen, dass dir dieses ganze Theater Spaß macht? Wenn sie könnte, würde sie dich in einen Smoking stecken, am Ende gar in einen Frack.« Sie tätschelte ihm wohlwollend den Hintern. »Obwohl du natürlich ausnehmend attraktiv darin aussehen würdest.«

»Ich dachte, alle Frauen träumen von einer großen, unvergesslichen Hochzeit.«

»Vernünftige Frauen nicht.« Amüsiert blieb Tate auf halber Treppe stehen. »Matthew, wünschst du dir das tatsächlich – den Prunk und das ganze Drumherum?«

»Rotschopf, ich nehme dich so, wie ich dich kriegen kann. Ich verstehe nur nicht, was an dem Drumherum so schlimm sein soll. Ein neues Kleid, ein Haarschnitt ...«

Tate kniff listig die Augen zusammen. »Sie wird dich zwingen, einen Schlips zu tragen.«

Unwillkürlich jaulte er auf, beeilte sich jedoch, ihr zu versichern: »Halb so schlimm.«

»Du musst es ja wissen.« Lachend presste sie eine Hand auf die Magengegend. »Wahrscheinlich sollte ich es lieber offen zugeben: Ich habe Angst.«

»Gut.« Er legte seine Hand auf ihre. »Dann sind wir schon zwei.«

Gemeinsam gingen sie in die Lobby, um den Concierge zu suchen.

Fünfzehn Minuten später kamen sie verwirrt wieder heraus.

»Es ist erstaunlich unkompliziert«, brachte Tate hervor. »Nachweis der Staatsangehörigkeit, ein paar Papiere unterschreiben ...« Sie blies sich eine Haarsträhne aus den Augen. »In zwei oder drei Tagen dürften wir so weit sein.«

»Kalte Füße?«

»Wie Eisklumpen, aber damit kann ich leben. Und du?«

»Ich liebe Herausforderungen.« Zum Beweis hob er sie hoch. »Willst du dich Dr. Lassiter oder Dr. Beaumont nennen?«

»Ich nenne mich Dr. Beaumont und Mrs. Lassiter. Zufrieden?«

»Ist mir recht. Ich denke, wir sollten jetzt zu dieser Boutique gehen.«

»Das kann ich dir ersparen.« Sie drückte ihm einen schmatzenden Kuss auf. »Falls es uns gelingen sollte, dort ein geeignetes Kleid zu finden, darfst du es sowieso nicht sehen. Mom bekommt einen Anfall, wenn wir uns nicht wenigstens an eine Tradition halten.«

Hoffnung regte sich in ihm. »Ich kann mich also drücken?«

»Du kannst dich so lange drücken, bis sie etwas anderes beschließt. Warum schaust du nicht in einer halben Stunde dort vorbei? Warte, fast hätte ich vergessen, dass wir es hier mit der Shopping-Queen Marla Beaumont zu tun haben. Sagen wir also lieber in einer Stunde. Und da ich gute Laune habe, werden wir einen Abstecher zum Boot machen und dich dort abliefern, falls sie mich auch noch nach Saint Kitts schleppen will.«

»Dafür bin ich dir was schuldig, Tate.«

»Ich werde dich daran erinnern. Und jetzt lass mich runter.«

Er gab ihr einen letzten Kuss und setzte sie wieder ab. »Ich wette, dort gibt es auch Dessous.«

»Bestimmt.« Lachend schob sie ihn weg. »Lass dich überraschen. Und jetzt verschwinde, Lassiter.«

Sie sah ihm nach, wie er in der Lobby verschwand. Plötzlich schien ihr der Gedanke an ein fließendes, romantisches Kleid gar nicht mehr so abwegig. Etwas, das zu einem kleinen, herzförmigen Anhänger mit einer einzelnen Perle an der Spitze passte.

Lassiter, beschloss sie, du wirst deinen Augen nicht trauen.

Voller Vorfreude lief sie über die Terrasse. Als sich eine Hand auf ihren Arm legte, lachte sie auf. »Matthew, wirklich –« Sie wandte sich um – und starrte in das attraktive Gesicht von Silas VanDyke. Die Worte blieben ihr im Hals stecken.

Einen Augenblick lang verschwamm die Realität vor ihren Augen. Er hat sich gar nicht verändert, dachte sie überrascht. Die Jahre hatten ihm nicht viel anhaben können. Das dichte, glänzende, zinnfarbene Haar, die glatten, eleganten Gesichtszüge und die hellen Augen ...

Seine Hand fühlte sich auf ihrem Arm an wie die eines Kindes, und sie konnte das dezente, teure Eau de Cologne auf seiner Haut riechen.

»Miss Beaumont, was für eine Freude, Sie hier zu treffen! Ich muss sagen, Sie sind noch schöner geworden.«

Der Klang seiner Stimme, unbestimmt europäisch und eigenartig selbstzufrieden, brachte sie zur Besinnung. »Lassen Sie mich los.«

»Sicher haben Sie einen Augenblick Zeit für einen alten Freund?« Immer noch freundlich lächelnd, manövrierte er sie durch den mit bunten Stauden bepflanzten Garten.

Wir sind von Dutzenden von Menschen umgeben, machte sie sich bewusst. Gäste, Personal, Restaurantbesucher auf der Poolterrasse. Sie brauchte nur laut zu rufen.

Die Erkenntnis, dass sie sich selbst hier, im hellen Sonnenlicht, vor ihm fürchtete, weckte ihren Trotz. »Natürlich habe ich einen Moment oder auch zwei, VanDyke. Ich würde tatsächlich gern mit Ihnen reden.« Allein, dachte sie, ohne Matthew, der sie beiseite drängte. »Aber wenn Sie mich nicht sofort loslassen, schreie ich.«

»Das wäre ein großer Fehler«, informierte er sie sanft. »Und ich weiß, dass Sie eine vernünftige Frau sind.«

»Wenn Sie mich weiter betatschen, zeige ich Ihnen, wie vernünftig ich sein kann.« Wütend riss sie sich los. »Immerhin bin ich vernünftig genug, um zu wissen, dass Sie mir hier vor allen Leuten nichts tun können.«

»Tatsächlich?« Er wirkte überrascht und fast ein wenig beleidigt. Aber in seinem Kopf pochte es bei dem Gedanken, dass sie sich ihm widersetzen könnte. »Tate, meine Liebe, was reden Sie denn da? Ich würde nicht im Traum daran denken, Ihnen zu schaden! Ich wollte Sie nur dazu einladen, ein paar Stunden mit mir auf meiner Yacht zu verbringen.«

»Sie müssen verrückt sein.«

Seine Finger schlossen sich so schnell und schmerzhaft um ihren Arm, dass sie vor Überraschung keinen Ton herausbrachte. »Sehen Sie sich vor, für schlechte Manieren habe ich wenig Verständnis.« Sein Gesicht entspannte sich wieder. »Versuchen wir es noch einmal. Ich lade Sie dazu ein, mich zu einem kurzen, freundschaftlichen Besuch auf mein Schiff zu begleiten. Wenn Sie sich weigern oder darauf bestehen, mir an einem öffentlichen Ort eine Szene zu machen, wird Ihr Verlobter dafür büßen.«

»Mein Verlobter wird mit Ihnen Schlitten fahren, VanDyke, falls ich ihm nicht zuvorkomme.«

»Wirklich bedauerlich, dass die erstklassigen Umgangsformen Ihrer Mutter offenbar Ihre Generation übersprungen haben.« Er seufzte, beugte sich zu ihr hinüber und biss die Zähne zusammen, um seine Stimme zu kontrollieren. »Während wir uns unterhalten, haben zwei meiner Männer ein Auge auf Matthew. Solange ich ihnen keinen anderweitigen Befehl erteile, werden sie nichts unternehmen. Doch sie sind Experten auf ihrem Gebiet und sehr diskret.«

Das Blut wich aus Tates Gesicht und gefror in ihren Adern. »In der Hotellobby dieser Anlage können Sie ihm nichts anhaben.« Aber VanDykes Drohung war auf fruchtbaren Boden gefallen.

»Sie können es gern darauf ankommen lassen. Und war das dort oben in der Boutique nicht Ihre Mutter? Sie hat ein paar wirklich nette Sachen für Sie ausgesucht.«

Starr vor Angst, blickte Tate auf. Sie sah die Glastüren und die Glasfenster, in denen sich die Sonne spiegelte. Und sie entdeckte den breitschultrigen Mann, der vor der Tür lungerte. Fast unmerklich nickte er ihr zu.

»Tun Sie ihr nichts. Sie haben keinen Grund dazu.«

»Wenn Sie auf meinen Vorschlag eingehen, gibt es keinen Grund, irgendjemandem etwas zu tun. Gehen wir? Ich habe meinen Koch gebeten, ein ganz besonders gutes Menü vorzubereiten, und Sie sind ein Gast, mit dem ich es genießen kann.« Höflich, aber besitzergreifend schob er eine Hand unter ihren Ellenbogen und führte sie zum Pier. »Die Fahrt wird nicht lange dauern«, versicherte er ihr. »Mein Boot liegt ein Stück westlich von Ihrem.«

»Woher wussten Sie, wo wir ankern?«

»Ach, meine Liebe ...« In seinem weißen Anzug und dem Panamahut wirkte er sehr elegant. Er berührte Tates Kinn.

»Wie naiv von Ihnen zu glauben, dass mir das verborgen bleiben würde.«

Tate entzog ihm ihren Arm und warf einen letzten Blick auf die Hotelanlage, bevor sie in das wartende Boot stieg. »Wenn Sie ihnen etwas tun, wenn Sie einen von beiden auch nur anfassen, bringe ich Sie eigenhändig um.«

Während das Boot durch das Wasser glitt, malte sie sich aus, wie sie ihre Drohung in die Tat umsetzen würde.

Marla stand in der Boutique und seufzte. Nachdem sie die Verkäuferin angewiesen hatte, ihr ein paar Kleider beiseite zu hängen, machte sie sich auf die Suche nach ihrer Tochter. Sie sah sich in den Restaurants und Bars, am Strand und am Pool um. Leicht verärgert steuerte sie anschließend durch das Souvenirgeschäft und dann zurück zur Boutique.

Als sie Tate dort ebenfalls nicht entdeckte, marschierte sie zur Lobby, um den Concierge zu bitten, ihre Tochter ausrufen zu lassen.

Da sah sie, dass Matthew gerade aus einem Taxi stieg.

»Matthew, um Gottes willen, wo seid ihr gewesen?«

»Ich musste mich um etwas kümmern.« Er tätschelte seine Jackentasche, in der ein frisch unterzeichneter Vertrag steckte. »Hey, so spät bin ich doch gar nicht dran.«

»Wovon redest du?«

»Wir wollten uns um diese Uhrzeit treffen.« Unbekümmert sah er auf seine Armbanduhr. »Ich bin nur ein paar Minuten zu spät. Hast du ihr inzwischen ein Kleid aufgeschwatzt, oder sträubt sie sich immer noch?«

»Ich habe sie gar nicht gesehen«, knurrte Marla verärgert. Sie schwitzte und war frustriert. »Ich dachte, sie wäre bei dir.«

»Nein, wir waren nicht zusammen, sie wollte zu dir.« Matthew zuckte mit den Schultern. »Wir unterhielten uns über verschiedene Arten von Hochzeiten, Blumen und dergleichen. Wahrscheinlich ist sie aufgehalten worden.«

»Ich weiß nicht – der Kosmetiksalon!«, rief Marla plötzlich hoffnungsvoll. »Wahrscheinlich wollte sie einen Termin beim Friseur und der Maniküre oder der Kosmetikerin vereinbaren.«

»Tate?«

»Immerhin geht es um ihre Hochzeit.« Fassungslos über die Unbekümmertheit der Jugend, schüttelte sie den Kopf. »Jede Frau will als Braut so gut wie möglich aussehen. Wahrscheinlich sieht sie sich gerade die Fotos mit den Frisuren an.«

»Wenn du meinst.« Der Gedanke, dass Tate sich für ihn frisieren und anmalen lassen würde, brachte ihn zum Grinsen. Das würde er zu gern sehen. »Dann statten wir ihr einen Besuch ab.«

»Außerdem werde ich ihr meine Meinung sagen«, murmelte Marla. »Ich habe mir schon Sorgen gemacht.«

»Champagner?« VanDyke nahm ein Glas von dem Tablett, das sein Steward neben einem Paar pfauenblauer Clubsessel abgestellt hatte. »Nein.«

»Ich denke, Sie werden mir zustimmen, dass Champagner der passende Aperitif für das Hummergericht ist, das zum Lunch serviert wird.«

»Ich bin weder an Champagner noch an Hummer oder Ihrer leicht durchschaubaren Höflichkeit interessiert.«

Tate ignorierte ihre Angst und hielt sich aufrecht. Wenn sie nicht irrte, befanden sie sich ungefähr eine Meile westlich von der *Mermaid*. Notfalls konnte sie schwimmen.

»Was mich interessiert, ist der Grund für diese Entführung.«

»Ein unpassender Begriff.« VanDyke kostete den Champagner und befand seine Temperatur für perfekt. »Bitte setzen Sie sich.« Seine Augen kühlten sich ab, als sie weiter an die Reling gelehnt stehen blieb. »Setzen Sie sich, und zwar sofort«, wiederholte er. »Wir müssen uns unterhalten.«

Mut war eine Sache, aber wenn seine Augen sie so kalt und unbewegt wie die eines Hais anschauten, hielt Tate es für klüger nachzugeben. Sie setzte sich steif hin und zwang sich dazu, nach dem zweiten Glas zu greifen.

Ich habe mich geirrt, stellte sie fest. Er hatte sich verändert. Der Mann, den sie vor acht Jahren kennen gelernt hatte, war ihr durchaus vernünftig erschienen. Heute dagegen ...

»Trinken wir ... auf das Schicksal?«

Am liebsten hätte sie ihm den Inhalt ihres Glases ins Gesicht geschüttet, aber die Befriedigung wäre nur von kurzer Dauer gewesen. »Schicksal?« Es beruhigte sie, dass ihre Stimme gelassen blieb. »Ja, darauf könnte ich trinken.«

Entspannt lehnte er sich zurück und hielt den Stiel des Glases zwischen seinen Fingern. »Es ist so reizend, dass Sie mich wieder einmal beehren. Wissen Sie, Tate, bei unserem letzten Treffen haben Sie einen sehr positiven Eindruck hinterlassen. Es hat mir sehr viel Freude bereitet, Ihren beruflichen Werdegang im Laufe der letzten Jahre zu beobachten.«

»Wenn ich gewusst hätte, dass Sie bei der letzten Expedition der *Nomad* Ihre Finger im Spiel hatten, hätte ich mich nie darauf eingelassen.«

»Wie dumm.« Er legte die Beine übereinander und genoss den Champagner und ihre Gesellschaft. »Sicher ist Ihnen bekannt, dass ich bereits eine ganze Reihe von Wissenschaftlern, Laboren und Expeditionen unterstützt habe. Ohne meine Hilfe wären einige Projekte nie durchgeführt worden. Und die vielen wohltätigen Organisationen, die ich finanziere ...« Er hielt inne und nahm noch einen Schluck. »Sollen diese ganzen Projekte darunter leiden, dass Sie die finanzielle Quelle nicht billigen?«

Tate neigte ihr Glas und nippte daran. »Wenn diese ›Quelle‹ ein Mörder, Dieb, ein Mann ohne Moral und Gewissen ist?«

»Glücklicherweise teilen nur wenige Menschen Ihre Meinung über mich, geschweige denn Ihre reichlich naive Einstellung. Sie enttäuschen mich«, erklärte er in einem Tonfall, der ihren Puls beschleunigte. »Sie haben mich verraten. Und Sie haben mich eine Menge Geld gekostet.« Wie geistesabwesend sah er hoch, als ein Steward auftauchte. »Es ist serviert«, informierte er sie kurz darauf, plötzlich wieder ganz Gentleman. »Ich dachte, Sie würden gern *al fresco* speisen.«

Er stand auf und bot ihr eine Hand an, die sie jedoch geflissentlich ignorierte. »Stellen Sie meine Geduld nicht auf die Probe, Tate. Ihre Widerspenstigkeit geht mir langsam auf die Nerven.« Er bewies es ihr, indem er ihr Handgelenk umfasste. »Sie haben meine Erwartungen nicht erfüllt«, fuhr er fort, während sie sich gegen ihn zur Wehr setzte, »aber ich hoffe, dass Sie diese letzte Gelegenheit nutzen, um ihre Fehler wieder gutzumachen.«

»Lassen Sie Ihre Finger von mir!« Wütend drehte sie sich zu ihm um. Ihre Faust wollte gerade zuschlagen, als er ihren Zopf griff und so heftig daran zog, dass sie Sterne sah. Sie prallte gegen ihn und registrierte, dass sich unter seiner eleganten Kleidung ein harter, durchtrainierter Körper verbarg.

»Bilden Sie sich nicht ein, ich würde davor zurückschrecken, eine Frau zu schlagen.« Seine Augen glitzerten. Er drückte sie unsanft in einen Stuhl und beugte sich über sie. Sein Atem ging in schnellen Schüben, seine Augen nahmen sie gar nicht wahr. »Wenn ich nicht so ein vernünftiger, zivilisierter Mensch wäre, würde ich Ihnen einen Knochen nach dem anderen brechen!«

Plötzlich, wie das Aufleuchten einer Lampe, veränderten sich seine Augen. Seine Wut verwandelte sich in ein dünnes, nervöses Lächeln. »Es gibt Menschen, die glauben, dass die Folter unzivilisiert ist.« Er machte sich an seinen Jackenaufschlägen zu schaffen, dann setzte er sich und gab dem Steward mit dem steinernen Gesicht das Zeichen, Flasche und Gläser zu entfernen. »Ich sehe das anders. Ich bin davon überzeugt, dass Schmerz und Strafe sehr effektiv sein können, wenn es darum geht, Disziplin und ganz besonders

Respekt zu erlangen. Ich verlange Respekt. Ich habe ihn mir verdient. Kosten Sie von diesen Oliven, meine Liebe.« Wie ein perfekter Gastgeber stand er noch einmal auf und reichte ihr eine Kristallschale. »Sie stammen von meinem Anwesen in Griechenland.«

Sie hielt ihre zitternden Hände unter dem Tisch verborgen. Was war das für ein Mann, der ihr erst Gewalt androhte und sie dann mit exotischen Köstlichkeiten fütterte? Er musste verrückt geworden sein.

»Was wollen Sie?«

»Zunächst einmal möchte ich eine beschauliche Mahlzeit an einem schönen Ort mit einer attraktiven Frau genießen.« Als sie blass wurde, zog er eine Braue hoch. »Machen Sie sich keine Sorgen, Tate. Meine Gefühle für Sie sind rein väterlicher Natur, Sex spielt dabei keine Rolle. Ihre Tugend, oder wie Sie es auch bezeichnen möchten, ist nicht in Gefahr.«

»Soll ich mich freuen, dass Sie nicht vorhaben, mich zu vergewaltigen?«

»Noch solch ein unschöner Begriff.« Leicht verärgert über ihre Wortwahl, füllte er sich Oliven und andere Vorspeisen auf. »Ein Mann, der so tief sinkt, sich einer Frau sexuell aufzudrängen, ist meiner Meinung nach kein Mann. Einer meiner Direktoren in New York schüchterte seine Assistentin so lange mit Drohungen ein, bis sie mit ihm ins Bett ging. Als er mit ihr fertig war, musste sie ins Krankenhaus.«

VanDyke schnitt eine Scheibe Schinken klein. »Ich sorgte dafür, dass er gefeuert wurde – nachdem er kastriert worden war.« Er tupfte sich den Mund mit einer blassblauen Serviette ab. »Ich bin davon überzeugt, dass sie mir dankbar war. Bitte kosten Sie den Hummer, er ist vorzüglich.«

»Ich habe keinen Appetit.« Als Tate ihren Teller beiseite schob, wurde ihr im selben Moment klar, wie töricht ihre trotzige Geste war. »Sie haben mich hergebracht, VanDyke, und offensichtlich haben Sie vor, mich hier zu behalten. Zumindest bis Matthew und meine Familie nach mir suchen.«

Sie reckte ihr Kinn und sah ihm direkt in die Augen. »Warum sagen Sie nicht einfach, was Sie wollen?«

»Über Matthew unterhalten wir uns später«, antwortete er nachdenklich, »das hat keine Eile. Ich will, was ich schon immer wollte. Das, was mir gehört. Den Fluch der Angelique.«

Beunruhigt eilte Marla durch die Hotelhalle. Wie oft sie sich auch sagte, dass Tate nicht einfach vom Erdboden verschwunden sein konnte, sie hatte Angst. Sie beobachtete, wie Menschen kamen und gingen, wie das Personal seine Arbeit erledigte, Gäste vom Pool zur Bar und weiter in den Garten schlenderten.

Sie hörte Lachen, das Planschen der Kinder im Wasser, das Surren des Mixers, in dem in der Bar kühle Inselcocktails für die Gäste zubereitet wurden.

Sie und Matthew suchten getrennt – sie hatte an der Rezeption nachgefragt, mit dem Portier gesprochen, mit den Taxifahrern und allen, die Tate dabei gesehen haben konnten, wie sie die Anlage verließ. Matthew sah sich am Strand und am Anlegesteg um.

Als Matthew auf sie zukam, machte Marlas Herz einen Sprung. Dann stellte sie fest, dass er allein war, und bemerkte den grimmigen Ausdruck in seinen Augen.

»Sie ist von mehreren Leuten gesehen worden. Offenbar hat sie jemanden getroffen und verließ die Anlage in einem Motorboot.«

»Verließ die Anlage? Wen kann sie denn getroffen haben? Bist du dir sicher, dass es Tate war?«

»Sie war es.« Die Panik, die ihn erfasste, konnte er beherrschen, aber es war gar nicht so einfach, seine Mordlust unter Kontrolle zu bringen. »Die Beschreibung, die man mir gegeben hat, passt auf VanDyke.«

»Nein!« Erschrocken griff Marla nach seinem Arm. »Sie wäre niemals mit ihm gegangen.«

»Vielleicht hat er ihr keine Wahl gelassen.«

»Die Polizei«, brachte sie schwach hervor. »Wir müssen die Polizei rufen!«

»Was sollen wir sagen? Dass sie die Insel freiwillig und ohne sich zu wehren verlassen hat, und obendrein mit dem Mann, der ihr letztes Projekt finanziert hat?« Matthews Augen wurden kalt, er schüttelte den Kopf. »Wir haben keine Ahnung, wie viele Polizisten er gekauft hat. Also machen wir es auf meine Art.«

»Matthew, wenn er ihr etwas antut ...«

»Das wird er nicht tun.« Aber sie wussten beide, dass er sie nur beruhigen wollte. »Dazu besteht kein Grund. Lass uns zurückfahren. Ich wette, er befindet sich ganz in der Nähe unseres Ankerplatzes.«

Er weiß es nicht. In Tates Kopf wirbelten die Gedanken durcheinander. Er hatte irgendwie erfahren, wo sie sich aufhielten und was sie vorhatten, aber er hatte keine Ahnung von ihrem Fund. Um Zeit zu gewinnen, griff sie noch einmal nach ihrem neuen Glas.

»Glauben Sie, dass ich es Ihnen geben würde, wenn ich es hätte?«

»Ich könnte mir vorstellen, dass Sie es mir geben, sobald Sie es finden, um Matthew und die anderen zu retten. Wir sollten endlich zusammenarbeiten, Tate, so wie ich es bereits seit langer Zeit plane.«

»Wie Sie es planen?«

»Ja. Allerdings hat sich die Situation nicht ganz meinen Vorstellungen entsprechend entwickelt.« Er grübelte für einen Augenblick, dann schob er den Gedanken beiseite. »Ich bin bereit, über Ihre Fehler hinwegzusehen, würde Ihnen und Ihrem Team sogar den Gewinn von der *Isabella* überlassen. Ich bin nur an dem Amulett interessiert.«

»Sie würden das Amulett nehmen und uns in Ruhe lassen? Wie kann ich Ihnen das glauben?«

»Ich gebe Ihnen mein Wort.«

»Ihr Wort bedeutet mir herzlich wenig.« Sie hielt die Luft an, weil er ihre Finger in seiner Hand allzu fest drückte.

»Beleidigungen toleriere ich nicht.« Als er sie wieder freigab, pochte ihre Hand wie ein schmerzender Zahn. »Mein Wort ist mir heilig, Tate«, sagte er beängstigend ruhig. »Und meine Position ist klar. Das Amulett ist alles, was ich von Ihnen will. Im Austausch dafür biete ich Ihnen den Ruhm und Reichtum, den die Entdeckung der *Isabella* Ihnen bringt. Ihr Name wird bekannt. Ich bin sogar dazu bereit, Sie in dieser Hinsicht zu unterstützen, wo immer ich kann.«

»Auf Ihre Unterstützung verzichte ich.«

»In den letzten acht Jahren haben Sie oft genug davon profitiert. Auch wenn diese Protektion zu meinem Privatvergnügen geschah, verletzt mich Ihre Undankbarkeit.« Sein Gesicht verfinsterte sich. »Dafür ist Lassiter verantwortlich, so viel ist klar. Und Ihnen dürfte klar sein, dass Sie Ihr Niveau, Ihre Erwartungen, Ihre gesellschaftlichen und professionellen Möglichkeiten stark einschränken, wenn Sie mit ihm zusammenarbeiten. Ein Mann wie er kann Ihnen in keiner Weise nützlich sein.«

»Ein Mann wie Matthew Lassiter lässt Sie wie ein Kind dastehen, wie ein verwöhntes, bösartiges Kind.«

Abrupt wurde ihr Kopf nach hinten gezerrt, und Tränen traten ihr in die Augen, weil er mit dem Handrücken gegen ihre Wange schlug.

»Ich habe Sie gewarnt.« Wütend schob er seinen Teller beiseite. Er fiel vom Tisch und zerbrach auf dem Deck. »Respektlosigkeit toleriere ich nicht. Ich habe Zugeständnisse gemacht, weil ich Ihren Mut und Ihre Intelligenz bewundere, aber Sie sollten Ihre Zunge im Zaum halten.«

»Ich verachte Sie.« Sie machte sich auf einen weiteren Schlag gefasst. »Falls ich das Amulett finde, vernichte ich es lieber, als es Ihnen zu geben.«

Sie beobachtete, wie er die Kontrolle verlor, wie seine

Hände zitterten, als er auf die Füße sprang. In seinen Augen glimmte Mordlust. Mehr als das, wurde ihr klar. Es war eine Art sadistische Freude, es war Wahnsinn. Er würde ihr wehtun, das wusste sie, und er würde es genießen.

Ihr Überlebensinstinkt setzte ein und überwand ihre dumpfe Angst. Sie sprang auf und wich zurück, als er nach ihr griff. Ohne zu überlegen, lief sie zur Reling. Das Wasser bedeutete Sicherheit, aber als sie zum Sprung ansetzte, wurde sie festgehalten.

Sie trat um sich, schrie und versuchte, ihre Zähne in sein Fleisch zu graben, aber der Steward hielt ihre Arme fest und riss sie schmerzhaft hinter ihrem Rücken hoch, bis ihr schwarz vor Augen wurde.

»Überlassen Sie sie mir.«

Unscharf nahm sie VanDykes Stimme wahr, bevor sie nahezu bewusstlos auf das Deck sank.

»Sie sind nicht so vernünftig, wie ich gehofft hatte.« Immer noch wütend, zerrte VanDyke an ihrem schmerzenden Arm und zog sie auf die Füße. Tate entfuhr ein Schluchzen. »Ihre falsche Loyalität ist fehl am Platze, Tate. Ich muss Ihnen wohl beibringen –«

Er brach ab, als er das Motorengeräusch hörte. Tate schwankte und wandte ihr Gesicht erleichtert dem Brummen zu.

Matthew.

Angst und Schmerz ließen sie ihren Stolz vergessen. Sie weinte leise, während VanDyke sie wieder auf die Deckplanken gleiten ließ.

Er war gekommen. Sie rollte sich zu einem Knäuel zusammen und spürte überall Prellungen. Er würde sie mitnehmen, und dann hätte sie keine Schmerzen mehr, brauchte sich nicht mehr zu fürchten.

»Wie immer haben Sie sich verspätet«, bemerkte VanDyke.

»Es war nicht einfach, sich davonzustehlen.« LaRue

sprang an Deck. Er warf Tate einen Blick zu, bevor er nach seinem Tabak griff. »Wie ich sehe, haben Sie Besuch.«

»Das Glück war mir hold.« VanDyke hatte sich wieder gesammelt und setzte sich. Er nahm eine Serviette und tupfte sein Gesicht ab. »Ich habe ein paar Dinge auf der Insel erledigt, und wer anderes sollte mir da über den Weg laufen als die wunderschöne Miss Beaumont?«

LaRue lachte und ergriff Tates Glas. »Sie ist im Gesicht verletzt. Ich halte nichts davon, Frauen so zu behandeln.«

VanDyke verzog die Lippen. »Ich bezahle Sie nicht dafür, dass Sie meine Handlungen billigen.«

»Mag sein.« LaRue beschloss, das Rauchen auf später zu verschieben, und machte sich über die Vorspeisen her. »Wenn Matthew herausfindet, dass Sie Tate gekidnappt haben, wird er nach ihr suchen.«

»Natürlich.« Das würde ihn für alles entschädigen. Für fast alles. »Sind Sie hergekommen, um mir zu erzählen, was ich längst weiß?«

»LaRue!« Zitternd kam Tate auf die Knie. »Wo ist Matthew?«

»Ich vermute, er ist gerade aus Nevis unterwegs, um Sie zu suchen.«

»Aber –« Sie schüttelte den Kopf, um wieder klar denken zu können. »Was machen Sie hier?« Langsam wurde ihr bewusst, dass er allein gekommen war, gemütlich am Tisch saß und aß.

Er lächelte, als sich kurz darauf Verstehen und Abscheu in ihren Augen spiegelten. »Aha, jetzt begreifen Sie.«

»Sie arbeiten für ihn! Dabei hat Matthew Ihnen vertraut. Wir alle haben Ihnen vertraut.«

»Sonst wäre ich mein Geld wohl kaum wert gewesen.«

Sie wischte sich die Tränen von der Wange. »Für Geld? Sie haben Matthew für Geld verraten?«

»Ich habe eine Schwäche für Geld.« Er wandte sich von ihr ab und warf sich eine Olive in den Mund. »Wo wir gerade von Schwächen sprechen: Ich benötige einen weiteren Bonus.«

»LaRue, Ihre zusätzlichen Forderungen gehen mir langsam auf die Nerven.« VanDyke hob einen Finger. Der Steward trat vor, öffnete seine perfekt gebügelte weiße Jacke und nahm eine auf Hochglanz polierte .32er Pistole heraus. »Vielleicht stehe ich in Tates Augen ein wenig besser da, wenn ich Ihnen in verschiedene schmerzempfindliche Körperteile schießen lasse und Sie dann über Bord werfe. Die Haie würden sich freuen.«

Mit gespitzten Lippen sann LaRue über die Auswahl der eingelegten Paprika nach. »Wenn Sie mich töten, stirbt Ihre Hoffnung auf den Fluch der Angelique mit mir.«

VanDyke ballte die Fäuste, bis er sich wieder beruhigt hatte. Auf ein weiteres Signal verschwand die .32er wieder unter der maßgeschneiderten Jacke. »Und Ihre Andeutungen über das Amulett gehen mir ebenfalls auf die Nerven.«

»Zweihundertundfünfzigtausend amerikanische Dollar«, begann LaRue und schloss die Augen kurz, um den süßlich-scharfen Geschmack der Paprika auszukosten, »und das Amulett gehört Ihnen.«

»Bastard«, flüsterte Tate. »Ich hoffe, dass es Sie umbringt.«

»Geschäft ist Geschäft«, bemerkte LaRue mit einem Schulterzucken. »Ich sehe, sie hat Ihnen noch nicht von unserem Glückstreffer erzählt, *mon ami*. Wir haben den Fluch der Angelique gefunden. Für eine Viertelmillion werde ich dafür sorgen, dass er sich bereits morgen Abend in Ihrem Besitz befindet.«

Siebtes Kapitel

Der Fluch der Angelique funkelte in Matthews Hand. Er stand auf der Brücke der *Mermaid,* und seine Finger umklammerten die Kette. Die grelle Sonne schien direkt auf den Rubin, ließ die Diamanten leuchten, das Gold glänzen. Matthews Finger legten sich um den wertvollsten Fund seines Lebens, Ruhm und Reichtum, geformt aus Metall und Stein.

Dabei bedeutete dieses Amulett nichts als Kummer.

Jeder, den er je geliebt hatte, hatte darunter gelitten. Unvermittelt sah er den leblosen Körper seines Vaters, zusammengesunken auf dem Bootsdeck. Das Gesicht, das seinem so ähnlich gewesen war, bleich und tot.

Er sah Buck im Maul des Hais, Blut wirbelte durch das Wasser.

Und er sah Tate mit Tränen in den Augen, wie sie ihm das Amulett gab und ihm damit die Wahl zwischen Rettung und Zerstörung überließ.

Dann verschwamm ihr Bild. Er hatte keine Ahnung, wohin sie gebracht wurde oder was mit ihr passiert war. Er wusste nur, dass er alles tun und geben würde, um sie zurückzubekommen.

Die verfluchte Halskette wog wie Blei in seiner Hand und verhöhnte ihn mit ihrer Schönheit.

Als Buck die Brücke betrat, drehte er sich wütend um.

»Immer noch kein Zeichen von LaRue.« Buck entdeckte das Amulett und wich unwillkürlich einen Schritt zurück.

Matthew fluchte und legte die Kette auf den Kartentisch. »Dann ziehen wir es eben ohne ihn durch. Uns bleibt keine Zeit.«

»Was ziehen wir durch? Was zur Hölle hast du vor? Ich bin der gleichen Meinung wie Ray und Marla, Matthew, wir sollten die Polizei einschalten.«

»Hat uns die Polizei beim letzten Mal weitergebracht?«

»Diesmal haben wir es nicht mit einem Fall von Piraterie zu tun, Junge, hier geht es um Entführung.«

»Oder in einem gewissen Mordfall?«, fuhr Matthew kühl fort. »Er hat sie in seiner Gewalt, Buck.«

Er lehnte sich an den Kartentisch und kämpfte gegen das vertraute Gefühl der Hilflosigkeit an. »Vor Dutzenden von Leuten hat er sie einfach entführt.«

»Gegen das da würde er sie eintauschen.« Buck fuhr sich mit der Zunge über die Lippen und zwang sich, die Kette anzusehen. »Als Lösegeld.«

Wie lange soll ich denn noch am Funkgerät warten und beten, dass VanDyke endlich Kontakt mit mir aufnimmt? dachte Matthew. »Darauf können wir es nicht ankommen lassen, wir dürfen nicht länger warten.«

Er griff nach dem Fernglas und reichte es Buck. »Westliche Richtung.«

Buck trat näher, hob das Fernglas und suchte die See ab. Er entdeckte eine Yacht, in der Ferne kaum mehr als ein heller Umriss. »Eine Meile entfernt«, murmelte er. »Das könnte er sein.«

»Er ist es.«

»Er wartet auf dich, rechnet damit, dass du sie holen kommst.«

»Dann will ich ihn nicht enttäuschen.«

»Er bringt dich um.« Resigniert setzte Buck das Fernglas ab. »Du könntest ihm das unglückselige Ding in Geschenkverpackung überreichen, und er würde dich trotzdem töten. Genau wie er James getötet hat.«

»Er bekommt es nicht«, gab Matthew zurück, »und er wird auch niemanden töten.« Ungeduldig nahm er den Feldstecher und suchte das Meer nach einem Zeichen von LaRue ab. Die Zeit war um.

»Ich brauche dich, Buck.« Er sah seinen Onkel an. »Und zwar unter Wasser.«

Angst und Schmerzen waren bedeutungslos geworden. Tate musste hilflos zusehen, wie LaRue sich genüsslich über VanDykes Tafel hermachte und so ganz nebenbei seine Partner verriet. Sie dachte längst nicht mehr an Flucht, als sie schließlich auf die Füße sprang und sich auf ihn stürzte.

Der Angriff traf ihr Opfer so unvorbereitet, dass LaRue mitsamt seinem Stuhl umfiel. Ihre Nägel verkrallten sich in seiner Wange, die sofort zu bluten begann, doch dann gelang es ihm, sich auf sie zu rollen und sie festzuhalten.

»Sie sind noch schlimmer als er«, fauchte sie und wand sich unter ihm wie ein Aal. »Er ist verrückt, aber Sie sind einfach nur abstoßend. Wenn VanDyke Sie nicht tötet, wird Matthew es tun, und ich werde ihm mit Vergnügen zusehen.«

Amüsiert und erregt zugleich angesichts des kleinen Zwischenfalls, nippte VanDyke an seinem Champagner. Schließlich gab er einem Steward seufzend ein Zeichen. Er konnte es nicht riskieren, dass LaRue ernsthaften Schaden nahm – noch nicht.

»Führen Sie Miss Beaumont zu ihrer Kabine«, befahl er. »Und sorgen Sie dafür, dass sie nicht gestört wird.« Er lächelte, als der Mann Tate auf die Füße zog. Sie trat um sich, fluchte und setzte sich zur Wehr, vermochte jedoch wenig gegen ihn auszurichten. »Sie sollten sich beruhigen, meine Liebe, und LaRue und mich unsere Geschäfte erledigen lassen. Ich bin mir sicher, Sie werden Ihre Unterkunft als angemessen empfinden.«

»In der Hölle sollen Sie schmoren!«, schrie Tate und schluckte verzweifelte Tränen herunter, während sie weitergezerrt wurde. »Alle beide!«

VanDyke spritzte Zitrone auf seinen Hummer. »Insgesamt eine bewundernswerte Frau. Lässt sich nicht so leicht einschüchtern. Schade, dass ihre Loyalitäten so unklug gelagert sind. Mit ihr und für sie hätte ich viel erreichen können. Jetzt dient sie nur noch als Köder.« Mit der Gabel stocherte er in seinem Hummer herum. »Mehr nicht.«

LaRue wischte sich mit dem Handrücken das Blut von der Wange. Die Wunde brannte wie Feuer. Obwohl VanDyke missbilligend die Stirn runzelte, nahm er eine Leinenserviette, um die Blutung zu stoppen.

»Neben Geld ist Liebe das mächtigste Motiv.« Irritierter, als er zugeben wollte, schenkte LaRue sich nach und leerte sein Glas.

»Sie sprachen vom Fluch der Angelique, bevor wir so unsanft unterbrochen wurden.«

»Richtig.« Verstohlen rieb sich LaRue an der Stelle, wo Tates Ellenbogen ihn erwischt hatte, die Rippen. Mit Sicherheit würde er einen blauen Fleck davontragen. »Und über zweihundertfünfzigtausend Dollar. Amerikanische, wohlgemerkt.«

Das Geld bedeutete VanDyke nichts. Er hatte viel mehr in seine Suche investiert, aber es behagte ihm nicht, es an LaRue zahlen zu müssen. »Beweisen Sie mir, dass Sie das Amulett wirklich beschaffen können.«

Grinsend legte LaRue eine Hand an seine malträtierte Wange. »Hören Sie, *mon ami*. Tate hat es gestern höchstpersönlich gefunden und aus lauter Liebe Matthew geschenkt.« Um seine angeschlagenen Nerven zu beruhigen, drehte er sich eine Zigarette. »Es ist großartig, noch großartiger, als Ihre Beschreibung vermuten ließ. Der Stein in der Mitte ...« LaRue deutete mit Daumen und Zeigefinger die Form an. »Rot wie Blut, die Diamanten ringsherum wie gefrorene Tränen. Die Kette ist schwer, aber sehr fein gearbeitet, genau wie die Gravur um den Stein herum.«

Er nahm ein Streichholz, schützte die Flamme mit der hohlen Hand vor der Brise und zündete sich die Zigarette an. »Man spürt die Macht. Es scheint regelrecht zu pulsieren.«

VanDykes Augen wurden glasig, sein Mund schlaff. »Sie haben es berührt?«

»*Bien sûr*. Man vertraut mir, verstehen Sie?« Er stieß eine Rauchwolke aus. »Matthew ist zwar auf der Hut, aber nicht vor mir. Schließlich sind wir Partner. Ich werde Ihnen die Halskette besorgen, sobald das Geld an Ort und Stelle ist.«

»Sie bekommen Ihr Geld.« Die Vorfreude ließ VanDykes Hände zittern. Er beugte sich vor, und sein Gesicht wirkte fahl und unbeweglich. »Aber eins verspreche ich Ihnen, LaRue: Wenn Sie mich aufs Kreuz legen, wenn Sie versuchen, noch mehr Geld aus mir herauszukitzeln, oder wenn Sie versagen, gibt es keinen Ort auf der ganzen Welt, an dem ich Sie nicht finden werde. Und wenn ich Sie finde, werden Sie Ihren Tod herbeisehnen.«

LaRue zog an seiner Zigarette und grinste. »Es ist gar nicht so leicht, einen reichen Mann zu beeindrucken. Und ich werde reich sein. Sie haben Ihren Fluch, *mon ami*, ich habe mein Geld.« Bevor er aufstehen konnte, hob VanDyke eine Hand.

»Wir sind noch nicht fertig. Eine Viertelmillion ist eine Menge Geld.«

»Nur ein Bruchteil des tatsächlichen Wertes«, bemerkte LaRue. »Warum wollen Sie darüber streiten, wenn sich das Amulett schon so gut wie in Ihrem Besitz befindet?«

»Ich verdopple.« Mit Vergnügen beobachtete VanDyke, wie LaRue die Augen aufriss. »Für das Amulett und für Matthew Lassiter.«

»Sie wollen, dass ich ihn Ihnen liefere?« Lachend schüttelte LaRue den Kopf. »Nicht einmal Ihr kostbares Amulett könnte ihn von hier fern halten. Er will Sie umbringen.« Er zeigte in die Richtung, in die Tate verschwunden war. »Und der Lockvogel, der ihn herbringen wird, befindet sich bereits in Ihrer Gewalt.«

»Ich will nicht, dass er herkommt.« Diese Freude würde VanDyke sich bedauerlicherweise versagen müssen, das hatte er schweren Herzens eingesehen. Die Tatsache, dass er praktische Erwägungen über seine Gefühle stellen konnte, bewies ihm einmal mehr, dass er immer noch auf sein Schicksal Einfluss nehmen konnte. Geschäft, dachte er, ist schließlich Geschäft. »Ich will, dass Sie ihn beseitigen, und zwar heute Nacht.«

»Ein Mord«, sinnierte LaRue. »Interessant.«

»Zum Beispiel ein Unfall auf See.«

»Glauben Sie, er taucht, solange Tate verschwunden ist? Offenbar unterschätzen Sie seine Gefühle für seine Verlobte.«

»Keineswegs. Aber Gefühle machen einen Mann nachlässig. Es wäre doch schade, wenn etwas mit dem Boot passiert, während er und sein betrunkener Onkel sich an Bord aufhalten. Vielleicht ein Feuer, eine tragische, tödliche Explosion … Für eine weitere Viertelmillion fällt Ihnen sicher etwas Passendes ein.«

»Ich bin für meinen Einfallsreichtum bekannt. Die ersten zweihundertfünfzig will ich heute Nachmittag, vorher werde ich nichts unternehmen.«

»In Ordnung. Wenn ich sehe, dass die *Mermaid* in die Luft fliegt, veranlasse ich die zweite Zahlung. Heute Nacht, La Rue, um Mitternacht. Danach bringen Sie mir das Amulett.«

»Zuerst überweisen Sie das Geld.«

Die Stunden vergingen. Tate widerstand dem Bedürfnis, mit den Fäusten gegen die Tür zu trommeln oder um Hilfe zu rufen. Ein riesiges Fenster bot ihr einen spektakulären Blick auf das Meer und die untergehende Sonne. Der Stuhl, den sie gegen die Scheibe geschleudert hatte, war abgeprallt, ohne einen Kratzer zu hinterlassen.

Sie schob und zerrte am Rahmen, bis ihre ohnehin schmerzenden Arme vor Müdigkeit erschlafften, aber das Fenster saß fest – genau wie sie.

Sie tigerte auf und ab, fluchte, schmiedete Rachepläne und lauschte verzweifelt auf jedes Geräusch und jeden Schritt.

Aber Matthew kam nicht.

Im Märchen retten die Helden die hilflose Prinzessin aus der Not, erinnerte sie sich, aber sie wollte verdammt noch mal keine hilflose Prinzessin sein. Sie würde sich selbst befreien – irgendwie.

Fast eine Stunde lang suchte sie jeden Zentimeter der Kabine ab. Sie war großzügig angelegt, elegant ausgestattet und in kühlen Pastelltönen gehalten. Die Zimmerdecke war mit blassgoldenem Holz getäfelt. Tates Füße versanken in dem weißen Teppich, ihre Finger glitten über die malvenfarben lackierten Wände und die meergrün gestrichenen Zierleisten.

Im Schrank fand sie ein langes Seidennegligé mit buntem Rosenmuster sowie ein dazu passendes Nachthemd. Außerdem eine Leinenjacke, eine glitzernde Stola, einen schwarzen Abendmantel gegen die kühle Nachtluft, ein schlichtes schwarzes Cocktailkleid und eine Sammlung lässiger Bordkleidung.

Tate schob die Kleider beiseite und untersuchte die Schrankwand. Sie war so solide gebaut wie der Rest der Kabine.

An der Ausstattung hat er nicht gespart, dachte sie grimmig. Auf dem riesigen Bett lagen weiche Satinkissen, in der Sitzecke auf dem gläsernen Kaffeetischchen entdeckte sie Hochglanzmagazine, und in dem Schränkchen unter Fernseher und Videogerät fand sie eine Auswahl aktueller Filme. Ein kleiner Kühlschrank enthielt alkoholfreie Getränke, Wein und Champagner, teure Pralinés und Häppchen.

Im Badezimmer war ein riesiger, ebenfalls malvenfarbener Whirlpool in den Boden eingelassen, es gab ein muschelförmiges Waschbecken und um einen großen Spiegel verteilte Messingleuchten. Auf den blassgrünen Ablagen standen diverse teure Cremes, Lotionen und Badeöle.

Tates Suche nach einer geeigneten Waffe brachte nur ein ledernes Reisenecessaire mit dem entsprechenden Inhalt zutage.

Es gab Badelaken, Luffaschwämme, einen Frotteebademantel und kleine Seifenstücke, die wie Seesterne, Muscheln und Seepferdchen geformt waren.

Aber die Handtuchstange aus Messing, die sie bereits als geeigneten Schläger angesehen hatte, war fest in der Wand verschraubt.

Verzweifelt rannte sie in die Kabine zurück. In dem eleganten kleinen Schreibtisch fand sie dickes, cremefarbenes Briefpapier, Umschläge und sogar Briefmarken. Der perfekte Gastgeber, dachte sie wütend, dann schlossen sich ihre Finger um einen schmalen Goldfüller.

Wie viel Schaden konnte solch ein Designerstift wohl anrichten? Direkt ins Auge – der Gedanke ließ sie schaudern, aber sie steckte den Füller für alle Fälle in die Hosentasche.

Dann sank sie in einen Sessel. Das Wasser war nah, so nah, dass ihr die Tränen kamen.

Aber wo war Matthew?

Sie wollte ihn warnen. LaRue, dieses Schwein! Jede Vorsichtsmaßnahme, die sie innerhalb der letzten Monate getroffen hatten, war umsonst gewesen. LaRue hatte all ihre Bewegungen, Pläne und Triumphe an VanDyke verraten.

Er hatte mit ihnen gemeinsam gegessen, gearbeitet, gelacht. Er hatte Anekdoten aus seiner gemeinsamen Zeit auf See mit Matthew erzählt, und in seiner Stimme hatte freundschaftliche Zuneigung mitgeklungen.

Dabei war er die ganze Zeit über ein Verräter gewesen.

Jetzt würde er das Amulett stehlen. Matthew war wahrscheinlich längst in Panik, ihre Eltern von Sinnen vor Sorge. LaRue würde Besorgnis, sogar Wut vortäuschen. Er würde ihre Gedanken und ihre Absichten erfahren, dann würde er das Amulett nehmen und zu VanDyke bringen.

Tate war keine Idiotin. Für sie stand längst fest, dass Van-Dyke sich ihrer entledigen würde, sobald sie ihren Zweck erfüllt hatte. Er würde keinerlei Grund sehen, sie mitzunehmen, und konnte es noch viel weniger riskieren, sie freizulassen.

Er würde sie auf jeden Fall töten.

Logischerweise irgendwo auf See, stellte sie sich vor. Wahrscheinlich ein Schlag auf den Kopf und dann ab ins Meer, tot oder bewusstlos. Die Fische würden den Rest erledigen.

In der unermesslichen Weite des Ozeans würde niemals eine Spur von ihr gefunden werden.

VanDyke geht davon aus, dass es ganz einfach sein wird, dachte sie und schloss die Augen. Was konnte eine unbewaffnete Frau schon zu ihrer Verteidigung ausrichten? Nun, er würde sich wundern, was diese Frau ausrichten konnte. Er mochte die Absicht haben, sie zu töten, aber es würde nicht einfach sein.

Ihr Kopf schnellte hoch, als das Türschloss klickte. Der Steward öffnete, seine breiten Schultern füllten die Tür aus.

»Er will Sie sehen.«

Zum ersten Mal hatte sie ihn sprechen gehört. Tate bemerkte den slawischen Akzent in seiner barschen Stimme.

»Sind Sie Russe?«, fragte sie. Sie stand auf, ging aber nicht auf ihn zu.

»Sie kommen jetzt mit.«

»Vor ein paar Jahren habe ich mit einer Biologin aus Sankt Petersburg gearbeitet. Natalia Minonowa. Sie hat viel von ihrer Heimat erzählt.«

In seinem breiten, steinernen Gesicht bewegte sich kein Muskel. »Er will Sie sehen«, wiederholte er.

Tate zuckte mit den Schultern, steckte die Hand in die Tasche und legte ihre Finger um den Stift. »Ich habe Menschen, die blind Befehle ausführen, noch nie verstanden. Sie sind nicht gerade der Jungunternehmer des Jahres, nicht wahr, Igor?«

Schweigend kam er auf sie zu. Als sich seine fleischige Hand um ihren Arm schloss, sank Tate in sich zusammen. »Ist es Ihnen denn egal, dass er mich umbringen will?« Es fiel ihr leicht, Angst in ihrer Stimme mitschwingen zu lassen, während er sie durch den Raum schleifte. »Werden Sie es für ihn erledigen? Mir das Genick brechen oder den Schädel zerschmettern? Bitte …« Sie stolperte und drehte sich zu ihm um. »Bitte helfen Sie mir!«

Als er seinen Griff verlagerte, zog sie den Stift aus der Tasche. Eine gezielte Bewegung, der schlanke Goldpfeil stach zu, seine Hände fuhren in die Höhe.

Tate spürte ein ekelerregendes Nachgeben, als ihre Waffe sich in sein Fleisch bohrte und warmes Blut auf ihre Hand tropfte. Dann wurde sie gegen die Wand geschleudert.

Während sich der Steward mit stoischer Ruhe den Stift aus seiner Wange zog, drehte sich Tate der Magen um. Die Wunde war klein, aber tief. Tate bedauerte nur, dass sie sein Auge verfehlt hatte.

Kommentarlos packte er ihren Arm und zerrte sie auf Deck.

VanDyke wartete bereits. Diesmal trank er Cognac. Windlichter beleuchteten den Tisch neben einer Schale mit frischem Obst und einer Platte mit zartem Gebäck.

Anlässlich der geplanten Feier trug er einen eleganten Abendanzug. Beethovens *Pathétique* klang leise aus den Lautsprechern.

»Ich hatte gehofft, dass Sie sich aus dem Schrank in Ihrer Kabine bedienen würden. Meine letzte Besucherin reiste heute Morgen überstürzt ab und hat nicht alles mitgenommen.« Er zog eine Augenbraue hoch, als er die blutende Wange seines Stewards bemerkte.

»Gehen Sie in den Sanitätsraum und lassen Sie sich behandeln«, sagte er ungeduldig. »Dann kommen Sie zurück. Sie überraschen mich immer wieder, Tate. Womit ist Ihnen das geglückt?«

»Mit einem Mont Blanc. Ich wünschte, ich hätte Sie erwischt.«

Er kicherte. »Sie haben die Wahl, meine Liebe. Wir können Sie fesseln oder mit Drogen voll pumpen, doch beides finde ich geschmacklos. Oder Sie kooperieren.« Er beobachtete, wie sie unweigerlich zur Reling blickte, und schüttelte den Kopf. »Vergessen Sie es. Sie haben keine Ausrüstung. Innerhalb von Minuten hätte einer meiner Männer Sie eingeholt. Sie würden keine zwanzig Meter weit kommen. Warum setzen Sie sich nicht?«

Bis ihr eine Alternative einfiel, hatte es wenig Sinn, sich gegen VanDyke aufzulehnen. Wenn er ihr Drogen einflößte, wäre sie verloren.

»Wie sind Sie auf LaRue gekommen?«

»Es ist immer wieder erstaunlich einfach, die richtigen Werkzeuge zu finden, wenn man es sich leisten kann.« Einen Moment lang hielt er inne und wählte eine perfekt geformte, glänzende Traube.

»Nachdem ich mich ein wenig über Matthews Schiffskameraden informiert hatte, erschien mir LaRue als der vielversprechendste Kandidat. Er ist ein Mann, der Geld und die vergänglichen Freuden, die man sich damit kaufen kann, genießt. Bisher hat er sich als eine gute, wenn auch gelegentlich etwas kostspielige Investition erwiesen.«

Mit halb geschlossenen Augen schwenkte er sein Cognacglas.

»An Bord heftete er sich an Matthews Fersen und freundete sich mit ihm an. Durch LaRues Berichte erfuhr ich, dass Matthew immer noch mit Ihren Eltern in Verbindung stand und den Gedanken an den Fluch der Angelique nie ganz aufgegeben hatte. Natürlich wusste er damals schon, wo er sich befand, wollte es LaRue aber nicht verraten. Selbst Freundschaft kennt ihre Grenzen. Er prahlte damit, war aber immer zu vorsichtig, um die ganze Geschichte zu erzählen.«

VanDyke nahm eine zweite Weintraube aus der Schale.

»Ich bewundere Matthew für seine Umsicht und seine Geduld. Ich hätte ihm wirklich nicht zugetraut, dass er dieses Geheimnis all die Jahre für sich behält und sich abrackert, wo er doch längst wie ein Prinz hätte leben können. Als er die Zusammenarbeit mit Ihren Eltern und Ihnen wieder aufnahm, beging er jedoch einen Fehler. Frauen sind häufig dafür verantwortlich, wenn Männer schwere Fehler machen.«

»Sprechen Sie aus Erfahrung, VanDyke?«

»Keineswegs. Ich bewundere Frauen, genau wie ich guten Wein oder eine gut interpretierte Symphonie bewundere. Wenn die Flasche leer oder die Musik vorbei ist, sucht man sich die nächste aus.« Er lächelte, als Tate sich verkrampfte. Das Boot setzte sich in Bewegung.

»Wohin fahren wir?«

»Nicht weit, nur ein paar Grad östlich. Uns erwartet ein einmaliges Schauspiel, und ich möchte sozusagen in der ersten Reihe sitzen. Trinken Sie einen Schluck Cognac, Tate, vielleicht brauchen Sie ihn.«

»Ich brauche keinen Cognac.«

»Falls Sie Ihre Meinung ändern sollten, hier steht er.« Er stand auf und ging zu einer Bank. »Ich habe noch ein Fernglas. Vielleicht möchten Sie es benutzen?«

Sie riss es ihm aus der Hand, lief zur Reling und sah nach Osten. Ihr Herz machte einen Sprung, als sie verschwommen die Umrisse der beiden Boote ausmachte. An Bord der *New Adventure* brannten Lichter, die Brücke der *Mermaid* war ebenfalls erleuchtet.

»Ihnen muss doch klar sein, dass sie uns sehen können, wenn wir sie sehen!«

»Vorausgesetzt sie wissen, wo sie uns suchen müssen.« VanDyke trat neben sie. »Wahrscheinlich würden sie uns irgendwann entdecken, aber in Kürze werden sie anderweitig beschäftigt sein.«

»Sie halten sich für schlau.« Trotz Tates Bemühungen brach ihre Stimme. »Sie benutzen mich, um sie herzulocken.«

»Genau. Ein glücklicher Zufall kam mir zur Hilfe, aber inzwischen haben sich meine Pläne geändert.«

»Geändert?« Sie starrte immer noch auf die Lichter, glaubte, eine Bewegung wahrgenommen zu haben. Ein Boot? fragte sie sich. Auf dem Weg zum Land ... LaRue, dachte sie enttäuscht, er will das Amulett beiseite schaffen.

»Ja, und ich denke, dass sich die Situation in Kürze verändern wird.«

Die Erregung in seiner Stimme ließ sie zittern. »Was haben Sie –«

Selbst über eine Meile weit entfernt hörte sie die Explosion. Das Feuer erhellte die Nacht und blendete Tate, aber sie sah nicht weg, konnte ihre Augen nicht abwenden.

Die *Mermaid* stand in Flammen.

»Oh Gott, Matthew!« Fast wäre sie über Bord gesprungen, aber VanDyke hielt sie fest.

»LaRue ist ebenso effizient wie geldgierig.« VanDyke legte einen erstaunlich kräftigen Arm um ihre Kehle, bis ihre panische Gegenwehr in Schluchzen überging. »Die Behörden werden ihr Bestes tun, um sich aus den Überresten einen Reim zu machen. Alle Spuren werden darauf hindeuten, dass Buck Lassiter in trunkenem Zustand in der Nähe des Motors Treibstoff verschüttete und dann unvorsichtigerweise mit einem Streichholz hantierte. Da von ihm oder seinem Neffen nichts übrig sein dürfte, wird niemand etwas anderes behaupten.«

»Sie wollten das Amulett.« Tate starrte in die Flammen, die sich auf der dunklen See spiegelten. »Sie hätten es sowieso bekommen. Warum mussten Sie ihn töten?«

»Er hätte mich niemals in Ruhe gelassen«, erklärte VanDyke schlicht. Die tanzenden Flammen faszinierten ihn. »Er starrte mich über den Leichnam seines Vaters hinweg an, mit Hass in den Augen. Schon damals wusste ich, dass es eines Tages zum großen Showdown kommen würde.«

Ein angenehmer Schauer durchlief seinen Körper wie Wein, eisig und köstlich zugleich. Oh, er hoffte, dass sie gelitten und verstanden hatten, wenn auch nur für einen Moment. Wenn er doch nur Gewissheit hätte!

Tate sank auf die Knie. »Meine Eltern!«

»Nun, ich glaube nicht, dass ihnen etwas zugestoßen ist. Es sei denn, sie waren zufällig an Bord. Ich habe keinerlei Grund, ihnen etwas Schlechtes zu wünschen. Sie sind ein wenig blass, Tate. Ich hole Ihnen den Cognac.«

Mit einer Hand umklammerte sie die Reling und richtete sich zitternd auf. »Angelique hat ihre Kerkermeister verflucht«, brach es aus ihr heraus. »Sie verfluchte die, die sie bestohlen hatten, die sie verfolgten und ihr ungeborenes Kind töteten.«

Tate bemühte sich, trotz ihres unregelmäßigen Atems weiterzusprechen, und beobachtete seine Augen, die nun im Kerzenlicht glänzten. »Sie hätte Sie auch verflucht, Van-Dyke. Wenn es Gerechtigkeit für sie gibt und das Amulett noch Macht hat, wird es Sie zerstören.«

In seinem Herzen spürte er Furcht und eine tödliche Faszination. Vor dem Flackern des fernen Feuers verdunkelten Trauer und Schmerz Tates Augen, und sie wirkte auf einmal mächtig und stark.

So muss Angelique ausgesehen haben, dachte er und hob den Cognac an seine plötzlich eiskalten Lippen. Er musterte Tate beinahe träumerisch. »Ich könnte Sie töten.«

Tate lachte schluchzend auf. »Glauben Sie, dass ich mich davor fürchte? Sie haben den Mann, den ich liebe, ermordet, unser gemeinsames Leben zerstört, die Kinder, die wir uns wünschten ... Nichts, was Sie mir antun können, ist jetzt noch von Bedeutung.«

Sie trat einen Schritt auf ihn zu. »Sehen Sie, jetzt weiß ich, wie sie sich fühlte, als sie in ihrer Zelle hockte und auf den Morgen wartete. Im Grunde war es gar nicht so schlimm, denn ihr Leben hatte nach Etiennes Tod ohnehin seinen Sinn verloren. Es ist mir egal, ob Sie mich töten. Ich werde Sie noch im Tod verfluchen.«

»Sie sollten jetzt in Ihre Kabine zurückkehren.« VanDyke hob seine verkrampften Finger, und der Steward trat aus dem Schatten. Seine Wange war sauber verarztet. »Bringen Sie die Dame zurück und schließen Sie sie ein.«

»Sie werden langsam sterben!«, rief Tate, als sie weggeführt wurde. »Langsam genug, um einen Vorgeschmack auf die Hölle zu bekommen.«

Sie stolperte in ihre Kabine und brach weinend auf dem Bett zusammen. Als später die Tränen getrocknet waren und ihr Herz sich taub anfühlte, setzte sie sich in einen Sessel, starrte auf die See und sehnte sich nach dem Tod.

Achtes Kapitel

Sie schlief unruhig und hatte Alpträume.

Die Zelle stank nach Krankheit und Angstschweiß. Das Morgenlicht drang schwach durch das vergitterte Fenster, ein Vorbote des Todes. Das Amulett lag kalt in ihren steifen Fingern.

Als man sie holen kam, erhob sie sich würdevoll. Sie wollte die Erinnerung an ihren Ehemann nicht mit feigen Tränen und Bitten um Gnade, die man ihr doch nicht gewähren würde, beschmutzen.

Natürlich war auch der Graf gekommen, der Mann, der sie wegen ihrer Liebe zu seinem Sohn verdammt hatte. Habgier, Lust, die Freude am Töten glitzerten in seinen Augen. Er riss das Amulett über ihren Kopf und hängte es sich selbst um den Hals.

Und sie lächelte, weil sie wusste, dass er damit sein Todesurteil besiegelt hatte.

Auf dem Scheiterhaufen wurde sie gefesselt. Zu ihren Füßen hatte sich eine Menschenmenge versammelt, die sich das Verbrennen der Hexe nicht entgehen lassen wollte. Neugierige Blicke beobachteten sie, gehässige Worte fielen. Kinder wurden hochgehoben, damit sie besser sehen konnten.

Man gab ihr Gelegenheit abzuschwören, um Gottes Gnade zu beten. Aber sie schwieg standhaft. Selbst als die Flammen unter ihr prasselten und Hitze und betäubender Rauch sie einhüllten, drang kein Wort über ihre Lippen. Und sie dachte nur eins.

Etienne.

Aus dem Feuer ins Wasser, so kühl, blau und lindernd. Sie

war wieder frei und schwamm in einem Schwarm goldener Fische. Sie fühlte sich so glücklich, dass sie im Schlaf weinte und Tränen ihre Wangen hinunterliefen. Sicher und frei, und ihr Geliebter erwartete sie.

Sie sah zu, wie er mühelos durch das Wasser auf sie zuschwamm, und ihr Herz lief über vor Glück. Sie lachte, streckte die Hand nach ihm aus, vermochte jedoch die Entfernung nicht zu überwinden.

Sie durchbrachen die Wasseroberfläche nur wenige Zentimeter voneinander entfernt und atmeten die süß duftende Luft ein. Der silberne Mond stand über ihnen am Himmel, die Sterne funkelten wie auf Samt gebettete Juwelen. Er kletterte die Leiter zur *Mermaid* hinauf, drehte sich um und reichte ihr eine Hand.

Das Amulett lag wie ein dunkler Blutstropfen auf seiner Brust, wie eine Wunde im Herzen.

Sie griff nach seiner Hand, nur einen Augenblick bevor die Welt explodierte.

Feuer und Wasser, Blut und Tränen. Flammen fielen vom Himmel auf das Meer, bis das Wasser vor Hitze kochte.

Matthew.

Sein Name kreiste durch ihre Gedanken, während sie sich im Schlaf bewegte. Ganz benommen von ihren Träumen und ihrer Trauer, nahm sie weder die Gestalt wahr, die sich leise auf sie zubewegte, noch das Aufleuchten des Messers in seiner Hand, als das Mondlicht die Klinge traf.

Eine Hand legte sich über ihren Mund und riss sie aus dem Schlaf. Tate setzte sich instinktiv zur Wehr. Ihre Augen weiteten sich, als sie das silbern glänzende Messer sah.

Obwohl sie wusste, dass es sinnlos war, umklammerte sie sein Handgelenk, bevor die Klinge zustechen konnte.

»Sei still«, zischte er direkt neben ihrem Ohr. »Verdammt, Rotschopf, lässt du dich noch nicht einmal ohne Diskussion retten?«

Ihr Körper bäumte sich auf und versteifte sich. Matthew!

Die Hoffnung war zu schmerzhaft, als dass sie lange darüber nachdenken wollte. Aber dann erkannte sie die Silhouette, roch das Salzwasser an seinem Taucheranzug und in seinem dunklen Haar.

»Still«, wiederholte er, als er ihren Atem stoßweise in seiner Handfläche spürte. »Keine Fragen, kein Wort. Vertrau mir einfach.«

Sie hätte sowieso kein Wort herausgebracht. Wenn dies immer noch ein Traum war, wollte sie nicht aufwachen. Sie klammerte sich an ihn, während er sie aus der Kabine und die Kajüttreppe hinaufführte. Schauer durchliefen sie wie ein Erdbeben, aber als er ihr das Signal gab, über die Reling zu klettern, gehorchte sie widerstandslos.

Buck klammerte sich an das untere Ende der Leiter. In dem silbernen Mondlicht wirkte sein Gesicht kreidebleich. Schweigend legte er ihr die Sauerstoffflaschen um. Seine Hände zitterten so heftig wie ihre, als er ihr mit der Maske half. Neben ihnen legte Matthew seine eigene Ausrüstung an.

Dann tauchten sie unter.

Sie blieben direkt unter der Oberfläche, damit sie sich am Mondlicht orientieren konnten. Eine Taschenlampe wäre weithin sichtbar gewesen und erschien Matthew als unnötiges Risiko. Er hatte gefürchtet, dass sie unter Schock stehen und die weite Strecke unter Wasser vielleicht nicht würde bewältigen können, aber sie passte sich seinem Tempo an.

Sie mussten fast vier Meilen zurücklegen, bis zu der Stelle, an der die *New Adventure* ankerte. Sie begegneten Tintenfischen und anderen nachtaktiven Lebewesen, bunten Farbtupfern, verschwommenen Bewegungen in der dunklen See. Tate blieb keinen Meter hinter den beiden Männern zurück.

Allein wegen ihres zielstrebigen Schwimmstils hätte er sich in sie verlieben können. Haar und Kleidung schwebten unter Wasser um ihren Körper, ihre Augen hinter der Maske wirkten dunkel und entschlossen.

Von Zeit zu Zeit sah er auf seinen Kompass, korrigierte den Kurs. Es dauerte über dreißig Minuten, bis sie das Boot erreicht hatten.

Tate tauchte auf und spuckte Wasser.

»Matthew, ich dachte, du wärst tot! Ich habe gesehen, wie die *Mermaid* explodierte, und glaubte, du wärst an Bord gewesen!«

»Offensichtlich nicht«, sagte er leichthin und bemühte sich, sie beide über Wasser zu halten. »Jetzt bringen wir dich erst einmal an Deck, Rotschopf, du zitterst wie Espenlaub, und deine Eltern sind halb verrückt vor Sorge um dich.«

»Ich dachte, du wärst tot«, wiederholte sie und schluchzte, während sie ihren Mund auf seine Lippen presste.

»Ich weiß, Baby, es tut mir leid. Buck, hilf mir.«

Aber Ray streckte bereits eine Hand über die Reling. Seine Augen waren feucht vor Erleichterung. Er betrachtete seine Tochter prüfend und zog die Flaschen an Bord. »Tate, bist du verletzt? Geht es dir gut?«

»Alles bestens. Mir geht es prima«, versicherte sie ihm, während Marla sich zu ihr beugte und ihre Hand nahm. »Nicht weinen, Mom.« Dabei kamen ihr selbst die Tränen, als sie ihre Mutter umarmte.

»Wir hatten solche Angst! Dieser schreckliche Mann. Dieses Schwein! Lass mich dich ansehen.« Marla nahm Tates Gesicht in beide Hände und hätte fast gelächelt, bis sie die blauen Flecken entdeckte. »Er hat dir wehgetan! Ich hole dir Eis und heißen Tee. Setz dich hin, Liebling, wir kümmern uns um dich.«

»Es geht mir gut, lass nur.« Aber es fühlte sich wunderbar an, auf die Bank zu sinken. »Die *Mermaid* –«

»Sie existiert nicht mehr«, sagte Ray sanft. »Mach dir darüber keine Gedanken. Ich will ganz sichergehen, dass du keinen Schock erlitten hast.«

»Ich stehe nicht unter Schock.« Tate warf Buck ein dankbares Lächeln zu, als er ihr eine Decke um die Schultern legte. »Ich muss euch etwas sagen. LaRue –«

»Stets zu Diensten, Mademoiselle.« Mit einem fröhlichen Lächeln und einer Flasche Brandy in der Hand kam er aus der Kombüse.

»Sie Verräter!« Müdigkeit, Angst und Benommenheit fielen von ihr ab. Mit einem Satz war sie auf den Füßen und stürzte sich auf ihn. Matthew erwischte sie gerade noch rechtzeitig, bevor sie mit Klauen und Zähnen auf LaRues Gesicht losgehen konnte.

»Habe ich es dir nicht gesagt?« LaRue schüttelte sich und trank den Brandy selbst, direkt aus der Flasche. »Sie hätte mir die Augen ausgekratzt, wenn sie die Gelegenheit dazu gehabt hätte.« Mit seiner freien Hand tippte er an die verpflasterten Kratzer, die sich über seine Wange zogen. »Ein paar Zentimeter weiter oben, und LaRue würde jetzt eine Augenklappe tragen, was?«

»Er arbeitet für VanDyke«, fauchte Tate. »Die ganze Zeit war er VanDykes Maulwurf!«

»Jetzt beleidigt sie mich auch noch. Gib du ihr den Brandy«, sagte LaRue und drückte Ray das Glas in die Hand. »Mir würde sie die Flasche über den Schädel schlagen.«

»Ich würde Sie ans Heck fesseln und an die Fische verfüttern!«

»Lass uns später darüber reden«, schlug Matthew vor. »Setz dich hin und trink. LaRue arbeitet nicht für Van-Dyke.«

»Ich lasse mich nur von ihm bezahlen«, erklärte LaRue vergnügt.

»Er ist ein Verräter, ein Spion! Er hat dein Boot in die Luft gejagt, Matthew!«

»Ich habe mein Boot selbst in die Luft gejagt«, korrigierte Matthew sie. »Trink.« Er goss ihr den Schluck Brandy selbst in die Kehle.

Sie hustete, dann traf der Alkohol ihren Magen wie eine Faust. »Was redest du da?«

»Wenn du dich ruhig hinsetzt, erkläre ich es dir.«

»Du hättest es ihr – und uns allen – schon vor Monaten erzählen sollen«, warf Marla nervös ein. Sie kam mit einer dampfenden Schale aus der Kombüse. »Hier ist ein wenig Suppe, Liebling. Hast du etwas gegessen?«

»Habe ich –« Tate musste lachen. Erst als sie nicht mehr aufhören konnte, erkannte sie, dass sie kurz vor einem hysterischen Anfall stand. »Das Menü war nicht ganz nach meinem Geschmack.«

»Warum zum Teufel bist du mit ihm abmarschiert?«, explodierte Matthew. »Ein halbes Dutzend Leute hat zugesehen, wie du ohne Protest in sein Boot gestiegen bist.«

»Weil er mir erklärt hat, dass seine Männer dich töten würden, wenn ich mich weigere«, gab sie zurück. »Vor der Boutique, in der Mom sich aufhielt, stand ebenfalls einer seiner Schergen.«

»Ach, Tate!« Zitternd sank Marla neben ihrer Tochter auf die Knie.

»Ich hatte gar keine andere Wahl«, sagte sie, und zwischen kleinen Schlucken heißer Hühnersuppe tat sie ihr Bestes, um die anderen über die Ereignisse seit ihrer Entführung durch VanDyke zu informieren.

»Er wollte, dass ich zu ihm an Deck komme«, schloss sie. »Er gab mir sogar ein Fernglas, damit ich zusehen konnte, wie das Boot explodierte. Ich konnte nichts tun. Ich dachte, du wärst tot«, murmelte sie und sah Matthew an. »Und ich konnte nichts dagegen unternehmen.«

»Du hattest natürlich keine Ahnung, was hier ablief.« Weil ihm nichts Besseres einfiel, setzte Matthew sich neben Tate und nahm ihre Hand. »Es tut mir so leid, dass wir dich beunruhigt haben.«

»Beunruhigt! Ja, ich glaube, ich war tatsächlich ein wenig beunruhigt, als ich annahm, dass du in tausend Fetzen in der

Karibik treibst. Und warum hast du dein Boot in die Luft gesprengt?«

»Damit VanDyke denkt, dass ich in tausend Fetzen in der Karibik treibe. Dafür zahlt er LaRue eine Viertelmillion extra.«

»Die ich mit Vergnügen kassieren werde.« LaRues freches Grinsen verschwand. »Ich bedaure nur, dass ich ihn nicht getötet habe, als ich Sie auf seinem Boot antraf. Das war eine unerwartete Wendung. Ich wusste nicht, dass Sie vermisst wurden. Als ich zurückkam, um Matthew davon zu berichten, hatte er bereits einen Plan, wie er Sie zurückholen wollte.«

»Entschuldigt, wenn ich ein wenig verwirrt bin«, unterbrach Tate ihn kühl. »Haben Sie nun VanDyke während der Expedition Informationen über Matthew zugespielt oder nicht?«

»Gefilterte Informationen, würde ich sagen. Er hat nur erfahren, was Matthew und ich für angemessen hielten.« LaRue saß in der Hocke und griff wieder nach der Brandyflasche. »Ich erzähle wohl am besten von Anfang an. VanDyke bot mir Geld an, damit ich ein Auge auf Matthew halte, mich mit ihm anfreunde und interessante Informationen an VanDyke weiterleite. Ich mag Geld, und ich mag Matthew. Es musste also einen Weg geben, das eine mit dem anderen zu verbinden.«

»LaRue erzählte mir vor ein paar Monaten von dieser Vereinbarung.« Matthew übernahm das Wort. »Natürlich hatte LaRue ungefähr ein Jahr lang abkassiert, bevor er mich einweihte.«

LaRue ließ seinen Goldzahn aufblitzen. »Wer führt schon so genau Buch, *mon ami*? Als die Zeit reif war, habe ich es dir erzählt.«

»Ja.« Um seinen Magen zu beruhigen, der inzwischen die ersten Anzeichen von Nervosität zeigte, trank auch Matthew aus der Brandyflasche. »Wir überlegten uns, mitzuspielen und den Gewinn zu teilen.«

»Fünfundsiebzig zu fünfundzwanzig natürlich.«

»Natürlich.« Matthew warf ihm einen genervten Blick zu. »Jedenfalls konnte ich das zusätzliche Bargeld gut gebrauchen, und der Gedanke, dass es von VanDyke stammte, gefiel mir ganz besonders. Als wir beschlossen, uns die *Isabella* zu holen, war uns klar, dass wir den Einsatz erhöhen mussten. Und wenn wir es richtig anstellten, würden wir gleichzeitig VanDyke erwischen.«

»Du wusstest, dass er uns beobachtet?«, fragte Tate matt.

»LaRue beobachtete uns«, berichtigte Matthew sie. »Van-Dyke erfuhr nur, was er erfahren sollte. Als du das Amulett fandest, beschlossen LaRue und ich, dass es Zeit war, den Köder einzuholen. Ein wenig komplizierter wurde es dann, als er dich zuerst einholte.«

»Und das habt ihr mir und den anderen verschwiegen?«

»Ich hatte keine Ahnung, wie du reagieren würdest, oder ob du dich überhaupt für meine persönlichen Pläne interessierst. Dann ging auf einmal alles ganz schnell. Es war nur logisch«, schloss Matthew mit einer hochgezogenen Augenbraue. »Je weniger Leute davon erfuhren, desto besser.«

»Weißt du was, Lassiter?« Tate stand unbeholfen auf. »Das tut weh. Ich ziehe mir jetzt etwas Trockenes an«, murmelte sie und verschwand in ihrer Kabine.

Kaum hatte Tate die Tür hinter sich zugeschlagen, als Matthew sie auch schon wieder öffnete. Ein Blick auf den Gesichtsausdruck seiner Verlobten genügte – er verriegelte das Schloss.

»Wegen dir bin ich durch die Hölle gegangen!« Sie riss die Schranktür auf und zog einen Bademantel heraus. »Weil du mir nicht vertraut hast!«

»Ich musste improvisieren, Rotschopf. Ich konnte noch nicht einmal mir selbst vertrauen. Und das ist nicht der erste Fehler, den ich im Hinblick auf dich gemacht habe.«

»Allerdings.« Sie fummelte an den Knöpfen ihres nassen Hemdes.

»Und es wird nicht der letzte sein. Warum versuchen wir nicht ...« Er verstummte. Tate hatte das Hemd ausgezogen. Ihre Arme und Schultern waren mit Prellungen übersät. Als er weitersprach, klang seine Stimme eisig. »Hat er dir diese Flecken zugefügt?«

»Er und sein hirnloser Henkersknecht.« Immer noch wütend, zog sie ihre Hose aus und schlüpfte in den Bademantel. »Dafür habe ich den slawischen Roboter mit einem Hundert-Dollar-Füller aufgespießt.«

Matthew starrte ihr ins Gesicht, auf die verfärbte Stelle auf ihrem Wangenknochen. »Du hast *was?*«

»Ich hatte auf sein Auge gezielt, habe es aber um Haaresbreite verfehlt. Dafür habe ich ihm ein ziemlich tiefes Loch in die Wange gerammt. Von LaRue habe ich auch ein paar Schichten abgekratzt. Wahrscheinlich sollte mir das jetzt leid tun, tut es aber nicht. Wenn du mir erzählt hättest –« Sie quiekte überrascht auf, weil Matthew plötzlich nach vorn trat und die Arme um sie legte.

»Anschreien kannst du mich später. Er hat dich angefasst!« Wütend sah er sie an. »Ich schwöre bei Gott, dass er dich nie wieder anfassen wird.« Sanft legte er die Lippen an ihre Wange. »Nie wieder.«

Dann trat er zurück. »So, und jetzt kannst du mich anschreien.«

»Du weißt verdammt gut, dass du mir den Spaß daran verdorben hast. Matthew ...« Sie sank in seine Arme. »Ich hatte Angst! Erst habe ich mir immer wieder gesagt, dass ich schon eine Möglichkeit finden würde, zu fliehen, und dann dachte ich, du wärst tot! Danach war mir alles egal.«

»Jetzt ist es vorbei.« Er hob sie hoch und legte sie vorsichtig aufs Bett. »Als LaRue zurückkam, erzählte er mir, wie VanDyke mit dir umging. Bis dahin wusste ich nicht, was es bedeutet, krank vor Angst zu sein.«

Um sie beide zu trösten, küsste er ihr Haar. »Wir hatten bereits einen Plan zu deiner Befreiung ausgearbeitet, als

LaRue an Bord kam. Buck und ich wollten rüberschwimmen. Er sollte sich um Flaschen und Ausrüstung kümmern, während ich nach dir suchte. Ich hoffte, dass es klappen würde, aber dank LaRue wurde die Sache leichter.«

»Wieso?«

»Zum einen hatte er herausgefunden, in welcher Kabine du untergebracht warst, und dann klaute er den Zweitschlüssel. Zu seiner Verteidigung muss ich sagen«, fügte Matthew hinzu, »dass er bei dem Gedanken, dich bei VanDyke zurückzulassen, fast durchgedreht wäre.«

»Ich werde versuchen, daran zu denken.« Sie seufzte. »Du hattest einen Schlüssel? Und ich dachte, du hättest dich an Bord geschwungen wie ein Pirat und die Tür mit einem Messer zwischen den Zähnen aufgetreten.«

»Vielleicht beim nächsten Mal.«

»Nein danke, die Aufregung von heute reicht mir für die nächsten fünfzig bis sechzig Jahre.«

»Soll mir recht sein.« Er atmete ein. »Dann erklärte ich Buck alles, und danach Ray und Marla. Es bot sich an, VanDykes Plan, das Boot zu sprengen, zu unserem Vorteil zu nutzen. Wenn wir ihm die Show nicht geboten hätten, wäre er vielleicht abgefahren oder hätte dir etwas angetan.« Mit geschlossenen Augen presste Matthew seine Lippen in ihr Haar. »Das konnte ich nicht riskieren.«

»Dein schönes Boot!«

»Ein wirkungsvolles Ablenkungsmanöver und ein sicherer Weg, ihn glauben zu lassen, dass sein Plan aufging. Er sah es hochgehen und dachte, alles liefe seinen Vorstellungen entsprechend. Nur wenn er glaubte, ich sei tot, war er weniger wachsam, sodass ich an Bord gehen konnte, ohne einen Kampf zu riskieren.«

Dabei hätte er diesen Kampf genossen, hatte sich richtiggehend danach gesehnt! Aber nicht, solange Tate an Bord war.

»Jetzt müssen wir –« Sie hielt inne und hob den Kopf.

»Buck! Gerade erst ist es mir klar geworden: Er ist ins Wasser gegangen!«

»Es war hart für ihn. Ich war mir nicht sicher, ob er es schaffen würde. Als LaRue zurückkam, wollte ich ihn stattdessen mitnehmen, aber ich wusste nicht, ob du den Mund halten würdest, wenn du ihn sahst. Und Ray sollte bei Marla bleiben. So war also nur Buck übrig. Er hat es für dich getan.«

»Sieht so aus, als ob ich einen ganzen Käfig voller Helden hätte.« Sie küsste ihn. »Danke, dass du die Burgmauer für mich erklommen hast, Lassiter.« Mit einem Seufzer legte sie ihren Kopf wieder an seine Schulter. »Er hat den Verstand verloren, Matthew. Es ist nicht nur Besessenheit oder Gier. Mal ist er vernünftig, dann gleitet er wieder ab. Er ist nicht mehr der Mann, den ich vor acht Jahren kennen gelernt habe, und es ist erschreckend, ihn zu beobachten.«

»Du brauchst ihn nie wieder zu beobachten.«

»Er wird nicht aufgeben. Wenn er erfährt, dass du nicht mit dem Boot in die Luft gegangen bist, wird er dich verfolgen.«

»Darauf warte ich. Morgen um diese Zeit ist alles vorbei.«

»Du willst ihn immer noch töten.« Schaudernd löste Tate sich aus Matthews Armen. »Aber jetzt verstehe ich, wie du dich fühlst. Als ich dich für tot hielt, hätte ich ihn selbst umgebracht, wenn ich die Möglichkeit dazu gehabt hätte.«

Sie wandte sich Matthew wieder zu. »Ich denke nicht, dass ich es jetzt noch könnte, nachdem ich mich beruhigt habe. Aber ich weiß, du glaubst, ihn umbringen zu müssen.«

Matthew sah sie lange an. Ihre Augen waren vom Weinen geschwollen. Ihre Haut war so blass, dass die Flecken auf ihrer Wange wie Brandzeichen wirkten. Sie hatte ihm seine Fehler vergeben, das wusste er.

»Ich werde ihn nicht töten, Tate. Ich könnte es tun«, fuhr er fast nachdenklich fort, als sie ihn anstarrte. »Für meinen Vater, für den hilflosen Jungen. Dafür, dass er dich entführt

hat, dich angefasst hat, für jeden blauen Fleck, jede Sekunde, in der du dich gefürchtet hast, könnte ich sein Herz ohne mit der Wimper zu zucken herausreißen. Verstehst du das?«
»Ich –«
»Nein.« Sein Lächeln war schmal, als er aufstand, um sie anzusehen. »Du verstehst nicht, dass ich ihn kaltblütig töten könnte, so wie ich es seit Jahren plane. Jahrelang starrte ich an die Decke über meiner Koje auf dem verdammten Boot, mit keinem anderen Ziel vor Augen als den Tag, an dem sein Blut an meinen Händen kleben würde. Ich habe sogar sein Geld genommen und so viel wie möglich gespart, damit ich das Boot bauen, die Ausrüstung kaufen, mich über die Runden bringen konnte. Weil ich das Amulett finden wollte, und wenn es mein ganzes Leben dauern sollte.«
»Dann beschleunigte mein Vater die Sache.«
»Genau. Ich konnte geradezu das Kreuz sehen, das die richtige Stelle markierte. Ich wusste, dass ich es finden würde – und ihn. Dann kamst du ...« Er streckte eine Hand aus, um ihr Gesicht zu berühren. »Dann kamst du dazwischen und brachtest alles durcheinander. Du kannst dir nicht vorstellen, wie erschrocken ich war, als ich feststellte, dass ich dich immer noch liebte. Das Einzige, was sich in dieser Hinsicht verändert hatte, war die Tatsache, dass meine Gefühle noch stärker geworden waren.«
»Doch, das kann ich«, sagte sie leise. »Sogar sehr gut.«
Er nahm ihre Hand und küsste sie. »Davon wollte ich mich jedoch nicht aufhalten lassen. Ich wollte nicht abbrechen, was ich vor sechzehn Jahren begonnen hatte. Selbst als du mir das Amulett in die Hand legtest, wollte ich den Weg zu Ende gehen. Ich redete mir ein, dass du mich verstehen und akzeptieren würdest, was ich tun musste, weil du mich liebst. Auf jeden Fall würdest du damit leben müssen.«
Er beobachtete Tates Gesicht und schob seine Finger zwischen ihre. »Doch wenn ich ihn töte, steht er immer zwischen uns. Schließlich erkannte ich, dass ich mir vor allem

anderen ein Leben mit dir wünschte. Der Rest ist unwichtig.«

»Ich liebe dich so sehr.«

»Ich weiß, und so soll es bleiben. Du kannst die Smithsonian Institution anrufen, oder eins deiner Komitees.«

»Bist du dir sicher?«, fragte sie.

»Ich bin mir sicher. Ich weiß jetzt, was das Beste für uns ist. Das Amulett wandert in einen Safe, wo es sicher aufgehoben ist, bis wir das Museum gebaut haben. Und sieh zu, dass die Medien informiert werden. Ich will, dass es die ganze Welt erfährt.«

»Eine Art öffentlicher Schutzschild.«

»Es dürfte schwer für ihn werden, ihn zu umgehen. In der Zwischenzeit verabrede ich mich mit ihm.«

Panik überkam sie. »Das darfst du nicht! Matthew, er hat schon einmal versucht, dich umzubringen.«

»Es muss sein. Diesmal wird es VanDyke sein, der aufgibt und verschwindet. Ein Dutzend Nachrichtenagenturen werden Reporter herschicken. In wissenschaftlichen Kreisen wird man von unserem Fund reden. Er wird wissen, dass er an das Amulett nicht herankommt. Er kann nichts mehr tun.«

»Das klingt vernünftig, Matthew, aber *er* ist nicht vernünftig! Ich habe nicht übertrieben, er ist wirklich verrückt.«

»Er ist vernünftig genug, seinen guten Ruf, seine Position nicht aufs Spiel zu setzen.«

Tate wünschte, sie könnte Matthews Optimismus teilen. »Er hat mich entführt. Wir können ihn verhaften lassen.«

»Wie willst du das beweisen? Zu viele Menschen haben gesehen, wie du freiwillig und ohne Gegenwehr mit ihm mitgegangen bist. Wir können die Sache nur beenden, indem wir ihm klar machen, dass er verloren hat.«

»Und wenn er es nicht einsieht, es nicht akzeptiert?«

»Dann zwinge ich ihn dazu.« Wieder grinste Matthew. »Wann willst du mir endlich vertrauen, Rotschopf?«

»Ich vertraue dir. Versprich mir aber, dass du nicht allein zu diesem Treffen gehst.«

»Sehe ich so dumm aus? Ich habe gerade gesagt, dass ich mir ein Leben mit dir wünsche. Er wird mit mir und ein paar meiner Kumpels in der Hotellobby zusammensitzen. Wir werden etwas trinken und uns gepflegt unterhalten.«

Tate schauderte. »Du klingst genau wie er.«

»Wenn es sein muss ...« Er küsste ihre Braue. »Morgen Abend sind wir ihn los.«

»Und dann?«

»Ich nehme an, dann werden wir eine Zeit lang damit beschäftigt sein, dein Museum zu bauen. In Cades Bay gibt es ein Grundstück, das sich perfekt eignen würde.«

»Ein Grundstück? Woher weißt du das?«

»Ich habe mich neulich erkundigt.« Seine Augen funkelten wieder, als er ihre geschundene Wange betrachtete. »Wenn ich mich nicht mit dem Makler getroffen hätte, wärst du VanDyke nie in die Finger gefallen.«

»Moment mal ... Du hast dich mit einem Makler getroffen und dir ein Grundstück angesehen, ohne mir davon zu erzählen?«

Er ahnte das sich zusammenbrauende Unwetter und wich vorsichtshalber zurück. »Ich habe noch nichts unterschrieben, nur eine Anzahlung geleistet und uns damit für dreißig Tage eine Option gesichert. Ich dachte an eine Art Hochzeitsgeschenk.«

»Du willst mir zur Hochzeit das Grundstück für ein Museum schenken?«

Nervös schob Matthew die Hände in die Taschen. »Du musst es ja nicht annehmen. Es war nur ein Impuls, also –« Sie kam so schnell auf ihn zu, dass ihm keine Zeit blieb, sich abzustützen, als sie ihn aufs Bett warf. »Hey!«

»Ich liebe dich.« Sie setzte sich rittlings auf ihn und bedeckte sein Gesicht mit Küssen. »Nein, ich bete dich an.«

»Das klingt vielversprechend.« Erfreut und ein wenig

überrascht legte er seine Hände auf ihre Hüften. »Ich befürchtete schon, du wärst sauer.«

»Ich bin verrückt nach dir, Lassiter.« Sie zog seine Hände an ihr Gesicht und beugte sich hinunter, um ihm einen langen, verträumten Kuss zu geben, der sein Gehirn in eine weiche Masse verwandelte. »Das hast du für mich getan«, murmelte sie. »Dabei ist dir das Museum doch im Grunde völlig egal.«

»Zumindest habe ich nichts dagegen.« Seine Hände schoben sich unter ihren Bademantel. »Eigentlich gefällt mir die Idee immer besser.«

Ihre Lippen glitten sein Kinn und seine Kehle entlang. »Ich werde dich sehr glücklich machen.«

Er atmete heftig aus, als sie ihm das T-Shirt über den Kopf zog. »Das machst du wirklich gut.«

»Ich kann noch viel mehr.« Sie lehnte sich zurück, sah ihm in die Augen und öffnete langsam den Gürtel ihres Mantels. »Sieh mich einfach an.«

Seine älteste und lebhafteste Phantasie wurde Wirklichkeit, als sie sich schlank und lebendig über ihn erhob. Flammendes Haar, milchweiße Haut, Augen, in denen sich das Meer zu spiegeln schien. Er konnte sie berühren, wann immer er es sich wünschte, festhalten, wenn sein Herz klopfte, sie beobachten, während die Leidenschaft sie überwältigte.

Es war so ruhig, so friedlich, so einfach, ihre Körper und Herzen zu vereinigen. Es war wie in seinem Traum damals, schwerelos, nur miteinander verbunden. Jeder seiner Sinne, jede Zelle, jeder Gedanke gehörte ihr.

Endlich war er heimgekehrt.

Neuntes Kapitel

Tate stand zeitig auf, ohne Matthew zu wecken, und verließ leise ihre Kabine. Sie wollte in Ruhe ihren Gedanken nachhängen, und besser als mit einer einsamen Tasse Kaffee in der Kombüse konnte der Tag nicht beginnen.

Matthew zu vertrauen, war eine Sache, ihn ganz allein VanDyke gegenübertreten zu lassen eine andere.

Als sie in die Kombüse kam, stand ihre Mutter bereits am Herd. Aus dem Radio erklang in gedämpfter Lautstärke Bob Marleys Stimme.

»Ich hätte nicht gedacht, dass schon jemand auf ist.« Tate folgte dem Duft des Kaffees und goss sich eine Tasse ein.

»Ich verspürte das dringende Bedürfnis, Brot zu backen. Das Kneten hilft mir beim Denken.« Entschlossen bearbeitete Marla den Teig auf dem mehlbestreuten Brett. »Außerdem haben wir uns alle ein anständiges Frühstück verdient. Eier, Speck, Würstchen, Kekse. Das Cholesterin vergessen wir für heute.«

»So bewältigst du also deine emotionalen Krisen.« Besorgt musterte Tate ihre Mutter über den Rand ihrer Tasse hinweg. Obwohl Marla ihr Gesicht sorgfältig geschminkt hatte, erkannte Tate die Spuren einer unruhigen Nacht.

»Mir geht es gut, Mom.«

»Ich weiß.« Marla biss sich auf die Lippe, überrascht, dass die Tränen schon wieder fließen wollten. Wie die meisten Mütter im Angesicht einer Krise war sie erst zusammengebrochen, nachdem sie Tate in Sicherheit wusste. Dann hatte sie ihren Gefühlen freien Lauf gelassen. »Ich weiß, dass alles in Ordnung ist. Aber wenn ich an die Stunden denke, in denen dieser ekelhafte, abscheuliche –« Anstatt ihren Tränen nachzugeben, unterstrich sie jedes Wort mit einem gezielten Hieb in den Brotteig. »Dieser bösartige, hinterhältige, mörderische Schakal dich in seiner Gewalt hatte, würde ich ihm am liebsten die Haut mit einem Obstmesser von den Knochen pellen.«

»Wow!« Tate war beeindruckt. »Eine reizvolle Vorstellung. Du bist wirklich eine ehrfurchteinflößende Frau, Marla Beaumont. Dafür liebe ich dich.«

»Niemand darf meiner Tochter etwas antun.« Sie atmete tief aus, dankbar, dass ihre Stimme nicht ihre wahren Gefühle preisgab. Das Kneten hatte Wunder gewirkt. »Dein Vater sprach von Foltern, Vierteilen und Kielholen.«

»Dad?« Tate stellte ihre Tasse hin und kicherte. »Der gute, alte, sanfte Ray?«

»Ich war mir nicht sicher, ob Matthew ihn dazu würde bringen können, an Bord zu bleiben, als sie aufbrachen, um dich zu holen. Und es kam tatsächlich zu einer Auseinandersetzung.«

Das erstaunte Tate noch mehr. »Auseinandersetzung? Dad und Matthew?«

»Nun, sie haben sich nicht wirklich geprügelt, aber ein oder zwei Minuten lang sah es gefährlich danach aus.«

Bei der Vorstellung, wie ihr Vater und ihr zukünftiger Ehemann einander auf dem Vorderdeck umzirkelten, schüttelte sie verwirrt den Kopf. »Das ist nicht dein Ernst.«

»Buck stellte sich zwischen sie, bis sie sich beide abgekühlt hatten«, berichtete Marla. »Ich hatte schon Angst, Ray würde ihm eine verpassen.«

»Komm schon, Dad hat in seinem ganzen Leben noch niemandem eine verpasst.« Tate goss sich noch mehr Kaffee ein. »Oder?«

»Nicht in den letzten paar Jahrzehnten. Aber die Emotionen gerieten eben ein wenig außer Kontrolle.« Marlas Augen wurden weich, und sie strich ihrer Tochter über das zerzauste

Haar. »Zwei Männer, die dich lieben, waren krank vor Sorge um dich. Und Matthew machte sich obendrein Vorwürfe.«

»So ist er nun mal«, murmelte Tate.

»Er ist eben davon überzeugt, seine Frau beschützen zu müssen. Darüber solltest du dich freuen«, erklärte Marla kichernd. Tate sah entsetzt drein. »Wie stark und selbstständig eine Frau auch sein mag, wenn ein Mann sie so sehr liebt, dass er buchstäblich sein Leben für sie riskieren würde, sollte sie sich glücklich schätzen.«

»Vermutlich.« Aller Emanzipation und allem gesunden Menschenverstand zum Trotz vermochte Tate sich ein Grinsen nicht zu verkneifen. Da hatte sie sich doch tatsächlich einen tapferen Helden an Land gezogen.

»Wenn ich mir den idealen Lebenspartner für dich aussuchen könnte, wäre es Matthew. Selbst vor acht Jahren, als ihr beide noch so jung, eigentlich zu jung für eine Beziehung wart, wusste ich, dass du bei ihm in guten Händen bist.«

Neugierig lehnte Tate sich mit einer Hüfte an die Theke. »Ich hätte gedacht, der leichtsinnige Abenteurertyp wäre der Alptraum einer jeden Mutter!«

»Nicht, wenn sich darunter eine solide Basis verbirgt.« Marla legte den Teig in eine Schüssel und deckte ihn mit einem Tuch ab. Mit leeren Händen sah sie sich tatendurstig in der makellos sauberen Kombüse um. »Zeit fürs Frühstück.«

»Ich helfe dir.« Tate zog ein Paket Würstchen aus dem Kühlschrank. »Dann müssen die Männer hinterher aufräumen.«

»Schlau eingefädelt.«

»Nun, ich habe sowieso keine Zeit. Nach dem Essen muss ich eine Menge Anrufe tätigen: die Universität, die Cousteau-Gesellschaft, *National Geographic* – und ein gutes Dutzend mehr.« Dankbar für die Ablenkung, suchte Tate eine Pfanne aus. »Hat Matthew dir von seinem Plan erzählt, die Medien zu informieren, bevor er sich mit VanDyke trifft?«

»Wir haben darüber gesprochen, nachdem du eingeschlafen warst.«

»Wenn ich nur glauben könnte, dass ihn diese Maßnahme aufhalten wird«, murmelte Tate. »Ich kann mir nicht vorstellen, dass VanDyke klein beigibt und aus unserem Leben verschwindet.«

»Der Mann gehört ins Gefängnis.«

»Da stimme ich dir zu. Aber zu wissen, was er getan hat, und es zu beweisen, sind zwei völlig unterschiedliche Paar Schuhe.« Tate stellte die Pfanne zum Vorwärmen auf den Herd. »Wir müssen uns damit abfinden. Er wird nie dafür büßen, was er Matthew und uns allen angetan hat, aber das Amulett bekommt er auch nicht.«

»Was wird er tun, um sich dafür an dir zu rächen?«

Tate zuckte mit den Schultern und legte die Würstchen in die Pfanne. »An die Kette kommt er nicht mehr heran, also werde ich einfach dafür sorgen müssen, dass es bei mir nicht anders ist. Dasselbe gilt für meinen tapferen Helden.«

Nachdenklich nahm Marla Kartoffeln aus einem Eimer. »Tate, ich habe nachgedacht. Mir ist da etwas eingefallen. Wahrscheinlich ist es dumm, aber ...«

»Was ist dir eingefallen?«

»Bezüglich VanDyke«, sagte Marla und begann die Kartoffeln zu schälen.

»Hat es etwas mit einem Obstmesser zu tun?«

»Nein.« Sie kicherte. »Im Grunde ist es albern.«

»Warum erzählst du es mir nicht?« Tate wendete die Würstchen. »Man kann nie wissen.«

»Nun, ich dachte nur ...«

Zehn Minuten später brutzelten die Würstchen immer noch in der Pfanne, und Tate schüttelte den Kopf.

»Es ist so einfach!«

Marla seufzte und stocherte in den Bratkartoffeln herum. »Eine blöde Idee. Ich habe keine Ahnung, wie ich darauf gekommen bin und ob es wirklich funktionieren könnte.«

»Mom.« Tate packte ihre Mutter an den Schultern und wirbelte sie herum. »Dein Plan ist genial!«

Überrascht zwinkerte Marla. »Findest du?«

»Auf jeden Fall. Einfach und genial. Kümmere du dich um das Frühstück«, sagte Tate und küsste sie vergnügt. »Ich werde die anderen wecken, damit sie erfahren, dass ich meine Intelligenz von dir geerbt habe.«

Freudig wandte Marla sich wieder ihren Kartoffeln zu. »Genial«, sagte sie zu sich selbst und klopfte sich zufrieden auf die Schulter.

»Es könnte klappen.« LaRue betrachtete noch einmal die großzügig angelegte Hotelhalle. »Aber bist du dir sicher, dass du nicht doch lieber deinen früheren Plan umsetzen und VanDyke in kleinen Stücken an die Fische verfüttern willst?«

»Hier geht es nicht darum, was mir lieber ist.« Matthew hielt sich in der kleinen Bücherei abseits der Haupthalle versteckt. »Außerdem würden die Fische sich den Magen verderben.«

»Stimmt.« LaRue seufzte tief. »Das ist das erste Opfer, das du als Ehemann bringen musst, *mon jeune ami*.«

»Damit kann ich leben.«

Vorsichtig berührte LaRue seine zerkratzte Wange und brachte ein Lächeln zustande. »Ich glaube, Tate ist jedes Opfer wert.«

Er ließ einen Blick durch die große Lobby mit den bequemen Sitzgruppen, prächtigen Pflanzen und Panoramafenstern wandern. »Das Wetter ist so gut, dass kaum jemand hier ist. Und die Tageszeit ist günstig«, fügte er hinzu. »Zu spät zum Lunch, zu früh für Cocktails. Unser Mann ist prinzipiell pünktlich, in zehn Minuten dürfte er hier sein.«

»Setz dich und bestell dir etwas zu trinken. Wir müssen verhindern, dass er den Tisch aussucht.«

LaRue straffte seine Schultern und fuhr sich durchs Haar. »Wie sehe ich aus?«

»Umwerfend.«

»*Bien sûr.*« Zufrieden verschwand er. Er wählte einen Tisch am Terrassenfenster, einem dick gepolsterten Sofa gegenüber, und betrachtete das Regal mit den Brettspielen, mit denen sich die Gäste an regnerischen Tagen die Zeit vertreiben konnten. Dann zog er seinen Tabakbeutel aus der Tasche.

Gerade genoss er den letzten Rest seiner Zigarette sowie einen aufgeschäumten Mai Tai und ein Kapitel Hemingway, als VanDyke, gefolgt von seinem schweigsamen Steward, den Raum betrat.

»Ah, so pünktlich wie erwartet.« Er prostete VanDyke zu und grinste den Steward höhnisch an. »Wie ich sehe, fürchten Sie sich sogar vor einem loyalen Mitarbeiter.«

»Reine Routine.« Mit einer Handbewegung wies VanDyke den Mann an, auf dem Sofa Platz zu nehmen. »Und Sie haben das Gefühl, bei einer geschäftlichen Besprechung den Schutz eines öffentlichen Ortes zu benötigen?«

»Reine Routine«, gab LaRue zurück und schob sorgfältig ein Lesezeichen in sein Buch, bevor er es beiseite legte. »Wie geht es Ihrem Gast?«, erkundigte er sich beiläufig. »Die Beaumonts sorgen sich um Tates Sicherheit.«

VanDyke faltete die Hände und spürte, wie sie sich entspannten. Seit Tates Verschwinden bemerkt worden war, hatte er gegen einen Wutanfall angekämpft. Offensichtlich, dachte er jetzt, war sie nicht an den Busen ihrer Familie zurückgekehrt. Wahrscheinlich ertrunken, vermutete er und betrachtete gedankenverloren die Kellnerin. Wirklich schade.

»Einen Champagnercocktail. Mein Gast geht Sie nichts an«, fügte er an LaRue gewandt hinzu. »Ich würde gern direkt auf unser Geschäft zu sprechen kommen.«

»Ich habe es nicht eilig.« Genüsslich lehnte LaRue sich in seinem Stuhl zurück. »Haben Sie das Feuerwerk gesehen, das ich gestern Nacht für Sie veranstaltet habe?«

»Ja.« Pedantisch entfernte VanDyke eine Fluse von einer seiner gestärkten Manschetten. »Ich nehme an, es gab keine Überlebenden.«

LaRues schmales Grinsen wirkte kühl. »Für Überlebende bezahlen Sie mich nicht, oder?«

»Nein.« VanDyke stieß einen tiefen, fast ehrfürchtigen Seufzer aus. »Matthew Lassiter ist tot. Sie haben sich Ihr Geld verdient, LaRue.« Er brach ab und schenkte der Kellnerin, als sie ihm seinen Cocktail servierte, sein charmantestes Lächeln.

»Ihr Auftrag lautete, sein Boot zu vernichten, zusammen mit ihm und seinem Onkel, und Ihr Preis betrug, wenn ich mich recht entsinne, zweihundertundfünfzigtausend.«

»Ein Sonderangebot«, murmelte LaRue.

»Die Zahlung erfolgt noch vor Geschäftsschluss auf Ihr Konto. Glauben Sie, dass er sofort tot war?«, fragte VanDyke nachdenklich. »Oder hat er die Explosion gespürt?«

LaRue starrte in seinen Drink. »Wenn Sie wollten, dass er leidet, hätten Sie das bei Vertragsabschluss erwähnen sollen. Für ein geringfügig höheres Honorar hätte ich es eingerichtet.«

»Nicht so wichtig. Ich gehe davon aus, dass er gelitten hat. Und die Beaumonts?«

»Sind natürlich erschüttert. Matthew war wie ein Sohn für sie, und Buck ein guter Freund. *Ils sont désolés*. Ich selbst täuschte Schuldgefühle und Trauer vor. Wenn ich mich nicht entschlossen hätte, mit dem Beiboot nach Saint Kitts zu fahren und das Nachtleben zu genießen ...« Er legte eine Hand an sein Herz und schüttelte den Kopf. »Doch sie trösteten mich, versicherten mir, dass ich es nicht verhindern hätte können.«

»Die beiden sind wirklich zu vertrauensselig.« VanDyke bedauerte sie für ihre Gutgläubigkeit. »Ein reizendes Paar«, bemerkte er dann. »Ganz besonders die Frau ist sehr attraktiv.«

»Ah ...« LaRue küsste seine Fingerspitzen. »Eine wahre Rose des Südens.«

»Dennoch ...« Versonnen nippte VanDyke an seinem Drink. »Ich frage mich, ob nicht ein Unfall auf der Rückreise angebracht wäre.«

Vor Überraschung verschluckte sich LaRue an seinem Mai Tai. »Sie wollen die Beaumonts beseitigen?«

»Reinen Tisch machen«, murmelte VanDyke. Sie haben das Amulett berührt, dachte er, mein Amulett. Das war Grund genug für ihn, die beiden aus dem Weg zu räumen. »Andererseits sind sie relativ unbedeutend. Ich zahle Ihnen fünfzigtausend für jeden von ihnen, wenn Sie das für mich übernehmen.«

»Hunderttausend für einen Doppelmord? *Mon ami*, Sie sind geizig.«

»Ich könnte es selbst umsonst erledigen«, bemerkte VanDyke. »Aber gut, hunderttausend, um mir die Mühe zu ersparen, andere Maßnahmen treffen zu müssen. Es wäre mir allerdings lieb, wenn Sie noch eine oder zwei Wochen abwarten würden.« Um mir Zeit zu geben, deine eigene Beseitigung zu arrangieren. »Nachdem wir diesen Punkt nun geklärt haben – wo befindet sich das Amulett?«

»Oh, in Sicherheit.«

VanDykes Gesicht verfinsterte sich. »Sie sollten es mitbringen.«

»*Mais non*, erst das Geld.«

»Ich habe den für das Amulett vereinbarten Betrag überwiesen.«

»Das ganze Geld.«

VanDyke unterdrückte seine Wut. Dies war das letzte Mal, dass dieser unverschämte Kanadier ihn auszunehmen versuchte. Er dachte an Mord, an die Art von Mord, die weder sauber noch praktisch war. Und die er höchstpersönlich durchführen wurde.

»Ich habe Ihnen bereits erklärt, dass Sie über das Geld nach Geschäftsschluss verfügen können.«

»Sie bekommen Ihr Amulett, sobald die Zahlung eingegangen ist.«

»Verflucht, LaRue!« Mit zornig-roten Wangen stand VanDyke vom Tisch auf und warf dabei fast seinen Stuhl um, bevor er sich wieder sammelte. Geschäft, wiederholte er im Geiste wie eine Beschwörungsformel. Es geht ums Geschäft. »Ich werde mich sofort darum kümmern.«

LaRue nahm das unerwartete Zugeständnis gelassen hin. »Wie Sie wünschen. Dort drüben in der Nische finden Sie ein Telefon.« Grinsend sah er zu, wie VanDyke verschwand. »Noch eine Viertelmillion«, murmelte er in seinen Drink, während er seinen Blick durch die Lobby schweifen ließ und kurz an der Tür zur Bibliothek innehielt. »Nicht übel.«

Großzügig beschloss er, Matthews Anteil auf fünfzig Prozent zu erhöhen, als Hochzeitsgeschenk sozusagen. Das erschien ihm nur recht und billig.

»Die Angelegenheit ist erledigt«, bemerkte VanDyke, als er ein paar Minuten später zurückkehrte. »Das Geld wird in diesem Moment überwiesen.«

»Wie immer ist es mir ein Vergnügen, mit Ihnen zu verhandeln. Wenn ich ausgetrunken habe, tätige ich selbst einen Anruf und prüfe, ob alles ordnungsgemäß gelaufen ist.«

VanDykes Fingerknöchel färbten sich weiß vor Anspannung. »Ich will das Amulett. Ich will endlich mein Eigentum!«

»Nur noch ein paar Minuten«, versicherte LaRue ihm. »Bis dahin können Sie sich hiermit die Zeit vertreiben.« Aus seiner Hemdtasche nahm er ein Blatt Papier, das er sorgsam auseinander faltete und auf den Tisch legte.

Die Zeichnung war detailgetreu, jedes Glied der Kette, jeder Stein, selbst die winzigen Buchstaben der Gravur.

VanDykes Gesicht wurde so weiß wie seine Fingerknöchel. »Unglaublich.«

»Tate ist sehr begabt. Sie hat seine Eleganz eingefangen, nicht wahr?«

»Die Kraft«, flüsterte VanDyke und ließ seine Finger über die Zeichnung gleiten. Er konnte die Struktur der Steine fast fühlen. »Selbst auf der Zeichnung sieht und spürt man sie. Fast zwanzig Jahre lang habe ich danach gesucht.«

»Und dafür getötet.«

»Was sind schon ein paar Menschenleben im Vergleich zu dem hier?« Speichel sammelte sich in seinem Mund, der Champagner war vergessen. »Niemand, der es je besitzen wollte, verstand seine wahre Bedeutung, seine Macht. Es hat Jahre gedauert, bis ich es begriffen hatte.«

LaRues Augen funkelten. »Noch nicht einmal James Lassiter?«

»Er war ein Narr. Er sah nur den finanziellen Wert und den Ruhm. James dachte, er könnte mich überlisten.«

»Stattdessen haben Sie ihn getötet.«

»Es war wirklich einfach. Sein Sohn sollte sich um die Ausrüstung kümmern. Der Junge war vorsichtig, sorgfältig, sogar misstrauisch mir gegenüber, aber er war noch ein Kind. Es war lächerlich einfach, die Sauerstoffflaschen zu manipulieren.«

LaRue widerstand dem Impuls, zur Bibliothek zu blicken, und fixierte stattdessen VanDykes Gesicht. »Er muss es gewusst haben. Lassiter war ein erfahrener Taucher, oder? Als er die ersten Anzeichen des Stickstoffkollapses bemerkte, wollte er doch sicher zur Oberfläche schwimmen.«

»Ich brauchte ihn nur festzuhalten, Gewalt war gar nicht notwendig. Ich bin kein gewalttätiger Mensch. Er war verwirrt, ja, sogar fröhlich. Nachdem ihn der Tiefenrausch überwältigt hatte, war es richtig angenehm für ihn. Er lächelte, als ich ihm das Mundstück abnahm. Er ertrank selig – mein Geschenk an ihn.«

VanDykes Atem beschleunigte sich, während er erneut auf die Zeichnung starrte. »Aber damals wusste ich nicht oder konnte mir zumindest nicht sicher sein, ob er sein Wissen mit in den Tod genommen hatte.«

VanDyke griff nach seinem Drink. Die Erinnerung hatte seinen Puls angenehm auf Touren gebracht. Genau wie die Erkenntnis, dass seine Tat damals doch kein Fehler gewesen war, sondern nur ein Schritt von vielen, die ihn zu diesem Moment geführt hatten.

»All die Jahre haben die Lassiters mir vorenthalten, was rechtmäßig mir gehört. Nun sind sie tot, und das Amulett kehrt endlich zu mir zurück.«

»Ich glaube, da täuschen Sie sich«, murmelte LaRue. »Matthew, würdest du dich auf einen Drink zu uns setzen?«

Als VanDyke erschrocken aufsah, ließ Matthew sich bereits auf einem Stuhl nieder. »Ich könnte ein Bier vertragen. Ein schönes Schmuckstück, nicht wahr?«, bemerkte er und hob die Zeichnung auf. VanDyke sprang auf die Füße.

»Ich habe Ihr Boot in Flammen aufgehen sehen!«

»Den Sprengstoff habe ich selbst gezündet.« Matthew warf dem Steward, der ebenfalls aufgesprungen war, einen Blick zu. »Sie sollten Ihren Wachhund zurückpfeifen, VanDyke. Ein erstklassiges Haus wie dieses hält nichts von Prügeleien.«

»Dafür bringe ich Sie eigenhändig um!« VanDyke klammerte sich am Tisch fest, bis die Knochen in seinen Fingern schmerzten. »Sie sind ein toter Mann, LaRue.«

»Wohl kaum, denn dank Ihrer Großzügigkeit bin ich ein reicher Mann – Mademoiselle!« LaRue strahlte die Kellnerin an, die herbeigeeilt war und die drei Männer ängstlich anstarrte. »Mein Bekannter ist ein wenig nervös. Wären Sie so freundlich, uns noch eine Runde zu bringen, und für meinen Freund ein Corona mit Limone?«

»Glauben Sie, dass Sie damit durchkommen?« Zitternd vor Wut, gab VanDyke seinem Bodyguard Anweisungen. Der Mann setzte sich wieder auf das Sofa. »Glauben Sie, Sie können mich betrügen, sich über mich lustig machen und mir nehmen, was mir zusteht? Ich kann Sie zerstören.«

Er bekam kaum noch Luft und sah nur Matthews kühle, gelassene Augen. James Lassiters Augen.

Die Toten kehrten zurück.

»Alles, was Sie gefunden haben, gehört innerhalb einer Woche mir. Ich brauche nur die richtigen Worte in die richtigen Ohren zu flüstern. Und sobald ich es habe, sobald Sie alles verloren haben, was Sie besitzen, lasse ich Sie jagen und wie Tiere abschlachten.«

»Näher als in diesem Augenblick werden Sie nie an den Fluch der Angelique herankommen.« Matthew faltete die Zeichnung zusammen und schob sie in seine Tasche. »Und Sie werden mich, meine Familie und Freunde nicht anrühren.«

»Ich hätte Sie töten sollen, als ich Ihren Vater umbrachte.«

»Ihr Fehler.« Matthew sah sich als Junge, zitternd vor Kummer, Wut und Hilflosigkeit. Jetzt kam es ihm so vor, als ob dieser Junge ebenfalls tot war. »Ich mache Ihnen einen Vorschlag, VanDyke.«

»Einen Vorschlag?« Er spuckte die Worte fast aus. Sein Kopf drohte zu zerspringen. »Sie glauben, ich würde mit Ihnen verhandeln?«

»Ich denke schon. Komm aus deinem Versteck, Buck.«

Mit rotem Gesicht richtete Buck sich hinter einer der Zierpalmen neben dem Regal auf. »Ich sage dir, Matthew, diese Japaner sind Genies.« Er grinste seine handtellergroße Videokamera an und zog eine winzige Kassette heraus. »Weißt du, die Aufnahmen sind gestochen scharf, und der Ton ist perfekt. Ich konnte das Eis in LaRues Drink beinahe schmelzen hören.«

»Ich persönlich bevorzuge mein eigenes Modell.« Marla zog einen riesigen Hut mit breiter Krempe vom Kopf und gesellte sich zu den anderen an den Tisch. »Das Zoom ist unglaublich. Selbst von der anderen Seite der Halle aus konnte ich sämtliche Poren seiner Haut zählen.« Sie zog ebenfalls eine Kassette heraus. »Ich glaube nicht, dass mir etwas entgangen ist, Matthew.«

»Die Wunder der Technologie.« Matthew spielte mit der

Minikassette in seiner Hand. »Es ist unglaublich. Auf diesen kleinen Kassetten haben wir Video- und Tonaufnahmen von Ihrem Geständnis aus zwei verschiedenen Perspektiven. Sie wissen doch, was Anstiftung bedeutet, oder nicht, Van-Dyke? Das ist, wenn Sie jemanden dafür bezahlen, ein Verbrechen zu begehen.«

Er lächelte schmal und steckte die Bänder ein. »Dazu kommt Verschwörung zu einem Mord.« Matthew zögerte. »Das wären schon zwei Anklagepunkte. Und natürlich Mord. Damit meine ich den vorsätzlichen Mord an James Lassiter. Als ich mich zum letzten Mal damit beschäftigte, gab es für Tötungsdelikte keine Verjährungsfrist«, fügte er leise hinzu.

Er reichte LaRue die Kassetten. »Danke, Partner.«

»War mir ein Vergnügen.« Der Goldzahn blitzte auf. »Ein ausgesprochen lukratives Vergnügen.«

Matthew sah seinen Onkel an. »Buck, du und LaRue kümmert euch um die Bänder.«

»Schon unterwegs.« Buck blieb stehen und sah VanDyke an. »Jahrelang glaubte ich, auf der Halskette läge ein Fluch. Ich dachte, dass sie James getötet und mich und den Jungen verfolgt hätte. Dabei waren Sie es. Jetzt haben wir Sie erledigt, VanDyke, und ich bin mir sicher, dass James sich darüber königlich amüsiert.«

»Niemand wird Ihre Bänder ernst nehmen.« VanDyke tupfte sich den Mund mit einem Taschentuch ab und gab seinem Steward ein Signal.

»Das sehe ich anders. Einen Augenblick noch.« Matthew wandte sich um und sah gerade noch, wie LaRue sich bückte, anscheinend, um nach seinen Schuhbändern zu sehen, und dann wie eine Rakete direkt zwischen den Beinen des Leibwächters hochschnellte.

Zweihundertachtundsechzig Pfund Muskeln gingen zu Boden. Über die Lippen des Mannes drang kaum mehr als ein Wimmern, dann rollte er sich wie eine gegarte Garnele zusammen.

»Das war für Tate«, erklärte LaRue. Als mehrere Hotelangestellte herbeigeeilt kamen, hob er hilflos beide Hände. »Er ist einfach umgefallen!«, rief er. »Vielleicht ein Herzinfarkt. Verständigen Sie schnell einen Arzt!«

»Sie haben den Kanadier immer unterschätzt,« sagte Matthew grinsend. »Danke«, fuhr er an die zusehends nervöser werdende Kellnerin gewandt fort, die die Getränke servierte. »Marla, du bekommst einen Mai Tai.«

»Mit dem größten Vergnügen, mein Lieber.« Sie ließ sich nieder, strich den weiten Rock ihres Sommerkleides glatt und warf VanDyke einen eisigen Blick zu. »Sie sollten wissen, dass es meine Idee war«, erklärte sie. »Sie musste nur noch ein wenig verfeinert werden. Sie sehen blass aus, Mr. VanDyke. Möchten Sie ein wenig Käse, einen kleinen Proteinschub?«

»Ist sie nicht süß?« Überschwänglich küsste Matthew Marlas Hand. »Und nun zum geschäftlichen Teil. Kopien dieser Bänder werden in verschiedenen Safes, Schließfächern und Anwaltsbüros auf der ganzen Welt deponiert. Mit den üblichen Anweisungen – Sie wissen schon: Falls mir etwas zustoßen sollte et cetera. ›Mir‹ heißt in diesem Fall mir selbst, meiner attraktiven zukünftigen Schwiegermutter ...«

»Oh, Matthew!«

»... Ray«, fuhr Matthew fort, nachdem er ihr zugezwinkert hatte. »Buck, LaRue, und natürlich Tate. Oh, und wo wir gerade von Tate sprechen ...«

Matthews Hand schnellte vor wie eine Schlange und packte den sorgfältig gebundenen Windsorknoten von VanDykes Seidenkrawatte. Mit glühenden Augen zog er ihn zu wie eine Schlinge.

»Wenn Sie sich ihr noch einmal nähern, wenn jemals einer Ihrer Zombies sie anfasst, werde ich Sie töten – nachdem ich vorher jeden Knochen in Ihrem Körper gebrochen und Sie mit Marlas Obstmesser gehäutet habe.«

»Das sollte Tate doch für sich behalten.« Verlegen saugte Marla an ihrem Strohhalm.

»Ich denke, wir verstehen uns.« Keineswegs befriedigt, lockerte Matthew seinen Griff.

»Wie nett, ihr seid immer noch hier!« Tate kam in die Lobby geschlendert. Trotz der Prellung strahlte ihr Gesicht. »Hallo, Liebster«, säuselte sie, als sie sich hinunterbeugte und Matthew auf die Wange küsste. »Wir konnten nicht früher kommen«, fuhr sie fort. »Das Flugzeug hatte Verspätung. Ich möchte euch meine Freunde und Kollegen vorstellen, Dr. Hayden Deel und Dr. Lorraine Ross.« Sie lächelte die beiden an. »Neuerdings Mr. und Mrs. Deel. Dad!« Tate legte ihrem Vater beschwichtigend eine Hand auf den Arm, als sie sah, dass Ray bei VanDykes Anblick die Zähne bleckte. »Nimm dich zusammen.«

»Nett, Sie kennen zu lernen.« Matthew stand auf und blockierte VanDyke den Weg. »Hatten Sie eine angenehme Reise?«

»Wir haben jede Sekunde genossen«, zwitscherte Lorraine. »Einschließlich des Jetlag.«

Tate nahm ihre Sonnenbrille ab. »Es ist so romantisch! Der Kapitän der *Nomad* hat die beiden erst vor ein paar Tagen getraut.«

»Wir wollen unsere Flitterwochen hier mit dem Beruflichen kombinieren.« Haydens Arm lag fest um Lorraines Schulter, als ob er fürchtete, dass sie sich in Luft auflösen würde, sobald er sie losließ. »Als wir Tates Nachricht erhielten, waren wir so beunruhigt, dass wir sofort abreisten.«

»Es war schön, sie am Flughafen überraschen zu können. Als ich heute Morgen in der Universität anrief, sagte man mir dort, dass Hayden und Lorraine bereits unterwegs wären.«

»So konnten wir den anderen zuvorkommen.« Lorraine schmiegte sich in Haydens Arm und bemühte sich, ein Gähnen zu unterdrücken. »In ein paar Tagen wird Nevis vor

Wissenschaftlern und Reportern nur so wimmeln. Wir wollen die Überreste der *Isabella* untersuchen, bevor es hier zu eng wird.«

»Genau so ist es geplant.« Tate lächelte VanDyke säuerlich an. »Ich glaube, Sie haben meine Kollegen noch nicht persönlich kennen gelernt, VanDyke, aber ihre Namen sind Ihnen sicherlich ein Begriff. Übrigens, ist das nicht Ihr Büttel, der da draußen gerade in einen Krankenwagen verladen wird? Er sieht furchtbar blass aus.«

Bleich vor Wut, sprang VanDyke auf. »Das letzte Wort ist noch nicht gesprochen!«

»Stimmt.« Tate legte eine Hand auf Matthews Schulter. »Wir stehen noch ganz am Anfang. Verschiedene bedeutende Institute schicken Vertreter, die den Rest der Bergungsarbeiten beobachten und die Funde untersuchen. Von besonderem Interesse ist natürlich ein gewisses Amulett, das als der Fluch der Angelique bekannt ist. Das *Smithsonian Magazine* wird einen Artikel über seine Geschichte, seine Entdeckung und die dazugehörige Legende veröffentlichen. Der *National Geographic* plant eine Dokumentation.«

Da nun alle Teile des Puzzles zusammenpassten, lächelte sie. »Jetzt ist überall bekannt, wo und von wem das Amulett gefunden wurde und wem es gehört. Schachmatt, VanDyke.«

»Magst du ein Bier, Rotschopf?«

»Ja.« Sie drückte Matthews Schulter. »Gern.«

»Nimm den Rest von meinem. Ich glaube nicht, dass die Kellnerin sich noch einmal herwagt. Ich denke, damit ist der geschäftliche Teil geregelt, VanDyke. Wenn Ihnen sonst noch etwas einfällt, rufen Sie an – bei unserem Anwalt. Wie heißt er doch gleich, Tate?«

»Winston, Terrance und Blythe in Washington, D.C. Vielleicht ist Ihnen der Name ein Begriff. Soweit ich weiß, gehört die Kanzlei zu den besten an der Ostküste. Oh, und der amerikanische Konsul war ganz begeistert, als ich vor ein paar Stunden mit ihm sprach. Er würde die Fundstätte gern selbst besichtigen.«

Gott, dachte Matthew, sie ist wirklich eine tolle Frau. »Dann werden wir ihm seinen Wunsch wohl erfüllen müssen. Wenn Sie uns jetzt entschuldigen würden, VanDyke, wir haben noch viel zu bereden.«

VanDyke betrachtete die Gesichter, die ihn umgaben. Er sah Triumph, Verwirrung, Herausforderung. Allein konnte er gegen keinen von ihnen etwas ausrichten. Mit dem bitteren Geschmack des Versagens in der Kehle drehte er sich steif um und ging.

Er hatte immer noch alles unter Kontrolle.

»Küss mich«, verlangte Tate und zog Matthew ungeduldig an sich. »Und zwar richtig.«

»Äh ...« Hayden spielte mit seinem Glas. »Würde mir bitte jemand erklären, was hier eigentlich gespielt wird?«

»Sieht so aus, als ob wir in den letzten Akt hineingeplatzt wären«, stimmte Lorraine zu. »War das Silas VanDyke, der Unternehmer, Wohltäter und Freund aller Meereswissenschaftler?«

»Das war Silas VanDyke.« Tate drückte Matthew fest an sich. »Der Verlierer. Ich bin verrückt nach dir, Lassiter. Lass uns die Kellnerin rufen und die Frischvermählten dann auf den neuesten Stand bringen.«

Zehntes Kapitel

An der Geschichte fehlt wirklich nichts«, stellte Lorraine fest.

An Deck des sanft schaukelnden Bootes betrachtete sie die Sterne und den silbernen Mond. Es war nach Mitternacht. Die Erklärungen, die erstaunten Ausrufe, das Festmahl und die feierlichen Trinksprüche waren vorbei.

Sie hatte ihren Ehemann bei den anderen zurückgelassen, damit er in aller Ruhe die Schätze bewundern und sie den Augenblick ungestört mit ihrer früheren Mitbewohnerin genießen konnte.

»Das Ende ist das Beste.« Tate genoss es, diesmal den anderen die Arbeit zu überlassen, und ließ sich mit ihrem letzten Glas Champagner Zeit.

»Ich weiß nicht ... Schließlich ist Mord, Gier, Lust, Opferbereitschaft, Leidenschaft, Sex –«

»Na gut, vielleicht war der Sex das Beste.«

Kichernd versuchte Lorraine, der Flasche noch ein paar Tropfen abzuringen. »Die Hexerei habe ich ausgelassen. Glaubst du, dass Angelique Maunoir wirklich eine Hexe war?«

»Und das aus dem Munde einer Wissenschaftlerin.« Tate seufzte. »Ich glaube, sie war stark und mächtig, und Liebe ist bekanntlich die stärkste Magie.«

»Vielleicht solltest du dir darüber Gedanken machen, dass sich dieses wundersame Amulett jetzt in *eurem* Besitz befindet.«

»Ich könnte mir vorstellen, dass Angelique damit einverstanden ist, dass sie uns und unsere Pläne für ihr Amulett gutheißt. Wir werden ihre Geschichte erzählen. Und wo wir gerade von Geschichten sprechen ...« Großzügig teilte Tate den Inhalt ihres Glases mit Lorraine. »Wie war das eigentlich mit dir und Hayden?«

»Vielleicht nicht ganz so legendär, aber ich bin zufrieden.« Mit gespitzten Lippen hielt Lorraine ihre Hand hoch, um ihren im Sternenlicht funkelnden Ehering zu betrachten. »Auch wenn ich für Hayden nur zweite Wahl war.«

»Sei nicht albern.«

»Vielleicht übertreibe ich. Weißt du, als wir noch zusammenarbeiteten, habe ich dich nie ganz verstanden. Hayden verfolgte jede deiner Bewegungen mit seinen wunderschönen, treuen Augen, und du hast seine Gefühle gar nicht registriert. Nachdem ich Matthew nun kennen gelernt habe, wird mir natürlich einiges klar.« Sie seufzte verträumt. »Versteh mich bitte nicht falsch, aber ich war richtiggehend erleichtert, als du die *Nomad* verlassen musstest. Lorraine, sagte ich mir, das ist deine große Chance.« Sie fuchtelte mit ihrem Glas herum und hätte dabei fast ihren Champagner verschüttet. »An die Arbeit.«

»Offensichtlich hast du keine Zeit verloren.«

»Ich liebe ihn eben. Ich schwöre dir, Tate, bei ihm kam ich mir wie ein tollpatschiger Welpe vor, der um Leckerbissen bettelt. Ich hatte meine Männer immer unter Kontrolle, weißt du? Bei Hayden war das ganz anders. Schließlich musste ich meinen letzten Rest Stolz schlucken. Ich drängte ihn buchstäblich in die Ecke, als er im Labor Überstunden machte, und verführte ihn.«

»Im Labor?«

»Du hast es erfasst. Vorher hatte ich schon ein paar halbherzige Anläufe unternommen, um ihn überhaupt auf mich aufmerksam zu machen. Ich erklärte ihm, dass ich ihn liebte und ich mich an seine Fersen heften würde, wohin er auch ginge. Er betrachtete mich ernst und sagte dann, unter diesen Umständen sei es wohl am besten, wenn wir heirateten.«

»Das hat er gesagt?«

»Hat er.« Angesichts ihrer Erinnerungen musste Lorraine seufzen. »Dann lächelte er. Und ich habe wie ein Baby geheult.« Lorraine schniefte und nippte an ihrem Champagner. »Wenn ich nicht aufpasse, muss ich schon wieder weinen.«

»Bloß nicht, sonst kommen mir auch noch die Tränen. Diesmal haben wir beide Glück gehabt.«

»Es hat praktisch mein ganzes Leben gedauert, bis ich endlich Glück hatte. Scheiße.« Schulterzuckend trank sie noch einen Schluck. »Ich bin gerade betrunken genug, um es zuzugeben. Dreiundvierzig Jahre. Eine Meereswissenschaftlerin mittleren Alters, die zum ersten Mal in ihrem Leben verliebt ist. Verdammt, jetzt muss ich doch noch flennen.«

»Okay.« Tate schluckte. »Schaffst du es, in ein paar Tagen als Trauzeugin zu fungieren?«

»Klar.« Lorraines Tränen tropften in ihr leeres Glas. Als Hayden und Matthew an Deck kamen, blickte sie mit wässrigen Augen auf.

»Was geht hier vor?«, wollte Hayden wissen.

»Wir sind betrunken und glücklich«, verkündete Lorraine. »Und verliebt.«

»Das ist schön.« Hayden tätschelte ihren Kopf. »Hoffentlich hast du etwas gegen deinen Kater morgen früh dabei. Wir haben einen langen Tag vor uns.«

»Er ist so …« Lorraine stand auf, schwankte bedenklich und lehnte sich gegen ihren Mann. »… so organisiert. Ich bekomme schon wieder weiche Knie.«

»Lorraine, in den nächsten Tagen fliegen wichtige Leute aus der ganzen Welt ein. Wir müssen Vorbereitungen treffen.« Da sie ihn unverdrossen anstrahlte, warf Hayden Matthew einen hilflosen Blick zu. »Würdest du uns nach Nevis zurückchauffieren? Lorraine muss dringend ins Bett.«

»Buck und LaRue helfen dir dabei, sie ins Beiboot zu befördern, und bringen euch zurück.« Matthew streckte eine Hand aus. »Ich freue mich, dass du zum Team gehörst.«

Als das Boot in Richtung Insel verschwand, lehnte Tate sich an Matthew. »Die beiden sind ein wunderbares Paar.«

»Jetzt verstehe ich, warum du so viel von ihm hältst. Er kapiert schnell und konzentriert sich auf die wichtigsten Aspekte.«

Tate lehnte ihren Kopf an Matthews Schulter und beobachtete, wie das Licht des Beibootes immer kleiner wurde. »Er ist der Beste auf seinem Gebiet und obendrein sehr renommiert. Lorraine ist auch nicht gerade unbekannt. Dadurch, dass die beiden jetzt hier sind, bekommt unsere ganze Operation einen Anstrich von Professionalität.« Sie atmete zufrieden durch. »Und je mehr einflussreiche Leute von der *Isabella* und dem Amulett erfahren, desto schwieriger wird es für VanDyke, sich auf irgendeine Weise einzumischen.«

»Wir sollten trotzdem vorsichtig sein. Es ist auf jeden Fall besser, dass wir hier, weit weg von der Insel und der Fundstelle ankern.«

»VanDyke hat sich mit eingekniffenem Schwanz getrollt. Er kann ruhig jeden seiner gekauften Politiker, jedes Institut und jeden Beamten auf den Plan rufen – ändern wird er nichts mehr.« Sie drehte sich um und legte ihre Arme um ihn. »Mir wäre es anders auch lieber gewesen, aber so war es für uns das Beste.«

»Es auf diese Art zu regeln, ist im Grunde befriedigender, als ich erwartet hatte. Wir gewinnen, er verliert. Auf ganzer Linie.« Er griff in seine Hosentasche und holte das Amulett heraus. »Jetzt gehört es wirklich dir.«

»Uns.«

Er legte Tate die Kette um den Hals. »Ich glaube, als Etienne es für Angelique anfertigen ließ, wählte er den Rubin für die Mitte als Symbol für Leidenschaft. Die Diamanten ringsherum stehen für Beständigkeit, das Gold für Stärke.« Sanft küsste er Tates Brauen, Wangen und Lippen. »Die Liebe braucht all diese Dinge.«

»Matthew.« Sie schloss ihre Hand um den Stein. »Das hast du wunderschön gesagt.«

»Ich dachte mir, dass du es vielleicht zur Hochzeit tragen möchtest.«

»Das würde ich sicher tun, wenn ich nicht schon etwas hätte, das mir mehr bedeutet – ein kleines goldenes Medaillon mit einer Perle.«

Gerührt strich er mit einem Finger über ihre Wange. Er musste sich räuspern, bevor er seiner Stimme trauen konnte. »Du hast es aufbewahrt?«

»Ein Dutzend Mal war ich versucht, es wegzuwerfen, habe es aber nie übers Herz gebracht. Es bedeutet mir mehr als alles andere, das ich je aus dem Meer geholt habe. Sogar mehr als das hier.«

»Wir werden es schaffen.« Sanft küsste er sie. »Du bringst mir Glück, Rotschopf. Lass uns reingehen. Hayden hat Recht, wir haben einen langen Tag vor uns.«

»Ich komme gleich nach. Ich will nur noch einmal meine Aufzeichnungen durchsehen und ganz sichergehen, das wirklich alles in Ordnung ist. Sollte nicht länger als eine halbe Stunde dauern.«

»Wie kannst du so praktisch denken, wenn ich dich um den Verstand bringen will?«

»Na gut, zwanzig Minuten.« Tate lachte und gab ihm einen Schubs. »Ich muss mich davon überzeugen, dass meine Unterlagen vollständig sind. Auf gar keinen Fall will ich wie eine Amateurin dastehen, wenn der Vertreter der Cousteau-Gesellschaft hier auftaucht.«

»Ehrgeizig und sexy obendrein.« Matthew biss in ihre Unterlippe. »Ich warte auf dich.«

»Fünfzehn Minuten!«, rief sie ihm nach. Dann legte sie die Arme um ihren Körper.

Alles, was sie sich je gewünscht hatte, war greifbar nah – der Mann, den sie liebte, das gemeinsame Leben mit ihm, ihre Karriere, die plötzlich einen gewaltigen Sprung nach vorn gemacht hatte, das Museum, in dem sie ihre Fundstücke ausstellen konnte.

Sie legte ihre Hand um das Amulett und schloss die Augen. Nach vierhundert Jahren würde Angelique endlich Ruhe finden.

Nichts, dachte sie zufrieden, war unmöglich.

Gerade wollte sie die Flaschen und Gläser einsammeln, die sie und Lorraine stehen gelassen hatten, als sie leise Schritte hinter sich hörte. Tate musste lachen.

»Fünfzehn Minuten, Lassiter. Vielleicht zehn, wenn du mich nicht weiter ablenkst.«

Die Hand, die sich über ihren Mund legte, fühlte sich feucht und glatt an. Ihre eigene schnellte instinktiv nach oben, ihre Nägel gruben sich in Fleisch, bevor sie überhaupt begriff, was mit ihr passierte.

»Ich habe eine Waffe auf Sie gerichtet, Tate.« Der stechende Schmerz in der Nierengegend ließ sie die Luft anhalten. »Mit einem Schalldämpfer. Niemand hört, wenn ich Sie hier erschieße. Falls Sie schreien oder rufen, bringe ich Sie und jeden, der Ihnen zu Hilfe eilt, um. Verstanden?«

Die Stimme und die Drohung klangen entsetzlich vertraut. Sie konnte nur nicken.

»Seien Sie jetzt sehr vorsichtig.« VanDyke verlagerte seine Hand von ihrem Mund an ihre Kehle. »Sonst sind Sie tot.« Eigentlich sollte er ihr einfach das Genick brechen. Einen Augenblick lang spielte er mit dem Gedanken, dann verwarf er ihn wieder. Das hatte Zeit. »Sekunden später bin ich unter Wasser und spurlos verschwunden.«

»Was wollen Sie damit beweisen?« Ihre Worte klangen schwach und atemlos, weil er ihre Kehle zudrückte. »An die *Isabella* und alles, was wir an Bord gefunden haben, kommen Sie nicht mehr heran. Sie können mich umbringen, Sie können uns alle töten, das ändert nichts. Man wird Sie verfolgen, und Sie kommen für den Rest Ihres Lebens ins Gefängnis.«

»Ist Ihnen denn nicht klar, dass mir niemand etwas anhaben kann, sobald ich das Amulett besitze? Sie kennen seine Macht, haben sie selbst gespürt.«

»Sie sind verrückt –« Unwillkürlich schrie Tate auf, aber ihr Schrei wurde gedämpft, weil seine Finger an ihrem Hals zudrückten.

»Es gehört mir, es hat mir schon immer gehört.«

»Damit kommen Sie nicht durch. Jeder wird wissen, dass Sie es waren. Diesmal können Sie sich weder hinter Ihrem Geld noch Ihrem Einfluss verstecken.« Gequält atmete sie aus, sobald er seinen Griff lockerte.

»Das Amulett genügt mir.«

»Sie müssen sich für den Rest Ihres Lebens verstecken.«

Während sie sprach, sah sie sich verzweifelt nach einer Waffe um. Die schwere Champagnerflasche stand außer Reichweite.

»Wir haben die Bänder, und wir haben alle relevanten Stellen über den Fund informiert.« Hastig sprach sie weiter. »Hayden und Lorraine sowie Dutzende von anderen Wissenschaftlern wissen längst Bescheid. Sie können sie doch nicht alle umbringen!«

»Natürlich kann ich, und es gibt nichts und niemanden, der mich daran hindern wird. Geben Sie mir das Amulett, Tate, und Ihren Eltern zumindest passiert nichts.«

Tate wurde schwindlig. Sie schloss ihre Hand schützend um den Stein, der sanft gegen ihre Handfläche zu pulsieren schien.

»Ich glaube Ihnen nicht. Sie bringen mich um, Sie werden uns alle umbringen! Und wozu? Für die verrückte Vorstellung, dass eine Halskette Ihnen Macht gibt und Sie unantastbar macht?«

»Und unsterblich.« Er glaubte es inzwischen tatsächlich. »Andere haben daran geglaubt, aber sie waren schwach, nicht dazu in der Lage, das zu beherrschen, was sie in ihren Händen hielten. Ich dagegen bin daran gewöhnt, Befehle zu erteilen, Macht auszuüben. Deshalb gehört es mir. Wie wird es sein, wenn jeder Wunsch, jeder Gedanke möglich wird? Alles zu besitzen, für immer zu leben, falls man sich das wünscht?«

Sein Atem an ihrem Ohr beschleunigte sich. »Ja, dafür würde ich Sie umbringen. Wollen Sie, dass ich Sie vorher leiden lasse?«

»Nein.« Tate schloss die Augen und lauschte angestrengt auf die Geräusche des zurückkehrenden Bootes. Wenn sie doch nur LaRue und Buck oder Matthew ein Zeichen geben könnte. Dann gäbe es vielleicht eine Möglichkeit, VanDyke davon abzuhalten, sie alle zu töten. »Ich gebe es Ihnen und bete zu Gott, dass Sie das Leben bekommen, das Sie verdienen.«

»Wo ist das Amulett?«

»Hier.« Sie hob es hoch. »Genau hier.«

Überrascht lockerte er seinen Griff, sodass sie sich losreißen konnte. Aber sie lief nicht weg, wohin hätte sie auch laufen sollen? Stattdessen sah sie ihn mit kalten, trotzigen Augen an. Ihre Finger umklammerten immer noch den strahlenden Stein in der Mitte des Amuletts. Sie sah, wie sich sein Gesicht entspannte und schlaff wurde. Aber die Pistole bewegte sich nicht.

»Es ist schön, nicht wahr?«, sagte sie leise. An seine Vernunft konnte sie nicht appellieren, also würde sie es mit seinen Wahnvorstellungen versuchen. Vielleicht hatte sie ja doch eine Waffe in der Hand.

»Seit Jahrhunderten hat es darauf gewartet, wieder gehalten zu werden, getragen und bewundert zu werden. Wissen Sie, dass es völlig unbeschädigt war, als ich es aus dem Sand zog?«

Tate wendete den Stein, bis er das weiße Mondlicht reflektierte. Licht und Schatten tanzten. Plötzlich war es so still, dass sie das leise Plätschern der Wellen am Bug hörte.

»Die Zeit und das Salzwasser konnten ihm nichts anhaben. Genauso strahlend und glänzend muss es ausgesehen haben, als sie es zuletzt trug.«

Da VanDyke mit unbeweglichen Augen weiter wie hypnotisiert auf das Amulett starrte, trat Tate zurück und hielt den Stein hoch. »Ich glaube, sie trug es an jenem Morgen, als sie auf den Scheiterhaufen geführt wurde. Und er, der Mann, der für ihre Verurteilung verantwortlich war, wartete vor der Zelle und nahm es ihr ab.«

Ihre leise Stimme klang beruhigend. »Weil er sie nicht haben konnte, nahm er ihr die letzte irdische Verbindung zu dem Mann, den sie liebte. Zumindest glaubte er das. Aber er konnte die Verbindung zwischen den beiden nicht trennen, genauso wenig wie der Tod es vermochte. Im Geiste sprach sie seinen Namen aus, während der Rauch ihre Lunge füllte und die Flammen um ihre Füße schlugen. Etiennes Namen. Ich höre sie, VanDyke. Und Sie?«

Er starrte Tate an wie eine Ratte die Schlange und fuhr sich mit der Zunge über die Lippen. »Es gehört mir.«

»Oh nein, es gehört ihr, und es wird ihr immer gehören. Das ist das Geheimnis des Amuletts, VanDyke, darin besteht seine Magie und seine Macht. Die, die das nicht verstanden und es für ihre eigenen Ziele missbrauchen wollten, brachten den Fluch über sich selbst. Wenn Sie es nehmen«, murmelte sie mit fester Stimme, »sind Sie verdammt.«

»Es gehört mir«, wiederholte er. »Ich habe ein Vermögen dafür ausgegeben, es zu suchen.«

»Aber *ich* habe es gefunden. *Sie* stehlen es nur.« Inzwischen hatte sie sich fast bis zur Reling vorgetastet. Ist das ein Motorengeräusch, fragte sie sich, oder nur eine Wunschvorstellung? Würde sie die Menschen, die sie liebte, retten oder töten, wenn sie jetzt schrie?

VanDyke starrte immer noch in ihre Richtung, und ihr Herz sank wie ein Stein. Seine Augen blickten wieder klar und ruhig, ohne den wahnsinnigen Glanz.

»Sie glauben, ich weiß nicht, was Sie vorhaben? Sie wollen

Zeit herausschinden, bis Ihr starker Held zu Ihrer Rettung herbeieilt. Schade, dass er es nicht tut, dann könnten Sie beide zusammen sterben. Jetzt habe ich Ihnen lange genug zugehört, Tate. Geben Sie das Amulett mir, sonst bekommen Sie die erste Kugel in den Unterleib anstatt ins Herz.«

»In Ordnung.« Ihre Finger fühlten sich seltsam leicht und sicher an. Es war fast so, als ob sie gar nicht zu ihr gehörten, als ob sie selbst irgendwo außerhalb ihres Körpers stehen würde. »Wenn Sie so scharf darauf sind, holen Sie es sich – und bezahlen Sie den Preis.«

Tate schleuderte es in hohem Bogen ins Meer und machte sich auf einen Schuss gefasst.

VanDyke schrie auf. Der Laut war unmenschlich, erinnerte sie an ein Tier, das Blut wittert. Er stürzte zur Reling und sprang in das schwarze Wasser. Doch bevor er untertauchen konnte, war Tate ihm auch schon gefolgt.

Die Wahnwitzigkeit ihres Plans war ihr bewusst, und doch konnte sie nicht anders, sie füllte ihre Lunge mit Luft und tauchte unter.

Ihre Vernunft sagte ihr, dass sie weder das Amulett noch ihn jemals mitten in der Nacht ohne Maske, Sauerstoffflasche und Licht finden würde. Doch als ihre Logik gerade Oberhand über ihren Instinkt gewinnen wollte, sah sie vor sich einen Schatten. Ungeahnte Wut stieg in ihr auf, und sie stürzte sich wie ein Hai auf ihn.

Hier unten in der luftleeren Welt traf seine Stärke auf ihre Jugend und ihre Kraft, seine blinde Gier auf ihre Wut. Tate hatte keine Waffe außer ihren Händen und Zähnen, und die setzte sie erbarmungslos ein.

VanDyke griff nach ihr und versuchte, verzweifelt die Oberfläche zu erreichen, um Luft zu holen. Doch obwohl ihre eigene Lunge schmerzte, hielt sie ihn unten, bis er einen Tritt landen und sich von ihr lösen konnte. Sie schwamm durch das dunkle Wasser nach oben.

Dort wartete er bereits auf sie und schlug wild nach ihr,

während sie darum kämpfte, ihre Lunge mit Sauerstoff zu füllen. Sein Gesicht wirkte durch das Wasser und das Salz in ihren Augen verzerrt und irgendwie animalisch. Er holte noch einmal aus. Sie kämpften wortlos miteinander, die unheimliche Stille wurde nur gelegentlich von ein paar keuchenden Atemzügen unterbrochen.

Tate keuchte. Das Salz brannte in ihren Augen. VanDyke hielt sie fest und schnappte selbst nach Luft. Ihre Hände verloren an seinem glatten Taucheranzug den Halt, und das Summen in ihren Ohren wurde zum Schrei. Dann sah sie glänzende Lichter, die sich vor ihren Augen brachen.

Nein, dachte sie und befreite sich mühsam. Es war nur ein Licht. Ein einzelnes Licht, das tief unten im Sand leuchtete. Er schwamm darauf zu, tiefer und tiefer durch die Dunkelheit zum weißen Sand hinunter, wo das Amulett wie ein blutender Stern lag.

Sie beobachtete, wie er es aufhob und seine Hand sich um den Rubin schloss. Das sanfte rote Leuchten drang durch seine Finger und wurde dunkler, schien zu bluten.

Er wandte den Kopf nach oben und sah Tate triumphierend an. Ihre Blicke trafen sich. Plötzlich schien er aufzuschreien.

»Sie kommt zu sich. Gut so, Rotschopf, huste ruhig.«

Matthews unsichere Stimme drang nur mühsam zu ihr durch. Tate spürte das solide Holz des Decks unter sich. Seine Hände stützten ihren Kopf, Wasser tropfte auf ihre Haut.

»Matthew...«

»Sag jetzt nichts. Verdammt, wo bleibt die Decke?«

»Hier ist sie.« Ruhig und konzentriert deckte Marla ihre Tochter zu. »Alles in Ordnung, Liebling, bleib einfach liegen.«

»VanDyke –«

»Mach dir keine Gedanken.« Matthew drehte sich um und

betrachtete den Mann, der von LaRue in Schach gehalten wurde. Er hatte viel Wasser geschluckt und kicherte irre vor sich hin.

»Das Amulett.«

»Himmel, sie trägt es um den Hals!« Matthew nahm ihr die Kette mit unsicherer Hand ab. »Ist mir gar nicht aufgefallen.«

»Du warst ja auch vollauf damit beschäftigt, ihr das Leben zu retten.« Erleichtert schloss Ray die Augen. Als Matthew Tate aus dem Wasser gezogen hatte, war er davon überzeugt gewesen, dass seine Tochter tot war.

»Was ist passiert?« Endlich fand Tate die Kraft, die Augen zu öffnen. Über sich sah sie blasse, besorgte Gesichter. »Gott, mir tut alles weh.«

»Bleib einen Moment still ... Ihre Pupillen sehen normal aus, und sie zittert nicht.«

»Schocksymptome stellen sich manchmal erst später ein. Ich glaube, wir sollten ihr die nassen Sachen ausziehen und sie ins Bett bringen.« Marla biss sich auf die Lippe, und obwohl sie wusste, dass es albern war, fühlte sie an Tates Stirn ihre Temperatur. »Ich mache dir einen schönen Kamillentee.«

»In Ordnung.« Ein wenig verwirrt lächelte Tate. »Darf ich jetzt aufstehen?«

Fluchend hob Matthew sie mitsamt der Decke hoch. »Ich bringe sie ins Bett.« Er hielt kurz inne und betrachtete noch einmal VanDyke. »LaRue und Buck, ihr bringt ihn am besten nach Nevis und übergebt ihn der Polizei.«

Neugierig starrte Tate ihn an. »Warum lacht er?«

»Er lacht, seit Ray ihn an Bord gezogen hat. Außerdem faselt er von brennenden Hexen auf dem Meeresgrund. Du nimmst jetzt ein heißes Bad.«

»Oh ja.«

Matthew war sehr geduldig. Er ließ das Badewasser einlaufen, massierte ihre Schultern, wusch ihr sogar das Haar.

Dann trocknete er sie ab, zog ihr Nachthemd und Bademantel über und brachte sie ins Bett.

»Daran könnte ich mich gewöhnen«, murmelte sie und ließ ihren immer noch benommenen Kopf in die frisch aufgeschüttelten Kissen sinken. Dann nippte sie an dem Tee, den ihre Mutter hereingebracht hatte.

»Du bleibst jetzt erst einmal liegen«, befahl Marla und zupfte an der Decke herum. Sie sah Matthew an. »Ray ist mit nach Nevis gefahren. Er wollte VanDyke nicht aus den Augen lassen, bis er sicher in einer Zelle sitzt. Soll ich dir Bescheid sagen, sobald sie zurück sind?«

»Ich komme gleich wieder nach oben.«

Marla zog nur eine Augenbraue hoch. Sie hatte das Gefühl, dass Tates Krise noch bevorstand. »Ich koche jetzt eine große Kanne Kaffee.« Sie küsste Tate auf die Stirn und zog leise die Tür hinter sich ins Schloss.

»Ist sie nicht toll?«, begann Tate. »Nichts kann die wunderbare Gelassenheit einer Südstaatlerin erschüttern.«

»Dann erkläre ich dir jetzt, was die Gelassenheit eines Yankees erschüttern kann! Was zum Teufel hast du dir dabei gedacht?«

Sein Ton ließ sie zusammenzucken. »Ich weiß es selbst nicht. Alles ging so schnell.«

»Du hast nicht mehr geatmet.« Mit zitternden Fingern hob er ihr Kinn an. »Als ich dich aus dem Meer zog, hast du nicht mehr geatmet...«

»Ich kann mich an nichts erinnern. Nachdem ich hinter ihm hergesprungen war, wurde alles völlig konfus und irgendwie unwirklich.«

»Du bist hinter ihm hergesprungen«, wiederholte Matthew langsam.

»Ich wollte es nicht«, sagte sie schnell. »Ich hatte das Amulett ins Wasser geworfen in der Hoffnung, dass er ihm folgen würde, anstatt mich zu erschießen.«

Matthew zuckte zusammen. »Er hatte eine Waffe?«

»Ja.« Tate spürte, dass ihr Kopf wieder schwer wurde, und bemühte sich um Konzentration. »Er muss sie unter Wasser verloren haben.« Sanft nahm sie Matthews Hand. »Er stand einfach da, direkt hinter mir, Matthew, und bohrte mir eine Pistole in den Rücken. Er muss von Steuerbord gekommen sein, seine Ausrüstung ist vermutlich immer noch dort. Ich konnte nicht nach dir rufen, Matthew, sonst hätte er uns alle umgebracht.«

So gelassen wie möglich erzählte sie ihm, was auf Deck passiert war.

»Ich brauchte gar nicht darüber nachzudenken, mir blieb keine andere Wahl, als das Amulett wegzuschleudern. Van-Dyke rannte an mir vorbei, ohne mich eines Blickes zu würdigen, und sprang sofort hinterher.«

»Warum zum Teufel bist du ihm gefolgt? Ich war doch da, Rotschopf.«

»Ich weiß. Ich kann es dir nicht erklären. Im ersten Moment dachte ich, jetzt hole ich Matthew, und dann war ich auf einmal im Wasser. Beim Tauchen wurde mir klar, dass es dumm war, aber ich konnte mich nicht dagegen wehren. Ich habe ihn erwischt, und wir kämpften.«

Sie schloss die Augen und ließ die Szene noch einmal Revue passieren. »Ich weiß noch, dass ich erst mit ihm an der Oberfläche gekämpft habe, dann unter Wasser. Ich erinnere mich, dass ich keine Luft mehr bekam und dass mir klar wurde, dass er mich ertränken wollte. Dann sah ich auf einmal dieses Licht.«

»Himmel ...« Matthew fuhr sich mit einer Hand durchs Haar. »Willst du mir erzählen, dass du eine todesnahe Erfahrung hattest? Das weiße Licht, der Tunnel und so weiter?«

Überrascht schlug sie die Augen auf. »Das nicht, aber irgendwie seltsam war es schon. Ich muss Halluzinationen gehabt haben. Ich sah ein Leuchten, so deutlich, wie ich dich jetzt sehe. Ich weiß, dass das unmöglich ist, aber ich habe es gesehen. Und er auch.«

»Ich glaube dir«, sagte Matthew leise. »Sprich weiter.«

»Ich habe beobachtet, wie er danach tauchte. Ich selbst schwebte einfach im Wasser.« Zwischen ihren zusammengezogenen Augenbrauen bildete sich eine dünne Falte. »Es war, als ob ich dableiben musste, zusehen musste. Ich kann es nicht erklären.«

»Du machst das sehr gut.«

»Ich habe gewartet und gewartet«, fuhr sie fort. »Er nahm es hoch und hielt es fest, und ich konnte sehen, wie der Rubin durch seine Finger zu bluten begann, so als ob der Stein flüssig geworden wäre. Er sah auf, starrte mich direkt an. Ich blickte in seine Augen. Dann ...«

Weil sie zitterte, streichelte Matthew über ihr Haar. Am liebsten hätte er sie an sich gezogen und ihr geraten, alles zu vergessen. Aber er wusste, dass sie die Geschichte zu Ende erzählen musste. »Und dann?«

»Er schrie. Ich habe es gehört. Der Schrei wurde nicht durch das Wasser gedämpft, es war ein schriller, verängstigter Laut. Er sah mich die ganze Zeit an und schrie. Überall um uns herum war Feuer – Licht und Farbe, aber keine Hitze. Ich hatte überhaupt keine Angst. Also nahm ich ihm das Amulett ab und überließ ihn seinem Schicksal.«

Sie lachte nervös. »Ich weiß nicht – danach muss ich wohl das Bewusstsein verloren haben. Vermutlich war ich die ganze Zeit über ohnmächtig, denn so kann es sich unmöglich abgespielt haben.«

»Als ich dich aus dem Wasser zog, trugst du das Amulett um den Hals, Tate.«

»Ich muss es ... gefunden haben.«

Er strich ihr das Haar aus dem Gesicht. »Glaubst du das wirklich?«

»Ja, natürlich. Nein«, korrigierte sie sich und griff nach Matthews Hand. »Eigentlich nicht.«

»Jetzt erzähle ich dir, was ich gesehen habe: Als ich dich nach mir rufen hörte, rannte ich an Deck. VanDyke schlug im Wasser mit den Armen und Beinen um sich und schrie tatsächlich. Ich wusste, dass du ebenfalls dort unten sein musstest, also sprang ich.«

Er hielt es für überflüssig, ihr zu erzählen, dass er nach ihr gesucht hatte, bis ihm fast die Lunge geplatzt war, und er keinen Augenblick lang in Erwägung gezogen hatte, ohne sie aufzutauchen.

»Ich fand dich ganz unten auf dem Grund. Du lagst auf dem Rücken, wie im Schlaf. Und du hast gelächelt. Ich erwartete fast, dass du die Augen öffnen und mich ansehen würdest. Als ich dich herauszog, fiel mir auf, dass deine Atmung ausgesetzt hatte. Es waren nicht mehr als drei, vier Minuten vergangen, seit du nach mir gerufen hattest, aber du hast nicht mehr geatmet.«

»Und du hast mich wiederbelebt?« Sie richtete sich auf, stellte die Tasse ab und nahm sein Gesicht in beide Hände. »Mein Held!«

»Es war nicht wie bei Dornröschen. Mund-zu-Mund-Beatmung und eine Herz-Lungen-Massage sind alles andere als romantisch.«

»Unter den gegebenen Umständen aber auf jeden Fall angebrachter als ein Strauß Lilien.« Sie küsste ihn sanft. »Matthew, eins muss ich dir noch sagen. Ich habe dich nicht gerufen.« Bevor er protestieren konnte, schüttelte sie den Kopf. »Ich habe nicht gerufen. Aber als ich fürchtete, zu ertrinken, habe ich im Geiste ständig deinen Namen wiederholt.« Sie legte ihre Wange an seine und seufzte. »Anscheinend hast du mich gehört.«

Elftes Kapitel

Durch die Gitterstäbe der kleinen Zelle beobachtete Matthew Silas VanDyke. Hier saß also der Mann, der ihn sein Leben lang verfolgt und seinen Vater getötet hatte, der ihn ermorden wollte und die Frau, die er liebte, beinahe umgebracht hatte.

Er war ein mächtiger Mann gewesen, mit großem finanziellem, gesellschaftlichem und politischem Einfluss.

Jetzt war er eingesperrt wie ein Tier im Käfig.

Die Wärter hatten ihm ein Baumwollhemd und Hosen gegeben, beides ausgeblichen und viel zu weit. Er trug keinen Gürtel, keine Schnürsenkel und mit Sicherheit keinen Seidenschlips mit Monogramm.

Dennoch saß er auf der schmalen Pritsche wie auf einem eigens für ihn angefertigten Sessel, als ob die enge Zelle sein luxuriös eingerichtetes Büro wäre. Und als ob er immer noch alles dirigieren könnte.

Allerdings fand Matthew, dass er irgendwie geschrumpft war. Sein Körper wirkte in der viel zu großen Gefängniskleidung irgendwie zerbrechlich. Seine Gesichtszüge waren schärfer, die Knochen schienen gegen die Haut zu drücken, als ob das Fleisch über Nacht weggeschmolzen wäre.

Er war unrasiert, sein Haar strähnig von Seewasser und Schweiß. Die Schrammen auf Gesicht und Händen erinnerten Matthew an Tates verzweifelten Kampf um ihr Leben.

Aber er zwang sich dazu, stehen zu bleiben und ihn zu betrachten.

Und er sah, dass die Würde und die Illusion von Macht, auf die VanDyke immer so viel Wert gelegt hatte, ihn wie eine dünne Glasschicht umgaben. Auch der Hass war immer noch da, heiß und lebendig brannte er in seinen Augen. Er fragte sich, ob dieser Hass ausreichen würde, um diesen Mann am Leben zu erhalten, ob er in den Jahren, die er eingesperrt sein würde, davon zehren könnte.

Er hoffte es stark.

»Wie fühlt man sich«, fragte Matthew laut, »wenn man alles verloren hat?«

»Glauben Sie, das hier kann mich aufhalten?« VanDykes Stimme war kaum mehr als ein Flüstern. »Glauben Sie, ich werde es Ihnen überlassen?«

»Ich bin hergekommen, um Ihnen zu sagen, dass Sie uns jetzt nichts mehr anhaben können.«

»Sind Sie sich da so sicher?« VanDykes Augen flackerten. »Ich hätte sie töten sollen. Ich hätte ein Loch in Tates Eingeweide schießen und Sie bei ihrem Sterben zusehen lassen sollen.«

Matthew sprang zum Gitter und hätte beinahe daran gerüttelt, aber der befriedigte Glanz in VanDykes Augen hielt ihn zurück. Nein, so nicht, sagte er sich. Nicht auf diese Art. »Sie hat Sie besiegt. Sie ist es, die den großen VanDyke schließlich zu Fall gebracht hat. Sie haben das Feuer im Wasser gesehen, nicht wahr? Sie haben gesehen, wie sie Sie beobachtet hat«, fuhr er fort und erinnerte sich an die Szene, die Tate ihm geschildert hatte. »In dem unwirklichen Licht sah sie beängstigend schön aus, und Sie haben geschrien wie ein Kind in einem Albtraum.«

Die rote Farbe, die VanDykes Wangen überzogen hatte, verschwand. Seine Haut wurde fahl. »Ich habe nichts gesehen. Nichts!«, rief er und sprang von der Pritsche auf. In seinem Kopf verschwammen die erschreckenden Bilder, nahmen neue Formen an und bedrohten seinen Verstand.

Am liebsten hätte er einen lauten Schrei ausgestoßen.

»Sie haben es gesehen.« Matthew wurde wieder ruhig. »Und Sie werden es immer wieder sehen. Jedes Mal, wenn

Sie die Augen schließen. Wie lange können Sie mit dieser Angst leben?«

»Ich fürchte mich nicht.« Sein Magen krampfte sich zusammen. »Sie werden mich nicht im Gefängnis behalten. Ich habe Einfluss. Ich habe Geld.«

»Gar nichts haben Sie«, murmelte Matthew, »außer viel Zeit, sodass Sie darüber nachdenken können, was Sie getan haben und letztendlich doch nicht erreichen konnten.«

»Ich werde freigelassen, und dann werde ich Sie finden.«

»Nein.« Diesmal lächelte Matthew. »Das wird Ihnen nicht gelingen.«

»Ich habe längst gewonnen.« VanDyke kam näher und umklammerte die Gitterstäbe, bis seine Finger so weiß wie sein Gesicht waren. Sein Atem ging schnell, und die Augen, die Matthew anstarrten, ließen den Wahnsinn erkennen. »Ihr Vater ist tot, ihr Onkel ein Krüppel. Und Sie sind nichts weiter als ein zweitklassiger Aasgeier.«

»*Sie* sind der Mann im Käfig, VanDyke. Und *ich* habe das Amulett.«

»Ich werde Sie verfolgen. Ich werde die Lassiters auslöschen und mir das nehmen, was mir gehört.«

»Sie hat sie besiegt«, wiederholte Matthew. »Eine Frau hat es begonnen, und eine Frau hat es beendet. Sie haben es in der Hand gehalten, aber besitzen konnten Sie es nicht.«

»Ich bekomme es zurück, James.« Er bleckte die Zähne. »Und dann kümmere ich mich um Sie. Bilden Sie sich etwa ein, Sie könnten mich überlisten?«

»Ich schütze, was mir gehört.«

»Immer noch so selbstsicher, dabei habe ich längst gewonnen, James. Das Amulett gehört mir. Es hat mir schon immer gehört.«

Matthew wich vom Gitter zurück. »Bleiben Sie gesund, VanDyke. Ich wünsche Ihnen ein langes, langes Leben.«

»Ich habe gewonnen.« Die schrille, wütende Stimme folgte Matthew, als er den Zellentrakt verließ. »Ich habe gewonnen!«

Weil er sich nach Wärme sehnte, trat Matthew vor der Polizeiwache nach draußen. Er fuhr sich mit den Händen über sein Gesicht und hoffte, dass Tate ihre Aussage bald beendet haben würde.

Die Luft war heiß, und er vermisste das Meer, seine frische Brise. Er vermisste Tate.

Etwa zwanzig Minuten später kam sie heraus. Sie wirkte erschöpft, ihre Haut war blass, ihre Augen sahen gehetzt aus. Er sagte nichts, hielt ihr nur einen Strauß aus leuchtend rosafarbenen und blauen Blumen hin.

»Was ist das?«

»Man nennt es Blumen. Man bekommt sie in so genannten Blumengeschäften.«

Tate musste lächeln und vergrub ihr Gesicht in den Blüten. »Danke.«

Mit einer Hand strich Matthew über ihren Zopf. »Harter Vormittag?«

»Ich habe schon angenehmere erlebt. Aber die Polizisten waren sehr verständnisvoll und geduldig. Dank unserer Aussagen und der Bänder haben sie so viele Anklagepunkte, dass sie gar nicht wissen, wo sie anfangen sollen.« Sie zuckte mit den Schultern. Es war nicht mehr wichtig. »Ich vermute, über kurz oder lang wird er ausgeliefert.«

Matthew legte seine Hand in ihre, und gemeinsam gingen sie zu ihrem Mietwagen. »Er wird den Rest seines Lebens in einer Gummizelle verbringen. Ich war gerade bei ihm.«

»Oh.« Tate wartete, bis Matthew sich auf dem Fahrersitz niedergelassen hatte. »Das habe ich mir gedacht.«

»Ich wollte ihn hinter Gittern sehen.« Nachdenklich legte Matthew den Gang ein und fuhr los. »Und da ich ihm nicht die Nase einschlagen konnte, wollte ich wenigstens unseren Triumph genießen.«

»Und?«

»Sein Geisteszustand steht auf der Kippe, ich hätte ihm nur einen kleinen Schubs zu geben brauchen.« Er sah Tate an. »Er wollte mich – oder vielleicht eher sich selbst – davon überzeugen, dass er gewonnen hat.«

Tate legte ihre Wange an die duftenden Blüten. »Er hat nicht gewonnen. Wir wissen es, und darauf kommt es an.«

»Kurz bevor ich ging, sprach er mich mit dem Namen meines Vaters an.«

»Matthew ...« Besorgt legte sie eine Hand auf seine. »Es tut mir leid.«

»Ist schon in Ordnung. Irgendwie war es ein angemessener Abschluss. Beinahe die Hälfte meines Lebens wollte ich die Uhr zu jenem Tag zurückdrehen, etwas an dem, was damals geschah, ändern. Ich hatte meinen Vater nicht retten können, und ich hatte nicht an seiner Stelle sein können. Aber heute war es ein paar Minuten lang so, als ob ich seinen Platz eingenommen hätte.«

»Gerechtigkeit statt Rache«, murmelte sie. »Damit lässt es sich leichter leben.«

Während er den Wagen zum Meer steuerte, legte sie den Kopf an die Rückenlehne. »Matthew, ich habe mich an etwas erinnert, als ich mit den Polizisten sprach. Letzte Nacht, als ich mit VanDyke an Deck war, hielt ich das Amulett in der Hand und sagte ihm, ich hoffte, dass er das Leben führen würde, das er verdient hat.«

»Zwanzig oder dreißig Jahre hinter Gittern, weit weg von dem, was er sich am meisten wünscht. Nicht übel, Rotschopf.«

Sie schluckte. »Auch wenn er das Amulett nicht hat – die Macht des Fluchs bekommt er jetzt zu spüren.«

Es war ein gutes Gefühl, wieder auf See und bei der Arbeit zu sein. Tate ignorierte das wohlgemeinte Angebot, sich den Rest des Tages auszuruhen, und machte sich gemeinsam mit Hayden an die Katalogisierung.

»Du hast wirklich erstklassige Arbeit geleistet, Tate.«

»Schließlich hatte ich einen guten Lehrer. Es gibt immer noch viel zu tun. Ich muss kilometerweise Film entwickeln lassen, außerdem sind die Videos und meine Zeichnungen auszuwerten.«

Sie sah auf ihre Liste. »Wir brauchen dringend mehr Lagerraum«, fuhr sie fort, »mehr Lagertanks und Präservierungslösung. Da jetzt alle Bescheid wissen, können wir die Kanone heraufholen. Vorher konnten wir nicht riskieren, Luftkissen und Kräne einzusetzen.«

Sie seufzte und lehnte sich zurück. »Wir brauchen die richtige Ausrüstung, um den Rest zu bergen und so viel wie möglich von der *Isabella* zu retten und zu rekonstruieren.«

»Vor dir liegt eine Menge Arbeit.«

»Ich habe ein gutes Team.« Sie griff nach dem Kaffeebecher und lächelte die Vase mit den fröhlichen Blumen neben ihrem Bildschirm an. »Erst recht, seitdem du und Lorraine dazugestoßen seid.«

»Keiner würde solch eine Gelegenheit verpassen wollen.«

»Ich glaube, wir brauchen ein größeres Boot, zumindest bis Matthew uns ein neues gebaut hat.«

Aber das war nicht das Wichtigste, was ihr durch den Kopf ging, während Hayden ihre Notizen kommentierte. Tate nahm ihren Mut zusammen.

»Sag mir die Wahrheit, Hayden: Bin ich ausreichend vorbereitet, wenn die anderen Wissenschaftler herkommen? Sind meine Notizen und Papiere professionell und detailliert genug? Ohne Hilfe von außen musste ich so viele Vermutungen anstellen, dass ich –«

»Erwartest du, dass ich dir eine Note gebe?«, unterbrach er sie.

Sie wand sich unter dem amüsierten Funkeln in seinen Augen. »Nein. Na ja, vielleicht. Ich bin eben nervös.«

Er nahm seine Brille ab und massierte sich den Nasenrücken, dann setzte er sie wieder auf. »Letzte Nacht hast du wie eine Verrückte gekämpft, heute Morgen mit der Polizei über einen Mörder verhandelt – und da machst du dir Gedanken wegen einer kleinen Präsentation vor Kollegen?«

»Inzwischen hatte ich Zeit, über die Kollegen nachzudenken«, erklärte sie nüchtern. »Ich bin ehrgeizig, Hayden. Ich will diese Leute beeindrucken. Die *Isabella* ist die Grundlage des Beaumont-Lassiter-Museums für Meeresarchäologie.«

Sie nahm das Amulett vom Tisch. Aus Gründen, die ihrer Meinung nach keiner näheren Erörterung bedurften, verspürte sie das Bedürfnis, es in ihrer Nähe zu behalten.

Es fühlte sich kühl an. Es war wunderschön, unbezahlbar und hatte endlich Ruhe gefunden.

»Und ich … nun, ich will, dass der Fluch der Angelique den Platz bekommt, den er nach vierhundert Jahren verdient.«

»Dann kann ich dir ehrlich sagen, dass du damit meiner fachkundigen Meinung nach eine sehr starke Grundlage hast.«

Vorsichtig legte Tate die Kette zurück in die gepolsterte Kiste. »Aber glaubst du, dass –« Sie brach ab und sah aus dem Fenster. Von draußen drang ein hustendes Motorengeräusch an ihre Ohren. »Was zum Teufel ist das?«

»Was immer es ist, es hört sich nicht gut an.«

Sie liefen an Deck, wo Matthew und Lorraine bereits über die Reling starrten. Ray und Marla kamen aus der Kombüse gestürzt.

»Was für ein furchtbarer Lärm!«, rief Marla, dann riss sie die Augen auf. »Gütiger Gott, was ist das?«

»Ich vermute, es soll ein Boot darstellen«, murmelte Tate. »Aber ich bin mir nicht sicher.«

Der grell rosafarbene Anstrich bot einen interessanten Kontrast zu den Rostflecken. Die Brücke erzitterte bei jedem Husten des Motors. Als der alte Kutter neben ihnen anlegte, registrierte Tate gut zwölf Meter verbogenes Holz, dazu gesprungenes Glas und verrostetes Metall.

Buck stand am Steuerrad und grinste. »Ist sie nicht toll?«, schrie er. Er schaltete die Maschine ab, die ihrer Begeisterung durch eine letzte Qualmwolke Ausdruck verlieh. »Anker werfen!«

Es folgten ein schrecklich knirschendes Geräusch und ein Beben. Buck schob seine Sonnenbrille hoch und grinste.

»Wir taufen sie *Diana*. LaRue sagt, das war eine verdammt gute Jägerin.«

»Buck ...« Matthew räusperte sich und wedelte den Qualm beiseite, den die Brise herübergetragen hatte. »Willst du mir erzählen, dass du das Ding gekauft hast?«

»*Wir* haben dieses Ding gekauft«, verkündete LaRue und stolzierte über das sich bedenklich neigende Deck. »Buck und ich, wir sind Partner.«

»Sie wird euer Tod sein«, verkündete Matthew.

»Sie braucht nur ein wenig Farbe, Schmirgelpapier und Motoröl.« Buck kletterte die Stufen hinunter aufs Deck. Glücklicherweise gab erst die zweite Sprosse von unten unter seinem Gewicht nach. »Und einen Schreiner«, fügte er grinsend hinzu.

»Ihr habt tatsächlich Geld für dieses Monstrum bezahlt?«, erkundigte sich Tate fassungslos.

»Ein Schnäppchen.« LaRue tippte vorsichtig an die Reling. »Sobald sie in Form ist und unsere Arbeit hier beendet, fahren wir nach Bimini.«

»Bimini?«, wiederholte Matthew fragend.

»Es gibt noch andere Wracks, Junge.« Buck grinste Matthew an. »Ewig lange her, seit ich ein eigenes Boot hatte.«

»Hoffentlich geht es nicht unter«, murmelte Tate leise. »Buck, wäre es nicht besser –«

Aber Matthew nahm ihre Hand und drückte sie fest. »Du bringst sie schon auf Vordermann, Buck.«

»Bitte um Erlaubnis, an Bord kommen zu dürfen!«, rief Ray. Er zog Schuhe und Hemd aus und sprang ins Wasser.

»Männer und ihr Spielzeug«, stöhnte Marla. »Falls jemand Hunger hat, ich mache jetzt Zitronentörtchen.«

»Gute Idee.« Lorraine griff nach Haydens Hand.

»Matthew, der Kahn ist ein Wrack. Sie müssen jede einzelne Planke und Schraube ersetzen!«

»Na und?«

Tate blies sich die Stirnfransen aus dem Gesicht. »Wäre es nicht sinnvoller, sein Geld in ein besser erhaltenes Boot zu investieren?«

»Sicher, aber es macht auch weniger Spaß.« Matthew küsste sie, und als sie zum Sprechen ansetzte, küsste er sie noch einmal, diesmal länger. »Ich liebe dich.«

»Ich liebe dich auch, aber Buck –«

»… weiß genau, was er tut.« Matthew grinste über die Reling, wo die drei Männer lachend die zerbrochene Sprosse untersuchten. »Er steuert einen neuen Kurs an.«

Entgeistert schüttelte sie den Kopf. »Ich habe das Gefühl, du würdest am liebsten mitfahren, den ganzen Weg nach Bimini.«

»Nein.« Er hob sie hoch und drehte sich mit ihr im Kreis. »Ich habe meinen eigenen Kurs eingeschlagen. Volle Kraft voraus. Willst du mich immer noch heiraten?«

»Na klar! Wie wäre es mit morgen?«

»Abgemacht.« Matthews Augen funkelten gefährlich. »Lass uns tauchen.«

»In Ordnung, ich –« Sie schrie auf, als er sie zur Reling trug. »Wag es nicht, mich hineinzuwerfen! Matthew, es ist mir ernst! Versuche nicht –«

Und dann sprang sie unter hilflosem Gelächter mit ihm ins Wasser.